Journalistique

LES ROUTES
DE PÉKIN

Paul-Loup Sulitzer

LES ROUTES DE PÉKIN

Roman

Édition• 1/Stock

Du même auteur

Money (Denoël, 1980).
Cash (Denoël, 1981), Prix du Livre de l'été 1981.
Fortune (Denoël, 1982).
Le Roi Vert (Édition• 1/Stock, 1983).
Popov (Édition• 1/Olivier Orban, 1984).
Cimballi Duel à Dallas (Édition• 1, 1985).
Hannah (Édition• 1/Stock, 1985).
L'Impératrice (Édition• 1/Stock, 1986).
La Femme Pressée (Édition• 1/Stock, 1987).
Kate (Édition• 1/Stock, 1988).

Tous ces romans (à l'exception de *Kate*) existent en édition reliée plein skivertex sous emboîtage. Consultez votre libraire.

Pour Alejandra,
Pour mes filles,
Olivia et Joy.

« Pour s'apprivoiser la mort, je trouve
qu'il n'y a que de s'en avoisiner. »

MONTAIGNE, *Essais*.

Est-ce une histoire
très sanglante, Rourke?

Ernie Pohl rencontra H.H. Rourke durant les derniers jours du mois d'août 1936. La rencontre se produisit en Espagne. Elle eut l'indubitable odeur de mort et de sang frais si souvent humée par Rourke au cours de ses pérégrinations : depuis le 18 juillet, date à laquelle avait éclaté le *pronunciamiento*, la guerre civile ravageait le pays. En quarante et quelques jours, soixante quinze mille hommes, femmes et enfants avaient été massacrés. Et ce n'était qu'un prélude.

Ernie Pohl était un petit jeune homme à la calvitie précoce. Son regard acéré derrière des lunettes rondes à monture d'acier démentait la première impression d'insignifiance. Il réunissait déjà les qualités qui allaient faire de lui un peu plus tard, sur les champs de bataille d'Europe et du Pacifique, un correspondant de guerre dont la mort au feu bouleverserait l'Amérique. Dans l'heure, il avait obéi à l'ordre lancé par la rédaction en chef du *New York Herald Tribune* : il avait pris la route de l'Espagne, sitôt établies la réalité et l'ampleur du soulèvement militaire contre le gouvernement républicain. De Berlin, où il était en poste, il avait gagné Paris, Perpignan, Barcelone. Il était arrivé à Madrid à la fin de l'après-midi du 19 juillet. À temps pour y voir incendiées les cinquante églises attaquées dans la nuit du 19 au 20. À temps pour contempler les jonchées de cadavres jetés à la voirie de la capitale – morts aux gueules béantes, aux yeux figés, ensanglantés de rose sombre, et pour toutes ces raisons surnommés *besugos* (rougets) par le noir humour madrilène.

Il ne connaissait pas H.H. Rourke. Pas physiquement. Il ne

11

l'avait jamais vu. Mais son nom lui était diablement familier; et certainement aussi l'extrême singularité du personnage. Somme toute, Ernie Pohl, par deux fois, avait travaillé sous les ordres de Kate Killinger – à New York. Au vrai, c'était avec elle qu'il avait fait ses débuts de journaliste, par elle qu'il avait eu sa première chance. Ce qui eût amplement suffi à justifier l'admiration, le respect, l'affection même qu'il portait à la jeune femme. Comment dès lors eût-il pu ignorer l'existence de Rourke? Et ne pas éprouver une curiosité intense à son égard?

Nul doute qu'à l'instar du Chat-Huant, de Karl Killinger, de Nick Di Salvo et de tant d'autres, Pohl s'interrogeait parfois, confusément : il se demandait comment allait s'achever, si elle devait jamais s'achever, l'étrange histoire de Kate Killinger et de H.H. Rourke.

Ce jour, où sa route allait précisément croiser celle de Rourke, Ernie Pohl marchait. Il avait quitté Madrid quelques heures plus tôt, au volant d'une petite Austin Seven décapotable, mais pour quelque raison stupide la voiture avait soudain cessé de rouler. Il allait donc à pied, depuis deux heures, à mi-chemin de Tolède et de Ciudad Real, sur une piste montante, à lacets brusques, au cœur d'une forêt de pins, comme haletante sous la chaleur terrible de cet été 36.

Un ultime virage en épingle à cheveux se présenta, la piste soudain s'interrompit. Plus justement, elle parut tranchée par le ciel. C'était le sommet du col, à huit ou neuf cents mètres d'altitude. Tout autour se dressaient les crêtes plus hautes des monts de Tolède. Ernie s'immobilisa, en sueur. Dans ce désert il éprouvait le sentiment d'une présence humaine. En fait, il capta l'odeur de tabac et, vingt mètres au-dessus de lui, découvrit un homme. Cet homme était assis sur le bord de la route, à même le sol, adossé au tronc d'un chêne-liège; l'une de ses jambes était allongée et l'autre, à demi pliée, supportait au genou une main osseuse et nonchalante, qui tenait une cigarette. Le corps semblait maigre, il était vêtu d'un pantalon de toile marron clair, d'une chemise blanche sans col, d'un blouson de cuir havane très râpé; un sac de voyage à soufflets, comme ceux des globe-trotters britanniques du début du siècle, était posé tout près, entrouvert.

L'homme fixait Ernie Pohl, qui venait de se remettre en

marche et achevait sa montée. Son regard était vert bronze, lourd et vaguement rêveur. Le seul profil visible à cet instant – le gauche – était saisissant par ce qu'il exprimait de froideur, voire de cruauté.

– Américain?

La question prit Ernie Pohl par surprise. Il acquiesça. Un lent sourire se dessina sur les lèvres de l'inconnu.

– Ce n'est pas si difficile à deviner. Vous portez une cravate et un chapeau en pleine zone républicaine et on ne vous a pas encore fusillé. Journaliste?

– *New York Herald Tribune*, répondit Ernie, qui mourait de soif.

... Et qui attrapa au vol la flasque de métal gainée de cuir qui lui était lancée. Il but deux gorgées. Fut sur le point de s'enquérir de l'identité de son interlocuteur. Mais, dans la seconde, l'illumination eut lieu. Il se souvint des récits de Nick Di Salvo; lui revinrent en mémoire toutes les rumeurs qui avaient couru à Manhattan, à Brooklyn et dans le Queens, et aussi les confidences reçues des mois auparavant, alors que lui-même venait de débarquer en Europe, d'un amusant vieil homme qui travaillait à l'édition parisienne du *Herald Tribune* et que l'on surnommait le Chat-Huant.

– Vous êtes H.H. Rourke, dit Ernie Pohl.

Pas de réponse.

... Et un seul mouvement, chez l'homme au blouson de cuir râpé : celle des deux mains qui ne tenait pas la cigarette éleva à hauteur des yeux ce qui était bel et bien une lunette d'approche assez démodée. La lunette se braqua sur un point précis de la vallée. Le geste avait dû être répété maintes et maintes fois; c'était celui d'un chasseur à l'infinie patience.

Pohl fit encore quelques pas, contourna son compagnon, s'assit. Et, de la sorte, le deuxième profil – le droit, donc – lui apparut. Exactement tel que l'avait décrit Nick Di Salvo : rêve et douceur, sinon tendresse; tout le contraire du profil gauche. L'asymétrie était véritablement frappante.

Le silence s'installait, même les cigales ne crissaient plus. Ernie se mit à parler. Il déclina son identité, prononça une première fois le nom de Kate, guetta la réaction, n'en obtint aucune. Il n'en poursuivit pas moins son monologue, dressa la liste des raisons qui lui avaient permis de reconnaître

13

H.H. Rourke, que pourtant il n'avait jamais vu, cita le Chat-Huant, sous son véritable nom d'Harold Whitney-Scott, évoqua Scott, évoqua son propre travail, d'abord à la *Queens Gazette* puis au *Queens & Long Island DAY*, journaux créés l'un et l'autre par Kate Killinger et, pour le second, toujours dirigé par elle. Il fit d'ailleurs allusion, le plus souvent possible, à leur fondatrice, avec l'espoir chaque fois déçu de susciter, chez celui qu'il pensait être Rourke, une émotion, si légère fût-elle.

La lunette d'approche s'abaissa enfin :

— Écoutez, Ernie. Écoutez donc, au lieu de parler.

Pour la première fois depuis qu'il s'était assis, Pohl jeta un coup d'œil en contrebas de la piste, dans la direction de cette vallée qu'il n'avait pas encore regardée. Là se trouvait, à un kilomètre et demi au plus à vol d'oiseau, une petite ville – à peine mieux qu'un village...

... Et le bruit tout à coup atteignit ses oreilles : c'était un bizarre flonflon de cuivres discordants, mêlé à un roulement de tambours, à une rumeur sourde et très oppressante, barbare.

— Ce ne peut pourtant pas être une corrida, dit Pohl, réfléchissant à voix haute. Pas à une heure pareille : il n'est même pas neuf heures du matin.

De toute façon, il savait, pour en avoir fait le sujet de l'un de ses reportages, qu'on ne donnait quasiment plus de corridas en Espagne, sauf à Madrid, ou du moins dans la moitié de l'Espagne qui n'avait pas été conquise aux premiers jours par les militaires soulevés.

— Il est impossible que ce soit une corrida, dit-il à nouveau.

— Ce n'en est pas une. Pas vraiment.

Cet homme, qui probablement était H.H. Rourke, et qui venait de répondre, soulevait une nouvelle fois sa lorgnette et la braquait, non vers la petite ville, qui décidément ne l'intéressait guère, mais sur un endroit situé à quelques centaines de mètres à droite, à fleur d'une pente boisée. Le regard d'Ernie Pohl n'y nota rien de particulier hors des arbres. De l'agglomération, la musique continuait à monter; elle arrivait par bouffées, soumise aux sautes d'un vent sec et brûlant qui devait venir d'Afrique; par instants, elle était étonnamment claire et chargée alors d'une solennité cruelle.

— Je peux?

Pohl se saisit de la lorgnette qui lui était offerte et mit au point, gêné par ses verres correcteurs. D'un coup, dans le cercle de l'objectif, s'inscrivit la *plaza de toros* au sol de sable rouge orangé. Les gradins étaient pleins d'une foule à l'attitude étrange : spectateurs tous dressés, mais immobiles, qu'en dépit de la distance on devinait unanimement muets.

Quant à l'arène, elle était vide.

– Qu'attendent-ils? Vous le savez?

– J'en ai une idée. Vous allez avoir un beau reportage, *muy típico*, Ernie. Mais je vous le laisse. Il n'est pas pour moi.

La voix était lente et calme, un peu amusée peut-être. Ernie Pohl se décida à abandonner son observation des arènes. Il entreprit d'examiner cette pente à droite qui semblait tant passionner H.H. Rourke – si c'était bien H.H. Rourke. D'abord, il n'aperçut guère que des oliviers de deux ou trois siècles aux troncs torturés. Puis un faible mouvement et surtout une tache de couleur attirèrent son regard. Il mit mieux au point. L'image aussitôt se forma : c'était deux enfants. Une fillette de huit à dix ans, un garçonnet plus jeune, visages graves et impassibles. La petite fille tenait à deux mains, contre sa poitrine, une poupée de chiffons aux cheveux d'un or outrancier et vêtue d'une robe jaune et bleu. Les deux enfants étaient accroupis, à croire qu'ils posaient simultanément culotte. Mais ce n'était pas le cas. En vérité, ils observaient, avec une grande indifférence, la *plaza de toros* éructant sa musique.

... Et même ils bougeaient. Ils venaient à l'instant de se dresser; la petite fille avait pris dans sa paume la main de son petit compagnon et l'entraînait.

Ils se mirent à descendre vers les maisons et la *plaza*.

– Ce sont ces enfants que vous surveilliez?

– Oui.

– Ils sont le sujet de votre reportage?

– Oui.

L'homme au blouson se dressait à son tour. Il reprit à Ernie Pohl la lorgnette et la glissa dans le sac à soufflets, qu'il ramassa. Il partit à grands pas.

Ernie Pohl le suivit.

– Vous êtes bien H.H. Rourke?

– Mais oui.

Maintenant ils marchaient côte à côte par les rues totalement désertes de la petite ville. Seuls étaient visibles, les précédant, les deux enfants, à quatre-vingts ou cent mètres devant eux. Ils avançaient vers les haut-parleurs vociférants de la *plaza de toros*, à la façon dont on marche au canon. De temps à autre, Pohl jetait un coup d'œil sur Rourke et s'étonnait beaucoup d'être à ce point impressionné par lui.

Ils passèrent devant une maison à étages aux balcons de fer forgé, de belle apparence, dont la porte à deux vantaux de bois cloué avait été laissée béante. Les enfants avaient marqué un temps d'arrêt sur le seuil. Rourke et Ernie Pohl firent de même. Par l'entrebâillement si large, Pohl vit, au milieu du carrelage noir et blanc s'étendant jusqu'à un patio et une fontaine, une chaussure d'homme abandonnée. Ils repartirent, toujours comme les enfants l'avaient fait. Il n'était pas une boutique, un café, une maison qui ne fût hermétiquement clos. Ils parvinrent sur la grand-place, qu'ornaient des arcades, un bassin de pierre octogonal et la statue de quelqu'un. Ils la traversèrent. Un peu plus loin, flanquant l'*ayuntamiento* – la mairie–, une deuxième maison de notable béait comme la première mais, sur son seuil de marbre blanc gravé de deux initiales, il y avait cette fois une traînée de sang frais et, des profondeurs de la demeure, montaient les sanglots étouffés de plusieurs femmes.

Les enfants allaient tranquillement.

– Où vont-ils?

– Je ne sais pas, Ernie.

Les enfants marquèrent un nouveau temps d'arrêt, devant une épicerie, puis se remirent en route. Ils approchaient de la *plaza*.

– Rendez-moi un service personnel, Ernie, dit la voix très paisible de H.H. Rourke. Otez votre saloperie de chapeau et votre saloperie de cravate, et jetez-les. Et quand vous quitterez quelqu'un – si ce quelqu'un vous laisse partir bien entendu – ne dites pas *adiós* mais *salud*, quoique vous ne sachiez sans doute pas l'espagnol. Vous le savez?

– Je sais dire *adiós* et *hasta la vista*, mais rien d'autre.

En vue de la *plaza*, les enfants s'arrêtèrent, partagés à l'évidence entre le désir d'aller voir ce qui se passait à l'intérieur des arènes et quelque autre mission qu'ils devaient accomplir.

Ils entrèrent dans la *plaza*.

Rourke puis Pohl les y suivirent, et nul ne s'opposa à leur avance; on n'en gardait pas les portes. Les deux hommes se casèrent sur les gradins de bois à claire-voie, laissant les enfants sur leur gauche, en léger contrebas. Lorsqu'Ernie Pohl avait cadré l'arène dans le cercle de la lunette d'approche, le sable était désert. Il ne l'était plus. Huit hommes se trouvaient là, au centre. Non pas simplement regroupés mais étroitement serrés, presque blottis les uns contre les autres, et considérant, yeux élargis, un tunnel sombre ouvert au cœur de la barrière de bois rouge.

... À une exception près. Celle d'un homme de soixante ans peut-être, aux cheveux très blancs et au nez en bec d'aigle. En chemise, très droit, solitaire. Il tournait lentement sur lui-même pour regarder la foule, qui elle-même ne fixait que lui. Son regard exprimait toute l'arrogance et le mépris du monde.

Il lui manquait sa chaussure droite.

Les taureaux firent leur entrée. Ils étaient quatre, dont trois d'une puissance impressionnante, surtout aux yeux inexpéri-mentés de Pohl. Le dernier, plus frêle et bien moins lourd, mais plus vif, ne devait être qu'un taurillon. Or ce fut lui qui, le premier, s'élança. Il effectua un tour complet de l'arène avant de s'immobiliser. Peut-être, comme ses trois compagnons, était-il surpris par le silence, le mutisme total de cette foule dressée et par l'immobilité de ce groupe de quelques hommes à portée de ses cornes. On n'entendait absolument rien, en effet, et cela surtout impressionna Ernie Pohl, ces poignées de secondes qui s'égrenaient, silencieuses, où humains et animaux étaient figés dans une commune incertitude.

Un mouvement s'esquissa enfin. Un, puis deux ou trois jeunes hommes franchirent d'un bond les gradins de bois et sautèrent dans l'arène. Ils étaient pareillement vêtus de ces combinaisons bleues de mécanicien – les fameux *monos* des milices – agrémentées de foulards rouges. Ils défirent leurs foulards et marchèrent vers les taureaux. Leurs cris d'appel et leurs encouragements claquèrent, rauques. Ils se mirent à cou-rir, d'une course oblique qui les fit passer derrière le groupe des condamnés, dans le même temps que les énormes bêtes se décidaient à attaquer. Ils eurent le temps de se mettre à l'abri, mais celles des victimes qui tentèrent de les imiter furent repoussées à coups de crosse et de poings. Le carnage commença aussitôt après et Ernie Pohl s'obligea à en suivre toutes les phases – et chacune des morts successives, jusqu'à l'ultime tentative d'un des suppliciés qui, déjà ruisselant de sang, implora en vain qu'on lui permît de ramper derrière une *talanquera*...

... Jusqu'à cet instant où tous les regards de la foule – qui, d'abord avec timidité puis avec de plus en plus de passion, s'était mise à crier – se reportèrent sur ce seul homme encore immobile et indemne, à qui il manquait une chaussure.

Le silence se fit de nouveau. Le survivant ne bougeait pas, n'avait certainement bougé à aucun moment. Il portait toujours sur le visage la même expression de mépris arrogant.

– *¡Cobarde!*

L'homme tourna très lentement la tête, en direction de l'endroit des gradins d'où l'insulte avait jailli. Il fixa ce point quelques secondes, puis cracha sur le sol devant lui. Son regard revint alors à l'un des taureaux, qui, front bas et grattant le sable de son sabot, se trouvait à une douzaine de mètres de lui. L'animal était sans doute le plus massif de tous; son poids atteignait pour le moins les six cents kilos.

L'homme sourit, fit le signe de la croix, et marcha droit sur la bête. Il progressa, nuque très droite, ventre rentré, poitrine légèrement bombée, bras pendant mollement le long du corps et doigts allongés, d'une démarche lente et souverainement orgueilleuse.

– *¡Olé!*

La clameur s'étendit à tous les gradins. L'homme fut aussitôt encorné, soulevé et projeté en l'air. Il retomba et demeura sur le sable quelques secondes. Puis il se redressa, tenant à deux mains son abdomen ouvert, et parvint à se hisser sur ses jambes. Le taureau se rua encore et lui transperça la poitrine. L'homme s'affala de nouveau. Il était déjà mort que la bête s'acharnait et le frappait toujours.

Les premiers coups de feu éclatèrent: on achevait les hommes à coups de mousqueton, on tuait les taureaux. La fusillade cessa. Un milicien franchit une nouvelle fois la barrière et vint distribuer les coups de grâce. Il termina sa déambulation par l'homme qui ne portait qu'une seule chaussure. Il lui tira une balle dans la nuque, se redressa et considéra la foule, hochant la tête comme si se confirmait entre eux une connivence naturelle. Il replaça le pistolet dans sa ceinture, sortit un couteau de sa poche et le déplia. Il coupa les deux oreilles du mort et, les exhibant dans ses mains levées, pivota lentement sur lui-même, dans le silence.

Alors seulement, Ernie Pohl découvrit que H.H. Rourke ne se trouvait plus à son côté sur les gradins, qu'il avait disparu et était hors de vue.

Comme les deux enfants.

— Je ne pensais pas vous retrouver.

Le regard vert bronze parut enfin s'apercevoir de sa présence. Un sourire étonnamment amical se dessina sur les lèvres de Rourke.

— Où comptez-vous aller, Ernie?

— Au sud. Mais je voudrais vous accompagner.

— Je crains que ce ne soit pas possible, excusez-moi, dit Rourke.

Déjà, il se détournait, et, suivant la direction de son mouvement, Pohl vit les deux enfants à cinq ou six cents mètres de distance. La petite fille portait, outre sa poupée aux cheveux d'or, ce qui semblait être du pain.

— Il semble qu'ils aient profité de la corrida pour se ravitailler, remarqua Ernie.

— Ils ont payé ce qu'ils ont pris. Elle paie toujours.

— Depuis combien de temps les suivez-vous?

— Une douzaine de jours. Ne me posez pas d'autre question, je vous prie, Ernie.

Presque sans s'en rendre compte, Ernie Pohl venait de se mettre à marcher à la droite de Rourke, qui alluma une cigarette et ajouta :

— Et nous devons nous séparer, à présent. Bonne chance. À votre place, j'essaierais de trouver un mécanicien pour la voiture. J'ai vu un *taller* – un atelier. Nous sommes passés devant en entrant dans la ville, tout à l'heure.

Pohl acquiesça. Sur sa gauche il y avait une église aux vitraux brisés sur le petit parvis de laquelle on avait fait un grand feu en entassant des bancs, une chaire, des cathèdres, des chasubles et autres dalmatiques. L'incendie n'avait pas tout consumé, malgré l'essence dont on avait arrosé le parvis. Pohl cessa de marcher. H.H. Rourke s'éloigna dès lors peu à peu, de son grand pas nonchalant, balançant à peine le sac à soufflets, cigarette aux lèvres, une main plongée dans la poche du blouson havane. *«Un vagabond bizarre et imperturbable, qui traverse tous les événements du monde sans jamais s'en mêler»*, avait dit Nick Di Salvo, parlant justement de cet homme.

– Est-ce une histoire très sanglante, Rourke?

– Plus ou moins.

Pohl ne bougeait plus. La dure chaleur du soleil lui brûlait la nuque. Il dut crier :

– Comment dit-on mécanicien, en espagnol?

– *Mecánico.*

H.H. Rourke ne s'était même pas retourné. Les enfants avaient maintenant disparu, cachés par un tournant de la route de Ciudad Real.

Ernie Pohl fit demi-tour et s'en revint vers les maisons.

Livre 1

À EN HURLER

1

Les cadavres de Jamaica Bay

– Je suis du *DAY*, dit Harry Coughlan. Du *Queens & Long Island DAY*, au cas où tu aurais encore un doute. Tu peux essayer de m'empêcher d'entrer dans cette maison, Molloy, mais ensuite il te faudra expliquer à Kate Killinger pourquoi tu m'en as empêché.

Le policier n'hésita que deux ou trois secondes. Il s'écarta du seuil.

– Je ne t'ai pas vu, Harry.

– Excellent, dit Coughlan en franchissant le seuil.

– Et tu diras à Kate que je t'ai laissé entrer.

– Je le lui dirai.

Coughlan se retrouva dans l'office, puis dans la cuisine. Deux portes plus loin, il arriva dans le grand vestibule, d'où s'élançait un escalier monumental à marches et balustrade de marbre rose, éclairé *a giorno* par de gigantesques lustres en bronze et opaline. Sur la gauche, deux autres policiers en uniforme montaient la garde à l'entrée principale de la maison. Mais ils tournaient le dos. Coughlan passa comme une ombre, faillit entrer tout droit dans la pièce qui l'intéressait, et eut juste le temps de se réfugier dans le petit vestiaire sous la cage d'escalier : de la pièce en question sortaient le capitaine Garvey (qui avait supplanté le lieutenant Donovan à la tête de la police du Queens) et plusieurs autres hommes dont McNulty des services du *district attorney*. Coughlan attendit quelques secondes pour laisser au groupe le temps de traverser le grand hall puis se faufila hors de sa cachette. Il pénétra dans la pièce, longue de près de vingt mètres, ornée de bibliothèques d'ébène vitrées pleines de livres aux reliures de cuir. Un seul homme vivant s'y trouvait: Bill Turner, le photographe de l'identité judiciaire, en plein travail.

– Si Garvey te voit, il te tue, dit Turner. Par où es-tu entré?

– La cheminée, répondit Coughlan.

En même temps qu'il préparait ses propres appareils, il alla comme convenu ouvrir la troisième fenêtre à droite en entrant. Aussitôt après, il se mit à tourner autour du cadavre suspendu au lustre, le photographiant sous tous les angles à la plus grande vitesse possible, en gros plans puis en plans larges. Il guettait les bruits provenant du hall et entendit les pas: les enquêteurs revenaient vers la bibliothèque et, au son des voix, il comprit que le capitaine Garvey allait lui tomber dessus. Il pivota et, tout en amorçant sa fuite vers la fenêtre, il fit éclater une dernière fois son magnésium en cadrant les trois ou quatre hommes qui surgissaient.

– Arrêtez cet enfant de salaud!

Coughlan était déjà à cheval sur l'appui de la fenêtre. Il laissa tomber ses deux appareils entre les mains de Sandy Konig, qui disparut à la vitesse de la foudre, s'assura que les deux autres appareils se trouvaient bien dans la plate-bande deux mètres plus bas... et se laissa docilement capturer. Il ne toucha pas terre tout le temps qu'il fut dans la maison, écoutant avec patience le capitaine Garvey qui hurlait dans son oreille gauche. Dehors, on le déposa près de sa voiture. Il attendit, l'air aussi navré et irrité que possible, tandis qu'on vidait ses appareils photo, qui ne contenaient en fait que des plaques vierges – mais il ne jugea pas indispensable d'en informer les policiers.

– C'est une atteinte aux droits impresmachins, enfin, sacrés, de la presse des États-Unis d'Amérique.

Harry Coughlan n'avait jamais réussi à prononcer *imprescriptible*.

L'un des deux policiers en uniforme qui l'avaient porté depuis la bibliothèque jusqu'à sa voiture lui répondit qu'il s'en foutait complètement.

– Le lieutenant Donovan serait encore là, ce genre de choses n'arriverait pas. Il respectait les journalistes, lui, dit encore Coughlan par acquit de conscience.

– Le lieutenant Donovan n'est plus là. Barre-toi, Harry.

Le soleil était tout à fait levé à présent; il éclairait, à trois cents pas de là, au bas de la pelouse superbement entretenue, les eaux vertes de Smithtown et du détroit de Long Island. En ces derniers jours d'août 36, le temps s'annonçait très beau.

Coughlan se mit au volant :

– Votre Garvey est une ordure.

Il démarra et, quelques centaines de mètres plus loin, une fois sorti de la propriété, retrouva évidemment Sandy Konig qui l'attendait avec les appareils dont il s'était servi dans la bibliothèque. Sandy avait vingt-deux ou vingt-trois ans, elle travaillait pour le *DAY* depuis cinq ou six mois; petite et boulotte, sans grande beauté, elle avait un incontestable talent pour se glisser dans tous les endroits où il était en principe interdit de pénétrer. Quelques semaines plus tôt, elle avait passé une nuit et une partie de la matinée suivante dans le jardin férocement surveillé d'un éminent syndicaliste, à seule fin de prendre deux ou trois photos du bonhomme en compagnie de pontes du milieu. Elle s'était dissimulée dans la niche du chien et, à part le fait que l'un des gardes du corps avait fait pipi sur la niche, tout s'était bien passé.

Coughlan et elle arrivèrent aux bureaux du *DAY*, Buckingham Street dans le Queens, vers sept heures trente. Sandy repartit sur-le-champ pour Manhattan – et plus spécialement la Cinquième-Avenue, où elle avait à photographier l'immeuble qu'habitait en temps ordinaire l'homme retrouvé pendu dans la bibliothèque de Long Island. Harry développa ses clichés et fit trois tirages de chacun; il fut particulièrement satisfait de la dernière photo qu'il avait prise. Y apparaissaient non seulement le capitaine Garvey et McNulty, mais aussi un homme de très haute taille, d'environ cinquante ans, au visage froid et hérissé de lorgnons à la Rockefeller, qui, bien que l'on fût en été, un dimanche matin, était sanglé dans un strict complet croisé, bleu sombre ou noir.

– Qui est-ce?

La question était de Danny Clifton, rédacteur en chef de jour du *DAY*, qui venait d'arriver bien que le dimanche fût normalement son jour de repos.

– Aucune idée, dit Coughlan. Il a une gueule de flic, les yeux surtout, mais il est trop bien habillé.

Clifton avait succédé à Nick Di Salvo dans les fonctions de

rédacteur en chef. Lui et son adjointe, Shirley Storch (c'était elle qui, une heure et demie plus tôt, avait expédié Harry Coughlan et Sandy Konig à Smithtown Bay) entreprirent de faire un premier point. Ils distribuèrent les consignes à une rédaction déjà forte de huit hommes et femmes, effectif très inhabituel pour un dimanche matin. Et encore, une partie de l'équipe dépêchée à Jamaica Bay par Tommy Robson, chef des informations de nuit, n'était-elle toujours pas rentrée.

– Un cadavre à Smithtown et deux autres à Jamaica Bay. Et dans la même nuit du samedi au dimanche. Nous sommes gâtés, remarqua Clifton... pour qui rien ne prouvait que les deux faits divers fussent liés. Shirley était d'un avis contraire.

– Danny, les trois morts ont eu lieu par pendaison, à un peu moins de quatre heures d'intervalle. Ce qui a laissé tout le temps aux assassins – ou à l'assassin – de parcourir la distance entre le hangar à bateaux dans Jamaica Bay et la maison de Stappleton.

– D'accord, c'est possible pour les horaires, mais...

– Il y a des indices troublants. Le numéro minéralogique est exact à un chiffre près, le témoignage de ce clochard équivaut presque à une identification de Jimmy Stappleton. Et puis, Danny, il y a cette réaction de Garvey. Depuis qu'il a été nommé, il n'a pas arrêté de nous chercher des crosses, mais pas à ce point... Enfin, dit-elle, son intuition féminine était formelle.

Cette déclaration déclencha le ricanement de toute la partie masculine de la rédaction. À ce moment, monta de la rue le grondement si caractéristique des huit cylindres et des presque sept mille centimètres cubes de la Duesenberg.

Il était huit heures trente du matin et Kate Killinger, qui s'était couchée cinq heures plus tôt, à la clôture de l'édition dominicale, arrivait.

Quelques semaines plus tôt, elle avait, ou plus exactement on avait, fêté son vingt-neuvième anniversaire. Elle, elle ne s'intéressait guère à ce genre de péripéties, dénuées de tout intérêt à ses yeux. Elle n'avait pas changé.

Physiquement d'abord. Sa taille avoisinait le mètre soixante-quinze et sa silhouette continuait à provoquer une brusque arythmie cardiaque chez la quasi-totalité des individus de sexe mâle. Quant aux fameux yeux saphir, il n'était pas jusqu'à l'écrivain Frank Foster (récemment entré au *DAY* comme critique littéraire) qui ne leur eût consacré un poème. Près de neuf ans s'étaient écoulés depuis sa première tentative de créer un journal qui ne fût qu'à elle, qui ne dût strictement rien à Karl Killinger, son père. La *Queens Gazette* avait été un échec, à l'instar d'ailleurs de son premier mariage avec l'assez falot Douglas Caterham. Il y avait eu alors les années Rourke (l'expression n'était pas d'elle; elle n'y faisait jamais la moindre allusion), quand H.H. et elle s'en étaient allés vivre en Chine. Après la naissance de leur fils, elle avait rompu, avec sa froide détermination, ayant choisi, contre l'amour indubitable qu'elle portait à Rourke, son besoin dévorant de vivre et de créer par elle-même. Une deuxième fois, elle s'était lancée dans la presse. De brefs passages dans l'industrie de la mode, puis dans l'immobilier, en Floride, lui avaient fourni les capitaux nécessaires. En aucun cas elle n'eût attendu d'aide de son père, directeur-fondateur du premier journal de New York, le *Daily News*, milliardaire et concurrent principal de Kate.

Elle avait créé le *DAY* trois ans plus tôt.

Elle n'avait pas changé. La même flamme ardente, la même formidable impatience continuaient de la brûler. Plus que jamais elle était la femme pressée – ainsi l'avait surnommée celui qui avait été, tant à la *Gazette* qu'au *DAY*, le premier de ses rédacteurs en chef, avant de rejoindre la rédaction du *New York Times*, Nick Di Salvo. Son deuxième mariage (qui l'avait selon toute apparence définitivement éloignée de H.H. Rourke), avec le financier Bernard Adler, de vingt-cinq ans son aîné, s'il l'avait libérée de tout souci d'argent, n'avait en rien ralenti sa course presque féroce; elle consacrait au *DAY* quinze à vingt heures par jour, quasiment sept jours par semaine.

Elle se pencha sur les tirages qu'Harry Coughlan venait de sortir de son laboratoire et les étala sur la longue table en U de la salle de rédaction.

– Tu as d'autres photos de lui que celles-ci, Harry? Je veux dire des photos où il est vivant?

Coughlan rit. En d'autres circonstances, il n'hésitait pas à voler aux familles des photos des victimes. Mais à Smithtown Bay, il n'avait vraiment pas eu le temps.

– Ils m'ont foutu dehors moins de trois minutes après mon entrée dans la maison. Heureusement que j'ai pu faire l'échange de mes appareils.

– Avec Sandy?

– Oui.

Shirley Storch fit glisser vers Kate tout un dossier. À l'intérieur, d'autres photos, prises à des ventes de charité, des concours hippiques, des rencontres de tennis, des régates, des bals ou dans tel restaurant célèbre de Manhattan. Kate plaça à sa gauche les documents d'archives et à sa droite les tirages encore humides de Coughlan. Ceux-ci représentaient un homme pendu à un lustre, les pieds ballant à un bon mètre du parquet à points de Hongrie, dans une grande et belle maison de deux étages de Smithtown Bay, Long Island.

– Qu'est-ce qu'on sait de lui, Shirl?

– James Henry Pierce Stappleton, né le 11 mars 1897 à New York...

– Trente-neuf ans, remarqua Kate. Je lui en aurais donné sept ou huit de moins. Mais je me souviens à présent : sa mère était une Pierce, des aciéries. Vingt millions de dollars au bas mot – probablement plus. Il était marié?

– Deux fois. Deux fois divorcé. La dernière fois en 31. Pas d'enfant.

– Il faudrait connaître l'opinion que ses ex-femmes ont de lui.

– J'y ai pensé. On est en train de les localiser.

Shirley Storch continua à débiter toutes les informations que contenait le dossier déjà établi sur J. H. « Jimmy » Stappleton. Kate examinait les photos d'archives. L'homme était d'une beauté singulière, un peu féminine – « *la bouche surtout* » –, de haute taille, élégant et mince, il fixait à chaque fois l'objectif qui l'avait saisi avec, dans le regard, une incontestable intelligence, le plus souvent narquoise, comme s'il souriait à quelque plaisanterie qu'il eût été seul à connaître. Et, sur les clichés pris par Harry Coughlan, en dépit des déformations du visage dues à la strangulation, Kate crut lire dans le regard très étréci filtrant sous les paupières à demi closes du cadavre un peu de cette ironie qu'il avait manifestée de son vivant.

– On dirait qu'il est mort en souriant. Comment la police explique-t-elle le décès?

– Meurtre, dit Danny Clifton, intervenant pour la première fois, pipe entre les dents.

– Pas suicide?

– Meurtre. J'ai eu moi-même Garvey au téléphone. Il en a d'ailleurs profité pour m'apprendre qu'il ne voulait voir personne du *DAY* à Smithtown. Et j'ai parlé également à McNulty et Moscowitz, l'ancien adjoint de Donovan.

– Même Moscowitz?

– Même lui.

Danny Clifton hocha la tête. Il avait alors trente-quatre ans, et douze années de journalisme derrière lui. Il venait de Detroit et travaillait depuis trente mois pour le *DAY*. Il ressemblait aussi peu que possible à Nick Di Salvo, dont il avait pris la succession. Massif, blond-roux, plus enclin à écouter qu'à assener des ordres tranchants, c'était un faux lent, capable de demeurer douze heures de rang dans son fauteuil de rédacteur en chef. Il était aussi doté d'une mémoire exceptionnelle, et surtout d'une aptitude indispensable à sa fonction : déterminer rapidement l'essentiel d'une information et l'intégrer à l'édition du jour.

– Aux autres maintenant.

Kate mit de côté le dossier Stappleton et passa à la seconde affaire de la nuit du samedi au dimanche – en fait la première par ordre chronologique. On avait retrouvé deux jeunes hommes de race blanche pendus dans un hangar à bateaux, près d'Inwood, dans Jamaica Bay. Comme souvent, la découverte devait tout au hasard. Des pêcheurs du dimanche, ancrés à proximité, avaient été tirés du sommeil par des hurlements, des bruits de lutte, un soudain silence, une lumière demeurée allumée, le brusque démarrage d'*« une voiture de grosse cylindrée, probablement une Cadillac V-16 »* (l'un de ces marins occasionnels était mécanicien-auto de profession). Ils avaient débarqué et étaient allés voir, vers une heure trente du matin le dimanche. Ils avaient découvert deux corps pareillement accrochés par le cou, entièrement nus l'un et l'autre, les poignets liés par de la corde, émasculés. Le couteau de chasse ayant servi à l'opération avait été abandonné sur les lieux; les vêtements des morts étaient soigneusement disposés. Tout indiquait qu'on les avait ôtés sans précipitation particulière, ou rangés après les meurtres; mais ils n'avaient pas été arrachés.

Toutefois, on avait pris soin de les dépouiller de tout ce qui pouvait permettre une identification; seul, l'argent – une soixantaine de dollars en tout – n'avait pas été emporté.

– Comment a-t-on pu les identifier si vite? demanda Kate.

... Grâce à un petit carnet d'adresses trouvé sur le sol, près de l'endroit où avait stationné la voiture. Le propriétaire du carnet se nommait Lester Ivory, son compagnon Benjamin Finch; tous deux âgés de dix-huit ans et sur le point d'entrer au collège de Yale. Finch était de Philadelphie et passait ses vacances chez Ivory, dont le père était l'un des principaux associés dans un cabinet d'avocats d'affaires new-yorkais. Les familles Finch et Ivory se connaissaient de longue date. Elles avaient même effectué ensemble, l'année précédente, un voyage en Europe.

– Des homosexuels?

Shirley fit non de la tête. Elle avait été assez culottée pour poser la question à Ivory père, qui avait nié avec rage.

– Il fallait s'attendre à ce qu'il nie, de toute façon. Les Ivory et les Finch ne sont pas n'importe qui.

Kate considérait les corps nus et si effroyablement mutilés. Comme dans le cas de Stappleton, un photographe du *DAY* s'était trouvé sur les lieux en même temps que la police. Ce photographe s'appelait Folley et avait pour mission de suivre les équipes policières de nuit. On ne l'avait pas empêché de travailler, au contraire de ce qui s'était passé à Smithtown Bay.

– Est-ce que quelqu'un pourrait m'apporter un café et quelque chose – n'importe quoi – à manger? Je n'ai pas eu le temps de déjeuner.

Elle revint aux clichés de Jimmy Stappleton pendu au lustre de sa bibliothèque.

– Shirl, pourquoi penses-tu qu'il y a une relation entre l'assassinat de ces deux gamins et la mort de Stappleton?

– En premier lieu, parce que le nom de Stappleton et trois de ses adresses (à Manhattan, à Long Island et à Miami) figuraient dans le carnet d'adresses de Lester Ivory. Ensuite, parce que, selon le témoignage du maître d'hôtel des Ivory, que nous avons interviewé avant qu'il reçoive l'ordre de se taire, les deux étudiants avaient rendez-vous hier soir avec celui qu'ils appelaient Oncle Jimmy.

– Qui a parlé à ce maître d'hôtel?

– Nellie Hutchins, la sœur de Peggy. Nous n'avions qu'elle sous la main et elle habite à dix blocs de la Soixante-Troisième-Rue-Est, où est l'hôtel particulier des Ivory. Je l'ai tirée du lit et expédiée là-bas.

– Elle est arrivée avant la police?

– Oui.

– La police a eu confirmation de ce témoignage?

– Aucune idée.

On apporta du café et des beignets. Kate en avala distraitement la moitié, avec son appétit ordinaire. Il y eut dehors un nouveau bruit de voiture mais personne ne tourna la tête : le puissant grondement de la Rolls de Bernard Adler était désormais presque aussi familier à l'équipe du *DAY* que le bruit du moteur de la Duesenberg de Kate.

– Il faut s'assurer que ce maître d'hôtel ne va pas soudain perdre la mémoire.

– Nellie n'a sûrement rien inventé, elle n'est même pas capable de tricher sur une note de frais.

– Elle ne sera jamais une vraie journaliste, dit Kate en riant. Mais je n'aime pas la façon dont Garvey et McNulty traitent cette affaire. Et s'il y a eu des relations homosexuelles entre le beau Jimmy et les étudiants, les familles vont tout faire pour le cacher. Au fait, qu'est-ce que c'est que cette histoire de clochard?

– Il s'appelle August « Gussie » Stacek. Il a dans les soixante-quinze ans. Une trentaine de séjours en prison pour ivresse sur la voie publique et vagabondage – la plupart du temps, il est volontaire, surtout en hiver. Hier soir, vers minuit et quelques, ou un peu avant, une Cadillac l'a heurté et renversé. Il y avait plusieurs hommes à bord, au moins trois. Le conducteur est descendu, s'est assuré que Gussie n'était pas blessé, lui a donné deux cents dollars et est reparti. Vers l'est.

– Jamaica.

– Jamaica Bay.

– C'était Stappleton?

– D'après la description, oui. Et Gussie a retenu le numéro minéralogique pour pouvoir le jouer à la loterie : à un chiffre près, c'est celui de la Cadillac V-16, de l'une des Cadillac de Jimmy Stappleton.

– Je voudrais parler à ce Gussie.

31

– Torrance croit savoir où le trouver.

– Ramène-le moi, Benny, dit Kate à Torrance, un garçon d'une vingtaine d'années, lequel quitta aussitôt la salle de rédaction pour aller prendre le volant de l'une des Ford T mises à la disposition des reporters.

... Bernard Adler s'assit à la place ainsi libérée, vêtu et cravaté à merveille, mains posées sur sa canne à pommeau d'ivoire.

Kate sourit à son mari.

– Bien dormi?

Il se contenta d'acquiescer, lui retournant son sourire. Kate choisit l'une des photos montrant Jimmy Stappleton pendu par le cou et la fit glisser vers lui.

– Un homme qui, pour se suicider, choisit de se pendre, utilise nécessairement deux choses, dit-elle. Une corde d'abord, puis un tabouret, ou une chaise, ou un fauteuil, ou un meuble quelconque, pour grimper dessus et se laisser tomber dans le vide. D'accord?

– D'accord.

– Cette photo révèle qu'il y a la corde, mais aucun tabouret visible, ni aucune chaise, aucun fauteuil, aucun meuble à moins de cinq mètres alentour. En fait, tout est parfaitement rangé dans la pièce.

– Donc, c'est un meurtre et pas un suicide, dit calmement Bernard Adler.

– Et, qui plus est, mon suicidé a les mains étroitement liées derrière le dos. Les agrandissements si intelligemment faits par Harry – merci Harry! C'est du bon travail – le prouvent sans aucun doute possible : James Henry Pierce Stappleton n'a pas pu se suicider.

– Sauf s'il s'est lui-même ligoté les poignets après sa propre mort.

– Hypothèse que nous écarterons pour l'instant, dit Kate, le nez dans sa chope de café et sa main libre étalant un peu plus sur le plateau de la table les agrandissements d'Harry Coughlan.

– Soit dit en passant, si le beau Jimmy a été assassiné, il ne semble pas qu'il se soit beaucoup débattu.

– Il a peut-être été exécuté par un maniaque de l'ordre, qui a fait ensuite le ménage.

Il lui sourit, elle lui sourit. Elle demanda :

— Bernard, tu connaissais personnellement Jimmy Stappleton ?

— Il m'a flanqué la pâtée au golf en deux ou trois occasions.

— Est-ce que sa mort te bouleverse ?

— Autant que celle de n'importe quel être humain, mais pas plus. Je plaindrais davantage ces deux pauvres garçons retrouvés dans le hangar à bateaux.

— Tu connais la famille Ivory ?

— Un peu.

— Tu connais la famille Pierce ?

— Un peu.

— Personnellement ou de nom ?

— J'ai rencontré Carter Ivory, le père du jeune mort, à quelques réunions d'affaires. C'est un excellent avocat. Et j'ai croisé les Ivory et les Finch à une soirée de charité au Waldorf Astoria. Je veux dire l'ancien Waldorf Astoria, celui qui se trouvait là où est maintenant l'Empire State Building.

— Et les Pierce Stappleton ?

— Je connais bien sûr madame Pierce Stappleton, la mère de Jimmy. Ce n'est pas une performance. L'exploit serait plutôt d'avoir réussi à l'éviter.

— Quelle famille est la plus riche des trois ?

— Les Pierce Stappleton sont moins pauvres que les Ivory, qui sont plus riches que les Finch. À un ou deux millions de dollars près.

— Les relations politico-mondaines de la mère de Jimmy ?

— Je ne crois pas qu'elle connaisse Dieu personnellement, autant que je me souvienne, dit Bernard Adler. Mais tous les autres, oui. Quel est le fond de ta pensée, Kate ?

— Je pense comme Shirley et Danny, lequel fait seulement semblant de ne pas avoir d'opinion. Je pense comme la plupart de ceux qui sont assis à cette table et nous écoutent : Jimmy Stappleton a tué et mutilé ces deux gamins, pour une raison à déterminer mais dont tous nous avons une idée ; après quoi il est rentré chez lui et, dans un mouvement de mauvaise humeur bien compréhensible, il s'est suicidé. Et, soit quelqu'un l'a aidé à se suicider en estimant que c'était une bonne solution pour tout le monde, soit ce même quelqu'un est arrivé trop tard pour empêcher le suicide mais a camouflé ce suicide en meurtre. Est-ce que par hasard tu connaîtrais cet homme, Bernard?

Elle tendit à son mari la photo sur laquelle, au milieu des policiers de Garvey et à côté du procureur McNulty, figurait l'homme de haute taille aux yeux glacés derrière ses lorgnons à la Rockefeller.

– Je ne l'ai jamais vu, affirma Bernard Adler.

Kate hocha la tête :

– Et je pense aussi, dit-elle, que le capitaine Garvey et Ted McNulty sont parvenus à la même conclusion que nous autres, du *DAY*, mais qu'ils vont tout faire ou sont en train de tout faire pour que les deux affaires, celle de Jamaica Bay et celle de Smithtown, ne soient pas liées, qu'elles ne le soient jamais et que la réputation de feu le beau Jimmy ne soit jamais entachée. Et, naturellement, je pense enfin que le *DAY* devra révéler et bien entendu prouver la thèse en laquelle nous croyons tous.

– Vous pouvez tous vous tromper, remarqua Bernard Adler avec son ton ordinaire de très grande courtoisie.

– Qu'est-ce qu'on parie, Bernard?

Il fixa Kate, l'œil amusé, puis parcourut de son regard les visages de la si jeune équipe qui les entourait.

– Soyons clairs, dit-il enfin. Je parie que, même si Jimmy a réellement assassiné les deux étudiants, vous ne parviendrez pas à le prouver contre la police, les services du procureur et toute la haute société new-yorkaise parfaitement solidaire.

– Tenu, dit Kate. On parie quoi?

Il prit son temps pour répondre.

– Si j'ai raison, je signe tout seul l'éditorial du *DAY* pendant un mois. Puis-je avoir un peu de café, moi aussi?

Kate lui tendit la chope qu'elle venait à nouveau de remplir pour elle.

– L'éditorial pendant un mois?

– Un mois de trente et un jours.

– Et je n'aurai pas le droit d'écrire une ligne?

– Tu peux refuser le pari, dit-il.

Le téléphone sonnait.

– Tenu, dit Kate. Mais attention, Adler! Si je gagne, c'est toi qui cesseras pendant tout un mois de critiquer Franklin Roosevelt.

Bernard Adler avait épousé Kate Killinger quatre mois plus tôt. Il avait investi trois millions de dollars de sa fortune personnelle dans le *Queens & Long Island DAY*, dont il était ainsi devenu le cogérant responsable de l'édition, à parité exacte avec sa femme.

Il était républicain, elle était démocrate. Au cours de la lune de miel la plus courte de l'histoire de la presse nord-américaine, voire mondiale (quatre heures), tout en contemplant les rotatives en train de tourner (Adler n'avait jusque-là jamais mis les pieds dans une imprimerie intégrée), ils s'étaient une première fois mis d'accord : ils allaient signer à tour de rôle, un jour l'un, un jour l'autre, l'éditorial du *DAY*. En sorte que les lecteurs, plutôt surpris, avaient pu, les jours impairs, lire une critique fort virulente et très caustique de la politique extérieure et intérieure du président démocrate Franklin Delano Roosevelt, et, les jours pairs – même emplacement, même typographie, même encombrement à la ligne près –, une approbation enthousiaste de tout ce que pouvait faire, dire ou sous-entendre le même Roosevelt. Il signait évidemment les jours impairs, elle rétablissait l'équilibre dès le lendemain.

... Officiellement du moins. Ils s'étaient amusés à intervertir les rôles, écrivant chacun à la place de l'autre, par jeu, et s'en étaient admirablement tirés. Même Danny Clifton n'avait rien remarqué. Enfin, presque...

Les lecteurs, dans l'ensemble, avaient plutôt rigolé. Un certain nombre d'entre eux toutefois s'étaient plaints d'avoir du mal à discerner la ligne politique du journal. Les deux directeurs cogérants avaient tenu une nouvelle réunion au sommet et étaient convenus de nouvelles dispositions : ils publiaient désormais deux éditoriaux par jour, systématiquement, en bas de la page 2, dernière colonne à droite – « en sortie de rez-de-chaussée » – pour lui, première colonne à gauche pour elle. La constante et mutuelle contradiction qu'ils s'apportaient ainsi avait positivement enchanté tout le monde, hormis quelques grincheux de naissance, et rallié l'essentiel des suffrages. Elle avait même eu pour effet d'attirer de nouveaux lecteurs.

En 1936, Bernard Adler venait depuis quelques mois d'entrer dans sa cinquante-cinquième année. On avait bien sûr prétendu que le second mariage de Kate (elle demeurait Kate Killinger ou miss Killinger pour tous, seuls quelques domestiques l'appelaient madame Adler) n'avait pas eu d'autre but que de renflouer les caisses du *DAY*, qui en avaient bien besoin. La fortune de Bernard Adler étant censée faire pièce à celle de Karl Killinger, dans le cadre général de la bataille permanente entre ce dernier et sa fille unique qui était aussi sa concurrente, puisque chacun des Killinger possédait et dirigeait son propre journal. Au sein même du personnel du *DAY*, certains l'avaient cru.

... Certainement pas un Arthur Hennessey. Il connaissait trop bien Kate. Hennessey avait été du premier effectif, neuf ans plus tôt, à la création de la *Gazette*. À soixante-treize ans, il avait certes pris sa retraite de chef correcteur, mais n'en continuait pas moins à venir régulièrement à Buckingham Street. Sans autre raison que l'affection qu'il portait depuis toujours à Kate et l'intérêt qu'il prenait au journal – que celui-ci eût changé de titre lui apparaissait comme un détail bien mineur. Des années plus tard, Nick Di Salvo, rédigeant ses mémoires, pour une très large part consacrés à Kate Killinger, la femme pressée, remarquerait que le vieil Hennessey avait tenu, auprès de la jeune femme, un rôle assez semblable à celui occupé par le Chat-Huant au côté de H.H. Rourke.

Pour Hennessey – et pour pas mal d'autres en vérité –, aucun doute n'était permis : elle n'avait certainement pas épousé Adler pour son argent (en cas de besoin crucial, elle se fût à coup sûr arrangée pour trouver des capitaux dans une banque), mais parce qu'elle avait de l'affection, de l'amitié, du respect pour lui.

... Pas d'amour évidemment, dès lors que H.H. Rourke existait.

Une autre raison encore à ce mariage : la terrible solitude dont elle souffrait.

Vers dix heures trente ce matin-là, qui était donc un dimanche, un appel téléphonique arriva entre des dizaines d'autres. Il émanait du capitaine Garvey. Lequel était furieux : ses services venaient de découvrir qu'Harry Coughlan avait bel et bien conservé ses photos de Stappleton pendu. Kate ne prit pas elle-même la communication – elle eût sans aucun doute expédié le policier au diable. Adler s'en chargea. Il avait fait de brillantes études de droit (son père était chirurgien et s'était battu avec les armées du Nord durant la guerre civile) mais avait préféré la finance au barreau. Il avait jeté les bases de sa fortune par une très spectaculaire spéculation boursière en 1898, alors qu'il avait à peine vingt ans. C'était le temps de la guerre entre les États-Unis et l'Espagne. Comme tout le monde, il avait reçu la nouvelle d'une décisive victoire américaine; comme beaucoup, il avait compris que l'événement allait naturellement entraîner une hausse considérable des valeurs de la Bourse; à peu près seul, il avait eu l'idée d'anticiper les réactions de Wall Street en jouant sur le marché de Londres, mettant à profit le décalage horaire entre les bords de l'Hudson et ceux de la Tamise. La suite de sa carrière avait confirmé d'aussi remarquables qualités d'intelligence et de rapidité de jugement. Dès 1917, le président Wilson avait fait appel à lui en qualité de conseiller financier. Il était intervenu dans la plupart des accords internationaux qui avaient suivi la Première Guerre mondiale. Il avait dès lors été régulièrement appelé en consultation par les successeurs de Wilson à la Maison-Blanche, Harding, Coolidge et Hoover. Mais il avait rompu définitivement avec la politique et les hautes sphères de Washington lors du krach de 1929 – il avait reproché à Hoover son immobilisme – et, *a fortiori*, quand F. D. Roosevelt avait obtenu son premier mandat présidentiel, au nom du parti démocrate. Non qu'il fût affecté du moindre fanatisme politique – il était bien trop intelligent pour verser dans le fanatisme –, mais les conférences et les politiciens commençaient à l'ennuyer à mourir.

– Mon cher capitaine Garvey...

Il expliqua au chef de la police locale que le *DAY* avait l'intention, non seulement de conserver les photos prises par l'un de ses reporters, mais encore de les publier avec le maximum d'effet. Et, tel le monsieur Micawber de Charles Dickens, le *DAY* et ses deux directeurs, à savoir miss Kate Killinger et lui-même, Bernard Adler, attendaient de pied ferme la suite des événements, quelle qu'en fût la nature.

– Toute tentative pour nous empêcher de tirer au clair l'affaire Stappleton et l'affaire Ivory-Finch sera accueillie par nous avec reconnaissance. Elle nous prouvera *ipso facto* qu'il y a matière à une très vaste campagne de presse. Au revoir, cher capitaine.

Il raccrocha, assez content de lui. Jouer les directeurs de journal l'amusait beaucoup. Il croisa le regard de Kate occupée à réduire à la mongole un reportage trop verbeux.

– J'ai faim, Kate.

Elle feignit de ne pas entendre. Une vingtaine de minutes plus tôt, le jeune Benny Torrance expédié à la recherche de Gussie Stacek, le clochard, avait appelé pour annoncer qu'il n'avait pas réussi à retrouver le vieil homme, qui ne traînait dans aucun de ses bars habituels. De son côté, Shirley Storch avait essayé de rétablir le contact avec le maître d'hôtel des Ivory pour obtenir la confirmation de sa déclaration antérieure, à savoir que les deux étudiants avaient bien rendez-vous, la veille au soir, avec Oncle Jimmy. Elle n'avait même pas pu pénétrer dans l'hôtel particulier; la seule personne qui avait accepté de lui parler s'était révélée être un avocat, lequel avait nié que quiconque dans le personnel eût jamais prononcé le nom de James H. Stappleton et menacé de poursuites judiciaires tout journal qui s'aviserait de prétendre le contraire.

Adler avait personnellement essayé de joindre Ivory senior, sous le prétexte de présenter ses condoléances. Il n'avait pas pu l'atteindre.

Rien que d'assez normal jusque-là. L'attitude de la police pouvait surprendre davantage : en poste à Long Island depuis cinq à six mois, le capitaine Samuel Garvey s'était certes, dès ses débuts, montré peu disposé à coopérer avec la presse en général et le *DAY* en particulier. Il venait du Bronx, où il avait passé douze ans et acquis une solide réputation de mauvais coucheur. Mais l'enquête ordonnée par Kate n'avait rien révélé à part cela. On n'avait trouvé chez lui trace d'aucune tendance à se laisser acheter ou impressionner. Cependant, jusqu'aux vingt-quatre dernières heures, il n'en était jamais arrivé au point de faire jeter dehors des reporters. C'est pourtant ce qu'il avait fait à Smithtown Bay.

– Danny? Je voudrais tout savoir sur les domestiques de Stappleton à Long Island. Et sur ceux qui ont pu se trouver dans la maison la nuit dernière.

Clifton acquiesça et transmit les consignes. Bernard Adler considérait sa femme. Il demanda :

– Tu ne te laisses pas emporter par ton antipathie pour Garvey?

– Je ne me laisse jamais emporter par rien, et tu le sais. Si tu tuais quelqu'un, j'imprimerais que tu es l'assassin, et je fournirais toutes les preuves en ma disposition. Quitte à te faire évader ensuite.

– Ce qui donnerait matière à un deuxième bon reportage.

Elle éclata de rire.

– Exactement.

Elle se remit à zébrer de grands traits de plume le papier qu'elle réduisait. Elle s'interrompit, pensive.

– Bernard, qui prend les décisions, dans la famille Stappleton?

– Julia Pierce Stappleton, répondit-il aussitôt. Et cela depuis toujours. Je suis persuadé qu'elle a débuté dans la vie en donnant des consignes au médecin accoucheur le jour de sa naissance. Je l'ai rencontrée deux fois, et chaque fois j'ai été au bord de l'épouvante.

– Pire que moi?

– Pire à tous égards. Surtout physiquement, je dois dire. Elle avait réussi à faire un sénateur du père de Jimmy. Il ne savait pratiquement ni lire ni écrire quand elle l'a épousé – il avait déjà dix millions de dollars, remarque. C'est probablement elle qui lui a appris à former ses lettres. Il s'est suicidé il y a huit ou neuf ans.

Elle le fixa, stupéfaite.

– Suicidé?

– Ce n'est pas la version officielle. Officiellement, il inspectait le trente-troisième étage de l'un des immeubles qu'il était en train de faire construire, il a glissé et il est tombé. Sauf qu'il était saoul comme une vache et que ça se passait vers les deux heures du matin. Quelques semaines plus tôt, il avait manqué sa réélection de sénateur.

– Danny? Tu as entendu?

– Je vais mettre quelqu'un sur l'affaire, Kate.

Elle mâchonnait la tige de son porte-plume.

– Il ne manquerait plus que les Stappleton se soient suicidés de père en fils.

– Ça m'étonnerait, dit Adler. Le père de Jimmy a débuté comme maçon, à son arrivée de Belfast, à douze ans. Il n'a commis qu'une erreur dans sa vie: épouser Julia Pierce. Elle l'a rendu fou.

– Pareil pour Jimmy.

– *Cherchez la femme*, dit Adler en français – il parlait cette langue parfaitement, de même que l'allemand.

La salle de rédaction s'était presque entièrement vidée. Danny Clifton lui-même était sur le point de partir, ayant assigné à chacun des membres de son équipe le travail du jour. Il avait insisté pour rester mais s'était rendu aux ordres de Kate. En somme, c'était son jour officiel de repos et il avait promis à ses enfants de les emmener à Coney Island. Il finit par s'en aller. En cet été 36, le *DAY* employait vingt-huit reporters et six photographes. Auxquels il fallait ajouter l'équipe spécialement affectée à la fabrication du supplément dominical : six rédacteurs et deux photographes. Au total, en incluant tous les services de l'entreprise, les divers ateliers techniques, les ventes, la composition, l'impression, la photogravure et la correction, les secrétariats avec leur batterie de téléphonistes, la distribution et, enfin et surtout, le très important service de publicité, toujours dirigé par l'arrogant Ed Solomons, c'était maintenant plus de cent personnes qui travaillaient directement pour le journal. Le *DAY* tirait en moyenne à cent quarante mille exemplaires par jour – deux cent cinq mille le dimanche –, avec un bouillon (pourcentage d'invendus) qui ne dépassait jamais trois et demi pour cent. Les comptes du journal étaient en équilibre. Grâce aux trois millions de dollars injectés par Bernard Adler, mais aussi grâce au formidable rendement des recettes publicitaires, les plus élevées de la presse américaine, et sans doute du monde, proportionnellement au tirage ou aux frais généraux. À lui seul – c'est-à-dire avec son équipe de douze courtiers fanatisés plus tout un réseau d'agents secrets rémunérés au seul pourcentage –, Ed Solomons couvrait plus de quatre-vingt-cinq pour cent des dépenses de l'entreprise. Ce qui pour autant ne satisfaisait pas Kate, qui estimait que cent dix pour cent eussent été normaux. Elle envisageait même une distribution totalement gratuite, abandonnant les recettes de la vente, mais gardait son projet en réserve devant le tollé général suscité dans sa propre rédaction, qui ne pouvait pas s'imaginer travaillant pour un journal gratuit – c'était une question de principe.

– Bernard, que se passera-t-il pour toi si nous révélons et bien sûr prouvons la culpabilité de Jimmy ?

– Tu veux dire prouver qu'il a eu des relations homo-sexuelles avec les deux étudiants, qu'il en a eu tellement honte qu'il a mutilé et tué ces pauvres garçons, puis qu'il s'est suicidé sous l'effet de ce remords et de cette honte?

– Mmmmm...

Il venait de commencer à écrire son éditorial, dans lequel il s'en prenait une fois de plus à la politique étrangère de Roose-velt – en particulier à son attitude envers le chancelier alle-mand Adolf Hitler. Adler – sa famille était d'origine juive alle-mande – estimait que le gouvernement des États-Unis était mille fois trop bienveillant avec le fou sadique de Berlin.

– Je ne vais plus trouver grand monde pour jouer au golf avec moi. Je crois que je vais me mettre à la pelote basque.

Il n'avait même pas relevé la tête.

Elle dit très doucement:

– Bernard?

Il la fixa, alerté par le ton.

– Oui?

Il soutint le regard.

– Merci d'être ici, dit-elle.

Il sourit.

– Tout le plaisir est pour moi.

Durant toute l'heure suivante, ils continuèrent à travailler côte à côte à la grande table en U, le téléphone ne cessant de sonner et Kate ne cessant de répondre. La salle de rédaction du *DAY* n'avait pas de bureau réservé à la direction, moins encore à la rédaction en chef. On s'asseyait sur les sièges libres, que rien ne différenciait. Kate l'avait voulu ainsi et Bernard Adler s'y était fait, tout milliardaire qu'il fût. Ce qui, les premiers jours, avant que l'homme fût apprécié pour lui-même, n'avait pas peu contribué à le faire adopter par l'équipe réunie dans le fin fond du Queens. Il ne passait certes pas la totalité de ses journées à Buckingham Street mais, sauf en de très rares occa-sions, il ne manquait pas d'y effectuer une visite quotidienne. Parfois longue de huit ou dix heures, en fait, selon son propre emploi du temps. Il lui arrivait de bâtonner une dépêche d'agence ou le texte sorti de la machine d'une téléphoniste-dactylo, tel un simple secrétaire de rédaction de base. Mais il ne se serait jamais hasardé à proposer un titre. Et, lors de ses

41

présences prolongées, il pouvait fort bien s'amuser à faire venir, d'un restaurant à la mode, comme le Ritz ou le Colony Club, des repas pantagruéliques arrosés de champagne. Avec d'autant plus de malignité qu'il déclenchait ainsi la fureur de Kate, qui n'aimait pas mélanger le travail et le plaisir.

Ce jour-là, il parvint à la convaincre de l'accompagner dehors pour déjeuner (stupéfait d'y avoir réussi, en fait). Il la persuada que quitter quelques dizaines de minutes son poste de commandement, au demeurant fort bien tenu par Shirley, n'entraînerait pas fatalement la mort du *DAY*.

Ils allèrent déjeuner à Forest Hills, où se disputaient les championnats internationaux de tennis des États-Unis. Depuis l'année précédente, ces championnats n'étaient plus exclusivement réservés aux hommes; les dames avaient désormais le droit d'y prendre part, en simple, double et double mixte.

— Tu y es pour quelque chose.

— Pardon?

Elle n'avait pas écouté. Mangeant comme elle le faisait souvent : engloutissant tout ce qui se trouvait dans son assiette sans y accorder la moindre attention; elle était très capable de sauter un voire deux repas à la suite, préoccupée uniquement de son travail, au point qu'il fallait souvent que quelqu'un de son entourage (auparavant Nick Di Salvo et maintenant Danny Clifton, Shirley ou mieux encore Bernard Adler lui-même) se chargeât de lui rappeler qu'elle devait se nourrir de temps à autre.

Adler sourit et s'expliqua. Des mois durant, pendant les deux années précédentes, Kate, dans les colonnes du *DAY*, avait mené vigoureusement campagne pour que, précisément, les femmes fussent admises à jouer à Forest Hills, au même titre que les hommes.

— D'où ma remarque : « *Tu y es pour quelque chose.* »

Elle tourna la tête et parut découvrir l'existence des terrains de tennis à quelques mètres d'elle; elle eut même, quelques secondes, l'air de se demander ce qu'elle pouvait bien faire là, au lieu d'être à Buckingham Street en train de préparer son journal. Elle se mit à rire.

— Excuse-moi, Bernard; je suis insupportable.

— Ce n'est pas exactement le mot que j'emploierais, répondit-il, gentiment moqueur.

Leurs regards s'accrochèrent, y passa toute leur très affectueuse connivence, faite d'amitié, de tendresse, d'égale intelligence. Adler, avec son tact ordinaire, relança la conversation. Il raconta une histoire qui courait à propos du tennis féminin et des tenues de plus en plus courtes que ces dames arboraient maintenant – pour certaines, il arrivait que l'on vît leur culotte quand se soulevait leur jupette plissée; sur le stade anglais de Wimbledon, quelque temps plus tôt, alors qu'elle se détendait violemment pour attraper une balle, une joueuse particulièrement bien dotée par la nature avait vu l'un de ses seins jaillir hors de son corsage; dans un silence stupéfié, le juge-arbitre, depuis sa chaise, avait très flegmatiquement annoncé : *«Avantage dehors! »*

Kate rit. Elle achevait son dessert, des fraises à la crème glacée. Il régnait sur tout le stade, sur toute la région new-yorkaise, une chaleur lourde et un peu poisseuse. D'entre toutes les femmes, certaines fort jolies, qui se trouvaient présentes, Kate se détachait singulièrement. Par sa taille, par sa totale indifférence, nullement simulée, à l'impression qu'elle pouvait produire. La quasi totalité des regards était sur elle. On se souvenait de ses affrontements avec son père, magnat s'il en était de la presse new-yorkaise; on rappelait l'extravagante aventure qui l'avait conduite à s'en aller créer un journal dans le lointain faubourg du Queens; on évoquait ses deux mariages : le premier avec Doug Caterham, qu'elle avait quitté un an, jour pour jour, heure pour heure, après la cérémonie, se conformant strictement à l'avertissement qu'elle avait donné et que nul, surtout pas son mari, n'avait songé à prendre au sérieux; et le second avec Bernard Adler, qui en plus était juif. Quelques-uns même prononçaient le nom de H.H. Rourke – *«... Ils ont eu un fils ensemble, vous l'ignoriez? Le gamin a maintenant cinq ou six ans, il vit avec elle, mais elle l'envoie très régulièrement à la grand-mère française... »*

– Je te ramène au journal, Kate?

À l'évidence, elle suscitait une curiosité intense. Et pour cause : on ne la voyait à peu près jamais, cette apparition dans le monde était peut-être la troisième ou la quatrième en plus de trois ans.

Elle acquiesça. Attendit qu'il eût signé l'addition. Se leva, déjà impatiente. Elle portait ce dimanche-là l'un de ces pantalons de soie dont Wallis Simpson allait, dans quelques mois, lancer la mode, ses cheveux étaient courts, son front ceint du célèbre bandeau presque légendaire, du même bleu saphir que ses yeux. Ils sortirent et montèrent dans la Rolls Royce avancée par le chauffeur.

– Est-ce que cette affaire Jimmy Stappleton te tracasse? demanda Adler dans la voiture. Je veux dire: te tracasse à cause de moi?

Elle sortit d'un coup de ses pensées, lui coula un regard presque surpris:

– Pas du tout. Il faudrait?

Elle enchaîna dans la seconde suivante. Avant qu'il n'intervînt, juste avant, elle était à cent lieues de Jimmy Stappleton; elle repensait à son projet de station de radio. Cela la tentait beaucoup. Mais elle n'avait pas changé d'opinion: pas question que lui, Bernard, mît de son propre argent dans l'affaire; si financement il devait y avoir un jour, le *DAY* seul devrait l'assurer, sur ses bénéfices...

... Avec un petit effort supplémentaire de Sa Majesté Ed Solomons, ce devait être possible...

... Surtout si elle réussissait à faire grimper les ventes jusqu'à deux cent mille par jour...

... À moins, bien sûr, qu'elle n'optât pour une formule de distribution gratuite du journal, dont elle avait calculé qu'elle lui permettrait de doubler au moins les recettes publicitaires tout en réduisant les dépenses de rédaction puisque le *DAY* comporterait alors un maximum d'annonces...

... Mais il y avait aussi la possibilité de créer un autre journal en complément du *DAY* – celui-ci conservant dès lors sa formule – un autre journal qui, lui, serait effectivement distribué gratuitement...

... Et puis la télévision l'intéressait également. Elle croyait à l'avenir de ce nouveau moyen de communication dont la technique allait certainement s'améliorer. Elle était certaine qu'un jour viendrait où, sinon tous les foyers américains – et européens aussi peut-être –, mais en tous cas les plus aisés d'entre eux, auraient l'une de ces machines à images. Elle avait lu des tas d'articles sur le sujet – qui était passionnant...

Tandis qu'elle parlait, Bernard Adler la considérait, la découvrant de profil. Il n'avait pas fait l'amour avec elle depuis cinq jours et des idées lui trottaient dans la tête. Mais il ne se faisait guère d'illusions : un tremblement de terre ne l'eût sans doute pas retenue de se ruer à Buckingham Street.

– Tu rentreras tard?

– Je resterai jusqu'au bouclage, comme d'habitude. Vers les deux heures et demie du matin. Si tout va bien, je serai à la maison à trois heures et des poussières. Quoique... Je vais peut-être retarder un peu le tirage, au cas où nous aurions du nouveau dans l'affaire Stappleton. Lucien va hurler de rage et ça lui fera beaucoup de bien : il était un peu éteint, ces derniers temps.

Lucien était Lucien Abadie, le chef rotativiste, d'origine française comme l'indiquait son nom. Conformément à ce qui était une tradition dans la presse, semblait-il, il avait un caractère particulièrement éruptif et ne laissait passer aucune occasion d'exhaler sa mauvaise humeur. Bernard Adler lui avait parlé à deux ou trois occasions, chaque fois avec l'impression d'affronter un fou furieux capable de toutes les violences. Kate et Abadie paraissaient pourtant s'entendre à merveille.

La Rolls stoppa devant les bureaux du *DAY*. Adler se décida enfin à aborder le sujet qui le tracassait depuis la veille.

– Kate? J'ai vu ton père, hier.

Elle était en train de se pencher pour l'embrasser, une main sur la poignée de la portière, comme toujours trop impatiente pour attendre que le chauffeur vînt lui ouvrir. Elle s'immobilisa, une sorte de voile soudain tombé sur le visage.

– Et alors?

– Il m'a téléphoné, m'a demandé si j'acceptais de faire un crochet par le bar de l'hôtel Plaza.

Silence. Elle ne bougeait pas, attendant.

– J'y suis allé. Je n'avais aucune raison de refuser.

– Bien entendu.

Le ton de la jeune femme était des plus neutres.

– Il veut te voir, Kate. Te parler.

Nouveau silence.

– Je suis à mon journal tous les jours, dit-elle enfin.

– À vrai dire, poursuivit Adler, assez curieusement mal à son aise, il préférerait te voir ailleurs que dans une salle de rédaction aussi encombrée que la tienne.

Elle garda le silence. Il demanda :

– Depuis combien de temps ne vous êtes vous pas rencontrés, tous les deux?

Et elle, haussant les épaules :

– Deux ans.

– Près de trois, d'après lui, dit Adler.

Le regard de Kate rencontra enfin le sien :

– Ne te mêle pas de ça, Bernard.

À la seconde suivante, elle acheva le mouvement esquissé un peu plus tôt : elle embrassa Adler sur les lèvres.

– D'accord, dit-elle. Je le verrai. Si j'ai le temps.

L'affaire Stappleton progressa, et en vint presque à sa conclusion au cours des trois jours suivants.

À mesure, en fait, que la thèse élaborée dès le début par la rédaction du *DAY* prenait de la consistance : il y avait bien corrélation, et des plus directes, entre les deux cadavres de Jamaica Bay et celui de Smithtown.

Et, non seulement la police du capitaine Garvey ne pouvait l'ignorer, mais tout se passait comme si elle faisait de son mieux pour le dissimuler.

Le lundi matin, Danny Clifton prit son service à neuf heures. Kate était déjà là. La veille, faute d'éléments décisifs, Shirley Storch et elle avaient dû se contenter de titrer sur les deux crimes, en juxtaposant les deux comptes rendus sans aller plus loin qu'un sous-titre bref et quelques lignes évoquant la possibilité qu'il y eût relation de cause à effet entre la mort des deux étudiants et celle de Jimmy Stappleton. Vers onze heures du soir, Kate avait remis au marbre, c'est-à-dire retiré des pages pour le conserver en réserve, un encadré consacré à Stappleton père et à sa mort, neuf ans et quatre mois plus tôt. Pas assez d'informations concrètes et trop d'allusions sans grand fondement, avait-elle décidé. Autre motif de sa décision : elle avait choisi d'attendre avant de lancer sa grande attaque contre Garvey et les familles Pierce Stappleton, Ivory et Finch.

Comme annoncé à Adler, elle avait effectivement retardé le tirage d'une heure dans l'espoir d'éléments nouveaux, qui en fin de compte n'étaient pas arrivés.

– J'ai fait un saut à la maison de Smithtown, annonça Clifton. Il y a quelque chose de bizarre. La mort de Jimmy a paraît-il été découverte par un domestique. Mais impossible de savoir par quel domestique. Plus surprenant encore : ce domestique inconnu qui trouve son patron pendu à un lustre de la bibliothèque n'appelle pas les services d'urgence. C'est Garvey lui-même qui a déclenché l'alerte et prévenu la morgue.

— Intéressant, dit Kate, en train de mordre à belles dents dans un sandwich au salami.

— Une seule chose est sûre : le premier policier qui est entré dans la maison a été Garvey lui-même. Et il était déjà accompagné de McNulty. Ils étaient seuls tous les deux. Trois ou quatre minutes après eux, les policiers ordinaires ont débarqué, avec les spécialistes de l'identité et l'équipe de la morgue. Le médecin légiste est Carruthers. Il n'est arrivé sur les lieux que quarante minutes plus tard. Mais là, c'est normal : il a été retardé par une panne de voiture.

— Je connais Carruthers. Il est bien, dit Kate.

Clifton hocha la tête :

— Autre mystère : la raison pour laquelle Garvey a tout fait pour empêcher l'entrée de nos gars. D'abord Steve Molina, qui suivait comme toujours les voitures de police, et ensuite Harry Coughlan qui est arrivé en renfort. Je ne comprends pas : si Garvey tient tant à affirmer que Jimmy Stappleton a été assassiné, pourquoi s'est-il opposé au travail de Steve d'abord, de Harry ensuite ? Les photos de Harry renforcent la version officielle : elles montrent que Jimmy a été tué, aucun doute.

— Sauf si Harry risquait de photographier, en même temps – ou a réellement photographié –, quelque chose ou quelqu'un dont on ne voulait pas révéler la présence sur les lieux.

Avec une certaine nonchalance, Kate prit l'agrandissement qui représentait l'homme de haute taille aux lorgnons à la Rockefeller.

— Nous avons identifié ce type, Danny. Il y a environ une heure. Il s'appelle Lloyd MacGregor et c'est un policier privé.

— Qui l'a engagé ?

— À ton avis ?

Danny Clifton tira sur sa pipe. Il était seul à fumer dans toute la rédaction du *DAY*, Kate avait le tabac en horreur.

— Je parierais pour madame Julia Pierce Stappleton, mère de feu Jimmy. Mais il ne va pas être facile de le prouver. Et, à mon avis, madame Julia a engagé MacGregor pour surveiller son fils et lui éviter de faire des bêtises.

47

– Il n'a pas trop bien réussi dans sa mission, on dirait.

– Kate, tu crois que c'est lui qui a camouflé en meurtre le suicide de Jimmy?

– Continue à parier, dit-elle fort paisible.

– Jimmy échappe avant-hier soir à la surveillance de Mac-Gregor, assassine les deux étudiants, rentre chez lui, se suicide. Et là-dessus, MacGregor arrive, découvre le cadavre, prévient madame Julia, qui lui ordonne de faire le nécessaire pour éviter un scandale. Il supprime toutes les preuves du suicide et alerte la police...

– J'aurais laissé ce soin à madame Julia, à sa place.

– D'accord. C'est madame Julia qui appelle ses amis en haut lieu et leur demande d'étouffer l'affaire. Et les amis en haut lieu passent la consigne à Garvey et McNulty. D'accord?

– C'est toi qui paries, Danny.

– D'accord. Je parie que MacGregor, si quelqu'un l'interroge, va répondre qu'il ne sait rien de rien, qu'il n'a pas mis les pieds à Smithtown Bay depuis des jours et des jours et qu'il n'y est arrivé qu'après Garvey et McNulty.

– Et si on lui demande pourquoi il est venu ce dimanche matin?

– Il répondra qu'il venait tout juste d'apprendre la mort de Jimmy. Lequel l'employait... je ne sais pas, moi, par exemple pour le protéger, comme garde du corps... Non, ça ne va pas. Disons pour une enquête sur une jeune femme que Jimmy voulait épouser, ou sur une femme qui insistait trop pour épouser Jimmy. Tu as envoyé quelqu'un chez MacGregor?

– Évidemment, dit-elle. J'attends.

Vers dix heures, comme dans tous les quotidiens du monde, la salle de rédaction commença à s'emplir, le journal tout entier reprit vie. Les maquettistes-illustrateurs du service de publicité eux-mêmes firent leur apparition, ce jour-là comme depuis deux semaines, uniformément coiffés d'immenses sombreros mexicains, en signe éclatant de leur particularisme d'artistes très au-dessus du commun des mortels. Bientôt, Ed Solomons en personne entra, majestueux, confiant à un subalterne le soin de garer sa Pontiac Silver Streak étincelante de chromes. De tous ceux qui travaillaient au *DAY*, Kate comprise, Solomons était le mieux rétribué et ne manquait jamais de le rappeler à tous et à chacun, avec sadisme. Il passa la tête par la porte de la salle de rédaction (il n'y entrait jamais vraiment) et sourit à Kate, et à elle seule, ignorant les autres.

– On se voit quand vous voulez, *señora*.

– Cinq minutes, dit Kate.

Elle était déjà aux prises avec Ludo Cecchi, responsable de la diffusion, d'un caractère presque aussi difficile que celui d'Abadie, qui rentrait, sa journée terminée. Il l'avait commencée à une heure du matin, surveillant la mise en place du *DAY* dans bon nombre des cinq cent soixante-sept points de vente. Il commandait une équipe de vingt-trois permanents renforcés par une horde de surnuméraires, dont certains étaient carrément des clochards recrutés à l'Armée du Salut que l'on payait à la pige. Il était d'une humeur de chien. Selon lui, le décalage d'une heure décrété la veille par Kate l'avait contraint à modifier la moitié de ses tournées, il avait dû recruter dans les asiles de nuit et dépasser son budget. De tels procédés de la part de Kate étaient ignobles, honteux, irresponsables; comme elle ne lui avait plus fait ce genre de saloperies depuis deux mois, il en était presque arrivé à croire que le *DAY* était maintenant un journal sérieux.

Elle lui sourit, enchantée.

– N'essayez pas d'être plus emmerdant que Lucien et Ed, Ludo. Vous n'y arriverez pas.

Il avait vingt centimètres et cinquante kilos de plus qu'elle. Il fit l'ours, se balançant d'un pied sur l'autre, et révéla que quelques-uns de ses revendeurs avaient eu une fois de plus maille à partir avec des racketteurs venus de Brooklyn... Non, non, pas du tout! Il ne disait pas ça pour qu'elle prenne l'affaire en main, il était bien assez grand pour s'en occuper lui-même et il allait le faire. Avec quelques hommes et quelques battes de base-ball, il s'en sortirait très bien.

Elle se rendit à sa conférence avec Ed Solomons. Comme tous les lundis, elle passa plus d'une heure et demie avec son chef de publicité. Vérifiant à son habitude chaque dossier qu'il avait constitué, avec une méfiance qu'elle ne cherchait pas à dissimuler mais qu'elle étalait au contraire, et même exagérait, à seule fin (jamais atteinte) de river son clou à Ed l'infernal.

– C'est à croire que vous n'avez pas confiance en moi! finit-il par s'exclamer, non sans rancœur.

– J'ai en vous la confiance que je témoignerais à un chef de la Mafia qui serait en même temps marchand de tapis à Beyrouth, riposta-t-elle. Je vous fais une confiance absolue jusqu'à concurrence d'un dollar cinquante. Par semaine. Rien au-delà. À ma connaissance, vous êtes le plus grand escroc de l'État de New York, et probablement d'ici au Rio Grande.

– Ce n'est pas en me flattant que vous arriverez à quelque chose avec moi, ricana Ed Solomons. Qu'est-ce que vous lui reprochez, à cet échange-marchandises?

– Rien du tout. Sauf que, moi vivante, on ne passera pas dans mon journal un placard vantant les mérites d'un monsieur Isiah Epstein pour cette seule raison que c'est un copain à vous.

– Je n'ai aucun copain quand je vends; je n'ai même pas de famille. Et d'abord, qui a parlé d'une insertion gratuite? Epstein nous livre en échange mille huit cents casseroles du dernier modèle!

– Hé! Hé! s'écria Kate. Et nous allons vendre ces foutues casseroles sur le trottoir devant les bureaux du *DAY*?

– J'ai déjà tout arrangé. Enfin, presque. J'ai trouvé acquéreur pour cent quatre-vingt-dix... disons deux cents casseroles, parmi le personnel du journal. Pour le reste, ce ne sera qu'une question de temps, je finirai bien par les vendre.

– Des clous, dit Kate.

Ils se sourirent. Elle était sans nul doute le seul être humain au monde pour lequel Ed Solomons éprouvât du respect, voire de l'affection. Cet ancien vendeur de voitures d'occasion avait des hommes et des femmes l'opinion la plus tranchée qui fût: il était le loup, le reste de l'humanité était un troupeau d'agneaux bêlants, dans lequel il pouvait et même devait mordre à belles dents, avec une joyeuse férocité. Il s'émerveillait de sa propre crapulerie avec un orgueil qui confinait à la naïveté. Sa réputation de chef de publicité le plus efficace à ce jour avait largement dépassé les frontières du Queens, de Brooklyn, de Long Island et des environs: le groupe Hearst lui avait adressé des propositions mirifiques, et aussi des journaux de Boston et surtout de Chicago. Il s'était rendu sur les bords du lac Michigan – puisque le voyage lui était entièrement payé – et en était revenu abattu, consterné par la révélation de sa propre honnêteté, qui lui avait fait refuser toutes les offres. Se découvrir plein de droiture, c'est-à-dire d'une inébranlable fidélité à Kate, qui, la première, avait su déceler ses formidables qualités, lui avait causé un choc terrible. Il avait mis des semaines à s'en remettre et en conservait comme une cicatrice. Il appelait Kate *señora* depuis qu'elle avait épousé Bernard Adler, et en cela il était bien le seul. Tous les autres disaient *Kate* ou *miss Kate*, avec la plus grande indifférence pour le nouvel état civil de la jeune femme.

Il écarta les mains:

– D'accord: disons mille cinq cents casseroles. Le placard sera plus petit, c'est tout. Et on ne le passera que douze fois.

– Non, dit Kate très fermement.

– Huit cents? C'est mon dernier prix.

– Je vous préviens, Ed! Si vous ne vendez pas ces casseroles jusqu'à la dernière, je vous les retiendrai en totalité sur votre pourcentage général, à raison de trois dollars la casserole.

– Nom de Dieu! Elles ne vaudraient pas ça si elles étaient en or massif!

– C'est votre problème, mon pote, dit Kate, suave.

Et la réponse était catégoriquement non; elle ne voulait acheter aucune casserole pour son usage personnel. Pas davantage en cadeau de mariage pour des amies, non. Ni comme cadeau de Noël pour des domestiques. Et pas question de tombola non plus. Et elle lui facturerait dix dollars toute affiche qu'il ferait exécuter à l'imprimerie. Elle exigeait aussi que le couloir, la chaufferie et les toilettes fussent, dans les deux heures, vidés de toutes les casseroles qui s'y trouvaient entassées.

– Neuf cent cinquante, un placard de deux pouces et demi seulement, à passer neuf fois et je vous jure que je fais tout disparaître.

Il croisa le regard de Kate et leva les bras au ciel.

– Je n'ai rien dit! Je n'ai rien dit!

Elle repartit vers la rédaction, riant malgré elle. Comme chaque jour à pareille heure, une bonne centaine d'enfants des écoles visitaient le journal, s'infiltrant partout, tripotant toutes choses, posant mille questions. L'idée était de Kate, qui y voyait un moyen supplémentaire d'unir le *DAY* et sa clientèle de lecteurs présents et futurs. Elle posa au milieu des gosses pour les photos traditionnelles, qui seraient publiées le lendemain...

51

... Rejoignit enfin Danny Clifton. N'eut guère le temps de se concerter avec lui : le lundi était aussi le jour où elle réunissait l'équipe du supplément du dimanche; on faisait la critique de l'édition passée et on préparait l'édition suivante.

Une heure.

Elle sortit, effectua un rapide aller et retour à Manhattan, pour une rencontre avec un gros promoteur immobilier qui était d'accord pour une campagne publicitaire dans le *DAY* à condition de se laisser définitivement convaincre par elle. Ce faisant, elle passa très près de l'immeuble, dans la Quarante-Troisième-Rue-Ouest, du *NY Morning News*, autrement dit du journal de Karl Killinger, son père. Qui sans aucun doute devait être à son bureau. Elle ne s'arrêta pas.

Sur le chemin de retour, ayant repassé l'East River, elle fit deux courtes étapes. La première dans la communauté polonaise, à un mariage auquel elle avait promis de se montrer (elle avait prévu un cadeau, qu'elle remit elle-même); la seconde à la réunion d'une association féminine, où elle prononça un bref discours.

Il était plus de trois heures de l'après-midi quand elle se rassit à l'un des fauteuils de la table en U. On lui apprit que Bernard Adler était venu, avait remis la copie de son éditorial et était reparti pour ses bureaux de Wall Street.

– Tu as déjeuné? lui demanda Danny.

Elle écarta le problème d'un simple hochement de tête : elle avait grignoté un morceau du gâteau de mariage polonais et ça suffisait. Le chef des ventes, Eddy Levine, vint lui faire son rapport quotidien. Vingt minutes. Dans le même temps, elle effectuait sa revue de presse et commençait à rédiger la rubrique, inaugurée jadis dans la *Gazette* et qu'elle avait conservée sous un titre à peine modifié : *Tout ce que vous n'avez pas besoin de savoir pour vivre tranquillement loin de Manhattan*. C'était une série de commentaires exceptionnellement acides, sarcastiques, pleins d'humour, sur les nouvelles autres que locales. Elle partait de ce principe que Manhattan, le Bronx ou Staten Island étaient des territoires étrangers, à peine moins lointains que la Papouasie, et tablait – en fait c'était le raisonnement sur lequel elle avait fondé son journal – sur une identité commune aux habitants de Brooklyn, du Queens (ces deux districts faisant pourtant partie, administrativement, de la ville de New York) et de Long Island.

Le téléphone sonnait sans discontinuer.

– On peut parler, Kate?

– Quand tu veux.

– Il va falloir prendre une décision pour l'affaire Stappleton, dit Clifton en s'asseyant en face d'elle.

Il s'expliqua. Ce n'était pas rien, selon lui, que de lancer une grande attaque qui opposerait forcément le *DAY* à la haute société new-yorkaise – en affirmant que trois membres de celle-ci avaient pris part à une bacchanale homosexuelle à l'issue de laquelle le plus âgé avait mutilé puis assassiné les deux plus jeunes avant de se suicider – et l'opposerait également à la police et aux services du procureur général.

– La chose est claire, Kate : ils ont verrouillé toutes les sources d'information possibles. Personne ne parlera chez Stappleton, aucun domestique n'ouvrira la bouche chez les Ivory ou les Finch.

– Des nouvelles de MacGregor?

– Mark, que tu avais envoyé chez lui, vient de rentrer. Le gardien de l'immeuble a vu MacGregor partir avec une valise, hier en milieu d'après-midi.

– Trains et paquebots, dit Kate, qui continuait en même temps à répondre au téléphone.

– J'y ai pensé aussi, dit Danny Clifton. J'ai fait vérifier les listes de passagers pour les paquebots en partance hier soir. Lloyd MacGregor est actuellement en plein Atlantique et vogue vers l'Angleterre. J'ai immédiatement câblé à Lou Adams à Londres pour qu'il aille l'attendre à son débarquement, mais ça ne servira pas à grand chose.

– Continue, je t'écoute.

Elle raccrocha mais, aussitôt après, reprit une communication, sur un signe qu'on lui fit. Une bonne moitié des appels parvenant au *DAY* était pour elle, qui personnifiait le *DAY* aux yeux de tous, lecteurs et annonceurs. Il y avait peut-être ainsi, dans toute la zone de diffusion du journal, voire au-delà, cinq ou six mille personnes qui la connaissaient personnellement, lui avaient parlé une fois au moins, et estimaient impossible de s'adresser à quelqu'un d'autre qu'à elle.

– Si nous ne pouvons pas compter sur MacGregor, qu'est-ce qu'il nous reste? disait Clifton. C'est tout de même incroyable! Je jurerais que les Ivory et les Finch connaissent la vérité sur la façon dont sont morts leurs gosses. Et personne ne parle ni ne parlera. La version défendue par Garvey et McNulty les arrange tous : les jeunes Lester et Ben ont été tués par des fous, qu'on ne retrouvera jamais. Pas question d'étaler l'homosexualité, les relations avec Jimmy Stappleton.

Au téléphone, Kate remerciait un épicier de Brooklyn pour l'information, au demeurant sans le moindre intérêt, qu'à toutes forces il avait tenu à lui transmettre. Mais ses yeux restaient fixés sur son rédacteur en chef.

— Kate, à l'extrême rigueur, il y a encore un homme qui pourrait nous apporter quelques preuves. Pas toutes, mais peut-être assez pour que nous puissions lancer notre attaque.

— Je vous remercie mille fois, monsieur Baresi, dit Kate. Au revoir. N'hésitez jamais à m'appeler. Avec des lecteurs aussi merveilleux que vous, le *DAY* vivra éternellement.

Elle raccrocha.

— Gussie Stacek, dit Danny. Il n'y a que lui.

Téléphone encore. Kate reprit l'écouteur et s'exclama, avec toutes les apparences du bonheur total :

— Madame Wilcox, que je suis heureuse de vous entendre! Il y a au moins deux semaines que vous ne m'avez pas appelée! Comment vont vos enfants, Andrew et Millie? Et votre club de bridge?

— Sauf que nous n'arrivons pas à lui remettre la main dessus, poursuivit Clifton. Il est évident que quelqu'un a dû le retirer du secteur. J'espère qu'ils ne sont tout de même pas allés jusqu'à le tuer. Tout de même pas. Je n'aime pas non plus Garvey mais de là à l'imaginer en tueur... À propos, Kate, où est Benny Torrance? Je ne l'ai pas vu de toute la matinée. Ce n'est pas son jour de repos. J'ai vérifié.

— Je vous demande une toute petite seconde, chère madame Wilcox, dit Kate au téléphone. Elle couvrit l'appareil de sa paume et s'adressa à Danny.

— Bennie est en route pour la Floride, j'aurais dû te le dire plus tôt, excuse-moi. Il est peut-être même déjà arrivé. Et ne cherche pas non plus Tom Slattery. Ni Meyer. Ils ont pris le train eux aussi. Tom est parti pour la Californie – de toute façon, il avait encore droit à six jours de vacances – et Meyer est au Canada. Ça m'étonnerait beaucoup que madame Julia et ses copains aient flanqué le vieux Gussie dans un train pour le Canada, mais on ne sait jamais.

Elle souleva sa paume.

– Je suis prête, chère madame, vous pouvez me dicter votre communiqué. Et il passera dans l'édition de demain, je vous le promets; il se trouve que le rédacteur en chef de ce journal ne peut pratiquement rien me refuser.

Elle agita l'air de sa main pour chasser la fumée de la pipe puis se mit à écrire, souriant largement à Danny Clifton.

En ce temps-là, elle avait encore avec elle les trois domestiques, les trois *a-ma* chinoises, qu'elle avait ramenées de Shangaï, qu'elle employait déjà au temps où elle y vivait avec H.H. Rourke. L'une des trois s'était mariée avec un Sino-Américain de Chinatown, à Manhattan, que Bernard Adler avait aussitôt engagé comme jardinier supplémentaire, à la satisfaction de tous.

Kate n'habitait plus sa maison de Glenwood Landing, dans le comté de Nassau-Long Island (elle l'avait toutefois conservée), mais la grande et belle demeure qu'Adler avait fait construire vingt-cinq ans plus tôt aux abords de Kings Point Park. Le parc était limitrophe et élargissait encore la propriété déjà vaste de douze hectares. C'était une bâtisse en bois de trois étages plus les combles et un sous-sol, avec port et plage privés, piscine, terrain de tennis, une admirable roseraie et trois maisons plus petites réservées au personnel.

Tigre d'Avril était le nom chinois du fils de Kate et de H.H. Rourke. Il parlait couramment l'anglais, le français, un peu l'allemand et, naturellement, le chinois, en l'occurrence le shanghaïen.

Il regarda sa mère :

– Tu ne vas pas travailler?

– Ne parle pas chinois.

Il était quatre heure, en cet après-midi du jeudi, et le ciel, qui, depuis deux ou trois jours, était resté couvert, venait de se dégager tout à fait, sous l'effet du vent. La touffeur new-yorkaise avait cédé la place à une chaleur plus sèche, grâce au grand soleil revenu sur le détroit de Long Island, sur les îles, sur la côte occidentale en face où étaient Pelham Manor et New Rochelle. Septembre s'annonçait bien.

L'enfant était rentré une vingtaine de minutes plus tôt, s'en revenant d'un pique-nique qui avait réuni une cinquantaine de

55

petits garçons et de petites filles, à l'occasion de quelque anniversaire. Sa chemisette blanche était maculée de chocolat; il avait jusque dans les cheveux ce qui semblait bien être de la crème chantilly.

— Je ne vais pas travailler, dit Kate. Pas pour l'instant. J'ai déjà travaillé aujourd'hui. Pour l'instant, j'ai plutôt en tête d'aller me baigner dans la mer avec un certain Tigre d'Avril. S'il est d'accord pour sortir avec une vieille.

Les yeux vert bronze la fixèrent, de bas en haut, avec leur expression rêveuse. Et ces yeux étaient exactement ceux de Rourke, à en hurler; ce regard était une copie conforme. Tout comme le moindre mouvement des mains, la forme même de ces mains, comme la démarche, la façon de porter la tête, de la tourner lentement, comme la disymétrie des profils – le gauche aigu, le droit révélant la tendresse –, et jusqu'à la voix aux inflexions identiques, déjà contrôlée, déjà habile à masquer la puissance des sentiments.

— Je suis d'accord, dit Tigre d'Avril. Je suis très content.

Il ne souriait pas, grave. Derrière lui il y avait une *a-ma* dans sa tunique de soie, un chauffeur en livrée, une gouvernante en bleu ardoise, chapeautée, et deux fort mignonnes petites filles de sept à huit ans, dont l'une qui arborait également les marques de la bataille de mousse au chocolat et de crème chantilly.

— Des amies à toi? demanda Kate.

— Audrey et Mandy, annonça le garçonnet, faisant les présentations. Et elle, c'est maman. Au revoir, Audrey et Mandy, et merci de m'avoir raccompagné.

Il s'était tout de même décidé à abandonner le chinois pour l'anglais. Il s'inclina courtoisement. Les deux petites filles, leur gouvernante et leur chauffeur remontèrent dans leur voiture et s'en allèrent. L'*a-ma* interrogea Kate du regard, sourit, esquissa une sorte de révérence, et entra dans la maison.

Kate et son fils s'engagèrent sur le chemin qui longeait la roseraie, passait sous les arbres et menait à la plage.

— Tu as quand même un sacré culot de les mettre ainsi à la porte. Normalement, tu aurais dû les inviter à boire une orangeade.

— Elles auraient été capables d'accepter, ces idiotes.

— Tout s'explique. Est-ce que l'une d'entre elles est ta fiancée? Ou les deux?

– Je n'ai pas envie de me marier pour le moment, dit Tigre d'Avril.

– Elles sont trop vieilles pour toi, de toute manière.

– Je les aime vieilles.

Le ton était faussement lugubre et c'était, là encore, l'humour imperturbable de Rourke. Cela se fit très simplement, sans concertation apparente : la main de Tigre d'Avril vint se glisser dans celle de Kate. Ils continuèrent à marcher ainsi, descendant le chemin sous les arbres, vers la mer. En public, sauf devant les *a-ma* (qui, à ses yeux, ne devaient pas compter comme des tiers), l'enfant ne se fût jamais permis de tels épanchements. Mais il en allait tout autrement sitôt qu'ils étaient seuls, elle et lui : sa tendresse s'exprimait alors, tantôt discrète, tantôt presque sauvage, explosive, avec même, parfois, des élans volontiers clownesques.

... Rourke bis.

À en hurler, vraiment.

Ils arrivèrent à la plage privée, petite mais au sable soigneusement tamisé. Se trouvait là une élégante construction de bois prolongée d'un appontement ; elle contenait un salon-bar bien équipé, deux salles de douches, des vestiaires, une véranda couverte et meublée de fauteuils. Et bien entendu un téléphone. Qui ne sonna qu'à quatre reprises, durant les deux heures suivantes. Deux fois Danny Clifton donnant des nouvelles fraîches du front ; une fois Ed Solomons qui venait de vendre six pages de publicité à plein tarif ; et une fois Bernard Adler appelant depuis la maison. Adler signala qu'il venait de rentrer de Wall Street. Mais il ne descendrait pas à la plage. Il ne se baignait jamais qu'aux Bahamas ou à Majorque (il avait une villa dans chacun de ces deux endroits) et, dans le détroit de Long Island, il trouvait l'eau toujours trop froide. De toute façon, il nageait comme un naufragé au troisième jour de la catastrophe.

Un cinquième appel ne fut pas pris par Kate. Elle entendit bien la sonnerie, mais Tigre d'Avril et elle, à ce moment-là, se trouvaient sur le ponton-plongeoir assez loin de la plage, elle était couchée sur le dos, Tigre d'Avril était assis à cheval sur son ventre, elle venait de lui raconter in extenso *Moby Dick*, de Melville. Il avait trouvé l'histoire trop triste, ensemble ils étaient en train de la refaire complètement à leur goût, de sorte qu'elle eût une fin heureuse. Dans cette version, le capitaine Achab capturait au lasso la baleine blanche – Tigre d'Avril faisait grand usage des lassos, dans ses inventions – et la ramenait sur l'île de Barbe-à-Carreaux, le pirate mondialement connu. Qui continuait à sévir depuis trois cent cinquante ans. Non sans une louable constance : il échouait dans toutes ses infâmes entreprises mais ne se décourageait jamais. Les hommes de Barbe-à-Carreaux étaient extrêmement sournois : pour mieux attraper leurs ennemis, ils étaient capables de se déguiser indifféremment en teckels, en fauteuils à bascule ou en bouilloires électriques. Ça les rendait évidemment un peu difficiles à repérer.

– En bouilloires électriques, tu es sûr ?

Tigre d'Avril était formel. Pas plus tard qu'hier, il en avait reconnu un sous ce camouflage hypocrite.

... Et même qu'il y en avait un autre, oui, en ce moment, pas loin, près du radeau. Déguisé en demi-melon d'Espagne flottant à la surface de la mer. Ça se voyait clairement qu'il faisait partie de l'équipage maudit de Barbe-à-Carreaux. La preuve : il restait là à les espionner. Au lieu d'être entraîné par le courant. Il les espionnait, lui, Tigre d'Avril, et maman, parce qu'il s'était perdu. Ce crétin ne pouvait plus retrouver l'île (celle-là même où le capitaine Achab avait caché la baleine blanche afin de la transformer en boîte de nuit quand elle serait morte). Et alors, il comptait sur eux pour qu'ils lui disent où était l'île. Des fois qu'ils laisseraient échapper une indication... Mais eux, pas fous, ils ne diraient rien ; qu'il se débrouille tout seul pour retrouver son chemin ; c'était bien fait pour lui.

Kate, par instants, considérait son fils. De sourdes inquiétudes lui venaient devant ce déferlement d'imagination. C'était à ces moments qu'elle s'interrogeait le plus sur elle-même. Sur sa vie, ses continuelles absences qu'elle tentait de compenser par des après-midi tels que celui-ci. Lorsqu'elle s'enfuyait de Buckingham Street, en prenant très fort sur elle, à seule fin de passer quelques heures avec son fils. Elle scrutait les prunelles sombres qui s'éclaircissaient par grand soleil. Comme maintenant. Rourke. Tandis que l'enfant imperturbable continuait d'accumuler les mille extravagances nées de sa fantaisie en délire.

... Et chaque fois, elle se laissait surprendre. Le regard, en effet, qui ne rappelait pas mais était celui de Rourke, prenait une acuité extraordinaire, la fixait intensément. Pendant quelques secondes, il exprimait même une intelligence qui pouvait inquiéter. D'un coup, elle se sentait mise à nu, et dévastée.

Mais très vite le rire arrivait. Voire le fou rire.

– Je t'ai eue! Je t'ai eue! Tu as encore cru que j'étais sérieux, que je croyais à tout ça pour de vrai!

Et de hurler de rire, de se dresser, de gambader et même de faire le clown, ventre en avant et gonflant les joues pour occuper plus d'espace dans le monde, très fier de lui.

Une seule fois, ce jour-là, le nom de Rourke surgit vraiment. L'enfant le prononça. Plus justement, il le laissa échapper. D'évidence sans le faire exprès. D'ailleurs, il ne dit pas *Rourke*, bien sûr, mais *papa*. Dans les secondes suivantes, il se tut, déconcerté. Presque honteux, ce qui était pis encore. Elle dut enchaîner comme si de rien n'était, très mal à l'aise, se haïssant.

Ils revinrent vers la plage en nageant, se douchèrent, se changèrent, se livrèrent bataille à coups de jet d'eau.

Ce fut alors qu'elle reçut le deuxième appel de Danny Clifton, la mettant au courant des tout derniers développements de l'affaire Stappleton.

Avec dans leur dos le soleil, ils reprirent le chemin sous les arbres. Le sous-bois était peuplé de gros écureuils noirs, qui, dressés sur leurs pattes arrière et leur queue, les regardaient passer avec l'air sarcastique d'Italiens assis à la terrasse d'un café, et de biches vivant en liberté, que même les chiens laissaient tranquilles.

Bernard Adler sortit à leur rencontre.

Lui et Tigre d'Avril s'entendaient bien. Les efforts de conciliation étaient venus des deux camps. Les premières semaines du mariage avaient été un peu difficiles. Non que l'enfant se fût muré, ce n'était pas son caractère. Mais il avait d'instinct adopté une courtoisie distante, impénétrable, bien plus impressionnante. De son premier mariage – il était veuf depuis 1928 –, Adler avait eu quatre enfants – trois filles et un fils –, qui d'ailleurs venaient assidûment à Kings Point, sans chaleur excessive.

On dîna à trois, Tigre d'Avril entre les deux adultes et pas peu fier de se trouver là. Les *a-ma* vinrent le chercher à sept heures trente et, à son habitude, il ne fit pas de difficultés pour gagner sa chambre. Il n'en faisait jamais et, de toute façon, savait qu'une fois dans ses quartiers il aurait droit encore à un long bavardage avec l'une ou l'autre des jeunes Chinoises, grandes spécialistes des histoires de dragons.

– Tu vas retourner au journal cette nuit?

La question venait bien entendu de Bernard Adler. Elle était en train de servir le café. Elle acquiesça. Au dehors, sur le gravier de l'esplanade, monta le ronronnement d'un moteur de voiture. Adler ne jeta qu'un coup d'œil distrait par l'une des fenêtres. Il savait bien qui arrivait, au volant de la Packard Twin-Six de douze cylindres dont Kate faisait usage quand elle ne pilotait pas sa Duesenberg. Le nouveau venu était un homme de petite taille et frêle, il approchait de la cinquantaine et était depuis près de quinze ans le chauffeur attitré de Kate, après avoir été celui de Karl Killinger. Il s'appelait Emil Kranefuss, se trouvait aux États-Unis depuis un quart de siècle au moins... et continuait de baragouiner l'anglais. Surtout, il ressemblait à s'y méprendre, avec dix centimètres de moins, à un certain Adolf Hitler. Ne lui manquaient ni la moustache rectangulaire, ni la mèche châtain sombre, celle-ci lui retombant sur l'œil chaque fois qu'il ôtait sa casquette. Pour Bernard Adler, c'était un mystère presque irritant. À maintes reprises, le petit homme, au fort accent germanique et à l'anglais rudimentaire bien qu'il fût citoyen des États-Unis, s'était fait rosser. Les raclées qu'il avait prises ne se comptaient plus, certaines de taille. Au début, on l'avait frappé parce que quelque chose dans sa physionomie donnait à certains l'irrépressible envie de cogner. On lui avait ensuite tapé dessus, dès 1914, à cause de son accent. Le torpillage du paquebot *Lusitania* par les *U-Boot* du Kaiser l'avait expédié trois ou quatre fois à l'hôpital, à une époque où, dans New York, on pourchassait à mort des chiens pour cette seule raison qu'ils s'appelaient *bergers allemands*. À présent, depuis 1933 surtout, on lui crachait au visage et aussi, naturellement, on le frappait, pour sa ressemblance avec *l'autre*, qui n'était pas aimé, surtout dans la colonie juive de New York. Un peu troublé lui-même, Adler avait pris Kranefuss à part: « *Vous admirez le chancelier d'Allemagne, Emil? – Nein – Alors pourquoi tenez-vous tant à lui ressembler? – Je ressemble pas lui, c'est lui qui ressemble moi »*, avait répondu Kranefuss, avec l'air convaincu que l'argument était sans réplique. Et, pour preuve de ses dires, il avait retiré de son portefeuille une photo jaunie qui le représentait, lui, Emil Kranefuss, ce jour de 1910 où il avait quitté son village natal du Schleswig-Holstein pour s'embarquer vers le Nouveau Monde. Déjà, en ce temps-là, il avait sa moustache et sa mèche.

– Je ressemble pas lui, c'est lui qui ressemble moi. Lui change. Pas moi.

D'après Kate, qui devait être la seule au monde à avoir jamais recueilli des confidences de l'étrange petit bonhomme, ordinairement taciturne, Kranefuss avait émigré et quitté la ferme familiale parce que ses sept frères et ses six sœurs le battaient au moins autant que son père, sa mère et son grand-père, survivant de la guerre de 1870.

Kranefuss n'entra pas dans la maison. Il quitta seulement son volant, mit pied à terre, ôta sa casquette (boum! la mèche!) et entreprit d'attendre, aussi expressif qu'une porte de cabane à outils.

Adler demanda :

– Il s'est passé quelque chose d'important, au journal? C'est moi qui ai décroché quand Danny a appelé, peu avant que vous ne remontiez de la plage.

– Nous avons mis la main sur Gussie Stacek.

– Où?

– Floride. Un coin nommé Coral Gables.

– C'est Julia Pierce qui l'a envoyé là-bas?

– MacGregor.

– Qui travaille pour Julia Pierce.

– Mmmmm.

Il sourit gentiment.

– Tu n'es pas obligée de répondre à mes questions si tu n'en as pas envie, Kate.

Jusque-là, en lui parlant assez distraitement, elle fixait les frondaisons du parc bien au-delà de la silhouette de Kranefuss, les yeux un peu écarquillés. Elle hocha la tête et sourit à son tour.

– Excuse-moi, j'étais dans la lune. Et je ne pensais même pas à mon journal, pour une fois. Oui, c'est MacGregor, probablement exécutant les consignes de Julia Pierce, qui a fait quitter

New York à Gussie Stacek. Contre dix mille dollars au comptant et la promesse de lui faire parvenir cinquante dollars par semaine jusqu'à la fin de ses jours. À condition qu'il reste en Floride, sous son nouveau nom d'Albert Kapil. MacGregor l'a également muni d'un permis de conduire à ce nom, qui établit son identité. Danny a fait vérifier : Albert Kapil existe, ou a existé. C'était l'ancien jardinier de Julia Pierce, dans sa propriété du Connecticut.

– Le vieux Gussie confirme son premier témoignage? Il a vraiment vu Jimmy Stappleton cette nuit-là? Remarque que ma question est idiote : si Gussie n'avait rien vu, Julia Pierce et MacGregor ne se seraient pas donné tout ce mal.

– Il n'a pas vu que Jimmy, Bernard. Benny Torrance l'a fait déposer dans un poste de police, devant des témoins, dont un juge local. Gussie a identifié Lester Ivory et Benjamin Finch comme les passagers de la Cadillac conduite par Jimmy. Sur photos, évidemment.

– Tu les tiens, Kate.

Elle acquiesça avec indifférence, comme si toute l'affaire avait désormais cessé de l'intéresser. Ou comme si elle avait bien autre chose en tête. Adler se demanda à quoi elle pensait quelques instants plus tôt, elle-même ayant avoué que, pour une fois, ce n'était pas le *DAY* qui la préoccupait.

– Nous avons mieux encore, dit-elle. Gussie a repéré MacGregor en personne cette nuit-là, et MacGregor l'ignore. Gussie affirme qu'il a vu passer la Cadillac non pas une mais deux fois. Et, au deuxième passage, la voiture revenait de Jamaica Bay, elle allait au nord-ouest, vers Smithtown Bay. Jimmy ne se trouvait plus au volant, quelqu'un d'autre conduisait.

– MacGregor.

– MacGregor. Nous pensons qu'il a dû suivre Jimmy jusqu'à Jamaica Bay, pour empêcher ce qui justement s'est passé, mais qu'il est arrivé trop tard. Il a dû laisser sa voiture personnelle cachée non loin du hangar à bateaux et est rentré au volant de la Cadillac. Toutes les équipes disponibles du *DAY*, y compris celles des ventes et de la distribution, sont en train de chercher à confirmer la présence de la voiture de MacGregor sur les lieux dans la nuit du samedi au dimanche.

Toujours ce détachement bizarre dans la voix. Adler alluma son deuxième cigare de la soirée. *« Peut-être s'est-il passé quel-*

que chose entre son fils et elle cet après-midi, pendant qu'ils se baignaient », pensa-t-il. Il ne connaissait Kate que depuis moins d'un an mais une chose était avérée à ses yeux : deux êtres au monde seulement pouvaient... comment dire ? pouvaient vraiment atteindre Kate dans le tréfonds d'elle-même : son fils bien sûr. Et Rourke. *« Je suis jaloux de cet homme, ça ne fait pas le moindre doute. »*

Il remarqua :

– C'est presque trop beau, Kate. Comment ce Gussie Spacek...

– Stacek.

– Comment a-t-il pu être le témoin des deux passages, lors de l'aller et du retour de la Cadillac ? Pour le premier, je veux bien : la Cadillac l'a renversé. Mais le deuxième ? Il était chargé de surveiller la route ?

– Je me suis mal exprimée : il n'a pas vu la Cadillac repasser, il l'a vue qui le cherchait, lui. Il a vu Jimmy indiquer l'endroit de l'accident à MacGregor. Après quoi, MacGregor est descendu de voiture et a fouillé les environs.

– Et il a trouvé Gussie.

– Pas du tout. Gussie a eu peur, sans raison précise, et il s'est caché. Selon lui, il y avait quelque chose de bizarre dans l'attitude de Jimmy, qui lui a paru ivre, ou malade. D'ailleurs, les deux hommes ont fini par repartir. Mais le lendemain – le dimanche vers midi – un homme a secoué Gussie en train de dormir dans l'appentis qui lui sert de chambre, sur les arrières d'un entrepôt. C'était quelque temps après que Gussie avait fait sa première déclaration à Benny Torrance. En découvrant MacGregor devant lui, Gussie a eu à nouveau très peur. MacGregor lui a juré qu'il ne lui voulait aucun mal, lui a même dit en souriant que, s'il avait voulu le tuer, rien ne l'aurait empêché de l'étrangler pendant son sommeil.

– Exact.

– Et surtout, MacGregor a sorti les dix mille dollars. Il a demandé à Gussie s'il avait parlé à quelqu'un de l'accident de la veille. Bien entendu, Gussie a répondu non. Il n'est pas complètement idiot. MacGregor l'a pris dans sa voiture – que, soit dit en passant, il avait dû récupérer dans l'intervalle près du hangar à bateaux, et a emmené Gussie jusqu'à une chambre d'hôtel à Brooklyn. Là, il a habillé Gussie de neuf. Il l'a accompagné lui-même jusqu'à la gare, et il l'a prévenu que quelqu'un l'attendrait à son arrivée à Miami, lui fournirait un logement et tout ce dont il pourrait avoir besoin.

– On a retrouvé l'homme de Miami?

– Oui. Bennie a pu l'identifier. C'est un avocat nommé Asquith. Travaillant pour le cabinet Morrison, Asquith et Asquith, de Miami, cabinet qui compte madame Julia Pierce parmi ses principaux clients.

– Ce jeune Torrance me semble avoir fait un travail magnifique. Nous devrions l'augmenter.

– Il travaille pour le *DAY*, c'est déjà une récompense suffisante. Il n'était qu'à l'essai, nous allons le garder. Et en plus, en Floride, il a été beaucoup aidé par Arthur Simpson, que j'avais joint au téléphone. Tu connais Arthur.

C'était le promoteur immobilier avec lequel Kate avait été un temps associée, trois ans plus tôt, et avec qui elle avait gagné suffisamment d'argent pour pouvoir lancer le *DAY* en achetant puis en revendant, après les avoir élargis et aménagés, des îlots dans Biscayne Bay et autres zones marécageuses de la côte est de Floride.

Bernard Adler regardait sa femme: elle avait attrapé un petit coup de soleil sur les pommettes et le nez. L'envie qu'il avait d'elle devenait lancinante.

– Et où se trouve le bon vieux Gussie, maintenant?

– Bennie nous le ramène, sous l'escorte de deux policiers privés que Danny lui a demandé d'engager. Bernard, nous avons été obligés de lui promettre vingt mille dollars et un emploi d'adjoint au chef des ventes pour le district de Barnabooth.

– Je n'ai pas la moindre idée de ce que peut bien être le district de Barnabooth. Je ne savais même pas que ça existait.

– Barnabooth est le nom de l'entrepôt derrière lequel Gussie dort d'habitude. Nous le payerons cinquante-cinq dollars par semaine, à condition qu'il ne mette jamais les pieds au journal et ne s'occupe surtout de rien. De toute façon, il avait horreur de la Floride. C'est un New-Yorkais.

Elle souriait, mais avec encore le même détachement. Adler adorait ce qu'il voyait d'elle: la lèvre inférieure gonflée, la ligne des seins sous le fin chemisier, les longues mains, la finesse de la cheville.

– Pourquoi MacGregor n'a-t-il pas tué Gussie, Kate?

– C'est l'erreur qu'ils ont commise, madame Julia et lui. Peut-être parce que Garvey et McNulty étaient plus ou moins au courant. Ou bien parce que madame Julia a eu des scrupules. À moins que MacGregor ait tout bonnement refusé de tuer. On ne le saura sans doute jamais.

– Que va-t-il se passer maintenant?

– Gussie sera au *DAY* vers minuit. Nous tirerons à trois heures quinze. Le bon à tirer sera de trois cent cinquante mille. Il nous faudra payer des heures supplémentaires à tout le monde. Je ne sais d'ailleurs pas si je ne vais pas tirer à quatre, voire cinq cent mille et arroser tout Manhattan.

– Je parlais aussi de madame Julia, de MacGregor, de Garvey et de McNulty.

– Ces deux derniers auront de gros problèmes. Garvey prendra probablement une retraite anticipée. Je ne vais pas lui faire de cadeau. Je vais lui apprendre à flanquer dehors des gars de ma rédaction et à leur voler leurs photos. Il se souviendra du voyage.

« Je vais rompre avec plus de cinquante-quatre ans de courtoisie aristocratique et lui sauter dessus comme un satyre », pensait Bernard Adler. Il ralluma son cigare pour la deuxième fois.

– Je n'ai aucune expérience de la presse, Kate. Est-ce que ce genre d'affaire arrive souvent?

– Pas très souvent. Malheureusement, parce qu'elles sont bonnes pour le tirage. Ce n'est qu'un fait divers sortant de l'ordinaire, rien d'autre. Il y a eu des morts et ça, ça fait monter le tirage. Mon...

Elle s'interrompit soudain, puis enchaîna.

– Quelqu'un m'a dit un jour : *« Pour un journaliste, la mort est toujours bonne. »* Ce quelqu'un avait raison.

« Elle a failli dire mon père. *Elle n'est pas allée le voir, je le saurais. Ces Killinger sont incroyables! »*

Kate contemplait toujours les frondaisons du parc (et Kranefuss attendait toujours, dehors). Elle se leva soudain, très souplement, sans prendre appui sur les bras de son fauteuil. Elle consulta sa montre et dit :

– Voudrais-tu monter avec moi, Bernard? Je voudrais te montrer quelque chose.

Il la suivit dans l'escalier, les mêmes idées en tête, mais incapable, décidément, de se faire violence. «*On m'a élevé ainsi. Qu'y puis-je? Et puis je dois nourrir quelque complexe, au fond de moi.*» À l'étage, elle alla jusqu'au bout du long couloir et ouvrit très silencieusement la porte de la chambre où dormait son fils. Elle entra dans cette chambre; Adler demeura sur le seuil. Elle marcha jusqu'au lit où Tigre d'Avril, en effet, était plongé dans un profond sommeil. Kate n'avait pas fait le moindre bruit, cependant l'une des *a-ma* surgit de la chambre contiguë. En chinois, les deux femmes échangèrent quelques mots à voix basse. Kate ressortit, reparcourut le couloir pour atteindre l'autre aile de la maison, là où Adler et elle avaient leur appartement. C'était un ensemble de deux chambres, deux salles de bain, deux bureaux pareillement lambrissés d'acajou des Antilles.

Kate pénétra dans sa propre chambre et s'y immobilisa. Par les fenêtres grand ouvertes, l'air de la mer agitait doucement les longs rideaux, et la seule lumière était celle de la Lune.

– Et que voulais-tu me montrer? demanda Bernard Adler.

– Moi, dit-elle.

Elle lui tournait le dos, face aux fenêtres. Et d'abord elle ne bougea pas. Puis ses mains montèrent à son cou et y défirent la rivière de diamants qu'il lui avait offerte le jour de leur mariage et dont elle s'était parée pour le dîner.

– Il me semble, dit-elle encore, qu'il y a déjà un certain temps que tu ne m'as pas vue.

Il ne bougea pas davantage, à sa propre surprise, envahi par ce qui était bel et bien de l'irritation – quoique légère; il n'était pas l'homme des sentiments extrêmes, ou alors très soigneusement contrôlés; de sa vie, il n'avait élevé la voix.

– Vue de près, je veux dire, ajouta-t-elle.

Les diamants coulèrent sur le tapis bleu de Chine.

Elle dit très doucement:

– Je fais vraiment une fichue épouse, Bernard. Et une fichue mère mais je préfère laisser de côté ce deuxième point. Parlons de toi et de moi. Tu penses sans doute, et ça t'agace sûrement, que j'ai tranquillement découpé un créneau dans mon emploi du temps: tant d'heures pour mon fils... et tant pour toi. C'est vrai. Il y a de quoi en être irrité. Même quand on s'appelle Bernard Adler et que l'on est la gentillesse et la courtoisie faites homme.

« Pourquoi diable suis-je venu jusqu'ici, dans sa chambre, avec un cigare? Elle déteste l'odeur du tabac, en plus... »

Elle se mit à rire, avec la même douceur.

– Sauf que je n'ai pas trop envie de courtoisie en ce moment, monsieur Adler. De gentillesse, si. Mais pas trop non plus.

Il découvrit alors qu'il souriait, malgré lui – pour un peu il eût été hilare. Il découvrit aussi qu'il était en train de marcher vers elle.

Si grande qu'elle était, il la dépassait encore de dix bons centimètres. Il se retrouva juste derrière elle. L'image de Kranefuss attendant au dehors, dans la nuit, pour la ramener à son journal, cette image, enfin, s'estompa.

– Il y a en effet un certain temps que je ne t'ai pas vue.

– Je suis ici.

– Je ne vois que toi.

Il se pencha et embrassa la crête des épaules nues. À nouveau, elle releva ses mains, mais cette fois les lui tendit. Il baisa les doigts un à un, puis dégrafa la robe, attira Kate vers le lit, l'y fit s'allonger, acheva de la dévêtir. Luttant toujours contre lui-même, contre les images, les souvenirs, tout ce qui avait été dit et serait dit encore. Contre ce nom de H.H. Rourke revenant à l'infini telle une malédiction.

Mais cela aussi s'effaça au fil des secondes. Il n'y eut bientôt plus qu'elle, allongée et les yeux mi-clos.

– J'aime faire l'amour avec toi, Bernard. Tu me crois?

– Oui.

Il était sincère, et ne pensait pas se tromper. Avant d'être marié, puis après son veuvage – et en fait un tout petit peu avant –, il avait eu sa part de maîtresses. Certaines parfaites – il avait toujours eu le goût le plus sûr en ce domaine. Kate l'avait profondément surpris, dès les premières heures. Jamais il ne l'eût imaginée si... chaleureuse dans un lit.

– Je fais de mon mieux, dit-il en souriant.

Il s'était déshabillé à son tour. Il toucha de sa langue un sein, puis l'autre, et n'eut de cesse qu'ils eussent leurs pointes durcies. Ce qui ne tarda guère. Il poursuivit ses caresses. Sans hâte. Au diable ce chauffeur grotesque qui attendait.

Elle l'attirait à elle, impatiente. Mais c'était le seul cas, justement, où il n'acceptait pas ses impatiences et tenait à donner le rythme lui-même. Il prit son temps.

... Et à un moment dit :

– Un jour, nous pourrions peut-être partir ensemble. J'ai un si beau navire, à Nassau.

– Peut-être.

Elle s'impatientait encore. Il s'amusa à flâner.

– Quelques jours, pas davantage, bien entendu. Je ne demande pas la lune. Que suis-je, face à une rotative?

– Oublions les rotatives un instant, tu veux?

Il l'étala autant qu'il put, la contraignant à demeurer immobile, et à subir.

– Je ne te reprocherai jamais ton journal, remarque bien. Jamais.

– J'en suis sûre. Au diable le journal. Tu me rends folle.

Il rit, enchanté (quoique admettant qu'elle pouvait bien mentir un peu. À tout le moins exagérer...)

Il tardait encore, prenant une revanche qui en valait bien d'autres. Elle ne bougeait plus désormais, couchée sur le côté, et le si gracieux renflement de sa hanche accéléra un peu les battements de cœur de Bernard Adler. Elle avait allumé les lampes de chevet d'opaline. Il les éteignit.

Non par quelque pudeur – qu'il n'avait pas –, mais c'était bien ainsi qu'il préférait la voir, nue à la clarté de la lune.

Et à lui.

Elle repartit peu avant onze heures.

Adler l'accompagna jusqu'à la portière de la Packard, pilotée par Kranefuss, qui s'éloigna et disparut sous les arbres, en route pour Buckingham Street.

« La mort est toujours bonne. »

Adler s'installa dans l'un des fauteuils, sur la pelouse qui précédait la roseraie. C'était une nuit des plus sereines. Stevens, le maître d'hôtel, vint lui demander s'il souhaitait boire quelque chose. Non, rien. Ou plutôt, si, un cognac.

– Après, vous pourrez aller vous coucher, Stevens.

Il coupa et alluma un nouveau havane, le fuma tout entier, dans le silence et le parfum des roses. Par atavisme, par tempérament, ou parce qu'il avait toujours vécu les yeux grand ouverts, Bernard Adler avait le sens le plus aigu de la précarité du bonheur. Or, là, il s'estimait heureux. Et bien plus, chose étrange! il allait jusqu'à croire que, dans des limites qu'il connaissait bien, il donnait à Kate autant de bonheur qu'il en éprouvait lui-même. Il était le premier surpris d'éprouver si fortement cette certitude.

Et, naturellement, il doutait fort que cela pût durer long-temps.

Livre 2

AVENTURES ESPAGNOLES

2

La petite fille
à la poupée

– Tu as des yeux à avoir labouré la terre entière, dit à H.H. Rourke l'un des miliciens.

H.H. lui sourit et prit la bouteille qui lui était tendue. Il but du vin, qui était tiède et avait un agréable arrière-goût de violette.

– *Muchas gracias.*

Il y avait là une vingtaine d'hommes en armes et, dans le jour finissant, on en apercevait d'autres, sur la droite, des centaines sinon des milliers, allongés à plat-ventre, tapis, pelotonnés, adossés, recroquevillés sur le dos et fixant le ciel d'un air désespéré, ou simplement dormant. La rangée qu'ils formaient, irrégulière, épousait approximativement la ligne de crête des vallonnements dont les creux commençaient à s'emplir d'ombre.

– Nous sommes loin du front?

– Trois cents mètres par ici, huit ou neuf cents par là. Qu'est-ce que ça peut te faire? Et d'abord, comment es-tu arrivé jusqu'ici?

– En suivant les fils du téléphone, expliqua H.H. sur un ton qui donnait à entendre que son explication était si limpide que son interlocuteur eût bien dû la trouver tout seul.

– Tu parles bien l'espagnol, mais tu n'es pas espagnol.

– Ce n'est pas normal que des civils se baladent de cette manière en première ligne, dit un autre milicien. On devrait regarder ses papiers.

Rourke n'attendit pas. Il retira de la poche intérieure de son blouson de cuir son passeport, sa carte syndicale et les douze ou quinze laissez-passer accumulés depuis les premiers jours de son voyage espagnol. Il alluma une cigarette pendant qu'on examinait tout cela.

– Tu es anglais?

– Je suis irlandais.

– C'est pareil qu'anglais.

– ¡ *Vaya!* Pas du tout, dit H.H. Rourke, dont le regard se portait tantôt sur le grand pin fourchu en léger contrebas, à six cents pas de lui environ, et sur l'épaisse broussaille épandue au pied de l'arbre, tantôt sur une vieille femme, bien plus proche, à une douzaine de mètres au plus. La vieille femme, toute vêtue de noir, un fichu sur la tête, était assise sur une chaise au siège de paille; elle tenait entre ses mains un missel, dont, très méthodiquement, elle arrachait les pages, l'une après l'autre.

H.H. reprit :

– Je suis un Irlandais de la république d'Irlande, qui est un pays indépendant depuis quinze ans, *más o menos.* Me dire que je suis anglais, c'est presque une insulte. Vous ne seriez pas cinquante ou cent mille avec des fusils et des canons, je me mettrais probablement en colère. Me dire que je suis anglais c'est comme dire à un Andalou qu'il est un *Moro* sous prétexte que *los Moros* ont longtemps occupé l'Andalousie.

On était en train de fouiller son sac à soufflets. Il ne fit rien pour l'empêcher. Il regardait surtout la vieille femme. Elle froissait en boule chaque page arrachée. Il y en avait tout un tas, roulées autour d'elle, à ses pieds. Toutes ces petites boules blanches évoquaient de gros flocons de neige, des poussins, des œufs. H.H., bien qu'il connût déjà la réponse, demanda à la vieille femme pourquoi elle faisait une telle chose. Elle ne releva même pas la tête.

– Il paraît que Dieu n'existe plus, répondit-elle d'une voix qui vibrait d'une ironie méchante et triste.

Du sac à soufflets, deux miliciens étaient en train de retirer une chemise et quelques sous-vêtements de rechange, un exemplaire fort usé, en espagnol, du *Voyage au Parnasse* de Miguel de Cervantes (qui était né à Alcalá de Henares, tout près de l'endroit où se trouvait alors Rourke, sur la route de Madrid à Guadalajara), deux livres en anglais sur les installations téléphoniques, un dictionnaire hispano-anglais, une petite trousse à outils et à peu près cent mètres de fil téléphonique enroulé. Ainsi que, naturellement, la lunette d'approche.

Le *Voyage au Parnasse* retint l'attention des miliciens. Il éveilla leurs soupçons.

— Cervantes, c'est pas ce type qui a écrit l'histoire de Don Quichotte?

— Le même, dit placidement H.H.

— C'est un écrivain fasciste.

— Absolument pas. C'est tout le contraire. Quand il raconte le combat contre les moulins à vent, il veut illustrer combien les rois, les nobles et l'Église ont peu de chances de triompher des aspirations légitimes du peuple. Don Quichotte est clairement un représentant de la ploutocratie capitalo-impérialiste. Cervantes était un écrivain de gauche. Il est évident pour n'importe quel lecteur attentif que ce qui fait tourner les moulins à vent, c'est le vent de l'histoire marxiste.

Avec nonchalance, il allongea un bras et reprit la lunette d'approche qui, d'évidence, commençait aussi à éveiller les soupçons.

— Et cet instrument, dit-il, a été spécialement étudié pour examiner de loin les lignes téléphoniques, afin de savoir si elles sont ou non coupées et, si elles sont coupées, où.

Il monta la lunette jusqu'à son œil gauche pour montrer comment, grâce à elle, il pouvait suivre les mols allongements de fil téléphonique d'un poteau à l'autre. Au passage, mine de rien, il examina les abords du grand pin fourchu et les fourrés qui en ceinturaient le pied, où rien n'avait bougé. Il abaissa l'instrument d'optique et croisa le regard d'un autre des miliciens, qui pouvait avoir vingt ou vingt-deux ans. Il avait l'air d'un étudiant ou d'un ouvrier éduqué et feuilletait le Cervantes en levant les yeux de temps à autre, pour fixer H.H. avec une expression amusée. « *Celui-là sait très bien, ou n'est pas loin de savoir, que je me paie un tout petit peu leur tête* », pensa H.H.

L'homme se mit à lire à haute voix un passage du livre :

— « *Toi-même t'es forgé ton aventure... Mais, si tu veux sortir de ta querelle, plie ta cape et assieds-toi dessus.* » Tu crois que c'est de gauche, ça, l'Irlandais?

— À mon avis, ce n'est ni de gauche ni de droite, répondit Rourke en soutenant le regard. Il arrive parfois qu'on reste à mi-chemin entre les deux berges d'un fleuve. Surtout quand on s'appelle Cervantes et que l'on écrit deux ou trois ans avant de mourir. Il a écrit *Le Voyage* à un moment de sa vie où il était sans doute très fatigué du monde, dont il ne voulait plus être qu'un spectateur impassible.

Silence.

– Comme toi, dit tout à coup le jeune milicien avec une intuition surprenante.

– Comme moi, dit H.H. en souriant.

Les autres miliciens, en *monos* – en combinaisons bleues – et coiffés de casques de guerre français, étaient en train de revenir à leurs occupations ordinaires. Fatigués, portant sur le visage l'hébétude grise des combats, ils se désintéressaient tout à fait de la conversation. Mais pas le jeune milicien, qui continuait à feuilleter le livre.

Et à scruter H.H., par intervalles.

– Tu as plié ta cape et tu t'es assis dessus, c'est ça?

– C'est ça.

– Tu n'as pas eu à sortir de la querelle, puisque tu n'y es jamais entré.

– Voilà.

– Depuis longtemps?

– Depuis toujours, dit H.H. qui ne doutait pas que son interlocuteur fût très capable de le faire fusiller comme espion, voire de l'exécuter lui-même en relevant le canon de son lebel et en appuyant sur la détente. Ce qui n'eût sans doute pas suscité beaucoup d'émotion chez ces hommes exténués.

– Je suis né ainsi, ajouta H.H.

– Et si les lignes téléphoniques que tu entretiens passent en territoire fasciste?

– Alors j'irai en territoire fasciste. Ça ne fait aucune différence pour moi.

Nouveau silence. L'homme hocha la tête. Son regard brusquement glissa, se perdit dans le vague, dans le rêve, un rêve qui devait être des plus mélancoliques. Ses doigts, machinalement, caressaient le livre à couverture de carton noir moiré de vert bouteille, avec la tendresse de ceux pour qui la lecture est une drogue. Le silence s'installa. La vieille femme sur sa chaise de paille en avait terminé avec le missel, désormais déchiqueté. Elle entreprit de ramasser les feuilles de papier roulées en boules, les entassa dans son tablier relevé, avec ses gestes lents et sûrs de paysanne habituée à nourrir les poules... Au temps où elle avait encore des poules, avant que tout fût dévasté et pillé par les armées de la guerre civile... Elle alla déverser un premier chargement dans un fossé servant de latrines aux soldats. Elle fit plusieurs voyages et, à l'avant-dernier d'entre eux, s'immobilisa soudain, mains pendantes et mortes, écrasée, avec sur le visage tous les signes d'un désespoir de fin du monde.

– Je viens de me damner, dit-elle.

Le jeune milicien en face de H.H. Rourke ne parut pas entendre et ne réagit pas, plongé dans sa propre mélancolie. Il n'y avait plus assez de lumière pour qu'il pût lire encore.

– Je peux ravoir mon livre?

H.H. reprit son Cervantes et l'enfouit dans le sac à soufflets, dont il fit claquer la fermeture de cuivre. Des appels arrivaient par-dessus la crête à droite; ils provenaient des soldats nationalistes qui, avec l'accent de Navarre ou de Galice, interpellaient à distance leurs adversaires, *los rojos*, les rouges, auxquels ils expliquaient comment leur mère les avait conçus. Dans ce secteur du front, on ne tirait pas, ou plus. On avait tiré beaucoup, on s'était farouchement battu, toute la journée, pour la possession de cette crête sans le moindre intérêt stratégique et dont seul l'orgueil des deux camps avait fait un objectif militaire. En revanche, dans le lointain, vers l'ouest, au diable Vauvert dans la direction de la sierra de Guadarrama, les rougeoiements d'un bombardement éclairaient le ciel bleu-noir et redéfinissaient une ligne d'horizon effacée par la nuit.

H.H. Rourke offrit une cigarette qui fut refusée; en alluma une pour lui-même.

– J'ai failli te tuer, tout à l'heure, lui dit le jeune milicien avec tranquillité.

– Je sais.

– Pas parce que je crois que tu es un espion. Mais par ... je ne sais pas, comme de la jalousie. Quel effet ça te fait de traverser un pays en pleine guerre civile, de le traverser comme une ombre étrangère que rien ne peut atteindre?

H.H. réfléchit. Pour une raison qu'il n'eût pas su donner lui-même, il chercha la réponse la plus sincère qu'il pût fournir.

– Aucun, dit-il enfin. Presque aucun. Par moments, je suis triste. Mais c'est tout, ça ne dure pas. C'est comme de voir un film. Le même film dans tous les pays.

– Tu aimes l'Espagne?

– J'aime tous les pays. Je ne suis d'aucun.

Silence encore.

– Comme un film, hein? *Es muy raro*, c'est très étrange, dit doucement le jeune milicien. Mais je comprends. Enfin, je crois. (Il secoua la tête) Mon jeune frère était à l'académie militaire de Burgos. Il se bat dans l'autre camp. Il est peut-être en face de moi. Il me tuera peut-être. Ou je le tuerai.

H.H. Rourke ne vit vraiment pas ce qu'il pouvait dire. Il prit dans sa paume gauche la poignée du sac à soufflets et se leva.

– *Suerte*, bonne chance, dit-il.

Il se remit en route, se rapprochant lentement du grand pin fourchu que désormais il ne distinguait plus qu'à peine. Si attentive qu'avait pu être sa surveillance, il craignait que les enfants ne se fussent déjà mis en route.

Mais non. Ils étaient encore là. La petite fille avec sa poupée aux cheveux d'or et le garçonnet dont elle tenait la main. Ils étaient accroupis dans un fourré et, à moins de savoir absolument où ils se trouvaient, ce qui était le cas de Rourke, on ne les eût pas remarqués.

Il fit une autre cinquantaine de pas et fut dès lors assez près pour déceler tout mouvement qu'ils pouvaient faire. Mais à distance suffisante toutefois pour n'être pas vu d'eux.

Il s'allongea sur le dos, la nuque sur une pierre ronde, et reprit son affût.

Il suivait les enfants depuis quatorze jours et autant de nuits. Il ignorait leurs noms, leurs prénoms, l'endroit où ils se rendaient, le motif (qui devait être capital à leurs yeux) de leur voyage à travers la guerre civile. Ce qu'il savait d'eux n'eût pas suffi à remplir le premier tiers d'une feuille blanche.

Il serait exagéré de dire qu'il avait humé, en les voyant de prime abord, l'odeur de la mort et du sang frais.

L'odeur n'était venue qu'ensuite effleurer ses narines, au fil des heures et des jours. Bien que ce ne fût pas une odeur réelle, physique. H.H. Rourke la sentait seulement dans sa tête. Il l'imaginait.

Mais son instinct ne l'avait encore jamais trompé.

Tout avait commencé plusieurs jours avant que sa route croisât celle d'Ernie Pohl. C'était arrivé dans un petit village du Sud, un peu au-delà d'Albacete, aux confins de la Manche où

Cervantes, justement, avait fait naître Don Quichotte. Le cargo qui ramenait du Brésil H.H. Rourke et Constantin Uricani avait débarqué les deux hommes à Málaga. Le reporter-photographe américano-roumain (il n'avait obtenu la nationalité américaine que quelques semaines plus tôt) n'avait pas pu s'attarder en Espagne : il souffrait de fièvres récurrentes contractées sans nul doute en Amazonie. Une hospitalisation dans un pays en guerre était aléatoire ; il s'était laissé convaincre de poursuivre jusqu'en France, pays dont au moins il connaissait la langue.

H.H. s'était donc retrouvé seul. Avait hésité entre le camp nationaliste et le républicain. Sans préférence pour l'un ni l'autre. Dès Málaga, de toute manière, il avait constaté que se prévaloir de sa qualité de journaliste n'était pas si avantageux. Les déplacements de la presse étaient partout contrôlés, un laissez-passer délivré en zone républicaine par l'armée ou le gouvernement n'était pas nécessairement reconnu par les syndicats. Et chaque syndicat avait ses propres règles. Qui pouvaient varier d'une ville à l'autre, voire d'une agglomération à l'autre.

Il gagna Cordoue. Dans l'ancienne capitale des émirs, on parlait beaucoup du siège, en cours, de l'alcazar de Tolède ; on mentionnait la dramatique conversation téléphonique entre le colonel Moscardo, l'assiégé, et les troupes républicaines assiégeantes qui, pour faire plier l'officier rebelle, l'avaient mis en contact avec son fils qu'elles détenaient. Moscardo avait refusé l'offre de reddition, le jeune homme avait été fusillé.

H.H. se rendit au siège cordouan de la *Telefónica*, la compagnie espagnole des téléphones, qui, depuis 1923, se trouvait sous le contrôle absolu d'un certain Sosthène Behn, de père danois, de mère italo-française, mais américain de nationalité. La chance voulut que Behn se trouvât précisément en Espagne, à Madrid, dans la suite royale de l'hôtel Ritz, d'où il veillait aux intérêts de sa société ITT, entretenant les meilleurs relations du monde avec l'un et l'autre des belligérants.

Ce fut l'un des très rares cas, sinon le seul, où H.H. se servit de la caution offerte par le nom de Karl Killinger. Lequel était officiellement son patron dès lors que Rourke travaillait pour le *NY Morning News*. Behn avait dit oui. La *Telefónica* avait, dans l'heure, inventé, recruté et muni des documents nécessaires un inspecteur général de ses lignes à travers toute l'Espagne. Cet inspecteur s'appelait H.H. Rourke.

H.H. s'était illico débarrassé de sa carte de presse, n'avait conservé que son seul passeport irlandais, avait expédié en France, à Mimi Rourke, sa mère, tous ses autres papiers. Il avait fourré dans le sac à soufflets deux ouvrages techniques, qu'il avait lus deux ou trois fois afin de faire au moins illusion, et une trousse à outils.

Puis il avait pris la route.

Pas celle de Madrid, trop encombrée de reporters, à son goût.

Pour une raison identique, il rejeta aussi l'idée de Séville, seul point d'ancrage nationaliste au sud : trop d'administration, trop de guerre officielle, trop de journalistes.

Se glisser dans l'alcazar assiégé? Il risquait d'arriver trop tard. Soit que la forteresse tombât, soit qu'elle fût dégagée par une avance des armées putschistes.

H.H. Rourke ne s'intéressait pas particulièrement aux guerres elles-mêmes. Il les trouvait trop générales. Au mieux lui paraissaient-elles servir de révélateur et développer les destins individuels qui, seuls, méritaient son attention. Pourvu qu'ils eussent cette qualité rare, qu'il n'avait jamais tenté de définir : une odeur particulière, de mort et de sang frais.

On lui avait raconté qu'il se passait à Jaén des choses horribles. Il partit pour Jaén et n'y trouva rien qui valût pour lui la peine de s'y arrêter.

Il remonta un peu au nord, vers la Sierra Morena, sur l'autre rive du Guadalquivir : un peloton de la *guardia civil* s'était retranché dans un monastère pour échapper au massacre que lui promettaient les «rouges». Seule une division blindée, qui avait mieux à faire ailleurs, eût pu réduire les gendarmes; en fait, ils étaient inexpugnables. Ils s'étaient, pour se nourrir, transformés en bandits de grand chemin, razziant les alentours. Cela valait quelques lignes. H.H. les rédigea avec beaucoup de nonchalance et téléphona sa copie à Madrid, après avoir réussi à interviewer deux ou trois des gendarmes-bandits.

L'un des grands avantages de sa couverture d'inspecteur général des lignes, outre qu'elle lui permettait de déambuler sans trop de gêne, était que, justement, il ne payait pas le téléphone – il aurait eu le loisir de dicter l'Ancien et le Nouveau Testament.

Il poursuivit son chemin, s'enfonçant dans une Espagne profonde, oubliée depuis les temps lointains où le Cid Campeador et ses successeurs avaient chassé les Maures, barbares infiniment plus cultivés et ouverts que leurs vainqueurs. Désormais, il ne traversa plus que des villages aux allures d'oasis, où la floraison printanière des genêts et des aubépines avait été, depuis déjà deux mois, calcinée par le soleil d'été. La motocyclette qu'il avait louée à Cordoue cessa un matin de rouler, pour une raison inconnue. Il l'abandonna dans un fossé. Un autocar puis un autre l'acheminèrent vers Albacete. Où il allait sans savoir pourquoi.

... Et un jour, au nord-nord-ouest de cette ville, alors qu'il marchait sur une route pierreuse et poussiéreuse, il advint qu'un de ces véhicules que l'on appelait les *camions fantômes* stoppât à côté de lui. À son bord étaient des individus en armes, formés en détachement exterminateur sous couvert de révolution. Il y en avait dans les deux camps, mais ceux-là pourchassaient les fascistes.

Ils demandèrent à Rourke ce qu'il foutait là, se vantant d'avoir déjà tué neuf prêtres, cinq ou six sacristains et une bonne centaine de « *traîtres à la République* ». Leur invitation à monter sur le plateau arrière était de celles qu'on ne refuse pas. Ils finirent par convenir qu'un réparateur de lignes téléphoniques ne pouvait être qu'un prolétaire républicain, surtout s'il était, comme Rourke, un héros de l'indépendance irlandaise ayant lutté contre l'impérialisme britannique – l'histoire de mort et de vengeance qu'il leur raconta avait de quoi tirer des larmes aux plus endurcis.

Ils dirent qu'ils étaient en route pour un endroit dans la montagne où se cachaient des fascistes contre lesquels ils allaient faire tonner la justice du peuple.

Un peu plus tard, on dépassa une carrière et les plaisanteries inquiétantes de ses compagnons éclairèrent H.H. : ils en avaient au chef de chantier et au personnel de maîtrise de cette entreprise. Rien de particulier. Simplement, la carrière était exploitée, comme beaucoup d'autres dans la région, par une société de Burgos, dont la direction, ailleurs, s'était montrée implacable. Raison lointaine mais suffisante d'intervenir. Le camion roula encore pendant deux heures. En fin de matinée, ses passagers firent la jonction avec un autre détachement d'hommes, armés pour l'essentiel de fusils de chasse.

Une même fièvre sauvage les tenait tous. Celles des meutes qui se constituent à seule fin de tuer.

Rourke reconnut ce mécanisme, qui préside aux lynchages et aux mouvements des colonnes infernales. Il l'avait si souvent observé qu'il s'en voulut presque d'éprouver de la curiosité.

On était dans une clairière. Précautionneusement, on entreprit de grimper aux arbres. Une maison forestière apparut alors, petite. Elle semblait inhabitée mais, sitôt que deux éclaireurs en approchèrent, on entendit une mise en garde, suivie d'une exhortation : les occupants de la maison ne s'étaient jamais mêlé de politique et nul ne pouvait prétendre que les conditions de travail à la carrière n'étaient pas équitables.

Un bref flottement s'ensuivit dans le groupe d'assaut. Mais les passagers du camion fantôme ouvrirent vite le feu. Ils fracassèrent quelques vitres. Un pistolet riposta. L'un des assaillants fut touché à la jambe, dix mètres devant Rourke. Ce fut assez pour ranimer les plus indécis. La maison forestière fut emportée sans trop de difficultés. Sa garnison se composait de quatre hommes et trois femmes munis d'un unique pistolet de petit calibre. Lors de l'assaut, l'une de ces femmes fut tuée net et deux des hommes furent blessés.

Tous les prisonniers, morts ou vivants, furent chargés sur le camion, qui retourna à la carrière. Il y avait là un puits bouché par un tampon de planches. On y jeta tout le monde : les deux femmes vivantes et celle qui était morte, puis les hommes. L'horreur monta d'un degré encore quand il s'avéra que l'une des femmes survivait, malgré la chute. Elle se mit à crier, gémir et supplier. En sorte qu'on laissa tomber dans le puits trois ou quatre de ces grenades qu'on détenait à profusion. À la troisième explosion, enfin, les gémissements cessèrent. On jeta encore dans le puits, pour faire bonne mesure ou dissimuler le crime, des pierres, des gravats, des débris de charpente.

Dès le début des exécutions, H.H. Rourke s'était écarté. Parce qu'il avait imaginé, avec justesse, que les tueurs pourraient ensuite s'en prendre à lui, témoin neutre, quand serait retombée leur folie meurtrière et venu cet abattement morne qui toujours y fait suite. Il s'était éclipsé aussi discrètement qu'il l'avait pu. Il se trouvait derrière un entassement de gros blocs détachés de la muraille de la carrière. Il laissa repartir le camion et, même après ce départ, le silence revenu, il resta assis sans bouger, la nuque contre la pierre et fumant cigarette sur cigarette, se donnant à lui-même comme raison le danger d'un éventuel retour des tueurs. Mais sans se convaincre; ce n'était pas le vrai motif. Il traversait l'un de ces moments de tristesse qu'il décrirait plus tard à un jeune milicien sur le front d'Alacá de Henares. Il éprouvait aussi de la colère, voire une rage sourde. Depuis quinze ans qu'il parcourait le monde (il en aurait bientôt trente-deux), il avait assisté à un grand nombre de tueries de toutes espèces sans parvenir à s'y accoutumer.

... Et en plus, ça ne valait pas un reportage. Même à supposer qu'il enquêtât sur les victimes. L'histoire aurait à la rigueur mérité de l'attention s'il y avait eu, par exemple, des relations personnelles entre victimes et bourreaux. Or, il n'avait rien noté de tel. Ce n'était que l'un de ces épisodes sanglants comme en produisent toutes les guerres, les guerres civiles surtout, qui sont le fin du fin en matière d'ignoble.

Il se décida enfin à se lever, ayant en tête d'aller jeter un coup d'œil sur le puits – il était tout à fait certain qu'il n'y avait pas de survivant, cette fois. Il commençait à se dresser, à marcher, quand il s'immobilisa tout à coup : dans le silence extraordinaire qui stagnait sur la carrière, il capta un bruit de pas très léger.

Ils apparurent. Deux enfants. Une petite fille tenant sur son bras gauche une poupée à robe jaune et bleu et aux cheveux d'un or excessif et dans sa main droite la main d'un garçonnet de deux ou trois ans plus jeune. En bandoulière, la fillette portait également un sac de toile gonflé.

Les deux visages enfantins, celui de l'aînée surtout, étaient impassibles et graves, prunelles à peine élargies.

Manifestement ils avaient suivi les traces des pneus du camion. Ainsi parvinrent-ils au puits, que l'on avait refermé avec les planches. Ils s'accroupirent et demeurèrent dans la même position pendant deux à trois minutes, immobiles. H.H. avait retiré de son sac la lunette d'approche et l'avait braquée, à quatre-vingts mètres de distance.

Le petit garçon commençait à s'impatienter. Il considérait en alternance les pièces de bois fermant le puits puis la fillette; il ne semblait pas très bien comprendre ce qu'on faisait là.

La fillette pleurait. Les larmes descendaient sans discontinuer le long de ses joues, et elle ne tentait pas de les essuyer. À un moment, elle esquissa le geste d'écarter les planches pour scruter le trou mais y renonça – les madriers étaient trop lourds pour elle. Toutefois, elle ramassa un petit caillou et le laissa tomber dans le vide par un interstice, comme pour juger de la profondeur. Elle ne prononça pas un mot. Enfin, elle se redressa, reprenant dans sa paume la main de son petit compagnon. La lorgnette de Rourke vint sur la poupée. C'était une banale poupée de chiffons, de près de quarante centimètres de long cependant, à la chevelure soigneusement faite, bien trop dorée toutefois pour être vraie; elle donnait l'impression d'être plus raide qu'elle n'eût dû normalement l'être.

Ce détail-là aussi intrigua H.H. Rourke.

... Mais autre chose encore arriva, qui ne fut pas moins curieux. À présent, debout et très droite, avec dans son comportement comme de la solennité, la fillette lâcha une nouvelle fois la main du garçonnet et détacha de sa propre robe, qui était bleu marine avec d'étroits festons blancs, une aiguille à coudre autour du chas de laquelle on avait enroulé du fil brun. La petite fille hésita quelques secondes puis, d'un geste délibéré et lent, se piqua l'index de la main gauche. Une minuscule goutte de sang perla. Elle refaufila l'aiguille dans le tissu lui couvrant la poitrine et pressa son index pour qu'il saignât un peu plus et ainsi, avec ce sang, s'accroupissant encore, elle traça une croix sur le bois des planches du puits.

Elle hocha une seule fois la tête, gravement, comme si quelque chose de très important venait d'être accompli.

Ensuite, elle reprit le petit garçon par la main et s'en alla. Ils ressortirent de la carrière, par ce même chemin qui les avait amenés. La poupée de chiffons coincée sous son bras gauche, son espèce de besace en bandoulière lui battant le dos au rythme de ses pas, elle suçait son doigt blessé.

H.H. Rourke laissa aux deux enfants deux cents mètres d'avance. Puis il entreprit de les suivre. N'ayant bien sûr aucune idée que cela allait durer si longtemps. Un moment, il avait été sur le point d'interpeller la fillette. Il avait craint de l'effrayer (bien qu'elle ne parût guère encline à s'épouvanter aisément). Mais, plus encore, il avait eu et avait toujours le sentiment qu'en intervenant il aurait déréglé quelque mécanisme très délicat.

Il n'était pas encore tout à fait certain d'avoir trouvé un vrai sujet de reportage.

Mais l'odeur de mort et de sang frais venait à ses narines, inexplicable.

Quatorze jours.

Au premier, les enfants allaient devant. Assez loin devant. Rourke ne voulait pas être vu et, quand l'horizon s'élargissait trop, comme c'était et comme ç'allait être le cas pour quelque temps encore, il se servait de sa lunette d'approche. En revanche, il réduirait l'écart lorsque le terrain deviendrait boisé ou accidenté, ou sur les routes sinueuses, ou encore dans la traversée des agglomérations (mais durant les deux premières journées, on n'en traversa aucune).

Près de trois heures après le départ de la carrière, la fillette s'arrêta à une croisée de trois routes. De sa besace, elle tira une carte routière et, plus surprenant, une boussole. En quelques secondes elle prit sa décision et repartit. Au nord-nord-ouest. Autant dire vers Madrid, qui se trouvait à peu près à deux cent quarante kilomètres.

Bien entendu, H.H. ne crut pas une seconde que la destination finale pouvait être Madrid.

La boussole le troublait un peu, néanmoins.

Un peu plus de neuf kilomètres furent couverts avant la tombée de la nuit. Les enfants avaient contourné un très petit village, s'étaient cachés, grâce à un mur de pierres sèches, au passage de deux charrettes tirées par des ânes. Ils firent halte dans une cabane de pierres, non sans que la fillette en eût au préalable inspecté l'intérieur et les abords. À plusieurs centaines de mètres, dans sa lunette, H.H. les vit en train de dîner, de pain et de fromage manchego tirés de la besace. Lui-même avait grand faim. Il jugea qu'il avait le temps d'aller se ravitailler et, revenant sur ses pas, pénétra dans le village. Il y annonça la prochaine installation du téléphone. Il put y acheter de quoi se nourrir. Il se hasarda à poser une question sur le chef de chantier et les contremaîtres de la carrière, expliquant qu'il s'était rendu là-bas, pour répondre à une autre demande d'installation, mais qu'il n'y avait trouvé personne. Les villageois évitèrent de lui répondre.

Parmi l'assistance si peu loquace, il reconnut l'un des hommes qui avaient participé à la tuerie.

Il reprit sa place à l'affût, dormit un peu, put faire sa toilette, se raser, laver sa chemise et son caleçon dans l'eau assez croupie de l'un de ces grands bassins de pierre destinés à recueillir la pluie pour abreuver les troupeaux. Une heure plus tard seulement, les enfants parurent. Le plus petit renâclait à reprendre la marche, il dormait debout.

Durant le deuxième jour, ils parcoururent une vingtaine de kilomètres. La fillette continuait à éviter les villages, les fermes isolées, tous les êtres humains de rencontre. À plusieurs reprises, elle dut faire halte; le garçonnet, pleurant de fatigue, se refusait à poursuivre. Elle essaya même de le porter. Sans faire plus de cent pas; elle n'en était pas capable. La lunette d'approche montra son visage aux yeux cernés mais aux traits tendus par la détermination. Et Rourke une nouvelle fois dut refréner sa très puissante envie d'aller à elle, de lui parler, de gagner sa confiance et de l'aider – où qu'elle allât et quel que fût le motif de sa marche.

Tout changea au début du troisième jour. La petite fille modifia sa stratégie. Peut-être parce qu'elle se jugeait dorénavant assez loin de la carrière, de la région où sa famille avait vécu (pure conjecture de H.H.), ou plus simplement parce qu'elle renonçait à faire marcher davantage son compagnon. Les enfants avaient passé cette deuxième nuit dans une grange dont Rourke, placé comme il l'était, put distinguer l'intérieur. Il vit la gamine – l'autre dormait encore, derrière elle – qui déshabillait la poupée, lui ôtait sa robe minuscule, en défaisait la couture du dos. De l'entassement des chiffons, elle retira des billets en liasse et des pièces. Elle procéda à un tri, mit un peu d'argent dans la poche de sa propre robe, replaça les liasses dans la poupée dont, avec son aiguille, elle recousit la toile brune, avant de rhabiller le jouet.

Une heure plus tard et trois kilomètres plus loin, elle n'hésita pas et entra dans le petit bourg qui se présentait. H.H. raccourcit aussitôt la distance. La grand route d'Albacete à Ciudad Real traversait l'agglomération. Les enfants y montèrent à bord d'un autocar. Après lequel Rourke dut courir. Il réussit à se jucher sur le toit, en compagnie de paysans aux visages lugubres. Des kilomètres plus loin, ce fut une petite ville appelée Mota del Cuervo. Les deux enfants y quittèrent le car, dont l'itinéraire normal se poursuivait en direction d'Alcázar de San

Juan et Ciudad Real – il prenait donc à gauche, abandonnant la route directe de Madrid qui n'était plus qu'à cent quarante kilomètres. Et ce fut vers Madrid, justement, que les enfants allèrent. Au terme d'un dialogue dont H.H. ne put rien entendre, un vieux charretier accepta de les prendre. H.H. suivit à pied, à plus de mille mètres en arrière, dans un paysage d'une assez grande tristesse, plat à l'infini, fait de champs de blé presque blancs que rapiéçaient d'autres champs, safran. Sur tout cela se dressaient des moulins aux ailes immenses, et Rourke se souvint tout à coup qu'il était dans la Manche, là-même où Cervantes avait fait naître son héros, lui donnant à combattre ces mêmes moulins.

L'étape charretière fut de vingt-quatre kilomètres environ, elle aboutit à une autre petite ville, Quintanar de la Orden. Non loin de là, dans l'Ouest, était le village d'El Toboso, patrie de la Dulcinée du Chevalier à la triste figure. Dès lors, H.H. eut tout le temps de relire son Don Quichotte : les enfants firent une halte de trois jours à Quintanar. Le charretier les hébergea et Rourke se demanda (jamais il ne connaîtrait la réponse) quelle fable la fillette avait bien pu conter à son hôte. Mais il avait évidemment choisi de demeurer à distance, lui-même s'étant installé dans une auberge. Il se nourrissait pour l'essentiel de pois chiches et de fromage. Il était sur ses gardes, et bien lui en prit : les enfants reprirent la route à l'aube du quatrième jour (le septième depuis le départ); en vérité, ils filèrent à l'anglaise dès que le charretier fut parti à son travail. Des convois de troupes passaient sans cesse sur la route nationale et, pour quelque raison, la fillette refusa de se mêler à ce charroi. Elle s'engagea vers l'ouest, en direction d'endroits tels que Villacañas et Tembleque, droit vers les monts de Tolède. La progression fut dès lors régulière : elle marchait une heure environ, laissait se reposer d'autant son compagnon, repartait.

Vinrent alors la rencontre de H.H. avec Ernie Pohl et l'épisode des hommes offerts en victimes aux taureaux, soixante-douze heures plus tard. Simple péripétie; la lente remontée au nord se poursuivait. H.H. s'attendait maintenant, tôt ou tard, à atteindre Madrid. Mais non : la fillette changea une nouvelle fois de route. Une quinzaine de kilomètres avant Aranjuez, elle mit soudain le cap vers le nord, tirant droit à travers la campagne. Le onzième jour de sa marche, elle croisa la route

Madrid-Valence et laissa clairement sur sa gauche la capitale assiégée.

En deux occasions déjà, H.H. Rourke avait bien failli devoir renoncer à sa traque. En raison de contrôles. Le deuxième de ceux-ci, surtout, lui fit perdre des heures : des miliciens tinrent absolument à contrôler ses dires auprès des services de la *Telefónica*, à Madrid, et l'on était un samedi en fin de journée; les bureaux du grand immeuble de la compagnie dans la capitale était évidemment déserts. «Don Sosthène» Behn n'était plus dans sa suite du Ritz et, à trois heures du matin, H.H. eut enfin en ligne, l'arrachant au sommeil, l'un des directeurs américains pour l'Espagne, qui répondit de lui. Restait à retrouver les enfants. Cela lui prit quinze heures.

Il venait enfin de repérer les deux petites silhouettes, il regagnait à toute allure de la distance quand, à environ deux kilomètres de lui, il vit une voiture particulière stopper à la hauteur de la petite fille à la poupée et de son compagnon. Il put relever le numéro du véhicule mais ne fit rien d'autre : l'homme et la femme, après une courte conversation, prirent les enfants à bord de leur véhicule.

Rourke écrirait dans son reportage : «*Je suis persuadé de les avoir perdus à ce moment-là. Madrid et tous les faubourgs est de la capitale espagnole sont en état de siège, le désordre y est à son comble, il s'y produit des mouvements en tous sens. Retrouver deux enfants dans cette cohue semble impossible. J'hésite. J'ai le choix entre trois solutions : la première, qui est de renoncer; la deuxième, qui consiste à faire appel à cette compagnie des téléphones pour laquelle officiellement je travaille et qui pourra certainement m'aider, grâce au numéro minéralogique, à retrouver le propriétaire de la voiture; je choisis la troisième. Sur ma propre carte routière, j'ai relevé depuis le départ, voici treize jours, l'itinéraire suivi par la petite fille à la poupée. Malgré quelques crochets incompréhensibles, la trajectoire est nette : elle conduit droit à la route qui relie Madrid à Barcelone. J'en suis à penser que la petite fille, décidément, se rend en France, si extraordinaire que cela puisse paraître...*

«*...Au soir du treizième jour, je suis à Alcalá de Henares, à une trentaine de kilomètres à l'est de Madrid. J'y trouve à louer une moto, avec laquelle je pousse une pointe jusqu'à Guadalajara. En pure perte. Je reviens en arrière, résolu à entrer dans*

Madrid. Je suis sur le point d'abandonner. De nouveau, je suis à Alcalá de Henares; il est dans les huit heures trente du matin, le quatorzième jour. Je rends la moto, je marche sous les arcades de la Calle Mayor, *à deux pas de la* plaza de Cervantes, *j'y achète des cigarettes à la seule* tabacalera *ouverte à une heure aussi matinale. Tanks et camions défilent sans discontinuer, je suis des yeux une voiture emplie d'hommes en armes qui ont le même regard que les tueurs du camion fantôme dans les environs d'Albacete et reviennent de quelque exécution. Et soudain je la vois, entre deux camions. Le garçonnet est avec elle, elle le tient toujours par la main et, toujours, elle transporte sa poupée. Ils sont seuls tous les deux...* »

Les enfants étaient bel et bien sortis d'Alcalá par l'est, ils s'étaient engagés sur la route de Guadalajara, si bien que s'était confirmée l'extravagante hypothèse de Rourke selon laquelle, en effet, la petite fille à la poupée se rendait au moins à Barcelone, et peut-être en France. Le front était sur la gauche, à quelques kilomètres de là, plein nord, dans les contreforts orientaux de la sierra de Guadarrama où les combats étaient des plus féroces...

... Les enfants avaient tourné à gauche.

En sorte qu'au quatorzième jour de sa poursuite, en effet, H.H. Rourke se trouvait à quelques centaines de pas de cette ligne de front. Il venait, avec un jeune milicien, de discuter l'importante question de savoir si Miguel de Cervantes, mort trois cent vingt ans plus tôt, était un écrivain de droite ou de gauche. Il surveillait un épais fourré encerclant le pied d'un grand pin fourchu. La nuit, tout à fait venue, lui causait quelques soucis : très évidemment les enfants allaient se remettre en mouvement, avancer et tenter de franchir la ligne. Les laisser s'aventurer ainsi était une responsabilité pour lui. Qu'il n'était pas décidé à endosser. Si l'un ou l'autre venait à être tué, ou seulement blessé, il ne se le pardonnerait jamais.

Il ne fumait plus depuis près de trois heures, par crainte que le rougeoiement de sa cigarette dans l'obscurité révélât sa présence. Maintenant, étalé à plat ventre, il attendait. Au lointain, vers Guadalajara, les tirs d'artillerie se poursuivaient, et de même au nord-ouest, mais, derrière lui et sur sa gauche immédiate, le secteur était étonnamment calme. Une centaine de minutes plus tôt, une vraie conversation s'était engagée entre soldats nationalistes et républicains; elle avait débuté par des insultes, s'était poursuivie par des échanges de nouvelles – un tel avait des parents dans telle ville ou tel village, on avait parlé football, corridas, vendanges, vins et femmes. Silence à présent – hormis quelqu'un qui chantonnait très doucement.

H.H. gardait sa lunette d'approche braquée sur ce très faible reflet d'or dans la pénombre : les cheveux de la poupée.

L'homme arriva.

Il passa à une vingtaine de mètres de Rourke. Sans le voir et presque sans bruit. Il se coula très silencieusement, progressant un peu courbé, s'arrêta – le grand pin fourchu devait lui servir de repère. H.H. crut que cet homme était celui que les enfants attendaient. Pas du tout. À preuve, ces autres silhouettes qui, à leur tour, surgirent, elles aussi arrivant de l'intérieur du camp républicain. Passèrent trois hommes et une femme, tous chargés de valises et de paquets. Ils rallièrent leur éclaireur et, sans échanger un mot, lui emboîtèrent le pas tandis qu'il repartait. Tout le groupe disparut bientôt, s'enfonçant dans un chemin creux.

Trente secondes à peine. Dans sa lorgnette, H.H. nota un mouvement : la fillette se dressa et entraîna le garçonnet. Les enfants sortirent du bosquet où ils s'étaient cachés si longtemps et leur intention devint manifeste : ils suivaient le passeur et ses clients.

H.H. à son tour se mit en mouvement.

« ... Une quinzaine de minutes plus tard, il arrive ce qui devait arriver par une nuit si sombre : je perds les enfants de vue. Devant moi, à une cinquantaine de mètres peut-être, ils étaient en train de gravir un éboulis, juste après le passage d'un ruisseau presque à sec. L'un d'eux déclenche une chute de pierres. Dans les secondes suivantes, une sentinelle des avant-postes nationalistes lance un qui-vive? puis ouvre le feu. Avec cette conséquence immédiate : une fusillade générale. On tire de tous les côtés maintenant, y compris depuis le camp républicain, qui se trouve à trois cents mètres en arrière de moi. Des balles frappent les rochers tout autour de moi, un éclat m'entaille la jambe, je suis contraint de me mettre à l'abri.

*Quand enfin je peux repartir, il s'est écoulé trois ou quatre
minutes. Je me hisse au sommet de l'éboulis. Une forêt de
chênes verts se dresse dans l'obscurité, avec plusieurs passages
possibles, et rien n'indique celui que les enfants ont choisi. On
vient sur ma droite, dans un cliquetis d'armes; je file sur la
gauche. Dès cet instant, ma conviction est faite : mes chances
de retrouver la petite fille à la poupée sont nulles.*

*«Je n'ai pas encore pensé à cette information que je détiens
depuis le début, et qui est capitale...*

*«Autre chose m'intrigue beaucoup : comment, au terme
d'une marche de deux cent cinquante kilomètres et plus, une
gamine aussi jeune a-t-elle pu trouver avec tant d'exactitude
l'un des points de franchissement de la ligne de front utilisés
par les passeurs ? Ce n'est que plus tard, à ma deuxième visite à
Alcalá de Henares, que je retrouverai la voiture qui a chargé les
deux enfants sous mes yeux, puis le conducteur de cette voiture ; et j'apprendrai alors comment cet homme, convaincu par
le gros mensonge que lui a fait la petite fille, lui a indiqué le
cheminement du passeur et même le mot de code employé :
"Verde", c'est-à-dire "vert" en espagnol... »*

La patrouille défila à douze ou quinze mètres de Rourke. Les
hommes chuchotaient mais sans plus; leur ton était assez paisible. H.H. compta jusqu'à cinquante, se releva et repartit. Il y
avait maintenant une heure et demie au moins qu'il avait
perdu la trace des enfants, sa seule ambition dans l'immédiat
était de sortir de la zone de première ligne sans être abattu par
l'un ou l'autre camp. Il avança un bon moment au travers des
chênes verts, appuyant sur la droite – il avait le sentiment
d'avoir progressé trop à gauche et donc il risquait de se trouver dans le *no man's land* séparant les deux armées. Il déboucha sur ce qui devait être un champ, hésita, puis s'y engagea
carrément. Il était perdu, de toute façon. Presque aussitôt il
buta contre un corps mou et manqua de s'étaler.

– *Lo siento*, dit-il, courtoisement.

Il découvrit tout autour de lui d'autres formes identiques et
pareillement affalées dans l'herbe.

Des cadavres par dizaines au moins.

L'obscurité était telle qu'il ne pouvait même pas distinguer
s'il s'agissait de morts nationalistes ou républicains. Le détail

lui parut très mineur. Il reprit sa marche, enjambant les cadavres quand il en trouvait devant lui.

Nouvel arrêt. Cette fois à cause d'un bruit. On eût dit, dans le silence écrasant de la nuit, le battement de centaines de cœurs. À cela près que ce battement était très bizarrement métallique. H.H. s'accroupit, pas inquiet mais, certainement, troublé. C'était indéfinissable et cela, justement, le déconcertait.

Il finit enfin par comprendre : tous ces morts autour de lui portaient des montres. Et ce qu'il percevait était leurs tic-tac à toutes, cliquetant ensemble.

Il se redressa et se remit en marche. Le champ n'en finissait pas. Une masse plus sombre qui était la lisière des arbres finit cependant par se dresser. « *Il y a quelqu'un* », pensa Rourke sans raison précise. « *Il y a quelqu'un et ce quelqu'un s'apprête à me tirer dessus.* » Il venait d'entendre le claquement d'une culasse. Ses bras s'écartèrent de son corps, le sac à soufflets se balança.

– Ne me tuez pas, s'il vous plaît.

– Approche.

Il fit cinq pas supplémentaires et pénétra sous le couvert, où l'on n'y voyait goutte. Une lampe électrique s'alluma et fut braquée sur son visage, l'éblouissant tout à fait. On le palpa, pour vérifier qu'il ne portait pas d'arme. La lampe s'abaissa, il découvrit un officier nationaliste et des soldats du même camp. L'officier était un *alférez*, un tout jeune officier de complément, reconnaissable à l'étoile dans un rectangle noir, qu'il portait sur le côté gauche de la poitrine. Quant aux soldats, ils arboraient les chemises bleues de la Phalange. H.H. prit le temps de réfléchir – il ne tenait pas du tout à se tromper – et, au terme de sa réflexion, leva le poing droit (alors que, chez les républicains, c'était le gauche qu'il fallait dresser).

– Je suis venu, dit-il, pour voir si vous n'avez pas de réclamation à formuler, s'agissant du téléphone.

L'*alférez* expliqua ce que c'était qu'un *alférez*. L'armée en révolte manquait de cadres, d'officiers subalternes surtout ; elle avait pallié cet inconvénient en inventant un grade, le plus souvent octroyé à des étudiants en rupture d'université.

– On nous appelle des *alféreces sietemesinos*, des *sous-lieutenants prématurés*. Parfois même des *étoiles filantes*, dit sombrement Santiago.

– Je reconnais que c'est un peu vexant, dit H.H. Rourke. Et tu faisais quoi, avant qu'on te donne cette étoile?

Pendant une heure ou deux, immédiatement après son arrestation, la question de savoir s'il fallait ou non fusiller H.H. avait été sérieusement étudiée. *L'alférez* , lui, avait voté contre. Un premier sursis lui avait été accordé au prisonnier, le temps que fût établi un contact avec la direction de la *Telefónica* à Burgos. La réponse était enfin arrivée : la *Telefónica* insistait beaucoup pour qu'on laissât tranquille son inspecteur général des lignes. Santiago Lahuerta en avait paru soulagé : il n'avait encore jamais fusillé qui que ce fût et n'était pas pressé de commencer.

Il était étudiant avant d'être *alférez*, dit-il. Étudiant à Paris, où il apprenait le droit, et où il vivait avec sa famille. Si ça n'avait tenu qu'à lui, jamais il ne se serait engagé. Mais on était monarchiste par tradition chez lui. Tout le monde avait été très enthousiaste à l'idée qu'il allait massacrer tous les rouges d'Espagne. Tout le monde sauf lui, à qui on n'avait pas demandé son avis. Il s'était retrouvé à Biarritz, villa *Nacho-Enea*, chez le comte de Los Andes, de là à la frontière, puis – par quelque miracle atterrant – à Saragosse, caserne San Genís, où l'on avait fait de lui un *alférez* spécialiste des sapes, des pontons et des explosifs en général.

– Tu sais vraiment manipuler des explosifs, Santiago?

Quelle question! La seule vue de la dynamite le pétrifiait. *¡Claro que no!* Il n'aurait même pas réussi à faire exploser un pétard d'enfant.

Le jeune officier avait invité H.H. dans sa *chabola*, sorte de cagna en sacs emplis de terre et couverte de tôle. Sa famille lui avait fait parvenir quelques douceurs, dont deux bouteilles d'armagnac. Ils vidèrent assez rapidement la première bouteille et attaquaient la seconde quand sur le coup de deux heures du matin, passa la *ronda mayor*, la patrouille de ronde la plus importante de la nuit, avec ses trois officiers et ses soldats, qui faisait rebondir d'un poste à l'autre la mélopée des appels et des répons. Elle s'éloigna après que Santiago eut lancé l'habituel *¡Adelante, ronda mayor!* Santiago n'était pas loin d'être tout à fait saoul. Il se mit à pleurer avec beaucoup de dignité : la veille, il venait d'apprendre qu'on allait le nommer sur le front de Madrid, au premier bataillon du génie, pour y creuser des sapes et des contresapes. Ce n'était pas qu'il avait peur mais il était persuadé de sa mort prochaine; deux fois déjà, en rêve, il s'était vu déchiqueté, et devant Madrid justement.

– Je n'ai pas peur, mais mourir à mon âge me fait de la peine.

– J'ai déjà vu des guerres, dit H.H., qui avait de la sympathie pour lui. Et j'ai déjà rencontré des hommes qui croyaient eux aussi qu'ils allaient mourir tel jour à telle heure en faisant telle chose.

– Et ils se trompaient?

– Oui, mentit H.H. Rourke, allumant une nouvelle cigarette. Il n'avait pas dormi au cours des deux nuits précédentes et une torpeur le prenait, accentuée par l'armagnac. Assez curieusement, ce fut à ce moment-là que lui revint ce détail, grâce auquel il avait une chance de retrouver la petite fille à la poupée, alors même qu'il avait plus ou moins abandonné tout espoir et en était à envisager de se rendre à Madrid, lui aussi.

Ce n'était vraiment qu'un détail, la chance était très mince, mais elle valait d'être tentée. Le petit *alférez* qui avait si peur des mines et des explosions venait de succomber au sommeil, assommé par l'alcool. H.H. ramassa son sac à soufflets et s'en alla. Le capitaine qui l'avait interrogé quelques heures plus tôt lui fournit un laissez-passer, le premier de sa nouvelle collection (il s'était débarrassé de tous les autres, émis en zone républicaine, lors de sa traversée du *no man's land*). Ce capitaine-là était petit et sec, nerveux; il avait déjà la quarantaine. Maintenant qu'il n'avait plus de raison de faire fusiller Rourke, il s'en désintéressait tout à fait, avec l'habituelle indifférence de ceux qui combattent à l'égard de ceux qui sont neutres dans la bataille. Il venait de monter une expédition pour les lignes arrière, où il renvoyait des blessés sous la surveillance d'un *practicante* (infirmier-chef).

– Vous aiderez à porter les civières.

Il demanda toutefois à H.H. où il allait, et H.H. répondit: « *Burgos.* »

Il mit presque trente heures pour parvenir jusqu'à cette ville, qui était la capitale officielle du mouvement nationaliste. Elle n'avait pas encore été supplantée par Salamanque, où le général Franco, avec son armée d'Afrique et le total soutien de Berlin et de Rome, allait bientôt unifier à son profit les diverses tendances du soulèvement militaire, en étouffant le courant monarchiste traditionnel dont Burgos était le fief.

Il y arriva en début d'après-midi, débarquant du train dans lequel il n'avait pu monter qu'à grand-peine. Dans les bureaux de la *Telefónica*, qui reçurent sa première visite, il rencontra un Américain du nom de Leacock – celui-là même qui était intervenu pour qu'il ne fût pas fusillé après son franchissement des lignes.

– J'avais reçu des ordres de monsieur Sosthene Behn en personne, expliqua Leacock, qui dévisageait Rourke avec curiosité. À quoi diable jouez-vous?

H.H. fut sur le point de lui raconter toute l'histoire de la petite fille mais finalement s'en abstint. Tout au plus expliqua-t-il qu'il recherchait l'adresse d'une certaine compagnie minière, ou d'exploitation de carrières, qui devait avoir son siège à Burgos et des intérêts dans le sud de l'Espagne, notamment dans la région d'Albacete. Ce n'était pas difficile, quelques coups de téléphone suffirent. La société se nommait *Canteras unidas del Sur* – tout simplement *Carrières unies du Sud*. Elle avait ses bureaux sur l'autre rive du *río* Arlanzón, qui traversait la ville, dans la rue San Pablo, non loin de la poste.

H.H. s'y rendit, trouva un petit immeuble de trois étages qui arborait les raisons sociales de quatre entreprises, toutes consacrées à l'exploitation du sol, dont visiblement la guerre civile n'avait pas ralenti l'activité et qui appartenaient au même groupe. H.H. n'entra pas, attendit. Vers sept heures du soir seulement, les employés sortirent, quelques femmes et surtout des hommes, dans leur grande majorité au-dessus de la cinquantaine. H.H. en choisit un, ou plutôt deux : ces deux-là partirent ensemble et, traversant le pont San Pablo, allèrent s'installer à une terrasse de café devant du vin et des *tapas*. Quarante minutes plus tard, Rourke et eux étaient pratiquement des amis d'enfance. Il leur raconta comment, lui qui était représentant, il était parvenu à échapper à ces horribles rouges de la région d'Albacete, à motocyclettes, grâce à un prompt embarquement à Alicante, sur un cargo qui l'avait mené à Lisbonne, d'où il arrivait tout droit pour reprendre son démarchage dans une Espagne civilisée (ses interlocuteurs arboraient au revers l'insigne de la Phalange).

Ainsi donc, ils travaillaient pour une société exploitant des carrières dans cette même région méridionale qu'il venait de traverser? *¡Que sorpresa!* Il se souvenait justement avoir rencontré le chef de chantier d'une carrière qui...

Il obtint les noms des quatre hommes qu'il avait vu jeter dans le puits de mine. Et surtout, entre toutes les autres informations qui lui furent données, une tomba comme un fruit mûr : il y avait de cela dix jours, un homme était arrivé d'Albacete, ayant héroïquement réussi à franchir les lignes au nord-ouest d'Alcalá de Henares, et ramenant avec lui tous les livres de comptes des carrières et tout l'argent de la société qui se trouvait là-bas. Ce pur héros se nommait Raúl Ojeda Santos. Son histoire était incroyable : les assassins rouges les avaient impitoyablement traqués, lui, sa femme, son beau-frère et sa belle-sœur; il s'était battu comme un diable mais, malgré sa vaillance, n'avait pu empêcher la mort de son beau-frère (qui était le chef de chantier de la carrière) et de sa propre épouse, hélas victime de ces bêtes sanguinaires. Ojeda n'avait pu sauver que sa belle-sœur (la sœur de sa femme), Mari Carmen Sierra Múñoz, qu'il était, grâce à Dieu, parvenu à conduire jusqu'à Burgos.

Où l'on venait de le nommer directeur-adjoint, ce qui était la moindre des choses.

... Où il se trouvait, oui.

H.H. posa encore quelques questions puis convint que l'histoire était effectivement incroyable.

Quatre jours alors s'écoulèrent dans une Burgos où se multipliaient les exécutions sommaires. Le camp nationaliste aussi avait ses *voitures fantômes*, bardées de fanions et de tueurs en goguette. Il ne se passait pas d'aube sans que l'on découvrît maints cadavres sur le champ de manœuvres, sur la route de Santander à la sortie de Burgos, sur celle de Valladolid sitôt après l'octroi, sur les terrains vagues entourant la fabrique de soie, parmi les tombes du cimetière municipal, dans le fleuve lui-même où les corps, systématiquement achevés par trois ou quatre balles tirées dans les orbites, s'échouaient en général contre le pont de Frandosvinez, ou encore dans les bois avoisinants la célèbre et belle chartreuse de Miraflores. H.H. lui-même, un soir vers onze heures, fut interpellé par trois hommes à l'évidence ivres mais armés. Il commit l'erreur de feindre de ne pas parler l'espagnol, pensant ainsi les détourner de lui. Il esquiva le premier coup de crosse mais pas le deuxième, ni les suivants, qui lui cassèrent deux côtes. Il fut traîné jusqu'à une camionnette où se trouvaient déjà deux prisonniers, sous la garde de quatre autres tueurs. Il apprit qu'on le prenait pour un Russe. Il parla français, enfermé dans son mensonge initial, et par chance trouva un interlocuteur dans cette langue, à qui il put expliquer qu'il arrivait de Paris, envoyé tout spécialement par l'*Action française*, le journal très monarchiste de Charles Maurras. Il se montra convaincant, si bien qu'on lui offrit d'assister aux exécutions de la nuit et même d'abattre lui-même l'un des cinq rouges que l'on prit. Quatre adultes et deux jeunes garçons, fils de l'une des victimes, furent criblés de balles sous sés yeux. Sans avoir d'autre choix, pour établir définitivement ses prétendues opinions politiques, il donna lui-même le coup de grâce à l'un des enfants. Alors seulement il put regagner son hôtel de la *plaza* San Juan, faire venir un médecin qui pansa ses plaies et lui banda la poitrine, et boire une pleine bouteille de « cognac » espagnol, sans pour autant réussir à oublier le visage du gosse dans les yeux de qui il avait dû faire feu.

Elle apparut le lendemain.

Il venait depuis dix minutes à peine, flageolant un peu sur ses jambes et souffrant de ses côtes cassées, de reprendre son guet de quatre jours devant la maison où habitaient Raúl Ojeda Santos et sa belle-sœur, madame veuve Sierra (que son veuvage ne paraissait pas trop accabler, sinon en public).

Un détachement de *requetés* passait, hommes en kaki, coiffés de la *boina*, le béret basque rouge vif qui, malgré sa couleur, était, disait-on, de droite, et chantant l'*Oriamendi*, leur hymne, dont les premières paroles étaient : «*Pour Dieu, la patrie et le roi...* »

L'or agressif des cheveux de la poupée de chiffons fit une tache sur tout cet écarlate. H.H. cependant vit en premier le petit garçon, qui semblait fatigué et dormait à peu près debout, tout en marchant. Puis il la découvrit, elle, exactement telle qu'elle lui était apparue trois semaines, ou presque, plus tôt, à près de six cents kilomètres au sud : marchant très droite, sa poupée sur le bras gauche et tenant très fermement son compagnon par dans la main. Ils débouchèrent de la rue Carmen, de l'autre côté du pont de Besson. Sans doute arrivaient-ils tout droit de la gare, qui se trouvait derrière eux, cachée par la masse du séminaire de San José.

Comme ils étaient à moins de deux cents mètres, H.H. n'eut nul besoin de sa lorgnette. La petite fille n'alla pas jusqu'au pont. Elle s'enquit de son chemin auprès d'un passant et prit sur sa droite le *paseo* de la Merced, puis la route de Valladolid, qui menait à la place Conde Castro. *« Elle va directement à la société »*, pensa Rourke, qui la suivait en progressant sur l'autre berge du fleuve. Il accéléra le pas, saisi par ce qui était presque de l'angoisse : il allait enfin savoir. S'il se révélait qu'elle était simplement venue jusqu'à Burgos pour y rejoindre son oncle et sa mère, il aurait suivi vingt jours durant une piste inutile.

Il ne le croyait pas – l'odeur de mort et de sang frais lui arrivait avec une grande netteté.

Elle contourna la poste centrale et s'engagea dans la rue San Pablo. Il marchait maintenant trente pas derrière elle. Il entendit sa voix pour la première fois. Elle venait de parvenir devant le petit immeuble qui abritait les bureaux de la *Canteras unidas del Sur S.A.* et s'immobilisa.

– Tu m'attends ici, Paco. Tu ne bouges pas. Si quelqu'un te demande ce que tu fais tout seul, réponds que tu attends ta mère.

Elle entra seule. Rourke faillit bien entrer sur ses talons, dut se calmer, surpris par l'intensité de la fièvre qu'il éprouvait. En fin de compte il s'écarta, alla prendre position sur le trottoir opposé. *« Elle est simplement venue s'assurer qu'Ojeda était bien à Burgos et se trouve bien dans ces bureaux. Rien d'autre. Il ne se passera rien d'autre, il faut attendre. »*

Il écrirait plus tard, dans son reportage : *« Je n'ai à cet instant aucune preuve à l'appui de mon hypothèse. Je n'ai pas la moindre idée de la façon dont elle va s'y prendre, si vraiment elle est venue jusqu'à Burgos dans le but que je crois connaître. À dire vrai, j'ignore si je serais intervenu, sachant la vérité. Peut-être l'aurais-je fait, en fin de compte. Quitte à rater mon reportage. Mais, pour la protéger... »*

La petite fille ressortit de l'immeuble. Elle se figea durant quelques secondes sur le seuil, portant sur son visage une sauvage expression de triomphe. Serrant très fort la poupée de chiffons contre sa poitrine, elle regardait droit devant elle et, nécessairement, fixa H.H. Rourke qui lui faisait face, de l'autre côté de la chaussée. Il se crut reconnu, peut-être l'avait-elle identifié, malgré ses précautions, comme l'homme qui la suivait depuis Albacete. Mais non : elle regardait sans voir vraiment. D'ailleurs elle se reprit, fit quelques pas de plus, et une fois encore saisit la main du garçonnet, qu'elle entraîna. Les deux enfants descendirent la rue San Pablo, tournèrent à gauche. Et H.H., qui se remettait à les suivre, eut toutefois le temps d'apercevoir Raúl Ojeda qui, à son tour, sortait dans la rue, cherchait de tous côtés, l'air parfaitement stupéfait. « *On vient sans doute de lui apprendre que sa nièce a rendu visite aux bureaux de sa société et, à juste titre, il se demande comment elle peut bien être là et pourquoi ce n'est pas à lui en personne qu'elle s'est adressée.* »

Rourke était maintenant à peu près sûr que son hypothèse était fondée. De la *plaza* Conde Castro, qu'il venait d'atteindre, il vit les deux enfants s'enfoncer sous les arbres et disparaître derrière les maigres massifs de fleurs du *paseo del* Espoloncillo, le long du rio Arlanzón. Ojeda avait remonté la rue San Pablo, à la recherche de la fillette. En la redescendant, il passa, courant à demi, tout près de H.H. Rourke, qui ne broncha pas.

Ojeda hochait la tête. Il finit par revenir sur ses pas et regagna l'immeuble des *Canteras unidas*. Il était un peu plus de dix heures trente du matin. H.H. avança sur le *paseo* et découvrit les deux enfants maintenant assis sur un banc, en train de manger. Il s'installa sur un autre banc, à trente mètres et en retrait, ouvrit l'un des journaux qui traînaient près de lui. Il apprit ainsi que la veille, *a las nueve de la tarde*, l'alcazar de Tolède avait été dégagé ; le siège avait été rompu par le premier *tabor* des *regulares* de Tetouan et la cinquième *bandera* du *tercio*, toutes unités venues d'Afrique aux ordres du général Franco. Il prit alors vraiment conscience de la formidable liesse qui agitait Burgos, des processions et des cavalcades, des chants et des clameurs, des défilés triomphaux. Mais il y demeura très extérieur. N'avaient de vie à ses yeux que ces deux enfants toujours immobiles, au centre du maelstrom. Le garçonnet à présent s'était endormi, allongé, sa nuque posée sur l'une des cuisses de la petite fille. Peu avant une heure, seulement, elle bougea.

Très délicatement, elle souleva la tête de son compagnon, se dégagea, lui fit un oreiller de sa besace, et s'éloigna du dormeur.

– *¡Viva España!* hurla H.H. Rourke de toute la force de ses poumons.

Les trois ou quatre jeunes gens exaltés qui s'étaient mis sur son chemin parce qu'ils ne lui voyaient pas suffisamment d'enthousiasme se laissèrent convaincre. Ils lui ouvrirent la route et il passa. La petite fille était déjà à cent mètres, presque perdue dans cette foule qui n'en finissait pas de festoyer.

Rue San Pablo à nouveau. Elle attendait devant la porte. Le fait qu'elle eût laissé le garçonnet derrière elle, l'abandonnant après l'avoir constamment gardé sous sa protection depuis le départ, était bien la preuve que quelque chose allait se passer.

Dix minutes d'attente. Enfin, Ojeda sortit, à la suite de tout un groupe d'employés de bureau; il bavardait avec un autre homme, très élégamment vêtu, en qui H.H. reconnut don Francisco Barceló, directeur général de la société d'exploitation des carrières. La conversation prit fin et alors seulement Ojeda constata la présence de la fillette, qui le fixait impassible, à quelques mètres. H.H. Rourke s'approcha d'eux aussitôt, assez pour entendre ce qui allait être dit.

– *¡Nenita!* disait Raúl Ojeda. Tu es à Burgos? Comment as-tu fait? Oh, mon Dieu! Je n'arrive pas à y croire...

Il alla vers elle. Elle se laissa embrasser. Elle ne parlait pas, baissant un peu la tête.

– *¡Dios mío!* disait Ojeda. On m'a appris que tu étais venue, ce matin, et que l'on t'avait donné l'adresse de ta mère. Mais pourquoi n'es-tu pas montée jusqu'à mon bureau, *nenita*? Tu ne dis rien? Pourquoi n'es-tu pas allée voir maman?

Une fanfare passa, qui précédait tout un cortège de manifestants célébrant encore et toujours la libération de l'alcazar de Tolède. Ojeda parlait encore, mais Rourke n'entendait plus. L'homme et la fillette s'étaient mis en marche, remontant la rue San Pablo; ils arrivèrent près de la voiture, un petit cabriolet Citroën B 14 de près de dix ans. Ojeda y fit monter l'enfant, contourna le capot, s'assit au volant, esquissa le geste de tirer sur le démarreur mais ne l'acheva pas. Pour la première fois, la petite fille parlait – ses lèvres remuaient en tous cas, la vitre fermée coupant le son. Un coup d'œil sur les deux visages suffit à H.H. Celui de la gamine était d'une incroyable froideur, elle regardait devant elle et elle avait cette expression particulière de ceux qui, au terme d'une trop longue attente, déversent pour finir toute leur amertume, leur chagrin ou leur colère. Ojeda s'était figé et la fixait, avec dans le regard quelque chose d'une bête prise au piège. Le cortège continuait à défiler, sous une mer de drapeaux et d'oriflammes; le nom du colonel Moscardo, héros de l'alcazar, tonnait sans fin, entrecoupé par les clameurs *¡Viva España!* et *¡Viva Franco!*

– Je t'emmerde, dit H.H. à quelqu'un qui le pressait de crier aussi. Il se penchait, à moins de cinq mètres de la voiture, s'efforçant de ne rien perdre de ce qui se passait à l'intérieur. La petite fille venait de saisir la poignée de la portière, l'actionnait, amorçait sa descente du véhicule. Une vague de manifestants bouscula Rourke, qui se retrouva un peu à l'écart et privé d'une vue directe. Le flot passé, lorsqu'il revit la fillette, elle avait à demi refermé la portière et s'en allait. Il fallut à H.H. quelques secondes pour comprendre...

« Elle a laissé la poupée! »

L'image allait s'incruster dans sa mémoire : à droite la petite fille qui s'éloignait et se perdait dans la foule, à gauche le cabriolet dans lequel Raúl Ojeda se penchait pour atteindre la portière côté passager et peut-être essayer de rappeler l'enfant. Ce faisant, il se coucha presque sur la poupée de chiffons demeurée sur le siège... et la grenade dégoupillée qui se trouvait cachée à l'intérieur du jouet. L'explosion fut très sourde et, sans le bris des vitres, elle serait peut-être passée inaperçue au milieu du vacarme. H.H. stoppa net son élan, ne bougea plus. Il chercha la fillette : elle redescendait la rue San Pablo, elle ne s'était même pas retournée quand avait éclaté la grenade.

On se pressait autour de la Citroën. H.H. s'en approcha à son tour. Le corps était déchiqueté, une partie du visage avait été emportée, un avant-bras et une main étaient détachés du corps. Autour, il n'y avait que deux ou trois blessés légers. Personne de toute évidence n'avait remarqué la petite fille.

H.H. s'éloigna.

– Je ne sais pas qui vous êtes.

– Je suis un homme qui t'a vu faire la croix de sang, sur le puits, là-bas dans le Sud.

101

Aucune réaction d'aucune sorte. Trois ou quatre autres petites filles, un ruban dans les cheveux, jouaient à la marelle tout près. Mais pas elle, qui se tenait debout, une main calmement posée sur le socle de la statue du roi Charles III, l'autre pendante.

– Et je suis aussi, dit H.H., l'homme qui t'a suivie, qui vous a suivis, Paco et toi, depuis la carrière où tu as fait la croix de sang jusqu'au moment où vous avez traversé les lignes, du côté d'Alcalá de Henares.

– C'est quoi, les lignes?

Elle suivait les évolution des autres fillettes et, très curieusement, il lui arrivait de sourire quand l'une de celles-ci laissait éclater sa joie d'avoir réussi à atteindre telle ou telle case tracée à l'aide d'un morceau de charbon de bois.

– Cet endroit où vous êtes passés, toi et Paco, avoir après longtemps attendu au pied d'un grand pin fourchu. Mais tu sais certainement ce que sont les lignes.

– Non.

Le ton était ferme. Peut-être même légèrement sarcastique. Il avait fallu à Rourke attendre près d'une semaine avant d'avoir enfin l'occasion de parler seul à seul avec la petite fille. Les jours qui avaient immédiatement suivi la mort de Raúl Ojeda, elle n'avait pas mis le nez hors de la maison de la rue du Pozo Seco (la rue du Puits-Sec) derrière la cathédrale de Burgos, là où ce même Ojeda s'était installé avec sa belle-sœur en arrivant d'Albacete. Elle n'était même pas allée à l'enterrement de son oncle, dont personne n'avait expliqué pourquoi il s'était suicidé dans sa voiture. Rourke avait entendu dire que le défunt était en réalité un agent des rouges qui n'avait pu supporter la nouvelle de la défaite républicaine devant l'alcazar de Tolède.

S'il s'était attendu à décontenancer sa jeune interlocutrice en lui apprenant qu'il l'avait suivie tout au long de son périple, H.H. en fut pour ses frais. Elle ne parut même pas avoir entendu et éclata de rire quand l'une des joueuses tomba sur le derrière en essayant de sauter deux cases d'un coup.

– Tu m'as remarqué pendant que je vous suivais?

– Puisque je ne sais pas qui vous êtes.

– Je suis également celui qui s'est posé pas mal de questions sur le contenu de ta poupée de chiffons pendant près de trois

102

semaines. Je pensais qu'il n'y avait que de l'argent. Jamais je n'aurais pensé à une grenade.

– J'ai perdu ma poupée.

– Tu ne l'as pas perdue. Tu l'as laissée exprès sur le siège de la voiture de ton oncle Raúl, après avoir dégoupillé la grenade que tu y avais cachée et que tu as transportée sur six cent cinquante kilomètres.

– Et où j'aurais trouvé une grenade?

– Je sais très bien où tu l'as trouvée, et tu le sais aussi. Mais finissons-en avec ce qui s'est passé dans la voiture : je pense que tu as dit à ton oncle Raúl tout ce que tu savais sur lui et sur ce qu'il avait réellement fait dans le Sud. Ensuite, tu as passé ta main dans la fente du dos de ta poupée et tu as tiré sur la petite chose en fer qui servait à amorcer la grenade. Puis tu es descendue, avant que ton oncle Raúl ait le temps, ou l'envie, de te retenir. Il n'en avait probablement pas très envie. Ça a dû lui faire un drôle de choc, d'apprendre que tu étais à Burgos et surtout que tu savais tout.

– Et qu'est-ce...

– Attends. Tu es descendue de la voiture et tu as fait exprès de ne pas refermer la portière derrière toi. Ainsi, il a été obligé de se pencher, de s'étirer pour attraper la poignée de cette portière. Ce qui a fait qu'il s'est couché sur ta grenade.

– Je n'avais pas de grenade.

– Bien entendu. Dis donc, c'était drôlement malin de ta part, tout ça. Tu es vraiment rusée.

La flatterie ne produisit aucun effet non plus. H.H. alluma une cigarette. Il n'était pas déçu; elle était bien telle qu'il l'avait imaginée. Il se fichait complètement de savoir si Karl Killinger publierait ou non son reportage dans les colonnes du *NY Morning News*. Jamais Rourke ne s'était vraiment soucié de la rentabilité des histoires qu'il trouvait, et il s'en souciait désormais de moins en moins.

– Pour la grenade, donc, reprit-il, tu l'as trouvée près de la maison forestière, quand ces hommes sont venus y attraper ton père, ta tante Catalina et les cinq autres, avant de les jeter dans le puits de la carrière. J'étais moi-même avec ces hommes qui ont tué ton père, *nenita*. Pas parce que j'étais leur ami. Je suis quelq'un qui aime beaucoup regarder les autres. Bien entendu, j'ignorais qu'ils allaient tuer ton père. Je me doutais qu'ils

103

allaient tuer quelqu'un mais je ne savais pas qui. Et même si j'avais voulu les en empêcher, ça n'aurait servi à rien. Ils m'auraient tué moi aussi.

– *Me da igual*, dit-elle fort placide, ça m'est égal si vous êtes mort ou vivant.

– Merci, dit H.H. Une chose me paraît sûre : il ne doit pas y avoir beaucoup de gens que tu aimes. Est-ce que tu aimais ta tante Catalina qu'ils ont jetée dans le puits avec ton père ?

Bizarrement, elle ne répondit pas tout de suite et prit le temps de réfléchir.

– Non, dit-elle enfin. Je ne l'aimais pas tant que ça. Elle était bête.

– Parce qu'elle a épousé ton oncle Raúl ? Ou parce qu'elle n'a pas vu que ton oncle et ta mère dormaient ensemble ?

Le silence qui suivit ne fut pas celui de la réflexion. *«Je l'ai piégée»*, pensa H.H. Rourke assez mal à l'aise. Il avait cessé de scruter le petit visage maigre pour surveiller la main posée sur le socle de la statue. Et les doigts de cette main s'étaient crispés.

– Les deux, répondit la petite fille.

Si elle pesait trente kilos c'était bien le bout du monde ; elle n'était pas très jolie, les traits étaient même assez ingrats, avec ce nez trop busqué et ces lèvres minces. De sa mère, elle n'avait pris que les yeux, immenses et noirs.

– Je crois avoir compris pourquoi tu voulais tant tuer ton oncle Raúl ; j'ai essayé de deviner et ce n'était pas facile. Les gens d'ici, à Burgos, ne savent pas ce qui s'est passé dans le Sud. Ils croyaient que ton oncle Raúl était un héros. Bien sûr, ils ne savaient pas, et ils ne savent toujours pas que c'est lui qui a demandé aux hommes avec qui j'étais de tuer ton père. Tu veux que je le leur dise ?

Nouvelle crispation de la petite main. H.H. Rourke n'aimait pas trop ce qu'il était en train de faire. Mais, outre qu'il avait face à lui une bien étrange petite fille, aux nerfs d'une extraordinaire solidité, il tenait beaucoup à savoir si toutes ses hypothèses, et non une ou deux d'entre elles, allaient être vérifiées.

– Leur dire quoi ?

– Leur dire que ton oncle Raúl, parce qu'il voulait la femme de ton père, a dénoncé celui-ci aux tueurs. Et peut-être qu'il voulait aussi... la place de ton père. Peut-être que c'est ton père qui a amassé tout l'argent et tous les livres de la société pour les rendre au directeur. Et ton oncle Raúl a pris toute la gloire pour lui... Et naturellement, il a pris aussi la femme de ton père.

Pas de réponse.

— À mon avis, dit H.H. Rourke, ton oncle Raúl était vraiment méchant. Il méritait bien de mourir, s'il a fait tout ça.

— Il a fait tout ça.

— Tu veux que je le dise aux gens de Burgos? Ils croient toujours que ton oncle Raúl était un héros, eux.

Silence.

La petite fille fit lentement non de la tête.

— Ça servirait à rien, de le leur dire. Et puis vous ne savez rien.

— Je sais beaucoup de choses pour quelqu'un qui ne sait rien. Mais nous n'allons pas en discuter. Qui est Paco, *nenita*?

— Ils ont tué aussi son papa et sa maman, dans le puits. Qu'est-ce que je pouvais en faire?

— Tu as été très gentille avec lui. Tu n'es pas si méchante que tu le crois toi-même. Je ne te dis pas que tu as eu raison de faire ce que tu as fait, mais je comprends. Peut-être que j'aurais agi de la même façon si j'avais huit ans et un oncle qui parle très bien et qui sait si bien dire des mensonges à tout le monde. Je suis presque sûr que j'aurais fait pareil. Tu me crois?

Pas de réponse. Du coin de l'œil, H.H. identifia une silhouette qu'il connaissait, en train de pénétrer sur la *plaza* Santa María, devant la cathédrale : Mari Carmen Sierra. La jeune femme chercha sa fille du regard et, aussitôt après l'avoir repérée, baissa la tête, tout en continuant à avancer. Le jeune Paco marchait à côté d'elle.

— Tu détestes tout le monde, en ce moment de ta vie, dit H.H. à la petite fille. Peut-être que tu te détestes toi-même, aussi. Tu as tort. Moi, je t'aime bien. Il y a des gens très gentils dans le monde entier. Des millions. Il y a bien plus de gens gentils que de méchants. Tu peux me croire : je suis allé dans le monde entier. Il faut savoir les remarquer, c'est tout.

La jeune femme n'était plus qu'à quelques mètres. H.H. Rourke jeta sa cigarette et s'écarta de la statue contre laquelle il était adossé. La femme infidèle était belle. À cela près que, au contraire de sa fille, ses superbes yeux noirs n'exprimaient pas grand chose, sinon ce qui était bel et bien de la peur.

– *Adiós, nenita*, dit Rourke.

«... *Elle ne répond pas à mon adieu. Je m'éloigne. Mais, après quelques mètres, je ne peux m'empêcher de me retourner. L'affrontement entre la mère et la fille est terrible. La petite fille fixe l'adulte avec une extraordinaire férocité et aussi une espèce de sourire haineux qui fait peur. La mère, quant à elle, baisse toujours la tête, elle est au bord des larmes et, sans même s'en rendre compte, elle déchiquète entre ses doigts la pointe de son châle de veuve.*

«*Deviner ce qui va se passer ensuite est tragiquement facile : je ne doute pas une seconde que cette femme va payer sa faute pendant des années et des années, jour après jour et heure après heure, écrasée par la personnalité mais aussi par la haine de sa fille...* »

3

Solomillo de moro
a la plancha

De la fin de septembre aux premiers jours de novembre, H.H. Rourke expédia dix-sept reportages au *NY Morning News* de Karl Killinger. L'histoire de la petite fille à la poupée de chiffon ne fut que l'un d'entre eux. À Burgos même, il en rédigea deux autres, tandis qu'il attendait une occasion de s'entretenir avec la fillette. La première sur un cordonnier très largement octogénaire qui, sur le point d'être fusillé, avait obtenu d'avoir la vie sauve en échange du ressemelage des chaussures de ses aspirants bourreaux pendant le reste de sa vie. Le cordonnier en question avait quatre-vingt-six ans; d'avoir conclu un tel marché de dupes l'enchantait positivement et lui donnait le fou rire, au point qu'il en était, au sens propre, mort de rire à la terrasse du café où il faisait en public le récit de son aventure. Et la deuxième sur un autre homme, dont l'Église avait annulé le divorce, prononcé aux premiers jours de la République espagnole, et qui, n'ayant pas pu faire d'enfant à sa première femme, en avait eu déjà trois de la deuxième.

Après Burgos, H.H. fut sur le point de rentrer en France, où il n'était pas allé depuis longtemps. Il adressa même deux lettres, à sa mère Mimi et au Chat-Huant, pour leur annoncer son retour. À Mimi, il demandait des nouvelles de Julie Bénédict. Sans insister certes, et en quelques mots seulement. Cela n'aurait pu être que de la simple politesse à l'égard de celle qui était l'adjointe de sa mère à la direction des trois boutiques de Paris, Monte-Carlo et Biarritz, et avec qui il avait eu, en outre, une courte aventure amoureuse. En vieux sentimental, le Chat-Huant y vit davantage (Mimi lui avait pour une fois donné la lettre à lire); il imagina que H.H. allait donc rentrer, nécessairement retrouver la jeune Suissesse, fatalement l'épouser et, par suite, lui faire quatre ou cinq enfants qui, au moins, auraient sur le fils que Rourke avait eu de Kate l'avantage de ne pas passer leur temps partagés entre l'Europe et l'Amérique. Qu'un tel dénouement pût intervenir, et dût même intervenir en toute logique, le Chat-Huant avait fini par s'y faire. Il éprouvait à vrai dire toute la sympathie du monde pour Julie Bénédict, la trouvait fort intelligente et absolument ravissante. En bref, elle n'avait à ses yeux d'autre défaut que d'exister, et par ce fait même de prendre la place de Kate; qui, elle, était remariée. La partie était donc jouée en principe; sauf que le Chat-Huant tout au fond de lui se refusait encore à le croire, envers et contre tout...

H.H. ne rentra pas en France. Une autre lettre de lui arriva : en fin de compte il restait en Espagne quelque temps encore. *«J'ai bien envie d'entrer dans Madrid, pour aller voir ce qui s'y passe. On dit ici que la capitale ne va pas tarder à tomber aux mains des rebelles et que le gouvernement républicain va se retirer à Valence. Il est vrai qu'on dit n'importe quoi. Hier encore, on m'a assuré le plus sérieusement du monde qu'en France une guerre civile identique allait éclater, les communistes de Maurice Thorez préparant un coup d'État avec la complicité de Léon Blum et de Daladier, et le maréchal Pétain – le Franco français – étant déjà en train de constituer une armée pour lutter contre les* rojos gallos – *en français les* rouges gaulois. *»*

La deuxième lettre de Rourke, qui écartait toute éventualité d'un retour immédiat, avait été postée à Salamanque.

H.H. y arriva vers le 4 ou le 5 octobre. La ville était la rivale de Burgos, siège officiel du gouvernement nationaliste mais qui n'abritait en fait que deux ou trois ministères secondaires. À Salamanque étaient ou allaient être installés la résidence du chef de l'État, les importants ministères de la Guerre et des Affaires étrangères, le siège de la Phalange, les ambassades, les bureaux politiques d'Allemagne et d'Italie. Entre autres sujets de reportage, Rourke y trouva un homme qui, presque ouvertement, faisait commerce de certificats de moralité ou, au contraire, de dossiers accablants. La technique était des plus simples. Elle consistait, dans un cas, à glisser dans les poches du cadavre d'un rouge exécuté de frais (et dûment authentifié comme rouge) une liste de *« fascistes notoires à éliminer d'urgence »* – figurer sur ces listes était évidemment un honneur que l'on se disputait et qui valait cher. À l'inverse, sur le même cadavre ou sur un autre, on plaçait une autre liste, celle des *« personnes sûres »* auprès de qui, en cas de difficultés, on pouvait trouver aide et soutien de toutes sortes – les procédures judiciaires étant réduites à leur plus simple expression, avoir son nom et son adresse parmi ces « personnes sûres » entraînait une exécution immédiate.

Dans l'extraordinaire climat de violence et de haine que chacun des deux camps entretenait et développait pour l'emporter sur l'autre, rares étaient ceux qui tentaient de s'opposer à cette folie. H.H. Rourke avait interviewé Miguel de Unamuno le 11. Il ne pratiquait guère l'interview, d'habitude, sinon celle de personnages sortant tout à fait de l'ordinaire – ce qui lui parut être le cas d'Unamuno – basque d'origine, en une période où justement les Basques avaient fort mauvaise réputation dans la mesure où ils tenaient tête aux armées franquistes, mais également philosophe mondialement connu et recteur de l'université de Salamanque, la plus illustre d'Espagne. L'homme impressionna H.H. Le lendemain, il s'arrangea pour être présent à une cérémonie appelée la Fête de la race, qui se tenait dans l'amphithéâtre de l'université. Y assistaient, outre le gratin nationaliste, la *señora* Franco en personne, l'évêque, le gouverneur civil et toute une cohorte de généraux, au premier rang desquels était le général Millán Astray. Lequel fit un discours aussi stupidement violent qu'à l'ordinaire, vitupérant les Basques, *« cancer dans le corps de la nation »*, et clamant sa certitude de la victoire finale du fascisme. La fin de son allocution fut ponctuée par les inévitables hurlements : *¡España, una, grande, libre!*, et le cri de guerre du *tercio : ¡Viva la muerte!* Dans le silence qui suivit, Unamuno se leva. Il allait mourir quelques semaines plus tard. H.H. prit en note l'intégralité de ses paroles, et surtout celles-ci : *«... Je viens d'entendre un cri morbide et dénué de sens : " ¡Viva la muerte!" Et moi, qui ai passé ma vie à façonner des paradoxes qui ont soulevé l'irritation de ceux qui ne les comprenaient pas, je dois vous dire, en ma qualité d'expert, que ce paradoxe barbare est* *pour moi répugnant. Le général Millán Astray est un infirme, disons-le sans pensée discourtoise. Il est invalide de guerre. Cervantes l'était aussi... Je souffre à la pensée que le général Millán Astray pourrait déterminer les bases d'une psychologie de masse. Un infirme qui n'a pas la grandeur spirituelle d'un Cervantes recherche habituellement son soulagement dans les mutilations qu'il peut faire subir autour de lui... »*

De Salamanque, H.H. partit pour le front basque, mais il ne réussit pas à y franchir les lignes cette fois, en dépit de plusieurs tentatives. Une solution simple eût consisté à passer la frontière française, puis, par la mer, à rejoindre Bilbao. Justement, elle lui sembla trop simple, et dénuée de tout intérêt. Il repartit au sud vers Madrid.

Il allait y entrer en jouant au football.

– ¡Hola, Santiago!¿ Qué tal?

– Ça pourrait être pire mais je vois mal comment, répondit le jeune *alférez*.

Le temps avait changé sur l'Espagne; la chaleur de brasier s'était éteinte, les jours étaient frais et les nuits parfois glaciales, des brumes blanchâtres montaient à chaque aube et ne s'effaçaient pas toujours vers onze heures du matin, la pluie se faisait de plus en plus fréquente.

Il pleuvait ce matin de novembre. Six jours plus tôt à Ávila, aux bureaux de la *Telefónica*, qui lui servait toujours d'agent de voyage, d'impresario, de secrétaire, de boîte aux lettres et de sauveteur, H.H. Rourke avait trouvé un câble de Karl Killinger qui lui était destiné : *« Bonté divine Rourke – stop – Laissez un peu tomber histoires morbides – stop – Une fois, je répète une fois au moins – stop – Pour me faire plaisir – stop – Même si vous vous en foutez – stop – Envoyez-moi vraie correspondance de guerre – signé Karl Killinger. »*

Rourke écrivait :

« Je suis à dix-neuf kilomètres et quatre cent cinquante-trois mètres de la Puerta del Sol, qui est le centre officiel de Madrid. L'endroit s'appelle Villaviciosa de Odón et est remarquable par un château où est mort un roi d'Espagne, voila deux cents ans, et des rues uniformément recouvertes de trente à quarante centimètres de boue jaune dans laquelle on s'enfonce à plaisir. Hier et cette nuit qui s'achève, j'y ai vu combattre et mourir

huit cents femmes. À ma connaissance, dans les temps modernes, il s'agit de la seule bataille rangée ayant jamais opposé, armes de guerre en mains, des hommes et des femmes. Les femmes ont perdu par sept cent soixante-dix-huit mortes contre deux cent trente-quatre ennemis tués. Elles étaient sorties de Madrid par le pont de Ségovie, le haut commandement militaire républicain leur a assigné comme secteur le cimetière de Villaviciosa, qui domine la route de Brunete, par où s'effectuait le principal de la poussée des armées nationalites. Il ne semble pas que le choix d'un cimetière ait été dicté par une misogynie particulière... ».

Rourke poursuivait en contant par le menu les péripéties (fort exactes) de la bataille du cimetière de Villaviciosa. Il en donnait l'horaire, la durée de déroulement des combats, les numéros des *banderas* ayant pris part à l'enlèvement de la redoute féminine, les noms des officiers au commandement, les noms de tous ceux qu'il avait interviewés par la suite, les noms enfin de toutes celles dont il avait pu relever l'identité. Il disait avec quel incroyable acharnement, égalant celui des combattants de l'histoire les plus aguerris, ces femmes s'étaient battues, se faisant tuer, hacher sur place, défendant tombe après tombe, pendant des heures, jusqu'à être complètement anéanties...

« J'ai pu suivre à la lorgnette, à cent cinquante mètres de distance (on m'avait interdit de m'approcher davantage), les derniers moments du combat, qui a pris fin avec le lever du jour. À trois reprises, les dernières survivantes furent sommées de se rendre. Elles refusèrent. Auparavant, dans les débuts de l'affrontement, alors que l'assaut n'était pas encore à son paroxysme, elles avaient sans conteste fourni toutes les preuves de ce qu'il faut bien appeler de la sauvagerie : tous les adversaires qu'elles purent prendre avaient été non seulement achevés mais mutilés. J'ai personnellement constaté, en pénétrant dans le cimetière aussitôt après l'arrêt des tirs, les effets de ces mutilations. Toutes les femmes ont été achevées après leur capture les armes à la main. Je crois pouvoir évaluer à une centaine le nombre de celles qui ont été violées avant d'être tuées. Un nombre indéterminé des femmes violées étaient, au moment du viol, soit déjà mortes, soit agonisantes. »

— Ils vont vraiment publier ça dans ton journal, en Amérique ? demanda Santiago Lahuerta.

111

– Peut-être en l'arrangeant un peu, dit Rourke, qui avait traduit son texte au jeune Espagnol, tout en l'écrivant.

Il pleuvait toujours. H.H. n'avait pas retrouvé Santiago par hasard; il s'était donné la peine de le rechercher et lui avait finalement mis la main dessus dans une petite chambre au deuxième étage d'une assez belle villa, résidence campagnarde de quelque riche Madrilène, occupée pour le reste par une quarantaine de légionnaires de la *bandera* qui avait combattu les femmes au cimetière voisin. Par la fenêtre, en contrebas, H.H. apercevait des tabors d'une *mejahla* marocaine en train de faire cuire un mouton, razzié Allah seul savait où. Une heure plus tôt, il avait un peu bavardé avec les hommes venus de Tetouan, de Ceuta, ou du Rif en général; il leur avait révélé – ce qui était exact – qu'il avait dans le temps interviewé Abd El Krim et, grâce à cette caution, avait obtenu la promesse qu'un morceau du méchoui lui serait gardé.

– Donc, tu es bien reporter, finalement, et pas inspecteur des lignes de la *Telefónica*.

– Je suis les deux, Santiago. L'un n'empêche pas l'autre. Me promener à travers l'Espagne en inspectant les fils téléphoniques est un très bon moyen d'être sur les lieux au bon moment.

H.H. écrivait encore. Il rédigea son dernier paragraphe.

– C'est horrible, la façon dont tu racontes les choses. Tu as l'air de rire en écrivant.

– J'écris surtout comme cela précisément quand je trouve qu'il n'y a pas de quoi rire. Je ne pense pas que cette histoire de femmes soit très drôle. Pas du tout.

H.H. sourit.

– Ça me met même un petit peu en colère. Alors je deviens sarcastique.

À nouveau il relut, en la traduisant en castillan au fur et à mesure, la conclusion de son reportage :

« J'ai interrogé le plus grand nombre possible des hommes qui ont, non pas tué – ce qui après tout était normal dès lors qu'elles faisaient, comme eux, acte de guerre –, mais violé ces femmes. Je leur ai demandé pourquoi ils avaient éprouvé le besoin de les violer – surtout celles qui étaient mortes ou mourantes. Beaucoup ne m'ont pas répondu. Quelques-uns ont envisagé de me mettre une balle dans la tête. Les autres m'ont

112

tous fait à peu près la même réponse : ils ont violé les femmes parce qu'ils étaient en colère. Et ils étaient en colère parce qu'elles leur avaient férocement résisté, et aussi à cause des mutilations qu'elles avaient infligées à leurs camarades... mais surtout parce qu'elles étaient des femmes, qui n'auraient jamais dû être là, la place des femmes n'étant pas à la guerre, qui est strictement une affaire d'hommes.

« En sorte qu'il serait presque possible de conclure que, si ces hommes se sont rendus coupables de viol, c'est à cause du respect qu'ils portent aux femmes. »

– Tu as fini, Rourke ?

– Ouais.

– C'est vraiment sarcastique, la fin.

– Possible.

– Tu crois que c'est ça que le *señor* Killinger appelle une vraie correspondance de guerre ?

– Ça m'étonnerait. Santiago, est-ce que j'ai changé la vérité de l'histoire ?

– Comment les femmes ont été tuées et violées ?

– Oui. Tu l'as vu toi aussi. J'ai écrit quelque chose qui n'est pas vrai ?

– Non. Je te l'ai dit : c'est seulement ta façon de l'écrire.

H.H. lui offrit une cigarette. Depuis le jardin, en bas, l'un des *Moros* le cherchait du regard et, l'ayant repéré à la fenêtre, lui fit signe de descendre.

– Santiago, demanda Rourke, quand montes-tu en première ligne ?

– Demain matin.

– Tu sais où tu vas ?

– C'est un secret militaire.

– Ne m'emmerde pas.

– Je vais à la cité universitaire. Il paraît que je dois faire sauter des tas de choses, mais on ne m'a pas dit quoi.

– Tu t'y connais un peu mieux maintenant, en explosifs ?

– Si on veut, dit Santiago avec amertume.

H.H. se leva et lui tapa amicalement sur l'épaule.

– Viens, Santiago, on descend. Quand il y a du méchoui pour un, il y en a pour deux. Je ne pourrai pas leur dire que tu as connu Abd El Krim toi aussi, ils ne me croiraient pas. Non, je dirai que tu es mon petit cousin. Répète après moi : *salâm aleikoum.*

– *Salâm aleikoum*, dit docilement Santiago.

– Et tu réponds *aleikoum salâm*, dit Rourke. C'est très simple.

Au cours des journées suivantes, Santiago Lahuerta fit en effet sauter pas mal de choses. Assez miraculeusement, il ne se fit pas sauter lui-même.

La grande offensive nationaliste sur Madrid s'effectuait à l'ouest, au nord, au nord-est, au sud et au sud-est; il n'y avait guère que l'est et les dégagements vers Barcelone (très menacée) et Valence à ne pas servir encore d'axe d'attaque.

H.H. Rourke écrivit cinq reportages sur les combats dans la cité universitaire (le *NY Morning News* allait, par exception, les publier intégralement, sans en changer une ligne). Il réussit cette performance de suivre pas à pas Santiago Lahuerta et son équipe de *dinamiteros* partout où ils allaient. Comme son nom l'indiquait, la cité universitaire était un grand ensemble de bâtiments regroupant diverses écoles. Le premier assaut nationaliste avait emporté l'école d'architecture, la bataille pour les autres immeubles fut terrible, d'autant que la onzième Brigade internationale (on les numérotait à partir de dix), forte de 1 900 hommes de toutes nationalités et commandée par un communiste hongrois opérant sous le nom de code de Kléber, vint au secours des miliciens et de la population qui se battaient avec rage.

– Tu parles russe, Rourke?

– Non

– Et allemand?

– Un peu.

– Un peu beaucoup ou un peu pas beaucoup?

– Un peu beaucoup.

– Qu'est-ce qu'ils disent, en haut?

– Qu'ils te préparent une sacrée surprise dans l'ascenseur de droite.

– Merci, Rourke.

– *De nada*, dit H.H. Je n'ai pas tellement envie de voir sauter tout l'étage. Surtout quand j'y suis.

Ils se trouvaient dans l'hôpital-clinique de la cité. Les spécialistes en explosifs de la onzième Brigade internationale se tenaient à l'étage, Santiago et l'armée nationaliste en bas, avec

Rourke (la veille, c'était le contraire : Internationaux au rez-de-chaussée, leurs adversaires en haut). Le jeu consistait à s'expédier mutuellement des charges explosives à la figure. On avait rapidement découvert qu'employer les ascenseurs était un excellent moyen pour ce faire.

Santiago parvint à désamorcer la charge sitôt que les portes de l'ascenseur s'ouvrirent. Il la renvoya à l'expéditeur et, sur ces entrefaites, à l'extérieur, une contre-attaque les obligea à quitter les lieux assez vite.

– Tu t'en tires vraiment bien, tu sais, Santiago.

– Je n'aime pas ça. *No me gusta*. Tu vas vraiment parler de moi dans ton article?

– *Claro que sí*. Et je vais raconter comment l'homme qui, dans toute l'Espagne et les pays avoisinants, a le plus peur d'un simple pétard de gosse est néanmoins capable de faire sauter tout Madrid si on le laisse faire.

– Je n'ai pas du tout envie de faire sauter tout Madrid. C'est la capitale de mon pays. Tu dis vraiment n'importe quoi.

– Et je dirai aussi que la seule façon dont il arrive à dominer sa peur est de chanter «Sur la mer calmée», le grand air de *Madame Butterfly*.

– Je chante?

– Tu chantes. Et dès que tu te mets à chanter, tes mains s'arrêtent de trembler et tu peux alors manipuler tous les explosifs du monde.

– Je ne savais pas que je chantais, je ne m'en étais pas aperçu.

– Eh bien, tu chantes. Demande à tes hommes. Tu chantes faux, mais tu chantes. Et je me demande ce qui arriverait si tu avais une extinction de voix.

– Il n'y a pas de quoi rire, Rourke. J'ai vraiment une peur horrible.

H.H. répondit qu'il en était absolument convaincu, et que c'était ce qui justement l'intéressait dans l'histoire de Santiago. Outre l'amitié qu'il portait à Santiago, bien entendu.

Le même Santiago fit sauter des tas de bâtiments, en tout ou en partie, dont la maison de Velásquez (le peintre y avait peint l'une de ses toiles les plus fameuses), le pavillon de la philosophie et des lettres, l'hôpital Santa Cristina, les instituts de l'hygiène et du cancer...

– Tu es sûr que je chante, Rourke?

– *Seguro*.

– Je ne m'entends pas chanter, *es muy raro*. Je ne m'en rends même pas compte.

– Et pourtant tu chantes. Demande à Gutiérrez, à Cardona et à Múñoz; demande-leur. Sitôt que tu t'approches des explosifs, en tremblant de tout ton corps, tu te mets à chanter et tes tremblements s'arrêtent net, tu deviens un vrai *dinamitero*.

L'assaut nationaliste fut repoussé par le courage insensé de la population de Madrid presque sans arme, abandonnée par son gouvernement qui s'était réfugié à Valence, pilonnée par l'artillerie tirant depuis les hauteurs du mont Garabitas, soumise aux bombardements de la légion Condor, allemande, qui était venue là aussi, pour étudier les effets d'un tapis de bombes sur une population civile. À la surprise générale, Madrid ne tomba pas.

– Je les admire, disait Santiago parlant de ses adversaires. Et je ne le dis qu'à toi, Rourke, mais je suis fier d'eux. Ils se battent comme de vrais Espagnols.

– C'est le grand avantage des guerres civiles, dit H.H.; on peut aimer ceux que l'on tue.

– Je n'aime pas quand tu es si sarcastique.

– Excuse-moi.

Des éléments avancés de l'armée d'Afrique étaient parvenus jusqu'à la *plaza* de la Moncloa, première place importante de Madrid à l'Ouest; ils purent même s'infiltrer dans la longue rue Princesse, droit vers le centre et la Puerta del Sol; ils entrèrent sur le *paseo* de Rosales et arrivèrent en vue de la place d'Espagne. Mais ces éclaireurs furent cloués sur place, pas un ne survécut. Un équilibre s'établit, des tranchées furent creusées, on se barricada de part et d'autre, signe qu'on acceptait désormais l'idée d'un *statu quo* où nul ne pouvait vraiment l'emporter sur l'autre.

Santiago parlait de ses sœurs, Manuela et María de los Ángeles, qui étaient bien plus jeunes que lui, douze ans de moins pour la plus grande, et qu'il aimait infiniment. En ce moment même où il pensait à elles, elles jouaient certainement dans le jardin du Luxembourg à Paris et parlaient de lui. C'était doux de le savoir.

Sa famille était donc capable en même temps de l'aimer, lui

Santiago, et de s'enorgueillir de sa présence sur le front. Cette attitude, il ne la comprenait pas très bien. Il pleurait en disant cela.

Des douze hommes composant le peloton de sapeurs commandé par Santiago, sept étaient déjà morts pendant les premiers jours de l'attaque. On fit se replier le reste par-delà le Manzanares, qui constituait en gros la ligne de front (à l'exception de la tête de pont, plantée dans la cité universitaire). Après quelques jours de repos, ayant reçu un renfort de six hommes et s'étant vu confirmer dans son grade (il était désormais sous-lieutenant à part entière), Santiago fut envoyé un peu au sud, à Carabanchel, toujours aux abords immédiats de la capitale.

– Je vais avoir vingt ans dans trois jours, Rourke. Ça me fait drôle de penser que tu écris tout ce que je dis et que les Américains vont entendre parler de moi.

– Je peux changer ton nom si tu veux. Ou mettre seulement tes initiales.

– Non, ça ne fait rien. Relis-moi la première phrase de ton reportage.

– « *Il était le plus doux des* dinamiteros *ayant jamais fait exploser un immeuble avec deux cents hommes dedans.* », récita H.H. de mémoire.

– Pourquoi tu mets le verbe au passé?

– Je ne sais pas. Il me semble que ça sonne mieux. Si ça te contrarie, je peux changer « *il était* » et écrire « *il est* ».

– Ne change rien. Écris comme tu le sens. C'est toi le reporter.

À Carabanchel, on se battait avec autant d'opiniâtreté qu'à la cité universitaire. Là aussi, des tranchées avaient été creusées, ce qui permettait de percer des sapes s'achevant en fourneaux de mine très explosifs visant à expédier les ennemis dans les nuages ou de forer des contre-sapes pour contrebattre les sapes adverses. On faisait également sauter des maisons, des murs, des ouvrages défensifs de toutes espèces et de toutes tailles.

– Je t'ai raconté toute ma vie, Rourke, je t'ai parlé de tout, désormais tu me connais aussi bien, sinon mieux, que je me connais moi-même. Qu'est-ce que disait de toi le milicien, à Alcalá de Henares, déjà?

– Que j'avais des yeux à avoir labouré la terre entière. Mais ce n'est qu'une expression, Santiago; elle ne veut pas dire grand chose. Je ne suis pas si vieux.

– Tu n'es pas si vieux. Mais ce milicien avait raison : c'est vrai que tu as une façon bizarre de regarder les gens et les choses. Ton regard a l'air très vieux, lui. Pourtant, je commence à te connaître un peu, moi aussi, bien que tu ne parles jamais de toi. Moi, je sais qu'au fond de toi, tu es très doux, et que ça te rend triste de voir mourir les gens.

Santiago mourut ce jour-là, en manipulant un dispositif très complexe d'explosifs en chaîne destiné à piéger les démineurs de l'autre camp. H.H. Rourke devina qu'il allait mourir. Il le devina trop tard. Il esquissa le mouvement de courir vers Santiago, mais les sapeurs tapis près de lui l'en empêchèrent.

Ils avaient raison : cela n'eût servi à rien. L'explosion fut immédiate.

– Oh! Nom de Dieu!, s'exclama doucement H.H. Rourke dont les yeux étaient emplis de larmes. Pourquoi n'as-tu pas chanté, Santiago?

– Parce que je me suis entendu chanter, j'ai entendu que je commençais à chanter et ça m'a paru complètement ridicule, de chanter «Sur la mer calmée», surtout que je chante faux. Tu avais raison : je chantais. Je ne pouvais pas y croire.

– En quelque sorte, je suis responsable de ta mort, Santiago. Je ne t'aurais rien dit, tu n'aurais pas arrêté de chanter.

– Tu dis vraiment n'importe quoi, Rourke. Tous les hommes qui travaillaient avec moi depuis le début sont morts, c'était un pur miracle que je fusse encore vivant. Et, en plus, j'étais le moins adroit et le plus peureux de tous. Je ne comprends pas pourquoi je ne suis pas mort avant.

– Je ne finirai pas d'écrire le reportage sur toi. Et je n'enverrai pas ce que j'ai déjà écrit.

– *Por favor*, Rourke, ne fais pas ça. Finis d'écrire ton reportage et envoie-le aux Américains. S'il te plaît, Rourke. Fais-le par amitié pour moi.

Santiago commençait à perdre conscience. Il bredouilla un certain nombre de mots indistincts puis put parler encore et, naturellement, Rourke jura que oui, qu'il rendrait visite aux deux jeunes sœurs de Santiago dans le jardin du Luxembourg.

Et il promit aussi – il allait bien sûr tenir parole – qu'il achèverait la rédaction de son reportage, et qu'il enverrait celui-ci à New York.

Le médecin qui avait tout tenté pour sauver Santiago demanda à H.H. Rourke si Santiago et lui étaient parents.

H.H. répondit : *« Oui – en quelque sorte. »*

Il y avait beaucoup de médecins dans l'armée nationaliste. Peut-être parce qu'il s'agissait d'une profession libérale, peu disposée à goûter les charmes de la révolution telle que la voyaient les Espagnols de ce temps ; peut-être aussi parce que, le soulèvement ayant éclaté en plein été, nombre de ces médecins se trouvaient dans leur maison de campagne, en territoire nationaliste.

Les républicains, eux, en manquaient.

En revanche, ils étaient fournis à foison en dames de grande et petite vertus, réduites au chômage technique par la guerre.

La furie des combats était un peu tombée sur le front ; on en était venu à reprendre en chœur des chansons populaires d'une tranchée à l'autre, parfois dans la même tranchée, partagée entre des adversaires que séparait seulement une plaque d'acier posée en travers. L'idée d'un échange fit assez vite l'unanimité entre les combattants de première ligne. Soins médicaux contre câlins.

« Le tarif sur lequel on tombe d'accord, après moult négociations, écrivit H.H. Rourke, *est de trois gracieusetés contre une intervention médicale. Tout cela bien sûr, à la faveur de trêves dûment respectées. Dans un sens passent des hommes porteurs de leur trousse de première urgence, dans l'autre des demoiselles (le plus souvent bien décaties mais soigneusement pomponnées) venues des bas quartiers madrilènes, tout émues d'être là, preque intimidées – ce qui n'a pas dû leur arriver souvent. Les soldats marocains des* mejahlas *sont exclus de ces faveurs (celles des dames). On reste entre Espagnols de souche. Et, de toute façon, comme les légionnaires, les hommes du Rif ne se déplacent jamais sans leurs ribaudes attitrées, qui forment une colonne des plus pittoresque... »*

Ce prêt-bail réciproque prit fin. Non qu'un ordre supérieur eût interdit de telles fraternisations, mais l'on découvrit que, avec une sournoiserie sans pareille, les souteneurs de Madrid, dans leur patriotisme républicain, n'envoyaient plus aux fascistes que des prostituées atteintes de la vérole.

Sin novedad en la posición – rien de nouveau sur le front.

Des équipes de football furent organisées et, évidemment, on en arriva à opposer onze joueurs nationalistes à onze républicains. Pour le terrain, on choisit une espèce de champ aux dimensions à peu près réglementaires, qui présentait toutefois deux inconvénients : le premier, d'être situé juste à côté d'un charnier, en plein *no man's land*, duquel émanait une innommable puanteur, la *cadaverina* ou odeur de cadavres ; le deuxième, de se trouver en partie sous le feu d'une mitrailleuse tenue par d'ardents franquistes qui, soit n'aimaient pas le football, soit étaient contre toute trêve, par principe. Ce second désavantage obligeait à effectuer d'un seul et même côté toutes les remises en touche, et l'on ne trouva aucun volontaire pour occuper les postes d'arrière gauche ni d'ailier droit.

Il manquait un gardien de but. H.H. se proposa. Il avait peu pratiqué mais c'était sa place préférée, d'où l'on pouvait tout voir de la partie. Pour la petite histoire, il encaissa deux buts, dont un sur penalty, contesté il est vrai.

À la fin de la rencontre, que son équipe avait perdue par deux buts à un, il fit exprès de se tromper de vestiaire.

Ainsi entra-t-il dans Madrid.

Son dernier séjour dans la capitale de l'Espagne remontait à un voyage qu'il avait fait des années plus tôt en compagnie de l'un de ses amis, Gottlieb Eckart, qui maintenant était commissaire de police à Munich.

Il trouva la ville bien changée et envoya une carte postale à Gottlieb. Un énorme mouvement de migration intérieure s'était produit. Depuis la périphérie populaire de Vallecas, Fuencarral, Carabanchel, Guindalera, Alvarado ou Cuatro Caminos, des gens, par dizaines de milliers, étaient venus chercher refuge au centre, et surtout à Salamanca, quartier résidentiel de la haute bourgeoisie que l'artillerie nationaliste évitait de toucher. Il y avait eu, jusque dans les premiers jours de septembre, des massacres ordinaires, identiques à ceux de Burgos et de tant d'autres villes ; on pouvait encore entendre, de temps à autre, les coups de feu d'un *paco*, un tireur isolé (ainsi nommé en souvenir des tirailleurs de la guerre du Rif, dont les armes produisaient ce bruit – *¡pa-co!*–, et aussi parce que Paco était le diminutif de Francisco, comme Francisco Franco), abattant quelques rouges avant d'être mitraillé lui-même. La vieille Madrid, traditionnellement xénophobe, n'avait jamais vu tant d'étrangers; les hôtels en étaient pleins; au *Gaylord*, Ernest Hemingway faisait cul-sec avec Koslov, envoyé spécial de la *Pravda*. Les cafés de la Puerta del Sol et de la Gran Vía, rebaptisée avenue du Quinze-et-Demi, ne désemplissaient pas.

H.H. Rourke demeura solitaire et dénicha des reportages à son goût – qui n'était pas forcément le goût de Karl Killinger mais c'était bien là le cadet de ses soucis. Il en rédigea une bonne douzaine et, parmi eux, l'histoire d'un homosexuel normalement prénommé Julio, qu'un grattage discret de sa carte de rationnement avait transformé en Julia. Sur quoi, Julio-Julia, un gros oreiller sur le ventre, avait réussi à se faire établir un certificat de grossesse qui lui avait permis d'obtenir le supplément de lait et de sucre réservé aux femmes enceintes. Quand H.H. le rencontra, il venait officiellement d'accoucher et repartait à la charge – avec un oreiller plus petit pour donner le change. On le reconnut de nouveau enceinte, de trois mois et demi.

La garde civile était devenue la *garde républicaine* et avait troqué son bicorne contre une casquette. Il valait mieux tutoyer tout le monde pour n'être pas accusé de fascisme. Le gouvernement réfugié à Valence, auquel le général Miaja, commandant l'armée républicaine, réclamait d'urgence des renforts, renvoyait par courrier exprès une demande concernant toute l'argenterie des ministères. Des bombardiers allemands et italiens passaient dans le ciel deux ou trois fois par semaine. Il était interdit de faire la queue devant les boutiques avant sept heures du matin, et tout contrevenant était mis sur un camion, emmené, déposé au Pardo d'où, pour revenir chez lui, il avait douze kilomètres à parcourir à pied, sur une route piquetée de temps à autre par des rafales de mitrailleuse...

Rourke commençait à avoir très envie de rentrer en France. Madrid le décevait. Ou bien était-ce lui qui éprouvait de la fatigue? Il n'avait pas cessé de voyager depuis quinze mois et son expédition amazonienne avait été épuisante.

Il écrivit à Mimi qu'il allait être, sauf imprévu, avant Noël à la maison des Allées de Morlaas, près de Pau.

... Et s'accorda quelques jours encore, pour deux derniers reportages. L'un sur ce qu'un officier général des armées franquistes avait appelé *la cinquième colonne* (la formule allait

121

faire le tour du monde), à savoir l'ensemble des éléments infiltrés, jouant double jeu, dans Madrid, en complément des quatre colonnes (constituées de vrais soldats, celles-ci) qui convergeaient vers la capitale pour s'en emparer. H.H. trouva quelques exemples, mais rien de très extraordinaire : de faux anarchistes, de faux communistes, des centaines de cas patents de sabotage, un vieil homme qui passait des messages à des guetteurs nationalistes sur l'autre berge du Manzanares, en ouvrant et fermant ses volets, une vieille femme qui transmettait aussi des informations, grâce à la disposition du linge étendu sur son toit – un drap était un point et une taie d'oreiller ou une chemise représentait un trait en morse.

H.H. fut plus intéressé par le deuxième reportage. Il fut le premier à découvrir l'étonnante ambassade du Siam. Dès les premiers jours du soulèvement, et dans les semaines qui avaient suivi, les partisans des rebelles bloqués dans une Madrid demeurée fidèle à la République s'étaient cachés – quand ils n'avaient pas été exécutés. Beaucoup d'entre eux s'étaient, comme il se doit, réfugiés dans les ambassades étrangères qui, toutes, leur avaient ouvert leur portes, dans la limite des places disponibles. À l'exception des représentations de Grande-Bretagne et des États-Unis.

Jusque-là, rien que de très normal.

L'ambassade du Siam suscita la curiosité de Rourke. D'abord, il ne s'y trouvait pas un seul Siamois, ce qui déjà était bizarre. Il eut une conversation nonchalante avec le garde qui se trouvait à l'entrée, et qui était andalou. L'homme ne tiqua pas le moins du monde quand Rourke prétendit vouloir obtenir un visa pour Addis-Abeba, capitale du Siam. Le nom de Bangkok lui était apparemment tout à fait étranger.

H.H. alla aux nouvelles. Son amitié avec Julio-Julia, seule créature humaine capable d'être enceinte de six et trois mois en quatorze semaines, lui permit d'apprendre que cette curieuse ambassade, qui occupait tout un immeuble au 12 de la rue Juan Bravo, était inconnue du doyen du corps diplomatique (l'ambassadeur du Chili). Deux explications étaient possibles : il se cachait peut-être là un réseau de passeurs qui, moyennant le prix fort, évacuaient des gens vers la zone nationaliste ; après tout, H.H. avait vu fonctionner un réseau de ce genre, à Alcalá de Henares.

– Ou bien c'est la police elle-même, Julio.

– Appelle-moi Julia.

Julio-Julia imaginait même une troisième possibilité : celle d'un piège mortel. Tout récemment, on avait arrêté et, évidemment, fusillé la veuve d'un fonctionnaire des douanes, qui vivait sur un grand pied : elle recevait chez elle, secrètement, des candidats à l'émigration, leur prenait mille cinq cents *pesetas* par tête et, la nuit venue, sous prétexte de les conduire au point du passage des lignes, les faisait abattre par deux de ses domestiques, dans un coin tranquille.

H.H. penchait plutôt pour la police. Faute de pouvoir entrer lui-même (son accent l'aurait trahi), il réussit à convaincre Julio-Julia de lui servir de cobaye, contre trois cent cinquante *pesetas*.

– À condition que tu ôtes l'oreiller que tu as sur le ventre, tes faux seins, tes faux cheveux, ton vernis à ongles et tes chaussures à talons hauts. Et que tu t'habilles normalement.

– Je suis habillé normalement.

– En ce cas, déguise-toi en homme. Ou bien je te dénonce comme homme enceint.

– Tu ne me ferais pas ça.

H.H. ne l'aurait certainement pas fait. Mais Julio-Julia était plus ou moins amoureux de Rourke. Il pénétra dans l'ambassade du Siam, y disparut pendant soixante-quinze heures. Rourke commença à s'inquiéter réellement. Vers une heure du matin le troisième jour, enfin, il découvrit la frêle silhouette de l'homosexuel dans un groupe d'hommes qui sortait discrètement de la prétendue ambassade et que l'on répartissait à bord de voitures particulières – chacun portant une ou deux valises. Ces voitures démarrèrent, l'une après l'autre. H.H. entreprit évidemment de les suivre et, non sans quelques émotions (la voiture où il était lui-même fut contrôlée par une patrouille de la milice), y parvint. Il arriva juste à temps à la prairie de San Isidro, que Goya avait imortalisée par plusieurs de ses peintures, et qui à présent servait de lieu d'exécution. Il était accompagné de l'envoyé spécial de *Paris-Soir*, Louis Delaprée – qui allait un peu plus tard périr dans un accident d'aviation alors qu'il regagnait Paris pour y protester parce qu'on ne lui publiait pas ses reportages les plus sensationnels –, de l'un des directeurs espagnols de la *Telefónica* et, pour se garantir tout a fait, d'un membre important de la CNT, la Confédération anarcho-syndicaliste. Devant un tel déploiement de témoins, les agents très spéciaux de la police consentirent à annuler leur projet d'exécutions immédiates.

Curieusement, et bien que sauvé d'extrême justesse, Julio-Julia n'avait pas eu trop peur. L'expérience l'avait enchanté; jouer les Mata-Hari et donc les grandes espionnes lui semblait amusant en diable.

— Je recommence quand tu veux, mon chéri.

— Si ces miliciens nous avaient retardés un peu plus, je serais arrivé trop tard, et tu serais mort, à l'heure qu'il est, *cretino*.

— *Cretina*, corrigea Julio-Julia.

... Qui avait bien noté tout ce qu'il y avait à voir dans l'ambassade du Siam; notamment les microphones cachés un peu partout, qui permettaient à la police d'entendre et de noter les conversations que tenaient les candidats à l'évasion, de relever tous les noms prononcés. En somme, la fausse ambassade, outre qu'elle apportait des renseignements et rendait possible l'élimination d'adversaires politiques, avait en plus l'avantage d'être largement financée par ces mêmes adversaires, qui payaient entre deux et cinq mille *pesetas* (somme énorme à l'époque) le droit de recevoir cinq ou six balles dans la nuque.

— Tu vas vraiment repartir, *querido mío*?

— Oui. Cesse de m'appeler mon chéri. Et tu devrais arrêter aussi de jouer les femmes enceintes, tu vas finir par te faire prendre.

— Tu ne comprends pas : j'ai envie d'être enceinte.

Julio-Julia allait finir par se faire prendre. Dix-huit mois plus tard. Après avoir fait établir sa cinquième grossesse en moins de deux ans, ce qui, même pour un fonctionnaire anarchiste, partisan de la liberté totale, était hautement suspect. Il allait être fusillé.

Il était chanteur de flamenco (fort médiocre) et guitariste (nul); il s'était essayé à la danse, mais avec encore moins de succès. Cette nuit-là, qui précéda le départ de Rourke, il emmena H.H. dans sa Madrid personnelle, de petits cafés, de ruelles, de *patios* ou d'arrière-cours minables, tout cela d'une immense misère. On était en décembre, le siège de la ville ne durait que depuis trente jours, il allait continuer pendant vingt-sept mois encore, et déjà la faim réussissait ce que n'avaient pu faire les *Moros* et les *banderas* du *tercio* : elle occupait Madrid.

« ... Je vois Julio-Julia pour la dernière fois, dans une aube glaciale, écrirait H.H. Rourke. *Nous nous quittons devant le musée du Prado dont l'on a évacué l'essentiel vers Valence – en ce qui concerne* Les Ménines, *de Velásquez, la toile était trop grande pour passer telle quelle sous le pont du Jarama, il a fallu s'aventurer à la rouler, ce qui a pris une semaine. Julio-Julia est très triste de me voir partir. Il est décidément* muy madrileño : *au cours de cette nuit où il a bien failli mourir et m'a fait visiter sa ville, je l'ai vu sur le point de trancher la gorge de quelqu'un qui le bousculait, mais dans le même temps il a déjà dépensé plus de la moitié des trois cent cinquante pesetas que je lui ai données pour offrir du vin rouge de Rioja et du jambon* jabugo *de marché noir à tous ceux qu'il rencontrait.*

«Je quitte Madrid. Il est dans les sept heures du matin. La dernière image que j'emporte est celle d'une boucherie sur laquelle, avec cet humour noir qu'ici on affectionne, le boucher a annoncé : Sélection du jour : Solomillo de moro a la plancha, *autrement dit :* Aloyau de soldat marocain des armées franquistes grillé. *Je demande au boucher ce qu'il vend en réalité, et il me répond :* « Rien justement. » *Mais déjà cent personnes font la queue, claquant des dents dans la froidure... »*

Il fit étape à Alcalá de Henares afin d'y découvrir comment la petite fille à la poupée avait pu si aisément trouver le cheminement des passeurs de lignes, puis prit la route de la Catalogne. Aller directement à Barcelone n'était pas possible : l'avancée des nationalistes jusqu'au redan de Teruel obligeait à un crochet par le sud, par Castelló et Tarragone. Sept jours en tout lui furent nécessaires pour atteindre la capitale catalane. Il ne s'y attarda pas, son envie de retrouver la France confinait au besoin. Le 22 décembre, il franchit la frontière française, grâce à son passeport irlandais. Deux trains successifs le mirent à Pau dans la soirée du même jour. Joseph Darrieusec vint le prendre à la gare, au volant d'une 7 CV Traction Citroën qui le terrifiait et dont il abandonna très volontiers la conduite à H.H.

Darrieusec dit que non, « madame Mimi » n'était pas encore arrivée mais elle avait pris toutes les dispositions pour que le retour de son fils au bercail fût entouré du meilleur confort. Madame Darrieusec, Mélanie, avait d'ailleurs préparé de la garbure, version béarnaise de la soupe aux choux, c'était tout dire.

– Du moment qu'elle ne me fait pas manger des pois chiches et des poivrons frits dans l'huile...

H.H. avait le plus grand mal à garder les yeux ouverts. Il n'avait pas dormi depuis trois jours, les autocars surchargés pris entre Madrid et Barcelone ne lui avaient guère laissé de répit; on eût été épuisé à moins.

La maison des Allées de Morlaas se trouvait sur la route de Tarbes et Lourdes. Elle appartenait à Mimi Rourke, qui l'avait longtemps louée avant de se décider à l'acheter, douze ans auparavant. H.H. y avait passé toutes les vacances scolaires de sa jeunesse. Ici et dans Pau (sur le boulevard des Pyrénées, la Basse et la Haute Plante, le parc Beaumont), se trouvait le meilleur de ses souvenirs d'enfance.

– Quand ma mère a-t-elle dit qu'elle arriverait?

– Demain. Par le train de six heures douze en provenance de Paris.

Darrieusec mit pied à terre pour ouvrir le portail de fer forgé, H.H. entra dans la propriété et rangea la voiture dans le garage tout neuf construit dans le prolongement de l'écurie – où il y avait toujours trois ou quatre chevaux de selle. Il porta à l'intérieur de la maison le sac à soufflets avec lequel il avait fait quatre ou cinq fois le tour du monde. Une plaisante odeur de cuisine l'accueillit dans le vestibule. Il embrassa Mélanie Darrieusec venue à sa rencontre.

– Je vais te faire couler un bain, dit-elle. Pas question que tu manges ma garbure dans l'état où tu es. C'est à prendre ou à laisser. Il y a de bons hôtels, à Pau.

Il lui sourit, alluma une cigarette et pénétra dans le salon-bibliothèque. Un grand feu brûlait dans la cheminée. Il s'assit devant ce feu, dans l'un des deux fauteuils à oreillettes et fuma en silence.

Elle le contemplait sans mot dire. En robe d'intérieur de satin blanc, cheveux longs et relevés en un chignon nonchalant, elle gardait un doigt glissé dans le livre qu'elle était en train de lire à l'arrivée de Rourke. Un très léger sourire d'amusement détendait ses lèvres, une lueur faisait scintiller ses yeux noisette. Elle était d'un calme qui semblait se propager autour d'elle.

Il se pencha enfin et lui prit le livre des mains, pour voir de quoi il s'agissait : *Les Aventures d'un gamin de Paris au pays des lions*, de Louis Boussenard, dans la collection cartonnée, rouge carmin et vieil or de la Librairie illustrée.

– Je lisais ça quand j'avais huit ans, remarqua Rourke.

– Tu n'as pas tellement vieilli, depuis.

Il ne l'avait pas vue depuis plus de quatorze mois, et, à aucun moment durant ses pérégrinations, n'avait eu l'idée de lui écrire ou de lui faire parvenir la moindre nouvelle.

– Ton bain est prêt, Rourke. Tu as douze minutes avant de passer à table. Et ça ne te ferait pas de mal de te raser, pendant que tu y es.

Il acquiesça d'un signe. Il regardait Julie Bénédict, qui le fixait aussi. Il ne faisait de doute pour personne que, si Mimi avait choisi Julie comme directrice, c'était certes en raison de ses qualités professionnelles mais aussi parce qu'elle savait, du même coup, fournir ainsi une épouse à H.H.

– Depuis quand es-tu ici? demanda Rourke.

– Ce matin.

– Pile?

– Pile, dit-elle fort paisible.

– Maman va bien?

– À merveille. Le Chat-Huant aussi.

Nouvel acquiescement de Rourke. L'idée en lui n'était pas neuve, elle lui était venue tandis qu'il voguait sur l'océan Atlantique, en route pour Málaga. Il allait demander à Julie de l'épouser et ne doutait pas une seconde qu'elle allait lui répondre oui.

Mais cela pouvait attendre qu'il eût fait sa toilette.

Livre 3

CES SI AFFECTUEUSES RETROUVAILLES

4

Au revoir, papa

Ce jour-là, qui était le 24 décembre, elle se rendit à Manhattan. L'idée n'était pas d'elle mais d'Ed Solomons, qui l'accompagnait. Plus tard, Solomons le confirmerait à Nick Di Salvo rédigeant ses propres mémoires; il dirait avoir conservé de cette journée le souvenir le plus précis, parce que c'était la veille de Noël et surtout, bien sûr, parce qu'elle, Kate, avait eu cette si décisive entrevue. Il affirmerait qu'en aucun cas elle n'avait prémédité la rencontre, que celle-ci au contraire devait tout à une impulsion. *«Sans moi elle n'y serait même pas allée, à Manhattan; j'ai même eu toutes les peines à la convaincre que sa présence pourrait nous être utile.»*

Il s'agissait de conférer avec la direction de *Macy's*, le magasin qui prétendait être le plus grand du monde. Les successeurs d'Isidore et Nathan Strauss, qui avaient acheté l'affaire en 1887 et en avaient fait ce qu'elle était, avaient prêté une oreille attentive aux offres d'Ed Solomons. Lequel proposait tout bonnement d'organiser des caravanes d'acheteurs, assemblées à Brooklyn, dans le Queens et à Long Island grâce aux bons soins du *DAY* – qui naturellement y trouverait son bénéfice sous forme d'un budget publicitaire à l'année... *«Kate, de toute façon, les gens de notre zone de diffusion vont chez* Macy's, Bloomingdale *ou autres. Nous n'avons pas l'équivalent de ces monstres chez nous, cela fait des semaines que je l'explique à nos annonceurs habituels. À qui j'ai précisé que c'était la meilleure façon de limiter les dégâts: les gens que nous emmènerons à Manhattan ne pourront qu'aller chez* Macy's, *nulle part ailleurs; ils n'en auront pas le temps; on ne*

131

le leur laissera pas. S'ils y allaient seuls, on ne pourrait plus contrôler leurs achats, les commerçants du Queens y perdraient comme ils y perdent actuellement... »

Pour cette expédition en terre étrangère, loin de ses bases, Kate Killinger avait choisi la Packard, pilotée par Kranefuss, en uniforme de chauffeur de maître.

– Kate, dit Solomons, je vous avais caché jusqu'ici cet épouvantable secret, mais je suis juif, il est temps que je vous le confesse.

– Je sais ce que vous allez dire.

– Ce que je vais dire est que je ne supporte plus la tête de Kranefuss. Il ressemble trop à quelqu'un. Et l'avoir comme chauffeur me donne des boutons.

Elle ne répondit pas. *« Nick, au moment où je lui fais cette remarque à propos de cet abruti de Kranefuss, nous roulons dans la Packard. Le même abruti de Kranefuss, qui conduisait d'ailleurs très bien, a piqué droit sur Central Park en entrant dans Manhattan; il descend la Cinquième et, forcément, nous passons tout près de la Cinquante-Cinquième-Rue-Est. Je suis sûr que c'est à ce moment-là que l'idée lui est venue. À Kate, je veux dire. Je suis certain qu'avant cette seconde, elle n'y avait pas pensé. »*

La voiture tourna à droite dans la Trente-Quatrième et piqua droit sur *Macy's*. La conférence dura un peu plus de soixante-dix minutes. Kate et Solomons en ressortirent vers midi. Solomons ravi : il avait décroché son contrat annuel et voulait récidiver avec *Bloomingdale* et les autres.

– Kate, vous vous rendez compte des dizaines de milliers de dollars que je viens de vous faire gagner? Sinon davantage?

Elle se contenta d'acquiescer. Le temps sur New York était à la neige. Le ciel était si bas que la grande flèche de l'Empire State Building, terminé trois ans plus tôt sur l'emplacement du premier hôtel Waldorf Astoria, disparaissait dans les nuages. Dans la Packard régnait une semi-pénombre, et les yeux de Kate en étaient éclaircis. Elle se pencha soudain en avant et fit coulisser la vitre de séparation.

– Emil, arrête-moi dans la Cinquante-Cinquième-Rue-Est.

Solomons comprit dans la seconde ce qu'elle avait en tête. Il eut un frisson bizarre. Mais demanda seulement :

– Et moi, je rentre comment?

– Vous m'attendez dans la voiture ou vous prenez un taxi.

Il préféra attendre, tenaillé par la curiosité. Kranefuss stoppa devant l'hôtel particulier, Kate descendit, comme toujours sans attendre que son chauffeur vînt lui ouvrir la portière; elle marcha vers la grande porte et sonna. Depuis son siège, dont il n'avait pas bougé (mais il avait baissé sa vitre), Ed Solomons vit un maître d'hôtel apparaître. Et le plus extraordinaire fut que ce maître d'hôtel ne put apparemment mettre un nom sur le visage de cette jeune femme, très élégante, qui se dressait devant lui.

– Je suis Catherine Killinger, dit-elle. Je voudrais voir mon père.

– Tu as de la chance de me trouver chez moi, dit Karl Killinger. À cette heure, en général, je suis à mon journal.

Il venait d'entrer; elle était restée plusieurs minutes à attendre dans le vaste bureau du deuxième étage, maintenant desservi par un ascenseur. Du moins cet ascenseur avait-il été installé depuis la dernière visite de Kate.

– Depuis quand n'es-tu pas entrée ici?

– Je ne m'en souviens pas.

– Des années. Et la dernière fois où nous nous sommes rencontrés appartient aussi à la préhistoire! Je t'ai emmenée déjeuner au *Plaza*.

– Nous avons failli déjeuner au *Plaza*. Tu n'en avais pas le temps, tu étais en pleine bagarre avec Hearst, pour savoir qui offrirait les prix les plus déments pour un concours. Tu as gagné. Nous avons seulement pris un verre au bar.

– Je me souviens à présent. Une semaine plus tard, tu annonçais à Doug Caterham que, décidément, tu le quittais, et il m'a fallu payer trois millions de dollars pour apaiser sa famille.

– Désolée.

– C'était il y a dix ans.

– Presque.

– Et je me rappelle être allé te voir à ton espèce de journal, dans le Queens.

– C'était avant le *Plaza*. Tu es venu dans les bureaux de la *Gazette* pour m'avertir que j'allais me casser la figure.

– Tu t'es cassée la figure.

– Je suis sûre que tu t'en es réjoui.

Au moins cette évocation de leur passé commun avait-elle servi à briser la glace. Karl Killinger sourit à sa fille. Ses épaules étaient toujours aussi larges, le regard était plus perçant que jamais, mais il avait maigri, considérablement, et, pour traverser la bibliothèque, quelques instants plus tôt, il avait un peu traîné la jambe, quelque effort qu'il eût fait pour le dissimuler.

— Seulement, dit Kate, cette fois je réussis avec le *DAY*. Tu ne peux plus rien contre moi.

— Je n'ai peut-être pas envie de tenter quelque chose. Je reconnais avoir essayé, au début. Non sans succès, d'ailleurs : je t'ai conduite jusqu'au point de rupture. Mais j'ai stoppé mon offensive.

— Tu l'as stoppée parce que Rourke est intervenu et t'a obligé à le faire.

— C'est lui qui t'a raconté ça ?

— Non. Évidemment, non. Ce n'est pas son genre, et tu le sais. J'ignore comment il s'y est pris. Je sais qu'il travaille pour toi, maintenant.

Ils eurent le même regard, simultané, pour la première édition du *NY Morning News*, dont une liasse se trouvait sur la table entre eux. Le reportage de H.H. sur la petite fille à la poupée occupait toute la dernière page.

— Tu l'a lu, Kate ?

— Évidemment.

— Il est morbide. Implacable et morbide. Cela dit, c'est le meilleur reporter possible. Tu aurais dû l'épouser. S'il y a un homme au monde capable de te dresser, c'est lui.

Elle se mit à rire. Un domestique parut.

— Tu déjeunes avec moi, Kate ?

— Merci, non. Je dois rentrer à mon bureau. Et j'ai pris un en-cas vers dix heures. Enfin, je crois. Pourquoi voulais-tu me voir ?

Il la fixa, puis détourna la tête. Elle était de plus en plus sûre que, lorsqu'elle avait sonné à la porte de la rue, Karl Killinger devait être alité. Il s'était levé, s'était habillé pour la recevoir.

— Bernard m'a dit que tu souhaitais me parler, papa.

— C'était il y a des mois. En août, je crois.

— Je suis venue. Excuse-moi pour mon retard.

— J'aime assez Adler, dit-il. C'est un tout autre genre que le pauvre Caterham. Combien a-t-il investi dans ton journal? Trois millions, n'est-ce pas?

– Je m'en tirais très bien toute seule. Je pouvais me passer de ces trois millions. Pourquoi voulais-tu me voir?

– Du calme, ma fille. Je ne t'ai pas vue depuis des années. Quoi que tu aies à faire dans le Queens, je suis sûr que cela peut attendre quelques minutes de plus. Sauf si tu as peur d'être ici en face de moi. Tu as peur, Kate?

– Non.

Il hocha la tête.

– Tu as raison. Il ne s'agit pas de peur. Je parle également pour moi, bien entendu. Quoique le mot *peur* ne soit pas tout à fait impropre. J'ai mis des semaines avant de me décider à demander à Bernard Adler de te transmettre mon message. Et il t'a fallu quatre mois pour te décider à répondre à ma demande. Ne viens pas me dire que tu n'y pensais pas, que tu avais oublié. Ou que tu étais trop occupée. La seule qualité dont nous puissions nous enorgueillir, nous autres Killinger, c'est de ne jamais mentir, j'entends nous mentir à nous-mêmes. Pendant ces quatre mois, combien de fois as-tu pensé à venir me voir?

Elle ne répondit pas.

– Kate.

– Souvent, dit-elle enfin.

– Une ou deux fois par mois? Ou par semaine? Ou plus souvent encore?

– Tu connais la réponse, papa.

– C'est vrai. Nous passons pour des monstres, toi et moi. Mais je ne t'apprends rien. Les gens ont un peu de mal à comprendre que nous vivions à quelques kilomètres l'un de l'autre, chacun de nous s'occupant de son journal...

– Quoiqu'on ne puisse comparer nos journaux...

– En effet; je vends plus en une heure que toi en une semaine... Non, non, je ne cherche pas à entamer une dispute. D'ailleurs, nous ne nous sommes jamais vraiment disputés.

– Nous ne nous parlions pas, c'est tout.

– Nous ne nous parlions pas. Il faut une fois encore en revenir à Rourke. Tu es certainement au courant : il a passé quelques jours chez moi, dans ma propriété de Cuba.

– Avec mon fils, dit Kate.

– Qui est aussi le sien. Et qui est mon petit-fils. Nous y reviendrons. Ce que je pense de H.H. Rourke me semble très typique des relations que nous avons, toi et moi : je le tiens, et tu es d'ailleurs de mon avis, pour un reporter exceptionnel. Toi et moi sommes d'une autre catégorie, évidemment supérieure, celle des journalistes qui créent des journaux et emploient des reporters. Il serait le meilleur s'il consentait à choisir ses sujets et à écrire en fonction du public. Le plus terrible, c'est que, lorsqu'il s'en donne la peine, il écrase tous les autres. Je lui ai adressé un câble pour lui demander de la vraie correspondance de guerre. Dieu sait pourquoi il a accepté. Ce qu'il m'a envoyé sur la bataille de Madrid est tout à fait extraordinaire. Il y a notamment l'histoire de quelqu'un appelé Santiago Lahuerta, et les combats dans la cité universitaire. C'est le meilleur papier que j'ai jamais vu. À croire qu'il était perché sur l'épaule de chacun des combattants.

– Il l'était probablement, dit Kate. Il est persuadé qu'il est capable de traverser tranquillement n'importe quelle mitraille sans jamais être atteint. Puisqu'il n'est qu'un spectateur du film. Est-ce que je suis venue pour entendre parler de Rourke ?

– J'ai du respect et peut-être même de l'amitié pour lui. C'est la première fois que cela m'arrive en cinquante-cinq ans, la chose valait donc d'être soulignée. Je me suis demandé pourquoi et suis arrivé à cette conclusion peu banale : la sympathie qu'il m'inspire a grandi à mesure qu'il te perdait et, dans le même temps, restait capable de t'en faire baver.

– Continue, dit-elle, avec un calme bizarre.

– Parce qu'il t'en fait baver, Dieu merci. Si vous étiez restés ensemble, j'en serais certainement venu à le haïr. Mais non. Il t'a quittée...

– C'est moi qui suis partie, corrigea-t-elle avec dans le ton plus de sécheresse qu'elle ne l'eût souhaité.

– Peu importe. N'empêche que tu as eu cet enfant de lui, et que tu l'as gardé. C'est ce que j'aime le plus, et de loin, dans mon petit-fils : il ressemble à Rourke à en hurler, c'est tout à fait hallucinant. Tu n'as jamais quitté Rourke, Kate. Il est avec toi chaque seconde de chaque jour, avec le visage, la voix, le moindre comportement de ce gosse.

– Et ça t'enchante, n'est-ce pas ?

– Encore assez, ma fille. Encore assez. Il n'y avait qu'un

moyen de te rabattre le caquet, tu as toujours été d'une prétention infernale. Rourke a trouvé ce moyen.

Elle sourit, se leva, marcha dans la pièce. Il la suivait des
yeux.

– Ce qu'il y a de merveilleux avec nous autres, Killinger, dit-
elle enfin après un silence, c'est que nous sommes capables de
nous dire les pires horreurs sans élever la voix, sans hurler. Tu
es en train de me dire que tu me hais, papa, et nous pourrions
très bien avoir cette conversation au restaurant du *Plaza*, nos
voisins de table n'entendraient rien, ne pourraient même pas
imaginer que, pour la première fois depuis que j'existe, mon
père me fait l'honneur de me dire ce qu'il éprouve réellement
pour moi.

– Kate...

– Je n'ai pas trop envie de t'entendre davantage. C'est un joli
coup bas que tu viens de me donner. Merci, papa.

– Je ne voulais pas...

– Merde, dit-elle toujours très calmement. Mais tu ne m'as
pas fait venir pour me parler de Rourke et de mon fils. Ou
était-ce seulement cela?

– Je ne retire rien de ce que je viens de dire, finalement.

– Très bien. Le contraire m'aurait étonnée. Et presque déçue,
sinon inquiétée : je me serais demandée si j'avais eu vraiment
raison de me tenir loin de toi. Me voilà rassurée. J'avais raison.
Autre chose?

– Mon journal, dit Killinger.

– Et alors?

– Mon journal et tout ce qui va avec, soit environ cent millions de dollars. Ma première idée était de tout donner à
Rourke.

Elle éclata de rire.

– Il ne se dérangerait même pas pour t'envoyer te faire
foutre, un télégramme lui suffirait.

– C'est également mon avis. J'ai donc pris mes dispositions
pour que tout revienne à son fils.

– Le mien.

– Il ne m'intéresse que par sa grande ressemblance avec
Rourke, justement. Il recevra tout à l'âge de vingt-cinq ans.

– Il a du temps devant lui, remarqua-t-elle, sarcastique. Et
s'il ressemble à son père autant que tu le dis, je doute qu'il
accepte d'être ton héritier.

Toujours debout, aussi loin de Killinger que le lui permettaient les dimensions de la pièce, regardant sans rien voir par l'une des fenêtres gothiques (l'hôtel particulier sur la Cinquante-Cinquième-Rue-Est avait été construit en 1860 par un milliardaire négociant en grains et fourrages qui avait fait venir presque tous les matériaux d'Angleterre), elle bougea enfin, alla vers son sac demeuré sur la table.

Elle marcha vers la porte.

— Il y a une autre possibilité, dit alors Karl Killinger.

Comme à regret, elle ralentit puis s'immobilisa.

— Je doute d'avoir envie de la connaître, papa.

— Tu pourrais devenir la seule propriétaire du *Morning News*. Avec les pleins pouvoirs.

— Et tout l'argent.

— Jusqu'au dernier cent.

— À ta mort, évidemment.

— Évidemment. Qui pourrait imaginer que je vais lâcher mon journal aussi longtemps que je peux le diriger?

— Personne en effet.

Elle se retourna enfin :

— Mais il y a une condition, n'est-ce pas?

— Oui. Je suis sûr que tu l'as devinée.

Elle acquiesça.

— Que je ferme le *DAY*. Que je le saborde, que j'en rase jusqu'à la plus petite pierre. C'est ça?

— Exactement, dit Killinger en souriant.

— En sorte que tu auras gagné, finalement. Ce sera une victoire à titre posthume, mais tu auras gagné : tu m'auras amenée à détruire ce que j'ai fait.

— Voilà.

Leurs regards se rencontrèrent. Elle rompit la première.

— Tu sais, bien entendu, ce que je vais te répondre.

— Si tu n'étais pas une Killinger et plus précisément Kate Killinger, tu me répondrais sans doute quelque chose comme *« Va au diable! »* ou même *« Va crever! »*. Mais tu es Kate Killinger et je penche pour : *« Après mûre réflexion, étalée sur un centième de seconde, je ne crois pas pouvoir accepter ta proposition, papa. »*

— Mot pour mot, dit Kate.

— Nous nous comprenons comme rarement père et fille se sont compris dans l'histoire du monde.

– Qui va diriger ton journal, en attendant que mon fils ait vingt-cinq ans?

– Là aussi, j'ai pris toutes les dispositions : Hayward continuera d'être le rédacteur en chef...

– Il est très bien.

– Je ne te le fais pas dire. À sa mort, s'il venait à disparaître en cours de route, bien qu'il n'ait que trente-quatre ans, Pete Sanchis ou Hank Barton – dans cet ordre de préférence – prendront la relève. Pour la direction générale...

– Comment remplacer Karl Killinger?

– Il est irremplaçable. J'ai désigné un comité de trois hommes : James Arnold, Henderson Graves et Andy H. Miller.

– Je connais le nom des deux autres, mais qui est Henderson Graves?

– Je l'ai piqué à Hearst, il vient de Californie. Il n'a que vingt-sept ans mais il promet. Je m'attends à ce qu'il bouffe les deux autres, tôt ou tard. Il faudra que mon petit-fils lui règle son compte, le moment venu, et s'il y parvient, c'est qu'il sera digne de son grand-père. J'ai tout de même prévu des remplaçants pour chacun d'eux. On ne sait jamais.

– Tu sais que je ferai tout au monde pour que mon fils refuse ta saloperie de journal.

– À mon tour de dire que le contraire m'aurait surpris. Je n'en attends pas moins de toi.

Ils se turent quelques secondes. Puis elle demanda :

– Combien de temps encore les médecins t'ont-ils donné à vivre?

Il se mit à rire.

– Normalement, je suis mort. Je devrais l'être depuis la fin août. Tu connais Louis Abbott; il était déjà notre médecin quand tu étais petite fille. Nous avons parié, lui et moi : mille dollars par mois qui passe et auquel je survis. Je suis en train de le ruiner.

À nouveau le silence.

– Ne dis rien, Kate. Ne gâchons pas ces si affectueuses retrouvailles.

– Au revoir, papa.

– Adieu, Kate. Et merci de ta visite.

Un moment encore elle demeura immobile, son sac tenu à deux mains, ce qui était le seul signe de l'état dans lequel elle était, sous une apparence de calme et de parfaite maîtrise de soi.

Le maître d'hôtel surgit pour la raccompagner. Après que se fut refermée la porte sur la rue, Karl Killinger se détendit. Ce fut un affaissement de tout le corps, une capitulation totale devant la douleur. Il ferma les yeux, à bout de forces.

– Aussi fous l'une que l'autre.

– D'aussi loin que je me souvienne – sauf peut-être les premières années de mon enfance –, disait la voix de Kate dans l'obscurité de la chambre, juste après la mort successive de mes deux frères et avant que Maman ne soit internée à l'hôpital psychiatrique, nous avons vécu tout près de la passion, papa et moi. À la façon dont on marche sur un chemin cahoteux et embourbé, en longeant constamment une autoroute, sans jamais s'y engager. Ça a tenu à peu de chose. Il m'a expédiée en Allemagne quand j'avais sept ans et, pendant les sept années qui ont suivi, je l'ai à peine vu. Nous aurions pu nous trouver à n'importe quel moment, alors. Rien n'est arrivé. Je n'attendais qu'un mot de lui, pourtant. Rien. Il ne vivait que pour son journal. Je restais des mois sans le voir. Quand j'ai eu quinze ans... Je peux parler, Bernard?

– Tant que tu voudras.

– Tu n'es pas obligé de m'écouter.

Il allongea un bras en travers du lit et enveloppa un sein de sa paume.

– Je sais.

– Quand j'ai eu quinze ans, il m'a autorisée à venir vivre avec lui à New York. Je pensais avoir un compte à régler avec lui, mais... comment dire? j'étais encore récupérable. On aurait pu s'expliquer tous les deux, nous avions encore une chance de nous entendre. Tu parles! Bon, c'est vrai que je n'étais pas facile. Je ne l'ai jamais été. Plus emmerdante que moi, on pouvait difficilement faire. J'accumulais les âneries. Et de taille. Et quelle langue! Il ne fallait surtout pas me contredire. Je suppose que c'était ma façon d'attirer sur moi l'attention de papa.

– Tu faisais quoi, par exemple?

– Tout. J'avais de l'invention. J'ai repeint en rose bonbon deux murs de son bureau, où d'ailleurs il ne venait jamais, livres et tableaux compris. On ne m'aurait pas arrêtée à l'aube, je repeignais toute la maison.

Adler se mit à rire.

– Tableaux compris, dit Kate. Et, parmi les tableaux, il y avait un Turner. Mais d'accord, ça encore, c'était drôle, d'une certaine façon. Mes fausses tentatives de suicide l'étaient moins. Mes fugues ne l'étaient pas davantage. Une fois, on ne m'a rattrapée qu'à Vancouver, sur la côte pacifique du Canada – dans les cinq mille kilomètres. J'ambitionnais de m'adonner à la prostitution. Sauf que je n'avais pas douze ans et que la mère maquerelle m'a remise illico à la police. Tu rigoles encore, hein?

– Oui et non, dit Bernard Adler.

– J'ai failli tuer l'une de mes gouvernantes, qui essayait de m'avoir par la contrainte – les précédentes avaient essayé la douceur sans rien obtenir. Je lui avais préparé un fort joli piège avec une garniture de cheminée en bronze, qui devait normalement lui fracasser le crâne lorsqu'elle passerait la porte. Elle s'en est tirée avec une épaule cassée et la jaunisse.

– Tu as vraiment cherché à te suicider?

– Jamais. Je faisais seulement semblant. Mais j'étais seule à le savoir, l'imitation était parfaite. À quinze ans, donc, je me suis retrouvée à New York, dans l'hôtel particulier de la Cinquante-Cinquième-Rue. J'avais tout lu sur la presse – depuis que j'ai su lire. Je crois que j'en savais plus sur le fonctionnement d'une rotative ou les divers types de massicots, sur la composition et la mise en page, que la moitié des imprimeurs de ce pays. J'étais prête à le lui démontrer, et je n'étais pas peu fière de moi. Et, bien entendu, j'étais folle de joie.

– Tout en pensant que tu avais un compte à régler avec lui.

– L'un n'empêchait pas l'autre. Dans mon idée, il allait y avoir une grande, une énorme discussion entre lui et moi; on allait se dire des choses horribles puis, fatalement, on se réconcilierait. Enfin, on ne peut même pas parler de réconciliation puisque jamais nous ne nous étions disputés, mais quelque chose de ce genre. Je n'ai pas fait long feu, avec mes illusions. Dès mon arrivée à New York, on m'a conduite chez un médecin. Pour évaluer le degré de cette folie que je tenais évidemment de ma mère. Pas pour savoir si j'étais folle, mais juste pour déterminer à quel point, pour s'assurer que je pouvais rester à New York sans danger pour personne, y compris monsieur Karl Killinger.

– Et ce médecin t'a trouvée folle?

– Je l'étais. De rage. Ça n'a pas amélioré son diagnostic. Et on m'a traînée chez lui tous les trois mois. J'étais sous surveillance. Il m'a fallu deux ans pour comprendre que j'allais vraiment devenir folle si je continuais à feindre de l'être. Alors, cet enfant de salaud – je parle du médecin – a déclaré que j'étais presque guérie, grâce à lui. Bernard, nous n'avons jamais parlé vraiment, papa et moi. J'ai essayé mais je me rendais compte d'une chose: il guettait ce qu'il avait vu dans les yeux de ma mère.

Elle se tut. À un imperceptible changement dans les bruits légers du dehors, Bernard Adler devina que la neige s'était enfin mise à tomber; elle menaçait de le faire depuis déjà trois jours.

– Je meurs de faim, dit Kate.

– Forcément, tu n'as touché à rien pendant le dîner.

Un hasard avait voulu, au début de l'après-midi du même jour, que Bernard Adler tombât sur la Packard conduite par Kranefuss, alors que lui-même s'en revenait de Wall Street. La rencontre avait eu lieu à un feu rouge sur la Cinquième-Avenue, les deux voitures étant en route pour revenir dans le Queens. Adler ignorait que Kate s'était rendue à Manhattan. Il avait changé de voiture ou, plus exactement, troqué sa place avec Ed Solomons, qui s'était installé dans la Rolls d'un air quasiment dégoûté – il avait horreur des voitures européennes. À la seconde où il s'était assis près de sa femme, Adler avait deviné que quelque chose n'allait pas. Elle n'avait pas attendu, lui avait appris sa visite à Karl Killinger.

– Je ne veux pas en parler maintenant, Bernard.

Ils étaient rentrés à Buckingham Street, la journée s'était déroulée normalement. Ils avaient un dîner le soir, en prélude à Noël. Adler avait regagné Kings Point vers six heures trente, elle l'avait rejoint trois quarts d'heure plus tard – les veilles de Noël et du Jour de l'An, le *DAY*, comme tous les quotidiens, bouclait avec quelques heures d'avance. Le dîner réunissait une trentaine de convives. Kate s'était comportée à peu près normalement – qu'elle fût tendue, cela avait sauté aux yeux d'Adler, mais il était convaincu d'avoir été le seul à le noter. Par exception, on n'avait téléphoné du journal qu'à deux reprises, et pour des broutilles. Vers minuit, Kate elle-même avait appelé, pour donner à l'équipe d'urgence, qu'elle avait maintenue dans l'éventualité d'une nouvelle extraordinaire, l'ordre de décrocher et d'abandonner la surveillance. Ils étaient montés se coucher. Il la savait fatiguée, s'était dirigé vers sa propre chambre après un fort chaste baiser conjugal. Elle avait dit : « *Reste, s'il te plaît.* »

Il remonta des cuisines avec du rôti de veau froid, des pickles, du pain de campagne italien, du saumon fumé, un morceau de gâteau qui restait. Pour le champagne, il en avait dans sa salle de bain, dont un coin était aménagé en bar.

Il avait quitté la chambre en laissant Kate dans l'obscurité ; il la retrouva toutes lumières allumées et assise dans le lit.

— Je ne mangerai jamais tout ça.

— Qu'est-ce qu'on parie ? D'après Shirley Storch, il t'est arrivé d'avaler deux choucroutes à la suite sans t'en apercevoir.

— Elle ment, dit Kate. Je vais la flanquer à la porte.

Elle fit disparaître deux tranches de saumon, et s'attaqua au rôti froid. Adler non plus n'était pas sans appétit. Ils burent une flûte de champagne.

— Ça va mieux ?

Elle lui sourit.

— Ça n'allait pas trop tout à l'heure, mais ça va mieux.

— Mieux vaut épuiser le sujet, dit-il. Tant qu'on y est.

Elle hésita. Visiblement, elle se reprenait. Elle était le dernier être humain au monde qu'il se fût attendu à voir craquer nerveusement, et les instants de faiblesse, chez elle, ne pouvaient être que très passagers.

— Il va mourir, Bernard. Je l'ai trouvé horriblement changé et affaibli. Il avait de la peine à ne pas s'effondrer dans son fauteuil et aurait mieux fait de rester au lit.

— Un Killinger traînant au lit, c'est invraisemblable.

— Il va mourir.

En peu de mots, elle répéta l'offre que son père lui avait faite, et qu'elle avait refusée.

— J'ai des remords, Bernard. Je ne sais pas ce qui se serait passé si j'étais allée à lui pour le prendre dans mes bras. L'idée même de le prendre dans mes bras, lui...

Elle mangeait, ou plutôt dévorait. La maison était tout à fait silencieuse, bien qu'elle abritât ce soir-là toute une communauté. Dehors il neigeait bel et bien, Bernard Adler s'en était assuré par les fenêtres de l'office. «*Avec un peu de chance,* pensa-t-il, *nous aurons trois mètres de neige demain et elle ne pourra pas sortir pour se rendre à son journal, qui ne pourra pas paraître ou en tous cas être distribué; et elle restera; pour une fois, elle restera tranquille, à se reposer. C'est de la folie de travailler autant, jour après jour, trois cent soixante-cinq jours par an. Elle m'a promis que nous prendrions quelques jours de vacances ensemble et de m'accompagner aux Caraïbes, mais j'attends de le voir pour y croire...* »

– Bernard, disait Kate, le plus étonnant est que papa m'aime.

– J'en suis sûr, acquiesça Adler, qui était assez loin de penser ce qu'il disait.

– Pendant quelque temps, j'ai cru que c'était parce que j'étais une fille qu'il n'acceptait pas mon idée – ce qu'il appelle ma prétention – d'être journaliste comme lui. Ç'a peut-être joué, c'est vrai, mais ce n'était pas la raison principale. Il n'aurait pas voulu non plus qu'un fils vienne partager sa couronne. Son journal est à lui seul. Si mes deux frères aînés avaient vécu, ils auraient essuyé le même refus que moi. Il ne leur aurait jamais laissé la moindre parcelle de responsabilité et il les aurait écrasés s'ils y avaient prétendu. Je suis comme lui, Bernard?

– Non.

Il était presque sincère.

– Je ne suis pas comme lui?

Adler choisit de ne pas répondre. Un commentaire ne s'imposait d'ailleurs pas. Quant à lui, il tenait Karl Killinger pour un homme d'une incontestable intelligence, très supérieur au journal populaire et criard, sinon vulgaire, qu'il avait créé, un homme cultivé et fin, d'une irréprochable et constante courtoisie. Ils étaient de la même génération, Killinger et lui, quelques années seulement les séparaient. Ils s'étaient rencontrés huit ou dix fois. Par nature, Adler était porté à l'amitié. Or, rien n'était sorti de ces rencontres. À sa surprise, Bernard avait découvert un lettré voire un esthète en l'homme qui avait fondé et dirigeait le *Morning News*; mais bien autre chose l'avait frappé : la férocité sous la douceur apparente de Killinger, le sentiment d'une force que rien ni personne ne pouvait détourner de sa course, une définitive incapacité à reconnaître ses torts.

... Non, Kate n'était pas ainsi. Elle pouvait admettre ses erreurs (pas souvent) et au moins explosait-elle parfois, en une flambée de fureur où, à tort ou à raison, Adler voyait un tribut à la norme.

... Encore que...

Il la scruta. Il devinait qu'elle ne lui avait pas tout dit de sa rencontre avec son père. Sans doute même avait-elle gardé l'essentiel pour elle. Une intuition qui n'était pas si surprenante le traversa : il s'agissait de Rourke. H.H. Rourke. Adler ne l'avait jamais vu et jamais Kate n'avait prononcé son nom – alors qu'elle avait évoqué très librement son premier mariage avec Caterham et d'autres liaisons, avec Nick Di Salvo, par exemple. Un mutisme qui en disait long...

– Il neige, Bernard?

– Oui. Il va te falloir un traîneau et des rennes pour te rendre à Buckingham Street, tout à l'heure. Tu devrais dormir un peu.

... Et bien entendu il y avait cette extraordinaire ressemblance entre H.H. Rourke et son fils, ressemblance qu'un certain nombre de bonnes âmes n'avaient pas manqué de signaler à Adler.

– Emil viendra me chercher, dit-elle.

Déjà Kate s'assoupissait. S'alanguissait. C'était bien d'elle : elle n'avait pas tardé à se reprendre. Elle avait repoussé et déposé sur la descente du lit le plateau de l'en-cas nocturne; elle s'enfonça sous les couvertures.

– Ne t'en va pas.

Il finit son champagne et s'allongea contre elle.

– Je n'en avais aucune intention.

La grande maison de Kings Point était à peu près pleine. Selon une tradition qui avait déjà plus d'un quart de siècle, les enfants de Bernard Adler étaient venus y séjourner pour les fêtes – Kate, interrogée, avait donné son accord sans réticence discernable. L'aîné était une fille, Becky, trente ans (elle avait quatre mois de plus que Kate), mariée et déjà mère de cinq enfants. La suivait, dans l'ordre de naissance, Cornelia, deux ans de moins, mais qui avait déjà pondu six petits-enfants supplémentaires. Jacob – « Jake » – était le troisième, et le seul fils; à l'exemple de son grand-père chirurgien, il avait, vingt mois

145

plus tôt, terminé ses études de médecine. Il avait épousé une certaine Hesther Lehman (son beau-père était également médecin et dirigeait l'un des cabinets les plus florissants de Chicago), et allait être père pour la deuxième fois. La plus jeune enfin se prénommait Alice et avait en son temps posé quelques problèmes : Adler avait dû faire tout exprès le voyage à Paris pour la rapatrier, après qu'elle s'était amourachée d'une espèce de peintre hirsute prêchant la révolution universelle et l'amour libre. Contre vingt mille dollars prétendument payés en échange de douze toiles (qui représentaient uniformément des marteaux, seule la couleur variait), Adler avait obtenu une séparation de corps et d'esprit. Alice lui en avait voulu un certain temps, mais elle s'était mariée depuis, à vingt et un ans, et elle lui avait donné un treizième puis un quatorzième petit-enfant. Quand, avec un certain machiavélisme, il lui avait un jour remis sous les yeux les peintures de son artiste fou, elle s'était écroulée de rire, Dieu merci.

Quatre enfants et leurs conjoints respectifs, plus quatorze petits-enfants. À quoi il convenait d'ajouter trois autres couples, qui n'étaient que des amis (Adler avait voulu éviter que cette réunion tournât à la confrontation entre le clan Adler au grand complet et Kate et son fils, en si nette infériorité numérique).

Les relations entre ses enfants et Kate n'étaient pas si mauvaises, elles pouvaient même être considérées comme satisfaisantes. Le remariage n'avait pas soulevé d'objection violente. Aucune guerre larvée ne semblait en cours, si attentif qu'il pût être à en guetter les prémices. Alice et Kate semblaient s'accommoder fort bien l'une de l'autre; Alice s'était même rendue aux bureaux et à l'imprimerie du *DAY* pour une visite qui l'avait intéressée au point qu'elle en était venue à rédiger une chronique sur les expositions de peinture, qui continuaient de la passionner – elle avait épousé le directeur de plusieurs galeries.

Le cas de Jake ne présentait non plus aucune difficulté. Il avait toujours été de bonne composition. Bernard Adler devait convenir que son unique fils n'avait pas inventé l'eau tiède, mais il faut de tout pour faire une famille.

Si un problème devait se poser un jour, il ne pourrait venir que de Cornelia. Toutefois, avec cet aveuglement dont les hommes les plus fins peuvent être les victimes, s'agissant de leurs proches, Bernard Adler n'y croyait guère. Au moins avait-il su cerner le danger potentiel, ce qui n'était pas si mal. Et puis il était là, prêt à remettre de l'ordre.

– Essaie de revenir cet après-midi. Ne serait-ce qu'une heure ou deux. Il serait dommage que tu n'assistes pas à cette fête que nous donnons pour les enfants.

Elle sourit et acquiesça : elle viendrait dans la mesure du possible. Un jour de Noël, il n'y avait pas tant à faire au *DAY*. Sauf imprévu.

– Si on assassinait le président des États-Unis par exemple, ironisa Bernard Adler.

– Ça ne vaudrait pas la une du *DAY*. Nous autres du Queens, de Brooklyn et de Long Island n'accordons qu'une attention distraite à la politique étrangère.

C'était à n'y pas croire : elle avait dû se lever tôt, comme tout le monde d'ailleurs dans une maison où quinze gosses de tous les âges menaient un chahut du diable en découvrant les cadeaux entassés au pied du sapin; elle avait dû dormir quatre heures à peine : son entrevue avec son père l'avait secouée au point qu'elle était demeurée éveillée longtemps après l'extinction des feux. Adler le savait pour n'avoir pas dormi lui-même; il l'avait tenue dans ses bras jusqu'à ce qu'elle se fût dégagée doucement pour rester allongée, yeux grand ouverts. Pourtant, elle était, au matin, d'une fraîcheur insolente, et belle aussi.

Elle partit avec Kranefuss le taciturne qui, à l'approche de la cinquantaine, était toujours célibataire, sans liaison connue, vivant très solitaire et, selon toute apparence, satisfait de cet état. Il n'y avait pas tant de neige que cela, après tout.

Adler descendit veiller sur Tigre d'Avril – le prénom chinois du fils de Kate l'enchantait – dans la crainte d'une coalition des Adler contre le gamin. Ses appréhensions étaient heureusement vaines, tous ces mioches s'entendaient à merveille.

Il eut un entretien avec Jake. Le jeune médecin rêvait de sa propre clinique et comptait comme prévu sur l'argent paternel pour en financer la construction et l'équipement.

– Tu n'as même pas vingt-huit ans, Jake, et moins de deux ans de pratique. Si nous en reparlions dans quelque temps?

Kate revint quelques minutes avant trois heures – tout était calme au *DAY*. Ainsi put-elle assister à la fête des enfants, pour laquelle Bernard Adler avait fait venir un clown, un prestidigitateur et un orchestre de six musiciens qui encadrait deux fantaisistes du Théâtre yiddish. Kate, qui parlait couramment l'allemand, put suivre l'essentiel du spectacle. Auquel elle prit d'ailleurs part, interprêtant avec Alice un duo extrait de *Porgy and Bess*, de Gershwin, que de toute évidence les deux jeunes femmes n'improvisaient pas.

– Tu m'avais caché ça, remarqua Adler qui avait été le premier surpris de voir sa femme monter sur scène – et déguisée en Nègre, qui plus était.

– C'est surtout à mon fils que je voulais faire la surprise.

– C'est réussi, il en pleurait de rire.

– Toi aussi.

Elle s'employait, aidée d'une femme de chambre, à ôter l'espèce de cirage dont elle s'était enduit le visage, le cou et les mains.

– C'est vrai, dit-il. Je n'ai pas ri autant depuis des années. ... Kate?

Elle soutint son regard dans le miroir de la coiffeuse.

– Oui?

– Merci. Merci de t'être intégrée de la sorte. Je suis heureux.

Elle resta jusqu'après le dîner, ne s'en alla qu'ensuite, toujours pilotée par Kranefuss. Juste avant de partir, elle s'était rapidement glissée dans les bras d'Adler et lui avait soufflé à l'oreille : *« Essaie de ne pas dormir à mon retour. »*

Il attendit, dans le salon-bureau séparant leurs deux chambres. Ce fut tout à fait par hasard, cherchant quelque chose à lire dans une pile de magazines, qu'il tomba sur toute une collection d'articles très soigneusement découpés. Il n'eut pas besoin de se reporter à la signature pour savoir qui les avait écrits. Il se mit à lire : histoire du représentant de commerce en éléphants (à Cuba), histoire de Sa Majesté de la ville de Pierres (en Amazonie), histoires de la petite fille à la poupée et de Santiago, qui semait la mort en chantant – les deux dernières se passaient en Espagne, et tout récemment.

... Mais il y en avait d'autres, des dizaines d'autres, plus anciennes, certaines remontant à des années, comme la scieuse d'os d'Hoboken, l'horloger de Jitomir, profession : tueur, Alvaro le prêtre voleur, l'homme à la gatlin, l'ogre des Carpathes, le général à la tête de jonc (en Chine), le seigneur-juge des Shan (en Birmanie), les trois concubines du capitaine Song, la nuit des Longs Couteaux...

– Oh, mon Dieu! s'exclama Bernard Adler.

... Car le pire était là : sans l'avoir jamais rencontré, sans rien savoir de lui, Adler ne pouvait se défendre d'une formidable sympathie, voire d'une affection fraternelle, pour l'homme qui avait conté toutes ces histoires. Et ne les avait pas inventées, mais les avait trouvées, et très patiemment, avec beaucoup de douceur, d'amitié, de tendresse et de pitié, les avait recueillies.

– Oh, mon Dieu!

Il était presque au bord des larmes. *« Comment pourrais-je lutter contre cet homme? Je n'en ai même pas envie! »*

Vers minuit et demie, bien plus tôt que les jours ordinaires, il entendit le moteur de la Packard. Elle revenait. Il eut le temps de tout remettre en place. Et dut mentir, pour la première et la dernière fois : oui, il était aussi heureux à cet instant qu'il l'était cinq heures plus tôt, quand il avait vu rire avec lui toute sa famille aux pitreries de Kate.

Karl Killinger mourut le 27 décembre. Dans un premier temps, Kate refusa de se rendre à l'enterrement et Adler envisagea d'y aller seul, ne fût-ce que pour accompagner Tigre d'Avril sur la tombe de son grand-père.

... Dans les dernières minutes, toutefois, elle changea d'avis. Ils y allèrent ensemble, tous les trois.

La veille, sans que cela eût eu le moindre rapport, Bernard Adler avait annoncé à Kate qu'il comptait se rendre en Europe. Plus spécialement en Suisse, où des affaires d'argent l'appelaient, qui n'étaient pas les siennes, au demeurant. Il devait partir dans le courant de février.

Tout dès lors fut en place.

Livre 4

LE NÈGRE ROUGE ET AUTRES RENCONTRES

5

Halte
aux Allées de Morlaas

Le chant du coq éveilla H.H. Rourke ou du moins l'arracha à son rêve. H.H. rêvait, avait rêvé qu'il marchait sur une longue plage blanche sous le soleil. Pas seul : Tigre d'Avril avançait à sa droite et était d'une taille largement supérieure à la sienne, un mètre quatre-vingt-dix ou quinze, épaules larges, pas majestueux et souple d'athlète, au point que H.H. peinait un peu à tenir la cadence de son fils et s'expliquait à lui-même que c'était à cause du sac à soufflets qu'il devait porter tandis que Tigre d'Avril allait les mains vides et très à l'aise. *« Ce n'est pas juste, fiston; outre que tu as un quart de siècle de moins que moi, mes cinquante-six tours du monde à pied m'ont un peu fatigué tout de même. Cela dit, nous verrons bien dans trois cents kilomètres; nous autres vieux, nous tenons mieux la distance. »* Et H.H. souriait dans son sommeil, car il n'éprouvait en fait aucune jalousie, il savourait même le plaisir d'être battu par plus fort que lui dès lors que le vainqueur était son propre fils. Puis la plage blanche cessait d'un coup et, à la place, Tigre d'Avril et lui marchaient maintenant en Chine, au milieu de douze milliards de Chinois, dont la moitié au moins ressemblaient à Zhou Enlai, avec ses longs cils d'odalisque; Zhou qui disait, avec sa pénétration ordinaire : *« Tu as fait de merveilleux reportages, Loulke, mais ton fils te surpasse, et de loin. Lui entrera vraiment dans la légende, comme le meilleur reporter de l'histoire du monde et du Queens réunis... »* Une troisième fois, le décor changeait : Rourke et son fils progressaient du même pas royal, balançant d'identiques sacs à soufflets, au travers d'une grêle de balles qui ne pouvaient les atteindre; ils étaient en Espagne, en Éthiopie et quelque part dans les Carpathes tropicales couvertes de jungle birmane; Tigre d'Avril riait en silence, à la façon des Indiens postés en embuscade, et disait, sentencieux : « *La mort est toujours bonne pour un reporter, papa.* »

Le chant du coq décidément lui perçait le tympan. Il émergea de son sommeil et, comme à l'accoutumée, sortant d'un endormissement très profond, son horloge biologique totalement détraquée, il ne sut pas d'abord où il était, dans quel pays ni dans quelle chambre. Les faits vinrent s'ajuster un à un et, en moins de trois ou quatre secondes, il comprit qu'il était aux Allées de Morlaas.

– Tu as l'accent suisse quand tu fais le coq, dit-il.

– Je n'ai pas l'accent suisse, répondit la voix de Julie. Ni quand je fais le coq ni quand je parle. Maintenant, si tu pouvais éviter de balancer bras et jambes en tous sens quand tu te retourneras, je t'en serais reconnaissante.

Il était allongé à plat ventre, nez dans un traversin au parfum de lavande qu'il tenait à deux mains comme s'il craignait qu'on le lui volât. Ouvrant un œil précautionneux, il distingua l'angle d'un plateau posé tout près de lui sur le lit. Il ramena ses mains et lâcha le traversin, vint en appui sur les paumes et les deux gros orteils, monta les fesses à la verticale, très haut, à presque un mètre au-dessus du matelas, posa son front sur le drap et demeura un temps ainsi, faisant le clown. Sous la tente qu'il avait construite, Julie Bénédict passa la tête, l'embrassa.

– Bien dormi?

– Oui. Quelle heure est-il?

– Pas tout à fait onze heures.

– Du matin?

– Oui.

– Quel jour?

– 24 décembre.

– L'année?

Elle le fixa dans les yeux, puis le mordit. Ce qui l'éveilla tout à fait. Son petit déjeuner consistait en un bon litre de café au lait, plus du café noir pour la suite, plus des tartines de pain frais beurré et garni de confiture de reines-claudes, un grand caquelon en terre cuite empli de piperade couronnée de morceaux de jambon de Bayonne et de trois œufs frits comme il les aimait : au premier stade de la calcination. Plus des fruits.

154

Il demanda :

– Et le fromage ?

– Si tu te charges l'estomac, tu ne mangeras rien à midi.

Elle le regarda dévorer, assise en tailleur sur le lit, vêtue d'une robe de chambre de satin noir bordé de cygne. Il lorgnait ses pieds nus, ses jambes nues et son décolleté, et avalait ses œufs.

– Est-ce que nous avons fait l'amour, hier soir ?

– Ha ! Ha ! dit Julie fort calme.

– Ce qui veut dire ?

– Un type s'est étalé sur moi hier soir, tout nu. Il a mis son nez entre mes seins et s'est endormi à la seconde. Je commençais à dire *« Oh ! »* et n'ai même pas eu le temps de finir ma phrase.

Il but son café au lait et s'attaqua au café noir.

– Nous avons fait l'amour, dit-il ; seulement, j'ai été très rapide.

– Sept centièmes de seconde, alors. Parce que, passé ce temps, je m'aperçois de quelque chose.

Il alluma une cigarette.

– Quel temps fait-il ?

– Dégueulasse, dit Julie. Un grand soleil et pas un flocon de neige. Tu parles d'un Noël !

L'orteil nonchalant de Rourke se frayait une route parmi le satin et elle se laissait faire. Sa peau était laiteuse, les aréoles de ses seins plutôt rousses ; ses reins, très cambrés et fendus par un sillon qui montait presque à la hauteur de ses omoplates, s'évasaient sur des hanches rondes et pleines. Il l'avait maintenant couchée sur le côté, faisant justement saillir l'une de ces hanches, il jouait à lécher les vallonnements tièdes.

– Ne t'endors pas, Hatchi.

– Pas de danger.

– Tu dis ça à toutes les femmes.

– On ne bouge plus, on se tait, Bénédict.

Elle avait allongé les bras au-dessus de sa tête dans le prolongement de son corps et s'étirait à sa manière de chatte nerveuse, sachant très bien l'effet que pouvaient produire ainsi la ligne de ses épaules, l'étranglement de sa taille, sa croupe. Le peu de satin noir qui la couvrait encore s'en alla ; elle le retenait entre ses cuisses, et lui tirait doucement, goûtant le glisse-

155

ment soyeux du tissu, le mouvement de sable mouvant de la peau crémeuse, le lent défilement des longs duvets de cygne contre la toison plus claire du mont de Vénus.

– Nom d'un chien! s'exclama H.H. Rourke à mi-voix, ce que c'est bon et doux, une femme! Notamment Bénédict.

Sur quoi il dut bien s'avouer qu'il ne pouvait plus attendre, ayant en somme avec elle quatorze ou quinze mois d'arriérés. Il s'employa à combler ce retard, avec une folle ardeur.

Mimi Rourke arriva comme prévu par le train de six heures douze en provenance de Paris. Elle descendit avec quatre malles et cinq cartons à chapeaux, mais seule.

– Ce triple crétin de Chat-Huant n'a toujours pas voulu venir. Aller plus au sud que la porte d'Orléans est encore au-dessus de ses forces. Je songe sérieusement à lui administrer un soporifique, à l'enfermer dans une malle d'osier et à le kidnapper.

À près de soixante-deux ans, elle n'avait pas un cheveu gris, demeurait mince et vive, sa langue était toujours très bien pendue, son œil aigu.

Elle fixa le couple qui l'attendait sur le quai et éclata de rire.

– Il y a longtemps que vous êtes levés, tous les deux? Bénédict, vous avez des yeux en boutons de culotte, Dieu sait ce que ce type vous a fait, vous devriez porter plainte.

Julie ne répondit pas, mignonnement coiffée d'une toque en renard isatis, enveloppée d'une veste de la même fourrure, et les yeux cernés, en effet, d'une ombre gris-mauve. Elle attendait, sachant que le plus important était à venir.

– Bonjour, Rourke, dit Mimi.

– Bonjour, maman.

Il la prit enfin contre lui, avec une tendresse à laquelle aucune autre femme n'eût pu prétendre. Un très long moment, ils restèrent enlacés sans un mot. Pour le Chat-Huant, qui la connaissait depuis vingt-deux ans au moins, et pour bien d'autres, le fait rendait perplexe : Mimi appelait toujours son fils *Rourke*. Sans jamais faire usage d'un prénom. La signification du double H.H. demeurait un mystère. Le Chat-Huant eût évidemment pu le percer en allant faire des recherches du côté de l'état civil mais, avec sagesse, il s'en était abstenu; il vénérait trop Mimi, dont il était amoureux depuis toujours – amoureux platonique –, pour rompre un secret qu'elle tenait à garder.

156

La Traction Citroën les ramena tous trois à la maison des Allées de Morlaas.

– Raconte, Rourke, ordonna Mimi.

Certes, il lui avait écrit, durant tous ses voyages, une fois par semaine et souvent davantage. Mais elle ne s'en satisfaisait pas. Il délivra son compte-rendu ordinaire, très minutieux, ce qui prit trois heures, en confidence, Julie ayant eu le tact de les laisser seuls. Il n'omit rien d'important et s'étendit surtout sur ce séjour qu'il avait effectué à Cuba, dans la propriété de Karl Killinger, en compagnie de Tigre d'Avril, ainsi que sur son ultime rencontre avec Kate, quand il était allé la voir chez elle sachant déjà qu'elle était sur le point de se remarier et d'épouser un certain Bernard Adler.

– Et tu t'es renseigné sur lui, Rourke, remarqua Mimi, qui connaissait la réponse.

Il acquiesça.

– Adler est bien, dit-il. Vraiment bien.

– Et Karl Killinger?

– Aux dernières nouvelles, que j'ai eues à Madrid, il était mourant. Le cœur. Comme le Chat-Huant.

– Karl Killinger fait partie de ces gens qui ne meurent que quand ils en ont envie. Il va se réconcilier avec Kate?

Il secoua la tête et répondit qu'il n'y croyait guère, les connaissant l'un et l'autre.

– Non.

– Qu'est-ce que ça changera pour Kate, s'il meurt? demanda Mimi.

– Rien. À mon avis, rien.

– Elle est sa seule héritière.

– Il la déshéritera, sauf si elle lui cède en abandonnant son journal dans le Queens.

– Ce qu'elle ne fera jamais.

H.H. sourit, l'œil rêveur, avec cette expression qui lui était particulière, dont nul – sauf Mimi justement – n'eût pu dire si elle marquait chez lui de l'ironie ou du chagrin.

– Jamais, dit-il. Et elle n'attaquera pas le testament non plus.

– C'est ton fils qui va hériter de tout, c'est ça?

– Probablement.

Ils allèrent assister à la messe de minuit à la cathédrale de Pau puis, la nuit étant si étoilée, se promenèrent au clair de lune sur le boulevard des Pyrénées. En parallèle, s'allongeait l'immense chaîne de montagnes, tout près à vol d'oiseau, quoiqu'on ne la vît guère, dans la nuit. Ils rentrèrent réveillonner, en l'absence des Darrieusec, partis rejoindre leur propre famille. Ce fut un Noël très calme. Et peut-être un peu mélancolique, sans enfant.

Le lendemain matin vers dix heures, Mimi appela au téléphone le Chat-Huant, n'ignorant pas que, pour le chroniqueur de l'édition parisienne du *Herald-Tribune*, c'était une heure absolument indue. Sans doute venait-il à peine de s'endormir après avoir interminablement déambulé par les rues de Paris. En fait, elle prit à cet appel un plaisir sadique.

Elle venait d'obtenir la communication et se trouvait elle-même encore au lit, quand Julie Bénédict entra dans sa chambre. Mimi sourit à la jeune femme, lui fit signe de s'asseoir et dit au téléphone :

– Joyeux Noël, Miaou-Miaou.

Lui parvinrent en retour des borborygmes assez confus.

– Articulez, je vous prie, dit Mimi enchantée.

Le récepteur à l'oreille, elle considérait Julie et se félicitait : il était exact qu'elle avait choisie la jeune femme idéale entre plusieurs autres candidates sélectionnées par un premier tour. Choisie non seulement pour être la directrice générale de ses boutiques et sa future remplaçante, mais aussi pour être l'épouse et la compagne de Rourke. «*Je n'aurais pu tomber mieux, elle est parfaite. Elle calme Rourke, elle l'aime évidemment (elle n'est pas la seule, j'en connais trente toutes prêtes à se rouler à ses pieds; ce n'est pas parce qu'il est mon fils mais il plaît infiniment aux dames, c'est un fait), elle est patiente, elle saura l'attendre et sait bien qu'il repartira souvent mais qu'il est ainsi, elle l'accepte. Et elle va me faire deux ou trois autres petits-enfants – Mon Dieu, j'en rêve! –, que j'aurais sous la main en permanence. Allah est grand.* »

– Miou-Miaou, dit-elle à haute voix, je sais parfaitement que je vous réveille. Où serait le plaisir sans cela? Ça vous apprendra à ne pas être venu avec moi dans le train, vous ne l'avez pas volé. Parmi vos bredouillements, j'ai cru entendre une question concernant Rourke. Je vous rassure : il est ici, il va très bien, il est aussi maigre que d'habitude, il vous embrasse, quoique vous soyez anglais. Vous ne tarderez d'ailleurs pas à le voir : il doit aller à Paris; il a un rendez-vous au jardin du Luxembourg. Je vous embrasse aussi. Dormez bien.

Elle raccrocha. Il y avait de la gaieté dans les yeux de Julie.

– Ça va, Bénédict?

– Très bien.

– Vous avez bien fait l'amour avec Rourke?

Mimi n'avait eu qu'un homme, un seul, dans toute sa vie : il se nommait Daniel Rourke et lui avait donné un fils. Aucun amant, jamais. Les postulants n'avaient pourtant pas manqué, mais ce n'était pas dans ses principes, ni dans ses besoins non plus, sans doute. Elle ne s'était jamais mise nue devant quiconque, même devant feu Daniel. Cela dit, elle adorait les histoires salaces, en racontait surtout au Chat-Huant parce qu'il en était choqué, et la vie sexuelle de son fils l'intéressait à l'extrême.

– Pas trop mal, répondit Julie en souriant.

– Comment ça, pas trop mal? À en juger par vos traits tirés, vous n'avez pas dû dormir beaucoup, tous les deux.

– Il y a eu des pauses.

La jeune Suissesse était des plus calme – Mimi ne l'avait jamais vue autrement que calme, sereine.

– Rien de changé à ce que vous éprouvez pour lui, Julie?

– Rien.

Mimi lui sourit, prit sur sa table de nuit un morceau de chocolat noir, sa gourmandise préférée, et croqua.

– Quand vous mariez-vous, Rourke et vous? s'enquit-elle en souriant, assez contente d'elle-même.

– Nous n'allons pas nous marier.

Mimi redressa et tapota un ou deux de ses multiples oreillers.

– J'ai dû mal comprendre, Julie, dit-elle en revenant aussitôt au tutoiement et à l'usage du prénom, qu'elle réservait aux têtes-à-têtes. J'ai cru entendre que tu n'allais pas épouser Rourke.

– C'est bien ce que j'ai dit, répliqua Julie Bénédict, très placide.

Mimi allait mordre dans un nouveau morceau de chocolat, elle interrompit son geste.

– Il ne t'a pas demandé de l'épouser? C'est bien de lui. Simple oubli de sa part.

159

– Il me l'a demandé et j'ai dit non.

– Nom d'un chien, pourquoi?

Julie se leva, quitta le fauteuil qu'elle occupait jusque-là, vint s'asseoir sur le lit et embrassa Mimi.

– Je l'aime, dit-elle. Quoique ce soit vous qui ayez tout préparé. Je suis extrêmement amoureuse de lui et je ne pense pas cesser un jour de l'être. Il est le seul homme avec qui j'aie envie de vivre, et de qui je voudrais des enfants. Mais je ne l'épouserai pas. Je préfère qu'il reste libre. Je ne voudrais pas qu'il ait à choisir, un jour, entre Kate Killinger et moi.

Le ton était d'une extraordinaire tranquillité. Pour une fois dans son existence, Mimi se taisait, incapable de trouver un seul mot à dire, abasourdie et bien plus agitée qu'elle ne l'avait été dix-neuf ans plus tôt lors de la mort de Daniel Rourke, son mari.

– J'ai envie de pleurer, Julie, je te préviens. Je te connais bien assez pour savoir que tu ne parles pas sans avoir longuement réfléchi. Il y a une chance pour que tu changes d'avis?

– Je ne crois pas.

À nouveau, Julie se pencha et embrassa Mimi.

– Je lui ferai des enfants, j'en ai envie. Vous aurez vos petits-enfants. Et il me trouvera à l'attendre chaque fois qu'il aura envie de me voir. J'étais montée vous demander si vous vouliez votre petit déjeuner au lit. Vous le voulez?

Dans les premiers jours de janvier, Julie Bénédict quitta la maison des Allées de Morlaas, ses vacances terminées; elle partit pour Biarritz où, après Paris et Monte-Carlo, Mimi avait ouvert une troisième boutique de chaussures; elle devait ensuite se rendre à Milan, chez l'un des plus importants fournisseurs.

Mimi et Rourke prirent ensemble le train pour Paris. Pour ne pas faillir à ce qui était devenu une tradition, ils tirèrent le signal d'alarme en cours de route. Mimi paya l'amende habituelle en s'efforçant de trouver la chose aussi drôle qu'à l'habitude.

À Paris, le premier soin de H.H. fut d'aller rue Bonaparte, juste à côté du jardin du Luxembourg. Il y trouva un couple d'Espagnols qui priait chaque matin pour la victoire des nationalistes sur les rouges et deux petites filles aux tresses enrubannées à qui il parla longuement de leur frère tué devant Madrid.

Bien sûr il rendit visite au Chat-Huant, et dès la première rencontre lui annonça son prochain départ : il comptait voyager en Allemagne, ou plus à l'est ; aussi loin à l'est qu'on le lui permettrait.

... Non, pas du tout, il n'était pas fatigué de sillonner le monde, il s'en fallait de beaucoup. Et, par les temps qui couraient, moins que jamais.

6

Le Nègre rouge
de Harlem

Le 27 février vers onze heures du soir, le Chat-Huant entra dans l'immeuble de la rue de Berri qui abritait les bureaux et l'imprimerie du *New York Herald Tribune* et dans sa soixante-quatorzième année. Il n'accorda qu'une attention distraite au premier événement, et ne nota pas du tout le second; depuis belle lurette, il avait perdu l'habitude de marquer ses anniversaires et, n'ayant aucune famille proche ou lointaine pour les lui rappeler, se trouvait tranquille; seule dans son entourage immédiat une Mimi Rourke eût pu se mêler de les commémorer – elle était capable de tout – mais, Dieu merci, il lui avait toujours gardé secrète la date de sa naissance.

En revanche il conservait un compte précis du nombre des billets quotidiens qu'il avait publiés dans le *New York*. Pour avoir débuté au printemps de 1891, à la demande personnelle de James Gordon Bennett, il en était, en cette fin février 37, au numéro seize mille sept cent vingt-neuf. Que ses billets ne fussent plus publiés depuis des lunes n'avait aucune importance; lui continuait à les écrire. D'ailleurs il arrivait parfois, rarement, que l'une de ses chroniques fût insérée, en bouche-trou, à la dernière minute; cela ne lui faisait ni chaud ni froid. Il n'était pas davantage troublé par le fait de n'être plus payé pour son travail depuis dix ou douze ans; sa fortune personnelle le mettait à l'abri du besoin, dût-il vivre cent ans encore (il espérait bien ne pas durer si longtemps, la fatigue le prenait, de plus en plus souvent).

Il rédigea son billet du jour au milieu de l'équipe de nuit, sur un coin de table, et le consacra une fois de plus à l'événement qui avait secoué l'opinion publique soixante et quelques jours plus tôt : l'abdication d'Edward VIII en faveur de son frère George et son futur mariage avec Wallis Warfield Simpson, de Baltimore. Il fut aussi caustique et irrévérencieux qu'à son habitude, boucla ses dix-neuf lignes au signe près et alla déposer sa copie dans le panier du secrétariat de rédaction.

– Il y a du courrier pour vous, Chat-Huant.

Diverses invitations et une lettre postée à New York. Il reconnut l'écriture de Kate et en fut tout retourné. Pas question de la lire en public et de courir le risque d'être pris en flagrant délit de sentimentalité par ces jeunes journalistes américains qui le dépassaient tous d'une tête. Il sortit et descendit à pied les Champs-Élysées, première étape de sa traditionnelle ronde de nuit.

« Mon père est mort, monsieur le Chat-Huant. Vous l'avez sans doute appris, écrivait Kate Killinger, j'en suis très affectée, plus que je ne l'aurais cru. Vous m'avez dit un jour, il y a des années, alors que je rentrais de Chine, que j'avais grand tort de construire ma vie par opposition à mon père. J'avais protesté. Vous aviez raison, pourtant. Je m'en aperçois aujourd'hui. Depuis que j'ai créé le DAY, il n'y a pas eu un seul jour où je n'ai pensé à lui : chaque titre de mon journal, chaque mise en page, chaque ligne lui étaient destinés, je ne visais que lui. Je savais bien qu'il me lisait, et tout numéro que je sortais, tous les lecteurs gagnés jour après jour étaient autant de défaites que je lui infligeais. Il est mort, tout est fini. Je vous écris dans ma salle de rédaction de Buckingham Street, dans le Queens. Il est plus de trois heures du matin et même les gens du service des expéditions sont partis. Je suis donc seule et j'ai un grand coup de cafard. À qui d'autre que vous pouvais-je l'écrire ? Mais vous me connaissez : ça ne durera pas. Je ne sais même pas si je vais vous expédier réellement cette lettre... »

Suivait une phrase très soigneusement biffée, au point d'en être illisible. Ce qui n'était pas du tout dans le caractère de Kate : elle avait adressé cent ou cent cinquante lettres au Chat-Huant et il ne se souvenait d'aucun cas où elle se fût raturée; son écriture (plus ample que celle de Rourke, qui était minuscule et serrée) avait toujours été remarquable de netteté. Plus encore que les mots, ces ratures donnaient la mesure de son désarroi. Il parvint à déchiffrer le nom de Rourke, entre les mots rayés, et, à tort ou à raison, crut pouvoir deviner le sens général de la phrase barrée : *« Et j'ai renoncé à Rourke pour ça ! »*

... Ou quelque chose de ce genre, pensa le Chat-Huant assez désemparé. Dans sa descente des Champs-Élysées, il avait stoppé sous un réverbère aux abords de l'avenue de Marigny.

Kate poursuivait :

« ... Mon mari, Bernard Adler, a embarqué aujourd'hui pour l'Europe, où il doit séjourner cinq à six semaines. Mon fils l'accompagne. Il m'a fallu prendre sur moi pour le laisser partir, mais il y a un peu trop longtemps qu'il n'a pas vu sa grand-mère. Il fera donc l'aller et retour avec Bernard. Et j'en viens au motif principal de ma lettre : Bernard m'a fait une demande qui m'a surprise et me gêne. Il voudrait rencontrer Rourke. Il m'était difficile de m'opposer à ce projet mais je l'ai fait. En pure perte. Il a insisté et je vois mal comment je pourrais les empêcher de se connaître, tous les deux... »

– Bonté divine ! s'exclama le Chat-Huant en s'adressant au réverbère.

« ... Raison invoquée par Bernard : il pense que Rourke pourrait lui être utile pour les affaires qui sont le motif de son voyage. Je n'en crois pas un mot... »

– Moi non plus, dit le Chat-Huant. Il venait de se remettre en marche et dut aller jusqu'à la place de la Concorde pour retrouver suffisamment de lumière.

« ... Nous nous sommes disputés, Bernard et moi. Il n'a pas cédé. C'est un homme d'une extraordinaire gentillesse mais qui a son caractère. J'ai télégraphié à Mimi pour lui annoncer l'arrivée de son petit-fils. Toutefois, je ne lui ai rien dit de la démarche que mon mari veut entreprendre. À être franche, je préférerais que vous, comment dire ? que vous prissiez tout cela en main... »

– Et allez donc !

« Bernard sera à l'hôtel Crillon dans l'après-midi du 4 mars. Désolée de vous infliger cette corvée. Je vous embrasse très affectueusement. »

Le Chat-Huant tourna la tête : le Crillon se trouvait à cent pas. Il s'y rendit, le concierge de nuit lui confirma la réservation d'une suite au nom de Bernard Adler, de New York, pour le 5 et non pour le 4.

165

Il repartit et traversa la Seine. En suivant les quais, il dépassa la gare d'Orsay, esquiva l'Institut, s'engagea dans la rue Mazarine. Sa première halte de la nuit fut pour la rue Saint-André-des-Arts; un café s'y trouvait, ouvert jusqu'aux aurores, dont le patron était un fervent du tour de France cycliste; le Chat-Huant y passa une heure, discutant avec véhémence les mérites comparés d'Antonin Magne et de Sylvère Maès (il se fit l'ardent défenseur du second, un Belge qui lui était totalement indifférent, par pur esprit de contradiction). Il relut une première fois la lettre de Kate, d'un seul trait, et son sentiment d'incrédulité n'en fut pas diminué pas pour autant. Pas davantage l'espèce de malaise qu'il éprouvait. *« Elle vient enfin de découvrir qu'elle a en somme consacré cinq ou six années de sa vie à créer un journal à seule fin de régler un compte avec son père; et maintenant que Karl Killinger est mort, elle se demande si elle ne pourrait pas revenir en arrière. Et retrouver Rourke. Pourquoi pas? Sauf qu'elle est mariée. »*

Le Chat-Huant était presque indigné. Pendant des années, témoin direct, il n'avait rien souhaité d'autre qu'une fin heureuse à l'histoire de H.H. Rourke et de Kate, les aimant tous les deux. Deux ans et demi plus tôt, quand il avait eu sa première crise cardiaque, qui avait bien failli le tuer, sa seule pensée avait été d'enrager à l'idée qu'en mourant il ne connaîtrait pas la fin de cette histoire. Mais c'était avant le deuxième mariage de Kate. Qui avait mis un point final, pas de doute. *« Et elle voudrait l'oublier? C'est trop facile! Je suis profondément choqué. »*

De son pas de trotte-menu, melon gris perle sur la tête (la coiffe de son chapeau laissait sortir, au-dessus des oreilles, deux touffes de cheveux qui, avec ses yeux clairs constamment élargis par une assez fausse innocence et le fait qu'il ne sortait que la nuit ou presque, justifiaient le surnom qu'on lui avait donné), faisant légèrement claquer le pavé de sa canne à pommeau d'argent et ivoire, le Chat-Huant s'en allait à travers le Paris du Front populaire.

Il fit d'autres étapes, cette nuit-là. À l'une d'entre elles, il rencontra l'écrivain américain John Dos Passos, politiquement engagé aux côtés des républicains espagnols et qui, précisément, devait partir pour Madrid, où il allait travailler, entre autres choses, à un film du cinéaste Joris Ivens. Dos Passos était flanqué d'un autre cinéaste, Jean Renoir, et de Jacques Prévert. Le Chat-Huant aimait beaucoup Prévert, moins Renoir, qui était en train de préparer son nouveau film, *La Marseillaise*, avec l'appui des communistes de la CGT, et qui, comme toujours, lui parut d'un ennui mortel. Heureusement Dos Passos parlait très peu, sinon pas du tout. Le Chat-Huant l'emmena aux Halles pour y souper à l'aube et gava l'auteur de *Manhattan Transfer* de pieds de cochon grillés tout en lui contant les histoires de la petite fille à la poupée et de Santiago l'Explosif, telles qu'il les avait lues dans les reportages de Rourke.

Il rentra chez lui. Il habitait encore un appartement sur les jardins du Palais-Royal et n'en eût changé pour rien au monde. Cinq fois il avait relu la lettre de Kate Killinger et son malaise persistait. À son réveil, vers quatre heures de l'après-midi, la Béarnaise qui lui servait de gouvernante lui apporta son thé et son courrier : trois lettres de ses avocats de Londres le conjurant de leur donner des instructions pour les centaines de milliers de livres sterling qui lui revenaient et dont ils ne savaient quoi faire – ils en étaient déjà à vingt-trois lettres identiques plus quatre visites à Paris...

... Un mot de Mimi qui, fort joyeuse, lui apprenait la proche arrivée à Paris de Tigre d'Avril – quel prénom surprenant en vérité...

... Une deuxième lettre de Kate.

Il prit d'abord son bain, pour s'armer de courage. Puis décacheta l'enveloppe : « *Monsieur le Chat-Huant, que j'aime infiniment, si vous avez déjà reçu ma précédente lettre, oubliez-la. Je n'étais pas moi-même en l'écrivant. Je vais beaucoup mieux et travaille à mon journal comme jamais...* »

– Elle s'est reprise. Eh bien tant mieux, je préfère. Quoique...

« *Embrassez aussi mon fils pour moi. Pour mon mari, s'il vous demandait de lui faire rencontrer Rourke, répondez que vous ne savez pas où il est.* »

– Elle ne croit pas si bien dire.

– Qu'est-ce qu'on fiche ici ? demanda derrière H.H. la voix de Constantin Uricani.

– On regarde des gens en train de se faire tuer, répondit H.H.

Les Croix-Fléchées venaient de capturer un autre homme, qui pouvait avoir seize ou dix-huit ans; ils s'empressèrent de lui administrer le même traitement qu'à leurs autres prisonniers : balles dans la nuque. Rourke abaissa sa lorgnette et consulta sa carte : l'endroit s'appelait Bodrogkeresztúr ou quelque chose de ce genre, dans la région de Borsod-Abaúj-Zemplén.

– On est où, Hatchi?

– Bodrogkeresztúr, Hajdúböszörmény, Sárospatak. Tu connais sûrement.

– Ça existe?

– La preuve.

– Mais on est toujours en Hongrie? Tu es sûr que nous ne sommes pas passés en Pologne, ou en Russie?

– Certain. Et c'est la Tchécoslovaquie, face à nous, pas la Pologne.

– On va y aller?

– Je ne sais pas.

– Tu ne comptes tout de même pas passer chez les Russes?

– Je ne sais pas.

Rourke alluma une cigarette, reposa la lorgnette, s'adossa au talus derrière lui, renversa son visage et contempla le ciel pommelé de nuages. Des années plus tôt, parcourant la Roumanie, plus au sud, il avait fait la connaissance d'Uricani, qui travaillait alors chez un photographe de Bucarest. Les deux jeunes hommes, très vite, s'étaient découvert des intérêts communs : les femmes et les alcools secs, l'errance surtout et n'importe où, pourvu qu'elle fût constante, et encore le même détachement clinique (facilité chez Uri par un joyeux cynisme, qui n'existait pas chez H.H.) dans l'observation des choses et des gens. De toute manière, Rourke avait horreur de prendre des photos, à ses yeux cela revenait à interposer un écran inutile entre lui-même et la réalité. Ils avaient fait route ensemble sans que nulle décision, au début, eût été prise; puis l'équipe s'était constituée : Roumanie et Balkans, et un premier et long séjour en Chine (avec Kate, donc), retour en Europe, et les États-Unis, les Caraïbes, l'Amérique latine. De Roumain, Uricani était devenu citoyen des États-Unis, où il avait épousé une Américano-Roumaine du Bronx, pendant que H.H. effectuait son deuxième voyage en Chine et vagabondait en Éthiopie, au

Soudan et en Égypte. Normalement, ils auraient dû se rendre de conserve en Espagne. *« Pendant que ce salopard d'Hatchi Rourke honorait les señoritas, moi je me mourais des fièvres tropicales dans un hôpital de Marseille. Merci de t'être tant préoccupé de moi – Tu n'es pas mort, on dirait, et ma mère veillait sur toi. Pourquoi n'es-tu pas venu me rejoindre à Madrid ? – Parce que je ne savais pas du tout où tu étais, espèce de pomme ! Même madame Mimi l'ignorait ; dans toutes tes lettres, tu disais certes où tu te trouvais mais tu ajoutais que tu en repartais pour autre part ; tu n'es pas précisément un type facile à joindre, Hatchi ! »*

En sorte que, sitôt rétabli de ses fièvres récurrentes, dont il lui arrivait de souffrir encore, Constantin Uricani s'était résolu à regagner New York, le temps d'y faire un troisième enfant à son épouse, le temps aussi de constater que sa présence dans le Bronx n'était pas jugée absolument nécessaire. Il opta donc pour l'intermittence ; d'autant que le magasin du beau-père suffisait amplement à faire vivre tout le monde. *« Quand j'ai reçu ton télégramme me demandant de te rejoindre à Bâle, j'en ai lu les premiers mots en courant déjà pour m'en aller boucler mon sac, et les suivants à bord du bateau pour Le Havre. Pourquoi Bâle ? – Pourquoi pas Bâle ? – D'accord, je pensais qu'il y avait une autre raison plus compliquée. On va où ? – N'importe où. – J'en rêvais »*, avait répondu Uri.

À quatre ou cinq cents mètres de distance, aux environs de Bodrogkeresztúr, dans le Nord-Est de la Hongrie, ce 3 mars 1937, la battue des Croix-Fléchées venait de s'interrompre. H.H. releva sa jumelle. C'était bien ça : le détachement commençait à refluer, avec ces exclamations satisfaites qui accompagnent les fins de chasse fructueuses. H.H. compta dix-sept cadavres, tous pendus, dont ceux de trois enfants – deux petits garçons et une fillette. Il alluma une nouvelle cigarette au mégot de la précédente. Les Croix-Fléchées étaient une organisation hongroise pro-nazie largement inspirée des SS d'Allemagne et tolérée sinon soutenue par l'amiral-régent Horthy, dictateur d'une république-royaume. À la fin de la première guerre mondiale, la Hongrie était officiellement devenue une république ; très peu de temps après, les communistes de Béla Kun avaient instauré un régime à l'imitation du grand frère et voisin russe ; la tentative avait échoué mais, dix-sept ans plus tard, les Croix-Fléchées en étaient plus que jamais à rechercher partout, en vue d'une éradication totale, les germes du marxisme.

– Il y a longtemps que je n'avais pas vu de cadavres, dit Uri. Ça me manquait.

Il se dressa et prit trois ou quatre clichés rapides du premier camion passant à trente mètres de lui. Ce fut un miracle si les tueurs en uniforme brun ne le virent pas. À sa façon, il était aussi fou que Rourke, pareillement convaincu d'être invulnérable dès lors qu'il plaçait son appareil-photo entre le danger et lui. Il demanda :

– Et parmi ces gens qu'ils viennent de tuer, il y a le Nègre rouge de Harlem?

– Pas que je sache, dit H.H.

Les deux autres camions s'en allaient à leur tour.

– Peut-être qu'il n'est pas du tout dans ce coin-ci? Ou peut-être même qu'il n'existe pas. Un Nègre rouge, je vous demande un peu!

– Je n'en sais rien, Uri.

– Peut-être que ce type, à Zoug, nous a raconté des craques.

H.H. ne prit pas la peine de répondre. Lui et Uricani s'étaient donc retrouvés à Bâle, à la mi-janvier...

– Et d'abord, on ne dit pas *Nègre*, Uri, mais *Noir*.

À la mi-janvier. H.H. venait d'arriver en Suisse; il s'y trouvait depuis quatre jours, venant de Munich. Mais, avant cela, il y avait eu la grande explication avec Julie Bénédict, dans la maison des Allées de Morlaas. Non qu'il n'eût pas compris les raisons de la jeune femme pour repousser à jamais tout projet de mariage. Il ne les comprenait que trop bien. La vieille douleur était toujours aussi lancinante, quand il pensait à Kate. L'oubli ne venait pas, quoi qu'il pût faire. Pendant qu'il faisait l'amour avec Julie, l'autre nom parfois montait à ses lèvres. Et peut-être les passait, sans qu'il en eût conscience : une nuit, à Pau, Julie soudain s'était dégagée de ses bras, avait enfilé une robe de chambre, était partie; il l'avait rejointe dans une pièce du bas devant une cheminée à peine rougeoyante : *« Qu'est-ce qu'il y a? – Rien. »* Sourire très tranquille : *« Je ne suis pas toujours aussi calme que j'en ai l'air, c'est tout. »* Bon, il eût admis une rupture. Mais certainement pas cette vie qu'elle lui proposait, « *une espèce de repos du guerrier... – C'est moi, le guer-rier ? –... Que je prendrais quand ça me chante. – Tu es folle, Julie. – Ça me regarde, Hatchi. Et en plus je ne crois pas l'être.* » Et de s'expliquer avec sa foutue placidité : elle jouait le long terme ; d'ailleurs, elle l'en avait prévenu l'année précédente : elle attendrait le temps nécessaire. Et ça lui paraissait une excellente idée de ne pas perdre H.H. Rourke de vue dans l'intervalle. Donc, de l'avoir pour amant. *« Nous faisons super-bement l'amour ensemble ; ne me dis pas le contraire. Eh bien, c'est l'un de mes arguments. J'en ai d'autres. À commencer par ces enfants que tu vas me faire. Elle t'a donné un fils. Je peux en faire autant. Où as-tu pris que c'était l'homme qui décidait de ces choses ? Un homme n'a rien à dire. Ni beaucoup à faire, soit dit en passant. Tu veux un pronostic ? Il est très possible que je sois d'ores et déjà enceinte. Pas depuis longtemps. Quinze ou vingt heures, en gros. Tu as entendu parler d'un médecin japonais nommé Ogino ? Ses travaux remontent à une dizaine d'années et j'ai fait tous les calculs en m'inspirant de ses recherches. En plein dans le mille. Souris, Hatchi. J'ai exac-tement ce que je voulais. Je ne te demande rien. Je me bats avec mes propres armes. »*

Les deux camions emplis de Croix-Fléchées venaient de dis-paraître à l'horizon.

– Allons-y, dit Rourke.

Ils s'approchèrent sans hâte, Uricani et lui. Rien ne les pres-sait particulièrement ; il était très peu probable qu'il y eût un survivant. Et il n'y en avait pas : dix-sept corps à la nuque écla-tée. Uri fit des photos de groupe, puis individuelles.

– Aucun Noir, Hatchi.

– Regarde.

H.H. avait entre-temps fouillé les quatre petites fermes réu-nies en hameau. Il montra une partition musicale découverte sous une paillasse.

– C'est peut-être de la musique pour violon tzigane. Ça joue du violon, les Hongrois ; ça n'arrête pas.

– Sauf que ç'a été édité à New York, chez Berstein et Cohn, que c'est en anglais et que c'est du jazz. Je serais très surpris que des Tziganes, au fin fond de la Hongrie, fassent venir d'Amérique leurs partitions et jouent un truc appelé *Ain't She Beautiful My Gal*?.

171

H.H. s'accroupit; la fumée de sa cigarette lui piquait les yeux et l'obligeait à grimacer. Pour la première fois depuis soixante-dix jours, depuis bien plus longtemps que cela en fait (il fallait remonter à l'histoire de Santiago l'Explosif durant le siège de Madrid), il sentait s'éveiller son instinct de chasseur. L'odeur de mort et de sang frais n'était pas là, pourtant, malgré la présence des cadavres à trois mètres de lui.

– Le Nègre rouge de Harlem, Hatchi? Tu crois que c'est lui?

– Qui d'autre?

... Et H.H. pensait que le Noir n'était pas seul: dans la grange où il avait retrouvé la partition, il n'y avait pas une seule paillasse mais plusieurs. Six en tout. Établies en carré et donnant l'impression que tout un groupe – ou une famille – avait séjourné là, vécu en communauté.

– À mon avis, ils étaient ici voici quelques jours à peine. Le morceau de pain qu'ils ont laissé est presque mangeable.

H.H. toujours accroupi pivota lentement sur lui-même. La route de Budapest, celle de la *puszta*, de la grande plaine hongroise où seules des fermes basses, des meules de foin brunies par les pluies, et des norias faisaient saillie, cette route s'allongeait sur sa droite. Plus à gauche apparaissait le chemin par où, peut-être, le Noir était arrivé – à moins qu'il ne l'eût pris aussi pour repartir –, et, à condition de marcher un peu, en le suivant, on eût fini par trouver la frontière soviétique. Et derrière, derrière plein nord, en avançant tout droit, on devait rencontrer les monts Tatras slovaques, puis les Carpathes, puis Cracovie, en Pologne, et l'autre avancée de l'immense plaine russe courant jusqu'à l'Oural. À moins de tourner sur la gauche à un moment, moyennant quoi on parvenait à Prague.

– Pourquoi pas Prague? réfléchit Rourke à haute voix.

– Pourquoi pas? dit Uricani en écho et, pas plus que d'habitude, ne cherchant à comprendre. L'ex-Roumain revenait, ayant lui aussi jeté un coup d'œil à l'intérieur des masures. Il ramenait une espèce de chien hirsute, jaune-blanc-noir, de race très indistincte mais pesant au moins cinquante kilos. La tête du molosse était enveloppée d'un turban taché de sang. H.H. le considéra avec surprise.

– C'est moi qui l'ai pansé, expliqua Uri. On lui a tiré une balle dans la tête, à lui aussi, mais on l'a un peu raté.

– Tu es sûr qu'il n'est pas ivre? Il titube.

172

– C'est sa blessure. J'aime les chiens, moi. On va où, finalement?

– Au nord, décida H.H.

Il ramassa son sac à soufflets et se mit en marche, suivi du tandem Uricani-chien.

– Je crois que je vais l'appeler Constantin. C'est un prénom que j'ai toujours détesté. Peut-être parce que c'est le mien. Je connais trois mille Constantin en Roumanie, la plupart dans ma famille et tous antipathiques.

– Très bien, dit H.H.

Qui avait plié en huit et glissé dans la poche de son trench-coat couleur de sable la partition de *Ain't She Beautiful My Gal?*. Au moins avait-il maintenant une première preuve que le Polonais de Zoug n'avait pas trop menti.

En quatre jours à Bâle, avant l'arrivée d'Uri survenant ventre à terre depuis le Bronx, H.H. Rourke avait trouvé un reportage. La tâche lui fut facilitée par Gottlieb Eckart, commissaire de police à Munich, qui était son ami sinon d'enfance du moins de prime jeunesse – c'était Gottlieb, au prix de risques insensés, qui lui avait permis d'assister en direct à la nuit des Longs Couteaux, le massacre des SA de Roehm par Hitler et les SS. Au ministère de l'Intérieur de Bavière, où il s'était rendu en débarquant du train de Paris (il n'était resté que deux jours dans la capitale française, au grand chagrin du Chat-Huant qui l'avait à peine vu), H.H. trouva un Gottlieb des plus abattus. Il ne supportait plus le métier qu'il faisait, ne supportait plus l'Allemagne telle qu'elle était déjà devenue et plus encore menaçait de devenir; il haïssait ce type à moustache qui vociférait à longueur d'ondes; la seule solution à laquelle il pouvait penser était de donner sa démission et d'ouvrir un cabinet d'avocat. Mais il ne croyait plus non plus à la justice allemande. Non, peut-être allait-il simplement s'engager dans l'armée. Il était officier de réserve, après tout, avec le grade de *Hauptmann* (capitaine), peut-être l'accepterait-on comme lieutenant. Et si la guerre éclatait? S'il se faisait tuer? Eh bien, tant mieux!

– Tant d'optimisme me sidère, remarqua H.H. D'habitude, tu as plutôt tendance à voir les choses en noir.

– Ça t'est facile d'être sarcastique. Tu n'es d'aucun pays. Tu passes.

– Quitte l'Allemagne, Gottlieb. Emmène ta famille et file en France, en Angleterre ou aux États-Unis.

– Tu penses que je vais le faire?

– Je pense que tu vas rester où tu es. Si tous les Gottlieb d'Allemagne s'enfuient, ce ne sera pas beau à voir, après leur départ.

Eckart dit que c'était déjà fort laid. Il avait vu siéger le *Volkgerichthof*, le tribunal du peuple, et, pis encore, le *Sondergericht*, le tribunal spécial; on l'avait conduit en visite organisée aux camps de concentration de Sachshausen et Dachau; son chef direct était un semi-illettré qui, avant de diriger la police munichoise, avait été un obscur employé du tri postal – mais c'était lui qui avait eu l'idée, en Prusse, de baptiser *Geheime Staatspolizei*, en abrégé *Gestapo*, un service secret créé par Goering.

– Je pourrais parler pendant des heures, Hatchi. J'ai envie de parler pendant des heures. Tu vas faire un reportage sur moi?

– Non. Je ne tiens pas à ce que tu te retrouves devant l'un de ces tribunaux dont tu me parlais. Mais tu as quelque chose pour moi, non?

– Tu travailles toujours pour Karl Killinger?

– Il vient de mourir, mon contrat avec son journal est donc rompu. Je suis redevenu indépendant. Je préfère.

– Ça change quelque chose pour Kate? Je veux dire que son père soit mort?

– Ne parlons pas de Kate, s'il te plaît.

– J'ai une histoire. La *Volkswagen*, la voiture du peuple, tu connais?

– Non.

– C'est une idée de Hitler. Il y a actuellement en Allemagne une voiture pour cinquante habitants – contre une pour cinq aux États-Unis. Ce foutu *Führer* a décidé de remédier à cette carence. Il a ordonné qu'on crée une usine, la plus grande du monde bien sûr, qui fabrique un million et demi de voitures par an. L'usine est en construction, près de Braunschweig; elle devrait commencer à tourner l'année prochaine. Pour le financement, pas de problème : ce sont les travailleurs qui paieront. Chacun d'eux est autorisé à passer commande et à faire un versement hebdomadaire. Il vaut mieux passer commande si l'on veut être tranquille. Et on a le droit de verser quinze ou vingt marks par semaine. C'est un droit dont il est prudent d'user.

– Combien vaudra la voiture?

– Neuf cent quatre-vingt-dix marks. C'est vrai que ce n'est pas cher.

– Trois cent quatre-vingt-seize dollars au cours officiel. Et la livraison?

– Attends. Ce n'est pas si simple. Quand quelqu'un aura versé sept cent cinquante marks, il recevra un numéro de commande.

– Mais pas la voiture.

– Ne me fais pas rire. J'ai fait les comptes: lorsque ces dizaines de millions de braves types auront payé leurs quinze marks au fil des semaines, cinquante-deux fois par an, ils auront acquitté seize milliards sept cent soixante-huit mille neuf cent cinquante-cinq marks.

– C'est quand même mieux que d'aller à bicyclette, dit H.H. qui rigolait. Et ils l'auront quand, leur voiture?

– Je ne sais pas si ce sera le matin ou l'après-midi, mais la première voiture devrait sortir en 1945, vers le 28 avril. Sauf s'il y a la guerre entre-temps. Auquel cas ils auront payé pour rien. J'ai une autre histoire.

– Oui?

– Elle ne te fera pas rire, celle-là.

Évidemment, pour parler sans trop de crainte, Gottlieb avait quitté son bureau. H.H. et lui marchaient dans les rues de Munich.

– Regarde, Hatchi. Cet immeuble un peu sur la droite.

– Police?

– Si tu veux. Pas la mienne en tout cas. L'immeuble abrite une brigade spéciale chargée de récupérer l'argent que des Allemands – surtout des Juifs allemands – ont déposé en Suisse, au temps où ils en avaient parfaitement le droit. La technique est simple: on rafle une famille, on la torture, on menace de tuer femme et enfants, on emmène le titulaire du compte ainsi démasqué de l'autre côté de la frontière, sous bonne escorte, et on l'oblige à récupérer tout son argent. Après, on les rapatrie, lui et ses sous, et on exécute tout le monde par les méthodes ordinaires.

– Et les banquiers suisses paient?

175

– Peut-être n'ont-ils pas le choix, ou peut-être préfèrent-ils fermer les yeux. Il y en a un certain nombre qui sont très copains avec l'équipe d'Adolf. Hatchi, j'étais à Bâle, pour une autre enquête, voici quelque temps. Dans une banque, j'ai vu un homme reprendre tout ce qu'il avait sur son compte à numéro. Il pleurait; deux types effrayants l'encadraient; ses ongles avaient été arrachés et il tenait à peine debout. Mais on lui a donné son argent et il est revenu en Allemagne avec ses deux gardiens. Trois jours plus tard, j'ai dû ouvrir un début d'enquête sur un cadavre. J'ai reconnu l'homme.

– Et tu as clos l'enquête.

– On l'a fait pour moi.

– Ça m'intéresse, dit H.H.

Gottlieb hocha la tête. Un policier en uniforme le salua et il rendit le salut. Il attendit que l'homme se fût éloigné.

– J'ai tout un dossier, Hatchi. Des noms, des dates, et, pour plusieurs d'entre eux – je parle de ceux qui font les voyages en Suisse comme gardiens –, j'ai des photos. Je n'ai pas eu trop de mal, la plupart figuraient au sommier avec un casier judiciaire. Mais pas tous. Certains sont des flics comme moi.

H.H. lui offrit une cigarette. Eckart reprit :

– Je n'ai pas le dossier dans mon bureau, bien sûr. Ni chez moi. Je l'ai caché dans le faux plafond de la chambre d'hôtel où tu étais il y a deux ans.

– Tu es cinglé, Gottlieb. Ils vont te prendre.

Eckart sourit :

– Tu avais raison tout à l'heure. Je ne quitterai jamais l'Allemagne.

Ainsi, H.H. Rourke était allé à Bâle. Il y avait piaffé quatre jours durant. C'était l'un de ces reportages où des photos étaient indispensables, et lui-même ne se sentait pas capable d'opérer – toujours cette conviction qu'un objectif l'empêchait de voir vraiment. Enfin, Uricani était arrivé. Il avait pris des clichés de trois ou quatre malheureux qui ressemblaient assez à celui décrit par Gottlieb Eckart, les avait photographiés, eux et leurs gardiens, depuis leur entrée sur le sol helvétique jusqu'à leur retour en Allemagne. Photos extraordinaires une fois agrandies; il fallait voir les yeux de ces hommes au moment de repasser la frontière.

176

De Bâle, H.H. et Uricani avaient gagné Genève, puis Lausanne, puis Fribourg, Berne, Biel, Olten, Brugg, Baden, Lucerne, Zurich, et Saint-Gall, patrie de Julie Bénédict.

... Ils avaient oublié Zoug. H.H. avait insisté pour s'y rendre aussi. Il tenait à être aussi complet que possible, quoique la tâche fût vraiment très vaste : partout, il retrouvait des traces de la « récupération » nazie. Il eût fallu passer des mois en Suisse pour être exhaustif.

À Zoug, devant les supplications d'Uricani, qui s'épuisait à jouer les photographes-espions et avait de nouveau la fièvre, H.H. avait considéré son reportage comme terminé. Suffisamment documenté, en tout cas. Il en avait fait trois copies, en avait posté deux à l'adresse de ses agents, l'un français, l'autre américain, chargés de revendre ses articles dans le monde, et avait envoyé la troisième à l'association des banquiers suisses. Plus tard – il ne chercherait jamais à déterminer s'il y avait eu relation de cause à effet –, la loi fédérale helvétique serait complétée par un quarante-septième article, visant et réussissant à renforcer le secret bancaire – contre les menées nazies, donc.

... Mais il était à Zoug. Où Uricani avait eu une autre attaque de ses fièvres amazoniennes, à telle enseigne qu'il avait fallu l'hospitaliser, et, dans la chambre à deux lits de l'hôpital cantonal, se trouvait le Polonais.

Slawomir Stojalowski. Son histoire intéressa H.H. Rourke, qui la recueillit. Il était d'un endroit appelé Pińsk, alors en Pologne, où il s'était installé comme médecin, où était sa famille, d'où il était parti un matin pour s'en aller chasser le canard dans le marais de Pripet. « *Il y a sept ans et sept mois de cela. Je me revois encore marcher dans le brouillard, je n'ai pas franchi la frontière, je ne l'ai pas franchie, j'en suis au moins à huit kilomètres, je connais trop bien l'endroit, avec ou sans brume, pour me tromper.* » Et soudain, il voit passer en courant un homme et une femme chargés de ballots, traînant un gosse par la main, ils ont surgi du brouillard et y redisparaissent. Dans la minute suivante, ce sont des gardes-frontière soviétiques qui se matérialisent. Délibérément, sans aucune équivoque, l'un de ces gardes lui tire dessus, lui troue la cuisse d'une balle ; les autres le rouent de coups de crosse, l'emmènent. Le cauchemar commence. Il est un espion, paraît-il; il travaille pour la Dwojka, le service secret de l'armée polonaise. Qu'il le nie en est la preuve. Et d'abord, il avait un fusil, et il parle parfaitement le russe; c'est accablant. Huit mois il se retrouve à croupir dans une prison de Kiev, tente de s'en évader, est repris, essaie encore, en assommant un gardien, et a le temps de parcourir soixante kilomètres en direction de la Pologne avant qu'on lui remette la main dessus. L'épouvantable prison-forteresse de pierre de Kharkov, cette fois, et le NKVD pour prendre soin de son cas. On ne s'évade pas de Kharkov, mais Slawomir essaie pourtant, par principe; il se découvre une force de caractère, un entêtement, qu'il ne se savait pas posséder, il puise tout cela dans une sombre fureur haineuse, qui lui fait un jour lancer une écritoire sur l'inévitable portrait de Staline accroché au mur. Dès lors, c'est un match au finish entre un capitaine du NKVD et lui, victoire ou défaite étant traduites par cette signature qu'il doit apposer au bas de la confession de ses crimes. Il ne cède à aucune torture. La pire est celle de la *kishka* – l'intestin, en russe. C'est une cellule spécialement construite, en forme de conduit de cheminée, large de quarante-cinq centimètres à la base et de quinze à l'autre extrémité, et haute de sept mètres; le sol de pierre est à un mètre cinquante sous le niveau du corridor, depuis lequel on insère le corps du prisonnier grâce à une ouverture que ferme une plaque de fer. On ne peut pas s'asseoir dans la *kishka*, on n'y peut pas étirer ses bras; à peine peut-on tourner sur soi-même et lever la tête pour contempler ce trou minuscule, tout au sommet, par lequel arrive un peu de lumière; le sentiment de claustration est effroyable, on est emmuré vivant. On est nourri sans qu'on puisse se servir de ses mains; on lape la nourriture à même l'écuelle posée sur le seuil de la seule issue; on défèque sur place et, au fil des jours et des semaines, le niveau des excréments monte. Slawomir estime à onze mois le temps qu'il y passe en tout, ce temps découpé en plusieurs périodes, certaines atteignant ou dépassant soixante jours. De temps à autre, en effet, sans aucune logique, on l'extrait de là, on le remet dans une cellule ordinaire, entre deux interrogatoires pendant lesquels on lui pose les mêmes questions, toujours les mêmes, dans le même ordre. C'est lors d'un de ces séjours en dehors de la *kishka* qu'il coupe les deux premières phalanges de son index droit, à coup de dents, pour ne pas signer sans s'en rendre compte, dans un moment d'extrême faiblesse. Il reste trente-deux ou trente-quatre mois à Kharkov. On le transfère à la prison de la Lubyanka, à Moscou. Près de deux ans s'écoulent et, incompréhensiblement, nul ne se soucie plus de lui. Il arrive qu'un gardien lui offre une cigarette allumée. Il se croit oublié et, ayant repris sept des trente-cinq kilos qu'il a perdus, échafaude un plan d'évasion. Mais brusquement les interrogatoires reprennent. Mêmes questions au mot près, posées tantôt avec presque de la sympathie, tantôt avec accompagnement de coups et de tortures, la plus originale de ces dernières étant un goutte-à-goutte de goudron brûlant déversé sur le corps nu. Après quatre mois de ce nouveau régime, il apprend que nier est vraiment inutile, puisqu'il a déjà signé ses aveux à Kharkov. Des aveux? Il hurle de rage et brandit son index droit amputé : comment aurait-il pu écrire? Le NKVD lui met sous le nez des exemplaires de son écriture, obtenus on ne sait comment, dont certains remontent au temps où il faisait ses études de médecine : la signature est bien la même. Elle a été imitée, clame Slawomir. Sans intéresser personne – il ne se faisait d'ailleurs pas d'illusions et a protesté par principe. D'autres mois passent, et, une aube, on le fait sortir de sa cellule, monter dans un camion, puis dans un train. Il s'y retrouve avec des centaines d'autres condamnés, destination la Sibérie via Sverdlovsk, dans l'Oural, Omsk, Novosibirsk, Krasnoyarsk, Irkoutsk. Il ne va pas si loin, sa onzième tentative d'évasion réussit. Le convoi de wagons à bestiaux dans lequel il voyage fait une première halte trois jours après le départ de Moscou, on autorise quelques détenus à aller couper des branches pour nettoyer les véhicules. Il neige énormément, Slawomir se glisse et s'accroche sous le plateau du wagon, s'y maintient au moment du redémarrage, se laisse tomber deux kilomètres plus loin. Ensuite il marche sur trois mille cinq cents kilomètres environ, progressant en général de nuit. L'hiver a laissé place au printemps, puis est venu l'été – Slawomir traverse l'Ukraine et va au nord-nord-ouest –, auquel l'automne, et à nouveau l'hiver, succèdent. Une nuit il découvre qu'il est enfin en train de franchir une frontière et constate qu'il n'est pas seul. Il se jette littéralement sur le petit groupe des autres clandestins que, dans l'obscurité, il n'a pas pu voir, sauf à l'ultime seconde. Il estime avoir parcouru dix à quinze kilomètres depuis qu'il a laissé derrière lui la démarcation du pays des soviets.

L'extraordinaire volupté qu'il éprouve à l'idée de sa réussite n'a d'égale que son épuisement – il n'a pas dormi depuis près d'une semaine, sur le qui-vive en permanence dans une zone férocement surveillée. Il se croit en Pologne, à la rigueur en Slovaquie. Il titube et sait qu'il va s'effondrer d'une seconde à l'autre. Il trébuche sur ce qu'il pense être une cantine métallique et, dans le même temps qu'il tombe, il entend ce bruit extravagant qui lui fait croire qu'il s'est déjà abandonné à l'inconscience et qu'il rêve.

H.H. Rourke, dans la chambre de l'hôpital cantonal de Zoug, jeta un coup d'œil sur Uricani qui dormait, assommé par sa fièvre. Son regard revint au Polonais.

– Et vous avez entendu quoi?

– Une trompette, dit Stojalowski. Je joue du piano moi-même et je sais lire la musique. Ce n'étaient pas les trompettes d'Aïda mais ce qu'on appelle en Amérique du jazz.

– Vous vous souvenez de l'air?

Slawomir Stojalowski le fredonna avec aisance. H.H. reconnut les mesures très guillerettes d'*Enterrement à La Nouvelle-Orléans*.

– Vous saviez que vous étiez arrivé en Hongrie?

– Non.

– Et l'homme qui jouait de la trompette à la frontière russo-hongroise était un Noir?

– Oui. Mais je ne l'ai vu que quelques secondes. Quelqu'un a allumé et braqué sur moi une lampe électrique. J'étais à plat ventre et incapable de me relever. J'ai seulement redressé la tête et je l'ai vu, avec ses joues gonflées, gonflées comme celles d'un crapaud, tandis qu'il soufflait dans sa trompette.

– Vous n'inventeriez pas une histoire pareille, Slawomir, n'est-ce pas?

Le Polonais ne broncha pas. C'était un homme de petite taille mais très râblé, jambes et bras courts mais vigoureux. L'index de sa main droite était sectionné, il avait montré presque tout son corps à Rourke, indiquant des dizaines, des centaines de cicatrices. Il s'exprimait dans un français correct dont, cependant, certaines tournures étaient assez désuètes. Il parlait lentement, sans rechercher aucun effet, d'une voix calme et sourde. La mâchoire et le front, une certaine fixité du regard, semblaient livrer le trait essentiel de son caractère : un incroyable entêtement. Qu'on crût ou non son histoire était d'évidence le dernier de ses soucis.

– Vous avez entendu autre chose?

– Quelqu'un qui parlait anglais. Je ne sais pas l'anglais. Seulement quelques mots : « *Good morning. How are you? Thank you very much.* »

– Qui parlait anglais?

– Je ne sais pas.

– L'homme à la trompette?

– Peut-être. Je n'étais pas très conscient.

– Et vous pensez que cet homme, et peut-être aussi ceux qui l'accompagnaient, venaient comme vous de franchir la frontière, en s'échappant d'Union soviétique?

– C'est l'impression que j'ai eue. Et je crois que l'homme jouait de la trompette à cause de cela, justement : parce qu'il était content de s'être évadé, comme moi. Il jouait très gaiement.

– Et ensuite?

Ensuite, rien. Slawomir s'était endormi, il avait dormi jusqu'au milieu de la matinée suivante. Le soleil sur son visage l'avait éveillé. Il avait constaté qu'il était seul, les autres avaient disparu sans qu'il les eût entendu partir.

– Ils avaient laissé ça. C'était accroché à un bouton en bois de ma *rubashka* – la *rubashka* est une veste-chemise en grosse toile portée par les paysans russes. Slawomir prit quelque chose dans le tiroir de sa table de nuit et le tendit à H.H. Il s'agissait d'un morceau de papier sur lequel était écrit, en grosses lettres et au crayon : *GOOD LUCK*.

– Vous savez ce que ça veut dire?

– *Bonne chance* en anglais. On me l'a expliqué.

– Et vous n'avez jamais revu le Noir à la trompette?

Non, jamais. Slawomir avait un temps suivi des traces dans le sol boueux, les pas allaient vers l'ouest-nord-ouest. Mais, ensuite, le chemin s'était transformé en route plus fréquentée, creusée et marquée par toutes sortes de passages, en sorte que la piste s'était perdue. Lui-même, Slawomir, avait marché, des gens dans une ferme l'avaient nourri, il avait découvert qu'il était en Hongrie et que nul n'y parlait une des trois langues qu'il connaissait. Des paysans l'avaient hébergé huit à dix jours, la police était venue le chercher, on l'avait transporté à Budapest, mis quelque temps en prison – pas longtemps, deux semaines –, puis on lui avait dit qu'il pouvait être remis en liberté, à condition qu'il quittât la Hongrie dans les vingt-quatre heures. Libre à lui de choisir où il voulait aller. Il avait répondu la Suisse. Pourquoi la Suisse et non la Pologne? Il n'en savait trop rien. Il avait toujours rêvé d'aller en Suisse. Un de ses cousins lui en avait parlé, et d'ailleurs, à Pińsk, il n'avait plus de famille. Et les Suisses avaient dit oui, il venait de recevoir de Cracovie un duplicata de son diplôme de médecin, peut-être pourrait-il exercer. Pas tout de suite évidemment, il lui fallait d'abord se remettre : il subissait le contrecoup de ses cent un mois de captivité, des douze ou treize mois de sa marche.

– Vous savez écrire la musique? s'enquit H.H. Oui? C'est à propos de cet air que jouait le Noir sur sa trompette. Si vous pouviez me le retranscrire...

Slawomir Stojalowski accepta le papier qui lui était proposé et, impassible (il n'avait pas souri une seule fois depuis qu'il parlait à Rourke), dessina rapidement une portée, commença d'aligner les notes.

– C'est bien ce que je pensais, dit H.H. Vous êtes gaucher. Vous vous seriez coupé vous-même l'index de la main droite pour ne pas avoir à signer vos aveux, mais en réalité vous êtes gaucher.

– Le NKVD ne le savait pas, répondit Slawomir de sa voix sourde et comme indifférente, tout en continuant à dessiner les notes de musique. Je n'allais tout de même pas me couper le bon doigt, ajouta-t-il.

Les fièvres d'Uricani avaient fini par tomber. Rourke et lui avaient pris le train pour Budapest. Où la représentation diplomatique des États-Unis n'avait jamais entendu parler d'un Noir, américain ni d'aucune autre nationalité, jouant de la trompette par les nuits sans lune et ayant franchi clandestinement la frontière soviétique pour pénétrer en Hongrie.

On considéra H.H. avec presque de l'apitoiement : comment pouvait-il accorder foi à une extravagance pareille?

En revanche, oui, l'histoire de Slawomir Stojalowski était connue, et telle que le Polonais l'avait rapportée, du moins pour sa partie hongroise. Quant au reste, on ne savait pas, même si l'odyssée semblait à quelques-uns surnaturelle. Peut-être s'agissait-il d'un espion soviétique déguisé?

H.H. reprit pas à pas l'itinéraire suivi par le Polonais depuis la frontière. Il retrouva l'endroit où le Noir à la trompette avait été vu. Des semaines avaient passé et les pluies, évidemment, avaient fait disparaître toute trace. Le chemin sur lequel Slawomir affirmait avoir relevé des traces fut identifié; H.H. le suivit jusqu'à la route. Tourner à gauche eût signifié se diriger vers la frontière de l'union des Républiques socialistes soviétiques...

– Tu crois ce que t'a raconté ce Polak, Hatchi?

– Ça me fait plaisir de le croire.

– Tu parles d'un reportage. Ils doivent se demander où je suis passé, dans le Bronx. Je leur ai juste dit que j'allais faire quelques photos et que je revenais. Sûrement qu'ils m'ont attendu pour dîner le soir même. Ma grasse petite femme, mes gras petits enfants et mon gras beau-père doivent être dévorés d'angoisse.

– Ça m'étonnerait, dit H.H.

... Qui avait pris à droite. Cela n'avait pas de sens d'imaginer que le Noir à la trompette avait pu repartir pour l'URSS si vraiment il en venait la nuit où l'avait vu le Polonais. Non, il avait pris cette route-ci...

– Ça veut dire quoi, *«ça m'étonnerait»*? Tu crois que ma femme, mes enfants, mon beau-père et toute ma famille américano-roumaine ne se font pas de souci pour moi?

– Je crois qu'ils s'en font un peu, mais pas trop. Je crois qu'en fin de compte ils doivent être plutôt soulagés de ne pas t'avoir sur le dos.

– Il y a du vrai, reconnut Uricani. Je ne sais pas pourquoi, mais certains jours je les énerve.

... Cette route-ci. H.H. réfléchissait. Nul n'avait vu le Noir à Budapest, personne ne l'avait remarqué sur la route de Budapest. Il était très douteux qu'un Noir avec une trompette, en Hongrie, même en des temps aussi modernes, passât inaperçu. Donc, le Noir était mort, ou bien il s'était caché, avait poursuivi son chemin en se cachant, pour quelque raison connue de lui

183

seul. S'il était mort, le reportage tombait à l'eau. Il fallait donc qu'il fût vivant. Et qu'il se fût caché. Bon, il s'était caché, n'en parlons plus. H.H. stoppa net (Uricani, qui marchait sur ses talons, vint buter contre lui), et sortit sa lorgnette de son sac à soufflets. «*Je suis un Nègre*, pensait-il. *J'arrive de Russie. Je ne tiens pas à ce que l'on me trouve – pour une raison que j'ignore encore –, et je me cache. Je suis sur cette route où je (moi, Rourke) marche et je cherche un endroit pour être tranquille. J'évite les villages et les villes, bien entendu. Où vais-je?*»

Il tourna de nouveau à droite. Devant lui se dressaient des collines très boisées. «*J'irais par là sans aucun doute. Plus tranquille, il n'y a pas.*» Il consulta sa carte et s'aperçut qu'il avançait vers la frontière tchécoslovaque.

Ils marchèrent les six jours suivants, Uricani et lui.

– Pourquoi on va par ces foutus sentiers inconnus de Dieu et des hommes, Hatchi?

– Parce que.

– Tout s'explique. Un moment, j'ai cru que nous allions n'importe où.

Le huitième jour de leur marche, ils arrivèrent en vue d'un fort détachement de Croix-Fléchées en train d'occire des villageois. Ce fut là, aux environs de Bodrogkeresztúr, dans la subdivision géographique de Borsod-Abaúj-Zemplén – d'après la carte, H.H. n'eût certainement pas inventé des noms pareils –, qu'ils virent les dix-sept corps exécutés et pendus, là aussi que H.H. retrouva la partition de *Ain't She Beautiful My Gal?*.

Après, ils marchèrent quatre jours encore. Sans voir le Noir ni aucun indice; à vrai dire sans voir grand monde (ils évitaient tous les lieux habités sauf les fermes très solitaires, qui eussent pu tenter des clandestins).

– Tu me connais, disait Uricani, je ne suis pas du genre à rouspéter...

– Hé! Hé! dit Rourke.

– Mais je te ferai quand même remarquer qu'à part ce télégramme, que j'ai envoyé de Bâle à ma femme pour l'informer que j'étais vivant, je n'ai plus donné de nouvelles à personne. Toi non plus, soit dit en passant. Ma femme voudrait me joindre, pour m'apprendre que le petit a les oreillons par exemple, bernique! elle ne pourrait pas. Personne ne sait où nous sommes. Même pas moi, d'ailleurs.

Uricani traînait derrière lui l'énorme chien qu'il tenait en laisse et qu'il avait baptisé Constantin. Parfois, c'était le chien qui le traînait, très alerte en dépit de sa tête bandée et de ses chancellements d'ivrogne.

H.H. marchait avec une véritable allégresse. Qu'il eût ou non une chance de trouver le Noir à la trompette lui importait peu. Le jeu n'était pas là. Il n'était rien au monde qu'il aimât plus que ce qu'il était en train de faire : aller à pied – davantage encore qu'en voiture, en train ou en bateau – vers une contrée inconnue, sans la moindre idée de ce qu'il allait y trouver. Uri avait raison : personne au monde, pas même Mimi Rourke, ne savait qu'ils étaient en Hongrie; le dernier reportage expédié l'avait été de Zoug; depuis, rien. Immersion complète. Peut-être était-ce une fuite. Et après?

– Foutu clebs! Hatchi, aide-moi! Constantin! Au pied!

Déjà embarrassé de son propre sac de voyage et de son maté-riel photographique, Uricani se débattait avec le molosse. La laisse de corde se rompit d'un coup. Le chien fila comme un éclair, poussant de bizarres aboiements étranglés. On était sur un sentier, dans une forêt de mélèzes.

– Constantin! Ici! hurla encore Uri.

Le chien avait à présent disparu sous les arbres, après avoir escaladé un amoncellement de rochers de basalte.

– Juste au moment où il commençait à m'obéir, dit Uri avec amertume.

H.H. contemplait la forêt. Une idée lui venait.

– Viens, Uri. On le suit.

Il avait encore plu dans la matinée, le sol était détrempé, les traces de pattes fort claires. Par-delà les rochers de basalte, la forêt s'épaississait encore. Dans l'air vif et froid où une sorte de crachin tournait lentement à la brume, le son arriva très clair : celui d'une trompette de jazz jouant avec une grande maestria *Enterrement à La Nouvelle-Orléans.*

– L'ai vraiment cru clamsé, ce pauvre clebs, dit Poppy Wa-shington Williams. L'avait un grand trou dans la tête et bou-geait plus. Sauf la queue. Ai pensé qu'il valait mieux le laisser crever tranquille. Lequel de vous autres lui a mis ce turban?

– Moi, dit Uricani. Mais il ne vas pas encore très bien : il titube.

– C'est la vodka, *buddy* (mon pote).

– Il n'a bu que de l'eau.

– Justement, buddy : il marche droit seulement quand il a bu. Il va aller beaucoup mieux maintenant.

Le chien lapait de la vodka à la lueur du feu, qui fournissait la seule lumière. La nuit était tombée, la brume rampait, un arc de cercle s'était formé autour du brasier très haut, les cinq hommes, les trois femmes et le gamin se tenaient immobiles. Le chien tout à coup cessa de boire.

– L'a son compte. Va péter le feu, vous allez voir.

Le chien frissonna, parut grandir encore. Il aboya. On eût dit un homme sortant d'un long sommeil très paisible et qui s'éveille d'une humeur enjouée, ravi de revoir le monde. Il s'élança et fit au grand galop le tour de la clairière et de la cabane de pierres au toit de lauzes recouvertes d'une terre herbue. Enfin, langue pendante et fort joyeux, il vint stopper devant Poppy. Il ne titubait plus du tout.

– L'est beurré et tient la forme; qu'est-ce que je disais?

Le regard de Poppy restait fixé sur H.H. Rourke. Poppy était un Noir de vingt-sept ans, cheveux courts gominés et partagés par une raie au milieu du crâne, moustache fine. Il était mince et de haute taille; malgré la voix nonchalante, on sentait dans ses moindres mouvements une extrême sûreté, une immense réserve de détente et de force – il eût fallu de l'inconscience pour oser l'affronter en combat singulier. Les autres ne comptaient pas, n'étaient que des comparses. Il y avait deux autres Noirs, entre vingt et vingt-cinq ans, dont un petit gros qui ne lâchait pas ses baguettes de batteur, trois femmes, dont une fort jolie avec des yeux bleus fendus et une bouche sensuelle, un gamin de douze ou treize ans qui, lui aussi, comme les trois femmes, devait être russe ou ukrainien ou polonais ou hongrois.

Poppy fixait toujours H.H. Rourke :

– Et toi, tu ne dis rien, buddy-scoop?

– Je regarde, répondit en souriant H.H. D'où vient le chien?

– Berlin, deux ans d'ici. Trainaît sur la Friedrichsstrasse, vers les cinq heures du matin. Titubait déjà. Lui ai donné du schnaps pour qu'il se remette.

– Tu jouais de la trompette dans une boîte, à Berlin?

– Suis obligé de répondre à tes questions, buddy-scoop?

– Non.

– Tu connais le jazz?

– Un peu.

– Tu aimes?

– Beaucoup.

– Entendu jouer Will DuBois?

H.H. sourit:

– Ce n'est pas un musicien, c'est un écrivain. Noir. Johnny Dodds et Jimmy Noone m'en ont parlé quand j'étais à Chicago.

– Deux sacrés pianistes, tous les deux.

– Clarinettistes, dit H.H. Et tu le sais. Ils jouaient avec Kid Ory.

La trompette fut levée, portée aux lèvres. Les premières mesures de *Canal Street Blues* montèrent dans la forêt hongroise.

– Avant Berlin, dit Poppy, j'étais à Paris. Jolie petite ville. Croissants tièdes le matin et senteur de marronniers. Cognac et parlotes.

– C'est là que tu es devenu communiste?

– M'a paru une bonne idée, sur le moment.

– Et Berlin après Paris. Pourquoi Berlin?

– Paris-Berlin-Varsovie-Moscou. Route directe, buddy-scoop.

À Moscou, on avait déroulé pour lui le tapis rouge. Il avait été accueilli comme un roi: discours et réceptions officielles pour ce transfuge si représentatif de l'esclavagisme impérialo-capitaliste à qui le communisme allait enfin restituer ses droits d'homme. Un mois ou deux après son arrivée, après que Timmy (le batteur) et Link Lincoln (le pianiste) l'eurent rejoint, il avait même joué de la trompette pour Joseph Staline en personne.

– Dément! buddy-scoop. L'ai lu dans les yeux de cet enfant de salaud: un Nèg' est un Nèg' partout. En plus, aimait pas ma musique, pas du tout. Personne pour l'aimer, en fait. Leur cassais les bonbons, avec ma trompette. Buvais trop leur vodka aussi. Nous ont viré de leur hôtel impérial, nous ont mis dans une saloperie de datcha à la campagne pour que personne nous entende...

À cet instant du récit, pour la première fois, l'indolence de Poppy Washington Williams, sa manière de supprimer délibérément les pronoms, tout cela disparut.

187

– Et j'étais responsable, Rourke. Timmy et Link ne seraient jamais venus sans moi, ils n'auraient pas déchiré et brûlé leurs passeports américains devant des photographes et des caméras de cinéma. Je les avais mis dans une sacrée merde. Remarque que nous avons fait de la bonne musique, dans la datcha. Rien d'autre à faire, et le blues...

Poppy sourit. Il fixait H.H. et semblait le défier, refusant tout apitoiement. La nonchalance – nuancée d'ironie – marqua à nouveau sa voix.

– Sais pas pourquoi ils nous ont laissé partir, buddy-scoop. Leur jouais tant et plus de la trompette, leur ai brisé les nerfs, probable. Et Vieux Timmy sur sa batterie qui faisait un tin-touin du feu de Dieu, fallait l'entendre. Plus Link et son piano. On leur faisait *Muskrat Ramble* à les rendre mabouls, on l'a joué trois jours de suite. Zim-pam-poum! Ils l'entendaient jusqu'en Sibérie. Vieux Raspoutine devenait tout pâle.

– Qui est Raspoutine?

– S'appelait pas Raspoutine; on l'appelait comme ça, l'inter-prète. Seul à causer l'américain, un peu, pas des masses. Nous surveillait, pauvre diable. Lui ai dit qu'on voulait prendre le train pour visiter petits frères communistes dans tout le pays et porter message fraternel des pôv' Nèg' qui z'avaient fui impé-rialisme esclavagiste. L'ai dit et répété à tous les autres. Pensais pas qu'ils accepteraient. Ont craqué après huit mois. De temps à autre, nous sortaient comme des polichinelles, dans des machins officiels, et chaque fois, *Muskrat Ramble*! Et de ces bitures!

– Tu as appris le russe, Poppy?

– Mes fesses, buddy-scoop. Avaient qu'à causer l'américain. Leur problème, pas le mien.

– Ces trois femmes avec toi comprennent ce que nous disons?

– Pas une broque. Le disent, en tous cas. Possible qu'elles comprennent très bien, tu sais jamais avec les Popoffs.

– Depuis combien de temps sont-elles avec vous?

– Le début, ou presque. La plus belle est à moi. S'appelle Sonia. L'a tout fait. Sentais bien qu'elle préparait quelque chose, pendant qu'ils nous baladaient en train d'un coin du pays à l'autre. Un jour, une nuit, le train s'arrête. Pleine cam-pagne et rien à voir. Un camion. On monte. On roule. Arrêt.

– Et Raspoutine?

– L'était pas d'accord du tout. Hurlait quand le train s'est arrêté et qu'on est descendus. Lui ai mis deux pains et l'ai flanqué dans le piano de Link. Y est encore, si ça se trouve.

– Et après être descendus du camion?

– Marché. Le môme en tête. Pourrait bien être le frère de Sonia. Marché depuis des jours.

– Tu sais où vous êtes?

– M'en fous complètement, buddy-scoop. Coin tranquille, ça c'est sûr.

– Tu te souviens d'un homme de petite taille, costaud et très fatigué, qui vous est tombé dessus une nuit? Il a buté sur la cantine qui est là et s'est aplati sur le sol devant toi.

Poppy fouilla ses souvenirs, puis acquiesça.

– Ouais. C'était il y a des semaines. La première nuit qu'on marchait. S'est endormi comme une souche, le mec. Pour le réveiller, tintin. On l'a laissé dormir et on est parti.

– C'était la première nuit de votre marche, tu es sûr?

Poppy sourit à nouveau.

– On veut me contredire, buddy-scoop?

H.H. se mit à rire :

– Non, Poppy. Mais vous avez franchi la frontière, cette nuit-là.

– Quelle frontière?

– Celle entre l'Union soviétique et la Hongrie.

Le trompettiste dévisagea Rourke :

– C'est quoi, la Hongrie?

– Un pays. Avec un gouvernement différent de celui de l'URSS.

– Communiste?

– Pas pour l'instant, dit H.H. Tu croyais toujours être en Russie?

– Comment savoir? demanda Poppy avec indifférence. Comprends pas un mot de ce que disent les filles.

Il emboucha sa trompette et joua presque entièrement *Maple Leaf Rag*. H.H. étudiait les trois jeunes femmes, surtout celle qui se prénommait Sonia. Il avait essayé de leur parler, mais son russe était inexistant et elles ne semblaient pas connaître d'autre langue. Sonia soutenait son regard. Était-il possible qu'elle eût, de sa propre initiative et à l'insu des autorités sovié-

189

tiques, préparé et mené à bien le passage à l'Ouest de sept personnes ? Aussi aisément ? Mais peut-être n'avait-ce pas été si facile que Poppy le disait ; il était grand amateur de litotes et de raccourcis.

– Depuis quand le gosse est-il avec les filles et vous, Poppy ?

– Depuis la descente du train.

– Tu l'avais vu avant ?

La trompette bougea plusieurs fois de gauche à droite et vice versa : non.

– Il y avait quelqu'un d'autre, à la descente du train ?

– Deux hommes et une femme, dit Link, le pianiste, ouvrant la bouche pour la première fois, avec un fort accent du Sud des États-Unis. Mais aussitôt après avoir parlé, il baissa la tête : à l'évidence, dans le trio des Noirs, c'était Poppy, et lui seul, qui était le porte-parole.

– Et vous vous êtes cachés depuis des jours parce que vous pensiez être encore en Union soviétique ?

Mouvements de haut en bas de la trompette : oui.

– Vous êtes dans un pays où il est encore possible d'aller et venir, dit H.H. Je ne sais d'ailleurs pas combien de temps ça va durer. Mais je pense que vous pouvez en sortir.

Les yeux mi-clos de Poppy soufflant très fort dans sa trompette n'exprimèrent rien. Poppy attendait.

– En sortir pour rentrer en Amérique, reprit H.H.

Pas de réaction.

– Quoique ce ne soit peut-être pas une si bonne idée. Est-ce qu'on vous a naturalisés russes ?

Poppy haussa les épaules : il n'en savait rien. Ou ne voulait pas le savoir. Les femmes s'activaient autour du chaudron dans lequel elles avaient fait cuire de la soupe, l'une d'elles dépouillait avec adresse les deux lièvres pris au collet par le gosse, tout cela très tranquillement, dans une surprenante harmonie. *« Ils peuvent tenir ainsi des semaines et des mois, sinon davantage »*, pensa Rourke.

De la soupe leur fut offerte, à Uricani et à lui, et, en échange, ils donnèrent trois boîtes de bœuf en conserve. On dîna avec de grandes lampées de vodka, dont le chien eut sa ration. Ce qui eut pour effet immédiat de le faire s'écrouler sur le flanc gauche et s'endormir sur-le-champ.

– T'as un air préféré, buddy-scoop ?

– *Saint-James Infirmary.*

Poppy emboucha sa trompette et joua très doucement, accompagné par Timmy frappant sa caisse claire. Puis Link se mit à chanter, d'une voix cassée très plaisante. Après *Saint-James Infirmary*, les trois Noirs enchaînèrent sur *Royal Garden Blues* et de vieux airs de Handy, des succès de Buddy Bolden, Bunk Johnson ou Freddy Keppard. À deux heures du matin, ils y étaient encore. Uricani, les femmes et le gamin dormaient depuis longtemps. H.H. fuma une dernière cigarette, s'enroula dans sa toile de tente caoutchoutée, mit son feutre gris à bande noire sur ses yeux et trouva assez vite le sommeil.

– D'où es-tu, Poppy?

– Chicago.

– Tu as fait des études.

– Tu me le demandes ou tu le sais?

– Je le sais.

– Tu me connaissais?

– Non. Le Polonais m'a seulement dit que tu étais noir, et qu'on parlait anglais, toi ou quelqu'un d'autre.

– J'ai failli aller à Harvard, Rourke.

– Comme William DuBois.

– Oui, comme lui. Il a été le premier à décrocher leur saloperie de diplôme. Ça ne lui a pas servi à grand-chose. Il a dû quitter le pays.

– Tu voulais être écrivain, toi aussi.

– Comment le sais-tu?

– Les livres dans la cantine.

– Tu as l'œil pointu, buddy-scoop.

– Pas fait exprès, dit H.H., prenant l'accent de Poppy quand il faisait «*le Nèg'*». Tu as encore tout le temps de devenir écrivain, Poppy. Déjà, tu as pas mal de choses à raconter. Tu as vraiment joué devant Staline?

– Je n'en reviens pas moi-même, Rourke.

– Tu sais très bien ce que c'est, que la Hongrie, n'est-ce pas?

– Capitale Budapest, sur le Danube, habitée par des Hongrois, qui parlent le hongrois, maintes batailles contre les Turcs, tu veux un cours sur la façon dont les Habsbourgs ont annexé la Hongrie, Rourke?

– Tu as appris l'histoire à l'université, c'est ça?

191

– Un peu. Et j'ai lu pas mal.

– Tu ne parles vraiment pas le russe?

– *Niet*.

– Donc tu le parles. Ou bien tu le parlais avant d'aller à Moscou, ou bien tu l'as appris là-bas.

Poppy secouait la tête en souriant. H.H. et lui, nus, se lavaient dans un ruisseau, assis le derrière dans l'eau froide et se passant le morceau de savon noir.

– Il y a une possibilité, dit H.H. c'est que tu sois un agent secret. Et si tu as réussi à convaincre les gens du NKVD que tu n'étais qu'un pôv' Nèg' incapable d'apprendre un seul mot de russe...

– À part *niet*.

– À part *niet* et *da*, préoccupé uniquement de sa trompette, de vodka et de femmes, si tu as réussi tout ça, c'est que tu es vraiment un très bon agent secret.

– Je ne parle pas russe, dit Poppy en riant.

– Tu es un agent secret, Poppy?

– Non.

– Tu me le dirais, si tu en étais un?

– Si j'étais un vrai agent secret, je te dirai *non-je-ne-le-suis-pas*.

– Ça m'arrangerait bien que tu ne sois pas un agent secret, Poppy.

– Pourquoi?

– Parce que si tu en es un, je vais être obligé de renoncer à mon reportage. Je ne voudrais pas ruiner tous tes efforts en racontant ton histoire dans les journaux.

– Raconte-la.

– N'essaie pas de me bluffer, Poppy. Et rends-moi le savon s'il te plaît. C'est mon savon.

Poppy lui lança le savon et se saisit de la bouteille de vodka posée sur une pierre au milieu du courant du ruisseau. Il but une brève rasade.

– Voilà ce qui m'a mis la puce à l'oreille, Poppy, remarqua H.H. Tu devrais y faire attention. Tu bois en réalité très peu, pour un homme qui boit beaucoup. À te voir, on a l'impression que tu avales la moitié de la bouteille à chaque fois, mais le niveau change à peine. Et après avoir bu, tu passes la bouteille à quelqu'un d'autre. Merci.

Après le savon, H.H. attrapa la bouteille et but. Il frissonna; l'alcool, à jeun, lui faisait toujours cet effet.

– J'ai horreur de leur saloperie de vodka, en réalité, dit Poppy. Je buvais pour leur faire plaisir. Rourke? Il me vient une idée. Si je suis un agent secret, pourquoi est-ce que je me balade à travers la Hongrie en jouant de la trompette? Au lieu de filer comme un zèbre à Washington ou Dieu sait où pour rendre compte de ma mission?

H.H. se lavait le dessous des bras depuis plusieurs minutes déjà, il commençait à être très propre.

– C'est là un problème qu'il m'a fallu résoudre, Poppy. J'y ai pensé toute la nuit.

– Et tu as trouvé?

– Ouais.

– C'est quoi?

– Vous êtes sortis facilement d'Union soviétique. D'après toi, c'est Sonia qui a tout combiné.

– C'est vrai. Un pôv' Nèg' comme moi n'aurait rien pu faire.

– Je crois qu'elle a tout combiné, Poppy. Ça je le crois. Tout comme je crois que la police de Staline ne t'aurait pas donné pour maîtresse une idiote prise au hasard. On l'a placée près de toi pour te surveiller, elle est probablement du NKVD elle aussi. Et vous conduire jusqu'en Hongrie, toi et les deux autres zigotos, ne lui était pas si difficile, dès l'instant où elle agissait avec l'accord de ses chefs.

– Et elle me surveille encore?

– À propos des deux autres zigotos, j'aurais tendance à croire qu'ils sont ce qu'ils paraissent être : des musiciens de jazz complètement abrutis. Tout le monde n'est pas Poppy. C'est ton vrai nom?

– *Da*, dit Poppy hilare.

– Et en réponse à ta question, oui, elle te surveille. Et c'est pour cela que tu continues à faire le guignol en Hongrie. Je ne te demande pas si les informations que tu as ramassées, à Moscou et ailleurs, en te promenant à travers l'Union soviétique, valent tant de peine. Ce n'est pas mon problème.

Poppy considéra l'eau du ruisseau :

– Buddy-scoop, elles ne sont pas gelées, les tiennes?

– Elles claquent des dents, dit H.H.

Ils sortirent de l'eau et se jetèrent sur leurs vêtements, laissés au pied d'un arbre. H.H. passa son caleçon et sa chemise, commença à nouer sa cravate. Il dit :

— Si c'est ton revolver que tu cherches, Poppy, ne te fatigue pas. Je l'ai caché quelque part.

— Un vrai agent secret te tuerait et tuerait aussi ton pote, dit Poppy. Pour ne pas prendre de risques. Je pourrais te tuer sans revolver, Rourke. Rien qu'avec mes mains.

H.H. ne se retourna même pas. Il acheva son nœud de cravate et enfila son pantalon, son veston, ses chaussettes, ses chaussures et enfin son trench-coat. Il sentait parfaitement la présence de Poppy derrière lui. Il pensait qu'il était en train de vivre un moment intéressant de sa vie.

Rien n'arriva.

Et lorsque H.H. pivota enfin, Poppy Washington Williams n'avait toujours pas bougé.

Leurs regards s'accrochèrent.

— Tu as parlé à l'autre type de tes suppositions sur mon compte, Rourke ? L'Américain de Roumanie ?

— Non.

— Tu vas écrire ton reportage sur moi et Timmy et Link ?

— Non.

Poppy enfila sa chemise, un affreux chandail bariolé et, par-dessus, un veston qui le serrait beaucoup aux épaules.

Ils revinrent ensemble au campement, à la cabane de pierres. Le ciel s'était dégagé.

— Tu sais que tu as une sacrée imagination, Rourke ? Moi un agent secret !

— J'ai de l'imagination pour les questions, pas pour les réponses. Je n'écris que ce qui est vrai. Ce que je crois vrai, du moins. Ou alors je n'écris pas.

Ils étaient encore à deux cents mètres du feu, autour duquel les femmes s'agitaient.

— Si un jour je rentrais en Amérique, demanda Poppy, comment je te retrouve ?

— Je ne pense pas aller en Amérique au cours des vingt-cinq prochaines années, répondit H.H.

Ils marchaient, Uri et lui.

— Qu'est-ce que ça veut dire, Hatchi, détruire mes photos ?

— Tu les brûles, s'il te plaît.

194

– Sans explication?

– Parce que c'est moi qui te le demande, c'est tout.

Ils allèrent pendant encore trois ou quatre cents mètres en silence. Des montagnes se dressaient à l'horizon sur la gauche, qui, d'après la carte, devaient être les Tatras. Mais il fallait d'abord franchir la frontière de la Tchécoslovaquie. Le temps était superbe depuis qu'ils avaient quitté Poppy et les autres.

Uricani s'écarta du chemin et alla s'asseoir sur un tronc d'arbre abattu. Il sortit tous ses films, en fit un tas, y mit le feu, souriant à H.H. Sur quoi il rassembla son matériel et, portant ses sacs, revint se placer à côté de Rourke, qui l'avait attendu.

– Et on va où?

– Aucune idée, Uri. Peut-être à Prague. Ou en Pologne. Ou ailleurs. Ce n'est pas ça qui compte.

Livre 5

L'AUBE NOIRE

7

Ce n'était qu'un cheval

Tigre d'Avril et Bernard Adler étaient partis la veille, un jeudi; elle était seule. Ils avaient embarqué sur le *Queen Mary*, dont le voyage inaugural avait eu lieu neuf mois plus tôt. Elle-même, Kate, était montée à bord de l'immense navire. Avec son fils, elle avait arpenté le pont-promenade de cent soixante-huit mètres de long, visité le grand hall rempli de boutiques et les deux appartements de luxe retenus par Adler pour l'enfant et lui. Chacun comportait une chambre, un salon, une salle de bains, un grand vestiaire plus une cabine supplémentaire pour un domestique. Ils avaient bu tous les trois du champagne, Tigre d'Avril, bien sûr, n'avait fait que tremper ses lèvres mais il en avait été fantastiquement fier. Ainsi s'était lentement écoulé cet épouvantable temps mort qui précède les sépara-tions et Bernard, pour meubler le silence, avait raconté com-ment le bateau avait reçu son nom. Selon la tradition de la Cunard, la nouvelle unité devait recevoir un nom se terminant en *« ia »;* un représentant de la compagnie maritime avait solli-cité de Sa Majesté George V l'autorisation de donner au bâti-ment le nom de *« la plus illustre et la plus remarquable des reines d'Angleterre »,* l'armateur évidemment pensait à la reine Victoria, mais le roi George, dont la rapidité d'esprit était rela-tive, avait cru comprendre que l'on parlait de sa femme Mary.

« Viens me voir chez Mamie Rourke, maman – Je viendrai peut-être, chéri, mais plus tard. » Elle n'y avait pas cru elle-même. Le paquebot avait appareillé et gracieusement embou-qué la baie de New York dans le soleil couchant. La traversée .de l'Atlantique allait lui prendre quatre jours et un peu plus de

douze heures. Kranefuss au volant de la Packard l'avait reconduite dans le Queens.

Soirée morne sinon sinistre. Rien de bien alléchant pour la une, et une accumulation de petits retards, d'erreurs banales, de contrariétés – un de ces soirs où rien ne va.

Ce fut cette nuit-là que, seule dans la salle de rédaction désertée, sur le coup de trois heures trente, elle écrivit au Chat-Huant cette première lettre qui lui ressemblait si peu, et dans laquelle elle s'abandonnait aux plus extrêmes confidences au sujet de feu Karl Killinger son père et, pire encore, à propos de H.H. Rourke. Le nom était venu sous sa plume comme surgissant soudain de profondeurs ignorées : *« En renonçant à Rourke, j'ai fait la plus grande erreur de ma vie et... »* Elle s'était relue stupéfiée. Certes elle avait biffé chaque mot, rageusement. Mais rayer les mots ne suffisait pas. Elle avait expédié la lettre, en pleine inconscience. Une fois rentrée à Kings Point, déjà couchée mais incapable de trouver le sommeil, elle avait pris la mesure de son égarement. Elle avait failli repartir pour Buckingham Street et fouiller la boite aux lettres. Finalement, elle avait choisi d'écrire une deuxième fois : *« Monsieur le Chat-Huant, que j'aime infiniment, si vous avez déjà reçu ma précédente lettre, oubliez-la... »*

Henderson Graves avait téléphoné le lendemain matin.

Le nom d'abord ne dit rien à Kate. Ce n'était qu'un patronyme parmi les milliers qu'elle avait en tête. Puis elle se souvint : Karl Killinger l'avait cité comme l'un des trois hommes appelés, après sa mort, à prendre sa succession à la tête du *Morning News* : James Arnold, Andy Miller et Henderson Graves – duquel Killinger avait dit : *« Je l'ai piqué à Hearst. Il vient de Californie. Il n'a que vingt-sept ans mais il promet. Je m'attends à ce qu'il bouffe les deux autres, tôt ou tard. Il faudra que mon petit-fils lui règle son compte, le moment venu. »*

Elle eut devant elle un petit jeune homme blond à lunettes et à la peau rose, tiré à quatre épingles et d'une extraordinaire confiance en lui. Debout, elle l'eût dépassé de près d'une tête.

– Miss Kate?

– Je suis madame Bernard Adler.

Il sourit de l'air de quelqu'un pour qui le détail est futile :

– Comme il vous plaira. Y a-t-il un endroit où nous puissions nous entretenir de choses importantes, vous et moi?

Elle était assise à sa table de rédaction; il était neuf heures trente du matin et, outre Danny Clifton et Shirley Storch, son adjointe, il y avait là sept ou huit personnes.

– Nous sommes très bien ici, dit Kate.

– Il s'agit d'une discussion privée.

Elle le fixa puis se remit à écrire :

– Je serais très surprise d'avoir quoi que ce soit de privé avec vous, pendant le siècle à venir.

Il sourit, nullement décontenancé.

– On m'avait averti, dit-il, que vous m'accueilleriez de la sorte. Au moins votre père était-il toujours courtois.

Elle releva les yeux et sourit à Danny Clifton, installé face à elle.

– Ne t'en occupe pas, Danny. Si quelqu'un doit lui casser la figure, j'y arriverai très bien toute seule.

Elle poursuivit sa page d'écriture – elle rédigeait l'éditorial en lieu et place de Bernard Adler, autant dire qu'elle y soutenait une thèse exactement contraire à celle de l'autre éditorial, celui qu'elle signait de son nom. Elle était en train d'expliquer pourquoi Franklin Roosevelt était juste bon à pendre.

– Asseyez-vous, petit bonhomme, dit-elle à Henderson Graves. Je n'en ai plus que pour une minute.

Enfin, elle reposa son stylo et tendit sa copie à Clifton, qui la lut aussitôt.

– Ça va? demanda Kate.

– Pauvre Roosevelt, dit Danny.

Elle sourit, se tourna enfin, s'adossa contre le fauteuil.

– Je vous écoute, Graves.

– Nous allons vraiment parler ici?

– Sauf si vous avez mieux à faire ailleurs.

Il regardait autour de lui, considérait l'unique et petite salle de rédaction démunie de tout bureau particulier. La salle de rédaction du *NY Morning News* s'allongeait sur quatre-vingts mètres, en faisait trente de large, comportait une quinzaine de bureaux particuliers vitrés, abritait plus de deux cent cinquante journalistes, et était séparée totalement des services de la direction – lui, Arnold et Miller, leurs adjoints et secrétaires –, qui occupaient l'étage supérieur. Le *DAY* par comparaison ressemblait à un poulailler.

– Je voulais tout d'abord vous connaître, miss Kate. Andy

Miller et Jimmy Arnold vous ont vue à plusieurs reprises, voici quelques années, quand vous étiez toute jeune fille...

– Graves, continuez à m'appeler miss Kate et je vous mets mon poing sur la figure. Ne m'appellent miss Kate que les gens que j'aime.

L'exaspérant sourire refleurit sur les lèvres du nouveau directeur général du *Morning News*.

– Bien, madame Adler. Je disais donc que je voulais vous connaître. Je tenais à rencontrer quelqu'un qui a refusé à son père de prendre sa succession.

Kate, accoudée et jambes allongées, jouait avec son stylo.

– Et alors?

– J'espérais que vous me donneriez une explication de votre refus plus convaincante que celle que m'ont fournie Andy et Jimmy.

Deux des journalistes présents venaient de se lever. Ils sortirent et Shirley Storch s'apprêtait visiblement à en faire autant.

– Reste où tu es, Shirl, dit Kate.

– Une course à faire et je reviens.

Elle s'en alla en compagnie de la petite et menue Linda Fox qui veillait, avec énormément d'application, sur la rubrique des associations, des clubs et de leurs activités.

– Vous êtes venu dans le Queens pour rien, Graves. Je n'ai pas l'intention de vous expliquer quoi que ce soit. Autre chose?

– Andy Miller a réuni toutes les affaires personnelles qui se trouvaient dans le bureau de votre père. Il voulait vous les faire parvenir mais j'ai préféré vous les apporter moi-même. Elles sont dans le coffre de ma voiture.

– Qu'elles y restent, dit Kate.

Trois autres reporters s'esquivaient à leur tour sur la pointe des pieds. Ne demeuraient plus dans la salle que Danny Clifton et deux secrétaires de rédaction également plongés (ou affectant de l'être) dans la lecture et le bâtonnage de copie manuscrite ou des produits du télescripteur.

– En d'autres termes..., reprit Kate.

Elle s'interrompit : un secrétaire de rédaction prenait lui aussi la porte, bredouillant qu'il allait en vitesse chez le coiffeur.

– En d'autres termes, vous voulez savoir si je ne vais pas un jour prétendre à diriger le *Morning News*. C'est bien ça, Graves?

– Oui et non. Oui, c'est une question intéressante. Toutefois...

Nouvelle interruption : le massif Danny Clifton venait de se lever. Il prit par le col le dernier secrétaire de rédaction encore présent et, le tirant doucement, l'emmena.

– Tu vas aussi chez le coiffeur, Danny?

– Oui. Et avec Doug. On travaille mieux quand on a les cheveux courts. On n'est pas freiné par le vent.

La salle de rédaction se retrouva vide. Kate et Henderson Graves restèrent seuls.

– Toutefois?

– Que vous soyez une femme ne change rien pour moi, madame Adler. Je vous combattrai comme je combattrais un homme. En effet, je suis venu vous demander s'il était possible qu'un jour vous songiez à réclamer la direction de mon journal.

– Votre journal?

– Le mien. J'en suis le directeur général, avec les pleins pouvoirs. Je ne peux pas évincer Miller et Arnold. Pas pour l'instant. Mais j'y arriverai, tôt ou tard. Et je crois que votre père le savait. C'est sans doute même pour cela qu'il m'a choisi.

– Brusquement, vous me donnez très envie de m'attaquer à vous, petit bonhomme, dit Kate.

– Faites-le. J'adore la bataille. Et c'est ce que j'allais vous dire avant que votre rédacteur ne s'en aille pour nous laisser parler tranquillement : allez-vous tenter quelque chose? Non pas que je le craigne, remarquez bien. Je n'ai pas du tout peur de vous. Je viens vous voir plus de trois mois après la mort de votre père parce qu'il m'a fallu ce temps pour bien appréhender, disons, les conditions particulières de la situation, pour mesurer l'étendue de mon pouvoir réel. Il est considérable, votre père y a veillé. Au point que j'ai fini par admettre ce que je me refusais à croire : il m'a mis là, à la tête du *Morning News*, afin que je me batte contre vous. Vengeance posthume, en quelque sorte. Il devait pas mal vous haïr. Je ne sais pas pourquoi, à être franc; les explications de Miller et d'Arnold n'ont pas été très claires. C'est la vraie raison de ma visite : pourquoi?

– Allez vous faire foutre, dit Kate calmement.

Il contempla ses ongles et sourit, très satisfait de lui-même.

– Appelez-moi *petit bonhomme* si ça vous chante. Faites-moi jeter dehors, même. Je n'ai pas l'épiderme sensible. Après tout, il m'indiffère de savoir pourquoi votre père vous détestait tellement qu'il a voulu que je prenne sa suite. Attaquez le *Morning*, allez-y. Attaquez le testament, tout ce que vous voudrez. J'ai les meilleurs avocats possibles et ils sont formels : dans le pire des cas, je devrai vous donner un peu d'argent. Cela vous prendra des années pour gagner votre procès mais vous avez une chance. Allez-y. Je finirai peut-être par vous payer. Mais, pour ce qui est de diriger mon journal, non. Jamais. En théorie, votre fils en sera le propriétaire dans moins de vingt ans. Voilà qui me laisse le temps de voir venir. Et autre chose : je ne vais pas me contenter de contrer vos attaques, si vous m'en portez. Je ne suis pas de ceux qui attendent, je préfère frapper le premier. Killinger, votre père, a certes créé le *Morning*. Mais il était vieux, d'une autre époque. Et il était votre père. Il est temps qu'on fasse passer un souffle nouveau sur tout cela. Et je ne suis pas votre père. Ni votre amant. Ne me dites pas que je n'ai aucune chance de le devenir ; je le sais déjà. Je n'en ai surtout pas envie, j'ai horreur des femmes arrogantes. Votre père acceptait la coexistence du *Morning* et de votre torchon. Moi, je n'en veux pas. Par politique commerciale et par principe : il faut toujours achever un ennemi dès que cela est possible, surtout s'il s'agit d'une femme, qui n'a pas sa place dans ce métier. D'un point de vue moral, qui plus est, j'ai toutes les justifications du monde : à tort ou à raison, je pense que j'accomplis la volonté du fondateur vénéré de mon journal, Karl Killinger. Au revoir, miss Kate.

Le téléphone sonnait sans discontinuer, sur plusieurs lignes, depuis quelques minutes. Elle allongea enfin le bras, à la seconde où Henderson Graves se levait, et décrocha, écouta.

– Je vous le passe, dit-elle.

Elle mit la main sur le récepteur.

– C'est pour vous, Graves.

Il se dirigeait déjà vers la porte. Il fit demi-tour et prit l'appareil. C'est alors qu'elle le gratifia d'un superbe crochet du droit comme H.H. Rourke lui avait appris à en donner. Il culbuta deux ou trois chaises, lâcha le téléphone, s'effondra, la lèvre ouverte et saignante.

Danny Clifton parut sur le seuil, croquant dans un hot-dog.

– Ça va, Kate?

– Très bien. Pourquoi?

Danny contempla Henderson Graves, assis sur son derrière, qui considérait sa main ensanglantée par la plaie qu'il avait à la bouche.

– J'ai tout vu, dit Danny. Il a trébuché sur le pied d'une chaise et il est tombé. Ces journalistes de Manhattan, il ne tiennent pas sur leurs jambes. Il leur manque l'air de la campagne.

Kate lui sourit.

– Ce n'est pas un journaliste, Danny. Et il n'a trébuché sur rien. C'est moi qui lui ai mis un grand pain sur la figure, dans un mouvement d'humeur bien compréhensible. Tu crois qu'il va faire la une du *New York Morning News* de demain sur la lâche agression dont il a été victime de la part d'une femme dans le Queens sauvage?

– Allez savoir, dit Danny Clifton.

Qui se pencha au moment où Graves allait se relever, le prit par le cou comme il l'avait fait de son adjoint quelques instants plus tôt, et le tira sur le sol – avec moins de douceur cependant – sans lui laisser la possibilité de se remettre debout.

Jusqu'au trottoir au bord duquel attendait une Cadillac avec chauffeur.

Danny revint, très placide. Mais son regard chercha celui de Kate. Il s'attendait à la réaction et n'en fut pas surpris. Assise de nouveau, accoudée encore, elle tripotait un crayon en tous sens, comme si elle cherchait le meilleur moyen de le casser – et d'ailleurs elle le cassa.

– Je sais, dit Danny. Je n'ai pas tout entendu, mais suffisamment.

– Il a peut-être raison, Danny; peut-être papa l'a-t-il mis là pour ça.

– Non, dit Clifton très fermement. Non, je ne crois pas. J'en suis même sûr.

À peu près tous les téléphones sonnaient, à présent. Il décrocha, Kate à son tour répondit, Shirley Storch, puis Linda Fox et tous les autres, revinrent et eux aussi commencèrent à répondre. La journée reprit son cours normal.

– C'est à propos d'un cheval, dit Linda Fox en regardant ses pieds (elle avait rarement le courage d'affronter le regard de Kate, ce qui désolait celle-ci).

– Un cheval?

Kate scruta le visage de la jeune femme qui lui faisait face. Linda Fox faisait partie de la rédaction du *DAY* depuis cinq mois; elle s'était présentée en montrant une lettre d'un directeur de journal de Louisville, Kentucky, pour qui elle avait travaillé un peu moins de quatre ans tout en achevant ses études universitaires. Kate avait lu quelques-uns des articles qu'elle avait écrits, l'avait mise à l'essai pendant une quinzaine de jours, l'avait embauchée et ne le regrettait pas: Linda était consciencieuse et méthodique, même si ses qualités de plume n'étaient pas hors du commun. *« Le seul reproche que je puisse lui faire, Danny, en somme, c'est cette façon qu'elle a de ne pas me regarder quand elle me parle. Je suis donc si altière? – Tu ne l'es pas. Ou alors ce n'est pas délibéré. N'oublie pas que tu es son idole. Comme tu es celle de beaucoup d'autres femmes dans ce pays. Je crois que tu mesures mal à quel point... –* Nom d'un chien! *Je ne veux être l'idole de personne! C'est ridicule! – Cesse d'être Kate, en ce cas. »*

– Qu'est-ce que je ferais d'un cheval, Linda?

– Ce n'est pas pour l'acheter. Et surtout, il est mort.

Il était mort. Et d'étrange manière: quelqu'un s'était introduit de nuit dans son écurie, lui avait tiré une balle entre les yeux puis – c'était horrible – l'avait dépecé, un long et terrible travail de boucher, en l'amputant des quatre jambes, qui, ensuite, avaient été disposées sur le sol, de part et d'autre du reste du corps, dans une mise en scène macabre et sadique.

Il était neuf heures du soir, Kate venait de boucler sa treizième heure de présence ininterrompue au journal. Danny était rentré chez lui pour dîner en famille mais n'allait pas tarder à revenir. Les équipes de rédacteurs de nuit étaient parties pour entamer leur tournée des commissariats et des services d'urgence, en quête de faits divers.

– Attends, dit Kate à Linda, tu m'as bien dit que le cheval avait été retrouvé dans une épicerie? J'ai bien entendu?

– Dans l'épicerie de Mendel Lipover, Empire Boulevard, à Brooklyn. Mendel vous connaît. Il dit que vous êtes venue chez lui une fois lui acheter des sardines à l'huile.

206

– Je ne m'en souviens pas du tout. C'est possible. Quoique des sardines à l'huile... Et ce Mendel Lipover avait un cheval vivant dans son épicerie?

Pas dans l'épicerie exactement, derrière. À l'arrière de la boutique, il y avait une petite cour et un petit garage que Mendel Lipover avait transformé en écurie pour son cheval.

– Mendel aime beaucoup les chevaux. Il vient de Pologne, d'un endroit appelé la Mazurie. Il était cocher avant d'émigrer, il a toujours eu des chevaux. Mais ce cheval-là était son préféré. Il était sûr que Comtesse-du-Baril allait gagner de nombreuses courses.

– Comtesse quoi?

– Du-Baril. C'est du français. *Baril* veut dire *barrel* en français, Mendel a regardé dans le dictionnaire.

– Tu es sûre que ce n'est pas plus tôt Comtesse-du-Barry?

– Non, c'est bien *du-Baril* qui est écrit sur les papiers irlandais.

– Quel papiers irlandais? demanda Kate, assez tentée de rire bien que cette affaire de cheval dépecé ne lui parût pas très drôle.

– Mendel a acheté le cheval en Irlande et l'a fait venir. C'est une jument.

– Mendel ou le cheval?

«Je ne devrais pas rigoler, pensait Kate. *Déjà que j'intimide Linda...»* Mais elle ne pouvait s'empêcher de se laisser aller; cette histoire venait à point pour la détendre un peu au terme d'une journée marquée par l'irruption si désagréable d'Henderson Graves – désagréable, le mot était faible.

– Le cheval, dit Linda, baissant plus que jamais la tête. C'est un cheval de course de deux ans. Enfin, d'un an et demi, un cheval a automatiquement un an le premier janvier qui suit sa naissance. C'est un très beau cheval, un cheval comme on n'en voit que tous les cinquante ans. Je pense comme Mendel: il pouvait gagner beaucoup de courses.

– Tu t'y connais en chevaux, Linda?

– Je suis du Kentucky, mon père et mon grand-père élevaient et entraînaient des chevaux.

– Et c'est comme cela que tu as connu Mendel Lipover?

– J'habite juste à côté de son épicerie, avec mon frère. Je me fournis chez Mendel.

L'histoire commençait à intéresser Kate, dont l'envie de rire était passée. Danny Clifton revint au même instant, s'assit et alluma sa pipe.

– Raconte toute l'histoire à Danny, Linda. Danny, écoute-ça.

La jeune femme s'exécuta et de s'adresser à Danny et non plus à Kate lui rendit un peu d'aisance. Cette fois, son récit fut plus clair et plus ordonné.

– Intéressant, dit Danny quand elle eut terminé. Il échangea un regard avec Kate. Elle et lui avaient la même idée : cette froide sauvagerie dans la façon de tuer un cheval évoquait de manière troublante le style des tueurs professionnels du milieu.

– Linda, est-ce que Mendel a une idée de la personne qui lui a tué son cheval ?

– Il a prononcé un nom, une seule fois. Il pleurait et était très désemparé. Après, quand je lui ai demandé s'il était sûr que cet homme avait quelque chose à voir avec la mort de Comtesse, il m'a dit que jamais il n'avait parlé de qui que ce soit, et que j'avais dû mal entendre.

– Quel nom, Linda ?

– Jake Moritz.

Nouvel échange de regards entre Kate et Danny.

– Tu sais qui est Jake Moritz, Linda ? demanda Kate.

La Kentuckyenne secoua la tête. Elle n'était à Brooklyn que depuis quelques mois.

– Nous, nous le connaissons, dit Kate. Moins bien que la police évidemment, mais nous savons qui il est. C'est l'un des hommes de main de Mendy Landau.

... Qui lui-même travaillait pour Lepke Tauber. Autrement dit ce qui se faisait de mieux – ou de pire – à l'échelon le plus élevé de la mafia juive de Brooklyn, sinon de New York.

– Tu as déjà entendu les noms de Mendy Landau et Lepke Tauber, Linda ?

Non.

– Tu es sûre que Mendel a bien dit Jake Moritz ?

– Mon frère s'appelle Jake et Moritz était le prénom de Moritz Hoffman, qui nous livrait le fourrage dans le Kentucky. Je suis sûre de ne pas me tromper.

Kate réfléchissait, mâchonnant comme toujours son crayon.

– Linda, je voudrais rencontrer Mendel Lipover. S'il est d'accord, j'irai le voir demain matin.

208

– Il vous admire beaucoup. Kate? Je voudrais...

– Oui, Linda?

– Je sais bien que je ne fais pas les faits divers, mais je voudrais m'occuper de celui-là. Ça m'a fait beaucoup de peine, la mort de Comtesse.

– Labe Paley, dit Danny.

Paley était l'un des quatre reporters du *DAY* affecté plus spécialement aux faits divers; il avait déjà douze ans de métier, était né à Brooklyn, dont il connaissait chaque ruelle et chaque truand ou presque, venait lui-même d'une famille juive, et parlait le yiddish.

Kate acquiesça.

– Labe va prendre l'affaire en main, Linda, je regrette. Labe et Lenny MacClellan.

La petite et frêle Linda Fox fixait plus que jamais la pointe de ses chaussures.

– Ce n'était qu'un cheval, dit-elle.

... Et, bien entendu, elle entendait par là que le fait divers, à son avis, ne valait pas que l'on lançât à l'attaque les deux meilleurs reporters du *DAY*, qu'elle pouvait très bien s'en occuper elle-même, qui adorait les chevaux et dont la première préoccupation en arrivant à New York, après s'être présentée à Kate Killinger et avoir été engagée, avait été de se rendre au champ de course de l'Empire State et même jusqu'à Rockingham Park dans le New Hampshire.

«Ce n'était qu'un cheval.» La phrase allait rester dans les mémoires et entrer dans le florilège de la presse new-yorkaise. Pour désigner un fait-divers de peu d'apparence au début mais pesant des tonnes de copie pour finir.

L'affaire démarra de la sorte, en effet. Le lendemain du départ pour l'Europe de Bernard Adler et Tigre d'Avril, le jour même où Henderson Graves vint porter en personne sa déclaration de guerre.

Toutes dates qui allaient terriblement compter.

– J'étais cocher en Mazurie, dit Mendel Lipover. J'avais deux chevaux et un brouski.

– Et qu'est-ce que c'est qu'un brouski?

– Une charrette. Je faisais du transport avec. Et mes chevaux sont morts, le même hiver de 1911. Alors, j'ai pris le train puis le bateau puis je suis venu en Amérique.

– Content d'y être?

– Oui. C'est un beau pays. On y a de la place pour marcher. Je l'aime.

Pour quelque raison qu'elle s'expliquait mal, peut-être parce que Linda lui avait appris que Mendel Lipover était épicier, Kate s'était attendue à rencontrer un petit homme, plus ou moins rabougri, farfouillant dans ses réserves et transportant à petits pas de petites choses. Elle n'avait pas précisément mis dans le mille : Mendel, l'ancien cocher, était un colosse, moyen de taille, mais en revanche large comme deux portes. Et le ventre plat, la nuque droite, un cou de taureau, des mains-battoirs, une souplesse inattendue dans les mouvements. Et surtout, une façon bien à lui de contempler les gens et les choses, la tête légèrement renversée vers l'arrière, sans dédain mais non sans lucidité.

– Quel âge avez-vous, Mendel? Je peux vous appeler Mendel?

– Vous pouvez m'appeler Mendel, j'en serais même honoré. J'ai quarante-quatre ans.

– Appelez-moi Kate.

Il acquiesça. Il n'avait pas voulu que Kate vînt le voir à sa boutique. Par l'entremise de Linda Fox, la rencontre avait lieu en vue du pont de Brooklyn; Kate était arrivée en voiture, conduisant elle-même. Sitôt qu'elle avait stoppé, elle avait vu venir vers elle cet homme coiffé d'une casquette, moustachu comme un Bulgare.

– Vous avez voyagé en Amérique, en dehors de New York?

– Oui. La première année.

Il avait effectué un tour complet, en train et à pied. De New York jusqu'en Floride puis droit sur le Texas et la Californie. Il avait fait un petit crochet par l'État de Washington, et les Dakotas, et il était descendu au Sud par les Rocheuses, avant de rentrer à New York à travers la grande plaine avec ses mers de blé. Beau pays, pas de doute. Il avait décidé d'y rester.

– Vous êtes belle, Kate, si je puis me permettre.

Elle rit.

– Vous pouvez. Merci. Comment avez-vous fait pour vous retrouver dans l'épicerie?

Sourire sous la moustache : pourquoi pas l'épicerie? Il avait eu, à un moment, dans les quinze cents dollars à placer; le vieux Salomon Satz cherchait à vendre pour se retirer en Floride; l'affaire s'était faite. Ce n'était pas une boutique de misérable, attention! Cinq employés à demeure et une très bonne clientèle; des revenus sûrs et réguliers, qui ne nécessitaient pas sa présence toute l'année; si bien qu'il pouvait voyager de temps à autre...

— Et acheter un cheval de course, dit Kate, venant enfin au fait.

— Et acheter un cheval de course. La petite s'est trompée, Kate. Jamais je n'ai prononcé le nom de Jake Moritz.

La *petite*, c'était Linda Fox. Kate considéra cet épicier si peu banal. Jusqu'à cette minute, elle aurait juré que si Mendel Lipover refusait de citer Jake Moritz, c'était par peur de représailles (et quand on connaissait Jake Moritz, on comprenait qu'il pouvait inspirer la peur). Mais non.

— Vous n'avez certainement pas peur de Moritz, Mendel. Pourquoi le protéger, alors?

Sourire.

— Moritz n'a rien à faire dans cette histoire de cheval. Il est propriétaire de chevaux lui aussi, et de bons. C'est le seul rapport qu'il y ait entre nous.

— Vous voulez vous en occuper vous-même, n'est-ce pas?

— M'en occuper?

— Le tuer, dit Kate. Pour ce qu'il a fait à votre cheval.

Il contemplait le pont de Brooklyn, penchant la tête comme pour mieux en apprécier les lignes. Les secondes s'égrenèrent. De façon très fugitive, quelque chose transparut sur son visage : une dureté impitoyable. Mais il dit :

— Je n'ai aucune raison de vouloir tuer Jake Moritz.

— Parlez-moi de lui, s'il vous plaît, Mendel.

— Il aime les chevaux. (Sourire) Il aime l'argent que les chevaux rapportent quand ils courent et lorsque quelqu'un mise sur eux au bon moment.

— Jake Moritz connaissait Comtesse-du-Baril?

— Oui.

— Il l'a vue courir?

— Deux ou trois fois. N'importe qui pourra vous le dire, parmi ceux qui s'intéressent aux chevaux. J'aurais pu répondre non à votre question, mais ça n'aurait servi à rien : vous avez envoyé des journalistes de chez vous à l'entraînement ce matin, non?

– C'est vrai.

– Alors vous savez déjà quelques petites choses.

– Par exemple que Moritz a voulu vous acheter Comtesse. Exact?

– Il me l'a proposé. Il y avait des témoins.

– Et vous avez refusé son offre.

Acquiescement.

– Il est revenu à la charge, Mendel?

– Quand je dis non, c'est non.

– Vous ne répondez pas à ma question.

– Il a un peu insisté.

Kate avait encore au moins une question importante en réserve: Jake Moritz avait-il proposé à Mendel Lipover une arnaque – faire courir ensemble Comtesse et l'un des chevaux de Moritz, arranger les courses pour amener Comtesse en position de nette favorite, puis, le grand jour venu, retenir la jument et faire gagner l'autre, sur lequel tous les enjeux des deux hommes eussent été placés?

Elle ne posa pas la question. Mendel n'y eût pas répondu. D'après Labe et Lenny, pourtant, là était la cause de la mort du cheval. Moritz avait effectivement envisagé une arnaque, que Mendel avait refusée, les deux hommes avaient eu une discussion très violente; il semblait même que l'épicier fût allé jusqu'à menacer le gangster.

– Comtesse-du-Baril était un si bon cheval que cela, Mendel?

– Meilleur encore. Il restait un petit problème, mais j'étais presque arrivé à le résoudre. En Irlande on la faisait courir corde à droite, dans le sens des aiguilles d'une montre. Il a fallu lui apprendre à tourner dans l'autre sens.

– Il faudra que j'aille voir une course, un jour. Je n'y suis jamais allée. Si ça vous dit de nous servir de guide.

– Nous?

– Mon mari, mon fils et moi, dit Kate en riant.

Il se mit à rire, secouant la tête.

– Vous êtes marié, Mendel?

– Sûrement pas.

– Des enfants?

– Non plus. (Il se remit à rire).

– De la famille en Amérique?

– Ni ici ni ailleurs. Kate? Je ne veux pas me mêler de vos

affaires de journaliste, mais vous ne devriez pas laisser la petite poser tant de questions.

— Linda Fox? Elle n'est pas chargée de ce reportage.

— Elle pose des questions. Ce matin, on m'a raconté qu'elle se baladait en interrogeant les uns et les autres.

— C'était hier. Je l'ai vue hier soir et c'est elle qui m'a appris l'histoire de votre cheval. Mais je lui ai dit de ne pas s'en occuper.

— Elle n'a pas dû entendre. Ce matin, elle faisait son enquête. Je vous offre un hamburger?

— J'adorerais mais je dois rentrer à mon journal. À propos, vous pourriez me donner une ou deux photos de Comtesse?

— Je préfère pas.

— Vous ne voulez pas que le *DAY* parle de l'affaire?

— Non. Désolé. Je n'ai pas déposé de plainte. Mon cheval est mort, c'est tout.

— Mendel, tout le monde n'a pas la possibilité d'affronter Jake Moritz et de régler en tête-à-tête les différends que l'on peut avoir avec lui. La seule et unique solution, c'est d'envoyer les gens comme lui en prison. Le *DAY* est là pour ça.

— Je n'ai aucune raison d'en vouloir à Jake Moritz, dit-il une nouvelle fois.

Elle revint à Buckingham Street. Pour autant qu'elle pût en juger, l'affaire du cheval assassiné n'était qu'un fait divers. Très déplaisant, mais dès lors que Mendel Lipover refusait toute collaboration...

Au vrai, elle avait autre chose en tête. La violence de l'offensive de Henderson Graves, sa totale gratuité surtout, la mettaient en rage, une rage sourde et très amère.

— Danny, tu as vu Linda aujourd'hui?

— C'est son jour de repos.

— Il paraît que cette idiote mène sa propre enquête à Brooklyn. L'histoire du cheval. Je veux la voir dès demain matin.

Une rage et une amertume auxquelles l'absence de Tigre d'Avril et de Bernard Adler ajoutait beaucoup.

— Des nouvelles de Labe et Lenny?

— Lenny a téléphoné quelques minutes avant que tu ne rentres. Il avait besoin de cent cinquante dollars pour payer un informateur. Je lui ai dit oui, qu'il pouvait y aller.

– Il a dit qui et pourquoi?

– Au téléphone? Kate, il appelait d'un drugstore!

– Je suis dans la lune, Danny.

– Tu as déjeuné?

– Pas faim.

Lucien Abadie arriva. En tant que chef rotativiste responsable de toute l'impression du *DAY*, il ne prenait normalement son service que bien plus tard, vers sept heures, mais Kate et lui étaient convenus d'une réunion spéciale.

– La rotative, Kate. Tu as réfléchi à ma demande?

Il voulait parler d'un nouveau dispositif qu'il voulait adapter, et que les rotativistes du *NY York Times* employaient depuis déjà plus de deux ans: le collage en marche, qui permettait de changer de bobine de papier sans interrompre l'impression.

– Au *Times* ils arrivent à passer d'une bobine à l'autre tout en tournant à quinze ou seize mille tours. Je gagnerais un temps fou et surtout je pourrais tirer davantage dans le même laps de temps. Ce qui éviterait les heures supplémentaires.

– Ne m'explique pas comment marche une rotative, Lucien. Je le sais aussi bien que toi.

– Ça, c'est le genre de choses qui m'énerve. Tu cherches à m'énerver? Tu vas me trouver si tu me cherches.

La tradition de la presse mondiale voulait que tout chef rotativiste fût doté d'un caractère de chien enragé, et Abadie respectait scrupuleusement la tradition. Sa salle des machines était interdite à tout être vivant en dehors de lui-même et de ses hommes, et, à condition qu'elle n'en abusât pas, de Kate elle-même. Bernard Adler avait reçu une giclée d'encre bien grasse pour avoir voulu s'y aventurer; Ed Solomons risquait carrément la mort.

– Je n'ai pas envie de t'énerver, Lucien. Ce n'est pas le jour. D'accord, tu es le Nuvolari de la rotative et le Nijinski de la bobine. Ça va?

– J'accepte tes excuses. Kate? Tu n'as pas l'air en forme. Ça ne te ressemble pas de refuser la bagarre. Il y a quelque chose que je peux faire?

– Non. Parlons de ton dispositif. Ça va me coûter une fortune.

Une heure durant, ils discutèrent technique et prix. Abadie

était également partisan d'une amélioration du convoyeur par lequel les journaux fraîchement tirés étaient directement acheminés à la salle des ventes où les gens des expéditions les prenaient en charge. Dans le système utilisé par le *DAY*, les exemplaires sortant de la rotative puis de la plieuse défilaient comme un flot ininterrompu, plus ou moins séparés en brassées de vingt-cinq. Il fallait dégager chaque brassée, la taquer, la soulever et la reposer sur la glissière d'évacuation. Abadie penchait pour une sortie en paquets déjà taqués et comptés automatiquement, comme cela se faisait en Europe. Il se faisait fort d'aménager son monstre – une Wood – pour parvenir à ce résultat.

Kate refusa les paquets mais céda pour le collage en marche. L'investissement était important : trois cent soixante-dix-huit mille dollars, en comptant les travaux qu'on allait devoir effectuer pour faire face à l'accélération du débit et les deux rotativistes supplémentaires dont Abadie obtint l'embauche. Mais c'était cela ou changer complètement le matériel. De la sorte, le *DAY* pourrait tirer à plus de quatre cent mille exemplaires par nuit, sans que ce fût un défi systématique aux lois humaines et techniques.

– Kate, je m'occupe de ce qui ne me regarde pas, mais tu devrais secouer les puces à Ludo Cecchi et à ses bonshommes. Ça sert à quoi que je me décarcasse à tirer douze milliards d'exemplaires en dix minutes si ces feignants de la distribution passent leur temps à fumer des cigarettes et à jouer de la mandoline ?

– Tu as raison.

– Content de te l'entendre dire. Surpris mais content.

– Tu as raison quand tu dis que tu t'occupes de ce qui ne te regarde pas. Du vent, Abadie, je t'ai assez vu.

Il éclata de rire, ravi après tout d'avoir eu satisfaction pour le collage en marche. De tous ceux qui travaillaient avec elle au *DAY*, Lucien Abadie et Ed Solomons étaient sans aucun doute les hommes sur lesquels elle s'appuyait le plus volontiers.

À trois heures, elle avait rendez-vous avec tout un groupe d'hommes représentant la quasi totalité des exploitants de salles de cinéma de Brooklyn, du Queens et de Long Island, de Manhattan et de Staten Island. L'idée était d'elle à l'origine, même si Ed Solomons (qui assistait à la réunion) s'était chargé de sa réalisation. Il s'agissait, au terme d'accords minutieusement équilibrés, de diffuser chaque semaine, le vendredi, le samedi et le dimanche, un court métrage de trente secondes voué à la promotion de l'édition dominicale du *DAY*. Kate avait engagé, pour la fabrication de ces films, un duo de cinéastes recommandés par Frank Capra, ami personnel de Bernard Adler, et dont l'un avait été assistant de John Ford. Elle avait, sitôt les accords de principe passés, commandé vingt-quatre de ces courts métrages pour servir de réserve, chacun d'entre eux axé sur un fait-divers, dramatique ou drôle, traité dans le passé par les journalistes du *DAY* (l'affaire Jimmy Stappleton à elle seule avait fourni la matière de six films). Douze autres étaient en préparation mais, dans son esprit, ces trente-six documents ne devaient servir que de bouche-trous : elle attendait de ses spécialistes un court-métrage par semaine, mettant en exergue le contenu de l'édition du dimanche à venir. Cela impliquait une remarquable coordination générale et une ardente course contre la montre ; on lui avait expliqué sur tous les tons qu'il était impossible de tourner, développer, tirer, monter, reproduire en plus de cent copies un film dont on ignorait le plus souvent le sujet le lundi matin, et qui donc devait être achevé et livré aux salles le vendredi midi. *« Simple question d'organisation »*, avait-elle répondu, et, si une semaine on ne pouvait vraiment pas être prêt, on se rabattrait alors sur la réserve.

Derniers points à régler : obtenir l'accord définitif des exploitants de salles. Payer pour assurer la diffusion semblait dans la logique des choses, Kate s'y était plus ou moins préparée. Ed Solomons avait failli s'étrangler. Payer ? Ce seul mot le rendait malade ; par pitié, qu'elle s'abstînt de le prononcer devant lui ! Elle n'avait donc rien compris à la façon dont il fallait gérer la publicité d'un quotidien ? Et les échanges-marchandises, alors ?

— Ed, je ne veux pas que vos manigances réduisent si peu que ce soit l'indépendance de notre rubrique cinéma. Qui fait cinq pages en fin de semaine. Vous pouvez y flanquer tous les placards publicitaires que vous voudrez, pourvu qu'ils soient payants et à plein tarif, mais si mes journalistes trouvent que le film que diffusent telles ou telles salles est complètement nul, je veux qu'ils puissent le dire en toute liberté. Même si leur critique voisine avec un quart de page ou une page entière vantant les qualités de ce même film. C'est ça, la liberté de la presse. Vu, Solomons?

Il l'avait considérée avec, sur son visage potelé, l'expression de quelqu'un souffrant horriblement de l'estomac. Ce qu'elle nommait la liberté de la presse était un concept qu'il ne possédait pas dans son armoire à concepts. Ed Solomons ne lisait jamais aucun journal – pas plus le *DAY* que n'importe quel autre. Une publication pour lui consistait en publicité, avec quelque chose autour dont l'intérêt lui échappait totalement (sauf les bandes dessinées, il aimait bien *Guy l'Éclair*). Toutefois, par un mystère que même-lui n'eût pu élucider, il avait un œil de gerfaut et toute citation d'une marque, d'un magasin, d'un restaurant, d'un hôtel, de n'importe quoi dans le corps d'un reportage lui sautait immédiatement à la figure : « *Nom de Dieu, Kate, vous faites à ces types de la publicité gratuite! gratuite!* » *Gratuit*, tout comme *payer*, était un mot à jamais rayé de son vocabulaire. Il avait découvert le moyen d'échanger contre de la publicité la révision et même l'achat des véhicules du journal, les travaux d'entretien des bâtiments, la plupart des vêtements, des chaussures, des meubles et des vacances. Il rêvait – avec des espoirs raisonnables de réussite – d'un troc qui eût permis la fourniture gracieuse des hamburgers et des hot-dogs consommés par la rédaction et les services techniques.

À certains exploitants, il avait arraché un simple échange : diffusion des films publicitaires contre une réduction du prix des placards annonçant la sortie de *Cette sacrée vérité*, de Leo Mac Carey, ou de *La Joyeuse Suicidée*, de Wellmann. Réduction et non gratuité, bien entendu. Et puis quoi encore? Pour les autres propriétaires de salles, la tâche avait été plus dure. « *Ces types sont de vrais chiens, Kate; ils ne pensent qu'à l'argent!* ». Mais il était parvenu à ses fins au prix d'une ébouriffante construction fondée sur le principe des échanges-marchandises communicants : des voitures étaient troquées contre des voyages en Floride, qui eux-mêmes venaient en contrepartie de réfrigérateurs, lesquels remplaçaient de superbes lots de casseroles fournies par Isiah Epstein que l'on dédommageait par un chargement de mangoustans asiatiques lui-même compensé par un lot de tapis presque persans. Kate n'avait rien compris et avait envisagé, pour tenter de suivre les incroyables méandres de la réflexion solomonienne, de faire appel à un autre des amis de Bernard Adler, un professeur de Princeton récemment émigré d'Europe et qui se nommait Albert Einstein. «*Albert Epstein? C'est peut-être un cousin d'Isiah. Qu'est-ce qu'il vend, Kate? – Il s'appelle Einstein, et non Epstein et il n'a rien à vendre. Il est dans la physique ou les mathématiques ou quelque chose comme ça. Et ne me dites pas que vous allez lui proposer un échange-marchandises contre des travaux de comptabilité. – On peut tout faire entrer dans les échanges-marchandises, Kate, tout. Pas plus tard qu'hier, j'ai échangé dix-sept contraventions contre une annonce demi-tarif pour le bal annuel de la police.*»

La réunion avec les exploitants dura presque trois heures. Elle se tint dans le bureau de Solomons, vaste et imposante pièce lambrissée et somptueusement meublée. Kate avait organisé une projection de six de ses films – dont trois qui relataient l'affaire Jimmy Stappleton. Dans la chaleur communicative du champagne offert par Ed – échange-marchandises évidemment –, l'accord définitif se fit. La diffusion du premier court métrage commencerait non le vendredi suivant, mais celui de l'autre semaine.

– On a gagné, Kate. Sauf que ça n'a pas l'air de tellement vous enthousiasmer. Des problèmes?

– Rien que vous ne puissiez résoudre, Ed.

Elle regagna la salle de rédaction. Ni Labe Paley ni Lenny MacClellan n'étaient encore rentrés et il y avait un autre fait divers, plus facilement exploitable, qui pourrait faire la une selon Danny : un *hit and run*, un délit de fuite, dans lequel un automobiliste inconnu avait renversé une petite fille de neuf ans et s'était enfui.

– Comment va la gosse?

– Colonne vertébrale brisée et fractures multiples du bassin et des jambes. Elle sortait de l'école.

– Mon Dieu!

Kate était sincèrement affectée – il lui suffisait de penser à son propre fils pour l'être, en pareil cas.

– Il y a cependant une chance d'identifier le conducteur, dit Danny. Au moins a-t-on une description du véhicule, une Ford AB 1932 de couleur bleu marine. Mais personne n'a relevé le numéro.

– Tu as eu Dale?

– Oui. Il a mis pas mal de ses hommes sur le coup et ils sont en train de dresser la liste de tous les propriétaires de Ford AB 1932 à New York et à Long Island. Si la voiture vient d'ailleurs, évidemment...

Dale Moscovitz avait pris la succession de l'antipathique capitaine Garvey, le triste héros de l'affaire Stappleton. Contre Garvey, le *DAY* avait mené une campagne furieuse six semaines durant et le policier avait finalement été muté, en dépit de toutes les protections dont il bénéficiait. Moscovitz avait été l'adjoint du lieutenant Donovan, ami personnel de Kate; ses relations avec les journalistes du *DAY* étaient excellentes.

– Nous avons réussi à trouver une Ford AB 1932. Pas celle de l'accident, tu t'en doutes, mais une autre, identique – même la couleur est la bonne. Harry Coughlan et Benny Torrance sont partis avec, à l'endroit même de l'accident, ils vont faire une photo en essayant de reconstituer exactement la scène. À la publication, je pensais gommer le numéro et le remplacer par un point d'interrogation.

– D'accord. On a pu avoir des photos de la fillette? Comment s'appelle-t-elle?

– Sue Travis.

– Je connais deux Travis. L'un qui est employé de banque et l'autre... voyageur de commerce, je crois.

– C'est le deuxième, Bill M. (pour Morton) Travis, il est actuellement en déplacement mais Benny a réussi à le joindre au téléphone dans l'Ohio et à le prévenir. Benny ira le chercher au train. Mary-Ann Campbell s'occupe de la mère et elle a réussi à avoir des photos de Sue.

– Elle les a volées, c'est ça?

– Comment faire autrement, Kate? C'est le métier qui veut ça. La petite est très mignonne. Sa photo à côté de celle de la voiture, sur quatre colonnes, ça va accrocher. Kate, c'est toujours Henderson Graves qui te tracasse? Tu n'es pas toi-même. Tu as toujours insisté pour que nos reporters obtiennent des photos de ce genre par tous les moyens.

– D'accord.

Elle demeura un long moment à scruter, sur les trois clichés subtilisés par Mary-Ann Campbell à une mère bien trop affolée pour s'en rendre compte, le visage de Sue Travis. Rage et dégoût. Mais Danny avait raison : c'était à cause d'Henderson Graves.

– On passe celle-ci, Danny. Recadre-la mais garde l'ours en peluche.

Elle appela l'hôpital pour avoir des nouvelles de la blessée. Qui devrait normalement survivre si elle surmontait le choc initial mais qui, peut-être, ne marcherait plus jamais.

– Danny, en encadré, le nombre des accidents avec délit de fuite au cours des douze derniers mois. Et le nombre des enfants atteints. Tu fais également appeler John Harper. Il a travaillé dans les services du *district attorney* avant d'être avocat et il devra nous dire quelles sont les peines encourues quand on tue quelqu'un avec sa voiture et qu'on ne prend pas la peine de s'arrêter. Qu'on demande aussi à John dans quelle mesure les peines prononcées ont été effectivement subies. Je veux savoir ce que cet enfant de salaud qui a heurté la petite Sue risque réellement. S'il risque quelque chose, au cas où on met la main dessus. Si ça se trouve, il s'en tirera avec une amende.

... Autre chose : elle voulait qu'on commençât à préparer une carte allant de Brooklyn à la pointe nord de Long Island, sur laquelle seraient indiquées toutes les écoles, et pour chacune de celle-ci, les points noirs – soit des endroits où des accidents avaient eu lieu, soit là où ils risquaient de se produire.

– Nous publierons la carte dès qu'elle sera prête et nous en ferons des tirés à part à en-tête du *DAY*, que nous distribuerons dans les écoles pour affichage.

Elle n'avait encore écrit aucun de ses deux éditoriaux, le sien et celui de Bernard Adler. Elle s'y attela avec, devant elle, la pile de journaux qui servait à sa revue de presse. Dale Moscovitz appela vers six heures quinze pour dire que la police était en train de vérifier les emplois du temps et les voitures de tous les propriétaires de Ford AB 1932; mais que cela prendrait du temps :

– Dès que j'ai du nouveau, je vous fais signe, Kate.

– Merci, Dale. (Elle raccrocha.) Danny? Il me vient une idée... Le chauffard était peut-être ivre. Si c'est le cas, il a bien dû boire quelque part. Détache Archie et Tom. Je veux qu'ils fassent un à un tous les endroits où l'on peut se saouler. Qu'ils recherchent un client reparti dans une Ford AB 1932. La voiture venait du nord et allait au sud vers Williamsburg; qu'ils aillent au nord.

Elle prit quatre ou cinq communications à la suite, de peu d'importance, tout en écrivant sans jamais se raturer. Elle rédigea l'éditorial d'Adler, puis le sien. Elle passa ensuite à la rédaction de sa rubrique *Tout ce que vous n'avez pas besoin de savoir pour vivre loin de Manhattan*; sa plume se fit encore plus caustique, à l'encontre de Manhattan, qu'elle proposa de transformer en sanctuaire pour oiseaux, les dimanches et jours de fête, puisque plus personne n'avait désormais envie d'y habiter tant c'était sale, déglingué, insalubre et mal fréquenté – tout le contraire du Queens et de Long Island.

Lennie MacClellan arriva quelques minutes avant sept heures. C'était un grand diable roux promenant en permanence sur le monde extérieur une sorte de rictus désabusé. À quarante ans, il était de loin le plus âgé des reporters du *DAY*; Kate ne l'avait engagé qu'à la condition qu'il ne bût pas plus d'une bouteille par jour, sauf durant ses jours de repos, où il pouvait vider une barrique si ça lui chantait. Durant les cinq derniers mois, il avait respecté le marché.

– Vous avez parlé à Mendel Machin. Ne vous fatiguez pas à me répondre oui, miss Kate, je suis au courant et six cents autres types le savent. Bon, les nouvelles: ce n'est probablement pas Jake Moritz qui a tué le cheval.

– Il l'a fait tuer.

– Non plus. Moritz serait capable d'égorger sa propre mère et tous ses voisins de palier, mais il n'a pas touché à ce canasson.

– Mendel Lipover n'a pas arrêté de me répéter qu'il n'avait aucune raison d'en vouloir à Moritz.

– Il ne mentait pas. Pas tout à fait. C'est Mendy Landau qui a ordonné le massacre.

– Moritz n'a pas proposé une arnaque à Lipover, qui a refusé?

– Si. Mais avant que votre copain épicier dise non, Moritz avait déjà parlé de l'affaire à Landau.

– Landau aime les chevaux lui aussi, je suppose?

– Mendy ne pourrait même pas dire où est la tête et où est la queue dans un cheval. Mais il est le bras droit de Lepke Tauber, c'est lui qui s'occupe des rentrées d'argent et il y a des bruits qui courent...

Kate attendit et ne posa pas la question; elle était assise dans sa position familière, adossée à son fauteuil en moleskine (jamais forcément le même, c'était n'importe quel fauteuil libre autour de la table en U). Bras posés sur les accoudoirs, jambes allongées et chevilles croisées, elle roulait un stylo entre ses doigts.

– Selon ces bruits, poursuivit MacClellan, Mendy aurait un trou dans sa comptabilité. Pas qu'il ait volé Lepke – il n'est pas fou – mais il paraît que de l'argent a disparu quelque part.

– Et Landau comptait sur les gains aux courses de Comtesse pour boucher ce trou, dit enfin Kate.

– C'est ce qu'on m'a dit.

– Et le refus de Mendel Lipover l'a mis de très mauvaise humeur.

– Ça se murmure.

– Et Landau ne tient pas du tout à ce que Lepke Tauber soit mis au courant.

– De la raison pour laquelle Mendy Landau avait tant besoin de cette arnaque aux courses? Sûrement pas.

– Vous pouvez prouver un seul mot de ce que vous venez de me dire, Lenny?

– Pas une broque.

– Vous préférez garder pour vous les noms de vos informateurs?

– Si je peux, oui.

– Vous connaissez quelque chose aux courses de chevaux?

– Non, pas grand chose.

Il était sept heures trente environ et MacClellan se trouvait sur la brèche depuis l'aube. Et il n'avait pas bu, ou très peu.

– Vous avez ramassé autre chose, Lenny?

Il fit non de la tête. Elle l'autorisa à rentrer chez lui. De son côté, Danny Clifton partit dîner. À de soudaines crampes d'estomac, Kate se souvint qu'elle n'avait rien avalé depuis le thé et les deux toasts de son petit déjeuner. Par téléphone elle passa commande d'un osso bucco au restaurant de Queens Avenue qui était tenu par un frère et deux cousins de Nick Di Salvo son ancien rédacteur en chef, à présent au *Times*. Oui, elle le voulait à la minute et très copieux. Moins d'un quart d'heure plus tard, la camionnette à l'enseigne d'*Enrico* stoppa sur Buckingham Street en soufflant de la vapeur comme une locomotive poursuivie par les Indiens.

– Plus vite, on pouvait pas, miss Kate. Cet osso bucco, il était déjà sur la table d'un client!

Ils refusèrent avec entêtement d'être payés. Ils viendraient tous les soirs, si elle voulait. Et même trois fois par nuit.

Labe Paley la trouva en train de manger. Kate l'avait engagé – ou du moins mis à l'essai pendant un mois – sur la très timide recommandation de Bernard Adler. Sa façon de rédiger s'était vite révélée catastrophique : il écrivait comme un contemporain de William Shakespeare tenant à prouver qu'il connaissait chacun des trente ou quarante mille mots utilisés par le grand Will. Kate avait tout essayé pour le persuader d'être plus simple; peine perdue. Elle avait été sur le point de le prier d'aller travailler dans l'enseignement, lui avait cependant donné une autre chance et, merveille! ç'avait été la révélation : Labe, avec sa tête de vieux chien mélancolique (il avait trente-deux ans), s'était découvert des talents de formidable chasseur.

Il raconta à peu près la même histoire que MacClellan : lui non plus ne croyait pas, sur la foi des informations qu'il avait pu recueillir, que Jake Moritz eût été l'instigateur du dépeçage du cheval; l'ordre venait plus vraisemblablement de Mendy Landau. (Kate n'avait rien dit à son deuxième reporter des renseignements obtenus par le premier; elle préférait contrôler ses sources.) Toutefois, s'agissant des motivations de Landau, Paley offrait une explication différente :

– Moritz et Landau sont en concurrence. Leur patron à tous deux reste Lepke Tauber, mais la question est de savoir qui vient en second derrière Lepke.

– Ce n'est pas Mendy?

– Ces derniers temps, Moritz a réussi quelques coups. Il a proposé à Lepke une mainmise...

– Parle plus simplement, Labe, dit Kate avant d'avaler sa troisième tranche de jarret de veau.

– Il a proposé à Lepke de prendre le contrôle des paris sur les courses de chevaux...

– C'est mieux.

– ... Sur les paris et bien sûr sur les courses elles-mêmes. Il veut même créer une agence de presse continentale pour enregistrer les paris.

– Et Landau aurait fait tuer ce cheval pour lui donner à la fois une leçon et un avertissement?

– Oui, miss Kate.

– Appelle-moi Kate, et pas miss Kate, ça m'agace. Labe, toute cette affaire devient trop vaste. Si nous voulions la traiter à fond, il faudrait que toute la rédaction s'y consacre. Parle moi de Mendel Lipover.

– C'est un ami de Lepke, dit tranquillement Labe Paley.

– Quoi?

Interdite, Kate en restait bouche bée, la fourchette garnie de pâtes en l'air.

– Il a travaillé plus d'un an comme garde du corps de Lepke au moment de l'affaire Dutch Schultz. C'est de cette façon qu'il a gagné l'argent pour acheter son épicerie. Il a été arrêté une fois pour coups et blessures volontaires mais la plainte a été retirée, comme toujours quand Lepke est impliqué, directement ou non.

Elle n'en revenait pas et pour un peu eût éclaté de rire : elle avait été complètement abusée par Mendel Lipover.

– Que va faire Lipover, Labe? Il sait que c'est Mendy Landau qui lui a tué son cheval?

– S'il ne le sait pas déjà, il ne va pas tarder à l'apprendre. Et, soit il essaiera de tuer Mendy, soit il en parlera à Lepke. Qui mettra de l'ordre à sa manière. De toute façon, un jour ou l'autre, Lepke devait arbitrer la rivalité de Moritz et Landau.

De plus en plus, Kate s'accrochait à sa première analyse : l'affaire dépassait les possibilités du *DAY*, elle voyait mal comment en tirer parti sur le plan rédactionnel, ce n'était jamais qu'une bataille entre truands. Puisque Mendel Lipover lui-même, loin d'être une innocente victime et un petit épicier sans défense, appartenait en fin de compte au milieu, fût-ce à titre rétroactif.

– Une question, Labe : comment diable es-tu si bien informé?

Paley avait naturellement l'air mélancolique, le désespoir parut envahir son visage – assez comiquement, en fait.

– C'est à cause de mon frère aîné, dit-il.

Son frère, Sol Paley, de douze ans plus âgé que lui, qui avait payé ses études et, surtout, l'avait incité avec énergie à les poursuivre.

– Il voulait que je devienne rabbin comme notre grand-père, et je le serais sûrement devenu si Sol n'avait pas été envoyé en prison.

C'est décidément la soirée des surprises, pensa Kate.

– Parce que ton frère est en prison?

Eh oui. Sol Paley s'était vu condamner à neuf ans, pour avoir été le comptable en titre de Dutch Schultz – de son vrai nom Arthur Flegenheimer –, alors grand patron du racket des restaurants. Mais quand Dutch avait été abattu par les tueurs de Lepke Tauber et d'Alberto Anastasia, Sol s'était retrouvé privé de toute protection.

– Et Dieu l'a puni, dit Labe.

– Tu veux un peu de mon osso bucco?

Il remercia, non, il mangeait exclusivement kasher.

– Vous voulez que j'écrive mon article, miss Kate?

– Kate. Non, pas d'article. Nous laissons tomber l'affaire. Rentre.

Le téléphone sonnait. Elle décrocha tandis que Labe Paley, traînant un peu les pieds, s'en allait. En ligne était Tom Akins, l'un des deux reporters envoyés à la recherche du chauffard conducteur de la Ford AB 1932, son co-équipier étant Archie Conway. Ils n'avaient rien trouvé après avoir pourtant enquêté dans tous les endroits possibles de la partie nord du Queens.

– Tous? Ça m'étonnerait, remarqua Kate, acide.

– Peut-être pas tous, en effet, d'accord, reconnut Akins. Qui voulait savoir jusqu'à quelle heure Conway et lui devaient poursuivre leurs investigations.

– Tant qu'un seul de ces bistrots est ouvert. Nous ne bouclons pas notre édition avant une heure du matin, au cas où tu l'aurais oublié, Tom. Il fallait travailler dans une banque, si tu voulais des horaires réguliers.

– Nerveuse?

Danny Clifton venait de regagner son poste, après avoir dîné en famille, seule fantaisie qu'il se permettait, avec le plein accord de Kate.

– Danny, tu savais que Labe Paley avait un frère en prison, un ancien lieutenant de Dutch Schultz?

Il acquiesça, placide.

– Merci de me l'avoir dit!

– Tu n'aurais pas engagé Labe si tu l'avais su. Et ç'aurait été dommage, il est bon. Sauf quand il écrit, évidemment. Mais, dans une affaire comme celle du cheval, il est utile. Comme il l'a été voici quelques semaines pour l'histoire de la fusillade dans le restaurant. Et lors de l'incendie des entrepôts de fourrure.

– Oublie-moi, Danny.

– Difficile. Tu es inoubliable. Tu aurais dû venir dîner à la maison, Peggy et les enfants auraient été ravis. On ne passe rien sur le cheval dépecé?

Elle fit simplement non de la tête. Sonneries en série des dix-huit lignes téléphoniques. Un appel provenait de l'hôpital où elle avait posté Mary-Ann Campbell avec l'ordre d'établir le contact toutes les heures, et plus souvent si nécessaire, pour rendre compte de l'état de la petite Sue Travis : la gamine venait de sortir de la salle d'opération, on avait réduit ses onze fractures, elle semblait réagir favorablement mais la même incertitude continuait à régner sur ses possibilités de remarcher un jour.

– Mary-Ann, je voudrais que tu restes sur place jusqu'à minuit...

– Je resterai toute la nuit, Kate. La mère de Sue est seule et je lui tiens compagnie.

– À onze heures, dit Kate, je veux que tu nous appelles et que tu nous passes deux cents mots sur Sue, sa mère et son père. Tout ce que la mère t'a déjà dit et va encore te dire.

Longue hésitation sur la ligne.

– D'accord, finit par dire Mary-Ann. Onze heures.

Le standard lui passa ensuite une communication qu'elle avait demandée avec Dale Moscovitz. Le policier n'avait rien de nouveau à propos de la Ford AB 1932. Ce n'était pas rien que de contrôler chacune de ces milliers de voitures. Kate répondit qu'elle ne doutait nullement de la bonne volonté de Moscovitz et de ses hommes, et, à propos, on lui avait raconté une histoire absurde concernant un cheval de course qui aurait été abattu à Brooklyn, on était au courant, à la brigade?

Pas du tout. Quel cheval?

– Rien d'important, dit Kate, qui avait également passé sous silence les recherches qu'elle avait entreprises par Tom Akins et Archie Conway interposés. Elle raccrocha.

– Lipover n'a pas menti sur ce point-là au moins : il n'a pas

226

déposé de plainte et va probablement régler lui-même son compte avec Mendy Landau.

– Je te laisse Labe mais je reprends Lenny. J'ai besoin de lui pour le service de nuit, demain.

– D'accord.

On leur apporta les morasses de plusieurs pages. Un article qu'elle y lut ne la satisfit pas, elle entreprit de le réécrire complètement, à la grande fureur de Johnny Mason, le prote (contremaître de l'imprimerie), qui avait pourtant l'habitude des bouleversements qu'elle apportait presque systématiquement, chaque soir, ici changeant un titre, là faisant retirer ou remettre un cliché, réduisant un texte, quand elle ne réclamait pas une refonte totale de la page.

Vers onze heures, Lou Germi appela. Il faisait la tournée des commissariats et un cambriolage venait d'être signalé dans une bijouterie de Flatbush, à deux rues d'un petit hôtel où un client avait blessé le portier de nuit d'un coup de couteau. Rien de bien extraordinaire; c'était une nuit calme. Danny lui passa une sténo pour qu'il pût dicter son texte.

... Et récidiva trois minutes plus tard, lorsque Mary-Ann Campbell téléphona à son tour. Kate venait de quitter la salle de rédaction pour aller faire un tour à la salle des expéditions. Ludo Cecchi, le chef du service, était arrivé et commençait à mettre en place son équipe de camionneurs-livreurs, ses chauffeurs de voiture et ses motocyclistes et cyclistes.

Clifton coupa court aux récriminations de Mary-Ann. Il comprenait, certes, les états d'âme de la jeune journaliste obligée de cuisiner, comme elle disait, une mère folle d'angoisse pour en tirer de quoi faire un papier, mais Kate avait entièrement raison : c'était le métier.

– Je te passe la sténo, Mary-Ann. Tu lui dictes l'histoire de la poupée quand Sue avait quatre ans telle que tu viens de me la raconter. Ne change rien : c'est très bon. Si les gens vont pleurer? Je l'espère bien!

... Archie Conway en ligne. Il appelait d'une station service de Valley Stream. Non, il n'avait toujours pas trouvé la moindre trace d'un chauffard ivre qui eût pu renverser Sue Travis. Mais il avait une idée.

– Je viens de poser les questions habituelles dans un restaurant, Danny. Le type du bar n'a rien pu me dire, mais il m'a appris quelque chose d'intéressant : ils ont eu un banquet aujourd'hui, qui s'est terminé vers quatre heures de l'après-midi...

— Tu penses que le chauffard a pu se saouler dans un banquet ? C'est une bonne idée, Archie, très bonne.

Clifton, dès qu'il eut raccroché, fit entreprendre des recherches : la rubrique associations du DAY occupait à elle seule huit colonnes, soit une page et demie du format tabloïd. Pendant quatre ans, elle avait été l'objet des soins attentifs de Kate, pour qui c'était un véritable dogme : aucune manifestation ne devait se tenir, de quelque ordre qu'elle fût, dans la zone de diffusion du DAY sans que le journal l'annonçât, en avant-programme ou sous forme de compte rendu. Danny Clifton mit au travail deux de ses secrétaires de rédaction, qu'il fit remonter à la minute du marbre, où ils surveillaient la mise en page, et trois rédacteurs qui avaient le malheur de s'être attardés.

— Recensez toutes les réunions qui se sont terminées aujourd'hui entre quatre et cinq heures (l'accident s'était produit à cinq heures quatre de l'après-midi) et au cours desquels un homme a pu boire suffisamment pour être ivre et passer sur le corps d'une fillette de huit ans. Fouillez les annonces de manifestations de toute la semaine écoulée. Et téléphonez. Si les restaurants concernés sont déjà fermés, tirez de leur lit les propriétaires, expliquez-leur pourquoi vous les réveillez. À l'attaque, jeunes gens.

Un quart d'heure plus tard, Kate revint de son entretien avec Ludo Cecchi et approuva. Elle fit monter en ligne deux des trois standardistes encore de service, rameuta quatre autres journalistes qui avaient la malchance d'habiter dans les environs immédiats de Buckingham Street, enrôla deux des correcteurs qui venaient de terminer leur quart, puis, dans l'ordre de leur arrivée, Frank Forster, qui tenait la rubrique des arts et rentrait d'un concert dont il devait rédiger le compte rendu, deux des rédacteurs sportifs, qui avaient assisté à des rencontres de basket-ball, Lou Germi, qui rapportait ses faits divers, les deux derniers secrétaires de rédaction qui restaient à l'atelier, et jusqu'à Ed Solomons qui, en tenue de soirée à quatre cents dollars, effectuait comme souvent une visite nocturne afin de vérifier que ses chers placards publicitaires étaient disposés à son goût. Ils furent de la sorte vingt et un à téléphoner, à relever des adresses, à dresser des listes et à rayer les noms et les raisons sociales des restaurants et salles de banquets déjà vérifiés.

– Miss Kate? J'ai quelque chose...

Il était minuit cinquante-cinq, on avait peut-être arraché à leur sommeil ou dérangé dans leur travail trois cent cinquante personnes...

– Je prends, dit Kate au correcteur. Merci, Art.

Un restaurant de Patchogue, à une quarantaine de miles du Queens, à Long Island; un banquet qui avait réuni soixante-dix-huit dentistes tous issus de la même école dentaire; des hommes de quarante ans et plus – dont un bon nombre avaient bu plus que de raison – qui tous étaient partis vers quatre heures, quatre heures quinze (ce qui pouvait parfaitement mettre l'un d'eux, dans les cinquante minutes plus tard, sur les lieux mêmes de l'accident); et, parmi ces hommes imbibés d'alcool, un qui était corpulent, chauve et sanguin, et qui conduisait une Ford AB 1932 bleu marine, avec laquelle, au moment du départ, il avait à demi enfoncé une barrière – *« Le parechoc a été tordu à l'arrière gauche. »*

– Avez-vous le numéro de sa voiture, ou son nom et son adresse, monsieur Gallis?

Monsieur Gallis ne l'avait pas. Il dit qu'il lisait le *DAY* tous les jours, qui avait eu la gentillesse de citer son restaurant parmi les meilleurs de Long Island dans son guide hebdomadaire. Et une petite fille de huit ans risquait d'être paralysée à vie, quelle tristesse! Sans doute monsieur Theodore M. Winfield, qui avait organisé le banquet et était lui-même dentiste à Deer Park, pourrait-il fournir le nom et l'adresse de l'homme à la Ford AB 1932...

– Marvin Ellis. Il est de la même promotion que moi, dit Theodore M. Winfield. Son cabinet est à Manhattan, mais il habite Staten Island, 456 Clove Road, près de l'hôpital Saint-Vincent. Madame, j'espère que vous ne m'avez pas fait sortir sans raison de mon lit, parce que...

Kate remercia, coupa net. Elle avait presque été contrainte de menacer Winfield de débarquer chez lui dans l'heure suivante, en compagnie de la police. Elle raccrocha.

– Danny, un volontaire pour aller à Staten Island?

229

– À une heure du matin?

– Si Marvin Ellis est bien notre homme, s'il a réussi à rentrer vivant à Staten Island, s'il s'est aperçu de quelque chose, s'il n'a pas déjà camouflé les traces du choc, s'il y a des traces de ce choc, je veux que quelqu'un du *DAY* voie ces traces avant qu'Ellis conduise sa voiture dans un garage.

– Fred Leitner. Fred? Tu es volontaire.

C'était l'un des quatre malheureux habitant près des bureaux du *DAY* que Kate avait convoqués lors de sa levée en masse.

– Et un photographe, dit Kate.

– Lou Harris. Fred, tu le prends en passant. Kate, il serait prudent de leur adjoindre un avocat pour que les formes légales soient respectées. On n'a pas le droit de forcer l'entrée d'un garage privé pour vérifier l'état d'une voiture.

– Mackley. Dennis Mackley.

– Et tu devrais aussi prévenir Dale Moscovitz. Staten Island n'est pas de sa juridiction mais il saura qui appeler à Staten Island.

Elle acquiesça mais ne bougea pas autrement, le regard fixe et comme stupéfié, recrue de fatigue et de tension nerveuse.

– Kate, dit Danny Clifton, je peux à la rigueur téléphoner à Dale, qui doit dormir, d'ailleurs. Mais tu es la seule à pouvoir convaincre Mackley de partir en pleine nuit pour Staten Island.

– D'accord.

Elle restait immobile, cependant, tripotant son crayon. Enfin, elle allongea la main et reprit le téléphone. Ed Solomons, intrigué, interrogea du regard Danny Clifton. Qui secoua presque imperceptiblement la tête.

– Merci de ton aide, Ed, dit Danny. Tu es beau comme un soleil. Quelle élégance!

– Échange-marchandises, dit Solomons.

Elle avait délivré à Lucien Abadie un bon à tirer de cent quarante-trois mille six cent onze exemplaires, pointé avec Ludo Cecchi les services à effectuer dans chacun des six cent cinquante-deux points de vente; les rotatives s'étaient mises en route à une heure et sept minutes, dans ce monstrueux grondement qu'elle goûtait toujours avec la même passion. Elle avait

230

pris au hasard, sur la chaîne du convoyeur, deux ou trois exemplaires et les avait très soigneusement vérifiés, sous le regard inquiet de tous, qui craignaient qu'elle ne découvrît un détail qui ne lui donnât pas entière satisfaction.

– Ça va, on roule.

La machine de vingt-six mètres de long avait accéléré et pris sa vitesse de croisière. À la sortie de la salle des expéditions avait commencé le chargement des véhicules.

Elle revint à la salle de rédaction désormais déserte. Seul Danny Clifton était encore là. Il s'apprêtait à partir, en emportant trois exemplaires de la dernière édition – il habitait à trois cents mètres à peine de Buckingham Street, dans une jolie maison avec jardin.

Sonnerie, et, de nouveau, Tom Akins en ligne. Le pauvre diable se trouvait toujours en train d'errer dans Long Island à la recherche d'un bar encore ouvert, il n'avait pas osé interrompre sa battue.

– Va te coucher, Tom. Et excuse-moi de m'être un peu emportée tout à l'heure. Ne viens qu'à midi, demain.

Le téléphone se tut enfin et le silence se fit, pour autant qu'on ne tînt pas compte du puissant ronronnement des rotatives d'Abadie tournant à plein régime et qui semblaient faire vibrer chacun des bâtiments.

– *¿Señora?*

Ed Solomons, qu'elle croyait parti depuis longtemps se dressait sur le seuil, mains derrière le dos, avantageusement campé dans sa flamboyante tenue de soirée.

– Vous allez avoir le type qui a renversé la gosse, *señora?*

– Si c'est lui. Qu'est-ce que vous fichez ici, Ed?

– C'est dimanche, demain. Je devais finir la soirée dans le lit d'une dame mais, à la dernière minute, je n'ai pas signé le contrat. Ça sentait un peu trop le mariage. Je ne vais quand même pas me marier à vingt-six ans. Qu'est-ce qui va se passer, à Staten Island? Votre armée va enfoncer la porte du bonhomme?

– Ils attendront l'aube et la police lui demandera très courtoisement si elle peut jeter un coup d'œil sur sa voiture.

– Et s'il dit non?

– On fera appel à un juge.

– Il a peut-être déjà fait réparer sa bagnole.

– Un samedi soir vers six heures?

– Juste. Je m'en fous complètement, remarquez bien. Les dentistes n'ont pas le droit de faire de la publicité, il n'y a rien à en tirer. Grâce à Dieu, ce n'est pas un commerçant, ou quoi que ce soit d'autre qui m'intéresse.

Elle était assise, plus enfoncée qu'à l'ordinaire, dans son fauteuil. Solomons s'avança et découvrit ce qu'il tenait dans ses mains : une bouteille de champagne et deux coupes.

– Ma réserve spéciale. Je comptais la boire avec la dame mentionnée précédemment, mais vous me paraissez en avoir davantage besoin.

– Pas envie, dit Kate, les yeux clos.

– Rien qu'une coupe. Il est bien frappé. Ça va sûrement vous surprendre, mais le cafard, ça m'arrive aussi.

Il s'assit, déboucha la bouteille et emplit deux coupes.

– Il y a deux sortes de cafards, *señora*. L'un qui naît quand on est un peu crevé et qu'on a des ennuis sérieux. L'autre qui est moins explicable, mais sacrément plus dur. Celui-là vient sans raison apparente, peut-être parce qu'on a un peu trop tiré sur la corde, et encore... Et il frappe d'autant plus fort qu'on est soi-même costaud, si vous voyez ce que je veux dire. C'est sérieux, vos ennuis?

– Je vais les régler, Ed.

– Ça, je le crois.

Il jeta un coup d'œil au dehors et, par les larges baies vitrées qui donnaient sur Buckingham Street, aperçut la Packard à l'arrêt, avec ce dingue de chauffeur en casquette qui ne parlait jamais et attendait comme une sentinelle oubliée. Solomons mit une des coupes dans la main de Kate.

– Pour me faire plaisir, dit-il.

Elle but. Il fut sur le point d'allumer un cigare mais se souvint à temps qu'elle n'aimait pas que l'on fumât devant elle. Il but à son tour et remplit les verres.

– Je n'ai jamais aimé personne, dit-il. Je ne parle pas des femmes, mais des gens en général. Personne. Même pas ma mère. Qui me le rendait bien. J'ai commencé à travailler avant huit ans, dans le Bronx. Récupération de vieux journaux et de chiffons. Qu'est-ce que j'ai pris, comme volées! C'était le plus méchant qui gagnait. Bon, tout ça pour vous dire que je vous aime sacrément, *señora*. Pas d'amour. Je ne me le permettrais pas. Vous voyez ce que je veux dire? Je n'ai jamais rencontré quelqu'un comme vous, même pas un homme. Je ne sais pas très bien ce qui vous tracasse mais il y a un truc dont je suis sûr : vous ne craquerez pas. Pas vous. Le premier cafard dont je parlais tout à l'heure, c'est de la rigolade. Ce n'est pas notre genre. L'autre, évidemment... celui qui vous prend même quand ça va bien, depuis le fin fond du ventre, et qui fait pour finir qu'on bosse davantage... L'angoisse! Nick Di Salvo disait que vous étiez toujours pressée. Il voulait dire *angoissée* mais il ne le savait pas. Peut-être que c'est un prix à payer. Peut-être qu'on ne ferait rien de sa vie si on n'était pas comme ça. C'est ce qu'il faut se dire. Surtout vous. Vous êtes grande, *señora*. Sacrément plus que moi. Je ne veux pas dire en taille, évidemment.

– Merci, Ed. Et bonne nuit.

Il hocha la tête. Plus tard, il raconterait la scène à Di Salvo, et non seulement cette scène mais aussi la journée précédente, et les trois suivantes, avec leur étonnante accumulation d'événements si décisifs.

Elle regagna Kings Point vers trois heures quinze. Kranefuss l'y déposa et repartit – il préférait son appartement de trois pièces (où elle n'était jamais entrée) à Jackson Heights, dans le Queens.

Une femme de chambre avait veillé pour attendre Kate.

– Allez vous coucher, Gracie. Je n'ai besoin de rien.

Un dîner lui avait été servi mais elle n'y toucha pas. Elle gagna directement ses quartiers, prit une douche rapide et, au sortir de la salle de bains seulement, aperçut le message déposé sur la courtepointe. Le radiogramme avait été expédié depuis le *Queen Mary*, en plein Atlantique, quarante-huit heures après l'appareillage : « *Vos hommes vous saluent depuis la haute mer et vous adorent. Tigre d'Avril et Bernard la Cigogne.* » Il y avait maintenant soixante heures bien sonnées que le paquebot était en route, il ferait terre au relais de Cherbourg dans à peu près quarante-neuf heures; normalement, Tigre d'Avril et Bernard ne débarqueraient pas puisque ce n'était pas une escale. Ils poursuivraient jusqu'à Portsmouth; mais avec Bernard, tout pouvait arriver.

Elle lut quelques pages de Thomas Mann dans la version originale puis éteignit. Le sommeil vint douloureusement et par paliers, comme toujours quand la lucidité n'exerçait plus tout à fait son contrôle; les amertumes et les chagrins prirent des proportions démesurées...

Téléphone. À la sixième sonnerie enfin, elle décrocha, consultant la pendulette sur la table de nuit : sept heures vingt-trois du matin, elle n'avait pas dormi quatre heures.

– Kate, dit la voix de Dale Moscovitz, désolé de vous appeler à une heure pareille mais je crois que je devais vous prévenir tout de suite.

Elle pensa, rassemblant ses esprits, à Marvin Ellis, l'homme à la Ford AB 1932.

... Mais il s'agissait de Linda Fox. On venait de la retrouver, le visage brûlé au vitriol.

8

L'aube de Kings Point

– Comment va Irena?

– Très bien.

– Pour quand est le bébé?

– Fin du mois prochain.

– Tu préfèrerais un fils ou une fille?

– Je prendrai ce qui arrivera. J'ai très envie d'un vrai café, Kate. Un café italien. Tu viens? Attendre dans un couloir d'hôpital ne sert à rien.

Nick Di Salvo pesait chacun de ses mots; il avait l'impression de manipuler une bombe qui pouvait exploser à chaque seconde. Jamais il n'avait vu Kate aussi nerveuse. Tendue certes, et souvent capable de colère, de fureur aussi, parfois; mais cela ne durait jamais plus de quelques secondes et très vite elle se ressaisissait, éclatait de rire, le sens de l'humour reprenait le dessus. *« Combien d'hommes la connaissent aussi bien que moi? À part Rourke évidemment... »*

Ils sortirent de l'hôpital où était Linda Fox, pour le moment assommée par les somnifères. La Plymouth de Nick les emmena deux rues plus loin, dans un restaurant qui, à cette heure matinale, n'ouvrit que pour eux, sitôt qu'on eut reconnu Di Salvo.

– Tu as faim?

Elle hocha la tête: non.

– Des œufs, du jambon, du fromage et des gâteaux – un morceau de chaque – et du café et du lait froid, le tout pour deux, dit Nick au propriétaire du restaurant, qui se trouvait être son oncle.

235

Mais il ne quittait pas Kate des yeux – elle s'était rencognée dans la banquette d'angle, nuque appuyée contre le lambris, ses longues mains serrant les bords de sa veste en fourrure sur sa poitrine. Elle semblait absente.

– J'ai su que ton mari était parti pour l'Europe, en emmenant ton fils.

Elle acquiesça à peine.

L'oncle leur apporta les petits déjeuners.

– Ne te mets pas d'idées en tête, lui dit Nick en italien. Une de ses journalistes a eu un grave accident cette nuit et je suis venu voir si je pouvais faire quelque chose.

– Ce que tu fais de ta vie est ton affaire, répondit l'oncle.

– Je comprends l'italien, dit Kate. Pas tout, mais je comprends.

Elle se mit à manger sans paraître s'en apercevoir.

– On parle de Linda, Kate?

– Pourquoi en parlerais-je avec toi? Tu travailles pour le *Times*.

– Je ne suis pas ici pour le *Times*, mais parce que j'ai été rédacteur en chef du *DAY* pendant trois ans. Je t'ai même aidée à créer ton journal, si tu veux bien t'en souvenir. Je ne connais pas Linda, c'est vrai, tu l'as engagée après mon départ. Mais j'aurais pu la connaître. Ne sois pas vexante, s'il te plaît : je ne suis pas venu te soutirer des informations.

– Comment se fait-il que tu sois dans le Queens?

– Irena a entendu l'information à la radio. N'oublie pas qu'elle a travaillé avec toi, elle aussi. Elle m'a réveillé et je suis parti.

– Tu n'as pas dû dormir beaucoup.

– Et toi moins encore. Et ça se voit.

Elle but coup sur coup deux tasses de café et se mit à raconter toute l'histoire du cheval de Mendel Lipover, et comment elle avait interdit à Linda Fox de s'occuper de cette affaire, la confiant de préférence à Labe Paley et Lenny Mac-Clellan.

– Et elle aurait quand même mené son enquête, pendant son jour de repos?

– D'après Lipover, oui.

– Tu ne vas entrer en guerre contre Lepke Tauber, Kate?

– Le *Times* le pourrait, mais pas le *DAY*, c'est ça?

– Tu dis n'importe quoi. Linda Fox a dû découvrir quelque chose d'important pour que Tauber s'en prenne à une journaliste.

– Elle n'a rien trouvé. On l'aurait tuée, si c'était le cas. Pour l'empêcher de parler. Elle restera aveugle et aura un visage d'épouvante, mais elle peut parler. Et elle n'a rien à dire. D'après Dale Moscovitz, elle n'a même pas vu son ou ses agresseurs.

– Rien ne prouve qu'il y ait un rapport entre Tauber et cet attentat.

– C'est vrai. Tu veux me dissuader de m'attaquer à Tauber, Nick?

– Je préfèrerais que tu ne le fasses pas.

– J'essaierai de tenir compte de tes préférences.

– Tu n'es pas à prendre avec des pincettes, tu sais. Je me trompe ou il y a autre chose en plus de l'affaire Linda Fox?

– Rien qui te concerne.

– Ed Solomons m'a téléphoné hier en début d'après-midi. (Il soutint le regard aigu de Kate et haussa les épaules) : ce n'est pas parce que j'ai quitté le *DAY* que j'ai rompu toutes mes relations dans le Queens. J'aime bien Ed. C'est une infâme crapule mais il est drôle. Il est venu deux ou trois fois dîner à la maison, il ne te l'a jamais dit?

– Non. Sa vie privée le regarde.

– Nous t'avons invitée quinze à vingt fois, Irena et moi. Mais je me demande bien ce qui pourrait t'arracher à ton journal, ne serait-ce que deux ou trois heures. Ed m'a parlé d'Henderson Graves.

– Qu'il aille au diable.

– Ed?

– Les deux.

– Moi aussi, Kate?

Elle le fixa sans lui répondre.

– J'ai rencontré Graves une fois. Une fois vraiment, je veux dire, précisa Nick. À son initiative. Il a téléphoné à la maison un matin vers onze heures alors que je m'éveillais à peine – tu sais que je suis rédacteur en chef-adjoint de nuit – et il a débarqué chez moi une demi-heure plus tard, sans que je puisse rien faire pour l'éviter. Il voulait m'engager comme chef des informations au *Morning* et m'offrait deux fois ce que je gagne actuellement. Je n'ai pas eu à le flanquer dehors, Irena s'en est chargée, et elle n'a pas pris de gants. Kate, c'est vrai qu'il est venu te voir à Buckingham Street?

– Oui.

– Je peux savoir ce qu'il te voulait?

Elle hésita.

– Kate!

– Me déclarer la guerre, dit-elle enfin d'un ton neutre.

Il se mit à rire :

– Ou bien tu as énormément changé durant ces derniers mois ou bien ce n'est pas le genre de menaces qui t'empêche de dormir. Tu n'as jamais eu peur de rien ni de personne. Henderson Graves n'occupe son poste que depuis deux mois mais sa réputation est faite : c'est le plus bel enfant de salaud de la presse américaine. Je n'approuvais certainement pas la forme de journalisme choisie par ton père avec le *Morning*, mais c'était efficace et propre. Graves n'a pas, il est même très loin d'avoir...

Nick Di Salvo s'interrompit soudain, saisi par l'explication qui venait de lui traverser l'esprit.

– Bon sang, Kate, tu n'imagines tout de même pas que Graves agit comme une sorte d'exécuteur testamentaire de ton père?

Elle picorait une portion de gâteau au chocolat, impassible.

– C'est ce qu'il t'a raconté, hein? Tu es vraiment idiote, par moments. Il ne voulait que t'affaiblir, et il semble avoir trouvé le bon moyen.

– Je peux avoir encore un peu de café, s'il vous plaît?

Elle s'adressait à l'oncle. Qui s'empressa. Nick la regarda qui buvait, tenant sa chope à deux mains avec une délicatesse qui surprenait chez une femme de si haute taille. Les souvenirs qui revenaient en masse le troublaient un peu : il la revoyait une dizaine d'années plus tôt, dans ce hangar déglingué au fin fond du Queens où, venue de Manhattan et fille unique du plus grand magnat de la presse new-yorkaise, elle prétendait créer son propre journal. C'était la *Gazette*, alors; dans laquelle il avait fait ses débuts. Lorsqu'elle avait lancé le *DAY*, il l'avait aussitôt rejointe bien qu'il commençât lui-même à faire carrière au *Times* (mais il lui semblait tout à fait clair, que, sans elle et ce qu'elle lui avait appris, il n'aurait pas brûlé les étapes aussi vite et peut-être même ne serait pas devenu journaliste).

Et ici les souvenirs de Nick devinrent bien plus troublants encore : ils avaient été amants, elle et lui, durant près de quinze mois ; il avait été incroyablement amoureux d'elle...

« Ça va ; arrête, Nick ; tu commences à t'avancer en terrain dangereux. »

– On m'a rapporté quelques anecdotes sur la façon dont monsieur Henderson Graves s'est taillé une place au soleil, en Californie. Il est journaliste à peu près comme je suis chorégraphe ; il est incapable de rédiger une simple légende sous une photo, mais, entré comme aide-comptable, il est devenu directeur du journal de Hearst en cinq ans, et il en a doublé le tirage. La manière dont il s'y est pris avec toi est typique : il a cherché et trouvé le point faible – tes relations avec ton père – et s'en est servi. Il va s'en servir encore, aussi longtemps que tu lui faciliteras la tâche en réagissant comme tu le fais. Ton père est mort, Kate ; c'est fini. Graves est simplement un adversaire comme un autre. Dangereux, mais tu es tout à fait capable de lui tenir tête.

« Je n'arrive pas à la convaincre vraiment », pensait Nick au moment même où il parlait. *« Comment peut-elle être à la fois si intelligente et, pour certaines choses, si aveugle ? »*

Il demanda :

– Tu es contente de Danny Clifton ?

Acquiescement.

– J'ai appris que Tommy Ribson vous avait quittés. Qui le remplace comme rédacteur en chef de nuit ?

– Moi.

– Et voilà, dit Nick. La démonstration est faite. Tu passes combien de temps par jour au *DAY* ? Seize ? Dix-huit heures ? Et sept jours par semaine ! Kate, ça pouvait encore aller dans les débuts. Mais plus maintenant, ton journal marche très bien. Tu crois que tu vas tenir des lustres comme ça ?

Elle consultait la montre qu'elle portait en sautoir au bout d'une chaînette d'or.

– Personne au monde ne pourrait travailler comme tu le fais, dit encore Nick avec d'autant plus d'insistance qu'il savait n'être pas écouté, ou du moins entendu.

« On n'est pas pressé à ce point, Kate ; c'est de la folie furieuse ! »

Elle se leva.

– Merci pour le petit déjeuner, Nick.

– Mais oui, dit-il, irrité et triste.

Il la raccompagna à l'hôpital, gara sa vieille Plymouth derrière la Duesenberg qui avait amené Kate de Kings Point. Il avait dans la bouche ce goût âcre des nuits écourtées, et aussi une amertume qu'il s'expliquait trop bien. Il la regarda s'engouffrer dans l'hôpital de son grand pas rapide. Entre toutes les questions qu'il avait eues en tête, durant leur entretien, et qu'il ne lui avait pas posées, il y en avait une, et capitale.

Sur H.H. Rourke.

Des mois plus tôt, ce devait être en septembre, Ernie Pohl (autre ancien de l'équipe de Kate Killinger, autre journaliste formé par elle. «*Nous devrions fonder un club*») avait écrit pour dire qu'il avait croisé la route de Rourke en Espagne et avait été impressionné par le personnage.

Lors de son voyage de noces à Paris avec Irena, Nick avait fait la connaissance de ce curieux petit vieillard qu'on appelait le Chat-Huant, qui lui aussi avait parlé de Rourke, comme il l'eût fait d'un fils, et qui, avec une étonnante liberté de langage, avait carrément regretté le mariage de Kate avec Bernard Adler – partant de ce principe que H.H. Rourke et Kate étaient destinés l'un à l'autre, de toute éternité, et que leur réunion seule pourrait tout arranger, «*je veux dire la calmer, monsieur Di Salvo...*»

«*Je ne vais tout de même pas écrire à ce Rourke pour lui dire qu'elle a besoin de lui! Et puis quoi encore?*»

Il rejeta l'idée dans la seconde où elle lui vint, ahuri, en fait, qu'elle lui fût venue.

On avait attaqué Linda Fox vers neuf heures du soir, la veille. L'agression n'avait eu aucun témoin, elle s'était produite à quelques centaines de mètres du domicile de la jeune femme. Celle-ci avait été saisie par derrière, entraînée dans une ruelle, immédiatement assommée et frappée avec violence et méthode à l'aide d'un coup de poing américain. Après, seulement, on lui avait déversé le vitriol sur le haut du visage, le front et les yeux surtout.

– Ils n'ont pas cherché à la tuer, dit Dale Moscovitz.

– Ils?

– Au singulier ou au pluriel, Kate. Peut-être qu'il n'y avait qu'un seul homme.

– Ou une seule femme, remarqua-t-elle sarcastique.

Le policier la considéra, évita finalement son regard, hocha la tête:

– C'est vrai, nous ne savons strictement rien. Nous n'écartons même pas l'hypothèse d'une erreur sur la personne.

– Mais comment donc! dit Kate. On aura pris Linda, qui mesure un mètre soixante et pèse dans les quarante cinq kilos, pour un redoutable tueur barbu et haut de deux mètres. On pouvait en effet s'y tromper, en pleine nuit.

Linda Fox habitait avec son frère Roger, qui travaillait de nuit à la Western Union. Roger Fox n'était rentré chez eux qu'à sept heures trente et n'avait pas eu le temps de se poser des questions sur l'absence de sa sœur; une patrouille de police était venue le chercher pour le conduire à l'hôpital du Queens.

– La pauvre gosse est restée inconsciente pendant des heures, surtout à cause des coups reçus. Elle s'est finalement traînée jusqu'à l'avenue où un camion de laitier a failli l'écraser. Elle n'avait rien sur elle. Il a fallu fouiller la ruelle pour retrouver son sac. Kate, je vous en prie, allez-y doucement.

– Où était Lepke Tauber hier soir?

– En famille et en compagnie de vingt-cinq personnes. Si vous croyez une seule seconde qu'un Lepke a pu ordonner un attentat de ce genre sans s'assurer un alibi des plus solides, c'est que vous le connaissez mal. Il dispose de deux cents hommes pour faire des travaux de ce genre. Si c'est lui. Je n'arrive pas à y croire. Et inutile de me fusiller du regard: je dis ce que je pense. Je n'imagine pas Lepke s'en prenant à un journaliste, une femme surtout. Il n'est pas fou. À la limite, il l'aurait fait abattre.

– On a agressé Linda, Dale. Et je ne crois pas à une erreur.

– Qui vous a appris qu'elle enquêtait sur Tauber?

– L'épicier Mendel Lipover.

Non sans réticence, elle raconta toute l'histoire du cheval.

– Vous auriez dû m'en parler plus tôt, dit Moscovitz. Vous vouliez garder l'information pour la sortir un de ces jours à la une, c'est ça?

– Hier soir j'avais décidé de laisser tomber.

– Je vais aller voir ce Lipover.

– Il n'a pas ouvert son épicerie ce matin. J'ai déjà envoyé quelqu'un. Et il n'est pas non plus chez lui. Il habite au-dessus de son magasin.

– Envoyé quelqu'un? Il n'est que dix heures du matin!

– J'ai appelé de chez moi, à sept heures trente, avant de me rendre à l'hôpital.

Moscovitz jeta un coup d'œil autour de lui. Après avoir rencontré une première fois Kate à l'hôpital, il venait maintenant de se présenter aux bureaux du *DAY*. Son regard s'arrêta sur un agrandissement de trois pieds de large, que l'on avait punaisé contre un mur.

– Lepke Tauber. Vous avez oublié la mention habituelle: *Recherché mort ou vif.*

– J'y penserai.

– Si je comprends bien, je n'ai qu'à partir en vacances et attendre que votre campagne de presse aboutisse à des aveux complets de Lepke?

– Encore du café?

– Merci, non. Vous allez vraiment lancer une campagne contre Lepke, Kate?

– Dès demain matin.

– Je n'aime pas ça.

– Et moi, dit-elle, j'éprouve un certain agacement quand on roue de coups et vitriole l'un de mes journalistes, homme ou femme.

– Pourquoi pas une prime tant que vous y êtes?

– J'offre cinquante mille dollars, dit Kate.

Une heure plus tôt, Fred Leitner avait appelé depuis Staten Island – Leitner était le reporter expédié, en compagnie du photographe Lou Harris et d'un conseiller juridique, sur les traces de Marvin Ellis, le dentiste qui, au volant de sa Ford AB 1932 avait peut-être renversé la petite Sue Travis.

– Pas *peut-être*, Danny. C'est lui. Il a commencé par nier et n'a fait aucune difficulté pour montrer sa voiture. Elle était intacte, sans la moindre trace de choc, sauf un petit coup à l'arrière. Les flics allaient repartir quand Dennis a eu l'idée...

– Qui est Dennis?

– Dennis Mackley, l'avocat que nous avions avec nous. Il était sûr que Marvin Ellis mentait, enfin il en avait l'impression. Il a demandé aux flics de vérifier le numéro du chassis, pour voir s'il correspondait à la plaque minéralogique. Ellis s'est effondré dans la seconde : hier soir il a tout simplement échangé sa voiture contre celle de son beau-frère, même marque et même couleur, en gardant sa plaque arrière *.

– Lou a fait ses photos?

– Et comment! Je rentre dans le Queens?

Danny Clifton consulta du regard Kate, assise en face de lui, qui, en ligne sur un autre poste, suivait tout de même la conversation. Elle fit signe que non.

– Reste sur place, dit Danny. Ramasse tout ce que tu peux sur Ellis et son beau-frère. Ellis a des enfants?

– Trois. Le plus jeune est un garçonnet de dix ans.

– Photos des gosses, Fred. Interviews des voisins et, si tu peux, de la femme. Et arrange-toi pour avoir aussi une photo de toi, de Lou, de Dennis Mackley, de toute l'équipe du *DAY*, en compagnie des policiers qui ont arrêté Ellis. Grâce à nous. Inutile d'arborer un sourire radieux sur la photo : nous n'avons pas fait arrêter Jack l'Éventreur. À tout à l'heure.

Il se remit à la difficile élaboration de son tableau de service répartissant les tâches entre les vingt-huit journalistes et secrétaires de rédaction dont il disposait, compte tenu des jours de repos pris par rotation. Kate raccrocha enfin à son tour. Il demanda :

– Tu as entendu?

– Oui. Il n'y a pas de doute?

– Ellis a avoué.

Il rapporta la substitution des voitures et la permutation des plaques :

– S'il s'était contenté de mettre la voiture de son beau-frère dans son garage, personne n'y aurait sans doute fait attention. Ton Dennis Mackley est fichtrement malin.

– C'est pour ça que je l'ai choisi, dit-elle indifférente.

– Qu'est-ce qu'on fait pour la une?

– Linda en tête, Ellis en rez-de-chaussée.

Elle prit, dans l'énorme amas de feuillets et de documents divers répandus autour d'elle, deux ou trois tirages du portrait de Lepke Tauber.

* La réglementation US permet de n'avoir qu'une plaque, au lieu de deux, sur une voiture.

243

– Et tu me mets ça sur trois colonnes en décroché sous le titre pleine page consacré à Linda. Juste le visage. Cette photo-ci. C'est là-dessus qu'il a la plus sale gueule.

– Tu veux illustrer l'article Linda avec une photo de Tauber?

– Je veux la photo de Tauber *à côté* de l'article Linda. Je la veux encadrée d'un filet six points noir. Non! Plus de six points. Douze. Un douze.

– Comme pour annoncer la disparition de quelqu'un? Ça va faire deuil, ce filet.

– Comme pour annoncer une mort prochaine, dit Kate impassible. Je veux un cadre fermé. Et comme légende...

Elle décrocha pour interrompre une sonnerie lancinante mais posa sa paume sur l'appareil :

– Comme légende : *Lepke Tauber, honorable citoyen de Brooklyn*. Rien d'autre, Danny. Le *DAY*, j'écoute...

Danny Clifton considérait le visage de l'homme sur la photo : la quarantaine, cheveux bruns, yeux sombres et très légèrement fendus, la bouche remarquablement mince; le regard fixait l'objectif avec une tranquille impudence un peu méprisante.

– Et je suppose que nous allons passer cette photo tous les jours?

Elle n'avait pas entendu, absorbée par une communication qu'elle avait avec Arthur Hennessey, et il dut répéter.

Elle acquiesça, toujours aussi froide.

– C'est exactement ce que nous allons faire, Danny. Et je te rappelle que nous sommes aujourd'hui dimanche et que c'est ton jour de repos. Tu n'as pas à être ici. Je me débrouillerai très bien seule.

Il ne releva pas; c'était précisément cette maîtrise de lui-même qui avait conduit Kate et Di Salvo à se mettre d'accord sur sa personne lorsqu'il avait fallu trouver un autre rédacteur en chef pour le *DAY*.

– Que te voulait Arthur Hennessey?

– Rien de spécial.

– Il va bien?

Acquiescement.

Danny Clifton prit la photo choisie par Kate et, s'aidant d'un typomètre et de ciseaux, la recadra, éliminant le haut du corps, le costume ruineux, la cravate de prix. Ne resta plus que le visage, des plus inquiétants. Il fit porter le document à la photogravure, après avoir indiqué la justification désirée.

Ce faisant, il eut le sentiment de commencer une guerre.

Un second radiogramme arriva au début de l'après-midi du dimanche, en provenance du *Queen Mary* comme le premier, mais adressé, celui-ci, à Buckingham Street, sans doute à cause de l'heure d'expédition – onze heures du matin. Adler avait supposé qu'elle se trouverait sûrement au journal : *«Je célèbre seul le dixième mois de notre mariage, partagé entre le chagrin de ton absence et le bonheur de ces trois cents premiers jours – Le Tigre batifole et flirte. Amour. Bernard.»*

On finit tôt ce soir-là, elle délivra le bon à tirer – cent soixante-cinq mille – à minuit quarante. Même Lucien Abadie reçut un choc à la vue de la une; le contenu du journal, pourtant, était le dernier de ses soucis, d'ordinaire – il ne lisait jamais que des magazines sportifs français, avec dix jours de retard sur l'actualité.

– Qui est cette tête d'épouvante?

– Il s'appelle Lepke Tauber.

– Il est mort?

– Pas que je sache, Lucien. Pas encore.

– Je suis vraiment désolé pour la petite. Pas seulement désolé. Mes rotos et moi, on casserait bien quelques os à coups de barre à mine, on ferait même pire, si l'occasion s'en présentait. C'était façon de parler, ma question; je savais que c'était Tauber.

– J'avais compris.

– Vous allez avoir sa peau, Kate, pas de problème. On est tous avec vous.

– Merci, Lucien.

– Sauf que vous feriez mieux d'aller dormir un peu, vous ne tenez plus debout. Ça va être une longue bataille. Ça compte, le sommeil, dans ces cas-là.

Trente mètres plus loin, à la sortie de la salle des expéditions, Ludo Cecchi lui tint à peu près le même langage, mais lui s'abstint de toute remarque personnelle; il affirma toutefois qu'il pouvait mettre en ligne, si jamais elle en avait besoin, soixante hommes tous disposés à se battre contre n'importe qui. Elle remercia. *«Je ne pense pas en arriver là, Ludo.»*

245

Kranefuss attendait et referma sur elle la portière de la Packard. Il la ramena à Kings Point avec une douceur extrême, plus grande encore qu'à l'ordinaire, bien qu'il conduisît toujours à merveille. Mais sans doute était-ce, chez lui qui ne parlait à peu près jamais, sa façon de lui dire qu'il était tout près d'elle, comme il l'était depuis quinze ans. Ainsi s'acheva une autre de ces journées si capitales du début de mars.

— Linda? Tu reconnais ma voix?

La tête totalement enveloppée de bandages bougea. La bouche seule apparaissait; la lèvre supérieure, pourtant, était en partie rongée par l'acide et suppurante.

— Je suis là, Linda.

La momie tourna de quelques pouces encore.

— Kate?

— Je dois te parler, Linda. Tu peux parler avec moi?

— Seule?

— Je suis seule, si c'est là ta question. Il n'y a personne que toi et moi dans la chambre. C'est ce que tu veux?

— Oui.

— On arrête dès que tu le dis.

— Ça va.

— Qu'une chose soit claire, pour commencer: j'aurais fait comme toi. J'aurais passé outre les ordres et j'aurais mené ma propre enquête sur le cheval de Mendel Lipover. C'était ton enquête. Tu comprends ce que je dis?

— Oui.

— Maintenant il faut la finir. Et trouver qui t'a fait ça et pourquoi. Tu veux m'aider?

— Oui.

— Tu as vu celui ou ceux qui t'ont attaquée?

— Non.

— Tu n'as pas entendu une voix, senti quelque chose?

— Par derrière.

— Ils sont venus par derrière. Un ou plusieurs hommes?

— Sais pas. Rien entendu.

— Ils t'attendaient? Il s'étaient embusqués quelque part?

Pas de réponse.

— Linda, je suis allée sur les lieux. Le trottoir est large à l'endroit où l'on t'a attaquée. Quelqu'un marchait derrière toi ou est arrivé en courant derrière toi? Peut-être a-t-il traversé l'avenue?

– Rien entendu.

– Quelques mètres avant l'endroit, il y a un escalier et une petite cour en contrebas, ouvrant sur un entresol. Tu ne crois pas qu'on a pu se cacher là et t'attendre?

– Sais pas.

– Linda, tu es sur l'avenue, tu marches, il n'y a personne, tu ne vois personne devant ni derrière toi, tu passes devant cet escalier... Tu t'en souviens? Réfléchis.

– Oui.

– Il n'y a aucun autre endroit où se cacher à moins de vingt mètres. Sauf dans une maison. Tu as entendu un bruit de porte?

– Non.

– Tu marches. Tu n'es plus qu'à une minute ou deux de l'appartement que tu partages avec ton frère Roger. Et, sans que tu aies rien entendu, quelqu'un te saisit. Il t'agrippe comment?

– Le cou. Il me prend par le cou.

– Tu sens ses mains?

– Le bras. Une main sur la bouche.

– Il t'encercle le cou de son bras et de son autre main t'empêche de crier. Quelqu'un d'autre te touche?

– Non.

– Il n'y avait qu'un seul homme, alors?

– Oui.

– Il dit quelque chose? Il t'ordonne de te taire?

– Non.

– Tu entends certainement sa respiration. Comment est-elle? Précipitée? Est-ce qu'il halète ou souffle très fort?

– Non.

– Il est très fort?

– Oui.

– Très grand?

Hésitation. Ou du moins des secondes de silence, comment les interpréter?

– Il est plus grand que moi.

– Tu es petite, Linda. La plupart des hommes sont plus grands que toi. Il est beaucoup plus grand que toi? Il est de ma taille? Plus grand encore?

247

– Je ne sais pas.

– Ne pleure pas. Arrête de pleurer Linda, nous faisons un reportage, toi et moi, nous sommes calmes et froides. Ensuite, nous pleurerons ensemble. Mais pas maintenant. Il est grand comment, Linda? Il te tient par derrière et t'entraîne, il a mis l'un de ses bras autour de ta gorge et son autre main te ferme la bouche. Tu as joué avec ton frère Roger, souvent, il a dû lui arriver de te tenir ainsi. L'homme est plus grand que Roger, Linda?

– Oui.

– Roger mesure cinq pieds et cinq pouces, il est plus petit que moi. L'homme est donc plus grand. De combien? Plus de cinq pouces ou moins?

– Moins.

– Il est un peu plus grand que moi; c'est ça?

– Je crois.

– Autre chose, Linda: il a mis sa bouche près de ton visage, tu as dû sentir son haleine. Il sentait comme un homme qui fume?

– Non.

– Il sentait l'alcool?

– Non. Je...

Les mains aussi étaient bandées. En recevant le vitriol sur son visage et ses yeux, la jeune femme avait désespérément tenté d'essuyer cet acide en train de lui ronger les yeux, et elle s'était brûlée les doigts, le dos des mains, les paumes. Une main se leva...

– Un souvenir vient de te revenir, Linda. Lequel?

– Cachou.

– L'haleine de l'homme sentait le cachou?

– Oui.

– Tu as vu ses mains, Linda, tu as dû voir ses mains, tu as sa main contre ta bouche, sur tout le bas de ton visage. Elle est grande?

– Oui.

– Il porte une bague?

– Non.

– Tu te débats et tu baisses les yeux, tu vois ses chaussures. Ne réponds pas tout de suite! Cherche dans tes souvenirs. Tu vois ses chaussures. Fais revenir l'image, Linda. Allez!

– Elles sont grosses et rondes. En cuir. Pas les...

– Pas les semelles? Les semelles ne sont pas en cuir?

– Non.

– En crêpe, Linda?

– Oui.

– Ce sont des chaussures comme en ont ceux qui travaillent sur le port?

– Oui.

– C'est pour ça que tu ne l'as pas entendu s'approcher de toi. Ces chaussures sont sales?

– Cirées. Elles brillent.

– Tu es encore sur l'avenue, il t'a saisie et te tient par la gorge. Il te soulève et t'emmène dans la ruelle. Il est très fort, n'est-ce pas? Il te soulève d'un seul bras?

– Oui.

– Il t'a frappée, déjà?

– Non.

– Il te frappe dans la ruelle?

– Oui.

– Il te lâche, te fait tourner et te frappe, c'est ça?

– Oui.

– Alors il est face à toi, Linda. Et tu le vois. La ruelle est un peu éclairée, il y a une ampoule au-dessus de la sortie arrière d'un restaurant. L'homme tourne le dos à cette lumière mais tu vois sa silhouette. Tu la vois.

– Oui.

– Les souvenirs te reviennent, Linda. Tu vois le reflet de la lumière sur ses cheveux?

– Oui.

– De quelle couleur, ses cheveux?

– Je ne sais pas.

– Noirs?

– Non.

– Plus clairs?

Hésitation.

– Non.

– Châtains?

Hésitation.

– Roux, Linda?

Hésitation.

– Ils ont des reflets roux?

– Oui.

– Ils sont épais?

– Oui.

– Il y a une raie dans les cheveux?

Quelques secondes. La main gauche se leva faiblement, esquissa un bref mouvement latéral.

– La raie est sur ta gauche, elle est donc à droite sur sa tête?

– Oui.

– Descends vers les épaules, Linda. Tu vois ses épaules, la forme de ses épaules, des vêtements qu'il porte.

– Col.

– Il porte un veston avec un col particulier?

– Large.

– Un large col?

– Oui.

– Comme un caban de marin, Linda?

– Oui.

– Et il te frappe aussitôt après?

– Oui.

– De quelle main, Linda? Gauche ou droite? De quel côté te frappe-t-il?

De nouveau la main gauche.

– Il est droitier, Linda.

– Métal.

– C'est dans cette main droite qu'il tient la chose en métal avec laquelle il t'a frappée?

– Oui.

– Il te frappe combien de fois?

– Trois.

– Neuf fois, Linda. Il t'a frappée neuf fois mais sans doute as-tu perdu connaissance. Il ne dit rien?

– Non.

– À aucun moment il n'émet le moindre son?

– Non.

Silence.

– Maintenant, j'ai envie de pleurer, Linda. Je peux pleurer avec toi. Ma pauvre petite, oh mon Dieu!

Dale Moscovitz attendait, debout dans le couloir, depuis plus d'une heure et demie maintenant. Sans rien entendre d'autre qu'un murmure. Une vingtaine de minutes plus tôt, une infirmière avait tenté de pénétrer dans la chambre. Elle n'avait pas tenu cinq secondes.

Kate sortit enfin, fixa le lieutenant de police.

– J'ai envie d'un café, Dale.

Ils descendirent jusqu'à la cafétéria deux étages plus bas.

– L'agresseur était un homme et il était seul, dit Kate d'une voix bizarrement lointaine. Il mesurait environ un mètre soixante-dix-huit et devait peser au moins quatre-vingts kilos. Je dirai qu'il est massif. Il est droitier. Ses cheveux sont épais, avec une raie à droite, et châtain roux. Cette nuit-là il portait un caban de marin et de ces grosses chaussures de travail à semelle de crêpe. Mais il n'est pas un ouvrier des quais. Je ne pense pas qu'il soit un ouvrier de n'importe où. Il a une voix caractéristique, ou un accent particulier. C'était bien à elle qu'il en voulait. Il l'attendait et connaissait son adresse; il savait par où elle allait passer pour rentrer chez elle. Malgré son poids, il est rapide.

– Que de déductions!

– Si vous voulez, Dale.

– À nous, elle a refusé de parler. Pas un mot.

– J'avais une chance et je l'ai tentée.

– Elle vous a dit où elle est allée, toute la journée de samedi?

Kate retira de la poche latérale de sa jaquette de laine bleue deux ou trois feuillets où s'alignaient des heures, des adresses, des noms.

– La liste de tous ceux qu'elle a vus, et à qui elle a posé des questions. J'ai reconstitué tout son emploi du temps.

Elle but son café, les yeux dans le vide, tandis que Moscovitz lisait.

– Je ne vois absolument rien là-dedans qui retienne l'attention, dit-il enfin. On dirait qu'elle a tapé au hasard, interrogeant n'importe qui.

– C'est exactement ce qu'elle a fait, dit Kate.

– À la rigueur, il y a les noms de deux hommes qui connaissent sûrement Lepke Tauber. Abe Belasco et Jo Moretti. Mais je ne les vois pas donnant une information à qui que ce soit. Surtout à une jeune journaliste inconnue.

– Ils ne lui en ont pas donné. Personne ne lui en a donné.

Elle n'a rien trouvé sur Lepke Tauber, ni sur Jake Moritz, ni sur personne.

– Comprends pas.

– Je suis pourtant claire : elle n'a absolument rien trouvé. Rien.

– Nom d'un chien, pourquoi l'avoir attaquée, alors?

Les yeux de Kate tournèrent lentement, se braquèrent sur le policier.

– Toute la question est là, Dale.

Elle ramassa son sac et il eut juste le temps de se lever avant elle.

– Je rentre au journal.

Moscovitz la raccompagna jusqu'à sa voiture – la Duesenberg si familière à la plupart des habitants du Queens, de Long Island, voire de Brooklyn.

Elle se mit au volant du monstre.

– Des nouvelles de Mendel Lipover?

– Vous aviez raison : disparu sans laisser de trace.

Elle acquiesça et lança son moteur.

On était le lundi. Cinq heures trente de l'après-midi.

Deux heures plus tard le même jour, elle entra dans la maison d'Arthur Hennessey, qui, à vol d'oiseau, ne se trouvait guère qu'à quelques centaines de mètres de Buckingham Street. Hennessey venait d'avoir soixante et onze ans. Né dans le Queens, il y avait enseigné pendant près d'un demi-siècle comme instituteur; il avait été de la toute première équipe formée par Kate pour la *Gazette*, assurant le collationnement des petites annonces. Ensuite, pendant une vingtaine de mois, il avait été le chef correcteur du *DAY*, avant de s'arrêter de lui-même, pour jouir paisiblement de sa retraite et se consacrer à sa passion : l'observation des oiseaux de Jamaica Bay. Au physique, il n'était pas sans ressemblance avec l'acteur Barry Fitzgerald, mais en plus vieux, en plus ridé et avec bien moins de dents.

Il avait pour Kate une affection sans réserve.

– Kate, je vous présente Allie MacGinty. Et j'ai préparé un dîner pour trois. Nous bavarderons tout en mangeant.

MacGinty, s'il avait quelques années de moins que son hôte, n'avait pas plus de dents. C'était un petit homme chauve,

252

timide, aux yeux bleu clair papillotant derrière des lunettes à verres épais comme des loupes, aux mains très petites et délicates.

– Allie et moi, nous nous connaissons depuis environ soixante ans, il aime beaucoup regarder les oiseaux, lui aussi.

– Beaucoup, dit MacGinty. Sur quoi il s'affaissa encore un peu plus sur lui-même, sans doute effaré de cette audace qui lui avait fait ouvrir la bouche.

– J'ai promis solennellement une chose à Allie, reprit Hennessey. Je lui ai promis que vous ne mentionneriez jamais son nom devant personne.

– Je fais le même serment, assura Kate.

– Vous n'avez jamais vu Allie, vous ne le connaissez pas.

– Juré, dit Kate.

Déjà, elle s'impatientait, dévorée par son besoin de revenir au *DAY*. Arthur Hennessey lui avait téléphoné la veille, d'abord pour l'assurer qu'il compatissait au malheur de Linda Fox, puis pour l'inviter à dîner; il avait précisé que ce n'était pas une invitation ordinaire mais quelque chose de très spécial, en relation, justement, avec ce qui était arrivé à Linda. D'abord, Kate avait refusé, mais Hennessey avait montré une telle insistance, si peu dans son caractère, que pour finir elle avait dit oui.

... Et elle était là. Ayant même caché à Danny Clifton où elle allait et pourquoi. Elle examinait le petit homme aux yeux plus papillotants que jamais.

– Du café Kate, avec votre dîner, ou du soda au gingembre?

– Café, je vous prie.

– Allie et moi, dit Hennessey, nous nous sommes rencontrés ce matin à quatre heures, sur les bords de Jamaica Bay. Il n'était pas encore tout à fait décidé à vous parler. J'ai fini par le convaincre. Il est entré chez moi alors qu'il faisait encore nuit, personne ne l'a vu. Et il ne repartira que lorsque la nuit sera de nouveau tombée. Il n'habite pas New York, Kate. Il ne veut pas que je dise où il habite, même à vous. Il est venu uniquement pour vous – parce que je le lui ai demandé.

Kate attendait, assise devant son couvert posé sur une nappe à carreaux. Allie MacGinty avait pris place face à elle et contemplait avec obstination le centre de son assiette vide. Arthur Hennessey allait et venait de la cuisine à la salle de séjour, éclairée par deux bow-windows, et garnie d'une quantité de livres. Arthur était, entre autres choses, un passionné de cuisine (Kate lui avait un temps confié une rubrique culinaire, qu'il avait tenue sous le pseudonyme de tante Hattie). Il avait préparé un *salpicón* de fruits de mer, très relevé selon lui, un ragoût de bœuf et un gâteau.

Hennessey finit par s'asseoir et but un demi verre de soda. Il sourit, plutôt triomphalement, à Kate.

– J'espère que vous allez me faire le plaisir de goûter à tout, il y a dix ans que j'attends de vous avoir à ma table. Et, j'allais oublier de vous le préciser : durant ces quinze dernières années, jusqu'à voici six mois, Allie a été le comptable de Lepke Tauber.

Lepke était le diminutif de Lepkela, Louis, en yiddish. Il avait quarante-quatre ans. C'était un Américain de la deuxième génération – ses parents étaient arrivés d'Allemagne vers 1885, son père exerçait le métier de tailleur en appartement. Il avait probablement tué son premier homme à seize ans. On lui attribuait une douzaine de meurtres directs et, disait-on, il en avait ordonné une centaine d'autres.

– Il tue toujours le premier, sitôt qu'il a le plus petit soupçon sur quelqu'un, dès qu'il pense que quelqu'un peut représenter un danger pour lui. Je sais qu'il a fait abattre un cireur de chaussures pour cette seule raison qu'il avait pu entendre quelques mots prononcés par Abe Reles.

– Qui est Abe Reles ?

– L'un des *torpedoes* de Lepke. Vous savez ce que c'est qu'un *torpedo* ?

– Un tueur patenté, dit Kate.

– Lepke a fait exécuter le cireur de chaussures et a failli condamner Reles aussi, parce qu'il avait parlé en présence d'un témoin. Lepke ne prend jamais de risque.

– Allie, quels sont les secteurs contrôlés par Tauber ?

– À Brooklyn, tous. Il y a trois ans, il a pris en main tout le marché des stupéfiants. Mais il avait déjà le contrôle des syndicats de camionneurs, des salles de cinéma, de la boulangerie, de la fourrure, du vêtement. Les restaurants aussi.

– Pas de concurrent ?

– Pas depuis l'exécution de Dutch Schultz.

– C'est Lepke qui a fait abattre Schultz?

– Avec Alberto Anastasia. Anastasia et Lepke sont très liés. Ensemble ils ont monté une sorte de syndicat du meurtre. Ils louent des tueurs à qui en veut. Dans ma comptabilité, cela s'appelait *démarchage à l'extérieur, commandes* et *livraisons.*

– Combien de *livraisons?*

– Deux cent trente-neuf, répondit Allie sans hésiter. Les prix variaient entre trois cents et cinq mille dollars.

– Vous avez des détails sur ces meurtres?

– J'ai des noms mais beaucoup sont faux, je ne connais pas les vrais. J'ai des dates et des villes. Avec les archives, on doit pouvoir trouver qui a été tué.

– Quels sont les revenus de Lepke?

– Ils ont beaucoup augmenté depuis 29, quand ils ont eu leur grande réunion.

– Ils?

– Tous les grands. Même Capone est venu, de Chicago. Et Meyer Lansky, de Californie. La réunion a eu lieu à l'hôtel President à Atlantic City, c'est Joe Adonis qui l'a organisée.

– Vous y étiez?

– Lepke m'avait fait venir pour montrer les chiffres et contrôler ceux des autres, mais je ne suis pas resté.

– Vous avez une idée des revenus de Lepke?

– Pour cette année, non. Mais, pour les années comprises entre 21 et 36, les chiffres vont d'un million six cent vingt-trois mille à neuf millions huit cent cinquante-six. J'ai tous les chiffres en tête.

– Il a gagné près de dix millions de dollars en 36?

– C'est ça. Tous salaires, primes et frais divers déduits.

Le ton d'Allie MacGinty était extraordinairement tranquille, sa voix était douce, à peine audible tant la timidité l'étouffait, mais elle était claire. Il n'hésitait jamais.

Il faisait honneur au repas servi par Arthur Hennessey, presque avec gloutonnerie.

– Vous vous appelez vraiment MacGinty?

– Non, madame.

Hennessey sourit avec beaucoup de malice dans ses yeux. Il assistait à la conversation sans y prendre la moindre part.

– Comment avez-vous pu, pendant des années, amasser des informations sur Lepke Tauber sans qu'il ait l'idée que vous pouviez être dangereux?

255

– Personne n'a jamais fait attention à moi.

Stupéfaite, Kate chercha le regard de Hennessey, qui secoua la tête, l'air de dire : *« Eh oui, c'est ainsi... »*

– Si je n'avais pas une telle confiance en Arthur Hennessey, ici présent, dit Kate, je ne croirais pas un traître mot de ce que vous me dites.

Allie MacGinty se resservit du ragoût.

– C'est vraiment bon, Artie, dit-il.

– Merci, dit Hennesey. Kate, vous en voulez encore?

Elle ne pensa même pas à répondre.

– Et Lepke vous a laissé partir il y a six mois, avec tout ce que vous saviez?

– Il me croit mort.

– Ah! dit Kate, interdite.

– Et quand êtes-vous mort?

– J'ai brûlé avec un entrepôt, par accident.

– Je peux aisément découvrir votre véritable identité, Allie MacGinty. Il me suffit de consulter mes archives, ou les archives de tous les journaux des États-Unis, pour savoir quel homme d'environ soixante-cinq ou soixante-dix ans, comptable de profession, a péri dans l'incendie d'un entrepôt voici six mois environ.

– Je sais, madame. Mais Artie dit que je peux avoir confiance en vous. Et puis je mens peut-être.

Elle abandonna cet aspect des choses. Hennessey riait franchement.

– Drôle de cadeau que vous m'avez fait là, Hennie, lui dit-elle.

– Allie est là pour vous aider, Kate. Et il va vous aider plus que vous ne pouvez l'imaginer. Vous aller goûter de mon gâteau, n'est-ce pas?

– Je peux téléphoner?

– Je n'ai plus le téléphone. Il ne me servait à rien. Qui vouliez-vous appeler?

– Le journal. Je ne bougerai pas d'ici tant que monsieur MacGinty ne m'aura pas appris tout ce qu'il consent à m'apprendre.

– Je vais être obligé de partir, dit MacGinty. La nuit commence à être suffisamment sombre, maintenant.

– Je pourrais vous revoir.

– Non, madame, je suis vraiment désolé. Mais je vous ai apporté quelque chose.

Il fixa le gâteau que Hennessey était en train de découper.

– Ça m'a l'air d'un vraiment bon gâteau, Artie.

– Je l'ai fait pour toi. C'est celui que faisait ma mère et tu l'aimais déjà beaucoup, à l'époque.

– Que m'avez-vous apporté ? demanda Kate.

– Je me souviens des gâteaux de ta mère, dit MacGinty à Hennessey. C'est bien le même. Avec de la confiture de myrtilles et de la meringue à peine craquante. Ça fait bien dans les soixante ans que je n'en ai pas mangé. Je suis vraiment ému, Artie. C'est gentil.

– Avec le service que tu rends à Kate, malgré tous les risques, c'était le moins que je pouvais faire, dit Hennessey.

– Je peux savoir ce que vous m'avez apporté ? demanda de nouveau Kate.

– Des papiers, dit enfin MacGinty consentant à lui répondre.

– Quels papiers ?

– Des notes que j'ai prises pendant quinze ans et dix mois. Il y en a neuf cent trente-quatre feuillets.

Elle regarda autour d'elle :

– Ils sont ici ?

Évidemment, non. On ne prenait jamais assez de précautions. Il avait caché le paquet, que rien ne permettait de rattacher à lui, dont aucun feuillet n'était manuscrit – tous étaient dactylographiés.

– À l'arrière du plus grand des bâtiments de votre journal, madame. Là où il y a de l'herbe et un saule. À trois mètres du saule, vous verrez un regard de visite pour les canalisations. Soulevez la plaque en ciment du regard, le paquet est dessous. Glissez votre main et cherchez sur votre droite, en regardant le saule. Ce gâteau, c'est toute ma jeunesse, Artie.

– J'ai fait deux gâteaux, dit Hennessey. Tu pourras emporter le deuxième.

– Je suis vraiment touché, tu sais.

– Je le suis plus encore : tu es venu chez moi au risque de ta vie ; tu m'as donné toute ta confiance.

– Je peux vous poser quelques questions encore ?

Les yeux papillotants se tournèrent vers Kate.

– Pas très longtemps, je vous prie.

– Parmi les tueurs de Lepke, vous en connaissez un d'environ un mètre soixante-dix-huit, quatre-vingts kilos, cheveux châtain roux, avec une raie sur le côté droit, probablement massif et pouvant porter un caban de marin ainsi que des chaussures à semelles de crêpe?

– C'est celui qui a jeté du vitriol sur votre journaliste?

– Après l'avoir à moitié tuée à l'aide d'un coup de poing américain. Mais il ne voulait pas la tuer.

MacGinty réfléchissait et, derrière ses tics, sa timidité (apparente ou réelle), et son allure insignifiante, on avait le sentiment d'une mécanique mentale remarquablement huilée et précise.

– Il y en a plusieurs, finit-il par dire. Sol Weiss portait un caban quand il travaillait sur les docks à punir ceux qui ne voulaient pas entrer dans le syndicat. Liebner et Strauss aussi. Strauss est plus petit que la taille que vous m'indiquez. Il y a aussi Mendy Landau, bien sûr, c'est un homme d'une très grande force physique. Et Salvatore Minelli, Al Bugno, Herb Levy... Dave Bronstein aussi a des cheveux un peu roux. On m'a dit qu'il avait tué un homme d'une seule main, une fois.

– Jake Moritz?

– Il est plutôt blond.

– N'importe lequel de ces hommes serait capable de massacrer une femme et de lui brûler le visage et les yeux à l'acide?

– Ils ont fait pire, madame.

– Ils auraient pu s'en prendre à Linda Fox sans l'ordre de Lepke Tauber?

– Sûrement pas.

La réponse était venue très vite. Le prétendu MacGinty enfilait son pardessus.

– Lequel d'entre eux? Lequel a pu faire ça?

– N'importe lequel si Lepke en avait donné l'ordre.

Dans l'échancrure de son pardessus brun sombre, MacGinty croisa une écharpe grise, s'apprêta à coiffer un feutre de couleur plus neutre encore. L'ensemble de sa mise témoignait de sa volonté de passer inaperçu – et nul doute qu'il devait aisément atteindre son objectif, dans n'importe quelle foule.

– Lepke Tauber est homme à donner un tel ordre?

Il prit le temps de la réflexion, hocha la tête.

– Il ferait assassiner n'importe qui s'il jugeait le meurtre nécessaire. Vous comprise, madame.

– Ce n'était pas exactement ma question, monsieur Mac-Ginty. J'ai parlé à Linda Fox. Elle n'a absolument rien trouvé, son enquête était enfantine. Est-ce que Lepke est du genre à entrer en fureur simplement parce qu'une petite journaliste enquête sur lui – je veux dire au point de la faire rouer de coups et vitrioler?

Nouveau silence.

– Elle n'a vraiment rien trouvé?

– Rien du tout, dit Kate.

MacGinty nouait son écharpe avec un grand soin.

– Il arrive à Lepke de se mettre en colère. C'est un homme d'une grande violence. Madame, ne montrez pas ces papiers à n'importe qui, tels qu'ils sont. Au revoir.

Il s'effaça comme une ombre, presque instantanément, disparut dans les pièces obscures de la maison. Aucun bruit ne signala son départ par la porte arrière qui donnait sur le jardin potager.

Hennessey sourit à Kate:

– J'imagine quelle question vous voudriez me poser et j'y réponds: je crois tout ce qu'il a dit. C'est un homme très secret et que personne ne remarque, en effet. Je me rappelle avoir eu un mal fou à le faire venir à la maison, quand nous étions enfants. Il vivait seul avec sa grand-mère et mourait à moitié de faim. J'ai confiance en lui. Il travaillait comme comptable dans une société qui l'a un jour mis à la porte sans indemnité. Il a travaillé comme balayeur pendant deux ans, a trouvé par terre une enveloppe, l'a remise à Lepke Tauber sans l'ouvrir. Elle contenait onze mille dollars. Tauber l'a engagé comme garçon de bureau, puis l'a pris comme comptable.

– Qui d'autre que vous sait qu'il est vivant?

– Vous.

– Je ne le trahirai pas. J'ai un peu de mal à croire à ces mystérieux documents, quand même. Vous les avez vus?

– Non, bien sûr. Kate, j'en suis à regretter ce que je viens de faire.

– Pourquoi?

– Vous savez très bien pourquoi: si Tauber a pu faire ce qu'il a fait à cette pauvre Linda, que vous fera-t-il, à vous qui allez l'attaquer vraiment?

– Je rentre. Merci pour le dîner. Je n'ai pas aussi bien mangé depuis très longtemps.

259

– Faites attention, je vous en supplie.

Elle se pencha un peu et l'embrassa sur la joue.

– D'après... disons d'après Allie, il est possible que vous soyez suivie et mise sous surveillance. C'est pour cela qu'il a préféré cacher son dossier près de votre bureau. Vous pourrez le récupérer sans attirer l'attention. Tigre d'Avril va bien?

– Il vogue sur l'Atlantique, vers l'Europe. Avec mon mari. Ils devraient arriver dans quelques heures. Quatre ou cinq heures du matin, heure de New York, dix ou onze heures en France. S'ils débarquent en France. Au revoir, Hennie.

La Duesenberg était garée, solitaire, et aucune autre voiture n'était en vue. Kate jeta néanmoins quelques coups d'œil dans son rétroviseur après avoir démarré mais ne remarqua rien.

– Il faudrait qu'on parle, *señora*.

– Pas maintenant, Ed.

Solomons était sorti de son propre bureau sitôt qu'il l'avait vu arriver. Il marcha à son côté tandis qu'elle entrait.

– On s'est pas vus aujourd'hui. Vous avez disparu toute la journée. Je sais que vous êtes sur les dents, mais seulement cinq minutes.

– Plus tard.

Pénétrant dans la salle de rédaction, elle découvrit les deux hommes assis sur des chaises dans le coin gauche, avec derrière eux les collections.

– Ce soir, j'ai un rendez-vous, je dois filer. Je vous ai attendue autant que j'ai pu.

– Demain.

Il renonça. Elle fixa les deux inconnus, très élégamment vêtus et portant, même à l'intérieur, des pardessus de demi-saison admirablement coupés. Ils la suivirent des yeux. Elle s'assit face à Clifton.

– Du nouveau, Danny?

– Dans les deux cent cinquante appels téléphoniques, dit-il avec son calme ordinaire. Mais rien qui sorte de l'ordinaire.

Il éleva un peu la voix, avec l'intention manifeste de se faire entendre des deux hommes.

– Le *district attorney* Tom Dewey a cherché à te joindre. Il souhaite ardemment te rencontrer. Il a laissé des numéros. Il est à son bureau pendant encore une heure.

Elle parcourut rapidement la liste des gens qui avaient demandé à lui parler personnellement; ils n'étaient pas deux cent cinquante mais quelques dizaines. Elle cocha certains noms, qu'elle rappellerait, décrocha un téléphone, demanda à une standardiste de la mettre en communication avec l'homme que, deux ans plus tôt, le gouverneur de l'État de New York, Lehman, et le grand jury avaient substitué à William C. Dodge au poste de procureur général – Dodge avait compté Dutch Schultz parmi ses soutiens électoraux et perçu trente mille dollars du gangster. On attendait de son ancien assistant, Dewey, qu'il menât une lutte énergique contre le crime organisé.

– Et j'allais oublier, dit Danny. Il y a là deux messieurs qui t'attendent depuis deux bonnes heures. Ce sont les avocats d'un certain Lepke Tauber.

Ils se levèrent dès qu'elle se tourna vers eux. Elle demeura assise alors qu'ils s'approchaient, conserva en main le récepteur téléphonique, les invita à s'asseoir près d'elle d'un geste des plus vagues, les scruta d'un œil glacé. Ils avaient exactement l'air de ce qu'ils étaient, des avocats percevant des honoraires énormes, très sûrs d'eux-mêmes, de leurs qualités professionnelles, de leur statut, mais confortés surtout par le fait qu'ils représentaient un homme dont le seul nom devait nécessairement impressionner, voire inspirer de la crainte.

– Madame Adler, notre client a découvert avec surprise que sa photo avait été publiée...

– Je suis Kate Killinger-Adler, dit Kate au téléphone. Le *district attorney* m'a appelée trois fois, je le rappelle. Veuillez me le passer, je vous prie.

– ... Que sa photo avait été publiée, et utilisée...

– Bonsoir monsieur le *district attorney*. Kate Killinger.

– ... Utilisée en accompagnement ou du moins en juxtaposition d'un article relatant...

– Vous êtes trop aimable, monsieur le *district attorney*. Je me permettrai d'attendre un peu plus pour porter sur vous-même un jugement aussi flatteur...

– ... D'un article relatant un horrible fait divers. Fait divers auquel il ne saurait être mêlé de quelque manière que ce soit. Une telle juxtaposition, par la confusion qu'elle pourrait faire naître dans l'esprit du public...

– Je crains que pour ce soir ce ne soit pas possible, dit Kate, toujours au téléphone. Demain, dix heures, peut-être? Entendu pour midi. Au revoir, monsieur.

– ... Est de nature à porter atteinte à la réputation de monsieur Louis Tauber. Vous voudrez bien comprendre que dans ces conditions...

Kate consulta sa liste et réclama au standard le numéro suivant. Le premier des avocats continuait à parler, elle le fixait toujours, le regard dépourvu de la moindre expression.

– Danny? La maquette de la une pour demain, s'il te plaît.

Elle fit glisser la grande feuille de papier sur le plateau de la table, l'amena devant elle et la disposa de telle sorte que les avocats pussent la voir aussi.

ELLE POSAIT DES QUESTIONS
SUR LEPKE TAUBER

Le titre s'étalait sur toute la largeur de la page; suivait, sur trois colonnes, le texte de l'article à venir, qui n'était pas encore écrit. Kate elle-même devait s'en charger, et il relaterait dans le détail l'itinéraire complet de Linda Fox au cours de la journée du samedi.

– Nous avons des photos une colonne de tous les endroits où elle est passée, précisa Nick. Et, en pages 6 et 7, comme convenu, nous plaçons le reportage sur Linda elle-même, avec les interviews de ceux qui l'ont bien connue dans le Kentucky, l'interview de son frère Roger, les déclarations de quelquesuns de ceux qui, à New York depuis son arrivée, ont eu l'occasion de l'aimer. Tout cela sous le titre général :

UNE SIMPLE JEUNE FILLE AMÉRICAINE

– Et la photo d'elle sans ses bandages?

– Pleine page 9. Elle sortira mieux qu'à la 8.

Mais Linda Fox n'était pas seule à occuper la une. Un portrait de Lepke Tauber tenait la même place que la veille; on s'était cette fois servi d'un cliché pris par les services de l'anthropométrie judiciaire lors d'une des dix-sept arrestations de Tauber – arrestations qui, toutes, avaient abouti à des non-lieux, faute de témoins. Comme toujours en pareil cas, la physionomie de l'homme photographié par les services de police était très peu avenante. Le regard qui filtrait à travers les paupières mi-closes était terne comme celui des cadavres, les joues s'ombraient de barbe, un demi-sourire méprisant flottait sur les lèvres minces; vraiment, Tauber faisait peur.

– Mais je n'ai pas encore rédigé la légende, dit Danny Clifton. Je t'attendais.

Coinçant le téléphone entre son épaule gauche et sa tête, elle prit un morceau de *beefsteak* – ce papier, provenant des fins de bobines, que l'on découpait au massicot pour obtenir des feuillets de dimensions adéquates servant à la rédaction des titres et des légendes destinés à la composition. Elle data en haut à gauche, précisa le numéro de la page, spécifia qu'il s'agissait d'une légende.

– La justification, Danny?

– Vingt-sept douzes, six points. Il faut ça, si l'on veut à nouveau encadrer d'un filet de douze.

... Les avocats avaient fini par se taire et suivaient ses gestes, assis tous les deux à sa droite. *«Sur 27d6 en 12 bas de casse gras»*, indiqua Kate, qui, enfin, rédigea sa légende: *«Lepke Tauber, respectable industriel de la restauration à Brooklyn. »*

– Encadré à nouveau d'un filet noir, comme hier, Danny.

Les deux éditions successives du *DAY* étaient en fait assez semblables pour la présentation. La veille, tout le tiers inférieur de la une avait été consacré à Marvin Ellis, qui, en état d'ivresse et au volant de sa voiture, avait renversé et rendue à jamais infirme une gamine de huit ans. La même place était maintenant affectée à ce qui, d'après le chapeau, était une nouvelle série du *DAY*, vouée à célébrer des personnalités éminentes vivant et prospérant dans la zone de diffusion du journal. Le premier de ces hommes illustres choisis par la direction était Louis «Lepke» Tauber.

– Avec tourne en pages 8, 10 et 11, dit Danny. Que cette épouvantable photo de Linda se trouve en 9 est évidemment un hasard, uniquement dû à des impératifs techniques.

– Évidemment, dit Kate. On ne fait pas toujours ce qu'on veut, dans la presse.

Elle se tourna vers les avocats.

– Vous quittez mon journal immédiatement, dit-elle. Je n'ai pas écouté ce que vous avez dit et n'envisage pas de vous accorder la moindre attention, ni ce soir ni aucun autre jour à venir. Sortez d'ici et faites-moi un procès.

La vingtaine de journalistes présents les regarda partir.

– Labe Paley a donné des nouvelles, Danny?

– Il a téléphoné il y a une demi-heure. Il rentre.

Elle rédigea son très long article sur les faits et gestes de Linda Fox durant la journée du samedi. Harry Coughlan avait travaillé remarquablement vite, il avait pris des photos de chacun des lieux, bars, restaurants, hôtels, sièges d'entreprises sur le *waterfront* (les quais) de Brooklyn, où Linda, dans sa naïveté, avait jugé bon de poser des questions sur Lepke Tauber. Vingt-huit photos en tout. Auxquelles viendraient s'ajouter celles faites sur les lieux de l'attentat – mais Kate lui avait ordonné d'attendre neuf heures trente du soir pour les prendre.

– Dale lui a mis un de ses hommes sur le dos en protection, pour le cas où l'agresseur de Linda se manifesterait encore. Harry était fou de rage. Il a dit qu'il n'avait pas besoin de nourrice sèche.

Kate acheva son travail d'écriture, rédigea l'un de ses deux éditoriaux puis, le téléphone se calmant un peu, quitta la salle de rédaction. Le grand et haut bâtiment abritant la rotative commençait à reprendre vie, comme toutes les nuits à pareille heure. Abadie et la plupart des hommes de son équipe étaient arrivés. Elle put cependant s'esquiver sans être remarquée par la petite porte qui donnait sur un semblant de jardin, lui-même fermé par un mur de pierres de quatre mètres de haut, justement élevé pour atténuer le grondement de la Wood et éviter qu'il tînt éveillé tout le voisinage.

Elle se repéra sur le saule, presque indistinct dans la pénombre, et parvint à soulever la plaque de ciment qui fermait le regard de visite.

Le paquet était là et il entra de justesse dans son sac. Elle traversa la salle d'impression, l'atelier de photogravure et le laboratoire photo, où elle jeta un coup d'œil sur les clichés de Coughlan que l'on finissait de tirer. Elle passa ensuite par le secteur des Linotypes puis par le marbre, où elle s'attarda quelques minutes encore – une trentaine de pages étaient déjà montées, on en avait fait les empreintes –, enfin, elle gagna le service de publicité. Elle s'enferma dans le bureau d'Ed Solomons, comme toujours encombré de mille choses : caisses de champagne et de vins fins, boîtes de chocolats, postes de radio, montres et électrophones, et même coffrets énigmatiquement frappés de l'inscription *Papillons exotiques*.

Elle ferma les rideaux des fenêtres sur la rue, alluma la

lampe, prit place dans le fauteuil de cuir rouge de Solomons, et se mit à lire. Elle parcourut les vingt premières pages pour juger de la concision et de l'étendue des renseignements. Puis elle accéléra sa vitesse de lecture, se faisant en vingt minutes une idée assez complète de tout ce que contenait le dossier.

C'était hallucinant.

Elle ouvrit l'une des boîtes de *papillons exotiques*. Qui contenait bel et bien un papillon, une chose de presque vingt centimètres, d'un bleu-vert admirable. Un certificat rédigé en anglais et en portugais garantissait l'origine brésilienne de l'insecte. Sous ce dernier, et sous la petite boîte en verre qui le protégeait, un coussinet de coton, épais de dix centimètres.

– Qu'est-ce que c'est?

Elle était revenue dans la salle de rédaction et s'attelait à son deuxième éditorial du jour – la politique intérieure américaine vue avec l'œil très critique d'un républicain. Danny Clifton considérait la boîte.

– Un papillon, dit Kate. Un cadeau d'Ed. Il est fou. Tu peux ouvrir.

Toute la rédaction examina l'insecte venu du Brésil. La conclusion générale étant que Solomons avait définitivement perdu l'esprit : comment pouvait-on procéder à des échanges-marchandises avec des papillons exotiques?

Le bon à tirer cette nuit-là fut de deux cent six mille. Ludo Cecchi s'était plaint de manquer de papier pour sa mise en place la veille.

Emil Kranefuss vint la chercher pour la ramener à Kings Point.

Elle avait placé la Duesenberg dans le garage, spécialement construit à cet effet, attenant à la salle des rotatives. La pluie tombait à très grosses gouttes. Kate avait pris place à l'arrière de la Packard, mais la vitre de communication entre Kranefuss et elle resta ouverte. Elle s'enfonça dans un des coins de la banquette et ferma les yeux, sous l'effet de la fatigue et non du sommeil, qui comme toujours tarderait à venir. La boîte était posée près d'elle.

On roulait depuis une dizaine de minutes, on venait de quitter le Queens et de passer les limites de la ville de New York pour pénétrer dans le comté de Nassau, à Long Island, quand le bruit du moteur changea. La Packard ralentit soudain.

– Barrage, dit Kranefuss en allemand.

Il pivota sur son siège, pour voir par la lunette arrière.

– Barrage devant et derrière, précisa-t-il.

Elle ouvrit les yeux : deux grosses limousines noires disposées nez à nez en travers de la route fermaient en effet tout passage. Et trois hommes en cirés noirs, coiffés de feutres sombres, se tenaient immobiles et debouts dans le pinceau des phares de la Packard.

Derrière, les lumières d'un troisième véhicule, qui venait de stopper. Et duquel deux autres hommes descendaient.

– Ça va, Emil.

Elle attendit, les mains posées bien à plat sur le cuir noir de la banquette.

– Tu restes tranquille, Emil. C'est un ordre, dit-elle, en allemand aussi, à Kranefuss, qui venait de saisir ses deux revolvers.

Ils vinrent à quatre, un à chaque portière. Ils ne semblaient pas armés mais le bas de leur visage était dissimulé par un foulard. Avec une simultanéité vraisemblablement voulue, les deux portes arrière furent ouvertes.

– Nous pourrions vous tuer.

– Je vous emmerde, dit Kate.

– Sortez de la voiture.

On voulut lui saisir le poignet, elle se détendit et frappa d'un coup très sec du tranchant de sa main, visant la gorge. Une arme apparut, rendue plus brillante par la pluie et les phares de la voiture.

– Ne recommencez pas.

À présent, elle était debout. Ils la fouillèrent, ouvrirent son sac et en examinèrent le contenu à la lueur d'une torche électrique. Pendant ce temps, ils avaient fait descendre Kranefuss. Ils prirent beaucoup de précautions pour le fouiller lui aussi.

– Du calme, dirent-ils, ou c'est elle qui sera tuée.

Ensuite, ils se livrèrent à un examen très minutieux du moindre recoin de la Packard, soulevant les tapis, sortant les sièges, ouvrant le coffre et le capot, vérifiant l'intérieur des garde-boue, passant sous la voiture, lacérant le capitonnage des portières et du plafond.

Ils emportèrent la boîte et l'ayant ouverte, l'un d'eux pulvérisa le papillon entre ses doigts gantés.

Ils repartirent. Jusqu'à la dernière seconde, ils avaient tenu en joue Kranefuss, qui n'avait lâché aucun de ses deux colts. 45 – un dans chaque main.

– Police?

– Non, Emil. À quoi bon?

Un troisième radiogramme était arrivé, une heure plus tôt. Adressé à la maison de Kings Point et apporté par un messager spécial. Il disait : *« Débarquons en fin de compte à Cherbourg par pilotine. Dans trois heures. Serons à Paris pour déjeuner. Bonne nuit. Amour. Bernard. »*

Deux heures du matin à New York, cela faisait huit heures en France. *« Ils ne seront pas à Paris pour déjeuner, il se trompe! »* La femme de chambre, qui avait veillé pour l'attendre, lui fit couler un bain.

– Allez vous coucher, Myrna. Merci de m'avoir attendue.

Au moment d'entrer dans l'eau elle se souvint de l'appel téléphonique qu'elle voulait donner. Elle eut en ligne le sergent Malone, adjoint de Dale Moscovitz.

– Pat, dit-elle, on vient de m'appeler pour me signaler des types louches traînant aux alentours de mon imprimerie et particulièrement du garage. J'y ai laissé ma Duesenberg, je ne voudrais pas qu'on me la vole.

Il jura ses grands dieux qu'il allait faire le nécessaire, quitte à planter deux hommes dans Buckingham Street pour tout le reste de la nuit.

– Merci.

Elle raccrocha sans évoquer l'étrange attaque dont Kranefuss et elle venaient d'être victimes. Pas une seconde, elle ne doutait que, dans le personnel du *DAY*, quelqu'un l'avait vue portant la boite contenant le papillon. Ce quelqu'un en avait tiré des conclusions et avait donné le mot à Lepke Tauber. Elle ne voyait pas de qui il pouvait s'agir.

Elle s'éveilla une minute avant que l'une des femmes de chambre ne frappât à sa porte pour lui porter son petit déjeuner ainsi que les journaux de Chicago et de Washington (elle avait lu ceux de New York avant de quitter le *DAY*). Il était huit heures quarante cinq et l'on était le mardi 4 mars.

Le téléphone commença à sonner.

Ed Solomons tout d'abord, qui insista pour avoir une entrevue le plus tôt possible.

– Déjà hier soir je voulais vous en parler, mais ce n'était pas encore très clair, j'avais des doutes. Je n'en ai plus, *señora*, et, plus tôt on se verra, mieux ça vaudra.

– Je serai au journal dans une heure au plus. Où êtes-vous, Ed?

– Dans mon bureau. Je vous attends.

– À tout de suite.

Immédiatement après, ce fut Dale Moscovitz, et, pour bien le connaître, elle discerna de l'excitation dans la voix du policier.

– Depuis quand vous inquiétez-vous tant pour une de vos voitures, Kate? J'ai deux hommes qui ont fait le pied de grue toute la nuit devant votre journal. Ils ont mieux à faire.

– Vous avez autre chose à m'annoncer, Dale.

– Un cadavre, dit-il, avec presque de la jubilation. On l'a trouvé à l'aube dans la ruelle où la petite Linda a été agressée. Il mesure un peu moins d'un mètre quatre-vingts, doit peser dans les quatre-vingt-dix kilos, il a des cheveux châtain roux, une raie à droite, il a des souliers à tige avec semelle de crêpe. À un mètre près, il se trouve exactement à l'endroit où Linda Fox s'est écroulée après avoir été frappée.

Elle reposa sa tasse de café et, la femme de chambre venant tout juste d'ouvrir les deux fenêtres, contempla le détroit de Long Island et sa mer grise – la pluie de la nuit n'avait pas cessé.

– Qui est-ce, Dale? Mendel Lipover?

– La corpulence est à peu près la même, mais ce n'est pas lui. Nous l'avons identifié grâce à sa chevalière, et les empreintes digitales correspondent: c'est Bugno, Alfred Bugno.

Le nom revint à Kate: il avait été prononcé par le soi-disant Allie MacGinty. Elle demanda:

– C'est l'un des hommes de Lepke Tauber, n'est-ce pas?

– L'un de ses lieutenants, aucun doute. C'est lui qui se chargeait du racket des restaurants. Kate, nous avons trouvé sur lui le coup de poing américain, on est en train d'analyser le sang séché qu'il y a dessus; ce pourrait bien être celui de Linda.

– Vous connaissez sûrement le visage de Bugno, Dale. Pourquoi son visage ne vous a-t-il pas suffi à le reconnaître?

268

– On lui a fracassé les os de tout le corps à coups de barre de fer. Mais surtout on lui a versé du vitriol sur le visage. Il n'en reste plus rien. Kate, nous recherchons Mendel Lipover, vous l'avez compris. Ce cinglé a non seulement voulu venger son cheval mais il a surtout vengé Linda Fox. Il vaudrait mieux que nous lui mettions la main dessus avant que Lepke et ses tueurs ne l'attrapent. J'ai lu ce que vous avez imprimé dans le *DAY* ce matin. D'où avez-vous sorti ces informations? Lepke va vouloir votre peau. Que ça vous plaise ou non, je vous ai envoyé deux policiers, qui se chargeront de votre protection.

– Je n'en veux pas. Vous entendez, Dale? Je n'en veux pas.

Elle raccrocha. Presque neuf heures. Elle passa sous la douche et s'habilla à toute vitesse. Elle allait quitter son appartement quand le téléphone sonna de nouveau.

C'était Ludo Cecchi. Il dit qu'il avait eu d'assez gros ennuis dans presque tout Brooklyn; on lui avait même incendié un plein camion de journaux. Mais il appelait pour une autre raison : on avait crocheté la petite porte de la salle des expéditions donnant sur l'arrière-cour et on avait fracturé la porte de la salle des rotatives et celle du garage.

– On s'en est pris à votre Duesenberg, on l'a démontée presque entièrement, comme si on avait cherché quelque chose. Et, en plus, dans l'arrière-cour, on a scié les tuyauteries, jusque dans le regard de visite.

– Je viens, Ludo. J'arrive.

Elle raccrocha pour la deuxième fois et demeura quelques secondes à contempler le paysage par les fenêtres grandes ouvertes. Les nouvelles données par Cecchi la laissaient bizarrement indifférente; ce n'était qu'une péripétie, la suite logique de cette fouille à laquelle on l'avait soumise la nuit précédente. On recherchait le dossier MacGinty, d'accord. Mais, on ne l'avait pas trouvé. On n'avait pas pu le trouver.

Elle appela le journal. Shirley Storch décrocha.

– Ce n'est pas à toi que je veux parler, Shirl. Est-ce qu'Arthur Hennessey est là?

Comme tous les matins ou presque, répondit Shirley – le vieil instituteur avait conservé l'habitude de venir faire un tour en voisin, boire un café et papoter.

– Oui, Kate?

La voix de Hennessey sur la ligne était parfaitement naturelle. S'il avait deviné pourquoi elle l'appelait – elle voulait s'assurer qu'il ne lui était rien arrivé et que les hommes de Lepke n'avaient pas établi de rapprochement entre lui et le dossier MacGinty –, il n'en laissa rien paraître.

– Hennie, je voudrais que vous repreniez du service pour quelques semaines. Avec l'affaire Tauber, je vais avoir besoin de tout mon monde.

Elle développa le thème et il entra dans le jeu, bougonnant pour la forme.

– D'accord, Kate. Mais c'est bien pour vous rendre service. Et merci de penser à moi.

La dernière phrase était à double sens, évidemment : il la remerciait surtout d'avoir craint que ceux qui avaient fouillé la Duesenberg et l'arrière-cour ne s'en fussent pris à lui.

Neuf heures et onze minutes. Elle était rarement partie si tard de chez elle. Réussissant enfin à quitter son appartement, elle descendit le grand escalier de l'immense maison de Kings Point. Dans la salle à manger, l'aînée des filles de Bernard Adler, Becky, était en train de prendre son petit déjeuner, entourée de ses cinq enfants. Elle séjournait à Long Island en l'absence de son mari, parti en voyage d'affaires. Kate la salua, s'attarda deux minutes par simple courtoisie. Dehors, Kranefuss attendait, non pas avec la Packard, qu'il avait dû confier à un garagiste, mais à côté d'une Daimler Double Six qu'Adler avait mise à la disposition de Kate, bien qu'elle ne s'en servît guère.

– Il faut vraiment que je m'en aille à présent, Becky.

– Tout va bien pour votre journal ?

Toujours ce ton condescendant et un peu amusé sur lequel tous les enfants Adler affectaient de parler du *DAY*.

– Très bien, dit Kate.

Elle prit le manteau que lui tendait sa femme de chambre, passa le seuil de la salle à manger, atteignit la porte principale, commença à la franchir.

Téléphone. Le maître d'hôtel lui indiquait l'appareil placé dans la bibliothèque. Irritée, elle revint en arrière.

– Oui ?

– Madame Catherine Adler ?

Voix inconnue.

– Madame Adler, mon nom est Henry Humphries, du

Département d'État. Je vous appelle de Washington. Je crains de devoir vous annoncer une bien triste nouvelle.

L'intuition fut fulgurante. Les mains de Kate se mirent à trembler, son corps entier se glaça.

– Nous venons à l'instant de recevoir un câble de France...

– Mon fils, dit Kate dans un souffle.

– Il y avait en effet un petit garçon dans l'avion, madame. Avec le pilote et monsieur Bernard Adler.

Debout devant la petite table sur laquelle l'appareil téléphonique était posé, elle chancela.

– Mon fils.

– Nous n'avons pas beaucoup de détails, disait la voix. L'avion venait de quitter Cherbourg et volait vers Paris. Il n'y a aucun survivant. Madame Adler, au nom du président, je voudrais...

– Mon fils.

Elle s'affaissa puis, d'un coup, s'écroula sur les genoux, foudroyée.

– Mon fils.

Livre 6

DEPUIS QUAND ES-TU ICI?

9

Murder incorporated

Elle revint d'Europe le 17 mars, avec les deux corps. Jake Adler avait insisté pour effectuer avec elle le voyage de retour. *«Après tout c'était mon père, Kate.»*

Elle avait fait l'aller seule, New York – Gander-Terre-Neuve – l'Irlande, et enfin Paris via Londres.

Les deux inhumations eurent lieu le même jour. Des centaines de personnes assistèrent à celle de Bernard Adler. Ils furent six pour mettre en terre Tigre d'Avril. Le personnel du *DAY* au complet eût été présent, mais Kate avait demandé à tous de s'abstenir, ne faisant exception que pour Danny Clifton et Arthur Hennessey, auxquels se joignirent les trois *a-ma*.

Elle avait choisi de faire reposer son fils dans sa petite propriété de Glenwood Landing, où elle avait habité avant son mariage avec Adler et où elle allait désormais se réinstaller. Elle ne voulait plus vivre à Kings Point. La maison de Glenwood Landing ne comportait que quatre chambres, et sept pièces en tout; une pelouse en pente douce, bordée d'arbres descendait sur la côte de Hampstead Harbor. La tombe fut creusée là, en haut d'un petit tumulus, sous les chênes, à trente mètres de la maison de bois et cinquante de la mer qu'elle dominait. Une dalle de granit très sombre la recouvrit; elle était surmontée d'une croix en pierre et gravée des prénoms officiels de l'enfant et, bien sûr, de son nom: Rourke.

Hennessey pleura toutes les larmes de son corps, plus déchiré qu'il ne l'avait été à la mort de sa propre femme. Il pensait qu'un enfant ne devrait jamais mourir.

En France, où elle était restée onze jours, elle avait loué une voiture et s'était rendue à l'endroit où l'avion était tombé. À moins de trente kilomètres à l'est de Cherbourg, au-delà d'un village nommé Valognes. Elle avait contemplé les débris de l'appareil dont personne ne pouvait expliquer la chute. On avait évoqué le mauvais temps, le plafond bas, la pluie très forte, une panne subite, voire un malaise du pilote. Bernard Adler avait retenu l'avion bien avant de débarquer du *Queen Mary*. Pour autant qu'on le sût – du moins l'avait-il assuré –, il avait souhaité gagner Paris par la voie des airs à seule fin de réaliser le rêve de son jeune beau-fils, qui n'avait encore jamais pris l'avion. Les bagages avaient été expédiés par le train, à l'exception d'un petit sac, et Adler et Tigre d'Avril s'étaient envolés moins d'une heure après leur arrivée en France. Leur avion avait décollé d'une route, sur laquelle les gendarmes avaient eu la gentillesse d'interrompre la circulation.

À Paris, elle avait longuement tenu Mimi Rourke dans ses bras. Ses yeux demeuraient secs. Sans doute n'avait-elle plus de larmes.

Une fois seulement, elle avait dîné avec le Chat-Huant, et durant tout le repas, auquel elle n'avait pas touché, elle avait parlé de son journal, du *DAY*, de cette enquête qu'elle avait entreprise à la suite de l'attentat dont une de ses journalistes avait été victime; elle avait affirmé sa sauvage résolution de poursuivre un certain Lepke Tauber jusqu'à la fin, des années s'il le fallait. Durant les premières minutes, le Chat-Huant l'avait écoutée, incrédule, ne pouvant croire qu'elle fût capable de revenir à son travail ordinaire, moins d'une semaine après la mort de son fils – et d'être si calme. Puis la vérité lui était apparue : elle se répétait, disant jusqu'à trois fois la même phrase sans jamais pouvoir l'achever, et, par instants, elle se figeait, prunelles écarquillées, silencieuse, ayant oublié ce qu'elle venait de dire, perdant le fil, déchiquetant un morceau de pain ou bien passant à n'en plus finir la lame de son couteau sur la nappe, jusqu'à la déchirer, jusqu'à entailler la table. D'évidence, elle luttait frénétiquement et se raccrochait à l'unique chose qui lui restait : le *DAY*.

Elle n'avait pas vu H.H. Rourke. Mimi, le Chat-Huant, le ministère français des Affaires étrangères, les polices suisse, allemande, autrichienne et roumaine, tous avaient allié leurs efforts pour tenter de le joindre. Sans le moindre résultat. On ignorait où il pouvait bien être.

Il ignorait, lui, la mort de son fils.

Shirley Storch arriva un peu avant neuf heures du matin et la trouva assise à la table en U, avec, devant elle, les seize numéros du *DAY* auxquels elle n'avait pas participé. Elle lisait à sa vitesse habituelle et, de temps à autre, prenait des notes.

Shirley s'assit.

– Du café, Kate? Je vais en faire.

– Oui, merci.

Shirley prépara le café puis vint s'asseoir à son tour, posant les deux tasses sur la table. Kate continuait à passer en revue, colonne après colonne et ligne après ligne, ces éditions sorties en son absence. Plusieurs minutes s'écoulèrent dans le silence.

– C'est ça ou devenir folle, Shirl. Qu'est-ce que je peux faire d'autre sinon venir ici?

– Je comprends.

– Danny m'a dit que Linda avait quitté l'hôpital.

– On va l'opérer. Pour essayer de... de la rendre un peu plus normale. Je suis allée la voir hier soir. Son moral est bon. Ses parents sont arrivés du Kentucky, où ils vont peut-être la ramener.

– On n'a pas pu sauver ses yeux?

– Non. Danny lui a proposé un travail ici mais elle a refusé. Je crois qu'elle va rentrer au Kentucky.

Sandy Konig et Fred Leitner entrèrent. Kate leur rendit leur bonjour. Peu à peu la salle de rédaction s'emplit, des membres de l'équipe du matin du moins. Certains repartirent aussitôt couvrir des manifestations. Le téléphone commença à sonner. Kate acheva sa lecture, elle rangea ses notes et alla les déposer dans son casier – chacun dans la rédaction avait le sien, ils étaient tous identiques; de simples cases de bois ouvertes portant le nom de l'intéressé; on s'en servait, faute de pouvoir disposer de bureaux personnels et de tiroirs, pour y placer des notes, de la documentation, ou le courrier. L'ordre alphabétique était respecté: le casier de Kate Killinger, au troisième rang et à peu près au centre, suivait celui de Lou Germi, qui lui-même précédait celui de Linda Fox.

Kate revint s'asseoir et commença à écrire son éditorial

pour le lendemain, s'interrompant de temps à autre pour répondre au téléphone – une quinzaine d'appels lui étaient destinés, qui émanaient de gens bien intentionnés voulant à toutes forces lui présenter leurs condoléances. Elle répondait mécaniquement, impassible et, dans la mesure du possible, coupait court. Danny Clifton arriva vers dix heures trente; une sorte de conférence de rédaction (ce n'était guère l'habitude, au *DAY*) s'organisa et, passées les premières minutes, put se tenir sans trop de gêne.

– En mon absence...

Elle ne fit pas d'autre allusion à son deuil et enchaîna. Pour les remarques particulières, elle verrait les membres de l'équipe à tour de rôle, individuellement. Il y avait plus urgent :

– Danny, je n'ai rien lu sur Mendel Lipover.

– Personne ne l'a revu. On dit qu'il a quitté New York.

– On?

– Diverses déclarations recueillies par Labe Paley, Lenny MacClellan et Benny Torrance. C'est également l'opinion de Dale Moscovitz. Les hommes de Tauber le recherchent dans tout Brooklyn, paraît-il.

– L'homme que l'on a retrouvé avec le visage vitriolé, c'était bien Al Bugno?

– Oui.

– Le sang sur le coup de poing américain?

– Probablement celui de Linda.

– Est-ce qu'Al Bugno avait l'habitude de sucer du cachou?

– Oui. Il souffrait de la gorge depuis des années.

– Tout prouve que c'est donc l'homme qui a agressé Linda?

– Il y a peu de doutes.

Elle hocha la tête.

– C'est presque trop beau pour être vrai, dit-elle avec une sombre fureur.

– C'est vrai, Kate, dit Danny. C'était lui. On a classé l'affaire.

– J'ai vu que le *DAY* avait publié une déclaration de monsieur Lepke Tauber, dans laquelle il affirmait n'être pour rien dans l'attentat contre Linda. Il prétend aussi que Bugno, s'il est le coupable, a agi seul, pour une raison inconnue. Il affirme que, s'il avait connu le projet de Bugno, il aurait tout fait pour le prévenir. Je traduis en bon anglais, bien sûr. C'est toi qui as décidé de publier ça, Danny?

Il acquiesça, tout en rallumant sa pipe :

— Je n'aurais pas dû, Kate ?

— Moi, je ne l'aurais pas publié, dit-elle. J'ai vu aussi qu'à partir du 4 au soir, tu as interrompu la publication de la photo de monsieur Lepke Tauber.

Clifton avait des yeux bleus très clairs et très tranquilles.

— Nous n'avions aucun élément nouveau, dit-il calmement. Nous n'avions rien.

— Les avocats sont revenus ?

— Deux fois. La deuxième fois, nous les avons jetés dehors.

— Tu as vu l'*attorney général*, Tom Dewey ?

— Je suis allé au rendez-vous que tu avais avec lui le lendemain. Il m'a parlé pendant une heure et demie. Pour encourager le *DAY* à poursuivre ses attaques contre Tauber.

— Mais il ne t'a rien donné pour nourrir ces attaques ?

Clifton fit signe que non.

— C'est un politicien.

Elle avait repris quelques instants plus tôt sa pose familière, bien calée dans son fauteuil, un crayon entre les doigts. Elle se redressa.

— On reprend l'offensive, Danny.

De son sac posé devant elle, elle retira une douzaine de feuillets dactylographiés et les poussa vers Clifton.

— Lis.

Il s'exécuta, passa les papiers à Shirley.

— La suite de ce que nous avions publié avant... ton départ ?

— Exactement. Et nous allons procéder de la même façon que la dernière fois. Dès que Labe arrive, nous lui confions ça, et il en tirera de quoi faire deux pleines pages avec ce qu'il sait déjà.

Elle soutint le regard de Clifton et lut dans ses yeux la question qu'en fait il ne posa pas : d'où provenait cette documentation, d'où la sortait-elle ?

— Kate, dans la nuit du 2 au 3, des inconnus ont fouillé ta Duesenberg et, plus surprenant encore, l'arrière-cour. Et le lendemain soir, ils sont revenus, ont maîtrisé le gardien que j'avais placé là et fouillé tous les bâtiments, y compris le bureau d'Ed Solomons, dont ils ont dévasté les réserves, fracassant tout. À part les archives qui ont dû les décourager par leur masse, ils ont tout passé au peigne fin. Dans certains cas, ils ont même percé des murs, pensant y trouver un coffre.

Le regard de Danny Clifton se porta sur les archives ou, plus exactement, sur la collection de tous les numéros de la *Gazette* et du *DAY*, en quintuple exemplaire, plus tous les documents, photographiques, manuscrits ou dactylographiés, ayant servi à fabriquer ces numéros.

– Il n'y a rien dans les archives, dit Kate.

– Je ne te demande rien.

– Tant mieux parce que je ne répondrai pas.

– *¿Señora?*

Elle venait juste de mettre fin à une communication téléphonique. Elle raccrocha et marcha vers le service publicité, Solomons sur les talons.

Ils entrèrent dans le bureau.

– Vous avez vu ce qu'ils m'ont fait?

– J'ai vu ça ce matin, Ed. Je suis sûr que vous allez trouver une solution peu coûteuse pour faire tout refaire.

– Qu'est-ce qu'ils cherchaient?

– Un dossier consacré à Lepke Tauber. Ils n'ont rien trouvé. Ed, voici trois semaines, vous m'avez appelée chez moi un matin parce que vous aviez à me parler d'urgence. De quoi s'agissait-il?

– L'affaire du cinéma.

Il voulait dire cet échange dont le *DAY* et les exploitants de salles de cinéma étaient convenus : de meilleurs tarifs pour l'insertion des placards publicitaires annonçant les films contre la diffusion de petits films publicitaires à la gloire du *DAY* pendant les entractes.

– Et alors, Ed? Ça ne se fait plus?

– À part un ou deux petits circuits, qui ont tenu la parole qu'ils m'avaient donnée, tous les autres nous ont lâchés.

Le ton de Solomons était morne, marqué par une amère rancune.

– On peut rattraper l'affaire?

– J'ai déjà essayé, *señora*, vous vous en doutez. Rien à faire.

– Quelqu'un nous a contrés, Ed? Henderson Graves?

– Qui d'autre? Quel enfant de salaud!

– Et il a repris notre idée à son compte?

– C'est ce qui m'énerve le plus.

– Il est en train de faire réaliser des films publicitaires pour le *Morning News*?

– Oui. Toute une équipe est au travail.

– Vous connaissez les membres de cette équipe?

Une lueur s'alluma dans les yeux de Solomons.

– Quelque chose en tête, *señora*?

– Pas pour l'instant, Ed.

– On peut trouver, si l'on s'y met à deux, vous et moi. On peut trouver, la bataille n'est pas finie.

– Peut-être.

– Je suis sacrément content de vous revoir à la barre.

– Monsieur Graves a fait autre chose?

– Il m'a fait sauter une douzaine de clients. Des gros. Qui sont à Manhattan. C'est comme pour les patrons de salles de cinéma, entre le *DAY* à cent quarante mille et le *Morning* de Manhattan à un million deux ou trois, le choix est vite fait.

– C'est peu, dix clients.

– Je les ai presque tous récupérés. Et je finirai par ravoir le reste, pas de problème. Bande de chiens!

Son regard croisa celui de Kate.

– Au moins, j'aurais réussi à vous faire presque sourire, *señora*. Vous étiez déjà au courant, hein? Vous êtes arrivée à quelle heure, ce matin?

– Vers quatre heures.

– Et vous êtes entrée ici et vous avez consulté tous mes dossiers. (Il hocha la tête). Je peux bien vous le dire, Graves m'a offert cent mille dollars par an, plus mon pourcentage de vingt-cinq. Pour cinq ans.

– Et vous avez dit non.

– Et j'ai dit non et il est monté à cent cinquante, puis à deux cents. Il va peut-être me proposer un million la prochaine fois.

– J'ai vu que trois de vos courtiers vous avaient quitté.

– Del Vecchio, Ford et Cohn. Graves m'a demandé qui étaient mes meilleurs hommes et je lui ai donné ces noms-là. Il les a aussitôt engagés, en leur offrant trois fois ce qu'ils gagnaient ici.

– Et ce sont les plus mauvais, en réalité.

– J'allais flanquer Del Vecchio et Ford à la porte, de toute façon. Et le seul contrat que Cohn m'a jamais rapporté, c'est un truc de soixante et onze dollars, dont quarante en échange-marchandises, avec un vendeur de hot-dogs qui est son oncle.

J'ai donné à Graves de faux chiffres. Je peux vous poser une question?

Elle attendit.

– Il vous est venu à l'idée que Graves pouvait essayer avec d'autres ce qu'il a essayé avec moi? Les embaucher à prix d'or rien que pour vous affaiblir?

Elle attendait toujours.

– Vous y avez pensé, dit Ed. Ce n'est pas un secret : à part moi, vos meilleurs soldats sont Danny Clifton, Lucien Abadie et Ludo Cecchi.

– Et Shirley Storch. Et d'autres.

– C'est possible. Vous savez ça mieux que moi. Mais Graves le sait aussi. J'ai dîné chez Nick et Irena l'autre soir. Comme moi ils pensent que Danny, Abadie et Ludo ont été contactés. Vous avez vu Ludo, ce matin?

– Oui.

– Il vous a sûrement parlé des problèmes qu'il a pour sa distribution. Il a les hommes de Tauber sur le dos, et en plus les syndicats – mais là aussi c'est Tauber qui est derrière –, et encore des équipes envoyées par le *Morning*. Une sacrée bagarre. Si Ludo vous lâche, je ne sais pas comment vous allez faire.

– Je m'en sortirai, dit-elle.

– S'ils ont été contactés par Graves et qu'ils ne vous en parlent pas, c'est sûrement qu'ils ne veulent pas vous donner plus de soucis que vous n'en avez déjà.

– Sûrement, dit Kate.

– Ludo vous a dit qu'il pensait que quelqu'un de son équipe travaillait en secret pour Graves?

– Oui.

– Mais il ne sait pas qui?

– Non.

Solomons avait très envie d'allumer un cigare, à la place, il attira à lui une boîte de chocolats, l'ouvrit et la présenta à Kate, qui refusa d'un signe de tête.

– Une idée m'est venue, *señora*. Une idée pas trop agréable, et même franchement dégueulasse. Je ne vous en aurais peut-être pas parlé, mais Nick a eu la même. Ludo croit que l'espion de Graves est quelqu'un de son équipe parce que le *Morning* est un peu trop bien informé sur notre réseau de vente, sur la mise en place et tout le tremblement. Mais il se trompe peut-être. Nick pense qu'il se trompe. Et Danny aussi et moi aussi. Vous savez pourquoi?

– Vous allez me le dire, Ed.

– À cause de ce dossier que vous avez quelque part, sur Lepke Tauber. Vous n'en avez parlé à personne, pas même à Danny. Et vous sortez un soir les premières pages de ce dossier. Et il y a dedans de quoi rendre Lepke Tauber complètement dingue. Et voilà qu'on passe tout le journal au peigne fin, jusqu'aux toilettes. On cherche partout. Le dossier était caché dans le regard de visite de l'arrière-cour?

– Il y était.

– Vous l'avez enlevé à temps, pour le mettre ailleurs. Seulement, Lepke Tauber sait que vous l'avez toujours. Et, quand ils ont fouillé pour la première fois – ses hommes je veux dire –, ils sont allés tout droit à ce regard de visite. Nulle part ailleurs.

Elle se leva et se mit à marcher de long en large dans le bureau, les mains enfoncées dans les poches de sa jaquette en laine.

– Autrement dit, reprit Solomons, quelqu'un parmi tous ceux qui travaillent au *DAY* vous a vu placer le dossier dans le regard, ou l'en retirer. Et ce quelqu'un a averti Tauber. Il y a encore autre chose : j'ai appris que votre Packard avait subi le même sort que la Duesenberg. Ça s'est passé quand, *señora*?

– Je ne suis pas très sûre que ça vous regarde, Ed.

– Ça me regarde. On est en pleine bataille et je suis en première ligne.

Elle lui tournait le dos, contemplant la rue par la large baie vitrée.

– D'accord, Ed.

Elle raconta l'attaque nocturne, dans la nuit du 2 au 3 mars.

– Vous auriez pu vous faire tuer!

– Non. Je ne risquais rien. Même un Tauber ne courrait pas le risque de s'en prendre à moi. Certainement pas de me tuer – de nous tuer, Kranefuss et moi. Et Kranefuss se sert très bien d'une arme. Il y aurait eu un carnage.

Il mit quelques secondes à se remettre de sa surprise devant tant de flegme.

– En tous cas, ça conforte encore mon idée, dit-il.

Elle se détourna et entreprit de marcher vers la porte du couloir.

– Vous aviez autre chose à me dire, Ed?

– J'aimerais bien qu'on voie ensemble les chiffres des derniers jours.

– Demain. J'ai trop de choses à faire aujourd'hui.

– Vous ne m'avez pas laissé le temps de vous exposer mon idée.

– Je connais votre idée, Ed : il n'y a pas un espion de Graves dans le service de Ludo, et un deuxième espion qui renseignerait Lepke Tauber. Si cet espion existe, ce qui est probable, il est unique. Et les informations qu'il fournit à Graves sont communiquées à Tauber. En d'autres termes, Lepke Tauber et Henderson Graves se sont associés contre moi. Ed, cette boîte de chocolats que vous êtes en train de vider, je veux la retrouver dans votre comptabilité, il ne faudra pas venir me raconter ensuite que vous en avez fait cadeau à l'un de vos clients pour l'amadouer.

Ainsi qu'il l'avait fait la première fois, Labe Paley lut les feuillets dactylographiés, – et les relut. Ce n'était pas un lecteur rapide, ses lèvres bougeaient et il prononçait chaque mot dans sa gorge.

– Nom d'un chien!

– Est-ce qu'il y a là-dedans quoi que ce soit qui contredise tes informations personnelles, Labe?

– Le premier meurtre dont il est question remonte à quinze ans. J'allais encore à l'école. Pour les autres, qui ont assuré à Lepke son premier contrôle sur les exportateurs de fourrure, j'en avais entendu parler, mais je n'ai aucun détail.

– Tu en as à présent. Labe, nous allons modifier le titre général : désormais ta série quotidienne sera titrée *Murder Incorporated*. Danny?

– C'est noté, dit Clifton. J'aime bien.

Paley acheva sa troisième lecture.

– La personne qui a fourni ça est en danger de mort, dit-il enfin.

– Elle est déjà morte.

Kate ne broncha pas sous les regards qui se portaient sur elle – c'était la première allusion qu'elle faisait à son mystérieux informateur.

– Autre chose, Labe : la question de la signature.

– Moi, je ne fais que mettre en forme, remarqua Labe Paley.

– Tu t'aides cependant de tes propres fiches.

– Pas seulement des miennes. J'utilise également le travail de Lenny, celui de Benny Torrance et de plusieurs autres.

Elle était en train de rédiger sa chronique *Tout ce que vous n'avez pas besoin de savoir*; elle ne releva même pas la tête :

– Tu as peur de Lepke, Labe?

– Oui.

– Je vais signer moi-même.

– Pourquoi ne pas signer *THE DAY*, tout simplement? proposa Danny Clifton. Et, dans un cartouche, par ordre alphabétique, tous les noms de ceux qui ont pris part, prennent ou prendront part à l'enquête.

– Labe?

– D'accord pour moi, dit Paley.

– Lennie?

MacClellan haussa les épaules. Et Benny Torrance consulté à son tour donna également son accord. Danny commença à établir la liste de tous ceux qui, depuis près de trois semaines maintenant, avaient de près ou de loin travaillé sur l'affaire Tauber.

– Ne te fatigue pas, lui dit Kate. Mets toute la rédaction.

– Toi comprise?

– Et toi compris. Et ajoute Ed Solomons. Combien Henderson Graves t'a-t-il offert, Danny?

– Le quadruple de ce que tu me donnes, répondit-il avec placidité. Contrat de cinq ans. Mais il aurait fallu que je déménage pour aller habiter à Manhattan. Changer les enfants de classe en pleine année scolaire n'est jamais bon.

Les deux enfants de Danny avaient respectivement trois et un ans.

Murder Incorporated (la locution allait être retenue par toute la presse américaine et entrer dans l'histoire) fut donc le titre général sous lequel reprit la campagne contre Lepke Tauber. Cette campagne allait suivre l'ordre chronologique. Les premiers meurtres et autres crimes qui firent l'objet des deux pages et demie de reportage remontaient à dix-sept ans. Il s'agissait de l'exécution de six hommes, assassinats qui, en leur temps, n'avaient entraîné aucune arrestation. Un de ces hommes avait été retrouvé noyé dans les docks, un deuxième et un troisième avaient été abattus de cinq balles dans la nuque, un quatrième avait été égorgé, les deux derniers enfin – l'un et l'autre importateurs de fourrures, notamment d'ocelots du Mexique et de chinchilla du Pérou – s'étaient vu réserver un sort plus original : on les avait enveloppés dans des peaux d'ocelots, ligotés avec du barbelé, puis on avait arrosé les fourrures d'essence et on y avait mis le feu. Dans un seul de ces cas, Lepke Tauber avait été retenu par la police. Mais, dès le lendemain, le juge avait accordé la libération sous caution : douze témoins à décharge s'étaient présentés pour jurer sur la Bible que Lepke ne les avait pas quittés une seconde à l'heure du crime ; par ailleurs, les deux témoins à charge s'étaient suicidés par pendaison.

– Combien de temps, Kate ?

– Combien de temps quoi ?

– Ce n'est pas une façon détournée de t'interroger sur ce dossier que tu gardes pour toi. Je souhaite simplement savoir combien de temps encore nous allons pouvoir poursuivre notre offensive contre Tauber. Ni la police ni nous-mêmes n'avons réussi à ramasser quoi que soit de vraiment décisif contre lui.

– J'ai assez d'informations pour tenir cent jours, Danny.

– Madame Adler ? Ou devons-nous dire mademoiselle Killinger ? Personne dans ce journal ne semble savoir que votre nom est Adler pour l'état-civil.

Ils dirent qu'ils se nommaient Stratton et Summers, qu'ils étaient avoués, et qu'ils sollicitaient la faveur d'un entretien en particulier. Et aussi qu'ils s'étaient à deux reprises rendus à Glenwood Landing, sans y trouver personne d'autre qu'une Chinoise ignorant pour ainsi dire l'anglais ; et enfin qu'ils représentaient la famille Adler ; dont elle faisait partie bien entendu, quoique d'une certaine manière seulement.

Rompant avec sa règle, qui voulait qu'elle ne reçût ses visiteurs que dans la salle de rédaction, elle les précéda jusqu'au bureau d'Ed Solomons.

– J'ai besoin de votre bureau, Ed, excusez-moi, je n'en aurai pas pour longtemps.

Elle s'installa dans le fauteuil de Solomons, derrière la table, s'accouda, et les fixa. Ce «*quoique d'une certaine manière seulement*» dit par les deux hommes de loi l'avait éclairée. Elle pouvait aisément deviner ce qu'ils venaient lui annoncer; il y avait maintenant deux semaines qu'elle avait repris la direction du *DAY*, presque vingt jours que Bernard Adler avait été enterré, et dix-huit qu'elle avait quitté Kings Point pour emménager à Glenwood Landing; et, durant tout ce temps, aucun des membres du clan Adler ne lui avait rendu visite.

– Je vous écoute, dit-elle.

On était le 7 avril.

Le préambule fut exactement celui qu'elle attendait : ils soulignèrent combien son départ de Kings Point, moins de trente heures après l'inhumation de feu monsieur Bernard Adler, avait heurté les sentiments des enfants du défunt et, d'une certaine façon, montré le peu de cas qu'elle faisait de son appartenance à la famille Adler, appartenance qu'elle avait de ce fait remise en cause.

– Lequel de vous deux est Stratton et lequel est Summers?

Stratton révéla qu'il était George Kenneth Stratton, et que son honorable confrère se nommait Andrew Dwight Summers.

– Continuez, dit Kate, immobile.

Ce départ de Kings Point, que l'on pouvait assimiler à une désertion en un moment si douloureux...

Elle décrocha le téléphone et, comme si elle avait été seule, demanda le standard et obtint l'un des avocats du *DAY*.

– Jimmy? J'ai là devant moi un George K. Stratton et un Andrew D. Summers. Trois questions, Jimmy. Que valent-ils comme juristes? Représentent-ils vraiment les héritiers de Bernard? Qui, dans le clan Adler, les a déjà utilisés?

Elle écouta les réponses tout en contemplant par la fenêtre un pinson voletant de l'un à l'autre des frênes qu'elle avait fait planter trois ans plus tôt et qui commençaient à avoir une taille respectable.

– Prends ton temps, Jimmy.

Plusieurs minutes, une dizaine au moins, s'écoulèrent dans un silence total. À un moment, Stratton commença bien une phrase par «*Madame Adler, je voudrais...* », mais elle braqua son regard sur lui et il choisit de se taire.

Les réponses arrivèrent enfin : Stratton et Summers étaient les partenaires principaux d'un cabinet de New York spécialisé dans les affaires d'héritage; ils avaient une réputation d'impitoyable férocité; parmi leurs clients attitrés, ils comptaient les Haller, de Chicago, dont l'un des fils avait épousé Cornelia Adler, cadette des enfants de Bernard Adler.

– Merci, Jimmy, à bientôt.

Elle reposa le téléphone :

– Désolée pour l'interruption, Stratton. Vous pouvez poursuivre.

Somme toute, dirent-ils, elle n'avait été que dix mois l'épouse de Bernard Adler. Cela certes lui donnait des droits. Qui seraient respectés. Pouvait-elle leur indiquer le nom de son conseil juridique, avec lequel ils pourraient évaluer exactement ces droits et fixer une somme qui pouvait prendre la forme d'un versement forfaitaire ou, au contraire, si elle le souhaitait, celle d'une pension raisonnable?

... L'éventualité qu'elle fût enceinte était bien entendu à prendre en considération, mais il y avait un délai légal et ce délai naturellement serait respecté. Pourvu, cela allait de soi, que l'enfant attendu fût bien des œuvres de feu monsieur Bernard Adler.

– Je ne suis pas enceinte.

Mais il était possible qu'elle le fût sans le savoir elle-même et, dans ce cas...

– Je ne peux plus l'être, dit Kate. J'ai fait le nécessaire des années avant d'épouser Bernard Adler.

Ils hochèrent la tête. En fait, ils le savaient, précisèrent-ils; leur enquête le leur avait appris. Elle leur avait également appris qu'elle avait été absente du domicile conjugal douze heures trente par jour en moyenne et sept jours par semaine. Pouvait-on vraiment parler de mariage entre un homme sans doute trop bienveillant et une femme qui regagnait son foyer vers deux ou trois heures du matin pour en repartir cinq ou six heures plus tard et qui passait ses journées dans une liberté absolue, en compagnie d'autres hommes dont un au moins, Nicolas Di Salvo, avait été son amant et l'était peut-être encore. Ce n'était pas une accusation que Stratton et Summers portaient là, qu'elle veuille bien le comprendre, ils faisaient uniquement état de rumeurs persistantes, très préjudiciables à l'honorabilité d'une famille hautement respectée...

288

... Mais le point essentiel n'était pas là. Le point essentiel était celui des trois millions de dollars versés par feu monsieur Bernard Adler sur le compte du *DAY*. Ces trois millions de dollars faisaient manifestement problème. On n'avait trouvé nulle part, dans les papiers laissés par le défunt, la trace d'une donation. En sorte que l'on pouvait, et devait, considérer les trois millions comme un investissement effectué par feu monsieur Bernard Adler, un placement d'argent comme un autre, qui figurait donc nécessairement dans l'héritage et devait être réparti entre les héritiers. En conséquence, l'alternative était simple : ou bien les héritiers de feu monsieur Bernard Adler se retrouvaient copropriétaires du journal connu sous le nom de *THE Queens & Long Island DAY*, avec tous les droits afférents, ou bien madame veuve Bernard Adler rachetait leur part à ces mêmes héritiers, à proportion de la propriété qui leur serait reconnue.

Dans le premier cas, en tant que représentants de l'ensemble des héritiers par le sang, ils croyaient bon de l'informer qu'aucun de leurs mandants ne souhaitait avoir de responsabilité dans la conduite d'une publication à leurs yeux vulgaire, vouée à l'exploitation la plus basse des faits divers (ainsi qu'en témoignait cette campagne entreprise par la rédaction du *DAY* contre monsieur Lepke Tauber, qui n'avait pourtant jamais été condamné par aucun tribunal). L'intention ferme et définitive des héritiers par le sang était de vendre leur part du *DAY*...

Elle ouvrit enfin la bouche, cessa de suivre le mouvement des branches au dehors.

– Je suppose qu'un acheteur s'est déjà présenté?

En effet, dirent-ils. Ils n'étaient toutefois pas autorisés à révéler son nom. Pour le moment.

– Il s'agit d'Henderson Graves, dit Kate, sur le ton d'une très grande indifférence.

Ils ne pouvaient ni infirmer ni confirmer l'information. Toutefois, ils croyaient savoir que l'offre d'achat était de quatre millions et demi de dollars. Bien entendu, elle pouvait réclamer une part de cet argent. Sous réserve qu'elle réussît à faire valoir ses droits auprès d'un tribunal, et au terme d'un procès qui serait long et coûteux. Elle était libre bien sûr, d'entreprendre une telle démarche. Mais, en tout état de cause, en admettant même qu'un jugement lui donnant satisfaction fût un jour rendu, dans l'intervalle, la codirection du journal serait assurée par le nouvel acheteur.

Il resterait à déterminer, c'était l'évidence même, le pourcentage des titres de propriété découlant d'un investissement initial de trois millions de dollars. On n'avait pas encore eu le temps de procéder à une évaluation exacte du *DAY* et de ses diverses installations, de tout son actif en somme.

Ils doutaient beaucoup, cependant, que cette évaluation pût atteindre trois millions de dollars. La somme devait être assez nettement inférieure. Simple supposition de leur part, qu'elle veuille bien le comprendre. Pour fixer les apports personnels de feu monsieur Bernard Adler et de son épouse dans l'entreprise connue sous le nom de *DAY*, le recours à un autre tribunal serait probablement indispensable.

En fait, en première approximation, les titres acquis par Bernard Adler avec ses trois millions de dollars devaient représenter 60 à 65% du capital.

La seconde possibilité, à présent, à savoir le rachat, par madame veuve Adler, de ces soixantes ou soixante-cinq pour cent. La logique le voulait : elle devrait verser la somme proposée par l'acheteur sus-mentionné.

Soit quatre millions et demi de dollars.

... Toutefois, sur l'affectueuse insistance de certains des héritiers par le sang, on avait admis que ce prix fût baissé de dix pour cent pour tenir compte des droits qu'elle-même pouvait penser détenir en sa qualité d'héritière potentielle – potentielle puisque aucun testament ne la mentionnait. On avait également, et avec sagesse, essayé d'éviter un recours à la justice, généralement interminable et douloureux.

Si bien que c'était à elle qu'il appartenait de faire son choix : elle pouvait contester chacun des points mis en exergue jusque-là, c'était son droit absolu. Libre à elle de s'engager dans une ou plusieurs procédures. Les héritiers de feu Bernard Adler se verraient alors contraints – à leur grand regret, qu'elle veuille bien le croire – de s'opposer à elle par tous les moyens.

Nos mandants, affirmèrent Stratton et Summers, ont été formels : leurs préférences vont à un accord amiable. Et même s'ils ne comprennent pas très bien qu'on puisse être attaché le moins du monde à un journal comme le *DAY*, qui ne saurait être comparé à des publications aussi prestigieuses que le *NY Times* ou le *Chicago Tribune*, ils admettent cet attachement.

Si bien que, comme ils le disaient précédemment, l'alternative était vraiment très claire : elle acceptait un copropriétaire, largement majoritaire évidemment...

Ou elle payait quatre millions cinq cent mille dollars.

Stratton et Summers, à la suite de certains de leurs mandants, considéraient que le paiement était exigible dans les meilleurs délais. Mais une légère divergence d'opinion s'était fait jour parmi les héritiers par le sang, et finalement on avait convenu d'accorder un laps de temps plus long, soixante jours.

Au terme desquels, faute d'un accord, la vente serait conclue avec l'acheteur sus-mentionné.

Kate n'avait bougé à aucun moment, comme étrangère à ce qui se passait dans la pièce.

Ils la saluèrent et partirent.

– Kate ?

Il était deux heures quarante du matin, elle venait de rentrer à Glenwood Landing, Kranefuss l'avait déposée puis s'en était allé, sachant qu'il devrait revenir à huit heures pour la ramener à Buckingham Street. Elle n'était pas entrée tout de suite dans la maison, avait marché comme chaque soir jusqu'à la tombe de Tigre d'Avril, y était demeurée trois ou quatre minutes, était enfin entrée chez elle, indifférente à ce téléphone qui ne cessait de sonner dans la nuit, et qu'elle avait décroché à seule fin de le faire taire.

– Kate ? C'est Alice.

La plus jeune des quatre enfants de Bernard Adler.

– J'avais reconnu ta voix.

– Oh mon Dieu, j'essaie de t'avoir au téléphone depuis plus d'une heure. Je n'ai pas osé t'appeler au journal, pas devant tout le monde. Mon mari est absent jusqu'à demain.

– Et alors ?

– J'ai essayé comme j'ai pu, Kate, de les empêcher de faire ce qu'ils t'ont fait.

– Ce ne pouvait être que toi, Alice. Stratton m'a dit que l'un d'entre vous m'avait un peu défendue, j'ai immédiatement su que ce ne pouvait être que toi.

— C'est Cornelia qui a tout manigancé. Avec Becky. Quant à Jake, tu le connais, il est de l'avis du dernier qui parle.

— Je sais.

— Je suis désolée. Mais je ne peux rien faire. Même mon mari est contre moi.

— Qui est l'acheteur, Alice? Celui qui veut reprendre les parts qu'avait ton père dans le *DAY*, qui est-ce?

— Je ne connais que son nom: Graves. Il est dans la presse mais je ne sais pas où. Tu le connais?

— Oui.

— Tu pourrais t'entendre avec lui?

— Non.

— Je me suis salement disputée avec eux, tu sais.

— Merci.

— J'ai même refusé ma part. Mais ils se sont tous mis contre moi, mon mari le premier. Ils sont allés jusqu'à menacer de me faire déclarer irresponsable. Ils ont ressorti l'affaire de Paris, avec le peintre. Kate, ça suffirait pour qu'on me croie folle?

— Tu n'es pas folle, Alice.

— Je leur en veux.

— Tu as tort. Je n'ai pas été une vraie épouse, pour ton père. Je comprends tes sœurs et ton frère.

— Il y a au moins quinze jours que Stratton et Summers sont allés te voir et tu n'as pas réagi. Cornelia et Becky pensent que tu prépares quelque chose.

— Elles se trompent.

— Kate, je ne te dis pas ça pour que... je veux dire: je ne leur répèterai rien.

— Il n'y a rien à répéter.

— Tu vas racheter les parts de papa?

— Oui.

— Tu as l'argent?

— Pas encore. Mais je l'aurai.

— J'ai cent vingt mille dollars sur mon compte personnel, je peux en faire ce que j'en veux. Je te les prête. Mon mari ne s'en apercevra pas, ou alors dans des mois.

— Merci, non. Merci beaucoup, Alice.

Kate coupa la communication, s'assit enfin, épuisée. La seule des trois Chinoises demeurée à son service lui apporta à souper sur un plateau.

– Pas faim, Li.

– Je vous ai fait ce que vous aimez. Essayez un peu de manger, vous êtes maigre.

Elle avait préparé six plats, dont du crabe farci et sauté au poivre vert et de minuscules oiseaux laqués accompagnés d'une sauce à base de citron vert et de piment.

– Je suis seule, dit Kate. Ce n'était pas la peine d'en faire autant.

– Je serais très heureuse si vous mangiez un peu. Juste un peu.

Kate lui sourit, se mit en effet à picorer en se forçant. Elle n'avait rien avalé de toute la journée, depuis son café du matin. Elle déploya devant elle, sur la table, un des cinq exemplaires du *DAY*. Pour le trente et unième jour consécutif le titre *Murder incorporated* claquait sur trois colonnes. Un sous-titre, en réalité plus important, était consacré à *L'affaire de l'homme cloué*; il s'agissait d'un meurtre commis onze ans et demi plus tôt, que Lepke Tauber n'avait probablement pas commis lui-même mais qu'il avait sans doute ordonné. La victime était l'un des *torpedoes* de Lepke qui, appréhendé pour un terrible passage à tabac qu'il avait infligé à un restaurateur indocile, avait un peu trop parlé lors de son interrogatoire par les services du *district attorney*, lesquels lui avaient promis la protection de la police, protection qui avait été efficace pendant quatre mois mais qui n'avait pas suffi : vivant sous une identité d'emprunt dans le New Hampshire, le *torpedo* trop bavard avait été retrouvé entre deux planches aux dimensions de son corps, planches qui avaient été elles-mêmes fixées l'une à l'autre par de longs clous de charpentier, à raison d'un clou tous les dix centimètres. La mort avait dû être très longue à venir. Les noms et les prénoms de ses bourreaux n'étaient pas indiqués dans l'article, seulement leurs initiales. Et il y avait monsieur A.A.

A.A. pour Alberto Anastasia, qui n'était jamais mentionné autrement que par ces deux lettres. Dès le début, ç'avait été le sujet d'une âpre discussion entre Kate d'une part, Danny Clifton, Labe Paley, Lenny Mac Clellan et même Shirley Storch d'autre part : tous tenaient aux initiales sauf elle. Elle avait finalement cédé, peut-être par lassitude, mais surtout pour la raison que le *DAY* n'avait nul besoin d'un ennemi supplémentaire – surtout lorsqu'il s'agissait d'Anastasia.

Kate avait fini par rencontrer Thomas E. Dewey, *Attorney general* et farouche adversaire – du moins le proclamait-il devant la presse – du grand banditisme et plus spécialement de la mafia, qu'elle fût italo-américaine ou juive. L'entrevue n'avait à peu près rien donné. Kate avait refusé de révéler ses sources et était restée sur ses positions : elle n'avait d'autres informations que celles publiées par le *DAY*. Que le Procureur général le lût tous les matins, pour en savoir davantage. Quant à Dewey lui-même, elle s'était ralliée à l'opinion de Danny : c'était avant tout un politicien, soucieux de se faire un nom (sept ans plus tard, il se présenterait contre Franklin Roosevelt).

Elle relut pour la deuxième fois le texte rédigé, comme les précédents, par Labe Paley. Depuis trois jours, Paley avait introduit dans son article des éléments qui ne figuraient pas dans le dossier MacGinty – les enquêtes inlassables de toute l'équipe du *DAY*, formidablement soudée, commençaient à porter leurs fruits.

Le bon à tirer qu'elle avait remis à Lucien Abadie, quatre heures plus tôt en cette nuit du 23 au 24 avril, avait été de trois cent vingt-six mille exemplaires, tirage record pour le *DAY*.

– Vous devriez aller dormir, dit Li.

En chinois, en dialecte shangaïen exactement – Li connaissait peu de mandarin (le chinois officiel, celui du Nord) et guère plus de cantonais.

– Va dormir toi-même, Li.

Elle replia le journal et, ce faisant, découvrit la lettre, jusque-là cachée.

– Je t'ai dit d'aller dormir, Li.

La Chinoise s'inclina et s'en alla à regret. Kate décacheta l'enveloppe, qui portait l'ample écriture, très féminine mais si française, de Mimi Rourke.

«Je n'ai toujours pas réussi à le joindre, ma pauvre Kate. Je sais qu'ils sont passés par Prague, Uricani et lui, venant de Hongrie. Mais, pas plus de Tchécoslovaquie que de Hongrie,

ils n'ont envoyé de reportage. Leur dernier envoi est donc celui de Zoug, en Suisse. Rien depuis. J'ignore où il peut être. J'ai tout essayé. Il finira bien par donner de ses nouvelles. Dieu merci vous avez votre journal. Il m'arrive de le lire, on commence à le trouver à Paris, au kiosque de la Madeleine, le Chat-Huant n'en manque pas une édition. Que vous dire d'autre, sinon que je vous aime... »

Elle reposa la lettre et s'enfonça dans le canapé, appuyant sa nuque sur le haut du coussin. Elle ferma les yeux.

Une minute.

Elle n'ouvrit pas les yeux mais demanda :

– Depuis quand es-tu ici ?

– En Amérique ou à te regarder ?

– Les deux.

– À New York depuis trois jours. Sur le seuil de ta porte depuis trois minutes, répondit H.H. Rourke.

10

Ne me touche surtout pas

– Comment l'as-tu appris?

– En lisant un journal.

La porte refermée derrière lui, il s'était adossé au chambranle, les mains dans les poches de son trench-coat, le sac à soufflets posé sur le parquet.

– Où étais-tu?

– Stockholm.

Ils venaient d'arriver dans la capitale suédoise, Uricani et lui; ils étaient sur le point d'en repartir pour la Finlande – la Carélie, où des accrochages se produisaient entre Finlandais et Soviétiques pour un problème de territoire; dans le salon d'un petit hôtel de Sturegatan, Uri avait feuilleté un vieil exemplaire du *NY Times* abandonné par quelque autre voyageur; l'accident d'avion de Valognes y était reporté; on y disait que Bernard Adler était accompagné d'un petit garçon, son beau-fils, qui avait également péri carbonisé; Uri et Rourke avaient pu embarquer sur un cargo faisant directement route sur New York.

– Je suis allé à Kings Point chez Adler, dit H.H. Cette nuit. J'ai fini par trouver quelqu'un qui ne dormait pas et qui m'a appris que tu habitais ailleurs.

– Sa tombe est ici. Sur la droite sous les arbres. Il y a une lampe sur une des étagères.

Il ressortit, elle demeura où elle était, sur le canapé, la nuque reposant sur le haut des coussins du dossier. À un moment, la Chinoise se montra, attendant un ordre.

– Non, dit Kate. Va-t-en.

297

Plusieurs minutes encore passèrent puis il revint, tirant sur une cigarette, et cette fois il pénétra vraiment dans la salle de séjour, y marchant, mais sans s'approcher d'elle.

– Tu as une voiture, Rourke?

– Non.

– Tu peux dormir ici.

– Merci.

– Mais je ne veux pas en parler, Rourke.

– Très bien.

– Et d'abord, qu'est-ce que tu es venu faire? Ce n'était pas la peine d'accourir depuis la Suède. À quoi bon? Je n'ai pas besoin de toi, ni de personne.

Les mains toujours enfoncées dans les poches, il reparcourut la pièce et choisit une assiette que l'on avait placée sous un pot de fleur, pour éviter que l'eau des arrosages ne se répandît. Il la rapporta et s'assit face à Kate, se servant de l'assiette comme d'un cendrier. Il écrasa le mégot de sa cigarette et, immédiatement après, en alluma une autre.

– De personne, reprit Kate les yeux fermés. Tu aurais cent fois mieux fait d'aller en Finlande, ou au diable. Mais non, il a fallu que tu viennes. Et surgissant dans la nuit, comme un chat maigre qui est allé courir. Ne me dis pas que tu es venu... partager. Il n'était qu'à moi. Et tu arrives, tu passes cette porte, avec ses yeux, sa voix, sa bouche, la ressemblance est à hurler. Il m'est arrivé de croire que tu l'avais fait exprès, et je t'en haïssais. Je te voyais en le regardant, Rourke ne me quittait jamais. Qu'as-tu ressenti en apprenant qu'il avait brûlé vif? Ce n'était qu'un mort de plus? Tu en as tant vus. La mort est toujours bonne, paraît-il. Ça ne t'a pas inspiré un reportage? Ou bien est-ce moi que tu vas choisir comme sujet? Et que dois-je faire pour améliorer ton histoire? M'immoler par le feu sur sa tombe?

Il venait encore d'allumer une cigarette, à l'extrémité incandescente de la précédente. Il l'éteignit et, dans le même mouvement se releva, fit les trois pas qui la séparaient d'elle, lui saisit doucement les épaules, la fit se redresser, l'amena contre lui, et elle ne résista pas. Elle posa son front contre la poitrine de Rourke puis, après les premières larmes silencieuses vinrent les sanglots, de plus en plus violents et saccadés. Un instant même, il sembla qu'elle allait hurler et, dans sa douleur, elle s'agrippa convulsivement à H.H. Elle hoquetait.

– Oh! Mon Dieu! Tu es revenu! Cinquante et un jours, je comptais chaque heure. Tu es revenu, Rourke, je n'attendais que toi...

Il ouvrit les yeux et vit à sa montre qu'il était sept heures. Aucun bruit n'arrivait de la maison. Il passa un pantalon et une chemise et, pieds nus, alla jeter un coup d'œil à l'intérieur de la chambre où Kate avait fini par s'endormir – il l'avait mise lui-même au lit.

La Chinoise était déjà levée et s'activait dans la cuisine.

– À quelle heure dois-tu l'éveiller? demanda H.H. en shangaïen.

Sept heures et demie.

– Tu vas la laisser dormir. Ne discute pas s'il te plaît. D'accord? Tu sais très bien qu'elle a terriblement besoin de se reposer.

Elle lui fit du café, il le but tout en bavardant avec elle de Shanghaï et des deux autres *a-ma*, maintenant mariées avec des Sino-Américains de New York. Il remonta, vérifia que rien n'avait encore bougé chez Kate, fit sa toilette et se rasa. En redescendant, il prit la précaution de débrancher le téléphone avant de sortir dans le jardin. Ce matin d'avril était frais mais beau. Rourke marcha jusqu'à la tombe. Il la contemplait depuis un moment lorsqu'il entendit un bruit de voiture sur la petite route qui desservait la propriété de Glenwood Landing.

Il alla se poster à l'entrée même de l'allée conduisant à la maison. Le pare-choc de la Packard pilotée par Kranefuss stoppa à moins de cinq centimètres de ses tibias.

– Je dois passer, dit Kranefuss en allemand.

– Je suis d'un avis contraire, dit H.H. Tu fais demi-tour et tu reviens dans trois heures, Emil.

– Si miss Kate m'en donne l'ordre.

H.H. hocha la tête – il s'était attendu à une telle obstination. Il contourna l'avant de la Packard, arriva à la hauteur de la portière et s'y accouda.

– Tu me reconnais, Emil?

– Oui, monsieur Rourke.

– Elle est épuisée, Emil. Si quelqu'un ne s'occupe pas d'elle, quelqu'un qui ait une chance de la convaincre de ralentir un peu, elle peut en mourir. Tu comprends?

Les yeux noirs par-dessus la grotesque moustache rectangulaire le fixaient, insondables.

– *No order*, dit Kranefuss en anglais.

La main de H.H. plongea dans la cabine de la Packard et coupa le moteur une seconde avant que le petit chauffeur ne repartît.

– Emil, ou bien tu vas faire un tour et tu reviens dans trois heures, ou bien je t'assomme et je t'enferme dans le coffre. Tu choisis.

Rourke considéra le canon du gros revolver qui était plaqué contre sa poitrine.

– Je n'ai vraiment pas envie de plaisanter, Emil. Je suis moi-même assez fatigué et pas mal triste. Je suis dans un état où j'arriverais assez bien à me mettre en colère. Tire. Vas-y.

Cinq secondes. H.H. prit l'arme et l'arracha des doigts de Kranefuss, la jeta sur le siège arrière.

– Tu fais partie de sa folie, Emil. Tu l'exprimes. Maintenant, tu fais demi-tour et tu t'en vas. Fous-moi le camp. J'ai justement envie de frapper quelqu'un.

Il s'écarta. Kranefuss fixait la maison à quelques dizaines de mètres de lui. Lentement, il enclencha la marche arrière, recula, fit demi-tour et partit.

Rourke regagna la salle de séjour. Le téléphone était toujours débranché, Kate dormait encore, la Chinoise s'était assise dans la cuisine et attendait. Il examina les étagères et trouva presque aussitôt les huit ou dix albums emplis des photos de Tigre d'Avril. Les clichés le montraient dans son berceau de rotin à Shanghaï, puis à bord du paquebot qui les avaient emmenés de Shanghaï, Kate et lui, quand elle avait choisi la rupture définitive, et à San Francisco ensuite, à New York, à Long Island, à Glenwood Landing au temps où les *a-ma* lui avaient construit une cabane, à l'endroit où était maintenant sa tombe; puis encore en France, à Paris, dans l'appartement de Mimi, rue Coquillière, dans le jardin du Palais-Royal en compagnie du Chat-Huant, et à Pau, aux

300

Allées de Morlaas, ou bien sur le dos d'un âne au parc Beaumont; et à Kings Point, au milieu d'autres enfants, déguisé tantôt en pirate, tantôt en chevalier du Moyen Age.

Des centaines de photos. La dernière sur le pont-promenade du *Queen Mary*.

Les mains de H.H. tremblaient et il respirait la bouche ouverte. Il referma le neuvième album et, quelques minutes plus tard, elle bougea, à l'étage. Il était presque onze heures.

Elle ne s'était pas habillée et portait seulement une robe de chambre. Elle traversa la salle de séjour et se pencha sur le téléphone débranché.

– Ça peut attendre, dit H.H.

Elle rétablit la communication, demanda:

– Qu'as-tu fait de Kranefuss?

– Je l'ai convaincu...

Téléphone. Elle décrocha:

– Oui, Danny, tout va bien. J'ai dormi un peu plus tard que d'habitude, c'est tout. Je ne vais pas tarder. À tout à l'heure.

– Convaincu que je pouvais aussi lui donner des ordres, acheva H.H.

– Ce qui est faux.

– Peut-être.

L'*a-ma* apparut avec un petit déjeuner à la chinoise: de la soupe aux pousses de bambou, des champignons noirs, du poulet et des vermicelles transparents.

– J'ai faim, dit H.H. Je t'attendais pour manger.

– Mange.

– Pas si tu ne manges pas.

Elle haussa les épaules et se dirigea vers l'escalier.

– Kate, dit Rourke, tu t'assieds et tu ne bouges plus, s'il te plaît. Et tu prends ton petit déjeuner. Dans le cas contraire, je te donne ma parole que je me lève et que je quitte cette maison, Long Island et l'Amérique.

Elle gravit trois marches puis, enfin, s'immobilisa.

– Personne ne m'a jamais donné d'ordre, Rourke.

Il se mit debout et marcha vers la porte.

Il était déjà à mi-chemin de la route quand elle sortit à

son tour dans le jardin. Elle dut presque courir pour le rattraper.

– Excuse-moi, dit-elle.

Il avait les larmes aux yeux.

– Tu as regardé les albums, c'est ça?

Il acquiesça.

– Rentrons, Rourke.

La Chinoise s'empressa à les servir. Ils mangèrent en silence, le téléphone ne sonna qu'une seule fois: c'était Danny Clifton. Kate lui affirma que tout allait bien. *«Ne m'appelle plus, s'il te plaît, Danny, je me repose.»*

– Comment va ton journal?

– Très bien. Je n'ai jamais autant vendu. Tu as lu *Murder incorporated*?

– Oui. Ces trois derniers jours. C'est du très bon travail. Qui a écrit?

– Il s'appelle Labe Paley.

– Qui est Mendel Lipover?

– L'affaire t'intéresse?

– Pourquoi pas?

– Tu ne travailles pas pour le *DAY*.

– Je n'en ai pas l'intention.

H.H. venait d'engloutir trois bols de soupe. Il s'attaqua aux restes du souper, auquel Kate avait si peu touché. Entraînée, elle aussi mangea à peu près normalement. La Chinoise apporta du café.

– Ne jouons pas au plus fin, Rourke, dit Kate après un silence. Tu es à New York depuis trois jours, qu'est-ce que tu sais exactement?

– Tu as de gros ennuis avec un homme appelé Henderson Graves. C'est lui qui a succédé à ton père.

– J'ai des ennuis avec le *Morning News*.

– Non. Avec Graves lui-même.

– On t'aura raconté n'importe quoi. Le *Morning* et le *DAY* sont concurrents, nous avons des accrochages assez classiques dans la distribution et la mise en place. Mais j'ai l'homme qu'il faut.

– Ludo Cecchi.

– D'accord, tu connais son nom.

– Pas seulement. Il a fait six mois à Leavenworth pour

coups et blessures et il a été arrêté deux fois. Il y a une dizaine d'années, en 26 exactement, il faisait partie d'une bande de racketteurs dans le Bronx, il aurait tué un homme appelé Johnny Silvestri. Tu le savais?

– Il me l'a dit quand je l'ai engagé. Tu ne me crois pas?

– Si.

– On ne fait pas garder des moutons par un agneau. Qu'as-tu appris d'autre?

– Ed Solomons a une sale histoire sur le dos. Ça remonte à cinq ans.

– Et Danny Clifton égorgeait des petites filles quand il avait quinze ans.

– Je n'ai rien trouvé sur lui.

– En trois jours?

– Une simple conversation suffit parfois pour apprendre beaucoup de choses. À condition de bien choisir son interlocuteur. Comme tu le disais à l'instant, cessons de jouer au plus fin, Kate. Tu as un très gros problème avec Henderson Graves. Et je ne parle pas d'affrontements nocturnes entre les équipes de vos journaux respectifs. Ni même de ce qu'il te fait, ce qu'il vous fait à toi et Solomons dans le domaine de la publicité. Par exemple en te volant ton idée de films publicitaires et en obligeant les exploitants de salles à rompre les accords qu'ils avaient passés avec le *DAY*.

Elle ne broncha pas, se resservit du café.

– Tu en veux, Rourke?

– S'il te plaît, oui. Je parle de problèmes plus sérieux, Kate.

– Il n'y a rien d'autre.

– Il y a quatre millions cinquante mille dollars. Je ne suis pas tout à fait sûr du chiffre. On m'a parlé aussi de quatre millions et demi. Les avoués de la famille Adler s'appellent Summers et Stratton.

– Ça ne tient pas debout, dit-elle calmement. Pure invention.

– Stratton et Graves se sont vus il y a à peu près quatre semaines.

– Que veux-tu que ça me fasse?

Il hocha la tête:

– Tu as toujours très bien bluffé, Kate. Je ne sais pas ce qu'ils se sont dit mais je dois pouvoir l'apprendre.

— Rourke, le chevalier blanc, arrive au grand galop pour secourir l'héroïne en détresse.

— Tu as les quatre millions, Kate?

— Tu aurais dû partir, tout à l'heure. Et j'aurais dû te laisser partir.

— Tu ne les a pas.

— Va au diable.

— J'y suis plus ou moins depuis un certain jour où tu m'as quitté, à Shanghaï. Quel est le délai?

— Tu vas me prêter de l'argent, toi aussi?

— Je ne sais pas qui est l'autre ou qui sont les autres personnes qui t'ont offert de t'en prêter. Peut-être l'un des enfants Adler. Mais moi je n'en ai pas et tu le sais. Quel est le délai?

— Ça ne te regarde pas.

— Tu as certainement essayé les banques et elles n'ont pas marché. Quelle banque miserait de l'argent dans une affaire dirigée par une femme? Tu pourrais demander au Chat-Huant, il accepterait sûrement.

— Non.

— Quel est le délai?

— Soixante jours. Il m'en reste quarante-deux. Je ne veux pas de ton aide, Rourke. La tienne moins encore que celle du Chat-Huant. Si c'est pour ça que tu es venu...

— Je suis venu parce que mon fils est mort et parce que j'ai pensé que sa mère pouvait avoir envie – et besoin – de partager avec moi son chagrin. C'était la seule raison.

— Mais tu as passé trois jours à New York avant de venir ici. Tu ne t'es pas précipité, on ne peut pas dire.

— C'est vrai.

— Pourquoi?

H.H., par une fenêtre, apercevait Kranefuss dans le jardin; le petit chauffeur se tenait debout à quinze mètres de la maison, casquette sous le bras et mèche sur l'œil; il attendait, la Packard en arrière-plan.

— Je ne voulais pas tomber sur un autre Bernard Adler, dit enfin Rourke.

— Un autre homme que j'aurais mis dans mon lit pour qu'il m'aide à résoudre mes problèmes?

— Oui.

304

– Tu as vraiment une haute opinion de moi.

Il ne répondit pas. Il eût pu dire que la dernière fois qu'il était venu à New York pour elle, pour intervenir dans la bataille qui l'opposait à Karl Killinger, alors qu'elle se trouvait en grand danger d'être vaincue, ç'avait été pour apprendre son prochain mariage avec Adler.

Il ne dit rien. La vieille douleur était toujours présente, les années n'y faisaient rien, il eut soudain très envie de repartir, de reprendre la route. Durant quelques secondes, cette envie fut désespérée – une autre fuite, il en avait conscience. Mais il ne fit pas un geste et demeura tout à fait tranquille, en apparence, fumant.

– Combien d'argent as-tu pu réunir?

Elle tarda à répondre. Il dut se faire violence pour la regarder vraiment. Les heures de sommeil qu'il l'avait obligée à prendre avaient eu leur effet: la lueur fiévreuse du regard s'était estompée, elle portait sur le visage cette molle douceur des éveils paisibles. L'entrebâillement de sa robe de chambre découvrait la naissance des seins, l'écartement des pans du vêtement révélaient un genou. Aucun effort à faire pour l'imaginer nue. Il avait envie d'elle. Évidemment, on ne fait jamais tant l'amour que dans les grands moments de désespérance, en temps de guerre, à l'approche d'une mort imminente. Il y avait de cela dans le désir qu'il avait d'elle. Depuis qu'il était chez elle, à Glenwood Landing, il ne l'avait jamais véritablement touchée, mis à part ce geste qu'il avait eu de la prendre par les épaules pour l'amener contre lui, afin qu'elle pût pleurer tout son saoul – mais elle s'était finalement dégagée, sans qu'il tentât de la retenir, et ils avaient dormi dans des chambres différentes. Pour autant qu'il eût dormi.

– Combien, Kate?

– Pas tout à fait un million et demi.

– Quelle est la somme exacte à payer?

Quatre millions cinquante mille. Par une hypothèque sur tout le matériel, les bâtiments et le titre du *DAY* lui-même, peut-être pourrait-elle encore recueillir un million trois ou quatre. Et quelques dizaines de milliers de dollars supplémentaires en vendant Glenwood Landing. Plus quelque chose encore si elle se défaisait de son collier et des deux voitures. En tout, elle avait une chance de parvenir à trois millions et quelque. Soit la somme investie par Bernard Adler, qu'elle pourrait ainsi restituer, avec des intérêts raisonnables. Mais elle avait des dettes...

– Il y a environ un an, tu devais sept cent quatre-vingt mille dollars.

– Je les dois toujours. C'était un prêt sur cinq ans, j'en ai déjà remboursé un cinquième, il me reste environ six cent mille à verser.

– Adler a dû t'offrir d'éponger cette dette.

– Oui. J'ai refusé. Je règle moi-même mes problèmes. Et j'ai l'intention de continuer.

S'il comprit que la dernière remarque lui était destinée, il n'en laissa rien paraître. Il appela Li et redemanda du café.

– Tu as d'autres dettes?

– Nous venons de renouveler en partie le matériel d'impression et j'ai contracté un autre emprunt. Dans les cent cinquante mille.

– Je ne connais pas grand chose aux chiffres, et moins encore à la finance, dit H.H. En plus, je ne crois pas qu'ils aient tellement d'importance, dans ton cas. Tu crois pouvoir trouver tout cet argent en quarante-deux jours?

– Je vais essayer.

– Je n'en doute pas. Tu te battras jusqu'à la dernière seconde. Mais, bien que je ne m'y connaisse pas, je doute qu'une banque accepte d'avancer de l'argent à une entreprise...

– Dirigée par une femme, dit-elle avec amertume.

– Une entreprise dirigée par une femme, et surtout si elle est à ce point endettée et engagée dans un combat sans merci avec un journal concurrent disposant de toute la puissance du *Morning*. Je suppose que ton ami Graves fait de son mieux pour t'empêcher d'obtenir un autre prêt?

– Oui, reconnut-elle.

La Chinoise rapporta du café.

– Si, dans quarante-deux jours, tu n'as pas trouvé l'argent, Graves deviendra copropriétaire du *DAY*?

– Oui.

– Avec la majorité?

– Oui.

306

– Tu ne pourras donc plus diriger ton journal. Que fera Graves?

– Soit il m'éliminera en conservant le titre, soit il le conduira à la ruine.

– Il paierait quatre millions de dollars uniquement pour faire disparaître le *DAY*?

– Le *Morning* récupèrerait les lecteurs et les ressources publicitaires que le *DAY* lui a fait perdre depuis trois ans et demi.

– Ce serait rentable pour lui?

– À terme, oui. Il peut le croire, en tous cas.

– Tu crois que ton père a choisi Henderson Graves comme successeur uniquement pour qu'il te détruise. C'est ça?

Elle hésita.

– Moi, je ne le crois pas, dit H.H. D'après ce que l'on m'a dit, Graves se débrouille plutôt bien, comme patron du *Morning*. Il n'y a pas grand monde pour le trouver sympathique, mais on le tient pour efficace. Je pense que c'était la seule raison du choix de ton père. Cesse de consulter ta montre, s'il te plaît.

Leurs regards s'affrontèrent. Il rompit le premier.

– Nous n'en avons plus pour longtemps, dit-il. Il reste deux ou trois points.

– Je ne vois pas pourquoi je répondrais à tes questions. En aucun cas, je ne veux que tu te mêles de mes affaires.

Il sourit, du bout des lèvres.

– Tu pourrais avoir raison; je suis peut-être en train d'effectuer un reportage.

Silence. Il but son café à petites gorgées, l'œil rêveur.

– Tu m'énerves singulièrement par moments, Kate.

– Rien ne te retient ici.

Il se leva et marcha jusqu'à la porte, qu'il ouvrit. Kranefuss lui faisait face.

– J'ai vraiment failli casser la gueule à Kranefuss, ce matin, dit-il.

– Par substitution, Rourke. Une sorte de transfert. En réalité, c'est à moi que tu aurais flanqué une volée en lui tapant dessus.

– Voilà.

307

Sans se retourner, il l'entendit qui, après un long moment d'immobilité, se dressait à son tour et montait l'escalier.

La Chinoise vint et demanda à H.H. si elle devait lui préparer à déjeuner.

– Non, dit H.H. Je vais partir.

Il fixait Kranefuss, impassible. La fureur qui bouillonnait en lui finit comme toujours par s'apaiser. Pivotant sur lui-même, il retraversa la salle de séjour et monta l'escalier. La chambre de Kate était tout au fond du couloir, en face de celle qu'avait occupée Tigre d'Avril. Il entra, marcha jusqu'à la salle de bains.

Elle était nue et sur le point d'entrer dans la baignoire. Elle rencontra son regard dans le miroir et le soutint.

– Je ne vais certainement pas faire l'amour avec toi.

Il s'accota au chambranle, sans un mot.

– Et je te serais reconnaissante d'aller fumer ailleurs.

Il retira de sa bouche la cigarette, l'examina, la tapota pour en faire tomber la cendre, la replaça entre ses lèvres.

– Tu ne renonces donc jamais, Rourke?

– Jamais. Adler a dû faire un testament où il te reconnaissait ces trois millions de dollars, il est impossible qu'il ne l'ait pas fait. C'était un financier.

Elle se glissa dans l'eau et s'y assit.

– Quelqu'un l'aura fait disparaître, poursuivit H.H.

Elle se savonnait.

– Tu peux faire un ou deux procès, Kate. Il y a certainement un moyen de bloquer la vente, par je ne sais quelle mesure conservatoire. Mais tu y auras pensé. Kate, c'est ridicule; nous sommes ridicules toi et moi. En ce moment même et depuis longtemps.

Elle avait actionné la pomme de la douche, s'était rincée et maintenant ressortait de son bain. Elle prit une serviette et se sécha, comme si elle eût été seule. Toujours nue, elle vint vers la porte, dont il barrait à demi le passage.

– Ne me touche surtout pas, dit-elle.

Elle le frôla et gagna la chambre. Lui n'avait pas esquissé le moindre geste. Le miroir embué ne renvoyait plus d'image. Dans le dos de Rourke, des bruits de tiroirs ouverts, d'armoires, des froissements de tissu indiquaient qu'elle s'habillait. Il projeta d'une chiquenaude ce qui restait de sa cigarette dans l'eau savonneuse du bain.

308

Et s'en alla.

— Je peux te déposer quelque part, dit Kate tandis qu'il se trouvait déjà dans le couloir.

Il ne répondit pas, cueillit au passage le sac à soufflet, son feutre gris à bande noire et son trench-coat. Dehors, il dépassa Kranefuss, qui ne tourna pas la tête.

Quelques centaines de mètres plus loin sur la route, une camionnette de livraisons voulut bien le prendre. Le chauffeur accepta une cigarette et lui demanda où il allait:

— Je ne sais pas encore, dit H.H. Peut-être en Chine.

Livre 7

LA LONGUE CHASSE

11

La longue chasse
de H.H. Rourke

– Irena, dit Nick Di Salvo, je te présente H.H. Rourke. Rourke, voici Irena, dont je n'ai toujours pas compris qu'elle m'ait épousé.

– Que signifient les deux H.H.? s'enquit Irena.

– Secret militaire.

Rourke sourit et, dans la seconde, le bouleversement de son visage fut spectaculaire : il parut incroyablement gentil.

– Mes rares amis m'appellent parfois Hatchi. Cela ressemble toujours à un éternuement mais c'est un peu plus facile à prononcer.

Irena Van Gaver fut séduite. Depuis le temps qu'elle entendait parler de Rourke! Pour avoir travaillé comme journaliste au *DAY*, avant son mariage, et surtout en raison de l'amitié très sincère qu'elle portait à Kate Killinger, le nom lui était incroyablement familier. Sa curiosité était enfin satisfaite et elle n'était pas déçue. *« Ce n'est pas qu'il soit vraiment beau, Nick, dirait-elle le soir même à son mari. Tu l'es plus que lui, aucun doute. Mais il a quelque chose. Il est maigre, ses deux profils sont tellement dissemblables qu'on pourrait croire qu'ils appartiennent à deux hommes différents! Deux hommes pour le prix d'un! Le rêve! Et son sourire, tu as vu son sourire? Et puis il est mystérieux, c'est quelqu'un qui passe, venant d'on ne sait où, déjà en route pour ailleurs. Ç'a un charme fou, les vagabonds que rien n'attache. C'est un défi à toutes les femmes, ça les titille, tu comprends? On a très envie de le faire sortir de son indifférence. Je suis absolument certaine qu'il est doux, j'en suis sûre. Doux et brutal en même temps. Il doit faire l'amour à merveille... Aussi bien que toi, pourquoi pas? Tu crois que tu es seul au monde, Di Salvo? Je ne serais pas mariée à un sale rital, j'avoue que je me laisserais faire... Je plaisante, ne fais pas cette tête, je t'aime, crétin. Et sa voix! Juste ce qu'il faut d'accent indéfinissable, et dans les notes graves. Et si tu ajoutes un œil à la Rudolph Valentino – en plus intelligent quand même! Parce qu'il est intelligent, ne me dis pas le contraire... Non, tu ne dis rien, tu fais la gueule... Nick, quand il te regarde avec son regard rêveur et triste... et puis soudain de la gaieté et de la gentillesse..., quand il te regarde ainsi, tu as l'impression d'avoir dix ans... enfin, plutôt quinze ou seize, quand on est une femme. Parce qu'à dix ans ce serait un peu juste, on ne pourrait pas en profiter, si tu vois ce que je veux dire... »*

– Vous déjeunez avec nous bien entendu, dit Irena Di Salvo à H.H. Rourke.

Qui déclina l'offre puis l'accepta, sur l'insistance de Nick. Il avait téléphoné trois quarts d'heure plus tôt et Nick, qui venait de se lever (il rentrait du Times vers les trois heures du matin), l'avait invité à passer les voir, Irena et lui, dans leur appartement de Central Park, que la famille Van Gaver avait mis dans la corbeille de mariage en même temps que deux millions de dollars de dot.

On déjeuna, donc. Répondant aux questions qui lui furent faites, Rourke conta quelques histoires, de Chine, d'Espagne et d'ailleurs. Toutes amusantes. Ainsi les aventures de Julio-Julia à Madrid, d'un Portugais qui était coiffeur pour dames à Hanoï, d'un Anglais de Rangoun, en Birmanie, qui ne savait ni lire ni écrire et n'était jamais allé dans le pays de ses ancêtres au point qu'on avait réussi à lui faire croire que l'Angleterre était une contrée tropicale où l'on vivait tout nu, d'un missionnaire norvégien au Yémen qui, pendant deux ans avait consciencieusement appris ce qu'il croyait être de l'arabe et qui était en réalité de l'hébreu...

Irena fit servir le café et, à l'heure des cigares, s'éclipsa, laissant entre eux les deux hommes.

– Vous allez l'aider, Rourke?

Les sentiments de Nick Di Salvo étaient très proches de ceux qu'il avait éprouvés un an plus tôt, lorsque, à sa surprise, Rourke l'avait abordé : presque de la timidité devant cet

314

homme à peine plus âgé que lui, qui lui semblait pourtant infiniment plus mûr. Le regard de Rourke se fit lourd, ce regard si impressionnant quand ne l'adoucissaient ni le rêve ni l'humour – des yeux de chasseur en alerte.

– Que savez des ennuis de Kate, Nick?

– Pour l'essentiel, ils se nomment Henderson Graves.

– Parce qu'il s'est allié aux Adler?

– Parce qu'il s'est aussi allié à Lepke Tauber.

– Vous écririez ça dans le *Times*?

– Évidemment non.

– Pas de preuves?

– Aucune, dit Nick sincère.

Rourke le fixait et, bizarrement, Nick se sentit presque coupable. Mais coupable de quoi? De ne pouvoir apporter aucune preuve?

– Ce ne sont que des rumeurs, Rourke. Bien sûr, il y a le fait que le *Morning* n'a jamais seulement imprimé le nom de Tauber depuis plus de deux mois.

– J'ai lu la collection du *Times* pour la même période. Vous n'avez pas non plus consacré beaucoup de place au même Tauber.

– Nous en avons parlé chaque fois que nous avions des informations de notre cru. Le *DAY* est le seul à détenir ce fameux dossier. Ce que je peux ramasser avec mes reporters de nuit est dérisoire, à côté. Nous ne faisons pas le poids. Nous ne savons même pas où est Lepke Tauber. Il se terre depuis maintenant quinze jours. Il n'est peut-être ni à Brooklyn ni même à New York. Chaque jour qui passe, le *DAY* fait de nouvelles révélations, et, dans l'ordre chronologique, on approche des années 30. Au rythme actuel, à raison de deux pages par jour, on en sera dans deux mois environ à l'année en cours, 37.

– Elle vous l'a dit?

Nick fit non de la tête.

– Je doute qu'elle en ait parlé à qui que ce soit. Sauf à vous, peut-être.

Nick scrutait le visage de Rourke mais il en fut pour ses frais : le regard posé sur lui était toujours aussi fixe.

– Je n'ai pas la moindre idée de l'identité de son informateur. Tous les journaux de New York, sinon d'Amérique, se posent la même question. Au *Times* nous avons fait des recherches, il y a un mois que quatre de nos meilleurs journalistes spécialisés fouillent les archives et interrogent leurs sources habituelles pour essayer de savoir qui a pu renseigner Kate. Ils n'ont rien trouvé. Il faut que ce soit un homme – ou une femme – qui a cotoyé Tauber pendant plus de quinze ans – et doté d'une assez prodigieuse mémoire. Ils sont trois ou quatre à correspondre à peu près...

– Mendy Landau, Jake Moritz, Lou Zinneman, Ernie Mauro, dit H.H. Rourke de sa voix nonchalante.

Nick accusa le coup :

– Vous n'avez pas perdu de temps.

Le regard de Rourke s'écarta enfin et ce fut presque un soulagement. *« Ce n'est pas vrai! Pour un peu j'aurais peur de lui! »*, pensa Nick. Bien des années plus tard, rédigeant ses mémoires, il allait écrire :

« J'ai passé quarante-neuf ans de ma vie dans la presse, dont quarante-cinq au NY Times, qui est pour moi le meilleur journal du monde. H.H. Rourke était bien plus que le meilleur des reporters. À certains égards, il était effrayant. C'était un homme d'une grande douceur apparente qui, s'il s'en donnait la peine, pouvait aisément inspirer l'amitié et, mieux encore, un sentiment de fraternité. Mais c'était avant tout un chasseur d'homme, absolument implacable, d'une folle ténacité. Et, lorsqu'il était en chasse, je crois que rien ni personne au monde n'eût pu l'arrêter ni le détourner de sa piste. Il avait un don tout à fait exceptionnel, comme d'autres pour le violon ou les mathématiques. »

– Sauf que ce n'est pas Landau, dit H.H. Rourke. Ni Moritz, ni Zinneman, ni Mauro.

– Vous le connaissez, Rourke? Elle vous a révélé son nom?

Le regard vert bronze tourna avec une infinie lenteur. Un demi sourire vint sur les lèvres.

– C'est une question plutôt naïve, Nick. Vous croyez que je vous répondrais oui, le cas échéant? Non, elle ne m'a rien dit. Parlez-moi de Graves, je vous prie.

– J'ai constitué un dossier sur lui. Enfin, pas moi spécialement, toute notre rédaction a participé à son élaboration.

– La raison d'un tel travail?

– L'idée est de moi. J'ai expliqué à ma rédaction en chef que si Graves était vraiment en relation avec Lepke Tauber et

Alberto Anastasia, il se pouvait qu'un jour il pérît de mort violente. Et que mieux valait le prévoir, pour être prêts le moment
venu.

— Prétexte qui en vaut un autre, remarqua Rourke. Et votre
vraie motivation?

— Aider Kate dans la mesure de mes moyens.

— Vous lui avez communiqué ce dossier?

— Pas encore. J'hésitais à le faire. (Di Salvo hocha la tête,
gêné). J'étais un peu troublé par des questions d'éthique professionnelle. Après tout le *Times* et le *DAY* sont plus ou moins
concurrents.

— Je n'écris pour aucun journal, Nick. Et je ne me servirai, si
je devais écrire un jour, d'aucune de vos informations.

— J'ai toute confiance en votre parole.

— Merci. Il y a quelque chose dans ce dossier qui puisse être
utilisé contre Graves?

— Rien de très important.

— Je peux le lire?

— Où êtes-vous, à New York?

H.H. Rourke cita le nom d'un petit hôtel dans la Seizième-
Rue-Ouest.

— Je préfère ne pas utiliser l'un de mes plantons, dit Nick. Je
passerai le déposer moi-même cette nuit, en sortant du journal,
vers deux heures et demie. Vous serez là?

— Le veilleur de nuit s'appelle Jo Havliček. Vous pourrez lui
remettre le paquet en toute confiance.

— Vous allez vraiment l'aider, Rourke, n'est-ce pas?

— Je ne suis pas encore décidé.

Rourke se leva, sourit :

— Et surtout j'ignore si je pourrais lui être d'une aide quelconque. Je voulais dire que je ne suis pas encore décidé à
essayer de l'aider. Merci pour le déjeuner, Nick. Votre femme
est charmante. (Nouveau sourire, un peu moqueur et d'une
chaleur saisissante.) Je vous l'aurais dit de toute façon mais, en
plus, je le pense. Je ne crois pas que nous nous revoyions un
jour, mais on ne sait jamais.

Le soir même, ainsi qu'il s'y était engagé, Nick Di Salvo, en
sortant de son bureau, fit un crochet par Manhattan-Sud avant
de rentrer chez lui. Il trouva l'hôtel, qui était loin d'être un
palace, et un veilleur de nuit d'à peine moins de deux mètres

de haut, blond, les cheveux coupés très courts, qui semblait avoir beaucoup pratiqué la boxe, et qui devait avoir dans les quarante-cinq ans. Par précaution, afin d'éviter le risque de confier à n'importe qui un dossier qui lui donnait bien des remords, Nick lui demanda son nom.

– Josef Havliček.

– J'ai des documents pour monsieur H.H. Rourke.

Le veilleur de nuit allongea une main un peu plus large qu'un annuaire des téléphones, prit le paquet et l'enferma dans un tiroir, dont il tourna la clé. Il se remit à lire. Un peu déconcerté, Nick parvint à identifier le livre – *Amerika*, de Franz Kafka.

– Est-ce que monsieur Rourke est dans sa chambre? demanda-t-il.

Le veilleur de nuit ne releva même pas les yeux.

– Avec lui, tout est possible, répondit-il dans un anglais étonnamment doux. Mais ça m'étonnerait beaucoup. Ça fait tout de même neuf ans que je ne l'ai pas vu.

... Bien plus tard, recherchant dans sa mémoire la date de cette rencontre avec H.H. Rourke, Nick Di Salvo ne pourrait la retrouver exactement. Dans les derniers jours d'avril ou les premiers de mai, peut-être.

Certainement avant le voyage de Rourke à San Francisco, en tout cas.

La petite salle du dancing *Famous Door* regorgeait littéralement de monde, les quatorze musiciens de l'orchestre de Count Basie jouaient *Doggin' Around*.

– Je ne reste pas, dit H.H. au serveur blanc. Je cherche un ami.

Il scruta attentivement les visages mais en fit vite le tour : il y avait très peu de Noirs. Ressortant, il fit quelques pas et entra à l'*Onyx Club*, où passait la chanteuse noire Maxine Sullivan accompagnée par l'orchestre de son mari John Kirby avec Charlie Shavers, Russell Procope, Buster Bailey et autres Billy Kyle.

Il ne s'attarda pas davantage, entra au *Yacht Club*, également voisin, en même temps que le chef d'orchestre blanc Tommy Dorsey, venu en spectateur. Assis devant son piano tiré au milieu de la piste de danse, Fats Waller interprétait *Tea For*

Two assisté de Slick Jones, Gene Sedric et Al Casey; un chapeau melon trop petit juché sur sa grosse tête crépue, il haussait comiquement les sourcils en souriant aux spectateurs. H.H. écouta pour son seul plaisir pendant une vingtaine de minutes puis s'en alla encore.

À Greenwich Village, il passa à la *Nick's Tavern*, où Sydney Bechet et Zutty Simpleton jouaient en alternance avec les musiciens blancs de Bobby Hackett, dont PeeWee Russell et Eddie Condon, que H.H. connaissait un peu – il les avait rencontrés des années plus tôt à Chicago. Ils hochèrent la tête en réponse à la question qu'il leur posa : non, ils ne savaient pas. Sy Oliver au *Kit Kat Club*, de l'orchestre de Jimmie Lunceford, ne put davantage le renseigner.

Un autobus à impériale le transporta à Harlem, sur la Septième-Avenue. Sa première visite fut pour le *Savoy Ballroom*, sans aucun résultat. Quatre autres boîtes de nuit n'en fournirent pas davantage. Le *Mimo Club* non plus. Au *Mecca Temple*, qui était le vingt et unième établissement qu'il visitait depuis le début de la soirée, le trompettiste Frank Newton, enfin, lui apprit qu'une *jam session* se tenait, toujours à Harlem, dans un endroit appelé le *Palace*, et que, peut-être...

Il y trouva le clarinettiste Milton Mezz Mezzrow et le batteur à la caisse trouée Manzie Johnson. Il s'assit pour la première fois depuis des heures et but un whisky, écoutant *Squeeze Me* et *Passionnette, Concentratin'* joués sur son saxo alto par Willie Smith. À la pause, le trompettiste vint prendre place près de lui.

– Ça t'a plu?

– Je serais difficile, dit H.H. Quelle surprise de te trouver là. Si j'avais voulu te mettre la main dessus, il m'aurait probablement fallu faire toutes les boîtes de New York une à une.

– Tu es vraiment un foutu menteur, buddy-scoop, dit en riant Poppy Washington Williams.

– Et tu t'y connais, Poppy.

Tommy Ladnier venait d'arriver et prit à la trompette la succession de Poppy. Qui hocha la tête :

– Il est cent fois meilleur que moi, pas de problème.

Ils se turent un long moment, écoutant et vidant la bouteille de bourbon posée sur la table.

– Quand es-tu rentré d'Europe, Poppy?

– Quelques jours. Tu n'as pas publié ton article, du moins pour l'instant.

– Je n'ai même pas écrit l'histoire. Qu'est-ce que tu as fait des filles ?

– Quelles filles ?

– Amusant, dit H.H. Je parle de celles qui t'accompagnaient en Hongrie.

– Jamais mis les pieds en Hongrie. Sais même pas où c'est. Je rentre d'une tournée en France, buddy-scoop. Si quelqu'un te raconte autre chose, ce sera un mensonge.

– Très bien, dit H.H. placide.

– Tu as vraiment fait toutes les boîtes de New York une à une ?

– Seulement vingt-deux ou vingt-trois. J'ai besoin d'un coup de main, Poppy.

– Tu parles trop. Écoute. Ça, c'est Lionel Hampton, écoute son solo sur *Sing, Sing, Sing*.

Vers cinq heures du matin, H.H. et Poppy marchèrent dans les rues de Harlem, que depuis quelques années les Noirs envahissaient progressivement, au point que quantité de restaurants fermaient à partir de la Cent-Dixième-Rue, leurs propriétaires italo-américains allant s'installer ailleurs.

– Et il a fallu que je tombe sur une espèce de journaleux, à la parole duquel j'ai cru, et qui, en plus, aime le jazz. Je ne pourrai pas t'obtenir le quart des renseignements que tu me demandes, buddy-scoop.

– Ce serait déjà énorme.

– Et tu devras faire le voyage jusqu'à Washington. En admettant bien sûr que je connaisse quelqu'un qui connaisse quelqu'un qui connaisse quelqu'un d'important là-bas.

– Washington est une très jolie ville.

– Il y a quel rapport entre ces deux hommes que tu pistes ?

– Ils sont trois.

– À plus forte raison. Un épicier, le directeur du journal ayant le plus fort tirage d'Amérique, déjà on se demande ce qu'ils ont à voir l'un avec l'autre. Mais avec le troisième, c'est le bouquet. Tu parles d'un puzzle ! Ils sont vraiment liés les uns aux autres ?

– Plus ou moins.

– Tu m'intrigues sacrément, Rourke. J'aurais juré qu'il n'y

avait pas un seul Blanc qui connaissait seulement le nom de Black Kappa.

– Il y en a un : moi.

– Tu ne sais même pas ce que ça veut dire.

– Il y a beaucoup de choses que j'ignore, c'est vrai. Je sais simplement qu'il s'agit d'une société secrète qui réunit des Noirs qui ont réussi à se hisser à des postes importants.

– Ça ne doit pas faire grand monde, remarqua Poppy, sarcastique.

– Je rentre de Chicago, Poppy. C'est là-bas que la société aurait été créée, il y a une douzaine d'années.

– Et qui en ferait partie?

– Des Noirs, Poppy. Une sorte de franc-maçonnerie noire, visant à l'entraide, à l'assistance mutuelle, pour qu'un jour les Noirs américains aient une chance d'obtenir l'égalité.

– Dans les deux cent cinquante ans d'ici.

– J'espère que ça prendra moins de temps, dit H.H.

– Qui t'a parlé de Black Kappa?

– Quelqu'un qui avait lu un reportage que j'ai écrit l'année dernière. Mon article portait sur un descendant d'esclaves noirs, au Brésil. Ça s'appelait *Sa Majesté de la ville de Pierres*. J'ai rencontré ce quelqu'un à Chicago voici quelques jours et nous nous sommes liés d'amitié.

– On dirait que tu as un très grand talent pour te créer des amis.

– La preuve, dit Rourke en souriant à Poppy Washington Williams.

Ils avancèrent en silence et revinrent sur la Septième-Avenue, qu'ils avaient quittée depuis déjà un long moment.

– Et qu'est-ce que je fais là-dedans, moi? demanda le trompettiste.

– Mon ami de Chicago m'a dit que si quelqu'un pouvait m'aider en faisant intervenir Black Kappa, c'était toi. Nous avons parlé de toi et il m'a dit : « *Voyez Poppy.* » Sauf qu'il ne t'appelle pas Poppy mais te donne ton vrai prénom, Earl.

Nouveau silence. H.H. reprit :

– Le chauffeur d'Henderson Graves s'appelle Johnson, Edwin Johnson. Ce n'est pas un simple chauffeur noir en casquette et livrée. Il n'aurait pas été noir, il serait devenu journaliste, et des meilleurs probablement. Il a essayé en Californie et tout ce qu'on lui a offert, c'était de conduire la voiture du patron. Il fait partie de Black Kappa, Poppy, comme beaucoup de Noirs qui ont fréquenté une université. Un moment, j'ai pensé à lui trouver un boulot de journaliste dans un journal de Blancs. Je peux encore le faire.

– À condition qu'il trahisse Graves.

– Sans condition. Parole d'homme.

– Nous n'avons pas créé Black Kappa pour que des Blancs s'en servent dans leurs bagarres entre eux. C'est une association très pacifique. Aucune violence, sous quelque forme que ce soit.

– Je sais.

– Tu me poses un foutu problème, Rourke. J'aurais dû te tuer en Hongrie.

Ils entrèrent dans un drugstore qui venait d'ouvrir et commandèrent chacun quatre œufs au jambon, des *muffins* et du café.

– Tu as l'air d'un loup affamé en pleine chasse, buddy-scoop. Tu es si pressé que ça?

– Il me reste dix-neuf jours.

– Pour avoir la peau de Graves?

– Oui.

– Il t'a fait quelque chose de précis?

– Rien du tout. Il s'est attaqué à quelqu'un que je connais. Et c'est le dernier des salauds. Je lui préfère encore Lepke Tauber ou Al Capone. Poppy, j'aurais sa peau de toute façon, tu peux simplement m'aider à être dans les temps.

– Tu peux être à Washington demain?

– Je peux y être aujourd'hui.

– Je téléphonerai pour annoncer ton arrivée mais je ne sais pas si je pourrai le joindre suffisamment tôt. Le mieux est un rendez-vous demain matin.

– D'accord.

– Pour l'épicier, il pourra peut-être t'aider. Pour le grand patron, je n'en sais rien. Quant au troisième homme, jusqu'à un certain point, sûrement.

– Merci, Poppy.

– Et je vais m'occuper de ce chauffeur.

– Tu le connais?

– Mange tes œufs et ton jambon, c'est moi qui paie. Tu es chez moi.

Arthur Hennessey figura parmi ceux – très nombreux, peut-être furent-ils des centaines – qui reçurent la visite de H.H. Rourke au cours de l'enquête qu'il mena de la fin avril à juin 37. L'ancien instituteur, maintenant, se consacrait à son occupation favorite : l'observation et l'étude des oiseaux et des insectes de Jamaica Bay.

Ce matin-là, l'ancien instituteur s'était levé vers quatre heures et arriva bien avant le lever du jour à son poste de prédilection. Il s'installa confortablement dans un coin très tranquille de Jamaica Bay, au milieu des roseaux et étalant la toile caoutchoutée, y disposa sa chaise pliante, ses deux paires de jumelles, son carnet de croquis, ses crayons de couleur et le petit panier d'osier contenant son pique-nique de la journée. L'aube lui révéla la présence de Marmaduke et Marmaduchess, un couple de cormorans qu'il connaissait de longue date, et qui était juché sur un pieu fiché dans l'eau – Hennessey l'avait lui-même planté cinquante ans plus tôt.

Vers huit heures, de l'endroit bien en retrait où il avait garé sa Ford T, un moteur de motocyclette se fit entendre. On vint ensuite sur le chemin au travers des roseaux. L'homme parut, les mains enfoncées dans les poches de son trench-coat couleur de sable. Ce qui étonna le plus Arthur Hennessey, c'est que les cormorans ne s'affolèrent pas à l'approche de l'inconnu ; il eût pourtant juré qu'il était le seul, dans tout l'État de New York et les contrées avoisinantes, à pouvoir se tenir à moins de dix mètres de monsieur et madame Marmaduke sans les inquiéter.

H.H. Rourke et lui demeurèrent quelques instants à contempler les deux bestioles.

– J'ai besoin de me présenter ?

La voix était très agréable, le visage et les yeux correspondaient exactement à la description qu'en avait donnée Nick Di Salvo.

– Je ne pense pas, répondit Hennessey. Voulez-vous du café ? Vous avez peut-être faim ?

– Je ne voudrais pas vous priver de vos provisions.

Rourke sourit et rien, dès lors, ne surprit plus Hennessey. Décidément, Di Salvo, Irena, Ernie Pohl et quelques autres avaient raison : il émanait de cet homme une qualité particulière, qui faisait naître la sympathie et même l'amitié.

323

– J'en ai bien assez pour deux. J'ai toujours tendance à prévoir large. Peut-être avec le secret espoir qu'un aimable compagnon viendra me rejoindre.

Ils partagèrent du café et des sandwiches au fromage, contemplant toujours les cormorans.

– Je n'ai aucune question à vous poser, dit enfin Rourke. Peut-être n'ai-je pas toutes les réponses, mais j'en détiens un certain nombre. Suffisamment, en tous cas. Je connais trop bien Kate, le dossier Lepke Tauber qu'elle utilise ne pouvait venir que de vous, et non d'une source ordinaire.

– Je ne comprends pas du tout de quoi vous parlez, dit Hennessey.

– Aussi me suis-je intéressé à vous. Il m'a fallu remonter assez loin. Plus de soixante ans en arrière, quand vous n'étiez pas encore instituteur mais élève. Parmi vos condisciples, j'ai cherché quelqu'un qui ait pu faire toute sa scolarité avec vous, qui peut-être habitait une maison voisine de celle de vos parents, qui devait être juif bien sûr, sans quoi Lepke ne l'eût pas employé, qui avait travaillé pour l'une ou l'autre des sociétés contrôlées par Tauber entre 1920 et 1936, qui était officiellement mort durant les huit ou dix derniers mois – il me semblait évident que l'informateur de Kate devait être un homme officiellement décédé, sinon Lepke eût aussitôt pensé à lui.

– Pourquoi entre 20 et 36?

– Parce que le dossier que publie Kate morceau par morceau commence à peu près en 20. Rien avant. L'informateur ne devait pas être en contact direct avec Tauber avant cette date.

Hennessey, d'une main qui tremblait un peu, tenait ses jumelles braquées sur Marmaduke.

– Je suis ainsi parvenu à un certain Krickstein, reprit H.H. Rourke. Il correspondait parfaitement. Vous vous souvenez de lui?

– J'avais peut-être un camarade de classe qui se nommait ainsi, finit par dire Hennessey. Mais j'ai oublié son prénom.

– Sascha, dit Rourke. Vous ne l'avez pas oublié, bien entendu. Je ne vous demande rien, je vous ai dit que je n'avais aucune question à vous poser. Sascha Krickstein est mort l'année dernière, il a péri dans l'incendie accidentel d'un entrepôt, son corps a été officiellement identifié, vous êtes même allé à son enterrement. Il me restait à découvrir sous quel nom, et où, il se cachait désormais. J'ai pu me faire communiquer la liste des appels téléphoniques donnés depuis la cabine téléphonique qui se trouve près de chez vous, j'ai des amis à la direction des téléphones. Je ne me suis intéressé qu'aux appels interurbains, il me semblait probable que Krickstein se cachait ailleurs qu'à New York, où quelqu'un eût pu le reconnaître par hasard. Et j'ai travaillé sur l'hypothèse qu'il avait changé de nom, certes, mais conservé néanmoins un patronyme à consonance juive. Il y a combien d'années que vous fréquentez ces deux cormorans?

– Environ soixante ans, dit Hennessey. Mais je ne suis pas très sûr que ce soient les mêmes.

– Samuel Kerner, dit Rourke de sa voix si nonchalante. Installé depuis quelques mois, depuis le surlendemain, en fait, de la mort officielle de Sascha Krickstein, dans une petite maison très paisible à l'est de Youngstown, Ohio, sur les bords du lac MacKelsey. Vous l'avez appelé – enfin, un homme l'a appelé, à trois reprises, pour des conversations chaque fois très longues, la deuxième a duré près de vingt-six minutes. Je suppose que c'est la fois où vous êtes arrivé à le convaincre de venir en aide à Kate dans son combat contre Lepke Tauber. Je peux utiliser l'autre paire de jumelles?

– Je vous en prie, dit Hennessey.

– Pas de question, monsieur Hennessey, vous pouvez vous détendre. En revenant de Chicago, j'ai fait un crochet par Youngstown. Sam Kerner, ou Sascha Krickstein comme vous préférez, a bien failli me tirer deux balles dans la tête; il est étonnamment vif pour un homme de son âge! Et très peu disposé à courir le moindre risque. Il a fallu que je lui montre mon ami photographe, qui m'attendait de l'autre côté du lac, pour qu'il renonce à m'abattre. J'ai déjà vu des cormorans en mer de Chine ou en Corée, mais ces deux-là ont l'air particulièrement idiots.

– Ce sont des cormorans contemplatifs, dit Hennessey.

Il se sentait gagné par la peur. Il ne craignait rien pour lui-même, c'était tout autre chose: si peu expérimenté qu'il pût être en matière de recherche d'informations secrètes, il eût pourtant juré que personne ne pouvait remonter la piste Mac-Ginty. Or cet homme maigre installé près de lui l'avait fait;

avec beaucoup de facilité, apparemment. Et il le lui révélait avec nonchalance. Dans quel but?

Hennessey enfin abaissa les jumelles et, pour la première fois depuis un long moment, tourna la tête. Il rencontra le regard de H.H. Rourke et se retint de poser la question qui lui venait aux lèvres.

— Vous n'avez pas à vous inquiéter, dit Rourke. Même cet ami photographe dont je vous parlais ignore jusqu'à l'existence de Sascha Krickstein. Au cours des dernières semaines, j'ai rencontré deux ou trois cents personnes. Krickstein-Kerner, que vous avez présenté à Kate sous le nom d'Allie MacGinty, n'était que l'une d'entre elles. Que ce soit lui qui ait fourni à Kate, par votre entremise, le dossier avec lequel le *DAY* est en train d'abattre Lepke Tauber ne m'intéresse guère. Je l'ai recherché uniquement parce que j'ai pensé que quelqu'un d'aussi bien renseigné sur Tauber pouvait m'aider dans ma propre enquête. Je n'en ai pas après Tauber, monsieur Hennessey. Je veux Henderson Graves. Vous connaissez certainement son nom.

Hennessey ne broncha pas. Il était si fermement décidé à ne rien dire qu'il eût même hésité à reconnaître sa collaboration passée au *DAY*.

— Et votre ami Sascha m'a aidé en effet, poursuivit Rourke. Il m'a indiqué des noms. Il n'avait pas le choix, je tenais sa vie entre mes mains : il me suffirait de faire savoir à Tauber que Krickstein était encore vivant pour déclencher un massacre. Je voulais pouvoir prouver qu'il y a eu alliance entre Tauber et Graves contre Kate et le *DAY*. Graves avait nécessairement utilisé des intermédiaires. Je ne savais pas qui. Sascha n'a pas hésité, lui. Sa mémoire est étonnante. J'ai déjà rencontré trois des hommes qu'il m'a indiqués, je vais en interviewer un quatrième aujourd'hui, après quoi j'en aurai terminé, du moins pour cette partie du dossier Henderson Graves. Et c'est la raison pour laquelle je suis là monsieur Hennessey : je voudrais que vous donniez un message à Kate, de ma part, et avec la discrétion dont vous avez fait preuve dans l'affaire MacGinty. Dites-lui que Graves va se retirer du champ de bataille, en tant qu'acheteur du *DAY*. C'est le premier point, et le plus important. Il y en a un autre, qui concerne Lepke Tauber. Pour ce dernier, dites à Kate qu'elle s'est trompée depuis le début : ce n'est pas Tauber qui a ordonné l'attentat contre Linda Fox; il n'y est absolument pour rien. Bien au contraire. Monsieur Hennessey, je voudrais que vous répétiez mon message mot pour mot, je vous prie. J'insiste sur le *« bien au contraire »*. Veuillez lui répéter exactement ceci : *« Dans l'affaire Linda Fox, tout se passe comme si Lepke Tauber était lui aussi une victime. »*

Rourke se leva. Depuis qu'il avait rejoint Hennessey à son poste d'observation il s'était tenu accroupi sans bouger, sinon pour allumer et fumer une dizaine de cigarettes à la suite. Une telle aptitude à l'immobilité frappait à présent Arthur Hennessey, qui y voyait la démonstration d'un formidable contrôle de soi-même.

– Vous voudrez bien lui transmettre mon message, monsieur Hennessey?

– Sans y rien comprendre.

– Merci.

Rourke allumait une nouvelle cigarette. *« Comment peut-on fumer autant? »*, pensa Hennessey, suivant des yeux la silhouette en trench-coat qui s'éloignait, puis disparut. Monta peu après le grondement de la moto remise en marche puis en route. Après quoi, le silence revint. Pour un mois de juin, il faisait anormalement chaud.

– Pourquoi diable ne fait-il pas ses commissions lui-même, Marmaduke?

Le cormoran ne répondit rien.

Seul Constantin Uricani, par la suite, fut en mesure de reconstituer, en partie du moins, l'itinéraire suivi par H.H. Rourke durant sa longue enquête du printemps 37. Sur le moment, il le suivit sans chercher à comprendre les raisons de leurs étapes. À peine connaissait-il le but général de l'opération : il s'agissait de venir en aide à Kate. Aux yeux d'Uricani, le motif était plus que suffisant. L'ex-Roumain avait vécu en Chine avec le couple; il portait à l'un et à l'autre une égale affection; il souhaitait par-dessus tout les voir se réconcilier définitivement. Stockholm. C'était là que H.H. et Uricani avaient appris brutalement la mort de l'enfant. On avait, bien entendu, abandonné dans la minute tout projet de reportage. Et c'est le photographe qui s'était démené pour trouver un bateau en partance pour New York : pendant trois jours, Hatchi, pétrifié par la douleur, avait semblé perdre toute forme de contrôle – ce qui paraissait incroyable. La traversée de l'Atlantique l'avait presque rendu à lui-même. Impassible, apparemment normal. On avait débarqué à New York. Première discussion entre les deux hommes. Hatchi disant : *« Uri, nous allons nous séparer. Je n'aurais jamais dû te demander de me rejoindre, nous n'avons plus les moyens de travailler ensemble. Financièrement, je veux dire. À part ce reportage en Suisse, qui te rapportera au mieux deux ou trois cents dollars... C'est fini, Uri. Nous avons pu tenir ces derniers temps parce que nous travaillions pour le* Morning. *Mais Karl Killinger est mort. Et, de deux choses l'une : ou tu t'installes à New York et tu tiens le magasin de ton beau-père dans le Bronx, ou tu reprends du service comme reporter-photographe. – Mais sans toi, Hatchi ? – Sans moi. »* Ç'avait été toute une affaire que d'amener Hatchi à révéler ses intentions. Pour la première et probablement la dernière fois de sa vie, Constantin Uricani s'était senti gagné par la fureur : d'accord, si Hatchi ne voulait plus de lui, il enquêterait de son côté. Non qu'il se souciât de ce Graves, successeur de Karl Killinger, mais dès lors que ce type cherchait des crosses à Kate, il se sentait concerné, lui aussi, enfin merde il aimait Kate comme une sœur ! *« Je peux t'être utile, Hatchi. Même s'il n'y a aucune photo à faire. Je ferai n'importe quoi, à commencer par te suivre partout ! Et tu m'en empêcheras comment ? En me tapant dessus ? Ça ne m'arrêtera pas, je te préviens ! »*

Il n'avait pas grand espoir de convaincre Hatchi. Mais l'extraordinaire s'était produit. Oh ! Pas tout de suite ! Il y avait eu un long moment pendant lequel Uri s'était attendu à recevoir un ou deux crochets dans la mâchoire, qui l'eussent certainement mis KO – quand Hatchi avait ce regard, les coups de poing ne tardaient guère. Mais non. *« D'accord, Uri. Laisse-moi deux jours. Je veux aller la voir et lui parler – Et filer ensuite ? – Non. Tu as ma parole. »* Uricani était donc rentré dans le Bronx, où sa femme et sa belle-famille avaient été fort surprises de le revoir si vite, on ne l'attendait pas avant six mois au moins ; il avait dû expliquer qu'il n'était là que de passage ; pas trop certain de dire la vérité, d'ailleurs : et si Hatchi ne revenait pas ? Il s'était vu condamné à passer le restant de ses jours à tenir une boutique qui n'avait nullement besoin de ses services et à faire des photographies de mariage – l'horreur totale!

Bon, Hatchi était revenu. Impassible. Mais, à l'évidence, cela ne s'était pas trop bien passé entre Kate et lui. *« Tu es toujours décidé à venir avec moi, Uri? – Tu rigoles? – D'accord, allons-y. »*

La sarabande avait commencé. Personne au monde, même pas Kate, ne savait aussi bien qu'Uricani à quoi pouvait ressembler H.H. Rourke en chasse. Mais là, même Uricani avait été sidéré. En soixante jours, ils avaient parcouru des milliers de kilomètres. En avion, en train, en autocar, en voiture, en moto, à pied. Des trajets affolants mais toujours calculés. L'argent était arrivé de France : l'équivalent de vingt mille dollars expédiés par Mimi Rourke. Dans les débuts, Uri avait tenté de comprendre. Il avait été stupéfié par l'extraordinaire ampleur du réseau d'amis, d'informateurs, de soutiens de toutes sortes utilisé par Hatchi. On avait commencé par Chicago (Hatchi y avait vécu dix ou douze ans plus tôt) et les premiers jalons avaient été patiemment posés : des hommes (des gangsters à vrai dire) rencontrés autrefois avaient accepté de fournir des renseignements, de communiquer d'autres noms dans d'autres villes, des filières s'étaient ainsi établies. De Chicago, on était allé au Sud, jusqu'à La Nouvelle-Orléans, puis à Miami. De retour à New York, on avait écumé Brooklyn, le Queens, le Bronx, Staten Island, le New Jersey voisin, et Manhattan aussi, évidemment. Départ pour la Californie. Uri avait pris l'avion pour la première fois, terrorisé. En Californie, onze jours d'une traque infernale, sur la piste, déjà ancienne, d'Henderson Graves. Uricani avait perdu le fil, étourdi par tous ces zigzags, ces entretiens multiples, ces réponses qui lui semblaient dénuées d'intérêt, mais dont Hatchi se satisfaisait. *« Uri, puisque tu es là, fais-moi des photos de cette femme. Et aussi de l'enfant. Mais ne te montre pas, ils ne doivent pas savoir que tu les as photographiés. Fais-moi aussi des clichés de cette maison... Et de cette banque – pas la porte principale mais l'entrée sur le côté... Non, attends, je veux cet homme chauve avec des lunettes sans monture... »*

... Et en Californie du Nord, dans une ville de petite importance appelée Redding, puis, plus au nord encore, vers la frontière de l'Oregon, dans la chaîne des Cascades, au double pied du mont Shashta, cratère immense, là même où était né Henderson Bertram Graves, et d'où ce fils de garde forestier avait pris son envol. «*Ne te montre toujours pas, Uri, joue les touristes. Mais je voudrais des photos de cette jeune fille, de ces deux hommes, de cette cabane... de cette crevasse à flanc de glacier, oui celle-là; n'y tombe pas s'il te plaît, le dernier homme qui y est tombé n'a toujours pas été retrouvé...*»

Et de Californie, par avion encore, on était revenu dans l'Est. À Detroit et Cleveland, dans d'autres villes dont Uricani avait fini par ne même plus relever les noms, se contentant de suivre Hatchi Rourke qui, lui, suivait la piste. Il y avait eu un nouveau retour à New York. «*Ne reste pas près de moi, Uri, tiens-toi à distance, je vais visiter une à une toute ces boîtes de nuit jusqu'à ce que je retrouve celui que je cherche – et que d'ailleurs tu connais aussi. Tu te souviens certainement de Poppy Washington Williams – en Hongrie. Si tu le vois avant moi et que je risque de le rater, fais-moi signe.*»

Washington ensuite, avec un crochet par Philadelphie. Dans la capitale fédérale, Hatchi avait été longuement reçu par un ponte de l'administration fédérale des Postes et aussi par un haut fonctionnaire de l'Agriculture responsable des courses de chevaux. Visites énigmatiques mais à propos desquelles Uricani ne s'était pas posé de questions – il y avait belle lurette qu'il avait renoncé à comprendre.

De Washington, direction l'Ohio, un endroit appelé Youngstown.

Retour à New York, dans le Queens, jusque sur les bords de Jamaica Bay. Hatchi avait loué une moto. «*Tu peux venir, Uri; tu t'asseois derrière, mais ne fais pas de photo, aucune.*» Ils avaient roulé sur des chemins, étaient arrivés près d'une vieille Ford T garée à l'orée d'une mer de hauts roseaux. «*Tu m'attends ici. Ne fais aucun bruit*». Hatchi était parti à pied et, durant les trente ou quarante minutes suivantes, Uricani avait très vaguement capté le murmure lointain d'une conversation.

... Après laquelle Hatchi était revenu. Ils étaient remontés sur la moto, qui avait filé droit sur Brooklyn.

– Tu as le choix, Uri. Tu peux rester à New York. Je reconnais que nous n'avons pas tellement dormi ces derniers temps.

– Tu vas où?

330

– Kentucky.

– Nous somme déjà passés par le Kentucky, non? Je ne m'en souviens plus.

– Non.

– Je t'ai dit que j'irais partout où tu irais, Hatchi.

Durant les semaines précédentes, en trois ou quatre occasions, ils avaient dû faire face à des dangers réels. On avait tiré sur Hatchi à Chicago et à Cleveland; à Brooklyn, il s'était battu à coups de tessons de bouteilles. Dans la Californie du Nord, on ne s'en était sorti que d'extrême justesse, au terme d'une sacrée poursuite en voiture, avec, aux trousses, deux véhicules transportant une douzaine d'hommes armés.

La chasse, de près de six semaines, avait donc été des plus mouvementées. Et il y avait eu, outre la fatigue, une sensation de péril constant, probablement due à la nervosité des personnes interrogées (ainsi, ce grand Noir en livrée de chauffeur de maître, dont Uricani avait cru comprendre qu'il était l'homme de confiance d'Henderson Graves).

Mais rien comme le Kentucky.

Le train les laissa à Lexington. H.H. Rourke y trouva à louer une Chevrolet Master vieille de quatre ans, et, à bord de cette voiture, ils parcoururent, Uricani et lui, le Pays de l'herbe bleue. Ils allèrent de ferme en ferme, de haras en haras, certains de ceux-ci très beaux et opulents, d'autres réduits à de simples enclos et à une écurie contenant au mieux trois ou quatre chevaux. À maintes reprises, devant des champs de course qui n'étaient que des pistes circulaires à peine tracées, Rourke fit halte et alla se mêler à des hommes en casquette qui, chronomètre en main, mesuraient les performances de leurs poulains. Mais il revint chaque fois bredouille, ses questions n'ayant pas reçu de réponse.

– On cherche quoi, Hatchi?

– Quelqu'un.

– Voilà au moins une explication claire. Si tu me disais à quoi ce quelqu'un ressemble, je pourrais chercher aussi.

– Elle est de petite taille, elle est blonde, le haut de son visage a été brûlé par l'acide, elle est aveugle.

– C'est Linda Fox. Kate doit sûrement savoir où elle est.

– Kate l'ignore.

De ferme en ferme et de haras en haras. Un panneau signala qu'on était tout proche de la ferme familiale d'Abraham Lincoln. Successivement, dans des agglomérations paisibles comme Mackville, Fenwick, Willisburg et Sharpsville, H.H. s'arrêta, entra dans des épiceries, chez des maréchaux-ferrants, dans des magasins de fournitures pour chevaux, chez des médecins, dans des drugstores.

La Chevrolet roulait depuis l'aube et poursuivit sa route jusqu'à la nuit tombée, il était plus de onze heures du soir quand, enfin, elle fit halte. Mais, à quatre heures, le lendemain matin, H.H. tira Uricani de son sommeil et, plus taciturne encore qu'à l'ordinaire, très tendu sous sa fausse nonchalance, il reprit sa chasse. Le photographe s'endormit dans la voiture; à peine eut-il conscience de nouveaux arrêts, inlassablement répétés.

... Pourtant, vint un moment où l'arrêt se prolongea. La Chevrolet ne bougeait plus; H.H., au volant, attendait. Uricani ouvrit les yeux. Devant lui, il vit d'abord une épaisse rangée d'arbres, au-delà, s'étendait une prairie à l'herbe d'un vert cru tirant sur le bleu; deux cents mètres plus loin, se dressait une fort jolie maison de bois, très fleurie, prolongée d'une grange et d'écuries blanches aux ferrures noires.

– Tu as trouvé, Hatchi?
– Oui.

Rourke tenait la lunette d'approche, mais, même à l'œil nu, Uricani pouvait apercevoir un homme qui devait être un valet d'écurie et qui menait deux chevaux sellés par la bride. Du coin de l'œil, le photographe saisit un autre mouvement: un couple venait de paraître, sur la droite, sortant de la maison. La femme était jeune, mince, gracieuse; elle portait des bottes et un pantalon de cheval, un chemisier à carreaux et un petit foulard noué autour du cou. Elle était coiffée d'un chapeau de toile dissimulant son front tandis que de larges lunettes noires lui cachaient les yeux et les pommettes. Sa démarche était hésitante, c'était bien celle d'une aveugle peu accoutumée encore à son infirmité.

Son compagnon semblait immense et massif, par comparaison; la largeur de ses épaules et de son torse était impressionnante. Mais plus frappantes encore, étaient l'attention et la tendresse qu'il manifestait à la jeune femme. Il la conduisait avec précaution, se penchant sur elle et lui parlant en souriant.

– Merci.

Uricani prit la lorgnette que lui tendait H.H. et la porta à ses yeux. Il dut modifier quelque peu la mise au point, sa vue n'ayant jamais été aussi perçante que celle de Rourke. Dans l'objectif circulaire, les terribles traces de l'acide sur ce que l'on pouvait voir du visage de la jeune femme, ces traces devinrent nettes.

– C'est Linda Fox, Hatchi?

– Oui.

– Et qui est l'homme?

H.H. écrasa sa cigarette dans le cendrier de la Chevrolet et ouvrit sa portière.

– Je vais y aller, dit-il. Uri, il est important que tu prennes ma place au volant dès que je serai près d'eux. Quoi qu'il arrive, ne t'approche pas : fais tous les clichés que tu voudras et tiens-toi prêt à t'éloigner.

– Comme je l'ai fait à Youngstone, dans l'Ohio.

– Voilà.

Uricani pointait toujours la lunette.

– Il y a un troisième homme du côté de la grange. Et il porte un fusil.

– J'ai vu. Uri, si quelqu'un commence à venir dans ta direction, fiche le camp.

– Tu n'as pas répondu à ma question. Tu ne m'as pas dit qui était l'homme.

– Je ne te l'ai pas dit, en effet, répondit H.H.

Qui se mit en marche.

Il fut aussitôt repéré : le guetteur posté à la fenêtre du fenil, sur la façade de la grange, rectifia sa position ; son doigt vint se poser sur la détente de son fusil. Et une deuxième sentinelle armée apparut sur la gauche. H.H. continua d'avancer, sans hâte, droit vers la cour où l'homme aux larges épaules était en train d'aider l'aveugle à monter en selle.

Un troisième garde armé sortit de la maison. Il y avait cinq hommes en tout, en comptant le valet d'écurie. Et tous fixaient Rourke.

– Prends mon cheval, Harvey, et accompagne miss Linda.

La voix de l'homme aux larges épaules était claire. Le valet d'écurie se hissa en selle. L'aveugle dit quelques mots que H.H. ne put saisir.

– Je te rejoins, Linda. Pars devant avec Harvey.

Les deux chevaux s'éloignèrent au petit trot. H.H. n'était plus qu'à cinquante mètres. Son trench-coat était resté dans la Chevrolet, il avait ôté son veston, qu'il portait sur l'épaule droite, le retenant avec le seul pouce, mais gardé son feutre qui lui ombrait tout le haut du visage. Il stoppa à sept ou huit pas de l'homme, encadré par les gardes armés.

– Je m'appelle Rourke.

L'homme aux larges épaules l'examina de ses yeux intelligents, puis il fixa la Chevrolet au coin.

– Et l'autre homme, là-haut?

– Un ami, dit H.H.

– Vous êtes en panne?

– Non. Et je ne suis pas davantage perdu. Je vous cherchais. À Washington, il m'a fallu vérifier un à un tous les nouveaux propriétaires de chevaux déclarés au cours des trois derniers mois. Mais, en réalité, j'ai pensé au Kentucky dès le début. À cause de Linda. Combien avez-vous de chevaux, maintenant?

Pas de réponse. H.H. se remit en mouvement, les jambes raidies par la fatigue. Il marcha jusqu'aux écuries et compta les animaux dans les boxes: sept. Plus les deux qui venaient de partir et avaient à présent disparu derrière la crête d'une colline.

– Est-ce qu'il y en a un seul qui vaille celui que Lepke Tauber vous a tué, Mendel?

La réponse tarda à venir. H.H. s'assit sur un banc, allongea ses jambes, appuya sa nuque contre la cloison de bois blanc derrière lui.

– Vous êtes Mendel Lipover, ajouta-t-il. Même si l'on vous connaît ici sous le nom de Paul Ritter.

– Qui êtes-vous?

– Simplement Rourke.

– Qui vous envoie?

H.H. ferma les yeux – il venait de noter le geste très furtif de Mendel Lipover et le mouvement aussitôt entrepris par deux des guetteurs pour contourner la Chevrolet et capturer Uricani. Restait à espérer que ce dernier suivrait à la lettre l'ordre qu'il avait reçu.

– J'agis de ma propre initiative, dit H.H. Je ne travaille pas pour Lepke – ni pour la police. À vrai dire, ce n'est même pas vous que je traque, je m'occupe de vous en passant.

Tout se fit sans bruit; une main se glissa dans la poche du veston de Rourke, prit son passeport et son permis de conduire et s'assura qu'il ne portait pas d'arme.

Un temps.

– D'accord, vous avez des papiers au nom de Rourke et vous êtes né à Paris. Vous parlez français?

– Oui.

– Je le parle aussi. Dis-moi quelque chose en français.

– Si tu penses me tuer, dit H.H. en français, c'est que tu es né d'une banane. Comment as-tu attiré Al Bugno dans cette ruelle?

– Tu parles français, pas de doute.

– Merci, dit H.H.

Il sentit que Lipover s'asseyait sur le banc lui aussi, à sa gauche.

– Al Bugno?

– Tu l'as tué, Mendel.

– C'est vrai. Il ne l'avait pas volé.

– Tu lui as cassé les os à coups de barre de fer et ensuite tu lui as répandu du vitriol sur le visage.

– Je le referais si c'était à refaire.

– Tu l'as tellement défiguré que, pour un peu, on a failli ne pas pouvoir l'identifier.

– J'y suis sans doute allé un peu fort avec le vitriol.

– Je le crois aussi. Pourquoi l'as-tu tué au juste?

– Tu connais la réponse.

– Pour ce qu'il avait fait à Linda?

– Tu le sais très bien.

– On a retrouvé Al Bugno à peu près à l'endroit où l'on avait auparavant retrouvé Linda. Tu l'as fait exprès?

– Évidemment.

– Comment l'as-tu attiré dans cette ruelle? Je me serais méfié, à sa place.

– Je l'ai assommé ailleurs et je l'ai transporté en voiture. J'ai beaucoup de force dans les mains, Rourke. C'est ton vrai nom, Rourke?

– Oui.

– J'ai beaucoup de force dans les mains. Avec une seule, je pourrai t'écraser la gorge et t'étrangler.

Ses doigts se posèrent sur la gorge de H.H., dont les yeux étaient toujours fermés. La pression se fit sentir.

— Il va falloir que tu serres bien plus fort, si tu veux vraiment me faire taire, Mendel.

— Je te tue si je serre plus fort. Tu peux déjà à peine parler. Qu'est-ce que tu as dit que je serais, si je te tuais?

— Né d'une banane, réussit à dire H.H.

— Tu es un drôle de type. Tu as l'air très fatigué et tu viens ici sans arme. Pour ton copain dans sa voiture, je crois que Mike et son frère vont nous l'amener. Vous serez tous les deux ici. Mais je ne vais pas te tuer. Je n'ai aucune raison de le faire.

— Je peux t'en donner une, dit H.H.

— Laquelle?

— Tu as bien tué Al Bugno. Mais pas pour ce qu'il avait fait à Linda. Il ne lui a rien fait.

— Je me serais trompé?

— Tu ne t'es pas trompé, tu as toujours su que Bugno n'était pas celui qui a frappé Linda avant de lui lancer du vitriol au visage. C'est toi qui a fait ça, Mendel.

Les doigts étaient toujours sur la gorge de H.H. Ils serraient très douloureusement le cou juste sous la mâchoire et la souffrance était à peine soutenable.

La pression se relâcha soudain.

— Moi, j'aurais fait ça à Linda, Rourke?

— Je crois, dit H.H., que ça s'est passé comme ça: tu achètes ce cheval, Comtesse-du-Baril, et c'est le meilleur cheval que tu aies jamais vu...

— Jamais, dit Mendel Lipover. Je n'avais seulement jamais rêvé d'avoir un cheval pareil. Il était vraiment extraordinaire, tu sais.

— Il paraît. Je crois que tu dis la vérité en ce moment, Mendel: tu aimais ce cheval par-dessus tout. Pas pour l'argent qu'il pouvait te rapporter...

— Sûrement pas.

— Je te crois. Et voilà que Mendy Landau te demande de le lui prêter pour une course truquée. Et tu refuses. Tu as même frappé Mendy, m'a-t-on dit.

H.H. ouvrit les yeux. Il venait d'entendre le moteur de la Chevrolet qui démarrait. La voiture roulait très vite, en marche arrière, échappant aux deux hommes qui avaient tenté de la surprendre. Uri obéissait aux ordres.

— Tu l'as frappé et ni lui ni Lepke n'ont apprécié. Ils t'ont puni en découpant ton cheval en tranches.

– Ils lui ont scié les quatre jambes, dit Mendel Lipover d'une voix sourde, encore tremblante d'une rage formidablement haineuse.

– Voilà. Et tu as cherché ce que tu pouvais faire pour te venger. Tu pouvais tuer Mendy. Ou Lepke. Ou peut-être les deux. Mais tu avais une chance sur dix d'y arriver et aucune d'en sortir vivant. Alors tu as eu une autre idée...

H.H. tourna la tête et scruta le profil de Lipover.

– Tu as tué combien d'hommes, Mendel, au temps où tu travaillais comme tueur pour Anastasia? On m'a dit huit ou dix. Dont trois en une seule et même nuit.

En haut, la Chevrolet avait disparu, de même que les deux hommes envoyés par Lipover. On n'entendait plus aucun moteur de voiture. Des chevaux s'ébrouaient, dans les stalles.

– Bien sûr, poursuivit H.H., c'était avant que tu décides de raccrocher tes revolvers, avant que tu deviennes un paisible épicier. Ça n'a pas été trop dur de frapper cette pauvre gosse et ensuite de la brûler? Elle ne t'avait rien fait, n'est-ce pas? C'est vraiment pousser l'amour des chevaux un peu loin, Mendel. Lui faire ce que tu lui as fait dans le seul but de faire accuser Lepke Tauber. Et tu y as réussi, remarque bien : à part moi et quelqu'un d'autre, personne ne doute que c'est Lepke qui est le responsable. Et maintenant, c'est la curée. Tu lis le *DAY*? Ils sont en train d'avoir Lepke, ce n'est plus qu'une question de jours. D'heures, peut-être. Déjà, il se terre. Et Mendy Landau aussi. Ils sont foutus l'un et l'autre. Tu es content? Ça valait la peine de lancer ce vitriol?

– Je vais être obligé de te tuer, Rourke.

– Je ne crois pas. Tu es trop intelligent.

– Tu penses à ton copain dans la voiture? Mike va l'avoir. Il vous a vu arriver de loin. Nous avons cru qu'il s'agissait de *torpedoes* de Lepke et nous avons pris nos précautions. Mike et son frère ne sont pas seuls, j'avais quatre autres types dans la nature. En voiture eux aussi. Et ils connaissent le terrain mieux que ton copain.

– Très bien, dit H.H.

Avec précaution – le dernier des guetteurs tenait son fusil braqué sur lui –, il retira ses cigarettes de la poche de poitrine de sa chemise.

– Est-ce que Linda est au courant, Mendel?

337

– Non.

– Qu'est-ce qui t'a pris de la recueillir? Tu as eu des remords, Mendel?

– Je t'emmerde.

– Tu as des remords. Comment est-elle quand elle ôte ses lunettes? Repoussante ou simplement laide?

On entendit le bruit de plusieurs moteurs. Un camion apparut, suivi de la Chevrolet et d'une deuxième conduite intérieure.

– Et quels sont tes projets, Mendel? Veiller sur elle jusqu'à la fin de tes jours?

Le convoi stoppa. Uricani se trouvait à l'arrière de la Chevrolet et un homme lui appuyait le double canon d'un fusil de chasse sous la mâchoire.

– Désolé, Hatchi.

H.H. lui sourit :

– Ça ne fait rien.

– Mike, dit Lipover, fais creuser un trou pour eux derrière l'ancien abreuvoir.

Trois hommes s'éloignèrent.

– Je vois trois solutions, dit H.H. La première est que je te dénonce à la police. Avec ce que tu as fait à Linda Fox, avec le meurtre d'Al Bugno et avec tout ce que j'ai appris sur ton passé à Chicago et à New York, je crois que les policiers seraient très intéressés de te connaître. Mais, par principe, je n'aime pas dénoncer les gens. Si j'ai pu te trouver, la police devrait pouvoir le faire aussi.

– Tu es vraiment fou, Rourke.

– La deuxième est d'informer Lepke Tauber de l'endroit où tu te trouves. Même acculé comme il l'est en ce moment, il a sûrement les moyens de t'envoyer une colonne infernale. Et s'il ne peut pas le faire, d'autres s'en chargeront.

– Tu bluffes, dit Lipover.

– Mais je vois mal pourquoi j'irais rendre service à Lepke Tauber, dit H.H. Reste la troisième solution.

– Qui est?

– D'expliquer à Linda par qui et pourquoi elle a été défigurée et rendue aveugle.

– Tu ne parleras jamais à Linda, Rourke. Toi et ton copain vous serez morts et enterrés avant son retour.

– Même toi, tu n'arrives pas à croire ce que tu dis, Mendel.

– Tu as pris une autre précaution avant de venir ici.

Ce n'était même pas une question. Lipover était toujours assis sur le banc, à côté de H.H. Les trois hommes partis creuser la tombe avaient disparu derrière la grange, mais on n'entendait rien.

– Je te pose un sacré problème, hein Mendel? remarqua H.H.

– C'est vrai. Je n'arrive pas à comprendre ce que tu fais ici. Et je ne sais pas ce que je dois faire de toi et de ton copain.

– Nous tuer ou non.

– Vous tuer ou non.

– Je peux faire quelque chose pour t'aider à prendre une décision, dit H.H. Demande à l'un de tes hommes de tirer deux coups de fusil en l'air. Normalement, il recevra une réponse, quelqu'un tirera trois fois.

– Tu as posté quelqu'un d'autre, Rourke?

H.H. ne répondit pas.

– Tire deux fois en l'air, Mike, ordonna Lipover.

Les deux coups de feu claquèrent et, quinze à vingt secondes plus tard, très lointaines, trois détonations vinrent en réponse.

– Ça ne prouve pas grand chose, Rourke.

– Il faudra que tu t'en contentes.

H.H. se leva, marcha vers la maison, gravit les trois marches de bois, ouvrit la porte moustiquaire. Il visita les pièces une à une. Le rez-de-chaussée abritait la salle de séjour et des petites chambres de service réservées aux gardes. En revanche, l'étage venait d'être réaménagé et de manière coûteuse; il comportait notamment un appartement de deux pièces – chambre à coucher et salon – conçu, à l'évidence, pour une femme. H.H. fit coulisser les portes d'une longue penderie: des robes à foison.

– Tu l'as épousée, Mendel?

– Pas encore. Mais elle finira par me dire oui.

Lipover avait suivi Rourke tout au long de sa visite et se tenait à présent sur le seuil.

– Et il faudrait que j'avale ça, dit H.H. après un silence. Il faudrait que je croie qu'un tueur professionnel qui a liquidé une dizaine d'hommes au moins, qui a été plus ou moins l'associé d'Alberto Anastasia...

— Pas d'Anastasia, de Dutch Schultz.

— De Dutch Schultz, d'accord. La référence n'est pas meilleure. Il faudrait que je croie que ce même homme, transformé par le remords, va consacrer sa vie à celle qu'il a lui-même détruite.

H.H. s'était immobilisé devant la table du salon. Il y avait là, au milieu d'une masse de cadeaux, un tourne-disque et des disques, de la meilleure qualité.

— Je reconnais que ce n'est pas facile à avaler, dit Lipover. Même moi, certains jours, je me demande ce qui m'est arrivé.

— Comment lui as-tu expliqué ta présence auprès d'elle? Et les soins dont tu l'entoures?

— Au début en disant que je me considérais comme responsable de ce qui lui était arrivé.

— Elle croit qu'Al Bugno était l'homme qui l'a attaquée?

— Oui.

— Elle sait que tu as tué Bugno?

— Oui.

— Mais elle pense que tu as simplement puni Bugno?

— Oui.

— Elle t'a reproché ce meurtre?

— Oui. J'aurais dû laisser faire la police, selon elle.

— Qu'est-ce qu'elle connaît de ton passé?

— À peu près tout. Je lui ai expliqué comment j'ai décidé de tout laisser tomber un jour. Avant même la mort de Dutch. Et de ne plus m'occuper que de chevaux.

— Qui sait où elle est, où vous êtes, elle et toi?

— Personne.

— Linda a de la famille.

— Elle a sa mère, qui est remariée, et elle a son frère Roger. Je leur ai dit à tous les deux que Linda et moi nous partions pour le Brésil.

— Et Linda a confirmé?

— Oui. Tu peux vérifier.

— Quelqu'un pourrait reconnaître Linda, un de ces jours.

— Sa mère vit à Owensboro, c'est assez loin d'ici. Et surtout Linda ne sort jamais. Sauf pour faire du cheval.

H.H. s'était remis à marcher dans l'appartement de Linda. Par les fenêtres, on apercevait un paisible paysage de collines et de prairies délimitées par des barrières blanches.

Tout au fond, à mille ou douze cents mètres, un couple à cheval s'en revenait au petit trot – Linda et son ange gardien.

– Tu as assez d'argent pour vivre ici, Mendel?

– Pour vivre cent ans. Avec elle. Dès que le danger Lepke Tauber sera écarté, je renverrai la plupart des hommes. Je ne garderai que Mike, son frère et Harvey. Nous allons acheter d'autres chevaux.

– Qui est Mike?

– Mon cousin germain. Ni lui ni son frère Adam ni Harvey n'ont eu d'ennuis avec la police. Tu peux vérifier ça aussi, Rourke.

– Je le ferai sans doute.

– Je sais. Qu'est-ce que tu es au juste? Un journaliste?

– Tu as rencontré Kate Killinger. Je la protège.

– Je ne vais pas te tuer, bien entendu. Je vais te laisser partir. Mais tu le savais depuis le début. Tu es quelqu'un de vraiment spécial. C'était quoi, ces trois coups de fusil?

– Un type à qui j'ai donné la moitié d'un billet de cent dollars. Et à qui je donnerai l'autre moitié au retour.

– Je me doutais que c'était un truc de ce genre. Autrement dit, je pourrais vous tuer, ton copain et toi.

– Voilà, dit H.H. très indifférent.

Il contemplait la poupée trônant au milieu du lit. Il demanda :

– Tu connais un homme appelé Henderson Graves?

– Le nom. Je l'ai entendu quelque part.

– Il dirige le *Morning News*. Tu sais sur lui quelque chose qui pourrait me permettre de le massacrer?

– Rien du tout. C'est après lui que tu en as? Je n'ai rien à voir avec lui. Où est le lien?

– En réalité, il n'y en a pas. Je n'ai pas trois solutions mais quatre, Mendel. La quatrième est de repartir et d'oublier que je t'ai jamais vu.

Les deux cavaliers se rapprochaient lentement, n'étaient plus qu'à cinq cents mètres.

– Je vais l'épouser, Rourke. Pas pour qu'elle me pardonne ce que je lui ai fait, mais parce que j'en ai envie. Je l'ai déjà amenée chez plusieurs médecins. Il n'y a pas plus de quelques chances sur cent, mais peut-être qu'on pourra lui rendre la vue. L'œil droit. Rourke, je repense à ton Henderson Graves. Il

341

y a quelqu'un qui pourrait t'aider à avoir sa peau. Il s'appelle Morton Greene. C'est un avocat, il sait beaucoup de choses sur tout le monde. Normalement, il refusera de te parler. Mais dis lui que tu viens de ma part et rappelle-lui l'affaire de Moritz Hackman à Trenton, New Jersey. Juste Moritz Hackman, Trenton, New Jersey. Il comprendra et te dira tout ce qu'il sait.

Linda Fox, à trois cents mètres, venait de prendre le galop et son accompagnateur dut se lancer à sa poursuite. Mais elle parvint à débouler la première dans la cour. Quelqu'un cria. Elle stoppa net sa monture, dont elle caressa l'encolure, tout son visage exprimait un saisissant bonheur de vivre.

— Tu pourrais me faire tuer ou me faire envoyer en prison, Rourke. Mais elle resterait seule. Elle a besoin de moi.

— Bel argument, dit H.H.

Ils allèrent ensemble à la rencontre de Linda. Ce fut Mendel Lipover qui la descendit de sa selle. Il la souleva en la prenant à la taille, ne se servant que de ses doigts, avec une force effectivement impressionnante. Elle vint aussitôt dans ses bras, dès qu'il la reposa par terre.

— Chérie, dit Lipover, je voudrais te présenter un ami. Il s'appelle Rourke. C'est surtout un ami de Kate Killinger.

Le visage de l'aveugle se tourna, cherchant l'inconnu.

— Kate m'a chargé d'un message pour vous, Linda, dit H.H. Elle vous souhaite tout le bonheur du monde. Mendel m'a appris que les médecins avaient l'espoir de vous rendre la vue.

— Seulement l'œil droit, et ce n'est vraiment pas sûr, dit-elle.

Elle souriait. La racine du nez était marquée par une cicatrice blanchâtre et il manquait un morceau d'os, que l'acide avait rongé.

— Vous déjeunez avec nous, j'espère, monsieur Rourke, dit-elle.

H.H. croisa le regard de Mendel Lipover.

— Je crains que non, dit-il. Je ne faisais que passer et je dois repartir. Y a-t-il quelque chose que je puisse dire de votre part à Kate? Ou à votre frère?

Elle éclata de rire.

— Ils nous croient tous au Brésil, Mendel ne vous l'a pas dit?

Sa main se tendait et se plaça presque automatiquement dans la paume de Lipover.

Dans le train qui les ramena à New York, Uricani et lui, H.H. dormit tout au long du voyage.

— Et maintenant, Hatchi?

— C'est terminé.

— Ça veut dire quoi?

— Nous allons nous séparer, Uri. J'ai encore à aller voir Graves et puis c'est tout.

— Tu vas en Chine, ensuite?

— Peut-être.

— Mais sans moi?

— Oui.

— Tu ne veux plus de moi, c'est ça?

— Tu as une femme, un enfant, et un autre enfant qui va naître. Et je ne suis pas sûr de gagner suffisamment pour deux comme reporter indépendant.

— Tu as surtout envie d'être seul, dit Uri très triste.

— C'est probablement la vraie raison.

Ils se quittèrent à Times Square, où ils avaient partagé leur déjeuner. La dernière question que posa Uricani concerna Kate.

H.H. secoua la tête :

— Non. Ça ne servirait à rien que je retourne la voir. Je vais lui faire parvenir un double de mon dossier sur Henderson Graves. Uri, s'il te plaît, ne parle à personne de Linda Fox et de Mendel Lipover.

— Même pas à Kate?

— Même pas à elle. D'accord?

— D'accord.

La dernière image qu'Uricani eut de H.H. Rourke fut celle d'une silhouette enveloppée d'un trench-coat, avançant d'un grand pas souple, la main droite enfoncée dans la poche, la main gauche balançant le sac à soufflets, sous une fine pluie printanière.

12

L'Empire State Building
sur la tête

Dans la 16e Rue-Ouest, à Manhattan, le veilleur de nuit de l'hôtel s'appelait toujours Josef Havliček et lisait toujours *Amerika*, de Franz Kafka.

Il leva les yeux de son livre et reconnut H.H. Rourke qu'il n'avait pourtant pas vu depuis au moins dix ans.

– Tu as l'air fatigué.

– J'ai pas mal marché, répondit H.H. Mais je te ferai remarquer que la dernière fois que nous nous sommes vus, tu lisais déjà le même livre.

– Tu l'as lu, toi?

– Deux fois, comme je te l'avais promis.

– Ce n'est pas assez, deux fois. Moi j'ai lu onze fois *Le Procès*, dix fois *La Métamorphose*, *Le Château* et *Amerika*.

– On ne peut pas comparer. Toi, tu es né à Prague, comme Kafka, tu l'as bien connu et, en plus, tu es veilleur de nuit, ce qui donne pas mal de temps libre.

Jo Havliček en convint. Derrière son comptoir, une porte ouvrait sur une petite pièce. De celle-ci, on ne distinguait pas grand chose, sinon qu'elle contenait environ six à huit mille livres, très soigneusement rangés du plancher au plafond, sous le lit à une place, et sous la table. Le seul élément hétérogène était cet empilement de dossiers sur le plateau de la table, d'à peu près un mètre vingt de haut.

– Je t'ai vraiment envoyé tout ça en dix semaines? s'étonna Rourke.

– Qu'est-ce que tu crois? Tu aurais continué à m'adresser des fiches, j'aurais été obligé de m'installer dans un salon du Waldorf Astoria. Quelle est la devise du grand théâtre d'Okla-homa?

– Il emploie tout le monde et met chacun à sa place.

– Et que dit Kafka à propos de la résistance que l'on peut opposer au monde?

– Il est impossible de se défendre si les autres n'y mettent pas de la bonne volonté, cita H.H.

Havliček hocha la tête avec satisfaction.

– Tu as vraiment lu *Amerika*. Et moi j'ai lu toutes tes fiches. Je t'en ai fait un condensé de cinquante-quatre pages. Que voici. Tu as ramassé quelque chose de neuf, ces derniers jours?

H.H. retira de son sac les notes qu'il avait prises le jour même. Chez l'avocat Morton Greene, que Mendel Lipover lui avait recommandé d'aller voir de sa part. L'avocat en question dirigeait un très florissant cabinet sur Madison Avenue. Il n'avait pas témoigné de beaucoup d'enthousiasme quand H.H., s'était présenté et avait demandé à lui parler en tête à tête. Son attitude hautaine s'était néanmoins transformée, de façon très spectaculaire quand H.H. avait prononcé les quatre mots convenus : Moritz Hackman, Trenton, New Jersey.

Jo Havliček lut les feuillets, dans le même temps que H.H. prenait connaissance du condensé de cinquante-quatre pages. Le veilleur de nuit termina évidemment le premier sa lecture et alla faire du thé. Il était deux heures et demie du matin et, dans sept heures et trente minutes, le délai imparti à Kate par les avoués Stratton et Summers serait expiré.

Havliček revint avec le thé au rhum à la tchèque, de merveilleux petits canapés praguois au saumon, aux anchoix, à la macédoine de légumes et, pour faire bonne mesure, des *kolacky* – des brioches fourrées à la *povidla*, la marmelade de prunes.

– Il y a également de la bière, Rourke.

H.H. acheva sa lecture tout en avalant des canapés.

– C'est vraiment du bon travail que tu as fait là, Josef. Si j'avais dû le faire moi-même, cela m'aurait pris une bonne semaine et je n'aurais pas été dans les temps.

– Ce que dit ce Morton Greene est très intéressant. Il complète ce que tu avais déjà.

– Je le crois aussi, dit H.H. Tu as acheté un nouvel hôtel, ces derniers temps?

– Un petit truc de soixante-dix chambres dans la Trente-Cinquième-Rue-Est.

– Tu es propriétaire de combien d'hôtels, maintenant?

– Huit, dit Havliček en train de boire son thé. Tu ne préférerais pas de la bière, Rourke?

– Si. Surtout si elle est tchèque.

– Qu'est-ce que tu crois? J'ai une tête à boire de la bière allemande?

Ils s'installèrent sur les premières marches de l'escalier conduisant aux étages. La porte sur la rue était demeurée ouverte en raison de la tiédeur de l'air. La circulation dans la Seizième-Rue était peu importante. À deux reprises seulement, des clients noctambules les dérangèrent et gravirent précautionneusement les marches encombrées d'assiettes de canapés et de bouteilles de bière, bière fabriquée avec le fameux houblon de Zatek, sortie des brasseries de Plzeň et titrant près de vingt degrés.

– Je me trouvais à Prague il y a deux ou trois mois, dit H.H. Je suis allé voir ta sœur. Elle va très bien, l'aîné de ses cinq enfants entre à l'université en septembre prochain. Tu devrais leur écrire plus souvent.

– Je leur ai écrit en 31! protesta le veilleur de nuit.

– Très bien, dit H.H. en riant.

Ils burent chacun deux ou trois bouteilles de plus.

– Si j'étais toi, j'irai dormir un peu, Rourke. Je t'ai gardé la chambre 27. Elle t'attend depuis maintenant deux mois. À quelle heure veux-tu que je te réveille?

– Huit heures. Josef, tu as fait combien de copies du condensé?

– Trois.

– Tu en gardes une, j'en emporte une et tu envoies la troisième à Kate Killinger.

– J'avais bien compris.

Ils se sourirent. H.H. se leva, prenant appui sur l'épaule du géant, dans un geste amical. Il monta trois ou quatre marches, s'immobilisa. Jo Havliček ne lui laissa pas le temps de poser la question et y répondit par avance.

– Ton dossier est très bon, Rourke, dit-il. Je ne vois pas comment Henderson Graves pourrait s'en tirer. Il va se trouver dans la situation d'un homme qui reçoit l'Empire State Building sur la tête une seconde après avoir tiré la chasse d'eau. C'est la meilleure enquête que tu aies jamais faite.

– Merci, dit H.H., dont les paupières s'alourdissaient sous l'effet de l'épuisement et de la bière de Plzeň.

– Il y a autre chose de Franz que tu devrais lire, dit encore le veilleur de nuit tandis que H.H. s'apprêtait à gagner la chambre 27. Ce sont les lettres d'amour qu'il a écrites à Milena Jesenská. Elles sont superbes. À tout hasard, je t'en ai mis un exemplaire sur ta table de nuit. Tu pourras l'emporter. Ça mettra de la douceur dans tes voyages.

À neuf heures vingt-cinq du matin, H.H. Rourke sonna à la porte de ce qui avait été l'hôtel particulier de Karl Killinger, dans la 53e-Rue-Est. Il y était déjà venu en trois occasions, la première pour voir Kate au temps où elle n'avait pas rompu toute relation avec son père, les deux autres afin de parler à Killinger en personne.

Le maître d'hôtel qui lui ouvrit n'était plus le même, il dit que monsieur Henderson Graves venait à peine de se lever et ne recevrait certainement personne à une heure aussi matinale. *« Monsieur Graves ne se couche jamais avant trois heures du matin. »*

– C'est une question de vie ou de mort, dit H.H. avec une nonchalance que la fatigue accentuait encore. Pas pour moi, mais pour lui.

Il tendit au maître d'hôtel un morceau de papier sur lequel il avait écrit : *« Mont Shasta, 17 janvier 1928 ».*

– Vous lui remettez ceci.

Il attendit trois ou quatre minutes sur le seuil, la porte refermée sous son nez, mais le maître d'hôtel finit par réapparaître et le fit entrer, l'introduisit dans la bibliothèque où, un an plus tôt, il avait vu Karl Killinger pour la dernière fois.

Au bout d'une demi-heure, deux hommes arrivèrent enfin, aucun d'entre eux n'était Graves. Très élégamment vêtus, ils pouvaient être des policiers de haut rang ou des juristes. Ils ne prononcèrent pas un mot, se contentèrent de fixer H.H. d'un regard glacé, s'assirent. Quelques minutes passèrent encore dans cet étrange silence. Cette confrontation muette n'était pas sans rappeler l'attente chez le dentiste – à ceci près que, dans les yeux des hommes qui faisaient face à H.H., il y avait une nette animosité.

348

Vers dix heures trente enfin, Henderson Graves parut. Les deux autres se levèrent, il leur serra la main.

– Merci d'être venus si vite, leur dit-il.

Il se tourna enfin vers H.H. De sa petite taille il ne perdait pas un centième de pouce, son costume gris était admirablement coupé, une perle rose montée sur platine était piquée dans sa cravate, il souriait, le menton légèrement dressé, l'œil aigu derrière ses lunettes à monture d'or. Tout en lui exprimait une formidable confiance et infiniment d'arrogance.

– J'ai pris le temps de vérifier, dit-il. Vous vous appelez Rourke, H.H. Rourke. Personne n'a pu me dire ce que signifiaient ces deux H, mais c'est un détail mineur. Vous avez travaillé pour mon journal, à un tarif tout à fait extravagant, au temps où Killinger le dirigeait; il semble qu'il vous considérait comme le meilleur reporter de tous les temps, jugement que je mettrai au compte du gâtisme. Je n'ai aucune intention de vous employer, bien que je vous reconnaisse quelque talent – vous voyez que je suis un homme juste. Mais je n'accepterai jamais, d'aucun de ceux qui travaillent pour moi, ce que Killinger vous passait. Ce genre de reportage romantique que vous pratiquez n'a plus aucun sens aujourd'hui. Vous appartenez au passé, Rourke. Pis que cela, le journalisme ou ce que vous nommez ainsi n'est pour vous qu'un prétexte à parcourir le monde. Il est temps que des hommes comme moi y mettent bon ordre.

Enfoncé dans un fauteuil, la nuque calée sur le dossier et les jambes allongées, talons posés sur le rebord d'une table, H.H. bâilla, n'ayant même pas à feindre l'ennui.

– Maintenant, reprit Graves, voyons ceci...

Il sortit de la poche de son veston le morceau de papier que Rourke lui avait fait remettre.

– Il y a là un nom de lieu et une date. Je vais vous décevoir mais votre message ne m'a pas frappé d'épouvante. Je n'y vois qu'une assez ridicule tentative de chantage. Et je ne céderai jamais à aucun chantage. J'ai voulu qu'il y eût des témoins à notre rencontre. Rober MacLean commande la police de New York; Ted Anderson est avocat; vous connaissez certainement son nom, on le tient pour le meilleur avocat d'assises de ce pays. Ce sont tous les deux des amis personnels, je crois pouvoir m'en flatter. Si vous avez quelque accusation à porter contre moi, Rourke, faites-le. Et en leur présence.

H.H. bâilla à nouveau. De la pointe de sa chaussure il ramena vers lui le cendrier posé sur la table basse. Il écrasa dans ce cendrier le mégot de sa cigarette. Il ouvrit son sac à soufflets, en retira l'exemplaire des lettres d'amour de Franz Kafka à Milena Jesenská, écrites dix-huit ans plus tôt, et un dictionnaire d'allemand. Il posa les lettres et le dictionnaire sur le bras de son fauteuil puis fouilla de nouveau son sac ; cette fois, il en sortit deux enveloppes très épaisses. Il les jeta toutes les deux sur la table centrale de la bibliothèque ; elles glissèrent sur le plateau ciré, pour s'immobiliser à deux mètres d'Henderson Graves.

Il se mit à lire la première lettre de Franz Kafka. Il y en avait soixante-trois. Plus les quarante-quatre réponses de Milena Jesenská.

Il consulta son dictionnaire par trois fois. Le silence était total dans la bibliothèque, hormis le bruit très léger que produisait Graves en train de tourner lentement les pages du manuscrit que Havliček avait entièrement réécrit, en ajoutant à son premier condensé les informations communiquées par Morton Greene.

Un quart d'heure passa :

— Robert et Ted ? Je suis désolé de vous avoir dérangés pour rien. Mille excuses. Je me trompais du tout au tout sur les intentions de monsieur Rourke. Voudriez-vous nous laisser seuls, lui et moi ?

— Un million de dollars, dit Henderson Graves.

H.H. ne leva même pas la tête, il consultait son dictionnaire qui, pour *hinalten*, lui donnait *vieillir* ou bien, au figuré, *dépérir*.

— Je vous paie un million de dollars en billets. Laissez-moi deux jours. Le temps de réunir la somme. Ou je peux vous permettre de la toucher dans n'importe quelle banque, ici ou en Europe.

H.H. alluma une nouvelle cigarette. Cela faisait maintenant près de vingt minutes qu'il n'avait pas accordé le moindre regard à Graves. Il avait déjà lu six lettres de Kafka et trois de Milena Jesenská. Jo Havliček avait raison : bien que l'allemand ne fût pas la langue qu'il maîtrisait le mieux, loin de là, il était cependant à même de goûter la somptuosité du texte de Kafka.

– Un million et demi, dit Graves. Je ne peux pas aller plus loin ou alors il me faudrait du temps.

Le regard vert bronze de H.H. se releva quelques secondes, revint à la lecture d'une septième lettre.

– Je n'ai pas tué cet homme, Rourke. Il n'y a aucun cadavre dans la crevasse du mont Shasta. Aucun que j'y aie jeté moi-même, en tout cas. L'histoire n'est pas celle que vous racontez, Rourke. Je nierai toujours avoir tué cette jeune fille. Même si toutes les preuves sont contre moi. Je ne l'ai pas tuée et je n'ai pas tué son frère. Je le nierai. Elle était enceinte, c'est vrai. Cette salope! Je lui ai demandé quelque chose, moi? Je ne l'ai pas violée, elle était consentante. À seize ans, une fille sait ce qu'elle fait... Il aurait fallu que je rompe mes fiançailles à San Francisco? Et puis quoi encore! J'allais tout lui sacrifier, peut-être! Vous savez ce que ça veut dire, d'épouser une femme qui a six ans de plus que vous et cinquante millions de dollars? Je n'avais pas le choix; des occasions pareilles, on en rêve mais de là à les rencontrer! Et ça y était, je la tenais, je l'avais dans mes mains. En épousant Suzan, je gagnais quinze ans. Et davantage. Je gagnais tout, j'ai tout gagné. Regardez Hearst, monsieur Randolph William Hearst! C'est facile : son père était sénateur et roulait sur l'or! C'est facile de réussir avec un départ pareil dans la vie! C'est à la portée du premier con venu! Mais quand vous êtes né au fin fond de la campagne, avec un père garde-forestier qui sait à peine lire et attend de vous que vous preniez sa suite en allant au temple tous les dimanches, ça, c'est autre chose! J'ai dû me battre avec lui, me battre vraiment, pour pouvoir aller au collège. Je ne l'ai jamais revu, il crèverait sous mes yeux que je ne ferais pas un geste, pas un! Ils me haïssaient tous, là-bas. Et pourtant, ils n'ont rien vu, ils ne se sont doutés de rien. J'ai pratiquement étranglé Samantha sous leurs yeux et il n'y en a pas eu un pour s'apercevoir de quelque chose. Sauf le frère, évidemment. Ce pauvre salaud avait des soupçons, disait-il, il ne voulait pas croire que Samantha était restée à San Francisco, qu'elle était partie pour Hollywood. Ça tenait debout pourtant, tout le monde savait qu'elle voulait devenir actrice, ils l'ont tous vue prendre le car. Et seule! Ils se sont même moqués de moi, me disant qu'elle m'avait laissé tomber. J'ai bien joué la comédie, remarquez! Pour un peu, ils me consolaient... Nom de Dieu! comment avez-vous fait pour la retrouver? Je l'avais pourtant enterrée profond! Comment avez-vous fait? Qui pouvait savoir que nous nous rencontrions dans cette cabane? Comment avez-vous pensé à creuser justement là, derrière le puits? J'avais roulé un vieux tronc d'arbre. Nom de Dieu! Ça m'a pris deux jours pour le tirer jusque-là... Je comprends : c'est à cause de ce tronc, hein? Il n'était pas à sa place. J'ai voulu trop en faire. C'est une erreur que je ne commettrais pas aujourd'hui... Pour son frère, vous ne le trouverez pas dans la crevasse. Ni dans celle-là, ni dans une autre. C'est là que votre histoire, l'histoire telle que vous la racontez, c'est là qu'elle est fausse. Je peux vous le dire : il n'est pas là où vous dites qu'il est. C'était ma première idée, mais j'ai changé. Je lui ai fracassé le crâne et j'allais le jeter au fond. C'est à ce moment-là que son chapeau est tombé. Je me suis dit que c'était l'un des premiers endroits où on le chercherait... Non, il est dans la vieille carrière. J'ai enfoncé son cadavre dans un trou en tapant dessus à coups de pierre pour qu'il y entre. C'était écœurant. Mais personne ne le retrouvera. Pensez que j'ai même racheté la carrière pour être sûr qu'on ne la remettrait pas en activité. On ne le retrouvera pas. Pas de preuve. Pas de cadavre, pas de preuve. Et pour Samantha, je nierai. J'ai un alibi. J'étais à Redding cette nuit-là, ils en témoigneront. J'étais ivre. Ils m'ont couché dans une chambre à l'étage et j'ai cuvé mon whisky. J'ai dix témoins. Personne ne m'a vu sortir par le toit. Et revenir non plus. Je tiens très bien l'alcool. L'esprit clair, toujours. Glacé. Je peux boire deux bouteilles. Je tiens ça de mon vieux salaud de paternel. Jamais été ivre de sa vie, ce porc!... Vous avez retrouvé la voiture dont je me suis servi cette nuit-là. D'accord. Ça prouve quoi? Même si le garagiste de Sacramento m'a reconnu, et alors? Une identification sur une photo, ça ne vaut rien! Ted Anderson n'en fera qu'une bouchée, à l'audience, de votre témoin.

Leidenschaftlichkeit : caractère passionné, à en croire le dictionnaire. H.H. avait toujours des problèmes avec ces mots allemands interminables. Il lisait la treizième lettre de Franz Kafka.

— Mes maîtresses, disait Graves. Et alors? Si l'on devait condamner à mort tous les hommes qui ont des maîtresses, il n'y aurait pas beaucoup de survivants. Il n'y a que Suzan pour ne pas le comprendre! Oh! Mon Dieu! vous ne savez pas ce que c'est que de baiser ce tas de saindoux avec ses lèvres de poulpe!

Il étalait sur la table cirée des photos. H.H. quitta son fauteuil, alla sonner. Le maître d'hôtel se montra.

– Café, dit H.H.

Le domestique ne consentit même pas à le regarder, tourna la tête vers Henderson Graves, à présent assis à la grande table. Graves acquiesça d'un simple mouvement de tête. Le maître d'hôtel repartit.

– D'accord, j'ai rencontré Tauber, dit Graves. C'est vrai : trois fois. La bêtise de ces gangsters est illimitée. Il a vraiment cru que je pourrais arrêter Kate Killinger, qu'il lui suffisait de mettre quelques-uns de ses hommes à ma disposition pour que je persuade le *Times*, le *World* et les autres de ne pas suivre le *DAY* dans sa campagne contre lui. C'est vrai : il m'a donné un million de dollars. Ce même million que je vous offrais tout à l'heure. Le seul qui a pu vous révéler tout ça, c'est mon chauffeur. Sale Nègre. Il ne faut jamais faire confiance aux Nègres. Mais ce fils de pute ne va pas s'en tirer comme ça. J'ai un dossier sur lui, il le sait; il va se retrouver en prison. Et je dirai à Anderson de s'occuper de lui, pas pour le défendre, mais pour l'enfoncer. La chaise électrique, voilà ce qui l'attend!

H.H. s'était rassis dans le même fauteuil, avait à nouveau allongé ses jambes. Il se remit à lire.

– Les autres affaires, je peux m'en tirer, Rourke. Vous avez eu beau creuser profond, ce n'est pas comme pour le cadavre de Samantha, vous n'avez rien trouvé. Rien d'important. Vous ne réussirez jamais à prouver que ce banquier a été assassiné sur ma demande, ce n'est certainement pas Tauber qui va parler. Ce sera la parole de Tauber contre la mienne. D'accord, je devrai démissionner du *Morning*, quitter la presse. Et alors? Suzan a une maison en France, sur la Côte d'Azur; elle veut y aller. J'ai toujours dit non à cause du journal. Je suis un grand directeur de journaux, Rourke. Même vous, vous ne pouvez pas le nier. Je suis le meilleur, il n'y a qu'à voir les chiffres. Vingt-huit pour cent d'augmentation des ventes en cinq mois pour le *Morning*. Avec les autres affaires, vous me forcerez à tout abandonner, mais je reviendrai. Pour Suzan, je finirai par la convaincre. Elle me redonnera de l'argent, je m'achèterai un autre journal. La presse américaine a besoin d'hommes de ma trempe. Je n'ai que vingt-neuf ans – même pas. La maturité.

353

Pour la deuxième fois depuis le départ de MacLean et Anderson, H.H. releva son regard et le braqua sur Graves. Ostensiblement, il consulta sa montre : onze heures vingt-trois.

– Je sais ce que vous attendez de moi, Rourke.

H.H. continuait de fixer son interlocuteur. Graves alla à un téléphone, demanda et obtint le cabinet Stratton et Summers : oui, il venait de changer d'avis, il retirait son offre d'achat du *DAY*. Dont il ne voulait à aucun prix. Oui, il confirmerait sa position par écrit.

Il raccrocha.

– Vous voulez la vie du Nègre, aussi, c'est ça ?

Il marcha jusqu'à un coffre fort mural dissimulé derrière un Pissarro, commença à en retirer des papiers. Arrivé sans bruit derrière lui, H.H. l'écarta, fouilla lui-même les documents, prit parmi eux la confession d'un vol à main armé commis cinq ans plus tôt, signée par Edwin Johnson, chauffeur attitré d'Henderson Graves. H.H. y mit le feu avec son briquet et attendit qu'il ne fût plus que cendres pour l'écraser dans un très beau cendrier de cristal. Il jeta un coup d'œil sur les autres papiers, en vérifia le contenu.

Il en brûla trois autres, du même genre, bien que les noms de ceux (ou celle – une des lettres était signée par une femme) qui avaient rédigé leurs confessions lui fussent inconnus.

Se retournant, il découvrit le revolver que tenait Graves.

– Qu'est-ce que je risque à vous tuer, Rourke ?

H.H. écarta la main qui portait l'arme et passa. Il retraversa la bibliothèque et ramassa le sac à soufflet et le trench-coat. On frappa à la porte au même instant, un domestique entra portant un plateau d'argent et, sur ce plateau, un service à café. H.H. prit le temps d'allumer une nouvelle cigarette puis sortit, passant devant le valet qui ne savait trop quoi faire, et finit par se retirer derrière lui. Il descendit l'escalier et, devant la porte donnant sur la rue, attendit que le maître d'hôtel si méprisant se décidât à venir lui ouvrir.

Le coup de feu éclata au moment où il passait le seuil. Il se retourna et vit plusieurs domestiques se précipiter vers la bibliothèque. Il patienta encore, le temps que le suicide fût constaté. Alors seulement, il se mit en marche, le trench-coat jeté sur l'épaule, vers la Sixième-Avenue.

Un couple à bord d'une Lincoln V-12 KB accepta de le prendre et le déposa devant l'entrée de la maison de Glenwood Landing. Ils dirent qu'ils se nommaient Forrester et qu'ils habitaient eux-mêmes à un demi-mile de là, ils venaient tout juste d'emménager et avaient entendu parler, bien sûr, de leur voisine, Catherine Adler-Killinger. Une femme dirigeant un journal, cela ne se rencontrait pas tous les jours. Lui, Henry Forrester, travaillait dans l'édition et, en somme, n'était pas sans point commun avec « Miss Kate »; il espérait bien faire sa connaissance.

– Êtes-vous l'un de ses amis, monsieur Rourke?

– En quelque sorte, dit H.H. en souriant avec gentillesse.

... Oui entendu, il dirait à Miss Kate qu'elle avait de nouveaux et charmants voisins.

Il attendit que la Lincoln se fût éloignée et marcha dans l'allée. La Chinoise sortit à sa rencontre.

– Elle n'est pas ici, monsieur Rourke. Pas à cette heure.

– Je sais, dit H.H., s'exprimant lui aussi en shanghaïen.

Il déposa sac et trench-coat sur la balustrade de la véranda et alla jusqu'à la tombe de Tigre d'Avril, devant laquelle il demeura plus d'une demi-heure, accroupi et les yeux embrumés par le rêve, sans même penser à fumer.

Quand il revint à la maison, Li lui avait préparé du café. Il le but, refusant même de s'asseoir.

– Je vous en supplie, ne repartez pas.

La frêle petite Chinoise sanglotait. H.H. la prit dans ses bras.

– Il n'y a rien à faire et tu le sais, Li.

– Ce n'est pas vrai.

Il l'embrassa sur le front, l'étreignit une dernière fois.

Il dut marcher sur plusieurs kilomètres avant de pouvoir monter à bord d'un autobus qui le ramena à Manhattan.

Abe Saperstein qui, pendant des années, avait revendu ses reportages, le reçut dès son arrivée dans les bureaux de la Trente-Huitième-Rue, à l'angle de Lexington Avenue. Il se montra désolé: peu de journaux étaient désormais disposés à acheter le travail de reporters indépendants; soit ils se servaient d'envoyés spéciaux, soit ils faisaient appel aux agences qui, de plus en plus, avaient des correspondants attitrés un peu partout dans le monde.

– Je ferai tout au monde pour toi, Hatchi, mais ça n'ira pas très loin. Ce n'est plus comme c'était.

H.H. sourit.

– On me l'a déjà dit. Tout ce que tu feras sera bien fait.

– Tu as toujours ce photographe avec toi, Uracani?

– Uricani. Non. Il travaille désormais de son côté et moi du mien. Si tu peux lui trouver quelque chose d'intéressant...

– Promis.

H.H. repartit, en direction cette fois, des petits bars des alentours de Times-Square. Il put retrouver certains de ses vieux copains qui, des années auparavant, avaient salué l'un de ses premiers grands départs – à cette époque pour le Mexique et l'Amérique du Sud. Ils lui firent fête; en somme il avait été des leurs autrefois, comme reporter de nuit.

Ils ne parvinrent pas à l'enivrer, bien qu'ils se fussent donné beaucoup de mal pour y parvenir. Deux d'entre eux se proposèrent pour l'accompagner à son bateau, qui appareillait à minuit. Un seul «survécut» aux multiples arrêts effectués en cours de route – l'autre finit par s'écrouler, ivre mort –, et encore, arrivé sur le quai, éprouva-t-il quelques difficultés à suivre la silhouette de H.H. Rourke qui gravissait l'échelle de coupée, la passerelle ayant déjà été retirée, dans le meuglement des sirènes.

Livre 8

CET ENDROIT PRÉCIS
DE CENTRAL PARK

13

C'est que je suis pressée

— Je te tuerais volontiers, dit Kate à Uricani.

— Je n'ai même pas pris mon petit déjeuner!

Il était dans son lit, tout nu, drap remonté sous le menton. Trente secondes plus tôt, il dormait comme un bienheureux, quand on avait frappé à la porte de l'appartement. Il se souvenait vaguement d'avoir marmonné quelque chose avant de se retourner pour replonger dans le sommeil. La porte s'était ouverte, quelqu'un était entré d'un pas rapide, l'avait secoué, enfin il avait reconnu Kate.

Elle s'assit.

Et lui la fixa, saisi. Il ne l'avait pas vue depuis des siècles, les milliers de souvenirs qu'il avait d'elle remontaient pour la plupart à la Chine, quand ils y étaient tous les trois, avec Hatchi. C'était incroyable, mais elle était bien plus belle aujourd'hui.

— Laisse-moi au moins sortir du lit, Kate.

— Qui t'en empêche?

Il emporta le drap avec lui, se réfugia dans la salle d'eau, passa un pantalon et une chemise.

— Je ne savais pas qu'il allait partir si vite, je te le jure, dit-il à travers la porte.

— Tu le savais très bien.

Le savait-il? Uricani s'interrogea. *«Elle a raison, je le savais... »*

— Mais j'ignorais quand. Et je croyais qu'il irait te voir avant de s'en aller.

Il revint dans la chambre, démêlant sa tignasse noire avec .ses doigts.

– Kate, je ne sais même pas quand il est parti, ni pour où.

– Il a pris un bateau pour la France, hier soir à minuit. Et il a fait exprès de passer chez moi pendant que j'étais absente. Je t'en veux, Uri, tu aurais dû me faire signe. Tu étais avec lui pendant ces deux derniers mois, n'est-ce pas?

Elle hocha la tête, n'attendant même pas de réponse. Il découvrit alors qu'elle tenait à la main une grande enveloppe, dont elle retira des photos.

– C'est toi qui les as prises?

Il reconnut les clichés faits en Californie du Nord et acquiesça.

– Tu l'as suivi tout du long?

Mentir à Kate eût été pour lui comme mentir à H.H. : impensable. La seule recommandation qui lui avait été faite concernait cet homme et cette jeune femme aveugle dans le Kentucky, à propos desquels Hatchi lui avait ordonné un silence absolu.

– Oui.

De la même enveloppe, elle sortit encore ce qui semblait être un manuscrit, de plusieurs dizaines de feuillets.

– Ce n'est pas son écriture, Uri. Tu sais qui a rédigé ça?

Il fit non de la tête. Il n'en avait effectivement pas la moindre idée, ne savait pas davantage où Hatchi avait pu dormir chaque fois qu'ils étaient revenus à New York durant les deux mois qu'avait duré l'enquête.

– En somme, tu ne sais rien, dit-elle avec rancune.

– Tu le connais.

– Tu sais qu'Henderson Graves est mort?

Il ouvrit de grands yeux :

– Mort?

– Il s'est suicidé hier, peu avant midi.

Un grand sentiment de malaise envahit Uricani.

– Ce n'était pas ce que voulait Hatchi, Kate. J'en suis sûr.

– Le suicide ne fait aucun doute, mais la police aimerait cependant parler à Rourke. Il est possible qu'elle vienne te voir. Est-ce qu'il y a un moyen d'établir un rapport entre les photos et toi? Tu les as signées au dos, comme le font en général les photographes?

– Non.

– Rourke t'a dit quelque chose, pendant que vous voyagiez ensemble?

– Rien sinon qu'il voulait régler son compte à ce Graves, et qu'il le faisait pour t'aider. Kate, ça ne m'intéressait pas beaucoup. Je l'ai suivi comme je l'ai toujours fait. C'est lui qui a toujours décidé de tout.

Elle feuilletait le dossier manuscrit.

– J'étais en rage, tout à l'heure, dit-elle enfin. Pour trois raisons. Rourke et toi avez réussi à rassembler ceci en dix semaines à peine, alors que ni moi ni aucun de mes journalistes n'avons trouvé le centième de ce qu'il y a là-dedans; je me suis sentie humiliée...

– Il ne l'a pas fait pour t'humilier, Kate.

– Peut-être pas. Quoique ça n'ait pas dû lui déplaire, de me prouver qu'à lui seul il valait mieux que toute la rédaction du *DAY*.

– Ce n'est pas vrai. Il voulait seulement t'aider.

– Il a réussi. Il a écarté Graves de ma route, de la façon la plus définitive qui soit. Deuxième raison que j'avais d'être en colère : je ne voulais pas qu'il s'en mêle. Je m'en serais tirée seule, comme toujours. Pourquoi étais-tu encore au lit à une heure pareille? J'ai parlé à ton beau-père et à ta femme, en bas, dans le magasin.

– J'ai travaillé tard la nuit dernière. Il y avait un congrès d'anciens combattants; j'ai dû faire au moins mille photos.

– Comment était le Brésil?

La question arriva comme la foudre, sans aucun lien avec les phrases précédentes, et Uricani comprit qu'elle essayait précisément de le prendre par surprise en guettant ses réactions.

– Le Brésil?

– Vous n'êtes pas allés au Brésil, Uri. Je m'en doutais. Alors, où Rourke a-t-il rencontré Mendel Lipover, qui est censé se trouver au Brésil avec Linda?

Il chercha désespérément une réponse et ne trouva rien. Elle continuait de le fixer.

– Rourke t'a fait promettre de ne rien dire, c'est ça?

Silence. Elle remit dans l'enveloppe le dossier et les photos.

– Ça va, Uri, je ne veux pas t'embarrasser davantage. Tel que je connais Rourke, il a certainement retrouvé Lipover et l'a interrogé. Et qu'il t'ait défendu de m'en parler me prouve, en quelque sorte, que mon idée est la bonne. Il y a quelque chose à cacher, dans cette affaire. Je pense savoir quoi. Vois-tu, le jour où j'ai appris que le prétendu agresseur de Linda avait été retrouvé, assassiné et vitriolé lui aussi, j'ai eu un sentiment bizarre. Mais autre chose est arrivé : la mort de mon fils. J'ai été... perdue pendant quelque temps. Mais plus maintenant. C'est Lipover qui a attaqué Linda Fox, n'est-ce pas?

— Je ne sais pas, finit-il par bafouiller.

— Il l'a fait. Et pourtant Rourke le couvre. Pourquoi? Il se prend pour qui? Dieu? Le dieu qui pardonne? Où avez-vous vu Mendel Lipover? Il était avec Linda? Elle devait être avec lui, et heureuse, sinon Rourke n'aurait pas permis à Lipover de s'en tirer... Je me trompe, Uri? Je ne me trompe pas. Et, bien sûr, je pourrais rouvrir l'enquête. Mais je ne vais pas le faire. Je vais laisser en paix celui qui s'est attaqué à quelqu'un de ma rédaction pour cette seule raison que Rourke, qui sait tout, me recommande de me taire, à sa façon. Désolé d'avoir interrompu ton sommeil, Uri.

— Ça ne fait rien. Je suis heureux de te voir, tu sais.

L'éclat des yeux bleu saphir s'adoucit.

— Je ne sais même pas au juste pourquoi je suis venue chez toi. Je me doutais bien que tu n'allais rien dire. Elle sourit. J'ai encore agi sur une impulsion. Uri, si Rourke n'était pas intervenu, je perdais peut-être la moitié de mon journal. J'ai rendez-vous tout à l'heure avec ces foutus avoués, mais la mort de Graves change beaucoup de choses. Merci.

Il lui sourit, soulagé.

— Ç'a été une belle chasse, il n'en a jamais fait de meilleure.

— Parce qu'il est le meilleur.

Une trace d'ironie dans le ton de Kate, mais pas tant que cela, jugea Uricani. « *Elle est encore et sera toujours amoureuse de lui. Au moins autant qu'il l'est d'elle. Mais aucun des deux ne cédera à l'autre, et il n'y a pas de solution* ». Constantin Uricani n'était pas d'une nature à fouiller ses propres sentiments ni, *a fortiori*, ceux des autres; un seul homme au monde avait réussi à le tirer de son indifférence coutumière : Rourke, qui occupait une place bien à part dans son cœur – Kate aussi, bien qu'à un degré moindre...

— Je peux faire quelque chose pour toi, Kate? N'importe quoi?

— Tu veux venir travailler au *DAY*?

L'offre le surprit, l'idée ne lui en était jamais venue.

– Je ne sais pas.

– Tu crois qu'il va te demander de le rejoindre quelque part ?

Il réfléchit, tout en faisant chauffer l'eau pour du café.

– J'ai l'impression que non. Pas cette fois.

– Tu sais où il va aller ?

– Il a parlé de la Chine. Mais ça ne veut rien dire, avec lui.

– Le monde n'est pas si grand. Uri, j'ai vraiment besoin d'un autre photographe mais je comprendrais que tu refuses. Aller s'enterrer dans le Queens n'est pas très excitant.

Il se mit à rire, voici qu'il retrouvait avec elle le ton de l'amitié quasi fraternelle dans laquelle ils avaient vécu tout au long de leur bourlingue à travers l'immense sous-continent chinois.

– Je viendrai peut-être.

– J'attendrai.

Ils burent le café qu'Uricani venait de préparer – et mangèrent les œufs brouillés au basilic et à la tomate fraîche. Que Kate s'attardât ainsi chez lui ne l'étonnait guère : elle était seule. Ils évoquèrent la Chine, qui les avait tant marqués, puis la question vint, posée très tranquillement, comme l'on s'enquiert du temps qu'il fait dehors :

– Tu as rencontré cette jeune Suissesse, Uri ? Je parle de Julie Bénédict.

Il l'avait aperçue une fois. Accompagnant Mimi Rourke à l'hôpital de Marseille où il était soigné pour ses fièvres brésiliennes.

– Elle est jolie ?

– Oui.

– Il t'a parlé d'elle ?

– Jamais.

Silence. Elle semblait plongée dans ses pensées, le regard dans le vide. Puis, d'un coup, ce fut comme si elle s'éveillait d'un rêve. Elle se leva, la flamme brillait à nouveau dans ses yeux.

– Pas de fausse impression, Uri : je ne m'apitoie pas sur moi-même. Les derniers mois ont été très durs, mais ça va.

– J'en suis heureux, dit Uricani assez déconcerté par ce changement de ton.

– Ça va très bien. J'avais une troisième raison d'en vouloir à Rourke ; c'était cette façon de partir sans un mot. Mais, réflexion faite, c'est probablement mieux ainsi...

Déjà elle amorçait sa sortie. Elle marqua un temps d'arrêt:

– Finalement, je suis venue te voir sur un petit coup de cafard, je m'en rends compte. Vers qui d'autre aurais-je pu me tourner? Bon, c'est fini. Il va se passer des tas de choses passionnantes dans ma vie, maintenant. Je vais avoir le scalp de Lepke Tauber, je peux presque l'attacher à ma ceinture. Le plus drôle c'est que je l'aurai poursuivi et abattu pour le seul crime qu'il n'a pas commis. Et surtout, j'ai des projets. Très vastes. J'aimerais beaucoup que tu viennes travailler avec moi. Nous allons convenir d'une chose: je t'engage au *DAY* mais si un jour Rourke t'appelle, je te laisserai partir.

Grand sourire.

– Parole d'homme, Uricani.

Nick Di Salvo, dans ses mémoires, écrirait plus tard:

«Au printemps de 1937, elle venait de subir le coup le plus cruel qui puisse frapper un être humain: la mort de son fils, survenue en même temps que celle de son mari. Engagée dans sa campagne contre Lepke Tauber, elle devait aussi se battre pour conserver le contrôle de son propre journal, le DAY. *C'est en de telles circonstances que Kate Killinger donnait sa véritable mesure. Tous ceux qui la connaissaient ou qui, de quelque manière, s'intéressaient à la presse américaine, furent surpris par la nouvelle qui tomba en juillet de cette année-là...»*

De Sheridan Avenue, dans le Bronx, où se trouvait le magasin de photo tenu par le beau-père d'Uricani, la Packard, comme toujours conduite par Kranefuss, fit route vers Manhattan. Il était un petit peu plus de onze heures du matin quand elle fit sa première halte devant l'hôtel Plaza. Un homme monta à bord.

– Vous êtes en avance, Kate.

– Je sais. Mais je voulais vous parler d'une idée qui m'est venue, et je tenais à le faire avant notre rencontre avec Stratton et Summers.

La Packard repartit, contourna le square, s'engagea dans la Cinquième-Avenue, roulant au sud.

– Prends ton temps, Emil, dit-elle en allemand. Je veux arriver là-bas avec cinq minutes de retard.

Elle sourit à l'homme assis près d'elle.

– Je suis habituellement d'une extrême ponctualité. Sauf quand j'en décide autrement. L'idée de faire attendre ce Stratton m'enchante.

L'homme assis près d'elle se nommait Lester Annakin. Né avec le siècle, il avait trente-sept ans; huit mois plus tôt, après avoir travaillé durant une douzaine d'années dans deux des cabinets d'avocats les plus huppés, il avait choisi de se mettre à son compte. Spécialisé dans les questions financières, il était le conseiller juridique attitré d'une banque et de plusieurs établissements financiers de Wall Street. Par deux fois il avait très courtoisement dit non à Kate, qui lui demandait de la représenter. *«Je ne connais rien à la presse et ne lis guère que le* Wall Street Journal, *ou le* Financial Times, *quand il m'arrive dans des délais raisonnables. Et vous voudriez que je vous obtienne un prêt de deux millions et demi de dollars? Il me serait plus facile d'en trouver cinquante ou cent, pour une entreprise en laquelle je croirais.»* Elle était revenue une troisième fois à la charge et avait engagé un pari: il passerait une journée entière au *DAY*, dans le Queens, avec elle, et ensuite seulement prendrait une décision. Il avait éclaté de rire: pourquoi tant d'acharnement et pourquoi lui, Lester Annakin? Il devait y avoir dans New York des milliers d'avocats plus aptes à défendre la cause d'un quotidien.

«Parce que j'ai frappé à la porte de toutes les banques et qu'aucune n'a accepté de me prêter cet argent. Parce que vous avez des relations privilégiées, personnelles, amicales, avec au moins une banque, monsieur Annakin. Et surtout en raison de ce que je sais de vous.» Qu'elle eût enquêté sur lui l'avait laissé pantois (mais nullement inquiet: rien n'avait été révélé qui ne fût à son avantage), la démarche lui avait paru originale. Il s'était donc rendu dans le Queens, un dimanche – son seul jour libre – et, du début de la matinée jusqu'à la clôture, vers deux heures du matin, avait suivi de bout en bout la fabrication du journal. Le surlendemain il était revenu et, avec Ed Solomons et elle, avait procédé à une sorte d'expertise minutieuse des comptes. Très vite il était apparu que si, jusqu'à ces dernières semaines, il n'avait pas de connaissances particulières en matière de presse, il avait comblé son retard: il avait pu comparer le bilan du *DAY* avec ceux d'autres journaux comme le *Times*, le *Herald Tribune* ou encore le *Telegram*. Et avait été

365

sidéré : «*Bonté divine! J'avais toujours imaginé un journal comme une entreprise à fonds perdu, – et c'est le cas de la plupart des titres –, mais, au moins en ce qui concerne le* DAY, *je me trompais.*»

Cela se passait le 24 avril, au lendemain de la venue de H.H. Rourke à Glenwood Landing. Annakin s'était à nouveau manifesté une semaine plus tard : il pensait pouvoir obtenir un prêt; mais pas du montant souhaité. «*Kate, en toute conscience, si l'on prend pour base les quatre millions et demi de dollars offerts par Graves pour soixante pour cent des parts, cela impliquerait un prix total de sept millions et demi pour cent de ces parts. Or, le* DAY *ne vaut pas ça. Sauf pour Graves qui se débarrasserait ainsi d'un concurrent, mais un acheteur ordinaire n'entrerait pas dans de telles considérations. J'ai discuté des heures durant avec le banquier. Il n'en démord pas et il a raison : en mettant les choses au mieux, votre journal vaut entre cinq et six, disons cinq et demi. Et encore. Ce n'est pas si mal si l'on songe que, voila une douzaine d'années, Ogden Reid, du* Tribune, *a acquis le* Herald *pour cinq millions; et pour ce prix, il a obtenu également l'édition parisienne du journal. Kate, combien avez-vous réuni? Un million six? J'ai l'accord de la banque pour une somme équivalente. On arrive à trois virgule deux en tout. Il va falloir faire avec. De deux choses l'une : ou bien Graves maintient son offre et je vois mal ce que nous pourrons faire, ou bien nous trouvons un arrangement quelconque avec la famille Adler. Vous pourriez évidemment leur payer trois millions deux pour, disons, quarante pour cent, mais Graves s'y opposera. Non, à part une action en justice, qui prendrait des mois, sinon des années, la seule solution véritable serait que monsieur Henderson Graves disparaisse de la surface de la terre...*»

La Packard venait de quitter la Cinquième-Avenue, elle remontait à présent au nord, vers Central Park, Kranefuss roulait au ralenti.

– Je ne croyais pas si bien dire, s'exclama Lester Annakin.

Elle lui lança un regard surpris et il se rendit compte qu'ayant repassé dans sa mémoire toute l'affaire il n'avait prononcé à voix haute que la seule conclusion.

– Il y a quelques semaines, je vous ai dit que la seule solution serait la disparition de Graves.

– Et il est mort.

– Le jour même où expirait le délai que vous avaient fixé Stratton et Summers.

– Je n'y suis absolument pour rien, Les.

– Quelqu'un est allé déterrer, dans tous les sens du terme, un cadavre vieux de presque dix ans. On dit que c'est pour cette raison qu'il s'est tué. À cause d'un dossier constitué contre lui.

– Pas par moi.

– D'accord.

– Ne dites pas *« d'accord »* en ayant l'air de ne pas en croire un mot.

– Kate, je ne suis pas seul à avoir, disons des doutes. La coïncidence est tellement énorme – je veux dire la disparition d'Henderson Graves deux heures avant qu'il s'apprête à prendre le contrôle de votre journal, dont nul n'ignore combien il vous tient à cœur –, la coïncidence est si grande que beaucoup se posent des questions. Qui est ce Rourke?

La Packard pénétra dans Central Park et Kranefuss ralentit encore.

– L'un de mes anciens amants, dit-elle.

– Au moins, vous êtes franche! C'est en effet ce que l'on m'avait dit. Rourke a tué Graves plus sûrement qu'avec une balle de revolver.

– Je ne suis pas responsable. J'ignorais ce que Rourke faisait. Et, non seulement je l'ignorais, mais je lui avais même demandé de ne pas intervenir.

– Vous vous rendez compte que tout New York en parle? J'étais à un dîner hier soir, et ç'a été le seul vrai sujet de conversation. L'opinion générale est que vous avez fait venir Rourke aux États-Unis de la même façon que vous auriez fait appel à un tueur professionnel.

Par la vitre, elle suivait des yeux deux enfants escortés d'une jeune femme qui pouvait bien être leur mère.

– C'est ce que vous croyez aussi, Les?

– Je le croyais il y a encore quelques instants. Kate, je vous pose ces questions parce que l'affaire de la mort d'Henderson Graves a bien failli remettre en cause ce prêt que la banque All American acceptait de vous consentir. Carruthers m'a convoqué ce matin. C'est un banquier dans la meilleure tradition, qui veut bien fermer les yeux sur toutes les turpitudes à condition que nul n'en sache rien. Je lui ai donné ma parole que vous n'étiez pour rien dans la mort de Graves.

– Le prêt tient toujours?

– Oui. Carruthers a confiance en moi, je l'ai comme client depuis près de dix ans. Mais il voudrait vous rencontrer.

– Pour se faire lui-même une opinion et déterminer si oui ou non je suis capable de faire venir un tueur professionnel?

– En quelque sorte.

Annakin riait.

– Mais j'en suis capable, Les! dit-elle. Il n'y a rien que je ne ferais pour défendre et conserver un journal que j'ai créé. Il se trouve simplement que Rourke a agi de sa propre initiative. En avons-nous terminé avec ce sujet?

– Voudriez-vous dîner ce soir chez Carruthers avec moi?

– Je ne resterai que deux heures. Je n'aime pas m'absenter du *DAY*.

– Sept heures trente. Je passe vous prendre à Buckingham Street?

– Emil m'accompagnera, merci, Les. C'est terminé? Nous pouvons parler de choses sérieuses?

– De notre rencontre avec Stratton et Summers? Il me semblait que nous étions d'accord sur la position à adopter. C'est ce que j'avais cru comprendre.

– Il ne s'agit pas de cela.

Elle consulta sa montre en sautoir et dit en allemand :

– Tu fais demi-tour, Emil. On y va.

Elle revint à l'anglais :

– Les, vous m'avez trouvé un crédit de seize cent mille dollars alors que j'avais moi-même essuyé des échecs dans toutes les banques possibles. Vous pourriez recommencer?

– Recommencer?

– J'ai besoin d'infiniment plus d'argent que cela.

– Kate, c'est impossible. Personne au monde ne vous prêtera un seul cent de plus sur le *DAY*.

Elle sourit.

– Il ne s'agit pas du *DAY*.

– Je m'attends au pire, dit Lester Annakin.

Elle éclata de rire.

– Et vous avez bien raison : je voudrais acheter le *Morning News*, créé par mon père.

La réunion avec Stratton et Summers, représentant les héritiers de Bernard Adler, fut tout juste une formalité. *« La mort si extraordinairement inattendue* – selon Stratton – *d'Henderson Graves »* rendait nulle et non avenue l'offre de quatre millions et demi de dollars faite par le défunt.

– D'autres acheteurs en vue? s'enquit Annakin, qui savait en fait fort bien que nul ne s'était présenté, surtout à un prix aussi élevé, qui n'était justifié que par l'ambition de feu Henderson Graves : s'assurer le contrôle, en le détruisant ou non, d'un journal concurrençant le *Morning News*. Mais quel autre acheteur aurait les mêmes motivations?

– Vous êtes d'accord avec moi, Stratton?

– Monsieur Graves est mort il y a à peine vingt-quatre heures. Il est très possible que ses associés veuillent poursuivre sa politique, remarqua Stratton.

Annakin retira un document de sa serviette de cuir.

– Ceux que vous nommez les associés de feu Henderson Graves, à savoir les cogérants de la Killinger Publishing Company, et donc messieurs James Everett Arnold et Andrew Barton Miller, m'ont précisément fait parvenir ce matin même une lettre par laquelle ils déclarent n'avoir aucune intention d'achat concernant le *Queens & Long Island DAY* et demandent que la proposition faite par le troisième cogérant, défunt, soit considérée comme nulle et non avenue, ce sont leurs propres mots. Par ailleurs...

Une deuxième lettre vint sur la table.

– Par ailleurs, messieurs Arnold et Miller m'informent que vous les avez rencontrés hier après-midi et qu'ils ont été des plus nets. Stratton, vous savez très bien qu'ils n'achèteront pas le *DAY*. Pourquoi perdre du temps? Ma cliente accepte de rembourser les investissements faits par son mari. Plus tôt cette affaire sera réglée, mieux cela vaudra pour tout le monde.

... Et, dit-il, il n'était évidemment plus question de quatre millions cinquante mille dollars, montant extravagant. Il fallait en revenir aux trois millions acceptés par les deux parties comme la valeur des versements effectués par Bernard Adler.

– Pas question non plus que ma cliente s'acquitte d'une telle somme...

– Nous voulons un délai, dit Stratton.

– Aucun délai, répliqua Annakin. Voudriez-vous relire l'acte que votre associé et vous-même avez rédigé et fait signer, voici soixante et onze jours, à ma cliente? J'attire votre attention sur les paragraphes 27, 28 et 31. L'obligation dans laquelle vous avez mis ma cliente à évidemment pour effet de placer vos propres clients devant une obligation aussi impérative: elle devait acheter, vos clients devaient vendre. Elle achetait à condition de s'aligner sur l'offre la plus élevée. L'offre la plus élevée est la sienne: trois millions de dollars.

Annakin jeta un coup d'œil en direction de Kate: elle attendait, très calme.

– Quant à moi, reprit-il, je ne vous aurais pas proposé autant. À tout le moins, j'aurais considéré qu'une part de ces trois millions de dollars revenait légitimement à la veuve de Bernard Adler. Pour un cinquième par exemple. Puisque monsieur Bernard Adler avait quatre enfants.

– Nous n'aurions certainement pas cédé, dit Stratton.

– Vous auriez signé des deux mains, mon vieux, dit Annakin en souriant. Mais la discussion est vaine: ma cliente refuse de toucher un seul dollar de cet argent. Elle versera donc trois millions. Et dans les conditions suivantes: un million à la signature d'une renonciation de tous les héritiers Adler à toute part sur le *DAY*, et les deux autres millions payables à raison de cinquante mille dollars par mois pendant quarante mois. Sans intérêt évidemment.

– Il n'en est absolument pas question, protesta Stratton.

Annakin se mit à rire:

– Qu'est-ce qu'on parie? C'est ça ou nous allons devant les juges, Stratton. Vous voulez prendre le risque d'entendre un juge, dans trois ou quatre ans – je ferai tout au monde pour que le jugement soit rendu le plus tard possible, faites-moi confiance –, accorder à madame veuve Adler la moitié de ces trois millions, voire la totalité? Personnellement, je me ferai une joie de plaider. J'ai déjà relevé un certain nombre de cas faisant jurisprudence et il me plairait beaucoup de les soumettre à l'attention d'un tribunal. Vous voulez la grande bagarre, Stratton? Je suis l'homme qu'il vous faut.

– Les, dit Kate.

Annakin leva les mains en souriant, pour signifier qu'il se rendait aux ordres de sa cliente. Il quitta son siège et alla la rejoindre – elle s'était installée sur un canapé à l'autre extrémité de la pièce. Sitôt qu'ils fut éloigné, Stratton et Summers entreprirent de se concerter à voix basse.

– Vous me laissiez faire et je les avais pour deux millions, Kate. Peut-être même moins. Votre mari a laissé très peu d'argent immédiatement disponible et toute vente de titres, de tout ou partie de sa fortune, jusqu'aux biens immobiliers, doit passer par un accord unanime de tous les ayants droit. Je le sais : je me suis renseigné. Il le fallait bien puisque vous refusez même de les revoir. Il y en a un qui rêve tellement d'avoir une clinique pour lui tout seul qu'il accepterait n'importe quelle transaction...

– N'en parlons plus.

Stratton venait vers eux, grave, imposant... mais battu, et il le savait.

– Vous ne parliez pas sérieusement, Kate?

– À propos de mon intention d'acheter le *Morning News*? Tout ce qu'il y a de sérieusement.

– Il vaut au moins vingt millions de dollars.

Elle secoua la tête.

– Nous n'avons pas les mêmes chiffres, Les. Je dirais vingt-deux ou vingt-trois. Sinon vingt-cinq. Mais je n'ai pas l'intention de tout acheter : je veux seulement cinquante et un pour cent. Je vais reprendre à mon compte la tactique que voulait employer Graves pour le *DAY*.

– Acquérir la majorité puis évincer les autres.

– Je n'ai aucune intention d'évincer Arnold et Miller. Mon père les avait choisis et ils sont très bien. Ce ne sont pas des patrons, c'est tout.

– Ce que vous êtes.

– N'en doutez pas une seconde. Il me faut dix millions de dollars de plus, Les.

– Je me demande bien où vous les trouver. Et d'ailleurs, ce ne sera pas suffisant.

– Bien sûr que si. Je m'arrangerai.

Ils venaient tous deux de sortir des bureaux de Stratton et Summers, ils étaient sur le trottoir. Kranefuss et la Packard attendaient. Annakin hochait la tête, plutôt incrédule.

– Kate, il y a quelque chose d'immoral là-dedans : vous achetez un journal qui aurait dû vous revenir par héritage.

– Je préfère l'acheter, répondit-elle tranquillement. Je préfère et de loin.

Elle s'assit sur la banquette arrière de la voiture.

– Je peux vous déposer quelque part?

Assez décontenancé, il monta à son tour, affirmant qu'il se rendait dans un restaurant italien de la Troisième-Avenue à hauteur de la Quatre-Vingt-Quinzième-Rue – il improvisait, n'ayant en fait pas d'autre but que de prolonger cet entretien. Kranefuss referma la portière puis alla reprendre sa place au volant.

– Kate, je n'ai pas étudié l'affaire à fond mais, d'après les dispositions prises par votre père, le *Morning* devait revenir à votre fils.

– Je ne veux pas hériter de mon fils. En aucun cas.

Il hésita puis se lança :

– On m'a, bien entendu, rapporté les démêlés que vous avez eus avec votre père. C'est le dernier compte que vous réglez, c'est ça? Le *DAY* rachetant le *Morning*, quel triomphe!

Elle lui sourit.

– Je ne vous le fais pas dire. Les, vous avez réussi à faire accepter nos conditions à Stratton – je veux parler d'un paiement échelonné. Ce premier million versé, il m'en reste deux. Je peux en disposer; les règlements mensuels de cinquante mille dollars peuvent être assurés par les rentrées du *DAY*.

– Le *DAY* ne dégage pas tant de bénéfices.

– Il va le faire; c'est mon affaire. J'ai donc deux millions, il m'en faudra douze. Manquent dix. Trouvez-les moi.

– Avec quelle garantie?

– Le *DAY* tout entier et mes cinquante et un pour cent du *Morning*.

– Si l'on veut bien vous les vendre.

– Vous dites n'importe quoi : si je ne peux acheter la majorité du *Morning*, à quoi me serviraient ces dix millions? Mais on voudra me les vendre. Vous négligez un argument essentiel.

– Je ne vois pas.

– Je suis une Killinger.

La nouvelle arriva cinq jours plus tard : des avocats avaient établi le contact avec Labe Paley, très secrètement.

Et ces avocats étaient ceux de Lepke Tauber.

– Kate, sur le moment, j'ai cru qu'ils venaient me descendre et j'ai failli sauter par la fenêtre!

– Ils sont venus chez toi?

– Il y a un peu plus d'une heure. J'en connais un de nom: Loederer. Je ne me serais jamais douté qu'il pouvait travailler pour Lepke. L'autre s'appelle Kahn. Je ne sais rien de lui.

– Et ils ne t'ont rien dit d'autre?

– Non. Simplement qu'ils voulaient te parler.

– Tu penses que je devrais y aller, Labe?

Il marqua une forte hésitation.

– Je n'ai pas l'impression que ce soit un piège, mais on ne sait jamais. Il est certain que tu n'es pas, en tant que directrice du *DAY*, très populaire auprès de Lepke et des quelques amis qui lui restent. D'un autre côté...

Elle ne le laissa pas terminer sa phrase:

– C'est idiot, Labe. Si Lepke avait voulu m'éliminer physiquement, il aurait eu cent occasions durant les derniers mois. Dale Moscowitz m'avait affecté des gardes du corps mais, Dieu merci, j'ai réussi à m'en débarrasser. Je ne crois pas à un piège. Ça m'intrigue. Qui est au courant?

– Eux, toi, et moi. Je n'en ai parlé à personne d'autre.

– Ils ont fixé un lieu de rendez-vous?

– Ils ont dit qu'ils te laissaient le choix de l'endroit et de l'heure.

– Quand dois-tu les appeler?

– J'ai refusé d'indiquer une heure. Je dois joindre Loederer à son cabinet.

Elle réfléchit, bien que sa décision fût déjà prise – et l'eût été depuis le début.

– Labe, renseigne-toi sur ces deux hommes. Je veux savoir quelle sorte d'avocats ils sont, quels sont leurs clients habituels. Tout ce que tu peux ramasser.

Il était un peu moins de dix heures du matin et elle se trouvait dans la salle de distribution. Labe Paley l'y avait rejointe après qu'elle avait fait, avec Ludo Cecchi, le point sur la mise en place du *DAY*. Une autre des conséquences de la mort d'Henderson Graves avait été la subite interruption de la guerre opposant chaque nuit les équipes du *DAY* et celles du *Morning*; le calme était revenu sur le front.

– Labe, appelle ton Loederer et dis lui que je suis prête à le rencontrer. Au Waldorf Astoria et à onze heures ce soir. Tu les attendras dans le hall et tu m'amèneras ces deux types. D'ici ce soir, je te communiquerai le numéro de la chambre. Je vais en parler à Danny, Labe, et à lui seul.

Il acquiesça.

Depuis la salle où elle se trouvait, elle demanda et obtint du standard la communication avec le Waldorf; on y connaissait son nom; elle expliqua que, retenue à Manhattan par un dîner, elle dormirait à l'hôtel pour éviter un aller et retour à Long Island.

Suite 911.

– J'arriverai tard, mon chauffeur passera en début d'après-midi pour régler les détails.

Elle revint dans la salle de rédaction. Ed Solomons l'y attendait pour la conférence trihebdomadaire. Une heure durant, elle examina avec son chef de publicité tous les dossiers en cours. Sur ce front-là aussi, la disparition de Graves avait considérablement changé les choses.

– C'était vraiment un enfant de salaud, *señora*, mais il connaissait son boulot. Il commençait à nous faire vraiment mal. Il est mort juste à temps.

– Il y a un sous-entendu?

– Pas du tout.

– Si vous pensez que je suis pour quelque chose dans la mort de Graves, dites-le.

Il éclata de rire :

– *Señora*, vous m'auriez annoncé que vous comptiez le tuer, j'aurais traversé l'East River à la nage pour le tenir pendant que vous lui auriez tiré dessus. Non, vous pouvez être sacrément implacable quand vous voulez mais je refuserais de vous croire même si vous me juriez l'avoir poussé au suicide. Si on parlait d'autre chose?

– D'accord. Ed, je veux que le *DAY* dégage au moins cinquante mille dollars de bénéfice par mois.

– Je suis déjà au maximum de mes possibilités, et vous le savez.

– Augmentez tous les tarifs publicitaires de quinze pour cent.

– Mes clients vont hurler de rage.

– Ça, c'est votre affaire. Pas la mienne.

Il lui sourit :

– Qu'est-ce qui se passe? Vous avez besoin d'une robe neuve?

– Avec sac et chaussures assortis.

Retour à la rédaction. Elle rédigea ses rubriques habituelles et son éditorial. Labe Paley téléphona : d'accord pour le rendez-vous au Waldorf – il ne donna aucun nom au téléphone.

– Danny? Je voudrais te parler tranquillement, si nous allions déjeuner ensemble?

Elle prit le volant de la Duesenberg et la direction d'un petit restaurant de fruits de mer sur Jamaica Bay.

– Deux choses, Danny. La première concerne une réorganisation du *DAY*. J'ai l'intention d'engager quelqu'un.

– Pas un simple journaliste, tu ne prendrais pas autant de précautions.

– Ce n'est pas un simple journaliste. Il s'appelle John Bowles.

– Il y a un John Bowles au *Chicago Tribune*.

– C'est lui.

– Tu vas me remplacer, Kate?

– Je vais me remplacer. Je fais trop de choses et je n'ai plus assez de temps pour m'occuper d'affaires.

– Il ne s'agit pas d'une simple absence, n'est-ce pas? Tu ne vas quand même pas abandonner le *DAY*?

– Évidemment, non. Je continuerai à venir tous les jours. Mais je veux être libre de réfléchir et de penser à l'avenir. Tu restes rédacteur en chef, Bowles sera directeur; il fera exactement ce que je fais. Et encore autre chose : nous n'avons jamais remplacé Tommy Ribson qui était rédacteur en chef de nuit. Nous allons le remplacer. Tu connais Doug Whitelaw, du *Telegram*?

– Je l'ai rencontré deux ou trois fois. C'est un bon choix, à première vue. Qu'est-ce qui se passe, Kate?

– Mais rien! Je prends du recul, c'est tout.

– Tu as d'autres projets?

– Quelques-uns. Rien de très précis encore. Tu ne me crois pas?

Il ne répondit pas immédiatement. À son habitude, Kate conduisait à toute allure, poussant les deux cent soixante-cinq chevaux de la Duesenberg.

– Un moment, dit enfin Danny Clifton, j'ai pensé que tu allais partir.

– Pour aller rejoindre quelqu'un ?

– Oui.

Elle ralentit brutalement et stoppa devant l'entrée assez modeste d'un restaurant. Elle coupa le moteur.

– Je n'irai pas rejoindre Rourke, si c'était là ta question. Vous êtes nombreux à vous la poser ? Peut-être avez-vous engagé un concours de pronostics ? Quelle est la cote ?

Il sourit, placide. Elle le précéda dans une petite salle vide, s'assit.

– D'accord, je me calme, dit-elle. Nous allons essayer ce Whitelaw. Plus exactement, tu l'essaieras. On ne le garde que s'il est très bon. Danny, sitôt que lui ou un autre, si nous cherchons et trouvons quelqu'un d'autre, sera en place, je ne veux plus que tu passes au moins douze heures par jour au *DAY*, et sept jours sur sept. Nous avons travaillé ainsi, comme des fous, quand il s'est agi de créer le journal, ou parce qu'il était en danger. Ce n'est plus le cas et le moment est venu de prendre, disons, un rythme de croisière, avec pour chacun, toi compris, des horaires normaux – enfin, aussi normaux qu'ils peuvent l'être dans la presse –, des repos hebdomadaires réguliers. Et des vacances.

– Tu vas prendre des vacances, Kate ?

– Il n'est pas question de moi. Ne ricane pas, s'il te plaît. Tout ce que je veux, c'est que le *DAY* fonctionne normalement avec ou sans moi. Qu'est-ce que tu préfères : du poisson grillé ou des praires ?

– Poisson grillé.

– Praires pour deux, dit Kate au serveur, avec l'air de penser tout à fait à autre chose. Danny, le deuxième point que je voulais régler, c'est le cas Lepke Tauber.

Il attendit. Pour la quatre-vingt-seizième fois consécutive, le *DAY* avait paru ce matin-là avec de nouvelles révélations sur le numéro un du grand banditisme à Brooklyn. Le très long article, écrit comme toujours par Labe Paley, avait fait largement appel au fameux dossier secret de Kate, dont nul ne connaissait l'origine, mais il s'appuyait aussi sur le travail des journalistes du *DAY*. Ce travail devenait chaque jour plus aisé car, à mesure que s'accumulaient les accusations et les preuves précises contre Tauber, les langues se déliaient. Ceux qui se seraient tus deux mois plus tôt n'hésitaient plus et venaient conter d'assez sinistres histoires, dont ils avaient été les témoins ou les victimes, parfois même les exécutants.

La position de Lepke Tauber était devenue critique. On le recherchait de toutes parts. Des bruits avaient couru selon lesquels il était, tantôt réfugié en Amérique latine ou au Portugal, tantôt mort, purement et simplement abattu par ses propres associés, pour qui il devenait trop encombrant. Dale Moscovitz, récemment promu capitaine, menait une chasse sans grand espoir, mais ainsi qu'il l'avait expliqué à Danny Clifton, *« ces perquisitions que nous lançons partout ont au moins le mérite de flanquer une pagaille monstre chez ces messieurs de la haute pègre, qui finiront peut-être par s'énerver. »*

On apporta les praires. Danny Clifton y toucha à peine et se rabattit sur la salade de crabe. Kate parlait, elle révéla ce rendez-vous qu'elle avait le soir même au Waldorf Astoria.

– Et tu vas y aller seule?

– Labe sera avec moi. Et Kranefuss.

Clifton hocha la tête : il n'avait pas une très haute opinion de Kranefuss en tant que garde du corps.

– Tu te trompes, Danny : il est le meilleur tireur que je connaisse. Un jour, je lui demanderai de te faire une démonstration.

– Comment as-tu dit que s'appelaient ces hommes?

– Loederer et Kahn.

– Si ce sont leurs vrais noms. Que veulent-ils, à ton avis?

– Tu ne manges pas tes praires? Pourquoi n'as-tu pas pris du poisson grillé si tu n'aimes pas les praires? Donne, je vais les finir. Ce que veulent Loederer et Kahn? À mon avis, négocier la reddition de Lepke Tauber.

Dans l'après-midi, Labe Paley revint avec des informations : James Loederer et Eugene Kahn étaient effectivement avocats; *a priori* sans aucun lien avec le grand banditisme. L'un et l'autre dirigeaient des cabinets de conseils juridiques et fiscaux; Loederer sortait de Harvard et était le troisième d'une dynastie.

– Mais il est intervenu à deux reprises pour défendre un gros restaurateur, Sol Singer.

– Et alors?

– Sol Singer est l'un, ou a été l'un des prête-noms de Meyer Lansky.

Kate haussa les sourcils.

– C'est ce que tu appelles n'avoir aucun lien avec le milieu?

– Un avocat peut défendre n'importe qui.

– Et Kahn?

– Rien sur lui. Sinon la réputation d'être coriace.

– Et ils t'ont dit qu'ils voulaient rencontrer Kate?

La question était de Danny.

– Ils m'ont dit mot pour mot : *« Nous souhaiterions rencontrer madame Catherine Killinger-Adler à propos de Lepke Tauber. »*

Le quatre-vingt-dix-septième article consacré à Lepke Tauber relatait des événements qui avaient eu lieu en janvier 1936. Personne, en dehors de Kate elle-même, ne savait jusqu'à quelle date ces révélations allaient se poursuivre.

– Nous allons continuer longtemps?

– Tu m'as déjà posé la question le mois dernier, Danny.

– Et tu n'y as pas répondu.

– Nous arrêterons quand Lepke sera en prison ou, mieux encore, assis sur la chaise électrique.

– Tu veux vraiment sa mort?

– Non. Je ne suis même pas très sûre d'être une adepte de la peine de mort. Je parle d'une chaise électrique symbolique. Danny? Tu t'es posé des questions sur mon fameux dossier?

– Pas trop. Juste quatre ou cinq cents les premières semaines.

Elle riait.

– Tu ne sais toujours pas où je le cache?

– Non. Je devrais? Je sais seulement que les hommes de Tauber ont fouillé tous les bâtiments du journal pendant des heures sans rien trouver. Et pourtant, il était là. Tu nous en as remis chaque matin un nouveau morceau. Il n'était pas caché dans le regard de visite dans la cour de derrière, à un moment?

– Si. Mais je l'en ai enlevé. Et j'ai bien fait puisque ces chers cambrioleurs ont pensé à regarder là.

De la malice vint dans l'œil saphir.

– Tu veux que je te le dise?

– Je peux évidemment mourir sans le savoir, dit Clifton. Mais j'avoue être intrigué. Personne n'a trouvé le dossier dans les bâtiments, tu n'emportais pas le dossier chez toi, il n'était dans aucune de tes voitures, ce n'était pas Kranefuss qui le transportait sous sa casquette, ni, à plus forte raison, toi sous tes jupes. Je suis extrêmement placide de nature, Kate, mais, nom de Dieu! je serais vraiment content de savoir comment tu as réussi à faire disparaître, puis réapparaître, le dossier pendant toute une nuit, le temps que les gens de Tauber passent nos bureaux au peigne fin.

– Tu vas être déçu, je te préviens. C'est très bête.

– La solution s'il te plaît, Kate.

– Je me le suis tout bêtement envoyé par la poste. Il est parti avec le courrier du soir et, naturellement, il m'est revenu le lendemain matin.

– Je suis déçu.

– Je te l'avais dit.

– Une minute. Tu n'as pas pu recommencer l'opération tous les jours? Le dossier est resté ici depuis, non?

– Il est toujours là. Dans cette même salle de rédaction où nous sommes. Il se trouve à six pieds de toi.

Il regarda en tous sens autour de lui.

– Il est là, dit Kate. Tu ne vois que lui.

– Tu te paies ma tête.

– Nord-nord-est, dit-elle.

Il pivota sur sa gauche et découvrit les petits casiers sans aucune fermeture, simples cubes de bois peint en blanc, dont chacun portait le nom d'un membre de la rédaction.

– C'est pas vrai!

– Il a été là tout le temps, depuis plus de trois mois. Tantôt dans le casier à mon nom, tantôt dans celui de Linda ou dans un autre; je choisissais les noms de ceux qui étaient de repos. Il m'est même arrivé de le mettre dans ton casier.

– La théorie d'Edgar Poe: mettre quelque chose en évidence est la meilleure façon possible de le cacher.

– Exactement. Je n'avais pas le choix. Danny? Tu as vraiment cru que j'allais quitter le *DAY* pour m'en aller retrouver un homme?

– Oui.

– Comment as-tu pu t'imaginer une chose pareille?

– Je ne me l'explique pas moi-même, répondit-il, sincère.

– Ça n'arrivera jamais.

– Pas de commentaire, dit Danny Clifton.

Ils eurent le même geste, quasi simultané, automatique, pour décrocher les téléphones et prendre deux appels.

Elle quitta Buckingham Street peu après neuf heures. Non dans la Duesenberg, qu'elle remisa au garage, mais dans la Packard. Kranefuss la ramena d'abord à Glenwood Landing, pour qu'elle se changeât, puis prit la route de Manhattan, franchissant l'East River pour la deuxième fois ce jour-là. Il la déposa devant l'entrée d'un immeuble résidentiel de la Quarante-Neuvième-Rue-Est, entre Madison et Park Avenues. Le portier lui ouvrit immédiatement; le garçon d'ascenseur, sans poser aucune question, la conduisit jusqu'au sixième étage.

James Arnold l'attendait. C'était un homme de taille moyenne, la cinquantaine, les cheveux argentés, portant lunettes, vêtu avec une élégance discrète.

– Ç'a tout à fait l'air d'un rendez-vous amoureux, dit-il en souriant.

– Ne me tentez pas, dit-elle en lui rendant son sourire.

Il la fit entrer dans un appartement très confortable, mais dont quelques pièces seulement étaient habitées – ailleurs, des housses recouvraient les meubles. Un souper pour deux était servi.

– J'ai pensé que vous n'auriez pas dîné.

– Je n'ai pas dîné. Jimmy, merci d'être venu. À qui est l'appartement?

– Mon médecin. Il est en vacances en Europe. Je vous appelais Kate, autrefois.

– Vous m'appelez toujours Kate.

James Arnold avait débuté dans le journalisme écrit comme simple rédacteur dans un quotidien de Detroit; il s'était lié d'amitié vers 1909 avec Karl Killinger et avait été l'un des premiers à le rejoindre, au cours des premiers mois de 1913, lorsqu'il avait créé le *Morning News*. Il n'était pas le meilleur journaliste du monde et n'avait d'ailleurs jamais prétendu l'être; au fil des années, Killinger l'avait en fait dirigé sur le travail de gestion. Il était secrétaire général et administrateur du *Morning* depuis 1932.

– La première fois que je vous ai vue, vous deviez avoir sept ou huit ans et vous ne parliez qu'allemand.

– Il m'avait envoyée en Allemagne et on avait oublié de m'en faire revenir.

– J'ai toujours été profondément désolé de ce qui se passait entre votre père et vous.

– Jimmy, vous avez évidemment compris que je veux prendre le contrôle du *Morning*.

Il acquiesça, tout en débouchant une bouteille de champagne.

– D'habitude, je ne suis pas d'une rapidité d'esprit stupéfiante; mais, dès l'instant où votre homme de confiance moustachu m'a appris que vous souhaitiez que nous nous rencontrassions très discrètement, j'ai réfléchi.

– Oui ou non, Jimmy?

– Seigneur! Je ne suis pas seul à décider!

– Je ne vous demande pas l'opinion des autres, mais la vôtre. Vous seriez d'accord pour que j'entre au *Morning*?

– La question est brutale.

– Elle est claire. Quand je dis *« entrer au Morning »*, j'entends évidemment *« le diriger »*.

– En succédant à votre père.

– Je dirigerai le *Morning* au moins aussi bien qu'il le faisait, Jimmy.

Il hésitait.

– Je ne sais pas.

– Si Henderson Graves avait vécu, dit-elle, il vous aurait avalé tout cru dans les mois à venir. Vous n'êtes pas fait pour diriger un journal, Jimmy, et vous le savez. Graves est mort, c'est entendu. Mais un autre Graves va venir, tôt ou tard...

– Nous pouvons continuer à fonctionner pendant des années avec l'équipe actuelle.

– Avec Andy Miller et vous aux commandes? Jimmy, vous avez travaillé plus de vingt-cinq ans à côté de mon père et nous connaissons vous et moi la vérité : personne au monde n'aurait pu demeurer si longtemps avec lui sans s'effacer. Vous, vous l'avez fait. Vous êtes devenu un second exceptionnel, comme il y en a peu. Mais, maintenant, vous avez un choix à faire. Ou vous essayez de jouer les grands premiers rôles, en entrant d'ailleurs en guerre avec Miller, à qui pourrait venir une ambition identique, et vous vous casserez inévitablement la figure, en entraînant le *Morning* dans votre dégringolade...

– Vous êtes dure.

– Je vous aime bien, Jimmy. Je crois simplement être réaliste.

Elle trempa ses lèvres dans le champagne.

– ... Ou vous optez pour une seconde attitude plus conforme à votre caractère : attendre, laisser courir, gagner du temps. La mort de Graves vous a débarrassé d'un fou furieux – de grand talent certes, mais fou...

– Nous n'étions pas d'accord pour qu'il s'en prenne à vous et au *DAY*.

– Vous n'étiez pas d'accord mais ça ne l'a pas arrêté pour autant. Que vous le croyiez ou non, la seule fois où je l'ai rencontré, il m'a affirmé qu'il vous tenait, vous et Andy, pour quantité négligeable. C'était sa façon de raisonner, je ne vous apprends rien. Je vous l'ai dit : temporisez et un autre Graves arrivera.

– Vous.

Elle sourit :

– C'est vrai : je suis probablement aussi autoritaire qu'Henderson Graves. Mais il y a une différence capitale – s'agissant de vous – entre lui et moi : moi je sais que toute entreprise, de presse ou de tout autre secteur, a besoin d'un patron mais aussi d'hommes ou de femmes comme vous. Je vous conserverai vos attributions et votre poste actuels, Jimmy, je m'y engage. Par écrit si vous le voulez. Réfléchissez et pesez bien le pour et le contre.

Elle reprit du chaud-froid de volaille.

– Jimmy, j'aurais pu venir à vous en vous rappelant que je suis la fille de Karl Killinger et sa seule véritable héritière. Peut-être même aurais-je pu jouer de la corde sensible ; nous nous serions vous et moi émus au souvenir du temps où vous me teniez sur vos genoux, où votre femme et vous m'invitaient pour Noël parce que j'étais seule avec les domestiques, où vous êtes intervenus pour me défendre parce qu'il voulait une fois de plus me faire enfermer dans ce collège suisse – si je suis restée à New York, c'est grâce à vous et à votre femme, Milly, et je vous en vouerai une reconnaissance éternelle...

De nouveau, elle trempa ses lèvres dans le champagne mais, en fait, elle ne but guère.

– J'aurais pu essayer de procéder de la sorte, Jimmy. Je dirai mieux : si j'avais choisi cette tactique, je serais d'abord allée voir Milly. Je ne veux absolument pas dire qu'elle porte la culotte dans votre ménage, mais nul n'ignore que vous vous entendez fort bien, tous les deux. J'ai préféré une approche directe. Vous devez m'aider à obtenir le contrôle du *Morning* non pas parce que je suis le successeur logique, légitime, de mon père et qu'en reprenant son journal je maintiendrai une tradition. Non pas parce que Milly et vous avez été merveilleux de gentillesse, lorsque j'étais enfant. Vous devez m'y aider parce que c'est intelligent, parce que c'est votre avantage à long terme – et celui du journal. Et, pour vous, je vais vous dire en quoi : vous êtes actuellement cogérant et administrateur du *Morning*, vous recevez à ce titre vingt-quatre mille dollars par an...

– Un peu plus, Kate.

– Vingt-quatre mille plus une prime spéciale de sept mille cinq cent dollars plus le remboursement de la totalité de vos frais, dont ceux de votre appartement, ici, à Manhattan, de votre maison de campagne dans le Connecticut, de vos divers voyages. J'ai fait le compte, Jimmy : vous faites plus que doubler votre salaire. Que se passerait-il si demain quelqu'un d'autre que moi achetait le *DAY*? En tant que curateur, vous avez certes le pouvoir de vous opposer à une vente, mais vous êtes six à disposer de ce pouvoir, en comptant l'héritier d'Henderson Graves, dont je ne sais d'ailleurs pas qui il est...

– Sa femme, Suzan Graves, née Bannister.

– Très bien. Que se passerait-il si les cinq autres curateurs passaient outre à votre volonté?

– Cela ne se peut pas. Il faut l'unanimité.

– Vous aurez mal lu les dispositions de la curatelle, Jimmy. La règle de l'unanimité prévalait aussi longtemps que mon fils, héritier désigné par mon père, était vivant. Il ne l'est plus et la curatelle a été modifiée, elle est devenue ce que l'on nomme, paraît-il, une curatelle à succession vacante. Et désormais une simple majorité suffira à emporter une décision. Vous n'êtes pas juriste, Jimmy. Ni moi non plus, d'ailleurs. Si quelqu'un demain matin acquiert le *Morning*, il vous conservera peut-être comme administrateur. Mais je doute que vous puissiez encore bénéficier de ce salaire parallèle.

– Et, bien entendu, vous me garantissez son maintien?

– Vous connaissez la réponse.

Elle parlait vite, les mots se succédaient les uns aux autres en rafale, elle trouvait néanmoins le moyen de manger et fai-

383

sait largement honneur au souper. Il y avait de la gaieté dans ses yeux.

– Vous vous amusez beaucoup, Kate, n'est-ce pas?

– Je veux le *Morning*, Jimmy. Et vous allez me dire oui.

– Il vous restera à convaincre trois autres des curateurs.

– Andy Miller est déjà acquis à ma cause. J'ai rendez-vous demain avec Lloyd Nelson et après-demain avec Greg Lundgren. Si je ne parviens pas à les convaincre, ou si je ne réussis qu'avec un seul des deux, je me jetterai à l'attaque de l'incorruptible Laurence Robert Inglewood. Après quoi, il ne me restera plus qu'à essayer de faire chanter madame veuve Henderson Graves. Je plaisante, Jimmy.

– Je peux peut-être convaincre Nelson. En deux ou trois occasions, nous avons parlé de vous, lui et moi. Il m'a dit qu'il admirait beaucoup ce que vous avez réussi dans le Queens. Selon lui, vous êtes la digne fille de votre père.

– Je l'ignorais. Je veux dire: je ne le savais pas si bien disposé à mon égard.

– Il l'est. Mais ce sera peut-être autre chose que de lui faire accepter une femme à la tête du journal.

– Il est assureur, pas journaliste.

– Il y a vingt-cinq ans, quand votre père a eu besoin de huit cent mille dollars, c'est Lloyd qui l'a cautionné auprès des banques. Je ferai de mon mieux, Kate.

– Et Lundgren?

– Excusez-moi de vous dire les choses ainsi, mais vous seriez moins... éclatante, moins belle, en un mot, vos chances seraient meilleures.

– Il n'aime pas les femmes?

– Plus depuis que la sienne l'a quitté pour un prospecteur de pétrole.

– Je porterai des lunettes noires et une robe de bure grise.

– Vous avez un atout: il haïssait Henderson Graves et le seul fait que Graves vous ait prise à partie vous rehausse à ses yeux. Kate, je ne vous avais pas vue depuis des années, mais vous n'avez pas changé. Si, physiquement. Vous êtes éblouissante. Mais pour le reste, vous êtes la même; pendant que vous me parliez, m'ensevelissant sous les arguments, je me disais que je n'avais connu qu'une seule personne capable d'exprimer sa volonté avec autant de force de persuasion...

384

– Mon père.

– Je l'aimais bien, Kate. Nous n'étions pas si nombreux dans ce cas. Puis-je vous poser une question? Vous avez rencontré Milly, récemment?

– Quelle idée! Je ne l'ai pas vue depuis une éternité.

– Avant-hier, elle a amené la conversation sur vous et m'a reproché de n'avoir pas fait, ou essayé de faire, davantage pour empêcher Karl de vous frustrer de votre héritage. Elle a été particulièrement véhémente. Et, quarante-huit heures plus tard, j'ai le bonheur d'être face à vous. Mais c'est sûrement une coïncidence.

– N'en doutez pas une seconde, dit Kate, qui avait en effet rencontré Milly Arnold et n'avait guère eu de mal à la convaincre de monter en ligne.

À onze heures moins quatre minutes, elle descendit de la Packard devant l'entrée du Waldorf Astoria. Labe Paley l'attendait, un peu engoncé dans un costume bleu marine à rayures qu'il avait cru bon d'enfiler pour se rendre dans un palace, et qui le faisait ressembler à un des gardes du corps d'Al Capone.

Lou Harns, l'un des photographes du *DAY*, se trouvait dans le premier hall d'entrée; Harry Coughlan quant à lui se tenait près des ascenseurs, refusant avec la dernière énergie de confier à un groom le grand sac dans lequel il transportait ses appareils. Sandy Konig et Benny Torrance, déguisés en jeunes mariés (la robe prêtée à Sandy par Kate était un peu trop large d'épaules et légèrement trop longue) musardaient à quelques mètres de là, apparemment plongés dans une tendre conversation.

C'est Archie Conway, habillé en garçon d'étage, qui se précipita pour ouvrir la porte de la suite 911. Il prit de la main gauche le pourboire que lui tendait Kate, signe que tout était calme.

Ils entrèrent dans l'appartement, Labe Paley et elle. Paley fouilla la chambre tandis qu'elle examinait le salon. Ils contrôlaient la salle de bains quand on frappa. Elle alla ouvrir et se trouva devant deux hommes sensiblement de la même taille – haute, nettement plus de six pieds –, d'entre quarante et cinquante ans, identiquement vêtus de sombre et coiffés de feutres, marron et gris fer. Ils se découvrirent.

– Madame Catherine Adler?

– Killinger, dit-elle.

Derrière les deux hautes silhouettes, il y avait la masse encore plus imposante d'Archie, toujours dans sa tenue de garçon d'étage, qui demanda :

– Vous avez sonné, Madame ?

– Oui, dit Kate. Apportez-moi de la glace, je vous prie. Et veuillez changer ces fleurs, je ne supporte pas les jacinthes.

– Je suis James Everett Loederer et voici Eugene Kahn, madame Killinger...

– Mademoiselle. Vous connaissez déjà Labe Paley, je crois. Il assistera à notre entretien.

– Il devait s'agir d'un entretien strictement privé, dit Kahn.

– Il l'est, dit Kate. Puis-je voir un document quelconque attestant votre identité ?

Ils ne sourirent même pas et présentèrent, l'un un permis de conduire, l'autre un laissez-passer pour une audience de grand jury.

– Merci. Voulez-vous boire quelque chose ?

Ils refusèrent d'un simple mouvement de tête. Archie Conway apporta la glace, enleva les fleurs, ressortit. Kahn, sans un mot, passa dans la chambre, dans la salle de bains puis dans le grand vestiaire, s'assurant que personne n'y était caché.

– Notre client... commença à dire Loederer.

– Qui est-ce ?

– Nous ne sommes pas autorisés à vous le révéler, mademoiselle Killinger. Notre client est en mesure d'obtenir d'un homme actuellement recherché par la police qu'il se constitue prisonnier.

– Vous parlez de Lepke Tauber ?

– Disons un homme recherché par la police. Notre client pourrait donc le convaincre de se constituer prisonnier à deux conditions.

Loederer marqua un temps d'arrêt mais Kate ne posa pas de questions, en sorte qu'il reprit :

– La première est que cette reddition ne se fasse pas à un officier de police ou à un représentant des services de l'*attorney general*, mais à un représentant du journal *The Queens & Long Island DAY*.

– Homme ou femme, ce représentant ?

– Le point n'est pas précisé, mademoiselle.

– La deuxième condition?

– Une fois qu'il se sera constitué prisonnier, l'homme devra être remis à la police fédérale.

Elle chercha le regard de Labe, à qui les deux avocats tournaient le dos : il fit une rapide rotation de l'index et du majeur.

– Une transaction? demanda Kate.

– En quelque sorte, répondit Loederer.

Elle n'eut pas besoin de la mimique que tentait de lui adresser Labe Paley.

– Le seul crime fédéral dont Lepke Tauber puisse être convaincu avec certitude est le trafic de stupéfiants. Les autres et innombrables délits qu'il a pu commettre et que le *DAY* notamment a dénoncés relèvent de la justice de l'état de New York. Quel est le marché, monsieur Loederer?

– Nous ne sommes pas autorisés à vous répondre, mademoiselle.

– Tauber se rend aux fédéraux, il est condamné à dix ou quinze ans pour trafic de stupéfiants... mais échappe du même coup à la justice de New York, qui a assez de preuves pour le condamner dix fois à mort, dit Kate.

Elle leva une main.

– Je sais : vous n'êtes pas autorisé à me répondre. Mais maintenant une autre question, à laquelle vous allez devoir répondre; pourquoi le *DAY*? Pourquoi pas le *New York Times* ou le *Herald Tribune* ou l'Armée du Salut ou l'archevêque de New York?

Loederer hésita.

– J'ignore si vous me jouez la comédie en hésitant, dit Kate. Mais monsieur Paley et moi-même allons quitter cet appartement dans les trente secondes faute d'une réponse satisfaisante.

– Notre client craint que l'homme recherché par la police ne soit abattu à vue.

– Par la police fédérale? C'est du roman.

– Notre client est d'un avis contraire. Et il ne nous a pas indiqué les raisons motivant ces craintes.

Mimique de Labe Paley : *pourquoi pas?*

... Suivie aussitôt d'une autre mimique : *insiste, Kate.*

– Il y a une autre raison, dit Kate. Laquelle?

Battement de paupières de Labe : *bonne question.*

Loederer consulta Kahn du regard – c'était peut-être un jeu convenu.

– Il y a en effet une deuxième raison, dit Kahn. Non pas de choisir un journal comme intermédiaire, mais de choisir plus particulièrement le *DAY*.

– Je suis curieuse de l'entendre, dit Kate.

– Quelqu'un pour qui notre client a beaucoup d'amitié a insisté pour que ce soit le *DAY* et aucun autre journal.

Labe Paley haussa les sourcils : il ne comprenait pas. Mais une idée surgit dans l'esprit de Kate.

– Ce quelqu'un, lié à votre client au point d'obtenir que ce soit justement le *DAY* qui serve d'intermédiaire alors que c'est le *DAY* qui a le plus durement mené la bataille contre Lepke Tauber, ce quelqu'un ne serait-il pas Mendel Lipover ?

Elle scrutait le visage de Kahn mais en fut pour ses frais : pas un cil ne bougea.

– Nous ne sommes pas autorisés à démentir ni à confirmer de telles hypothèses, dit Kahn.

– Toutefois, précisa Loederer, nous croyons pouvoir vous donner encore une explication : notre client souhaite que le mérite de la reddition ne revienne en aucun cas à l'*attorney general* Thomas Dewey.

Derrière les deux avocats, Labe pointa un doigt vers sa propre montre.

– La confiance que votre client témoigne au *DAY* et à sa rédaction me touche profondément, dit Kate. Et je suis sûre que l'ensemble de mon personnel sera véritablement ému aux larmes. Pour quand cette reddition est-elle prévue ?

– Notre client vous laisse le choix de l'heure et du jour.

– Ce soir, dit Kate.

Loederer hésita. Il y eut, entre Kahn et lui, un nouvel échange de regards. Elle poussa aussitôt son avantage – s'ils hésitaient, c'était parce que la chose ne devait pas être impossible en un aussi court laps de temps. Cela voulait donc dire que Lepke Tauber ne devait pas se cacher très loin du *DAY*.

– Ce soir à minuit, dit-elle. Il devra être à minuit dans notre salle de rédaction et nous n'alerterons pas la police fédérale avant deux heures du matin. À prendre ou à laisser.

Labe agitait la tête, désapprouvant : elle allait trop vite, à son goût.

– Nous allons devoir en référer à notre client, dit enfin Loederer.

– Il y a un téléphone dans la chambre, suggéra Kate.

Ce problème de l'appel téléphonique, dont elle avait espéré dès le début qu'il serait donné par les deux avocats, avait fait l'objet de nombreuses discussions au sein du *DAY*. Finalement tout le monde s'était rallié à la stratégie qu'avait proposé Ed Solomons; elle n'était pas imparable mais avait le mérite de couvrir bon nombre d'éventualités.

Bien entendu, Kate ne s'attendait absolument pas à ce que Loederer et Kahn acceptassent de se servir d'un des téléphones de la suite 911 du Waldorf. Il eût été trop facile, puisque l'appel passait nécessairement par un standard, de le repérer, voire de l'enregistrer, de façon à identifier son destinataire.

– Nous passerons notre appel de l'extérieur, mademoiselle, dit Loederer. Mais merci de votre invitation. Je crois l'entretien terminé.

Kahn et lui s'inclinèrent, effectuèrent un demi-tour, firent un petit signe de tête à Labe Paley, sortirent.

La porte se referma.

– Il est onze heures sept, Kate.

– Ça leur laisse cinquante-trois minutes et ils ont l'air de croire qu'ils peuvent nous amener Lepke au *DAY* en cinquante trois minutes, alors pourquoi s'inquiéter?

Elle souriait, une flamme ardente dans les prunelles.

– Qui est leur client à ton avis, Labe?

– Meyer Lansky. Ou Anastasia et les grands chefs de la mafia de New York et du New Jersey. Mais je parierais pour Lansky.

– À cause de Mendel Lipover?

– Oui. On m'a dit qu'ils étaient très liés tous les deux. De vrais amis d'enfance.

Elle surveillait la trotteuse de sa montre : Loederer et Khan étaient déjà sortis de l'appartement depuis soixante-dix secondes.

– Tu crois que j'ai raison, Labe, et que c'est Lipover qui, en demandant que la reddition passe par nous, nous fait une sorte de cadeau d'adieu?

Il haussa les épaules.

– Le plus étonnant, c'est que je le crois aussi. Ce Lipover était un drôle de type.

Deux minutes.

– Allons-y, dit-elle.

Archie Conway n'était plus là. Benny Torrance et Sandy Konig n'étaient pas davantage dans le hall de réception. Harry Coughlan et Lou Harns avaient également disparu. Kate et Labe sortirent sur Park Avenue mais n'eurent pas à aller loin : la cadillac d'Ed Solomons brillait de tous ses chromes à quelques dizaines de mètres. Kate y monta, rejoignant Ed lui-même et un de ses assistants, nommé Richard Berger.

– Chut! fit Ed.

Il tenait en main un récepteur téléphonique comme Kate n'en avait jamais vu. Et duquel une voix sortait :

– Ed? Ils viennent de tourner à nouveau. Ils ont quitté la Cinquante-Troisième et vont au nord par Madison...

Une autre voix prit le relais.

– Je les ai. Ils croisent la Cinquante-Quatrième... Attention, ils s'arrêtent. Le restaurant Semiramis...

– Le Semiramis, dans Madison, dit aussitôt Solomons à Berger, qui répercuta le nom dans la seconde à l'interlocuteur qu'il avait en ligne sur un deuxième appareil.

– Ils sont entrés, Ed!

– Confirmation : restaurant Semiramis, Madison Avenue dirent à la suite Ed Solomons puis Berger.

Ed sourit à Kate. Elle demanda :

– Et qui reçoit ce que dit Berger?

– Luke Wessel. Il est au central téléphonique. Avec les yeux qu'il a, il rendrait folle la statue de la Liberté, s'il le voulait.

– Ed? Boynton est entré dans le restaurant. Il y a un des deux hommes qui prend un verre mais l'autre est en train de téléphoner.

– Merci, Larry, dit Ed. Vous pouvez tous rentrer vous coucher. Rassemblement demain matin à neuf heures dans mon bureau, pour du vrai travail.

Nouveau sourire à Kate :

– Non seulement le service de publicité fait manger tout le monde, dans ce journal, mais encore c'est lui qui est sur le coup dans les affaires d'importance. *Señora*, vous avez un génie devant vous.

Sur la banquette arrière, Berger réclama le silence. Il notait quelque chose.

390

– Merci, Luke. À demain. Essaie de dormir un peu, cette nuit.

Il coupa et tendit à Kate le numéro de téléphone et l'adresse.

Elle les reconnut immédiatement: à en croire Labe Paley, c'était là qu'habitait Alberto Anastasia, dans le New Jersey.

– Merci, Ed. Du bon travail. Cela dit, j'espère que vous ne comptez pas me facturer ces appareils téléphoniques extravagants?

Il sourit de toutes ses dents.

– Échange-marchandises, *señora*. J'ai expliqué que je voulais juste les essayer. Mais je dirai que nous n'avons pas réussi à les faire marcher.

Elle fut de retour à Buckingham Street à onze heures quarante. Danny se trouvait presque seul dans la salle de rédaction; restaient uniquement avec lui ceux qui assuraient normalement le service de nuit: deux secrétaires de rédaction, Mary-Ann Campbell au telex, Lou Germi et ses deux assistants de l'équipe des faits divers.

– J'avoue que je le croierai quand je le verrai, Kate.

– Tu n'es pas le seul, mon vieux.

Téléphone sans discontinuer: Benny Torrance et Sandy Konig avaient suivi, l'un Loederer, l'autre Kahn; mais les deux avocats étaient tout simplement retournés chez eux sans rien faire de particulier.

– Rentrez, leur dit Kate. Et prenez position.

Elle jeta un dernier coup d'œil sur son dispositif, pour lequel elle avait mobilisé quatorze de ses journalistes, quatre linotypistes qui avaient terminé leur service mais s'étaient portés volontaires, et onze des hommes du service des expéditions de Ludo Cecchi. Les guetteurs avaient été placés de façon à couvrir toutes les voies d'accès à Buckingham Street; de petites équipes avaient été constituées, avec pour chacune un relais téléphonique, chaque chef d'équipe disposant d'une ligne qui lui était personnellement affectée pour joindre le *DAY* au plus vite. L'ordre général donné était de noter les numéros et les caractéristiques de tous les véhicules et *a fortiori* de tous les déplacements suspects.

– Il n'y a heureusement pas grand monde dans les rues du Queens à une heure pareille dans la nuit du mardi au mercredi, mais Dieu sait ce que ces zigotos vont nous ramener!

Danny riait.

— Je me demande surtout ce que je vais leur raconter si Lepke ne se montre pas, répliqua Kate.

Téléphone, et la voix de Lenny MacClellan, qui dirigeait une ligne de guetteurs et se trouvait lui-même à l'est d'Ozone Park, au bord de Cross Bay Boulevard.

— Kate, une camionnette de maraîcher s'est immobilisée sans raison apparente dans un coin d'ombre. Personne n'en est descendu jusqu'ici. Mais deux voitures arrivent à l'instant et l'ont rejointe. Il y a du mouvement. Plusieurs hommes.

— L'endroit?

— Cross Bay Boulevard à la hauteur de Shellbank, à Howard Beach en fait. Il y a une vieille briqueterie.

— Tu as pu relever les numéros?

Il les lui dicta et elle nota. À côté d'elle, Danny Clifton avait déjà établi le contact avec la petite équipe de Tom Akins, postée plus au sud, vers la pointe de Highland Park.

MacClellan continuait:

— La camionette de fruits et légumes vient de redémarrer, quelqu'un est monté à l'arrière. L'une des conduites intérieures la suit à distance, l'autre repart vers l'est.

Sur une autre ligne, Danny passa la consigne à Akins: il devait prendre en chasse cette deuxième voiture, dont on avait les caractéristiques et le numéro.

— La camionnette et son escorte remontent Cross Bay Boulevard vers l'ouest. Je les suis, Kate?

— Oui, Lenny.

Il était onze heures cinquante et une. Ed Solomons parut, venant de son bureau situé dans le prolongement de la salle de rédaction.

— Kate, une voiture vient de passer au ralenti, avec trois hommes à l'intérieur. À mon avis, c'est une équipe de reconnaissance qui s'assure que tous les flics du Queens ne se sont pas donnés rendez-vous chez nous. J'ai relevé son numéro.

Kate prit une autre ligne, qui la reliait à Fred Leitner, chargé de surveiller le secteur compris entre Baisley Pond et Bellmont Park.

— Fred? Prépare-toi à bouger. Il s'agit peut-être d'une camionnette de primeurs de couleur verte arborant sur ses portières la raison sociale : *Princess Flowers & Vegetables, 457 Linden Boulevard, Flatbush.*

– Aucun magasin de ce nom Linden Boulevard, annonça Timmy Webb, le secrétaire de rédaction, après avoir vérifié dans un annuaire. Il y a un garage, à cette adresse.

Kate acquiesça :

– Lenny ?

Pas de réponse. MacClellan avait dû entamer sa filature et rompre le contact.

– Fred ? Vas-y et repère-moi cette camionnette, mais ne t'en approche pas.

Onze heures cinquante-trois.

Appel de Lou Germi, depuis le commissariat central : rien de spécial, les policiers de Dale Moscovitz ne manifestaient aucun signe d'agitation particulière. Et aucun fait divers d'importance cette nuit-là.

– Reviens ici, Lou.

Elle se pencha à nouveau sur son plan du Queens, de Long Island-Sud et de Brooklyn. La briqueterie mentionnée par Lenny MacClellan se trouvait en effet au bord d'un étroit bras de mer d'à peu près deux kilomètres de long, Shellbank Basin. Kate connaissait un peu l'endroit. Si vraiment Lepke Tauber était l'homme monté à bord de la camionnette de fleurs et légumes, il était possible, bien sûr, qu'il se fût caché par là. Mais Danny intervint.

– Plutôt Rockaway, dit-il.

Il s'agissait de l'étroite et longue langue de terre qui coupait presque complètement Jamaica Bay de l'océan Atlantique. Il s'y trouvait de nombreuses plages et pas mal de villas, dont beaucoup pouvaient être utilisées comme refuges de longue durée.

– Kate ?

Voix d'Archie Conway : il avait capté l'ordre de mouvement qu'elle avait donné à Fred Leitner, il s'était lui-même mis en route droit sur Jamaica Avenue, il venait à l'instant de repérer la camionnette.

– Son conducteur est Mendy Landau. Et elle est escortée de deux voitures, une devant, une derrière. Je viens de les croiser.

– Les numéros des voitures, Archie.

Il les donna. La première voiture était celle signalée par Ed

Solomons, la deuxième celle qui avait rejoint la camionnette à la briqueterie de Shellbank Basin et l'avait escortée depuis.

– Archie, fais demi-tour et suis. Mais reste à distance. Ne te montre pas.

Onze heures cinquante-sept.

– Tu vas voir que notre vieux copain Lepke va être en avance, Danny.

– Sauf qu'ils sont peut-être dix ou douze, et armés. Je les imagine assez bien attaquant le *DAY* à la thompson et nous exterminant tous.

– Quel scoop ça ferait!

– « *La mort est toujours bonne, pour un journaliste.* » À condition qu'il soit vivant pour écrire l'article.

... Et, là-dessus, neuf ou dix minutes pendant lesquelles rien ne se passa. Il y eut bien dehors un bruit de voiture, mais c'était Conway.

– Je n'y comprends rien, dit-il en entrant : j'étais à quatre ou cinq cents mètres derrière eux et je ne les ai plus vus.

– Où les as-tu perdus?

King Park. À moins de neuf cent mètres de Buckingham Street.

– Kate?

Lenny MacClellan.

– Kate, je t'appelle de la cabine en face de chez Wilcox, le libraire, sur Merrick Boulevard. Depuis plusieurs minutes, la camionnette et ses deux voitures d'escorte sont entrées dans la ruelle où il y a le bar de Tully. Je n'ose pas m'approcher.

– Rentre, dit Kate. C'est fini. Reviens au journal.

Par la baie vitrée donnant sur Buckingham Street, Lepke Tauber la fixait.

Il était de taille moyenne et mince, le cheveu noir, les yeux sombres et légèrement fendus; ses pommettes hautes lui donnaient quelque chose de vaguement mongol; les paupières voilaient très souvent le regard, non par timidité, bien au contraire, car, à chaque fois qu'elles se relevaient, l'œil avait exactement l'expression glaciale et inhumaine des rapaces. Quand il consentait à parler, c'était avec réticence, sans hésitation pourtant, et alors il s'exprimait d'une voix sourde, en homme pour qui les mots ne comptent pas, pour qui seuls les actes et les rapports de force existent.

Il refusa d'un signe de tête de prendre place dans la salle de rédaction, indiquant les baies vitrées d'un mouvement du menton, on comprit alors qu'il ne voulait pas courir le risque d'être abattu depuis la rue.

On l'installa dans le bureau d'Ed Solomons et l'on tira aussitôt les rideaux.

Il refusa le café et les cigarettes, s'assit bien droit et posa les mains à plat sur ses cuisses. Il prononça quelques mots en yiddish.

— Il dit qu'il ne veut pas de moi et qu'il se taira si je reste, expliqua Labe Paley.

— D'accord, laisse-nous, dit Kate.

Paley sortit et il ne resta plus dans le bureau qu'Archie Conway, Danny Clifton, Benny Torrance et trois sténographes. En plus de Kate, bien entendu.

— Kate Killinger, dit Tauber.

Elle soutint son regard.

— Vous avez de la chance d'être encore vivante.

Elle haussa les épaules et dit qu'ils avaient exactement une heure et quarante-six minutes devant eux. Ce délai passé, elle prendrait contact avec le FBI de New York et le remettrait, lui, Tauber, à la police fédérale.

— Vous allez répondre à mes questions, Tauber?

— Pourquoi je le ferais?

— Parce que j'ai eu votre peau, dit-elle. Et votre scalp. Que vous me répondiez ou non est finalement de peu d'importance : à partir du moment où nous avons réussi à vous faire sortir de votre trou à rat et vous constituer prisonnier, l'essentiel est fait. Vous savez lire?

Acquiescement.

— Vous avez lu le *DAY*?

Acquiescement.

— Les commentaires sont libres, Tauber. J'attends les vôtres.

Il tourna la tête et regarda le mur.

— Je voudrais comprendre une chose, reprit Kate. Pourquoi avez-vous accepté de vous rendre à mon journal? À mon journal entre tous les autres?

Pas de réponse.

— On ne vous a pas laissé le choix, Tauber, c'est ça? On vous a dit : ce sera le *DAY* ou rien d'autre.

Pas de réponse.

— Archie? Sois gentil d'aller dire à Harry Coughlan que je voudrais qu'il fasse d'autres photos.

Elle revint au gangster.

— Qui a pu vous dire ça, vous obliger à faire ça, Tauber? Vous un grand caïd? Qui a tellement d'autorité sur vous? Alberto Anastasia? Jo Bonnano? Tommy Lucchese? Lucky Luciano?

Elle prit son temps.

— Ou Meyer Lansky?

Le regard revint sur Kate.

Il n'exprimait absolument rien. Il était vide, mort.

— Je vais vous remettre à la police fédérale, Tauber. Je m'y suis engagée et je tiendrai parole, vous le savez. Mais vous voulez mon avis? Vous êtes un homme mort. Ceux qui ont imaginé votre reddition et la façon dont elle se déroulerait n'ont pas l'intention de vous laisser vivre. Ils vous tueront d'une façon ou d'une autre. Je ne crois pas du tout qu'avec ce prétendu marché vous vous en tirerez. Vous ne le croyez pas davantage. On m'a raconté que les fédéraux vous feraient condamner à quelques années de prison pour trafic de stupéfiants. Moyennant quoi vous échapperiez à la peine de mort. Ne me dites pas que vous croyez à une blague pareille. Aucun marché ne tiendra, ils vous condamneront à mort et vous passerez sur la chaise électrique.

— Je n'ai pas touché cette fille. Cette journaliste de votre journal, je ne l'ai pas touchée. Je n'ai pas donné l'ordre.

— Al Bugno aurait agi de sa propre initiative?

Il haussa les épaules : il ne savait pas.

— Qu'est-ce qui est vrai dans ce que le *DAY* a écrit sur vous?

— Rien.

Archie Conway revenait avec Harry Coughlan, qui se mit en effet à photographier Tauber, toujours assis, avec, derrière lui sur le mur, un *fac simile* de la première page du *DAY* remontant à quatre-vingt-dix-sept jours. C'était le moment où le journal avait relancé son offensive et définitivement décidé de mettre le gangster hors d'état de nuire.

— Vous n'avez jamais tué personne, Tauber?

— Non.

— Vous n'avez jamais donné l'ordre de tuer quelqu'un?

– Non.

– Nous avons écrit que vous possédiez une fortune de plus de soixante-dix millions de dollars.

– Ce n'est pas vrai.

– Vous êtes propriétaire d'une villa en Floride, avec port privé et yacht. Nous avons publié des photos de l'endroit.

– Ce n'est pas à moi.

– Vous êtes propriétaire de plusieurs immeubles dans Brooklyn, de soixante et un restaurants, de vingt-huit bars, de sept garages, de dix-neuf teintureries, de trois compagnies de transport routier, de seize entreprises diverses. Nous avons démontré comment vous y étiez parvenu; nous avons même publié la liste de vos prête-noms.

– Ça ne veut rien dire.

– Est-il exact que le 22 juillet 1926, à neuf heures trente-cinq du matin, au deuxième étage du 117 Douglass Street, à South Brooklyn, vous avez vous-même tranché la gorge de Louie Hays et Morton Engelberg après les avoir torturés pendant des heures?

– Non.

– Nous avons retrouvé deux témoins qui l'affirment.

– Ils mentent.

– Est-il exact que le 18 septembre 1923, dans un garage de Graham Avenue, à Williansburg, Brooklyn, vous ayez insisté pour tuer vous-même Emma Callaher, vingt-trois ans, profession serveuse, parce que vous lui reprochiez d'avoir mentionné que vous portiez toujours un rasoir sur vous?

– Je ne connais pas cette pouffiasse.

– N'est-il pas vrai qu'après lui avoir empli la bouche et la gorge de graisse vous l'ayez lentement écrasée contre un mur avec le pare-chocs d'un camion?

– C'est faux.

– Nous avons retrouvé le corps d'Emma Callaher, Tauber. Et son corps avait bel et bien été broyée, et nous avons trois témoins affirmant qu'ils vous ont vu avec elle une demi-heure avant sa mort; vous la teniez par le bras, vous l'entraîniez vers le garage où elle allait mourir.

– Ils inventent.

– Nous avons établi une liste de quatorze meurtres que vous avez personnellement commis, entre février 1920 et août 1936. Reconnaissez-vous un seul de ces crimes?

– Aucun.

– Nous avons établi une liste de crimes, attentats avec intention de donner la mort, coups et blessures aggravés, portant sur trois cent cinquante-trois hommes et femmes. Reconnaissez-vous la réalité d'une seule de ces accusations?

– Il n'y a pas de danger.

– Et vous niez de la même façon l'attentat dont a été victime Linda Margaret Fox, journaliste au *Queens & Long Island DAY*, attentat au cours duquel elle a été violemment frappée à l'aide d'un coup de poing américain avant qu'on arrose de vitriol le haut de son visage? Vous niez être le responsable direct ou indirect de cette sauvage agression?

– Ça, c'est pas moi.

– Que voulez-vous dire par *« Ça, c'est pas moi »*? Entendez-vous signifier que, dans ce cas précis, vous êtes certain de n'être pas coupable, tandis que, s'agissant de toutes les autres accusations, vous en êtes moins sûr et niez en quelque sorte par principe?

– Je ne reconnais rien du tout.

– Mais, si je peux m'exprimer ainsi, vous reconnaissez l'attentat contre Linda Fox encore moins que les autres crimes?

Hésitation.

– C'est pareil, dit finalement Lepke Tauber.

– Avez-vous créé, notamment avec un homme dont les initiales sont A.A., une sorte d'agence, d'entreprise de services, ayant le meurtre comme seule activité?

– Comprends pas.

– Je pense que vous comprenez très bien : avez-vous créé avec monsieur A.A. ce que le *DAY* a appelé *Murder Incorporated*, c'est-à-dire un organisme qui fournissait des assassins sur commande, pour tuer n'importe qui?

– C'est votre journal qui l'a inventé.

– Est-ce que le *Queens & Long Island DAY* vous a empoisonné la vie ces derniers mois, Lepke Tauber?

– Oui. Ça, oui!

– Je suis contente de vous entendre répondre oui, pour une fois. Je finissais par croire que vous ne connaissiez pas le mot.

Elle lui sourit et Coughlan prit la photo – Kate souriante et Lepke Tauber assis devant elle, avec ses yeux de rapace et ses lèvres minces.

– Tauber, tout à l'heure, vous avez dit en vous adressant à moi : *« Vous avez de la chance d'être encore vivante. »*

– Ce n'est pas vrai.

– Vous l'avez dit, Tauber. Trois sténographes ont enregistré votre déclaration et nous sommes plusieurs à vous avoir entendu. Vous l'avez dit.

– Peut-être.

– Était-ce une menace, Tauber?

Il la fixa et son regard parcourut très lentement Kate des pieds à la tête.

– Je ne menace jamais, moi.

– Vous voulez dire que vous tuez sans avertissement?

– Je ne tue personne.

– Mais vous m'avez dit que j'avais de la chance d'être encore vivante. Vous pensez que quelqu'un aurait pu me tuer?

Pas de réponse.

– Vous avez envisagé de me tuer, Tauber?

Pas de réponse.

– Tauber? Vous avez entendu ma question? Avez-vous eu l'envie de me tuer, ou de me faire tuer durant les mois qui viennent de s'écouler?

L'un des téléphones du bureau d'Ed Solomons sonna et, en décrochant, Kate fit signe à deux des sténographes de sortir pour aller mettre en clair le contenu de leurs notes.

Labe Paley en ligne :

– Nous pensons savoir où il s'est caché ces dernières semaines, Kate. Tom Akins a pu retrouver l'une des deux voitures qui ont transporté Tauber jusqu'à la camionnette. À Rockaway, exactement dans le nouveau quartier de Belle Harbor, pas très loin du parc, il y a une baraque à deux étages qui fait restaurant, *Chez Belle*. Tauber se cachait au deuxième étage. D'après Tom, on avait aménagé une planque dans un faux plafond.

– Un photographe, dit Kate, qui ne voulait pas trop parler devant Lepke Tauber, auprès duquel Danny Clifton avait pris le relais.

– Lou Harns sera là-bas dans dix à douze minutes. On boucle à quelle heure?

– Quand on pourra.

Elle raccrocha. Comme convenu, Danny questionnait main-

399

tenant Tauber sur lui-même, sur sa famille, sa mère qui l'avait surnommé *Lepkela*, sur sa femme et ses trois enfants, sur tout sauf sur son activité «professionnelle» de racketteur-tueur-trafiquant. Les réponses venaient assez bien. D'autres sténographes avaient remplacé les premières. Kate sortit du bureau. Il allait être une heure du matin. Elle passa au laboratoire photo où les clichés de Coughlan étaient presque tous tirés.

– On mettra à la une celle où Lepke entre au *DAY*. Celle-ci. On voit bien le nom du journal.

Devant sa rotative, Lucien Abadie jouait au poker avec des membres de son équipe. Il sourit à Kate.

– On tire à quelle heure?

– Dès qu'on sera prêt. À mon avis, vers les trois heures, trois heures trente. J'attends des photos qui ne sont même pas encore faites.

– Je suis en train de gagner sur ces types, dit Abadie, les heures supplémentaires doubles que vous allez leur payer.

– Je n'ai jamais dit qu'elles seraient doubles.

– Simple oubli de votre part. On ne vous reproche rien. C'est un sacré coup que vous venez de réussir, Kate.

Elle acquiesça. Sur une table de bois, comme souvent, les rotativistes avaient disposé suffisamment de victuailles pour soutenir un siège de trois semaines. Elle se confectionna un sandwich; on s'empressa pour lui remplir un verre de bière, au tonneau mis en perce. Quelques questions lui furent posées, dont l'inévitable: *«À quoi ressemble Lepke Tauber?»* Elle donna toutes les explications auxquelles elle put penser, allait repartir...

– Et mon bon à tirer?

Elle prit une baguette de bois servant au calage et la trempa dans une grosse boîte d'encre. Elle écrivit directement sur le mur, sur vingt centimètres de haut: *500 000*. Elle signa du double K ordinaire.

– Joli chiffre, dit Abadie. Et facile à retenir.

Une heure quatre minutes. Elle se concerta rapidement avec Ludo Cecchi qui, ainsi qu'elle l'en avait prié, avait triplé les effectifs de ses équipes de distribution. Il avait prévu d'effectuer sa mise en place en deux vagues – les véhicules opérant une première livraison puis revenant à Buckingham Street pour la deuxième.

– Sauf pour les équipes lointaines, celles de Manhattan-Sud, du West Side et du Bronx.

– Elles seront servies en premier.

Contrairement à l'habitude, toutes les portes du *DAY* donnant sur l'extérieur étaient fermées – par ordre de Kate. Il ne s'agissait pas de se barricader, de transformer le journal en Fort Apache. La disposition des lieux ne s'y prêtait pas; en brisant une vitre, un enfant aurait pu entrer.

Dans le bureau de Solomons, Lenny MacClellan avait pris le relais de Danny et ses questions portaient particulièrement sur *Murder Incorporated*, le syndicat du crime. Il avait conduit toute l'enquête sur ce point précis depuis le début et sa conviction était faite: il n'existait pas réellement d'organisation chargée de fournir des assassins à qui en faisait la demande.

– Kate, ce qu'ont pu écrire certains journaux, en reprenant d'ailleurs nos propres informations, est exagéré; un tel service n'existe pas, c'est de l'invention pure et simple. Ce qui peut se passer, et qui d'ailleurs s'est produit en plusieurs occasions, c'est qu'une famille ou un patron de la pègre qui ne veut pas utiliser ses propres *torpedoes* fasse appel à des collègues d'autres quartiers, d'autres villes ou d'autres États. Mais c'est rare. Moi, je veux bien, je peux vous inventer un syndicat du crime ayant Lepke Tauber et Albert Anastasia à sa tête, mais ce sera du bidon

– On dit la vérité, Lenny

– Elle est plus que suffisante, croyez-moi!

La première équipe de sténos avait terminé sa transcription. Kate se mit à rédiger son propre article, dans lequel elle relatait son affrontement avec Tauber, restituant mot pour mot les réponses qu'il lui avait faites. Non loin d'elle, à la table en U, Labe Paley faisait le récit de tous les événements ayant conduit à la reddition de Tauber – les noms de Loederer et de Kahn n'étaient pas cités. Danny Clifton s'était chargé de l'autre partie de l'interview de Tauber et en rédigeait maintenant le compte rendu. Chaque feuillet terminé était immédiatement transmis à la composition. En dépit de l'heure tardive, la salle de rédaction était inhabituellement pleine; peut-être étaient-ils trente, venus en renfort pour le cas où l'on aurait eu besoin d'eux, ou par simple curiosité. Mais il ne s'y trouvait personne qui n'appartînt pas au journal.

– Je crois que quelqu'un frappe à la porte, dit enfin Danny Clifton sans même lever la tête.

– J'ai entendu.

Elle écrivit les derniers mots de son propre texte, tendit sa copie à Dick Mason, le prote.

Le bruit des coups assenés sur la double porte vitrée de l'entrée principale retentissait dans toutes les pièces. Kate sortit de la salle de rédaction, passa devant cette porte vitrée sans tourner la tête et se rendit dans le bureau de Solomons.

Lepke Tauber était toujours assis à la même place, en compagnie d'Archie Conway, de Benny Torrance et de Sandy Konig. Il buvait du café et mangeait des beignets.

– Tauber, j'ai appelé le FBI comme je vous l'avais promis. Ils m'ont répondu qu'ils avaient des ordres et que je devais vous remettre au premier policier qui se présenterait. Est-ce que cela vous étonne?

Pas de réponse.

– Quel argument Lansky a-t-il employé pour vous convaincre de vous rendre, Tauber? Il a menacé votre famille, vos enfants?

Elle aurait tout aussi bien pu interpeller un placard.

– Et pourquoi êtes-vous resté à New York? Nous avons retrouvé cette maison de Rockaway où vous vous cachiez. Tauber, nous avons reconnu Mendy Landau tout à l'heure. C'est lui qui vous a poussé à vous rendre? Il vous a lâché pour passer dans le camp d'Anastasia et de Lansky? Parce que, à cause de la campagne du *DAY*, vous deveniez trop gênant pour tout le monde?

Pas de réponse.

– On y va, Archie, dit-elle.

Elle revint à la porte d'entrée. Il y avait là une trentaine d'hommes, dont dix ou douze policiers en uniformes, des policiers en civils, et naturellement le *district attorney* en personne.

– Harry, triple ou quadruple ta photo.

– Toujours, répondit Coughlan, qui se fit une joie de photographier tout ce joli monde pressé derrière les vitres du *DAY*.

Elle attendit qu'il eût terminé et, alors seulement, ouvrit la porte.

– Madame Adler...

– Miss Killinger, je vous prie.

– Nous avons failli enfoncer cette porte.

– Le personnel du *DAY* n'aurait pas hésité à défendre avec la dernière énergie l'accès à son lieu de travail.

– Louis « Lepke » Tauber est-il chez vous?

– Nous avons fini de l'interviewer. Vous pouvez l'arrêter.

Elle s'écarta, sous le mitraillage d'Harry Coughlan et de Lou Harns qui venait d'arriver de Rockaway et avait pu photographier le groupe d'assaut conduit par le *district attorney*.

Il était une heure vingt-neuf du matin, le 29 juin 1937.

Doug Whitelaw prit dès le lendemain ses fonctions de chef des informations de nuit et de rédacteur-en chef adjoint. Danny Clifton demeura donc rédacteur en chef, assisté de jour par Shirley Storch. Avec Labe Paley, Lenny MacClellan, Benny Torrance, Sandy Konig, Archie Conway, Tom Akins, Mary-Ann Campbell, Fred Leitner et Angie Caruso comme reporters. Avec Whitelaw, on se rendit vite compte qu'on avait bien choisi. Mais il fumait et Kate tenta en vain de le faire renoncer à ce vice. Une bonne vingtaine d'autres éléments de la rédaction, qui, tels des collégiens, se rendaient aux toilettes pour tirer subrepticement sur une cigarette, se mirent à suivre son exemple. Il arrivait chaque soir à six heures, Danny étant à son poste depuis le matin neuf heures ou neuf heures trente, et souvent même avant. Il avait déjà une douzaine d'années de métier et était l'un des meilleurs titreurs que Kate eût connus.

– Je vous conviens, miss?

– À part votre cigare, vous n'êtes pas trop nul.

C'était un petit homme à moitié chauve malgré ses trente ans, qui arborait en permanence une visière en celluloïd verte, protégeant ses yeux. Né à Brooklyn, il avait réussi à terminer ses études de droit tout en travaillant à l'imprimerie du *World*, jadis créé par Pulitzer. Au marbre, c'est-à-dire dans l'atelier où s'effectuait la mise en page, il traitait d'égal à égal avec n'importe quel typographe, à qui il pouvait faire accepter une refonte complète d'une page pourtant terminée.

Il prévint Kate: elle ne devrait jamais penser à lui pour un travail de jour. Sa femme aussi travaillait de nuit – elle était infirmière – et leur occupation favorite à tous deux, faute des enfants qu'ils n'avaient pas pu avoir, était de regarder les étoiles grâce à un télescope.

403

En même temps que Whitelaw, elle embaucha deux rédacteurs destinés au service de nuit et quatre stagiaires, dont deux jeunes filles qu'elle confia à Shirley Storch. Un problème de place se posa dès lors, tout ce monde ne pouvant évidemment pas s'asseoir en même temps à la table en U. Aussi fit-elle commencer des travaux pour doubler la superficie de la salle de rédaction et faire construire, dans son prolongement, deux bureaux. Ce nouvel agencement rompait avec la tradition du local unique et Danny Clifton en fit la remarque : le *DAY* changeait de style, une époque s'achevait, en somme. Kate en convint, mais sans faire de commentaires. Clifton le nota : elle était totalement redevenue elle-même, telle qu'il l'avait toujours connue. Le terrible bouleversement qu'elle avait subi à la mort de son fils – et, dans une moindre mesure celle de son mari – était désormais surmonté; elle repartait, elle était repartie dans sa course.

John Bowles arriva de Chicago le 3 juillet. C'était un lointain cousin des Van Gaver, c'est-à-dire de la belle-famille de Nick Di Salvo, mais celui-ci n'eut connaissance de ce détail que le jour où il apprit la nomination d'un directeur au *DAY*.

– Kate, tu veux dire que tu étais en contact avec Bowles depuis des semaines déjà?

– Des mois, répondit-elle en souriant.

L'extraordinaire s'était produit : Kate était venue jusqu'à Manhattan pour déjeuner chez les Di Salvo. Nick lui-même n'avait été informé de la nouvelle qu'à son lever, vers onze heures. En lui-même, l'événement était déjà considérable et eût bien suffi à le surprendre. Mais la révélation d'une connivence entre les deux femmes, à son insu, et surtout de la nouvelle que Kate était sur le point de confier la direction du *DAY* à quelqu'un, le laissa carrément ahuri. Assis entre Kate et Irena, il se sentait assez mal à l'aise : après tout, il avait été pendant des mois l'amant de la première et était à présent l'époux de la seconde, situation qu'il trouvait embarrassante et qui le gênait d'autant plus qu'aucune de ses compagnes ne paraissait s'en émouvoir.

– Je voudrais être sûr de comprendre, Kate : il y a déjà des mois que tu te prépares à nommer un directeur du *DAY* pour te remplacer?

– Pour me seconder serait plus juste.

– J'avoue que l'idée que tu acceptes de renoncer à la moindre parcelle de ton autorité me sidère.

Sourire :

– Tout le monde change, Nick.

– S'agissant de toi, j'ai du mal à y croire. Tu as d'autres projets ? Je me rappelle que tu m'avais parlé un jour – plusieurs fois, en fait – d'un projet d'expansion : créer d'autres quotidiens dans d'autres villes, avec la même formule.

– Il n'en est plus question.

– Je ne veux pas être indiscret, Kate. Telle que je te connais, je suis simplement certain que si tu passes à quelqu'un d'autre les commandes du *DAY*, ce ne peut être que parce que tu as en tête quelque chose d'autre, plus important encore à tes yeux.

Il surprit le regard qu'échangeaient Kate et Irena. Laquelle se leva et quitta la table sous le prétexte, manifestement fallacieux, d'un coup de téléphone à donner.

– Nick, ça va rester entre nous ?

Il haussa les épaules.

– Ne me dis rien si tu en doutes le moins du monde.

– Je suis en train de négocier l'achat du *Morning News*, dit-elle alors.

Il en resta bouche bée quelques secondes. Finit pourtant par se reprendre.

– Mais tu vas garder le *DAY* ?

– Bien entendu.

– Tu vas diriger les deux journaux en même temps ?

Elle acquiesça, consulta sa montre en sautoir.

– Je dois y aller.

De fait, elle s'en alla très peu de temps après, sans qu'il eût eu la possibilité de poser d'autres questions.

... Qui pourtant ne manquaient guère, mais que Nick garda pour lui. Dans un premier temps, en effet, il lui parut assez logique que, ambitionnant d'acquérir le *Morning* (ou tout autre journal), Kate eût pris des dispositions pour se rendre libre. Vu sous cet angle, l'engagement de John Bowles se comprenait aisément.

C'était l'opinion d'Irena.

– Nick, c'est pourtant clair et je la connais aussi bien que toi : elle a enfin réussi à régler le compte qu'elle estimait avoir avec son père. L'histoire se termine, en somme.

– Oui.

Il était sur le point de se laisser convaincre. Pourtant il avait l'impression qu'un détail clochait quelque part et, curieusement, occupé par son propre travail, il lui fallut deux jours pour mettre enfin le doigt sur ce qui ne cadrait pas.

– Irena, vous m'avez bien dit, Kate et toi, que les premiers contacts avec John Bowles ont eu lieu en janvier dernier?

– Kate m'avait fait part bien avant de son désir de trouver quelqu'un dans le genre de John. Je sais qu'elle a rencontré plusieurs candidats mais aucun ne lui a convenu. John, elle a dû en effet le voir pour la première fois en janvier.

– Avant la mort de son fils et de Bernard Adler, donc?

– Évidemment.

La même idée leur vint ensemble. Irena hocha la tête.

– Tu as raison, Nick : en janvier, Henderson Graves ne s'était pas encore manifesté et surtout elle n'avait aucune raison de penser qu'elle pourrait acheter le *Morning*.

– Quand a-t-elle revu John Bowles?

– Elle l'a vu trois ou quatre fois en tout. Te dire à quelles dates exactement...

– En avril?

Elle fouilla ses souvenirs.

– Oui. C'est la fois où il est venu dîner avec sa femme. Il y avait également les Renberg ainsi que Jodie et Mark.

– En avril, dit Nick, Kate avait certainement connaissance des intentions de Graves à son égard; elle savait très bien que, Graves vivant, elle ne pourrait jamais acheter le *Morning*...

– Où veux-tu en venir? À prétendre que c'est elle qui a poussé Graves au suicide? Tu sais très bien que c'est le travail de Rourke.

– Elle n'a certainement pas prévu la mort de Graves, Irena. Et pourtant, elle recherchait déjà un directeur pour le *DAY* avant cette mort.

– Et tu en conclus?

– Elle voulait se dégager du *DAY* pour une autre raison que l'achat du *Morning*.

Ils se regardèrent, également saisis.

– Rourke, dit enfin Irena. C'est la seule explication possible. Elle voulait aller le rejoindre, où qu'il pût se trouver dans le monde.

– Sauf qu'elle s'est mis en tête d'acheter le *Morning*. Non, il y a toujours quelque chose qui cloche, Irena. Elle n'est pas du genre à changer d'avis sur un simple coup de tête, et quand elle a décidé quelque chose, elle s'y tient. Si elle avait vraiment songé à prendre Bowles – ou n'importe qui – afin d'être libre d'aller retrouver Rourke, pourquoi s'engager dans une bataille en vue d'acheter le *Morning News*? Histoire de se venger une dernière fois de son père au passage? Je n'y crois pas et toi non plus. Il y a une autre explication mais du diable si je vois laquelle!

Lester Annakin, l'avocat, avait ses bureaux dans la Quarante-Troisième-Rue-Ouest de Manhattan, tout près en fait du *NY Times* et du *Morning News*. Jusque-là, il n'avait pas accordé beaucoup d'attention à ce voisinage, mais, depuis quelques semaines, il n'y avait guère de jour sans qu'il passât devant l'un ou l'autre des deux immeubles.

– Ils finissent par m'obséder. Vous êtes certaine que vous ne me demanderez pas de vous acheter le *Times*, après le *Morning*?

– Certaine.

Il la dévisagea, partagé entre le malaise et la fascination très réelle que suscitaient chez lui la beauté et surtout la saisissante personnalité de Kate Killinger. «*Elle est trop tendue, trop fiévreuse, personne ne devrait vivre ainsi...* »

– Pourquoi ici? demanda-t-il encore. Il est vrai que l'aménagement de mes bureaux n'est pas encore tout à fait terminé, mais au moins il y a des fauteuils pour s'asseoir, et des tables pour poser les dossiers.

Ils étaient dans Central Park, elle et lui. Non loin de l'entrée par la Soixante-Cinquième-Rue. Le bizarre chauffeur de Kate se tenait à quelques mètres, près de la Packard garée à l'ombre des grands ormes. Elle avait insisté pour que leur rendez-vous de ce jour-là – le 24 juillet – eût lieu à cet endroit précis du parc. La journée était belle mais Annakin avait depuis toujours horreur de l'herbe, des arbres, des plantes, et par-dessus tout des insectes; il était citadin, et fier de l'être. Arrivé pourtant à l'heure et même deux minutes en avance, il avait trouvé la jeune femme déjà sur place, et assise à même le sol. En sorte qu'il avait dû faire la même chose, tout embarassé de sa grosse serviette.

– On attaque, Kate?

Elle s'allongea, en appui sur les coudes, renversant la tête comme pour contempler les frondaisons.

– Que savez-vous de moi, Les? Je veux dire, de moi personnellement?

La question le prit au dépourvu.

– Pas grand chose. Très peu de choses, en fait.

– Vous pouvez résumer, Les?

– Vous êtes la fille de Karl Killinger, qui a créé le *Morning News*; vous avez été mariée deux fois; vous avez créé seule un journal, qui a échoué, puis un deuxième, qui a réussi à la surprise générale et arrive en deuxième position dans la liste des entreprises de presse les plus rentables des États-Unis.

– Et ma vie privée?

– J'avoue ne pas très bien comprendre où vous voulez en venir, Kate.

– Excusez-moi de vous mettre ainsi dans l'embarras. Voulez-vous me répondre, je vous prie?

Il dit, non sans avoir hésité :

– Je sais que vous avez perdu un fils, il y a quelques mois.

– On vous a dit qui en était le père?

– Je ne suis qu'un avocat, Kate.

Elle attendait, ses grands yeux fixés sur le léger mouvement des feuilles au-dessus de leurs têtes.

– On m'a parlé d'un homme appelé H.H. Rourke, dit-il enfin. Mais je ne sais vraiment rien d'autre.

Elle acquiesça.

Laissa courir le silence.

– Il y a quinze ans, dit-elle, je venais ici, à cet endroit précis de Central Park, avec Rourke. Nous nous asseyions et nous bavardions. Je lui ai juré qu'un jour j'aurais mon propre journal, rien qu'à moi, sans l'aide de personne, et surtout pas celle de mon père. Il m'a répondu « *très bien* ». Il a une façon de dire *très bien* extrêmement caractéristique, Les.

Elle sourit.

– Vous pouvez fumer. S'il était là, il fumerait.

Il la scrutait, très décontenancé et n'ayant pas la moindre idée de ce qu'elle pouvait bien avoir en tête.

Elle s'allongea complètement sur l'herbe, posant sa nuque à même le sol.

– Allons-y, Les. Parlons affaires. Vous m'avez donc obtenu ce crédit.

– Je vous l'ai dit au téléphone : Carruthers et sa banque sont d'accord pour vous avancer, non seulement les dix millions que vous demandiez, mais la totalité de la somme. Vous pouvez dès demain matin vous présenter comme acheteur du *Morning*.

– Très bien, dit-elle.

– Et vous porter acquéreur de toutes les parts du journal. C'est confirmé : l'ensemble des curateurs est d'accord. Apparemment, j'avais sous-estimé ce facteur que vous aviez évoqué : tous ont semblé trouver normal qu'une Killinger succède à un Killinger.

Elle ferma les yeux. Et, du coup, toute sa fatigue apparut sur son visage ; les traits étaient émaciés, des traces bleuâtres cernaient les yeux.

– Nous pourrons signer les actes demain, Kate.

– D'accord.

– J'ai passé plusieurs jours à étudier l'actif du *DAY*. Il justifie amplement le prêt de Carruthers et lui-même en convient. Il n'était pas nécessaire de vendre votre propriété de Glenwood Landing.

– Je n'en ai plus l'usage, de toute façon.

– Il est certain que si vous passez désormais votre temps entre le *Morning* et le *DAY*, habiter Long Island n'est pas très pratique. Mais il vous faut bien un endroit où dormir.

– J'irai à l'hôtel.

« C'est vrai qu'elle est seule. Plus d'enfant, plus de mari. Quel gâchis ! »

– Pourquoi avoir insisté pour que j'introduise cette clause dans l'acte d'achat du *Morning* ? Je veux parler de celle par laquelle vous désignez comme votre héritier éventuel le Metropolitan Museum, sous la condition expresse que cet héritier s'engage à conserver les deux journaux pendant vingt-cinq ans, les gains éventuels de l'un compensant les pertes de l'autre ?

Elle ne broncha pas.

– C'est une curieuse disposition, Kate. Ce n'est pas une question que l'on pose aux dames mais dans votre cas...

– J'aurai trente et un ans en septembre prochain.

Annakin hésita puis dit :

409

– On met généralement ce genre de clause dans les testaments. Pas dans un acte de vente.

– Je veux que vous preniez contact avec le musée, Les, et en obteniez la promesse que mon legs sera accepté avec cette clause le moment venu.

– Vous voulez dire que je dois aller les voir et obtenir cet accord avant l'achat du *Morning*?

– Oui.

– Ils diront oui. Pourquoi refuseraient-ils?

– Dans ce cas, vous devez pouvoir régler tout cela rapidement, non?

Un frisson glacé parcourut Annakin.

– Kate, il me vient un sentiment très désagréable. Il y a quelque chose de... je ne sais trop quel mot employer.

– Quel mot aviez-vous en tête, Les?

– Funèbre, dit-il.

Silence. Elle était toujours étendue sur le dos, les yeux clos. Sa longue main bougea, alla chercher le sac à main, l'ouvrit, en retira un feuillet de papier.

– Vous pouvez lire, Les. Je vous rappelle que vous êtes tenu par le secret professionnel.

– Cette recommandation était pour le moins inutile, dit-il un peu vexé.

Puis il lut.

Silence.

– Oh! Mon Dieu! s'exclama-t-il doucement, des larmes dans les yeux.

Elle sourit, paupières toujours closes :

– Mon père avait cinquante-quatre ans. Ça m'arrive simplement un peu plus tôt qu'à lui. Nous avions finalement pas mal de choses en commun, lui et moi.

Il replia en quatre la lettre du médecin, les doigts de Kate la reprirent et la replacèrent dans le sac.

– Qui d'autre est au courant, à New York? demanda Annakin.

– Les médecins, vous et moi. Pour Emil Kranefuss, je vous serais reconnaissante de faire en sorte qu'il ait de quoi vivre. L'équivalent de son salaire actuel, à revaloriser en fonction du coût de la vie. Vous pouvez vous servir du produit de la vente de Glenwood Landing. Il ne sait rien, Les, mais il est très attentif à tout ce qui peut m'arriver. Je préfère qu'il ne soit pas mis au courant.

— Il ne le sera pas par moi.

— Très bien.

Annakin ne savait plus quoi dire. Il se rabattit sur le seul terrain qui lui parût sûr : les dossiers.

— Voulez-vous que je vous lise l'acte d'achat tel que je l'ai rédigé?

— Je n'en ai pas trop envie, répondit-elle en souriant et toujours sans ouvrir les yeux. Et elle avait l'air vraiment très belle, cette jeune femme allongée sur l'herbe de Central Park par une matinée d'été, goûtant simplement les parfums et la lumière de ce mois de juillet. « *Il ne faudrait que très peu de chose pour que je sois amoureux d'elle, pensait Lester Annakin. À l'idée qu'elle va mourir, j'éprouve un cafard noir. La vie est vraiment une saloperie.* »

— Je comprends maintenant cette disposition qui m'étonnait tout à l'heure, dit-il. En somme, vous avez acheté le *Morning* dans le seul but d'empêcher qu'un jour quelqu'un s'en serve contre le *DAY*. En les réunissant sous la même bannière, vous protégez le journal que vous avez créé.

— C'est cela même. Les, finissons-en avec cette affaire le plus vite possible, je vous en prie.

— Promis.

— C'est que je suis pressée, dit-elle.

Livre 9

EN GARE DE PÉKIN

14

Tu ne m'as jamais
menti, Kate

H.H. Rourke était allé d'Europe en Asie par avion, cela lui avait pris cinq jours à peine, il n'était pas très sûr d'avoir goûté l'expérience – où était le plaisir, à voyager dans une boîte? Il était monté à Londres dans le Short S 23 d'Imperial Airways qui, partant de Croydon, desservait Rome, Le Caire, Bassorah, Karachi, Delhi, Calcutta, Rangoun, Bangkok, et Hong Kong. Avant Londres, il avait passé trois jours à Paris, où il avait vu Mimi, une fois le Chat-Huant et Julie une heure à peine.

– Tu n'es pas enceinte, Julie. Tu n'attends pas d'enfant de moi.

– Je le regrette comme jamais je n'ai regretté quelque chose

– Tu ne l'es pas et c'est ce qui compte. Et tu avais raison de refuser de m'épouser : je n'aurai jamais qu'elle en tête.

Ainsi, il avait parcouru à une vitesse vertigineuse les deux tiers de la planète. De Hong Kong, il avait gagné Shanghaï, et enfin Tokyo. Uchijima Isoroko l'y attendait depuis deux bonnes semaines, depuis qu'il avait reçu le cable expédié de New York.

– Des années, Hatchi, et tu t'es souvenu de moi.

– C'est tout de même toi qui m'as sorti de cette prison de Harbin, en Mandchourie. Sans toi je serais mort, Isoroko *.

– Je t'ai surtout fait sortir de la prison de Harbin parce que Kate me l'a demandé. Comment va-t-elle?

---

* Voir *La Femme pressée*.

– Nous nous sommes séparés et je préférerais ne pas parler d'elle.

– Je suis horriblement honteux.

Uchijima était colonel à présent. Il dit qu'il avait fait de son mieux pour obtenir à H.H. les autorisations nécessaires à son reportage; quelques conditions restaient toutefois à remplir avant que l'accord de l'armée impériale fût tout à fait acquis: on voulait être sûr que H.H. Rourke n'était pas un espion des Soviétiques ni des Américains; on posait comme préalable que toute interview qui lui serait accordée aurait lieu en présence de deux témoins désignés par le général Terauchi en personne, ministre de la Guerre. Toutes les notes de Rourke, et *a fortiori* le texte de ses reportages définitifs, devraient être soumis à l'autorité du même ministère...

... Et enfin, le général Terauchi tenait à rencontrer H.H. Rourke avant d'accorder son autorisation définitive.

Ils y allèrent, Uchijima et lui. L'année précédente, une faction de l'armée avait tenté un coup de force; ce n'était qu'une péripétie dans une lutte sanglante qui durait depuis longtemps, et dans un climat de relative impunité. Mais, en février 36, on avait bel et bien passé par les armes vingt ou trente officiers supérieurs, d'autres avaient été flanqués dans des cachots, ou destitués, un grand nombre expédié à la retraite, et, sur dix généraux de corps d'armée, trois seulement avaient échappé à toutes les sanctions.

– Dont Terauchi. Le *Tosei ha* l'a donc définitivement emporté sur le *Kodo ha*, socialiste. Tu as compris, Hatchi?

– Rien du tout.

– Ça ne fait rien. Hatchi, j'ai effectué toutes les démarches pour que tu puisses faire ton reportage. Si tu commettais la moindre erreur et si tu manquais à la moindre recommandation qui t'a été faite, il me faudrait jeter ma vie hors de moi.

– Te faire harakiri?

– Jeter ma vie hors de moi est la juste expression.

– Très bien, dit H.H.

Il expliqua au ministre de la Guerre qu'aussi bien aux États-Unis qu'en Europe il avait entendu dire qu'une guerre entre le Japon et les États-Unis d'Amérique éclaterait tôt ou tard; de très nombreux politiciens et militaires occidentaux, dont le français Pétain, étaient convaincus qu'on allait vers un conflit;

des hommes comme Clemenceau avaient même affirmé que la responsabilité de cet affrontement reviendrait aux États-Unis, qui mettraient à profit l'inexpérience des diplomates du pays du Soleil-Levant...

Rourke obtint l'accord du général Terauchi. Les papiers qu'il allait envoyer à Saperstein, aux États-Unis, et à son autre agent, Jean Maurin, en France, seraient par la suite diffusés dans près de six cent cinquante journaux à travers le monde.

Ce serait en effet le seul reportage réalisé sur l'armée japonaise avant et bien après les bombes d'Hiroshima et de Nagasaki, ce serait aussi le premier à se fonder sur des exemples. Exemple de ce village du Nord du Japon où, année après, année, huit à dix conscrits se tuaient déshonorés parce qu'ils ne mesuraient pas un mètre cinquante, taille minimale pour être enrôlé. Exemple de cette marche de trois jours et trois nuits (préfiguration de la formidable campagne de Malaisie) à laquelle toutes les unités étaient soumises, officiers en tête. Exemple de ce bataillon dans lequel, parce qu'on leur avait interdit de boire, dix-sept pour cent des effectifs s'étaient laissé mourir de soif malgré leur gourde réglementaire pleine d'eau. Il raconta aussi l'extraordinaire frugalité des officiers et des hommes recevant des rations douze fois inférieures à celles de n'importe quel soldat de n'importe quelle armée, la journée de travail qui, même en temps de paix, durait quinze heures, l'inexistence de toute sanction autre que corporelle (coups de bâton ou suspension par les poignets), à l'exception du châtiment suprême, qui pouvait entraîner un harakiri familial : une lettre déclarant aux parents de la recrue : *« Votre fils est indigne de son devoir envers son pays et envers l'empereur. »*

Il cita encore le cas de cet officier qui, ayant été désigné pour lire le rescrit impérial, commit une seule erreur d'adjectif dans sa lecture et, à l'approbation générale, s'ouvrit l'abdomen d'une incision en croix, puisque la tradition voulait qu'aucune faute ne fût commise dans la lecture de ce rescrit, quotidiennement récité par chacun, à tour de rôle...

— Tu l'as lu toi-même, Isoroko?

— Quand j'étais jeune officier, oui. Et cela m'est arrivé deux autres fois encore.

— Tu n'as jamais balbutié en lisant, ou simplement hésité?

— Je serais mort aujourd'hui si je l'avais fait, Hatchi; tu ne comprends donc pas?

417

Isoroko signifiait *cinquante-six* en japonais. On avait donné ce prénom à Uchijima en l'honneur de l'amiral Yamamoto (lui-même prénommé ainsi parce que son père avait cinquante-six ans à sa naissance).

H.H. se hâta de terminer son reportage. On était au déut de juillet et Uchijima venait de recevoir un commandement en Mandchourie, annexée par le Japon depuis déjà cinq ans sous le nom de Mandchoukouo. Une intervention du général Terauchi permit à H.H. d'embarquer à bord d'un bimoteur Nakajima AT-2, assez directement copié sur le Douglas DC américain, et qui pouvait emmener dix passagers.

Ils furent à Tien-Tsin le 6 juillet dans l'après-midi. La nouvelle éclata dès le lendemain : un grave incident avait eu lieu sur ce que l'on appelait le pont Marco-Polo, la guerre commençait entre le Japon et la Chine.

Presque six ans plus tôt, H.H. s'était trouvé, avec Kate et Uricani, en Mandchourie, au moment de l'invasion japonaise. C'était à présent son troisième séjour en Chine. L'année précédente, en 36, il avait suivi, durant ses premières semaines du moins, la Longue Marche des armées communistes.

– Pourquoi es-tu revenu en Asie, Hatchi ?

À la question d'Uchijima Isoroko, il répondit par une boutade. Une explication complète eût été trop longue et, plus encore, trop révélatrice de son désarroi.

Il resta quelque temps à Tien-Tsin et n'y trouva, comme sujet de reportage, qu'un survivant allemand de l'expédition internationale qui, trente-sept ans plus tôt, avait châtié les boxers. Mais au moins mit-il ce séjour à profit pour rafraîchir ses connaissances en chinois, plus exactement en mandarin.

La nouvelle que les armées japonaises étaient en train d'investir Pékin l'arracha à son inertie. Il fit route avec le régiment d'Uchijima et, le 29 juillet, parvint au pont Marco Polo (décrit par le voyageur vénitien sept siècles plus tôt). H.H. le franchit à pied. C'était un très beau pont qui jetait sur la rivière Yong-Ting ses onze arches surmontées de trois cents lions de marbre gris.

H.H. le passa en même temps qu'une longue colonne du régiment d'Uchijima, il avança au milieu de ces petits fantassins à la casquette informe frappée de l'étoile jaune, en uniforme froissé et mal coupé, comme toujours dans l'armée nippone, indifférente à son allure.

– Qu'est-ce qu'un Long Nez peut bien faire au milieu de ces crapauds?

Quelqu'un prononça la phrase dans un mandarin très pur. H.H. tourna la tête et découvrit un vieil homme d'une maigreur extrême, à longue barbiche grise prolongeant un visage de vieil ivoire surmonté de bésicles rondes, et dont les mains décharnées s'ornaient d'ongles interminables et recourbés.

– Le Long Nez que je suis, répliqua H.H. dans la même langue, a le profond regret de vous informer qu'il comprend chacun des mots que vous prononcez. Il espère de tout cœur que vous voudrez bien lui pardonner cette connaissance qu'il a si laborieusement acquise et souhaite vous convaincre que, par cette révélation qu'il vient de vous faire, il ne cherchait nullement à vous offenser.

– Pour avoir la langue bien pendue, vous l'avez, pas de doute, dit l'homme aux ongles de lettré.

H.H. s'assit près de lui. Le vieil homme était amputé au dessous du genou; un emplâtre fort sale dissimulait la plaie, vraisemblablement fraîche. Ils regardèrent tous deux défiler l'armée du Mikado dont la fourmillante colonne, au loin, franchissait les remparts trapus de Pékin. De temps à autre cliquetait un char d'assaut, assez semblable aux Renault de la Première Guerre mondiale. En arrière-plan, d'autres détachements se hâtaient; les fantassins couraient, courbés et pointant la baïonnette de leur fusil, en sorte qu'ils avaient l'air d'enfants chevauchant des balais.

– Me permettrais-je de vous demander, dit H.H. Rourke, si vous avez perdu votre jambe récemment?

– Cela s'est passé il y a une heure ou deux, expliqua le lettré. Une de ces machines de guerre m'est passée dessus.

Ils en convirent, Rourke et lui: c'était une journée qui en valait bien une autre pour mourir, et l'on pouvait certainement trouver un endroit pire que le pont Marco Polo. Le lettré dit qu'il se nommait Quelque Chose Souen. H.H. se présenta en tant que Quelque Chose Rourke, dit aussi que, non, il n'entretenait pas de relations vraiment suivie avec l'armée nippone, qu'il était libre de la quitter à tout moment, que, justement, il y pensait, et qu'il croyait aussi que ce serait peut-être une bonne idée de clopiner (lui soutenant Souen), jusqu'à un médecin pékinois qui pût arrêter l'hémorragie. Cela dit sans prétendre se mêler de la destinée de Souen, bien entendu; il ne s'agissait que d'une suggestion amicale, faite en passant, bien qu'il pût comprendre l'humiliation, la honte et le chagrin d'un Chinois voyant sa ville envahie.

Souen ne répondit pas, pour cette raison qu'il venait de perdre connaissance. H.H. fouilla son sac à soufflets et en retira des lacets de soulier de rechange. Il s'en servit pour faire un garrot, hissa le vieil homme sur son dos et entra dans Pékin en enjambant pas mal de cadavres – pour l'essentiel des civils, la vingt-neuvième armée chinoise, chargée de défendre la capitale, s'étant découvert une occupation importante ailleurs au moment de l'attaque.

Il finit par convaincre le conducteur d'une charrette de le relayer. Quelques centaines de mètres plus loin, un peloton de la gendarmerie japonaise interdisait tout passage. H.H. parlementa et, finalement, retrouva Uchijima Isoroko, qui intervint en sa faveur.

– Hatchi, que fais-tu avec ce vieux Chinois?

– C'est un ami de longue date, mon oncle en quelque sorte. Je tiens énormément à lui.

H.H. Rourke eût été bien incapable d'expliquer pourquoi il inventait ces mensonges. Il ne sentait même pas, autour du lettré, l'odeur de mort et de sang frais qui tant de fois avait dirigé ses pas. Ce vieil homme ne lui rappelait personne, il ne s'acquittait d'aucune dette. Il obéissait à une impulsion dans laquelle, se fût-il interrogé, il aurait reconnu une expression de son amour pour la Chine.

– Je peux te donner deux ou trois de mes hommes, qui t'aideront, Hatchi.

– Non, merci.

Le colonel japonais le fixait.

– Il me faut conduire mon unité au combat, et je pensais que tu viendrais avec moi.

– Nous nous reverrons peut-être, Isoroko.

– Nous n'allons pas nous quitter ainsi.

– J'ai bien peur que si.

Des avions volaient dans le ciel, déversant leurs bombes sur la vingt-neuvième armée chinoise qui battait en retraite. On entendait un roulement d'artillerie venant de Tchang Tsin-Tien. Un grand mouvement de foule sépara tout à coup Rourke et le colonel Uchijima Isoroko.

– Avance, dit H.H. au charretier.

Ils passèrent sous la voûte de la porte de l'Est. Les trois premier hôpitaux auxquels s'adressa H.H. étaient combles; une multitude de blessés en attente encombraient les couloirs. H.H., de temps à autre, défaisait le garrot.

– Vous vous donnez bien du mal pour rien, lui disait Souen, revenu à lui.

H.H. souriait en hochant la tête et s'obstinait. Cinq ou six médecins consultés à la suite firent répondre qu'ils étaient bien trop occupés pour s'intéresser à un blessé de plus. Deux autres hôpitaux ou cliniques se révélèrent inaccessibles; H.H. Rourke, allant à pied devant un petit cheval hirsute qui tirait la charrette, finit par atteindre le quartier des légations. Ce périmètre bénéficiait du droit d'extra-territorialité : on y laissa entrer Rourke sans difficulté mais on en refusa l'accès au vieil homme gisant sur le plateau de la charrette.

– Tu es vraiment né d'une banane, dit H.H. à l'officier des marines américains qui bloquait le passage.

– Pas de Chinois.

Un fusilier-marin français et un sergent britannique, plus un détachement belgo-néerlandais, confirmèrent l'interdiction. Informés de ce qu'ils étaient tous nés de bananes, ils haussèrent les épaules. Un médecin italien consentit finalement à venir jeter un coup d'œil sur le blessé.

– Il n'y a rien à en faire, il a perdu trop de sang; je ne pourrais pas le soigner même si je le voulais.

H.H. repartit.

– Je n'ai pas compris les mots de cet homme, dit Souen. Mais le sens général était clair. A-t-il dit combien de temps j'allais encore vivre?

– Il ne le savait pas. Qui peut le savoir?

Il avait plu la nuit précédente, il se remit à pleuvoir. H.H. trouva un hôtel dans le quartier du Pont-du-Ciel. Il monta Souen sur son dos et l'allongea sur le bat-flanc servant de lit.

– Je vais essayer de mourir le plus vite possible, dit le vieil homme.

– Le temps est la seule richesse dont je puisse disposer à profusion. Y a-t-il dans Pékin quelqu'un que je puisse prévenir?

Non. Souen venait de Taiyuan, dans la province du Shanxi; il y avait été instituteur pendant cinquante deux ans, sa venue à Pékin n'avait eu d'autre but que la curiosité.

– Je suppose qu'en tant que vieux Chinois je devrais en cet instant même vous réciter quelque précepte très sage venu du fond des âges, mais je ne trouve rien à dire sur les méfaits de la curiosité. Je vous suis reconnaissant de m'assister, en ces derniers moments. Si j'étais resté à Taiyuan, je doute que quelqu'un serait à mon côté.

– À Taiyuan, un char d'assaut japonais ne vous serait pas passé sur la jambe, répondit H.H.

Il sortit et trouva de l'opium et deux pipes, l'une pour lui (quoi qu'il ne fumât que très exceptionnellement), l'autre pour Souen. Il prépara les pipes et ils fumèrent.

... H.H. raconta toute l'histoire de Kate, depuis le début, depuis ce matin à New York où il était monté dans une Rolls Pierce avec chauffeur en livrée, devant l'entrée du *NY Times*. Dans la limousine, il s'était retrouvé face aux deux Killinger, père et fille, et il était tombé amoureux d'elle dans la seconde et pour l'éternité. Quand il disait pour l'éternité ce n'était pas façon de parler : quinze années et quarante-deux jours s'étaient écoulés et rien en lui n'avait changé. Au point qu'il lui semblait très clair que, s'il était revenu en Chine, c'était principalement parce qu'il y avait été heureux avec elle, onze cent quatre-vingt-dix-sept jours durant. Et, quant à ce qu'il allait faire à présent, il n'en avait pas la moindre idée. Il ne voyait aucun endroit au monde où il eût véritablement envie d'aller, à part la Chine justement, qui était un univers à elle seule; et la possibilité qu'il y demeurât jusqu'à la fin de ses jours n'était pas à exclure. En tant que reporter, le fait qu'il sût de mieux en mieux le chinois lui était un avantage dont peu de journalistes pouvaient se targuer, il trouverait sans doute toujours des reportages à faire et à expédier. Nul doute qu'il existait, entre la Chine et lui, une étrange connivence. D'ailleurs, le fait qu'il eût parlé si longtemps, livrant tout de lui-même, en était la meilleure preuve. En quel autre pays, et à quel autre interlocuteur qu'un Chinois en train de mourir, se fût-il pareillement confié?

Le vieil homme mourut le troisième jour. H.H. consacra cent vingt-trois dollars américains, somme considérable, à des obsèques très solennelles. Dès cet instant, il envisagea de quitter Pékin. Il écrivit et expédia deux reportages sur l'occupation de la capitale des Fils du Ciel par les Japonais. Il adressa aussi deux lettres à sa mère et une au Chat-Huant (reprenant avec ce dernier une correspondance interrompue depuis des mois):

«Je suis un Long Nez. Il n'y a rien à faire, mes chances de passer inaperçu dans la foule sont inférieures à celles d'un Martien se baladant rue Coquillière. Le drapeau nippon flotte partout, avec une notable prédilection pour les lieux d'aisance. C'est de l'humour chinois. Ces drapeaux sont aussi hissés systématiquement à l'envers. Ne me demandez pas comment on peut mettre à l'envers un rond rouge sur fond blanc, je n'en sais rien, mais, pour un Chinois, il paraît que c'est très clair.»

Il revint au quartier des légations étrangères. Par pure coïncidence, le marine américain auquel il s'était heurté huit jours plus tôt se trouvait à nouveau de garde. Il dit à H.H. qu'après mûre réflexion il considérait comme une insulte l'expression *« né d'une banane »*. H.H. lui fit part de sa profonde surprise: il ignorait qu'un militaire fût capable de réfléchir. Ils décidèrent de se taper sur la figure, sitôt qu'aurait pris fin le tour de garde.

Rourke franchit donc le mur d'enceinte du quartier (ni la police ni l'armée chinoises ne pouvaient entrer et, pour l'instant, les forces d'occupation japonaises respectaient aussi le statut d'extra-territorialité) et remonta la rue Taijichang. La légation de France s'y trouvait, près des légations d'Autriche et d'Italie, ouvrant aussi sur Dongjiaominiang, par une porte rouge sang flanquée de deux lions de pierre. Tout le secteur avait la déconcertante apparence d'une petite ville de province en Europe; n'y manquaient même pas les boutiques, dont une boulangerie à l'enseigne de *La Dauphinoise*.

– Rourke? Quel est le prénom?

– H.H. Deux H.

– Ce n'est pas un prénom français, dit le petit employé français des services consulaires.

H.H. ne releva pas la remarque. Il prit les deux lettres qui lui étaient tendues, toutes deux de sa mère.

– Il y a aussi un paquet recommandé, dit l'employé à regret.

Nous aimerions bien que les gens cessent de prendre les services diplomatiques de la République française pour des bureaux de poste.

– Où est ce paquet?

On finit par le lui remettre : deux numéros du *New York Herald Tribune*, édition européenne. Dans le premier, un article entouré d'un trait de crayon rouge annonçait la fusion entre le *NY Morning News* et le *Queens & Long Island DAY*. Le second, daté du 26 juillet, rectifiait l'information donnée la veille : il n'était pas question de fusion; les deux titres resteraient indépendants l'un de l'autre bien qu'ils eussent désormais le même propriétaire, Miss Catherine Killinger, fille de Karl Jefferson Davis Killinger, de La Nouvelle-Orléans, fondateur du *Morning*. Le journaliste évoquait la rivalité ayant opposé, pendant près de quatre ans, le père et la fille; il rappelait le décès de Karl Killinger quelques mois plus tôt et concluait en soulignant que ce rachat d'un journal par l'autre mettait somme toute un terme à une affaire de famille.

H.H. jeta les deux exemplaires (envoyés par le Chat-Huant), il décacheta les lettres de Mimi et éprouva un sentiment curieux : la deuxième de ces lettres faisait presque double emploi avec la première; elle était semblable à des centaines d'autres qu'elle lui avait expédiées des années durant, où qu'il voyageât dans le monde; Mimi en avait pourtant demandé l'acheminement par avion, à un tarif exorbitant.

Il revint au petit hôtel où il avait passé près d'une semaine et y ramassa ses affaires. Il régla sa note et partit vers la gare. Le laissez-passer que lui avait fourni Uchijima Isoroko se révéla utile : on l'autorisa à acheter un billet pour le train du soir, à destination de Taiyuan. Où il n'avait aucun motif précis de se rendre, sinon que c'était la ville d'origine du vieux lettré à la jambe coupée. Il s'assit sur un banc de bois, au milieu d'un incroyable grouillement de voyageurs, en attente, eux aussi; personne n'était assuré de partir puisque, après tout, il y avait la guerre, et que l'aviation japonaise bombardait, disait-on, les rares convois mis en route. Il commanda un bol de riz à un marchand ambulant. Il y avait dans l'air de puissants relents d'épices, de poisson séché, de menthe, mais, par-dessus tout, affleurait l'odeur même de la Chine, qu'elle fût du Nord ou du Sud, odeur rance de sang et d'excréments, qui eût dû être répugnante et pourtant ne l'était pas.

Il reprit un deuxième bol de riz et elle dit :

– J'en prendrais bien un bol, moi aussi.

Ses doigts, qui tenaient les baguettes, tremblèrent imperceptiblement et il se figea, son regard plein de rêve tourné vers la foule.

Elle prit appui sur son épaule et enjamba le banc. On s'écarta pour lui faire place. Sa hanche et celle de Rourke se touchèrent.

– Je n'étais pas sûre, dit Kate. Tu pouvais aussi bien être à Shanghaï ou à Canton. Ou n'importe où. Ta mère estimait que c'était à Pékin que j'avais les meilleures chances de te trouver. J'ai eu peur. Ces derniers jours surtout, et jusqu'à il y a une heure, quand la sentinelle que j'avais postée est venue me dire que tu venais de passer à la légation de France.

Il ne parvenait toujours pas à tourner la tête vers Kate; il regardait droit devant lui. Elle lui prit des mains le bol de riz et les baguettes, mangea un peu, très peu, rendit le tout au marchand qui souriait de sa bouche totalement édentée.

Elle passa son bras sous celui de H.H. Rourke, posa sa tempe contre son épaule.

Il finit par demander :

– Pour combien de temps est-tu en Chine?

– Jusqu'à la fin, dit-elle.

Un long moment, durant d'interminables secondes, il ne bougea pas. Il se dégagea enfin avec douceur et alluma une cigarette. Un haut-parleur hurla, à deux reprises, répétant dans un anglais approximatif une annonce précédemment faite en chinois. Un grand mouvement se produisit dans la foule, comme un ressac subit. Une marée humaine reflua vers un train qu'elle faillit investir. Mais des soldats japonais brisèrent la vague, à coups de crosses et de baïonnettes.

Kate fixait le profil de Rourke dans la pénombre.

– Rourke, dit-elle doucement...

Il se tourna vers elle, scrutant son visage.

– Que fais-tu en Chine, Kate?

Elle lui répondit d'un regard plus éloquent que toutes les paroles.

– Tu ne serais venue que pour me retrouver?

– Cela t'étonne tant que ça?

– Tu as abandonné ton journal?

– Il vivra bien tout seul.

Rourke la fixa comme s'il voulait lire ses pensées les plus secrètes et, sous l'effet de la tension divinatoire, son visage prit une expression de dureté.

– Tu ne m'avais encore jamais menti, finit-il par constater.

– Parce que je te mens?

– Tu ne me dis pas toute la vérité.

Le haut-parleur se remit à vociférer, interrompant un instant leur échange.

– C'est le train pour Taiyuan, remarqua Kate, puis, avec dans sa voix une note d'anxiété presque imperceptible, tu comptes le prendre?

– Celui-là ou un autre... Tu ne m'as pas répondu, Kate. Qu'est-ce qu'il se passe?

Elle sourit.

– J'ai traversé un peu plus de la moitié du monde pour retrouver le seul homme que j'ai jamais aimé... Que veux tu savoir de plus?

– Je te l'ai dit, la vérité.

– Je t'aime.

– Je le sais.

– J'ai besoin de toi... J'ai envie de toi... Et toi, Rourke, as-tu envie de moi?

Il se contenta d'acquiescer d'un signe.

– Tu connais sûrement un moyen de monter à bord de ce train malgré les soldats japonais, n'est-ce pas?

– Oui.

– Et de traverser sans encombre la zone des hostilités?

– Oui.

– Rourke, montons dans ce train! Fichons le camp d'ici!

– Nous n'y monterons pas ensemble si tu ne me dis pas la vérité.

Elle le regarda, d'abord incrédule, avec un vague sourire qui pouvait passer pour une expression de défi.

– Tu n'oserais tout de même pas m'abandonner ici!

Rourke ne répondit rien. Il alluma une cigarette. Kate la lui arracha des lèvres pour la jeter par terre et l'écraser d'un coup ᵈᵉ talon. Il en alluma une autre.

– Tu ne te trompes jamais, hein, Rourke?

Il continuait à la fixer sans rien dire, apparemment impassible. Pourtant, les doigts qui tenaient la cigarette étaient agités d'un léger tremblement, c'était là l'indice que Rourke était très ému.

– Au fond, fit Kate avec lassitude, autant te le dire tout de suite puisque tu finirais par l'apprendre... Simplement, sois gentil, écoute moi sans m'interrompre... Ce n'est déjà pas si facile à dire... J'ai quitté New York pour toujours. En ce qui concerne mon journal, ou plutôt mes journaux, j'ai pris toutes les dispositions nécessaires; ils continueront à paraître et ils marcheront très bien sans moi... Non! Ne dis rien! Tu as promis de ne pas m'interrompre... Je suis perdue, Rourke, fichue... Je vais mourir... Je n'ai pas voulu croire le premier médecin consulté... Je pensais que nous autres, Killinger, nous ne mourions que lorsque nous en avions décidé ainsi... Il faut croire que je me trompais, c'est ce que m'a assuré un second médecin, puis un troisième. Il ne me reste que quelques mois à vivre. Quelques mois, c'est trop ou trop peu... Pour la première fois, peut-être, dans mon existence, je me suis demandé ce qui comptait vraiment, je n'avais plus le temps de faire des erreurs... La réponse est venue toute seule. C'est toi, Rourke, que je veux, ta douceur et ta présence, ta main dans ma main, ton corps contre mon corps. Pour l'amour du Ciel, Rourke, montons dans ce train avant que je me mette à sangloter sur ce quai de gare. Retournons où nous étions autrefois, là où nous avons été heureux.

Il leur fallut vingt-neuf jours pour arriver à Chengdu. Ils s'y installèrent dans une vieille maison de bois adossée aux remparts de l'ancienne cité impériale. Par la fenêtre de leur chambre, qui embaumait le santal, on embrassait la ville aux toits bleus, les rues fourmillantes de monde où les robes de soie des mandarins mettaient des taches éclatantes. Très loin, à l'horizon, on apercevait les monts du Tibet dominant de leurs crêtes enneigées cette vaste région du Sichuan si intimement liée à leurs plus beaux souvenirs. Quelqu'un, jadis, leur avait dit que le Sichuan était le paradis chinois sur Terre.

Ce fut un miracle que Kate y parvînt vivante. Au terme du

voyage, elle était arrivée les lèvres cyanosées et les tempes creuses. Même Rourke avait pensé qu'ayant touché au but elle allait s'éteindre.

Or elle survécut. Après trois semaines, elle put même se lever et faire avec lui de lentes promenades. Mois après mois, elle s'acharnait à vivre.

Et elle vivait encore quand les armées du Soleil-Levant commencèrent à investir toute l'Asie. Seules, Tchoung-King et Chengdu furent épargnées. Le paradis chinois sur Terre.

TABLE DES MATIÈRES

Est-ce une histoire très sanglante, Rourke?........................ 11

LIVRE 1

À EN HURLER

1. Les cadavres de Jamaica Bay.. 23

LIVRE 2

AVENTURES ESPAGNOLES

2. La petite fille à la poupée................................. 73
3. Solomillo de moro a la plancha..................................... 107

LIVRE 3

CES SI AFFECTUEUSES RETROUVAILLES

4. Au revoir, papa... 131

LIVRE **4**

LE NÈGRE ROUGE ET AUTRES RENCONTRES

5. Halte aux Allées de Morlaas.................................... 153
6. Le Nègre rouge de Harlem.................................... 163

LIVRE **5**

L'AUBE NOIRE

7. Ce n'était qu'un cheval.................................... 199
8. L'aube de Kings Point.................................... 235

LIVRE **6**

DEPUIS QUAND ES-TU ICI?

9. Murder incorporated.................................... 275
10. Ne me touche surtout pas.................................... 297

LIVRE **7**

LA LONGUE CHASSE

11. La longue chasse de H.H. Rourke.................................... 313
12. L'Empire State Building sur la tête.................................... 345

LIVRE **8**

CET ENDROIT PRÉCIS DE CENTRAL PARK

13. C'est que je suis pressée.................................... 359

LIVRE **9**

EN GARE DE PÉKIN

14. Tu ne m'as jamais menti, Kate.................................... 415

Cet ouvrage a été réalisé sur
Système Cameron
par la SOCIÉTÉ NOUVELLE FIRMIN-DIDOT
Mesnil-sur-l'Estrée
pour le compte d'Édition•1
4, rue Galliéra
75116 Paris
le 16 mars 1989

Imprimé en France
Dépôt légal : mars 1989
No d'édition : 2385 – No d'impression : 11468
49.27.0563.01
ISBN : 2.86.391.313.1.